2020.09

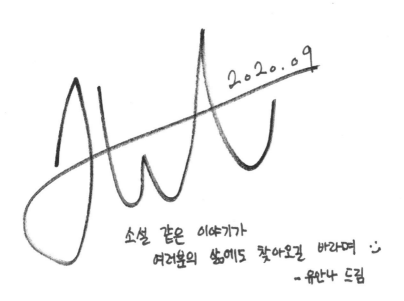

소설 같은 이야기가
여러분의 삶에도 찾아오길 바라며 :)
- 유안나 드림

작가에게 반성을 족구한다

유안나 장편소설

IV.

동아

작가에게 반성을
촉구한다 IV

초판 1쇄 인쇄일 | 2020년 10월 5일
초판 1쇄 발행일 | 2020년 10월 13일

지은이 | 유안나
펴낸이 | 박성면
펴낸곳 | (주)동아

출판등록 | 제406-3960100251002007000071호
주소 | 경기도 파주시 문발로 115, 세종대학교출판부 206호
전화 | (031)8071-5201
팩스 | (031)8071-5204
E-mail | bear6370@hanmail.net

정가 | 12,000원

ISBN 979-11-6302-398-2 (04810)
        979-11-6302-372-2 (set)

ZERO NOVEL

작가에게 반성을
촉구한다

유안나 장편소설

IV.

동아

contents

13. 신이 자취를 감춘 세계의 전능자

레일리가 대체 무슨 생각으로 대뜸 나에게 엿을 먹였는지는 모르겠지만, 아무튼 개판이 됐다.

애셔는 레일리의 행동에 경계심을 느끼지 않나, 급기야는 나한테 레일리를 처리하라고 하지 않나, 레일리는 내가 그에게만은 죽어도 감춰야 하는 유리 옐레체니카의 공방에 홀연히 들어가 버리지 않나. 이 상황에는 역시 총체적으로 문제가 있다.

무슨 생각인지는 몰라도, 레일리가 내게 먹인 것이 로맨스 세 스푼이나 해피엔딩 한 큰술 같은 것이 아닌 거한 엿에 불과하다는 사실만은 어떤 의미로든 명백했다.

주춤주춤 물러나던 내 어깨를 붙잡아 세운 알렉시스 에슈마르크가 자연스럽게 나를 권총 앞으로 떠밀었다. 강압적인 태도였지만 사실 감사해야 하는 일이었다.

뷔올의 귀족으로서 이 상황에서 물러나는 것만큼 수상쩍은 행동은 없다.

알렉시스 에슈마르크가 도와주지 않았다면 그대로 애셔의 공격을 받아야 했을 것이다. 어쩔 수 없이 나도 주섬주섬 권총 몇 자루를 들어 올렸다가, 슬그머니 말해 보았다.

"전하, 저 총 못 쓰는데요."

하지만 애셔 아마르트 뷔올에게는 내 변명이 추호도 먹히지 않았다.

"뷔올의 총기 제작 기술은 상당히 발전한 편에 속하지요. 아마 금방 다시 익숙해지실 겁니다. 두 분께서 친하시니, 숙부님께서 백작님을 모시고 함께 푸른 숲에 들어가며 총기의 사용법을 숙지할 수 있도록 도와주시면 감사하겠습니다. 어차피 백작님께서도 공방 조사는 백작님을 동반한 채 이루어지기를 부탁하셨고, 숲 안에서 혼자서 버티기는 어려우시다는 사실을 모두들 알고 있으니까요."

제에길. 흘긋 알렉시스 에슈마르크의 눈치를 살피자, 그가 어쩔 수 없다는 듯이 어깨를 으쓱해 보이더니 내 곁에서 몸을 숙여 권총 한 자루를 골라냈다.

"백작이 고른 것들은 처음 사용하는 이가 다루기는 어렵네. 이것으로 하지."

그러더니 굳이 내가 고른 권총들을 일일이 뺏고 자신이 고른 것을 고쳐 쥐여 준 알렉시스 에슈마르크가 곧장 애셔를 돌아봤다.

"그럼 지금 바로 재진입을 하면 되는 것이냐."

"그러죠. 달리 문제 될 이유가 없으니까요. 다 함께 진입하되, 마법의 사용은 최대한 지양하도록 합시다. 부상자들과 그들을 치료할 일부 마법사들은 조금 더 외곽으로 돌려보내도록 하겠습니다. 공방 안에서 큰 위험에 빠질 가능성은 낮게 잡아도 괜찮겠지요. 푸른 숲 안에는 환각과 미로, 독초를 제외하면 큰 위험 요소가 없는 듯했으니, 우리만으로도 충분히 들어갔다 돌아올 수 있을 겁니다."

이견의 여지조차 없이 깔끔하게 일처리가 마무리됐다. 반론을 꺼낼 수도 없게 된 것이다.

나는 찝찝한 얼굴로 권총이나 만지작거리다가, 정말로 곁에 다가온 알렉시스 에슈마르크에게서 권총 사용법을 배웠다. 사실 엘제바에 갈 때 이미 권총 사용법을 배워 둔 적이 있다. 말하자면 그냥 발뺌을 해 봤을 뿐이었다. 그래도 이번에 사용하게 된 총기는 마력석이 없는 모델들이라 약간의 차이가 있기는 해서, 따지자면 아주 거짓말을 한 것은 아니었다.

"어쩌죠?"

"어쩌고 뭐고 하기 이전에, 레일리 크라하에게 피를 내준 적이 있나?"

"염병, 있겠습니까?"

"짐작 가는 때는?"

내가 권총을 사용하는 기본적인 기술을 알고 있다는 사실을 파악한 뒤 설렁설렁 차이점만 설명해 주던 알렉시스 에슈마르크가 다짜고짜 질문했다. 애셔에게서 슬쩍 고개를 돌리고 모자를 꾹 고쳐 써서 얼굴을 조금 더 깊게 가린 그가 조용히 속삭였다.

"잘 생각해 보게. 그가 언제부터 그대에게 알리지 않고 이 일을 준비했는지 파악하려면 언제 피를 채취해서 가지고 있었는지를 고려하는 수밖에 없으니까."

그의 말이 백 번 옳다. 나는 끙 소리를 내며 미간을 문지르고, 안전장치를 건 권총을 허리춤에 찼다.

뷔올을 비롯하여 이 대륙에는 생리대의 용도로 사용하는 특수한 직물이 따로 있다. 체액과 반응하여 알아서 체액을 분해하는 직물이었다. 따라서 생리혈은 챙기고 싶어도 챙길 수 없었을 것이다. 한번 분해되고 나면, 그 것으로는 공방의 문을 여는 결계를 속일 수 없을 테니까.

더군다나 레일리 크라하는 기본적으로 내가 다치기만 해도 눈이 뒤집히는 놈이었다. 내가 부상다운 부상을 입는 상황은 일반적으로 그가 나를 온전히 보호하지 못함으로써 발생하곤 했다. 결국 레일리 크라하의 통제를 완전히 벗어난 상황이 되어서야 내가 부상을 입게 되곤 했다는 뜻이다.

아무리 레일리 크라하여도 그런 상황에 내 피를 채취해 따로 보관할 정도의 심적, 물리적 여유를 내지는 못했으리라.

레일리에게는 은사가 있으니 은사로 입힌 상처가 있었다면 은사에 묻은 피를 모아 조금쯤은 보존 처리가 된 병에 담을 수도 있었겠지만, 내가 부상을 입었을 때는 주로 온갖 전투에 휘말려 있지 않았던가. 따라서 은사에 묻은 혈액도 다른 사람들의 것과 뒤섞였을 터, 그렇게 되면 내 혈액만을 깔끔히 분리할 수도 없다.

내가 피를 흘릴 때 병을 꺼내거나, 혹은 적어도 은사를 사용할 수 있었던 환경. 남는 것은 한 시기밖에 없었다. 나는 침음을 흘리다가 이마를 짚었다.

"첫날이요."

"무슨 첫날?"

"제길, 이 세계에 끌려온 첫날이요."

"……."

내 말을 듣고 눈을 가늘게 떴던 알렉시스 에슈마르크가 쯧쯧 혀를 찼다.

"처음부터 끝까지 의심스럽게 행동했나 보군."

"닥쳐요, 좀."

"어쨌든 그러면 이번 일을 준비한 시기를 정확히 파악하기는 어려울 것 같은데."

"역시 너무 옛날이죠?"

"그것도 그렇고……. 애초에 그대가 별안간 '유리 옐레체니카'답지 않은 행동을 하며 모종의 '여지'를 주었으니 레일리 크라도 나름의 의혹을 느끼고 그대와 말을 맞춰 사교 활동을 돕게 된 것 아니겠나? 그리고 만일 그렇다면, 그대의 피를 채취하던 때의 '이유'는 공방의 문을 열기 위해서가 아니었을 걸세. 하지만 시간이 흐르며 의심은 불어나고 다양해졌다. 조금쯤 그 성질이 변하기도 했겠지. 혹시 몰라 보관하던 혈액의 사용 방법은 추후에 새롭게 '결정'되었을 터. 그대의 '첫날'부터 지금에 이르기까지, 무려 2년이네. 우리가 이제 와서 그 시기를 특정 짓기는 어렵지."

검지 끝으로 뺨을 문지르며 고개를 기울였던 알렉시스 에슈마르크가 잠자코 추론했다.

"요컨대, 레일리 크라하의 입장에서는 단 한순간도 그대의 행동거지를 '자연스럽게' 넘긴 적이 없다는 이야기가 되는데."

"……."

"정말로 처음부터 끝까지 온갖 의심을 불러일으킨 모양일세. 안 그런가."

"팩트로 때리는 짓 좀 그만하십쇼."

투덜거리듯이 대답하자 눈썹을 꺾으며 표정을 풀었던 알렉시스 에슈마르크가 조금 더 내게로 돌아섰다. 간혹 우리를 흘금흘금 바라보는 애셔에게 입술을 읽히지 않을 정도로 충분히 등을 돌린 것이다.

"어쨌든 애셔가 이상한 낌새를 느낀 것 같네. 방금 그건 '시험'이었어."

"제가 뷔올에게 엿을 먹이려 했다가 발뺌을 하고 있는지도 모른다고 생각해서요? 보아하니 잘못의 책임은 레일리한테 몰아주고 꼬리를 자르거나 하라는 뜻 같은데."

"그것밖에 못 느꼈나?"

"예?"

그럼 그것 외에 뭐가 더 있단 말인가?

내가 눈을 동그랗게 뜨고 멀뚱히 반문하자 알렉시스 에슈마르크가 푹한숨을 내쉬었다.

"아, 사람을 면전에 두고 한숨 좀 쉬지 마세요."

"빠르게 설명하지."

다시 한 번 깊은 한숨을 뱉은 그가 순순히 설명의 말을 꺼냈다.

"유리 옐레체니카와 내가 벌여 온 일을 레일리 크라하가 알게 된다고 생각해 보지. 무슨 일이 벌어지겠나? 어린아이도 짐작할 걸세. 대륙 전반의 문제가 발생할 테고, 전 인류적인 사달이 일어나겠지. 그러니 애셔 역시 대충은 상황을 짐작하고 있을 거라는 얘기네. 아직까지도 레일리 크라하는 아무 진실도 모른다는 걸 말이야."

"실제로도 저랑 그렇게 전제를 두고 이야기를 했어요."

"그렇다면 레일리 크라하가 그대를 속이고 홀로 푸른 숲 공방에 들어간 지금, 애셔가 그 이유를 뭐라고 추측하겠나?"

알렉시스 에슈마르크가 차분히 물었다. 멀뚱히 그를 바라보던 나도 반사적으로 인상을 썼다. 그리고 희미하게 되물었다.

"정말로 레일리가, 유리 옐레체니카가 해 온 짓을 눈치챘을까요?"

"글쎄. 물론 지금 레일리 크라하가 품게 된 의심은 유리 옐레체니카의 행적에 대한 것만은 아니니까. 그대의 문제도 있고, 그대를 강제로 끌고 온 유리 옐레체니카에 대한 의문도 있고, 어쨌든 가능하다면 그대와 함께하기로 결정한 상태가 아닌가. 그런 방법을 찾으려는 이유였을 수도 있지."

"염병, 당신 대체 어디에서부터 어디까지 엿들은 거야?"

"어느 쪽이든 굳이 그대에게 알리지 않고 비밀리에, 그대가 당장 따라잡지 못할 정도의 시간적 여유를 벌어 둔 상태에서 공방에 침입한 것을 보면 부정적 형태의 의심이 없었다고 할 수는 없겠지만 말이야."

"내 말 듣고 있나?"

"단지 애셔가 생각할 수 있는 이유는 그뿐이었으리라고 얘기하는 걸세."

내 말은 전혀 안 듣고 있는 게 분명했지만, 어쨌든 그의 추론은 타당했다. 레일리가 공방에 들어가고 싶어 할 만한 이유는 따지자면 한두 가지가 아니었다. 하지만 그는 내게 미리 의중을 밝히지도 않았고, 내가 그를 제지하려면 시간이 걸릴 수밖에 없는 상황에서 억지로 공방에 진입했다. 그가 지닌 숱한 '이유'들 중에는 그럴 만한 '의심' 역시 있었으리라는 이야기다. 시발, 그야 존나 많았겠지.

그리고 그 의심이 실제로 어떤 형태를 지녔든지 간에, '애셔 아마르트 뷔올이 추론할 수 있는 이유'는 유리 옐레체니카의 악행뿐이다.

"그럼 전하는 무슨 생각을 하고 계신 걸까요?"

"어차피 대부분의 죄상이 밝혀진 상태에서 유리 옐레체니카가 굳이 공방을 숨기려 할 이유는 마땅치 않다. 굳이 따지자면 '더한 짓'을 하고 있었을 경우에 해당하겠지만, 그렇다면 기억을 잃은 지금의 그대가 알고 있기는 어렵다고 봤을 테지. 마이어 후작과 긴밀한 관계에 있으니, 애셔 역시 그대가 이전의 기억을 지니지 못했다는 주장만큼은 어느 정도 진실로 받아들이고 있을 거야."

"요컨대 제 결백 따위는 일찌감치 명백했다는 얘기군요."

"그래. 그러니 그대가 결백하다면, 레일리 크라하가 그대에게 허락을 받지 않고 공방에 들어갈 이유를 추론해야 하는데……. 말했다시피 그 이유야 애셔의 입장에서는 뻔한 일이지."

"그래서?"

다시 반문하자, 알렉시스 에슈마르크가 애석하게도 또 한 번 한숨을 푹 내쉬었다. 그가 부드럽게 재차 질문했다.

"그리고 레일리 크라하가 그렇게 행동하기 위한 전제 조건이 뭐라고 생각하나?"

알렉시스 에슈마르크는 알아서 생각해 보라는 듯이 질문을 던졌지만, 나는 그에게서 제대로 된 대답을 듣기 전까지 억측을 꺼내지는 않을 생각이었다.

자신을 물끄러미 지켜보며 대답을 기다리기만 하는 나를 쓱 확인한 알렉시스 에슈마르크가 어쩔 수 없다는 듯이 추가적인 설명을 붙였다.

"구속구의 통제권을 지닌 주인이 있는데 대체 어느 반인 노예가 보란 듯이 주인의 뒤통수를 치겠나? 다른 사람은 몰라도, 어릴 때부터 내 마법 수준을 확인해 온 애셔라면, 내가 그대에게 지금 당장이라도 구속구를 터트려 그를 제지할 방법을 알려 줄 수 있다는 점도 짐작했을 걸세. 그럼에도 불구하고 그는 그대의 사정을 봐주듯이 말하며 권총을 권했어. 그 이유가 뭐라고 생각하나?"

거기까지 들은 시점에서 더 이상의 설명은 필요하지도 않았다. 나는 침음을 흘리다가 다시 끙끙거리는 소리를 냈다.

"황태자 전하께서는 레일리 크라하가 처음부터 구속구를 차지 않은 채 자유롭게 풀려 있었으리라는 사실을 일찌감치 짐작하고 계셨던 거군요."

그제야 옳게 판단했다는 듯 고개를 주억거려 주던 알렉시스 에슈마르크가 다른 진입팀의 상황을 살펴보더니 혀를 찼다.

다른 사람들의 준비 작업이 어느 정도 끝나 가고 있었다. 아까는 동행하지 않았던 학자 집단까지도 채비를 마친 상태였다. 어쩔 수 없이 우리도 슬슬 은밀한 대화를 마무리 짓기로 했다.

주변을 전반적으로 둘러본 그가 빠르게 시선을 내리더니 말을 이었다.

"바로 그거지. 즉, 우리가 증명해야 하는 문제는 레일리 크라하를 죽일 수 있는지, 없는지가 아니라는 걸세."

"구속구조차 없는 짐승이 대륙에 풀려나 날뛸지, 그러지 않을지?"

"그를 비롯한 모든 동족을 속이고 기만하던 유리 옐레체니카의 진실을 결국 레일리 크라하가 알게 되었을지, 그로 인해 인간과 대륙 전반에 억하심정을 품었을지, 그 결과 레일리 크라하가 실제로 부정적인 행동을 시작할지. 마지막으로 그런 레일리 크라하를 유리 옐레체니카의 존재 자체로 통제할 수 있을지, 아닐지……. 같은 거지."

나를 붙잡아 끌어당기더니, 푸른 숲에 들어갈 준비를 완벽히 마친 조사팀 쪽으로 떠밀며 그가 조용히 덧붙였다.

"적어도 셋 중 하나에선 긍정적인 답을 얻어야 하네. 애셔는 따지자면 '착한 아이'지만……."

"착한 아이가 쓸 수 있는 모든 비정한 수단을 쓸 수 있는 착한 아이죠. 저도 알아요."

머리를 벅벅 헤집으며 고개를 끄덕였다가, 다시 상황을 곱씹어 보고, 또한 번 땅이 꺼져라 숨을 토해 냈다.

"레일리가 아무것도 못 찾았기를 일단 빌어 봅시다."

"그래야지."

우리가 나름대로 사태에 대한 대비 전략을 짰으리라는 짐작 정도는 애서도 했을 터였다. 그런데도 애서는 비난의 말 한 마디 꺼내는 일 없이 순순히 우리를 맞이해 주었다. 알렉시스 에슈마르크의 말대로, 그가 지금 가장 중요하게 생각하는 문제는 레일리 크라하에 대한 것인 모양이었다. 그리고 그 문제를 위해서라면 우리가 어느 정도 작당을 꾸며도 눈감아 주겠다는 생각을 하는지도 모른다.

결국 우리는 더 이상 대화를 나누지 않은 채 푸른 숲에 진입했다. 나는 초입부터 부담스럽게 깔린 마력 장치들 때문에 반사적으로 발을 멈추고 말았지만, 알렉시스 에슈마르크가 말없이 내 등을 떠밀어 준 덕에 반강제로 숲에 들어서게 됐다.

숲 안에 들어서고 나니 다른 사람들이 통째로 기계의 산에 삼켜지는 듯한 모습에 사면이 둘러싸이게 됐다. 나는 어쩔 겨를도 없이 기겁했고 나도 모르는 사이 걸음마다 물러서려 들었지만, 알렉시스 에슈마르크에게 붙잡혀 차마 도망을 치지는 못했다.

그래도 알렉시스 에슈마르크 덕분에 아주 죽을 맛은 아니었다. 정작 본인은 마력의 영향으로부터 비교적 자유로울 텐데도 알렉시스 에슈마르크는 나를 배려해 주변의 마력을 성의껏 꾸역꾸역 밀어내 주기 시작했다.

알렉시스 에슈마르크는 우리 주변에 손가락 한두 마디 정도의 '간격'을 만들어 냈다. 몸과 마력 장치 사이에 얇은 결계처럼 틈을 벌려 둔 것이다. 별것 아닌 조치처럼 들리지만, 마력 장치들의 육중한 맞물림에 완전히 끼인 채 움직이는 것보다는 한결 나았다. 물론 손가락 한두 마디 정도의 틈으로는 앞으로 가야 할 그 너머의 길을 제대로 확인할 수도 없었고, 앞을 꽉 막은 촘촘한 마력 장치들을 강제로 밀고 나갈 수도 없는 상태다 보니 움직이기도 불편했다. 한결 나아졌을 뿐 여전히 괴롭기는 했다는 이야기다.

그래도 최소한 원활하게 호흡은 할 수 있게 되었다. 편히 숨을 쉴 수 있는 것은 아니지만, 그 정도만으로도 감지덕지했다.

다른 사람들은 푸른 숲 내부의 파르스름한 초목에 대해 논하는데, 나는 그 꼴은 제대로 구경하지도 못한 채 끙끙대며 알렉시스 에슈마르크에게 달라붙어 찔끔찔끔 걷고만 있었다.

그러다 보니 자연히 뒤처졌는지, 어느 순간부터는 주변에서 다른 사람들의 목소리가 줄어들었다. 애셔가 두어 번 우리에게 괜찮냐고 질문하는 소리가 들려왔지만 에슈마르크 대공이 괜찮으니 조금 천천히 가겠다고 나 대신 대답한 뒤로는 그마저도 들려오지 않았다.

그렇게 알렉시스 에슈마르크에게 달라붙어 한참을 걷다가, 소리 죽여 물었다.

"다른 사람들은요?"

"거리가 조금 벌어졌군. 하고 싶은 얘기가 있으면 하게. 이 정도 떨어져 있는 데다가 주변에는 마력장이 강력하게 작용하고 있으니 저들 중에는 우리의 대화를 들을 만한 실력자가 없어. 마이어 후작도, 레일리 크라하도 애석하지만 지금은 일행에 없으니까 말일세. 그들이야 공방에 일찌감치 들어가 있는 상태가 아닌가."

"아, 하긴 그렇네요."

하기야 저 중에서 그 정도의 실력자라고 해 봤자 기껏해야 이리나 경 정도인데, 이리나 경은 신체 능력이 발달하지는 않은 사람이니 마법을 쓰지 않는 이상 먼 곳의 소리를 듣기 어려울 것이다. 그리고 푸른 숲 안에서는 함부로 마법을 쓰지 않기로 얘기가 되었으니 적어도 자유롭게 대화를 나누는 일에 있어서는 걱정을 한 짐 덜어 놓을 수 있게 된 셈이었다.

곰곰이 생각해 보고 마음을 놓은 나도 더는 주저하지 않고 바로 본론을 꺼냈다.

"마티어스 에이미의 조사 말이에요."

"그 얘기에는 이미 충분히 결론을 내리지 않았나?"

"댁들처럼 유능한 인간들이야 그 정도쯤 보면 충분히 스스로 결론을 내릴 수 있는 사람들인지 모르겠는데, 나처럼 어쩌다 보니 유능한 인간의 탈을 쓰기만 한 일반인은 그럴 수 없단 말입니다. 그래서 그 조사의 요지가 뭐예요?"

짜증스럽게 되묻자, 알렉시스 에슈마르크가 입을 꾹 다문 채 침묵하다가 한숨을 푹 내뱉었다.

"나는 좀 걱정이 되는군. 원래 그 화제를 두고 고민한 결과물만큼은 그대에게 공유해 줄 생각이 없었어."

"왜요? 어떤 문제가 있든지, 그래도 제가 일단은 그 문제 상황의 존재 자체를 알아 두는 편이 낫지 않을까요?"

"세상엔 그렇게 풀리는 일이 있고 그렇지 않은 일이 있지. 하지만 이렇게 된 이상 알려 주지 않을 수도 없게 된 듯하니, 일단 내 의견을 밝히겠네."

"옙, 경청하겠습니다."

기회를 놓치지 않고 재빨리 대답하자 알렉시스 에슈마르크가 잠깐 미간에 주름을 잡았다가, 이내 표정을 누그러트리며 차분히 이야기를 시작했다.

"빛 속성을 지닌 반인에 대해 들어 봤나?"

"아뇨. 그래서 마티어스 에이미가 흥미를 보인 것 아니에요? 대륙에 없던 종족이 등장한 셈이니까 말이에요."

"에이미야 그런 이유에서 흥미를 보였겠지. 하지만 적어도 우리만큼 아는 것이 많다면, 다른 방향으로도 생각을 해 봐야 할 게 아닌가."

"어떤 방식으로요?"

"단도직입적으로 말해, 우리는 이미 대륙에 존재하지 않던 속성의 반인을 본 적이 있지 않나. 어떤 형태로든 간에 말이지."

그의 말을 듣고 눈을 동그랗게 뜬 채 고개를 갸웃거렸다가 돌에 걸려 넘어질 뻔했다. 앞을 잘 못 보면 한눈이라도 팔지 말아야 하는데 순간적으로 주의를 잃은 탓이었다. 알렉시스가 잡아당긴 덕에 가까스로 돌부리를 피한 나는 다시 잽싸게 자세를 바로 했고, 곰곰이 그의 말을 곱씹으며 두어 걸음을 더 걷다가 희미하게 탄성을 뱉었다.

"갈리아 말이군요? '어둠인'이니까."

"그래서?"

"그래서라뇨?"

멍청하게 반문했지만 몇 초 지나지 않아 당장이라도 죽을 사람처럼 고통스러운 신음을 흘리고 말았다. 자연스럽게 결론에 닿은 탓이었다. 이번에도 별로 알고 싶지 않던 진실을 알게 됐다. 알렉시스 에슈마르크가 왜 내게 이 정보를 공유하지 않으려 했는지도 단박에 이해가 됐다.

"유리 옐레체니카가 왜 하필 레일리 크라하를 선택해서 반인 혁명의 앞에 세웠느냐, 이 말일세."

알렉시스 에슈마르크가 쐐기를 박기까지 했다. 나는 반사적으로 머리를 쥐어뜯으려다가 주변의 마력 장치에 부딪쳐서 얌전히 팔을 내리고, 다시 모든 정보를 머릿속에 하나, 하나 되짚어 봤다.

레일리 크라하가 태어나던 날, 요란한 번개가 쓰레기장에 내리꽂혔다. 그래서 다들 추론하기를, 그 직후 쓰레기장에서 발견된, 번개에 탄 반인 여자의 시체 곁에 꼬물거리던 갓난아이가 번개인 여자의 마지막 유산이리라고 여겼다. 죽어 가는 어미의 몸에서 가까스로 태어난 아이가 어미의 시체를 먹고 겨우 연명했으리라고.

그래서 아기를 발견한 '청소부'는 최소한의 도리로 번개인 여자의 손에 묶여 있던 성노예 식별용 노리개를 아기의 손에 묶어 주고, 그런 '하층민'을 처리하는 알선업자에게로 보냈다.

하지만 우리가 추론하기를, 앞선 번개 반인들보다도 확연히 강력한 힘을 지닌 레일리 크라하라면, 어쩌면 번개 반인에게 번개가 내리꽂히며 탄생한 2차 발생 반인일 수도 있다. 그가 지닌 모든 특질, 능력, 속성, 회복력 모든 것이 기존의 번개인과는 궤를 달리했기 때문에 나온 가설이다.

그리고 마티어스 에이미는, 2차 발생 반인으로 탄생하면서 그의 속성이 '번개'가 아닌 보다 상위 속성이 되었을지도 모른다고 추론한 것이다. 그 가정하에 레일리 크라하의 속성을 추론해 보자면, 분명 '빛'이리라고.

하지만 빛. 그렇게 부르자면 굉장히 묘한 어감을 준다. 우리는 이미 그와 상충되는 속성의 '호문쿨루스'를 알고 있다.

그렇다. 호문쿨루스였다. 유리 옐레체니카와 갈리아는 마찬가지로 호문쿨루스다. 갈리아의 회복력을 제대로 확인한 적은 없지만, 흉터가 남는 것을 막을 수 없을 만큼 회복력이 좋다는 이야기는 들었다. 뿐만 아니라 그에 앞서 유리 옐레체니카의 믿기지 않는 회복 속도를 통해 호문쿨루스의 특질은 이미 파악한 바가 있었다.

어떤 강력한 반인도 레일리 크라하 같은 회복 능력과 신체 능력을 지니지는 못했다고, 가라한 아브리함이 이미 우리에게 알려 주지 않았던가?

그와 비슷한 회복 능력을 지닌 '호문쿨루스'들이 이미 도처에 깔렸는데, 어떻게 다른 결론을 내릴 수 있을까?

등골이 오싹했다. 물론 나로서도 알고 싶지 않았던 진실이지만, 레일리 크라하만은 죽어도 알면 안 되는 일일 것이다. 솔직히 말해서, 알렉시스 에슈마르크가 이 사실을 일찌감치 알려 줬다면 푸른 숲에서 레일리와 부대끼는 내내 쓸데없는 죄책감에 시달리며 휘둘려야 했을 것이다. 그러면 분명히 티가 났을 것이고. 분명 '알지 않는 편이 나았을' 정보가 맞다.

이런 것을 다행스럽다고 표현해도 될지 모르겠지만, 그래도 그나마 다행스러운 구석이 있다면 레일리 크라하가 탄생할 무렵에 엘류이센 라이케가 이미 므라우에 있었으리라는 점뿐이었다. 그때 이미 엘류이센 라이케는 푸른 숲 공방을 떠난 뒤였다고 봐야 한다. 오랜 세월을 기다려 모든 준비를 마친 뒤 푸른 숲 공방을 떠난 이상, 그녀가 굳이 기록 따위를 남기기 위해 다시 푸른 숲으로 돌아오지는 않았을 것이다.

그리고 만일 그렇다면 지금 푸른 숲 공방을 뒤져 봤자 그와 관련된 자료를 찾기 어려울 테니, 레일리의 이번 돌발행동에는 그 문제가 끌려 나올 염려가 없다.

나는 힘겹게 질문을 선별해 냈다. 알렉시스 에슈마르크의 의견을 들어 봐야 할 필요성을 절실히 느꼈다.

"죽어 가는 반인 여자의 시체에 번개를……. 꽂아서, 강제로 강화된 2차 반인을 만든 걸까요? 아니면……."

아니면 아예 갈리아처럼, 작정하고……. '만들었을까'?

차마 그 말을 꺼내지 않은 채 입을 꾹 다무는데, 흘긋 나를 일별했던 알렉시스 에슈마르크가 차분히 대답했다.

"거기까지는 알 수 없지. 하지만 이제 공방에 도착했네. 일단은 이야기를 멈추고, 그대는 먼저 레일리 크라하를 찾는 일에 전념하는 편이 낫겠군."

그때까지도 공방을 발견하지 못하고 있던 내가 예에? 하고 반문하는데, 주변을 빼곡하게 짓누르고 있던 마력이 갑자기 씻은 듯이 사라졌다. 우리가 끌고 나온 마력 몇 개가 뒤꽁무니에 붙었다가, 마력 장치들끼리 엉켜 있는 탓에 다시 무리로 쏙 끌려들어 갔다.

마이어 후작의 조가 들어간 길을 따라 들어왔기 때문에 절벽을 내려갈 필요는 없었다. 그들은 바로 절벽 아래로 이어지는 방향으로 움직였던 모양 이다.

기계로 만들어진, 거대한 아치형의 돔이었다. 절벽과 절벽 사이의 암석 들에 마력 장치들을 유려하게 걸쳐 놓고, 마력 장치와 마력 장치끼리 엉키 게 해서 강제로 만든 '안전한 공간'이 지체 없이 눈앞에 펼쳐졌다.

때 한 점 타지 않은 새하얀 벽돌로 지어 잘 구운 기와로 붉은 지붕을

덮고, 주변에는 녹색 꽃과 푸른 덩굴을 울타리처럼 둘렀다. 작은 정원에는 비현실적인 색감의 꽃들이 만발해 있었다.

동화 속에나 나올 법한 집처럼 보였다. 아름다운 테라스와 잘 다듬은 창가, 아담한 집 뒤에는 작은 창고와 식료품 저장고, 그리고 거대한 실험실이 붙어 있었다. 심지어는 직접 식재료를 재배하는 듯한 작은 밭도 함께였다. 털이 북슬북슬하고 꼬리가 세 개 달린 하얀 고양이가 지붕 위에서 '야옹' 가느다란 목소리로 울었다. 정원 앞에 놓인 쿠션 많은 안락의자는 바람도 없는 곳에서 삐걱삐걱 앞뒤로 흔들리고 있었다.

상황이 이러니 마이어 후작도 별수 없이 레일리 크라하의 의견에 밀려 그에게 동조할 수밖에 없었을 것이다.

이토록 평안해 보이는 가정집이지만, 그 사실 자체가 지극히 이상할 수밖에 없다.

삐걱삐걱 흔들리는 마력의 돔을 하늘처럼 짊어진 채.

주인이 이 땅을 떠난 지 적어도 10년. 그러나 방금 전까지도 사람이 살았던 집처럼, 모든 것이 생동감 넘치는 형태로.

전설 속의 푸른 숲 공방이 모습을 드러냈다.

* * *

내가 다가가자 저택 앞에 서서 멍하니 서 있던 사람들의 시선이 모두 내게로 쏠렸다. 설명을 요구하는 눈빛이었다.

그도 그럴 것이, 푸른 숲 공방은 10년 이상 방치된 저택이어야 했던 것이다. 유리 옐레체니카는 애초에 가문의 부흥을 위해 뷔올에 등장했음을 자청했다. 그녀는 공식적으로 푸른 숲 공방의 마지막 후손이었고, 푸른 숲 공방에는 더 이상 그녀 외의 사람이 남지 않았다고 알려졌다.

하지만 나라고 해서 방금 전까지도 사람이 살고 있었을 법한 잘 관리된 가정집 앞에서 꺼낼 만한 변명거리를 지닌 것은 아니었다.

내가 알기로도 이 공방에는 본래 유리 옐레체니카만이 살았어야 한다. 몬타뉴 밀락테이트 사후, 영생을 사는 호문쿨루스 엘류이센 라이케가 이 땅에서 근원을 지켰음을 이미 알고 있기 때문이다.

하지만 10년 이상 사람이 살지 않던 집에서 농작물을 키우고, 뽀얀 털을 지닌 애완동물이 그 지붕 위를 걸어 다닐 수 있을까? 정말로?

"절벽 위에서 볼 때는 마법으로 관리를 잘해 둔 수준으로밖에 안 보였는데, 이 정도면 사람이 살고 있었다고 봐야겠군."

그 자리에 딱 굳은 채 아연히 푸른 숲 공방만을 바라보던 나는, 마찬가지로 인상을 쓴 채 주변을 둘러보던 알렉시스 에슈마르크가 먼저 입을 열고 나서야 정신을 차렸다. 나도 더듬더듬 조급히 말을 붙였다.

"누가……. 누가 살고 있었던 걸까요?"

"모르시오?"

다른 기사들로부터 애셔가 왔다는 전언을 들었는지, 집 안에서 정원을 가로질러 뛰어 나오던 마이어 후작이 곧장 내게 물었다. 그 말투가 추궁에 가까웠다.

안 그래도 불쾌하고 불안한 일들만 연속적으로 일어나던 상황이다. 그런 상황에서 심지어, 내 허락조차 받지 않고 공방 안에 들어가도 좋다는 최종 결단을 내려 버린 무례한 인간에게서 추궁조의 말을 들으니 열이 훅 올랐다. 순간적으로 울컥하고 만 나는 반사적으로 날카롭게 대응했다.

"제길, 이놈이고 저놈이고 내 집을 자기 집인 것처럼 마음대로 들쑤시고 있는데, 다른 놈이 내 집에서 살고 있었는지 아닌지를 푸른 숲에 이제 막 들어온 내가 그럼 어떻게 알아요?!"

첫 마디부터 단번에 역정을 낸 탓인지 마이어 후작이 정원 중간쯤에서 잠깐 걸음을 멈췄다. 주변에 있던 사람들도 재빨리 입을 다물고 눈치를 살피기 시작했다.

짜증을 내 놓고 나서 스스로 생각하기에도 아차 싶었지만, 솔직히 말하자면 사과하고 싶지 않았다. 내가 사과할 이유라고 해 봤자 후작에게 함부로 말했다는 것 외에 더 있단 말인가?

사과를 해야 할 인간은 내가 아니라 마이어 후작 쪽이었다.

하지만 빌어먹게도 이 세계는 신분제 사회가 맞다. 유일하게 내 편이라고 봐도 좋을 것 같은 알렉시스 에슈마르크의 옷소매만을 꾹 쥐고 잡아당기며, 나는 인상을 팍 쓴 채 불만스레 시선을 깔았다.

사과는 하겠지만, 그렇다고 해서 얼굴을 보고 진심 어린 사과 따위를 하고 싶지는 않으니 시선이라도 땅에 던진 셈이었다.

"죄송합니다. 예기치 못한 상황이 이어지다 보니 신경이 날카로워져서 그만, 후작님께 예의 없게 굴었습니다. 부디 제 무례를 너그러이 잊어 주십시오."

내 반응을 보고, 공방에 진입해도 좋다는 허가를 받았다던 레일리의 말이 구라라는 사실 정도는 눈치를 챈 모양이었다. 잠시 턱을 기울이며 애셔를 향해 설명을 요구하는 듯이 시선을 던졌던 마이어 후작은 애셔가 난감한 낯으로 고개를 절레절레 저어 보이자 곤란한 표정을 지었다. 그도 즉시 고개를 깊숙하게 숙여 보였다.

"아니. 내가 무신경하게 말한 것이니 죄송할 사람은 나지. 그리고 미리 양해를 구하지 못한 채 함부로 공방을 침범하게 된 일에 대해서도, 다시 한번 제대로 사죄해야 할 것 같군. 내 독단이었으니 내가 책임지지. 어떤 책임이든 달게 질 것이고, 뷔올로 돌아가면 제대로 사례도 하겠소."

레일리와 내 관계에 대해서도 확실한 답을 들은 적이 있는 사람이어서인지, 그가 레일리가 아닌 자신에게로 책임을 돌렸다.

다른 사람들도 듣고 있는 자리니만큼, 일단은 애셔가 직접적으로 레일리를 짚어 처벌을 논하기 전까지 '그렇게' 해 두겠다고 선언한 것이다. 레일리 크라하가 주인을 무시하고 날뛰었다는 확언을 하는 대신, 자신이 독단적으로 내 공방을 함부로 침범하기로 결정했다고 말이다.

그가 베풀 수 있는 최선의 호의라는 사실은 알지만 어느 쪽이든 첫마디부터 추궁을 들을 이유가 되지는 않는다. 나는 제대로 대답하지 않은 채 불퉁히 땅만 바라봤다. 그런데 알렉시스 에슈마르크가 한숨을 푹 내쉬더니, 내가 붙잡고 있던 옷소매를 내 손아귀에서 쓱 빼냈다.

의지할 곳이 없어서 일단 당장에 그의 옷소매를 다시 붙잡으려는데, 다시 한번 나를 제지한 그는 그대로 팔을 들어 내 어깨를 감싸 안은 채 두어 번 토닥여 줬다. 퍽 다정한 태도였다.

그로 인해 반사적으로 시선이 올라왔다가 마이어 후작과 정통으로 마주치고 말았다. 윽 소리를 내며 다시 시선을 돌리고 물러서려다가 알렉시스 에슈마르크의 팔에 감싸여 강제로 두어 걸음 앞으로 나서게 됐다.

결국 기어들어 가는 목소리로, 마이어 후작에게도 대답을 돌려줘야 했다.

"……. 황태자 전하와는 이미 이야기를 마친 문제이니 그 점은 괜찮습니다. 단지 제가 보는 앞에서 함께 조사해 주셨으면 하는 마음입니다. 제 집사에게는 따로 시킬 일이 있기도 하고, 여러 사람이 함께 제 공방의 비밀스러운 연구 결과들을 들추는 것은 즐겁지 않으니 지금이라도 내부에 들어간 모든 사람들을 데리고 나와 주십시오. 선별된 소수의 사람들이 공방 내부를 둘러보는 동안 다른 사람들은 바깥에서 우리를 기다리게 했으면 좋겠습니다. 제 집사로 하여금 바깥에서 기다리는 사람들과 함께 행동하도록 해 두면 충분하겠지요?"

"……."

나름대로 굽히고 들어갔으니 주저함 없이 알겠다든가, 그럼 그렇게 하자는 대답이 돌아와야 했다. 그런데 왜인지 적합한 때가 지나고도 한동안 대답이 돌아오지 않았다. 여태 시선을 회피하고 있다가 뒤늦게 마이어 후작의 얼굴을 제대로 살피는데, 그때에야 마이어 후작의 시선이 내 얼굴이 아닌 어깨쯤으로 옮겨 가 있다는 사실을 깨달았다.

흘긋 따라서 시선을 내리니, 알렉시스 에슈마르크가 나를 부드럽게 감싸 안고 토닥여 주던 손이 여전히 내 어깨를 다정히 감싸고 있었다.

"엥."

내가 얼빠진 소리를 내자 그때에야 마이어 후작의 시선이 조금 올라왔다. 어깨를 바라보았다가 다시 그를 향해 시선을 돌리던 나와 때마침 눈이 마주치자, 그가 큼, 하고 목을 가다듬고 뒤늦게 대답했다.

"알겠소. 그럼 그리하지."

그러더니 주저 없이 돌아서서 다른 기사들에게 명령을 내리기 시작했다. 내부에 들어간 사람들을 모두 데리고 나오라는 명령이 마이어 후작의 입에서 그럭저럭 정돈되어 마무리될 무렵에야, 뒤에서 팔짱을 낀 채 난처히 웃기만 하며 서 있던 애셔도 그에게 천천히 다가섰다. 그러더니 애셔는 마이어 후작의 등에 팔을 감아 한쪽으로 데려가며 나름대로 상황을 설명해 주기 시작했다.

대공 역시 마이어 후작의 묘한 태도를 일찌감치 파악한 모양이었다. 눈을 가늘게 뜨고 있던 알렉시스 에슈마르크가 온화한 목소리로 말했다.

"죄 많은 여인이군."

"닥쳐요. 당신한테 그런 소리 듣고 싶지 않아요."

"내가 아니면 누가 그런 소리를 할까?"

장난스럽게 어깨를 내려 내 앞에 고개를 삐딱하게 기울인 알렉시스 에슈마르크가 보랏빛 눈을 가늘게 접었다. 남들의 눈에는 당장에 키스라도 할 것처럼 보일 법했다. 반사적으로 그의 이마를 붙잡고 밀어내다가 인상을 썼다.

"당신도 그렇다는 거, 이제는 나도 잘 알고 있으니까 일단 저리로 떨어져요."

"저런."

미는 대로 순순히 밀려나서 다시 제대로 고개를 든 그가 뻔뻔하게 대답했다.

"역시 죄 많은 여인이지?"

"예, 예."

성의 없이 대답했지만 뒤늦게 마음이 켕겼다. 끙 소리를 내며 알렉시스 에슈마르크가 서지 않은 반대편을 향해 슬그머니 시선을 돌리는데, 그가 먼저 선수를 쳤다. 어깨를 감싸 안은 손은 풀지 않은 상태였지만, 다른 화제였다.

"어쩐지 레일리 크라하는 나오지를 않는데."

그의 말을 듣고 나서 살펴보니, 대부분의 기사들이 공방에서 빠르게 빠져나오고 있는데도 불구하고 레일리만은 보이지 않았다. 인상을 찡그린 채 물끄러미 공방을 지켜보고 있다가, 결국 내가 나서서 마이어 후작에게로 다가갔다.

"레일리는 어째서 돌아오지 않죠?"

내 질문을 듣고 의아한 듯 목을 빼 들었던 그도 인상을 썼다. 방금 막 빠져나온 기사들 중 한 명에게 손짓을 해 따로 불러낸 마이어 후작은 안에 있던 사람들이 이제 다 빠져나온 게 맞느냐는 질문을 대신 꺼내 주었다.

"예, 공방에는 더 이상 사람이 없을 겁니다. 창고와 식료품 저장고, 실험실에는 아직 가지 않은 것으로 알고 있습니다만……. 그러고 보니, 옐레체니카 백작저의 집사와 대공 각하의 시종이 보이지 않는군요. 다시 찾아볼까요?"

"제가 직접 찾겠습니다. 어쨌든 실험실이니, 집사를 무사히 데리고 나오는 잠깐 정도는 혼자 다녀와도 괜찮겠죠?"

괜히 다른 사람을 추가로 들여보내기보다는 직접 찾는 편이 백 번 낫다고 봤다. 애초에 레일리나 갈리아가 어디로 향했을지는 뻔한 일이었다. 나는 즉시 실험실로 향하려다가 애셔에게 손을, 알렉시스 에슈마르크에게 어깨를 붙잡혀서 다시 걸음을 멈췄다.

"아, 뭐예요?"

"혹시 모르니까요, 백작님. 저라도 데려가 주시지요."

애셔가 사람 좋은 얼굴로 제안했다. '혹시 모르는 일'이 무엇인지는 명백했다. 실제로도 이미 애셔와는 그렇게 협의를 마치기도 했다. 하지만 젠장, 상황이 달라지지 않았는가? 실제로 사람이 사는 것도 아닐 텐데 방금 전까지 누군가 생활하고 있었던 듯이 보이기까지 하는, 저 수상쩍은 푸른 숲 공방을 보란 말이다. 대놓고 수상한 지금의 공방에 대책 없이 타인을 데리고 들어갔다가는 무슨 일이 생길지 짐작도 가지 않는다.

결국 이러지도 저러지도 못한 채 어물거리는데, 다행히 애셔와 동시에 나를 잡아챘던 인간이 도움을 줬다.

"그냥 내가 백작과 함께 들어가지. 그 편이 마법적 장치에 무지한 백작에게도 안전할 것 같으니까 말이야."

차분히 말한 알렉시스 에슈마르크가 애셔에게 흘긋 눈을 찡긋거려 보였다. 자신 정도의 동행이 붙는다면 순순히 보내 줄 수도 있지 않겠냐는, 모종의 거래를 조장하는 시선이었다. 그러자 애셔가 산뜻하게 미소를 지어 보이더니, 마이어 후작의 등을 친근하게 두드렸다.

"솔데인. 자네도 가도록 해. 지금의 백작님은 힘과 기억을 잃어 연약해지셨으니, 자네가 백작님을 '혹시 모르는 사태'로부터 지켜 드려야지. 많은 사람이 실험실에 함께 들어가기는 역시 곤란하겠지만, 최소한의 호위 정도는 붙여 드려야 할 일이 아니겠어."

하여튼 한마디도 지지 않는 새끼다운 대처였다.

그래도 알렉시스 에슈마르크든, 솔데인 마이어든, 실험실 안을 함께 둘러볼 일행으로는 적어도 레일리 크라하보다는 낫다. 나는 어쩔 수 없이 고개를 끄덕이고, 성큼성큼 앞장서기 시작했다.

주거 공간처럼 생긴 본채 건물을 뒤지던 사람들의 말에 따르면 내부에서 다른 사람은 발견되지 않았다고 했다. 사람이 살던 흔적은 뚜렷하지만 그렇다고 해서 정말로 인간이 있었던 것은 아니라고 말이다. 창고와 식품 저장고도 지나가는 길에 슬쩍 문을 열어 봤지만, 여전히 살아 있는 사람은 없어 보였다.

"마법 같은 것으로 생태가 유지되고 있는 상태가 아닐까?"

결국 실험실 앞에 서서 문을 열려다 말고 손을 멈춘 알렉시스 에슈마르크가 그렇게 말했다. 그가 문을 열기만을 기다리고 있던 후작과 내가 눈을 동그랗게 떴다.

"무슨 얘기예요?"

우리에게 한 손을 들어 보여서 일단 제지한 알렉시스 에슈마르크가 문짝 위에 두 손을 살며시 얹었다. 입으로는 차분히 설명을 이어 가고 있었다.

"텃밭 같은 것 말일세. 작물 생장의 생태가 마법으로 알아서 유지된다면, 공방의 다른 곳에 남은 '생활감'은 하급 마법사들도 쉽게 꾸며 낼 수 있는 수준의 간단한 장난질로 해결될 수 있는 요소들뿐이니 말이야. 안락의자가 알아서 흔들리도록 인공적인 조치를 취하는 일 정도라면 누구에게나 간단하지."

"아하…… . 하지만 그러면 고양이는요?"

"처음엔 그 압도적인 외관에 놀라서 발을 멈췄는데, 다시 생각해 보니 다른 가능성이 여럿 있지 않나."

"거 모르겠습니다만."

대화를 하는 내내 문에 두 손을 얹고 소중한 것을 쓰다듬듯 조심스럽게 만지작거리던 알렉시스 에슈마르크가 한숨을 푹 내쉬더니 몸을 세웠다.

"그 고양이가 생물이라고 어떻게 단언하지? 역시 잠금 장치가 있군. 그냥 열었다간 손목이 날아갈 뻔했어. 일단 혈액을 좀 줘 보게, 백작."

"기계 장난감 같은 거 말이에요? 오…… . 확실히 가능성이 있네요. 오토마타 같은 종류로 만들었다면, 유리…… . 아니, 그러니까, 옛날의 저나, 푸른 숲 공방에서는 어려운 일도 아니었을 테고…… . 아까 미리 뽑아 났던 피는 있는데, 그거로도 괜찮을까요?"

"차고 넘치지. 한 방울이면 어지간한 잠금 장치는 열려."

문을 톡톡 두드려 보던 알렉시스 에슈마르크가 우리에게 손짓을 해서 두어 걸음 더 물러나게 했다. 그리고 문에 있던 자그마한 균열을 발견해서, 그 안에 손톱을 넣고 작은 판을 톡 떼어 냈다.

"그 말인즉, 레일리가 공방 전체를 감싼 결계를 깬 뒤에 실험실을 열기에도 피가 충분했을 거라는 얘기네요?"

"갈리아가 제 역할을 했기만을 바라야지, 어쩌겠나."

그의 희망 없는 대답을 듣고 끙 소리를 냈다가, 일단은 알렉시스 에슈마르크가 하는 일을 유심히 지켜봤다. 그는 작은 판에 내 피를 두어 방울 흘리더니, 그 판을 그대로 다시 문에 붙여 넣었다. 그러자 문 안쪽에서 덜걱덜걱 요란한 소음이 들려왔다.

"장치들이 해제되는 중이야. 조금 더 기다리세."

알렉시스 에슈마르크가 친절한 설명을 붙여 주지 않아도 후작과 나는 알아서 몸을 사리며 소리가 조용해질 때까지 잠자코 대기하고 있었다. 이런 마법적인 보안 장치의 해제는 명백히 알렉시스 에슈마르크의 전문 분야니, 마법과 발명에 문외한인 우리가 할 수 있는 일이 사실상 없기도 했다.

이윽고 문 안쪽이 조용해진 뒤, 문짝에 귀를 가져다 댔던 알렉시스 에슈마르크가 무난히 문을 열었다.

"자, 그럼 들어가지. 각자 나뉘어서 일단 레일리 크라하부터 찾아볼까?"

"'나뉘어서'?"

후작이 못 들을 말을 들었다는 듯이 미간을 찡그리며 반문했지만, 나는 알렉시스 에슈마르크의 말을 듣고 화색이 되었다. 본채보다 큰 건물이다 보니 운이 나쁘면 한참 동안 레일리를 찾아야 할 듯했는데 다행히 알렉시스 에슈마르크가 선수를 쳐 준 것이었다. 나는 재빨리 알렉시스 에슈마르크의 목을 꽉 끌어안아 주었다.

"알렉시스 최고!"

잠깐 진심 어린 감사를 담아 그의 목에 매달렸다가 금세 놓아준 뒤, 나는 얼른 두 팔을 걷어붙이며 실험실 안으로 잽싸게 들어섰다. 어느 쪽으로 들어가면 운 좋게 레일리와 마주칠 수 있을지부터 가늠해 봐야 했다.

알렉시스 에슈마르크는 의도치 않게 내게 안겼던 목덜미를 손으로 쓰다듬으며 희미하게 웃더니, 먼저 성큼성큼 걸음을 옮겨 좌측으로 향하려 했다. 부지불식간에 눈 뜨고 코 베일 뻔했던 후작이 재빨리 그를 붙잡았다.

"각하……."

뒷말은 붙지 않았지만 힐난의 태도였다. 그가 또 고지식하게 원칙을 들먹일 것 같았기 때문에, 내가 먼저 나서서 빠르게 의견을 피력했다. 마이어 후작의 팔을 잡고 위아래로 마구 흔들며 강력하게 지금은 특별 상황임을 어필한 것이다.

"레일리만 찾으시면 언제든 합류하셔도 돼요! 아니, 애초에 걔만 찾으면 같이 돌아다녀도 되고, 나가서 전하나 다른 분들을 모셔 와도 되니까요! 아, 후작님, 제발요. 걔 진짜 빨리 찾아야 한단 말이에요."

내가 잽싸게 알렉시스 에슈마르크의 말에 동조하며 그들을 몇 번인가 번갈아보자, 눈썹을 꺾었던 마이어 후작이 푹 한숨을 내쉬었다.

"지금 당신에게는……. 다른 게 안중에도 없군."

"하핫, 죄송합니다. 아무튼 양해 부탁드려요. 찾으시면 바로 불러 주세요!"

그리고 나는 후작이 나를 잡기 전에 재빨리 실험실 안쪽으로 좀 더 뛰어 들어갔다. 상황이 이렇게 되니 별수 있었겠는가. 후작도 어쩔 수 없이 내게 장단을 맞춰 주려는 듯했다. 그는 뒷목을 만지작거리며 다시 한번 깊은 한숨을 내쉬더니, 오른쪽으로 꺾어지는 복도 앞에 자리를 잡았다.

"각하께서 당신의 뜻에 전부 맞춰 주겠다고 표명하셨는데, 내가 어떻게 당신을 이기겠소."

"저 꼴을 보게. 눈 오는 날 거리에 풀어 둔 강아지 같지 않나. 저 꼴을 보고 어떻게 목줄을 채우겠어."

"염병, 사람을 짐승 취급하지 좀 말라고요."

"짐승 같으니 짐승 취급을 하지."

쯧쯧 혀를 차며 말하고는, 이제야 목덜미에서 손을 거둔 뒤 목깃을 다듬은 알렉시스 에슈마르크가 부드럽게 말했다.

"마이어 후작이 우측 동을 찾아봐 줄 듯하니, 내가 좌측 동을 둘러보지. 그대가 중앙동을 확인하게."

"감사합니다. 저 먼저 가 볼게요!"

나는 마이어 후작의 마음이 바뀌기 전에 잽싸게 대답하고 중앙의 복도로 들어섰다.

제길, 애셔 이 망할 자식. 급히 레일리를 찾아야 하는 상황에 감시 역을 붙여 보내다니, 기본적으로 내 소설의 캐릭터인데 아무리 그놈이 남자주인공이라고 해도 역시 인성을 믿으면 안 되었다.

생각을 하면 할수록 괘씸했지만, 결과적으로는 그가 동행시킨 알렉시스 에슈마르크와 마이어 후작 둘 다 내게는 어느 정도 져 주는 인간들이 아닌가? 말하자면 이건 견제의 '시늉'에 불과한가 싶기는 했다. 어차피 나 혼자서 돌아다니다가 중요한 걸 봐도 그게 중요한 거라고 확신할 수 없어 숨기지도 못할 테지만, 덕분에 적어도 자유롭고 빠르게 레일리를 찾을 조건은 마련된 셈이었다.

일행들과 헤어진 뒤 나는 다급히 중앙의 복도를 성큼성큼 걸어가기 시작했다. 하지만 그 첫 골목에서부터 난관에 봉착하고 말았다. 세 개의 방으로 들어가는 문이 나란히 등장한 것이었다. 거기에서 복도가 끝나지도 않았다.

작은 방이면 안에 사람이 있는지만 확인하고 지나칠 요량으로 슬그머니 문부터 열어 봤다. 하지만 안타깝게도 세 개의 방에는 각각의 별도 통로가 붙어 있었다.

먼저 문을 열어 본 두 개의 방은 각각 위로 올라가는 계단, 아래로 내려

가는 계단을 품고 있었다. 단번에 그 위와 아래에 무엇이 있는지를 확인하기는 어려웠다. 나머지 방 하나는 그나마 온갖 플라스크와 문서가 즐비한 실험실이기에 추가 통로가 없는 줄 알고 마음을 놓으려 했지만, 문을 좀더 활짝 젖히자 그 너머에서 추가 통로가 등장하는 바람에 뒤통수를 맞고 말았다.

흘긋 추가 통로 너머를 내다보니 또 다른 실험실과 이어지는 것 같았다. 결국 여긴 방 세 개와 복도로 이루어진 네 갈래 길이다, 이거로군…….

빌어먹을, 세상 누가 집 구조를 이따위로 짓는단 말인가?

"밖에서 볼 때는 이렇게 커 보이지 않았는데……."

어렴풋이 중얼거리다가 인상을 썼다. 하기야 푸른 숲 공방 따위에 어떻게 상식을 바랄 수 있을까? 내부에 마력을 잔뜩 때려 박아 공간을 왜곡한 것일 수도 있고, 바깥에 환상 마법을 걸어 놨을 수도 있는 것이다. 나는 투덜대며 고민하다가, 일단 세 방의 문을 모두 열어 놓고 말꼬리를 질질 끌며 부드럽게 레일리 크라하를 불러 봤다.

"레일리이."

이렇게 대놓고 '보십시오. 나는 실험실입니다.' 하는 분위기를 뿜어내는 곳에는 레일리도 비교적 관심을 덜 가졌을 테니, 불러 보고 대답이 없으면 지나칠 요량이었다.

"레일리이이."

듣고 반응하라는 생각에서 퍽 애교스럽게 한 번 더 외쳐 보았지만 내 목소리만 실험실 안에 맴맴 돌 뿐 대답이 돌아오지 않았다. 나는 미련 없이 문을 닫고, 계속해서 더 깊은 복도로 걸어 들어가기 시작했다. 내 입으로 직접 말하기는 껄끄럽지만, 이렇게까지 했는데 반응이 없다면 레일리 크라하도 저 안에는 없는 것이라고 확신한다.

말이 나왔으니 말인데, 아무리 생각해도 지금의 이 상황은 너무 불합리하지 않은가? 개자식이 속에 꿍꿍이가 있으면 최소한 나를 대할 때 약간의 죄책감은 느꼈어야 하는 것이 아니냐, 이 말이다.

　본래 로맨스 소설의 남자주인공이란 사랑에 빠지기 전까지는 무슨 개 같은 짓을 하든, 사랑에 빠지고 나면 적어도 연인에게만은 착해져야 하는 법이다. 속마음은 그렇지 않지만 상대의 행복을 위해 악역을 도맡아 하는 경우 외에는 용납될 수 없다.

　하물며 사랑하는 연인을 눈앞에 두고 다른 계략을 꾸며야 하는 서사가 존재하더라도, 그런 때조차도 최소한 '이런 당신을 속이다니, 나 같은 녀석에게도 잘해 주는 천사 같은 당신……. 하지만 당신을 속이고 이용하는 나에게는 당신에게 사랑받을 자격조차 없어…….'쯤 되는 기특한 생각 정도는 해 줘야 하는 법인데, 젠장, 우리 집의 개 같은 집사 자식이 한 짓을 생각해 보란 말이다.

　사람이 얼굴이 새빨개지도록 부끄러워하며 애교를 부렸는데, 양심에 가책을 느끼고 티를 내기는커녕 뻔뻔하고 당당한 얼굴로 애교는 납죽납죽 당연하다는 듯이 받아먹지 않았는가?

　인간적으로 남이 부린 애교를 넙죽넙죽 받아 처먹을 거면 보이지 않는 곳에서 속 시꺼면 흉계를 꾸미지 말든가, 어? 적어도 상대방에 대한 특정한 의심을 품고 있었다면 애교라도 받아 처먹으면 안 되는 것이 아니냐고! 양심도 없는 새끼, 정말이지 죽여야 한다.

　속으로는 온갖 욕을 했지만 겉으로는 길 한 번 더럽게 들어 버린 들짐승 놈을 꼬드길 캣닢처럼 굴며, 나는 그 후로도 총 일곱 개의 방을 그대로 지나쳤다.

　그러고 나서 다섯 개의 방이 연달아 등장했다. 짜증스럽게 목덜미를 주무르다가 이번에는 방문을 열지도 않고 그 중앙에 서서 목을 가다듬었다. 경험적으로 실험실 건물의 문들은 각각 방음처리가 되지는 않은 듯하니, 그냥 큰 목소리로 외칠 요량이었다.

　"집사야."

내가 듣기에도 간드러지는 목소리로 슬며시 불러 보았지만, 여전히 반응이 없었다. 이렇게 총 열다섯 개의 방에서 허탕을 치게 생기자, 나도 모르게 역정이 치솟았다.

"아, 김레일리 크라하, 이 개자식아. 주인님이 찾는데 왜 안 나오냐!"

벽을 주먹으로 쾅 치며 외쳤다가 손이 아파져서 슬슬 문지르는데, 곁에 있는 방들 중 한 곳에서 덜걱덜걱 이상한 소리가 들려오기 시작했다. 위험한 일이 생길지도 모르니 혹시 몰라서 우선 살금살금 방문을 슬쩍 연 뒤 틈으로 고개만 들이밀고 상황을 살피는데, 서재처럼 보이는 방의 깊은 곳에서 거대한 책꽂이가 뱅그르르 돌아가고 있었다.

눈을 동그랗게 떴던 나는 슬금슬금 서재 안으로 들어가서, 천천히 열리는 비밀 통로 안쪽으로 고개를 기웃거렸다. 안쪽이 어두워서 잘은 보이지 않지만, 아래로 내려가는 계단이 책꽂이에 가려져 있었던 듯했다.

"헉, 개미쳤네. 비밀 통로도 있었냐?"

"위험한 곳에는 가지 말라고 말씀을 드렸는데도 이런 곳에 제 허락도 없이 단신으로 들어오셨습니까? 애석하게도 그런 위험천만한 상황에도 마스터께서는 추호도 조심스럽고 얌전하며 정숙한 레이디가 되시지는 않는군요."

그런데 예기치 않은 일이 벌어졌다. 익숙한 목소리가 들려온 방향은 뱅그르르 돌아가는 책꽂이 안쪽이 아니라, 등 뒤에서부터였다. 숨결이 닿은 목 뒤쪽에 소름이 쫙 돋았다.

"으악. 악. 아악. 아악!"

다급히 돌아서다가 다리가 꼬여서 계단 너머로 굴러 떨어질 뻔한 것을 레일리가 잽싸게 잡아챘다.

"아, 미친 새꺄! 그렇게 갑자기 등 뒤에서 튀어나오면 어떡해! 애 떨어질 뻔했잖아!"

"그런 소리는 아이를 갖고 나서나 하시죠."

"관용적 표현도 모르냐!"

빽 소리를 지르고 제대로 중심을 잡은 뒤, 레일리의 가슴팍과 어깨를 주먹으로 쾅쾅 때리며 온갖 불만을 토로하기 시작했다.

"애초에, 어? 책꽂이가 돌아가게 해서 함정 깔고 갑자기 등 뒤에서 나타나서 주인님을 놀라게 해? 시팔, 진짜 사람 인성이 왜 그러냐?"

"책꽂이는 제가 돌린 게 아닙니다만."

"그럼 뭐야!"

"벽을 치시지 않았습니까. 그 충격으로 뭔가 잠금장치가 풀린 것이겠지요."

레일리가 태연히 대답했다. 반사적으로 욕과 비난부터 꺼냈지만, 나는 그때에야 레일리의 태도를 제대로 확인해 봤다.

그는 정말이지, 이상할 정도로 태연했다.

유리 옐레체니카가 중요한 자료는 전부 감춰진 곳에 넣어 둬서, 여태 별걸 못 찾았나? 그 전에 갈리아는 어디로 사라졌단 말인가? 흘긋 발돋움을 해 레일리의 어깨 너머가 텅 빈 것을 확인한 뒤 조심스럽게 그의 눈치를 살피다가 일부러 어깨를 쫙 펴고 따져 물었다.

"야, 이 개자식이 진짜, 너 내가 들어가도 좋다고 허가했다는 개 같은 구라를 쳤다며? 어? 내가 언제 그랬어? 집사가 주인님의 이름을 함부로 팔아먹어도 되냐? 어?! 제길, 말하다 보니 다시 열 받네! 그리고 너 왜 내가 부를 땐 대답도 안 해?"

"저를 부르셨습니까?"

"계속 부르며 왔잖아."

"들리지 않았습니다. 아마 멀어서 몰랐던 모양이군요."

듣다 보니 이상했다. 나는 방금 전, 이 방의 문 앞에서도 큰 소리로 집사를 부르지 않았던가? 다른 사람은 몰라도 신체 능력이 범인의 범주를 초월한 레일리 크라하가 못 들었을 리가 없는 일이 아닌가. 실제로도 내가 벽을 쳤다는 사실은 알고 있으니까 말이다.

방금 막 이 자리에 등장했나? 만일 그렇다면, 어떻게? 나는 눈을 세모 꼴로 뜨고 다시 질문을 꺼내 봤다.

"너 어디에 있었는데?"

"이 방에서 서류들을 확인하고 있었습니다. 혹시라도 마스터를 불러온 유리 님의 목적이나 수단을 알 수 있지 않을까 해서 먼저 들어와 조사하고 있었고, 이 일에 대해서는 마스터께서도 동의하셨다고 여겼습니다만. 따로 허가를 구한 뒤에 들어오는 편이 나았다면 죄송합니다."

레일리가 또 태연하기 짝이 없는 얼굴로 대답했다. 늘 그랬듯 사죄만은 대단히 빨랐다. 대충 듣자면 논리적으로도 완벽해 보이는 대답이었다. 하지만 나는 레일리를 물끄러미 바라보다가, 나도 모르게 툭 대답하고 말았다.

"일찌감치 피 훔쳐서 대기 타고 있던 놈이, 약 팔고 있네, 진짜."

애초에 그가 정말로 이 방에 있었다면 내 목소리를 못 들었을 이유가 없다. 내 눈썹이 주체할 수 없이 휙휙 올라가는 것을 빤히 내려다보던 레일리가 특유의 산뜻한 미소를 한 움큼 베어 물더니, 부드럽게 질문했다.

"그럼, 왜 이런 위험하고 검증되지 않은 곳에 홀로 들어와서 저를 찾고 계셨습니까?"

그의 보랏빛 눈동자가 그린 듯이 아름답게 접혔다.

"뭐가 두려우셔서요."

당장에 정말은 어디에 있었느냐고 캐물으려던 말이 목구멍으로 꿀꺽 넘어 갔다. 나를 깔아 보는 레일리 크라하의 눈빛이 더할 나위 없이 싸늘했다.

심장이 얼어붙는 듯한 기분이었다. 레일리 크라하가 무감정한 말투로 씹어뱉었다.

"'악'은 마스터께서 팔고 계셨던 게 아닙니까."

애석하게도 나는 그의 질문에 제대로 된 대답을 돌려주지 못했다. 양심이 아픈건 뭐건, 그런 온정 넘치는 문제가 아니었다. 조금 더 현실적인 이유에서 말문이 막히고 말았다.

기본적으로 그가 어디까지 알고 있는지를 파악하지도 못한 상황이다. 엘류이센 라이케가 멍청이도 아니고 보기 좋은 곳에 자료를 정리해 둔 채 대책 없이 푸른 숲을 떠나지는 않았을 것이다. 그러니 자연히 푸른 숲 공방에 남아 있는 자료는 곳곳의 실험실과 서재에 뿔뿔이 흩어진 채 감추어져 있다고 봐야 했다.

그렇다면 그, 뿔뿔이 흩어져 있는 자료를 레일리가 일일이 찾아다녔어야 한다는 얘기가 된다.

마이어 후작이 전령을 보내고, 그 전령이 우리에게 당도해서, 우리가 다시 푸른 숲 공방에 들어오기까지의 시간. 덤으로 레일리 크라하가 홀로 실험실에 들어갔다는 사실을 알게 된 뒤 실험실로 쫓아와 레일리를 찾아 헤매면서 소비한 시간 말이다.

과연 그것만으로 이 넓은 실험실을 뒤지기에 충분한 시간이 되었을까? 그사이에 레일리 크라하가 생전 처음 방문한 푸른 숲 공방의 자료를 얼마나 온전히 찾아낼 수 있었을까?

도무지 짐작이 가지 않았다. 레일리가 지금까지 뭘 했기에 복도와 소리가 차단된 곳에 있었는지도 모르겠고, 그사이에 얼마나 많은 정보를 알아냈는지도 확신할 수 없다. 그러니 일단은 침묵을 지켜야 했다. 함부로 말을 꺼냈다가는 괜히 레일리가 생각도 못 했던 또 다른 진실을 내 입으로 자백하는 꼴이 될 수도 있다.

애초에 레일리 크라하의 태도가 영 묘했다. 내가 무언가를 숨기고 그를 속이려 들었다는 건 알고 있는 듯한데, 그런 것치고는 내게 너무 다정스러운 태도를 보이고 있지 않은가.

어디까지 알아냈지? 나한테는 크게 화를 내지 않을 정도의 정보를 알게 됐나? 요컨대, 내게는 책임 소재가 없는 정보 말이다. 화가 났다면, 내가 자신에게 비밀을 만들어 두려고 시도했다는 사실에 화가 났을 정도의, 나랑은 관련 없는 정보.

거기까지 생각한 뒤에, 결국 내가 꺼낸 대답은 또 다른 양심 없는 말이었다.

"그게 무슨 소리야?"

슬며시 고개를 돌리며 대답을 회피한 나는 일부러 레일리의 등 너머를 흘긋 살펴봤다.

"갈리아는 어디에 두고 너 혼자 다니는데?"

"아, 그 수상쩍은 능력을 지닌 반인 말입니까?"

내 말을 듣고 또 뭐가 기분이 나빴는지 빈정대듯 눈썹을 올린 레일리가 싸늘하게 대답했다.

"반인으로 태어난 긍지도 없이 알렉시스 에슈마르크의 시종 노릇을 하는 그 녀석 말씀이시지요, 마스터. 잘도 제게, 하필이면 다른 자도 아닌 알렉시스 에슈마르크의 끄나풀 따위를 남몰래 붙여 보내셨더군요."

"참고로 말해 두는데 널 어떻게 하려는 끄나풀이 아니라, 네가 사고를 치진 않을까 하는 마음에서 붙인 감시 역이었다. 내가 생각한 사고는 기껏해야 마이어 후작을 한 대 치는 정도였지만, 실제로도 너는 그보다 더한 사고를 쳤고!"

짜증스럽게 지적하면서도 머릿속으로는 맹렬히 추론을 진행하고 있었다. '수상쩍은 능력을 지닌 반인'. 묘한 표현이 아닌가? 꼭 갈리아의 능력을 모조리 파악한 사람 같은 말투였다.

물론 갈리아는 수상쩍지 않을 수 없는 능력을 지니기는 했지만, 본래 레일리 크라하는 갈리아가 어둠인이라는 사실을 모르고 있었다. 사실 레일리 앞에서는 갈리아가 능력을 사용할 일이 없기도 했다. 어지간하면 우리도 갈리아의 능력만큼은 히든카드로 남겨 두려 했고 말이다.

하지만 요컨대, 갈리아가 이미 자신의 힘을 써야 할 상황이 있었단 말인가? 레일리 크라하 이 개자식이 무슨 짓을 했기에?

그리고 레일리 크라하의 진짜 속성이 빛이든 뭐든, 레일리가 스스로 알고 있는 자신의 능력은 번개에 불과했다. 갈리아가 레일리를 막으려 했다면 충분히 막았어야 한다.

"갈리아한테 무슨 짓 했나?"

"그게 지금 중요합니까?"

"그럼 뭐가 중요해?"

"이미 말씀드리지 않았습니까? 마스터는 대답을 주셔야지요."

"질문은 내가 먼저 했거든? 네가 뭔데 마음대로 내 피를 보관하고 있다가 허락도 없이 실험실 문을 열어?"

신경질적으로 반문하자 레일리가 보랏빛 눈을 가늘게 뜨고 다시 한번 대답했다.

"앞서 말씀드렸다시피 이미 제가 허가를 구했다고 착각했습니다. 해서, 만일 제가 마스터의 뜻을 곡해하고 잘못 판단했다면 죄송하다고 이미 답변을 드린 것 같습니다만."

영양가 없는 둘러대기였다. 레일리 크라하가 그렇게 간단히 판단하지 않는 인간이라는 것은 온 세상이 다 아는 사실이다.

하지만 내가 집중한 점은 그 쓸모없는 대답의 내용보다도 그의 태도 쪽이었다. 역시 이것저것 시시콜콜 알아냈다기엔, 나를 대하는 그의 태도가 지나치게 괜찮았다.

이 자식, 그저 나를 떠보고 있는 건가? 내가 자신을 쫓아 들어온 상황 자체가 자연스럽지 않다고 생각했기 때문에? 제길, 어쩌면 그럴지도 모른다. 하지만 그렇다고 해서 따라 들어오지 않을 수도 없었다. 정말로 어쩔 수 없는 상황이었던 것이다.

개 같은 세계에 떨어진 후로 가장 열렬히 두뇌를 가동시키며, 재빨리 주변 상황을 다시 한 번 살펴보았다. 아니, 정말로 뭔가 아는 것 같기도 한데! 도저히 모르겠다!

결국 나는 또 한 번 화제를 꼬아 보았다.

"그게 죄송한 사람의 태도냐? 네가 제멋대로 구는 바람에 밖에서는 어떤 사달이 났는지 알아? 애셔 그 망할 자식이 통제를 벗어난 노예는 말끔히 처리하시라며 권총까지 쥐어 줬단 말이야!"

"그가 정말로 당신이 살인을 할 수 있을 거라고 생각했겠습니까? 그 인간은 그렇게 쉬운 상대가 아닙니다. 마스터에 대한 시험일 뿐, 실제로는 견제에 불과합니다. 제가 날뛰지 않으면 알아서 덮어 줄 겁니다."

시큰둥히 대답한 레일리 크라하가 책꽂이에 손을 얹더니 강제로 쾅 당겨서 비밀 계단을 감춰 버렸다.

"야, 그건 또 왜 닫아?"

"이미 내려가 본 곳입니다. 함정이더군요. 마스터께서 들어가셨다간 3초 만에 고슴도치가 될 겁니다."

아니, 그런 함정이 왜 집에 있는데? 레일리가 귀신같이 내 뒤에 나타나지 않았으면 안에 기어들어 갈 뻔하지 않았는가? 하마터면 집주인의 몸을 가지고 자기 집 함정에 걸려 급사할 뻔했다.

표정을 왈칵 일그러트리며 비밀 계단이 있던 책꽂이를 물끄러미 바라보는데, 레일리가 내 턱을 잡아서 강제로 자신을 보게 했다. 인상을 쓰고 턱짓으로 용건을 묻자, 나를 응시하며 거만하게 고개를 꺾었던 레일리 크라하가 냉철한 태도로 다시 말했다.

"애셔 아마르트 뷔올이 제가 날뛸 것을 염려할 이유는 별게 없지요, 마스터. '레일리 크라하가 날뛸 만한 이유'가 있기 때문이지 않겠습니까?"

"어……?"

"요컨대 반쯤은 도박이었습니다. 다른 사람도 아니고 유리 님께서 실험 자료 같은 것을 어차피 떠날 실험실에 보란 듯이 남겨 둘 것 같지도 않고, 뭔가를 건지면 예상 밖의 이득을 얻는 셈이라고 봤지요. 하지만 유리 님께서 만일 수상쩍은 행동을 했고, 그 행동과 관련된 정보를 저만 빼고 당신들 모두가 공유하고 있는 상황이라면 뷔올 상층부가 제 돌발 행동을 가만히 둘 리 없지 않겠습니까? 마스터께서도 제게 들키고 싶지 않은 비밀이 없다면 굳이 저를 따라서 들어오시지는 않을 테고 말입니다."

차가운 목소리로 빠르게 설명을 붙인 레일리가 비죽 입꼬리를 올렸다. 내 표정을 면밀히 살피던 그의 입가에 거의 분개에 가까운 감정이 묻어났다. 왠지 감이 안 좋았다. 나도 모르는 사이 주춤거리며 물러나려다가 책꽂이에 등을 박고, 곧장 어깨를 붙잡혀 레일리의 코앞까지 끌려갔다.

"왜 마음대로 실험실을 열었느냐고 물으셨습니까? 당신과 함께 있으려고 그랬습니다."

"나랑?"

예기치 못한 말을 듣고 반사적으로 반문했지만, 레일리는 그런 내 반응에는 별로 개의치 않는 듯했다.

"당신을 강제로 끌고 온 것이 유리 님의 소행이라면, 당연히 그 방법과 이유도 유리 님께 있었겠지요. 당신을 강제로 끌고 온 일과 관련된 정보를 취하고 나면 적어도 당신을 돌려보낼 방법 정도는 찾을 수 있을 겁니다. 뿐만 아니라, 위치 정보와 방법을 알고 나면 말씀드렸다시피 저 역시 스스로 당신 곁에 있을 방법을 찾아낼 수 있을 거라고 생각했습니다."

"하지만 그건 나한테 말하고 같이 들어오면 되는 거였잖아!"

"말하면 허가는 해 주셨겠습니까? 당신이 대부분의 중요한 사실을 제게 숨기고 있다는 게 그토록 명백한데, 제가 어떻게 당신을 믿고 허가를 기다립니까?"

알렉시스 에슈마르크가 스치듯이 언급한 이유 그대로였다. 내 태도에서 모종의 미심쩍음을 느낀 레일리는 애초에 판단의 준거에서 내 동의를 제외시켰다.

무슨 함정이 있을지 모르는 실험실에 단지 함께 있을 방법을 찾고자 홀로 들어왔다니, 놀랄 만치 로맨스 소설 같은, 화가 날 만큼 달콤한 말이었다. 동시에 나를 가장 괴롭게 만드는 이유가 되기도 했다.

솔직히 양심의 가책을 느꼈다. 하지만 레일리 크라하가 추론한 그대로, 나는 그에게 숨겨야 하는 문제가 있다. 애초에 이유가 무엇이든 레일리 크라하는 일단 '내' 소유물인 실험실에 허락 없이 마음대로 들어와 버렸다. 그가 내게 허가를 구하지 않고 행동하면서부터 모든 일이 틀어졌다.

하지만 내 표정이 구겨지든 말든, 레일리가 날 선 태도로 표정을 일그러트리고 말했다.

"그리고 정말 제가 상상한 것 이상의 정보를, 제게만 감추고 계셨더군요."

"무슨 정보?"

나는 여전히 그가 어디까지 알아냈는지 알 수 없다. 어떻게든 레일리 크라하가 어디까지 알고 있었는지부터 캐낸 뒤에 반응해야 했다.

그런데 내가 그렇게 대답한 순간의 일이었다. 지금까지는 퍽 온건해서 나를 헷갈리게 했던 레일리의 표정이 별안간 사납고도 흉악하게 망가지더니, 그가 주먹을 들어 옆의 책꽂이를 쾅 후려쳤다. 실험실이 통째로 울릴 정도의 힘이었다.

반사적으로 어깨를 웅크리고 물러서려던 나를 강제로 붙잡아 끌어당기며, 레일리가 싸늘하게 말했다.

"그리고 반응을 보아하니, 알고 계시지 않았습니까. 마스터."

처음엔 레일리의 주먹질이 너무 강력해서 실험실이 울리는 거라고 생각했다. 그런데 단 한 번의 주먹질에 의한 흔들림이라고 보기에는, 실험실의 진동이 어쩐지 수상했다. 무시무시한 울림은 서서히 잦아들기는커녕 점점 더 거세지기 시작했다. 위화감을 느끼고 제대로 살피니, 책꽂이는 레일리의 주먹을 맞고도 어느 한 점 부서지지 않은 채 멀쩡해 보였다.

뭔가 상황이 기이하게 돌아가고 있다. 불안감을 느낀 내가 다급히 주변을 둘러보는 사이, 그가 잠자코 씹어뱉었다.

"전부 알고 계시는데도 제게는 일언반구 말씀조차 않으셨군요."

기기긱, 실험실이 통째로 문과 분리되어 회전하기 시작했다. 방 전체가 천천히 아래로 떨어지는 듯했다. 드릴로 땅을 파고 들어가듯이, 실험실이 통째로 지하에 파묻히고 있었다.

주춤거리며 휘청거리던 내가 옆의 책꽂이를 짚으려는 순간 책꽂이들이 바깥쪽으로 쾅 소리를 내며 넘어졌다. 덕분에 나는 몸을 지지할 만한 것을 찾지 못한 채 흔들리다가, 책꽂이가 쓰러진 너머로 엉거주춤하게 넘어지고 말았다. 레일리는 이번에는 나를 잡아 주지 않았다. 나도 레일리의 반응 따위를 신경 쓸 겨를이 없었다.

지하에 감춰져 있던 거대한 실험실이 백일하에 드러났다. 푸른 조명을 켜 둔 창백한 수술대와 핏자국이 가시지 않은 양동이, 해부된 시신들을 용액에 절여 세워 둔 은색 수조들이 좌르르 늘어졌다.

인간의 장기, 뱀 반인의 눈, 특수한 변성 근육을 지닌 유사인족들의 팔과 다리. 엘류이센 라이케는 특수한 케이스가 나올 때마다 그 자료를 푸른 숲 공방에 보관해 둔 모양이었다. 어떻게 발뺌을 할 수조차 없다. 빌어먹게도 이 실험실은 '내' 몸이 소유한 실험실이다.

허가 없이 실험실에 들어온 레일리 크라하가 무슨 정보를 알아냈는지 나도 비로소 확신했다. 얼굴에서 핏기가 싹 가시는 것 같았다.

빌어먹을, 내 집사는 어째서 이렇게까지 능력이 좋단 말인가? 레일리 크라하가 처음 들어오는 남의 실험실에서 몇 겹으로 숨겨진 비밀 장치를 파훼하고 올바른 길을 찾아 주 실험실을 발견할 수 있는 대단한 능력을 지니고 있었다는 사실이 내게는 그 무엇보다도 큰 불운이었다.

반인혁명과 관련된 뒤통수를 눈치챈 레일리 크라하를 앞에 두고, 내가 고를 수 있는 선택지가 과연 무엇이 있을까? 모르는 척 발뺌을 했다간 최악의 상황에 치닫고 말 것이다.

애초에 레일리 크라하가 어떤 놈인가? 이미 내가 무언가를 숨기고 있으리라고 오래전부터 짐작해 오던 녀석이 아니겠는가?

"나, 난."

무슨 변명이라도 해야 했다. 나는 이 꼴을 똑똑히 목도했을 가능성이 매우 높은, 다른 가능성을 지닌 세계의 '레일리 크라하'가 결국 어떻게 변했는지를 누구보다도 잘 아는 사람이었다.

"나도, 나도 몰랐었어."

조급하게 말했지만 레일리와 시선이 마주치고, 그가 추호도 내 말을 믿지 않고 있다는 사실을 깨달았다. 이제 와서 아무것도 몰랐다고 해 봤자 전혀 통하지 않으리라는 것은 나도 이미 짐작하고 있다. 나는 다급히 덧붙였다.

"엘제바에서 알았어. 나도 알게 된 지가 얼마 안 됐단 말이야. 엘제바에서 알게 돼서, 더 자세히 알아보려고 알렉시스 에슈마르크랑 협력한 거야."

"그래서?"

레일리가 냉정하게 반문했다.

"제게 숨기셨지요?"

"그게 아니야."

"아닙니까?"

비꼬는 듯한 태도로 내 대답을 곱씹은 레일리가 오랜만에 보는 사나운 시선으로 나를 깔아 봤다. 머리칼을 쓸어 넘긴 그가 차게 빈정거렸다.

"제가 무슨 일을 하고 있는지 뻔히 알면서, 그런데도 제게 숨기시지 않았습니까?"

나는 여전히 주저앉아서 그를 올려다보고 있었지만, 일어나기에 앞서 레일리의 말에 대답부터 꺼냈다.

"정확해지면 말하려고 했어. 그냥 의혹 수준이라……."

"므라우에서 제게 하셨던 말씀은 뭡니까?"

내가 악의를 가지고 너를 속이려 든 것은 아니라고 어떻게든 주장하려다가 거기에서 말문이 막혔다. 입을 꾹 다물자 레일리가 싸늘한 얼굴로 빈정거렸다.

"저를 대체 뭐로 생각하십니까?"

"아니, 나는 그냥……."

"당연히 제가 알아야 할 문제고, 지극히 그럴 권리가 있다고는 생각하지 않으셨습니까? 적어도 언질을 주시거나, 혹은 함께 조사해 보자거나, 그 정도의 말씀은 하시는 게 도리였다고 생각하지 않으십니까? 마스터께서도 역겨운 뷔올의 귀족들과 마찬가지로, 반인 노예 따위는 세세한 정보를 알 필요도 없고, 그저 당신들의 명령을 따라 비위만 맞춰 드리면 그만이라고 생각하십니까?"

"제길, 뚫린 입이라고 다 말인 줄 알아? 개 같은 누명 씌우지 마! 네가 그렇게 화를 낼 것 같으니까 말을 못 한 것 아니야!"

듣자하니 점점 더 극단적으로 말이 치달아서 나도 모르게 빽 내질렀다가 입을 꾹 다물었다. 이런 식으로 말해도 되나? 잠깐 고민했지만, 이미 입 밖에 그 말을 냈으니 그것을 변명으로 삼기로 했다.

과연 정말로 변명인가? 잠깐 망설였지만 그때는 이미 구구절절 속사포처럼 떠들고 있었다.

"내가 어느 시점에 말을 했어야 네가 그걸 내 진심으로 들었겠어? 제길, 엘제바에서야 유리 옐레체니카가 반인들을 데리고 무슨 짓을 했는지 어렴풋이 짐작을 했는데, 그 전부터 알았던 게 아니라고 내가 어떻게 너한테 증명을 해? 그 얘기를 들으면 너는 그렇게 화를 낼 텐데 내가 무슨 말을 하든지 네가 믿었겠냐고!"

말하다 보니 나도 모르게 감정이 흔들렸다. 사실 나는 줄곧 그 점을 걱정하고 있었다. 빌어먹게도 변명이 아니라 일종의 진심이었다.

갑자기 난데없는 세계에 떨어졌다. 소설에 필요한 소설적 서사와 구조가 현실에 실존하리라고 생각해 본 적은 당연히 없다. 소설은 소설이고, 현실은 현실이었다.

내가 캐릭터의 인생을 망가트리든 말든 그것은 소설의 전반적인 이야기를 구성하기 위한 수단에 불과했고, 실존하는 사람의 인생을 망치려는 생각 따위는 당연히 없었다. 소설 속의 인물은 살아 있는 사람이 아니고, 이야기를 완성하기 위한 등장인물에 불과한 것이다.

모든 캐릭터에게 행복하고 평화롭기만 한 삶을 줘야 할 필연적인 이유는 없다. 당연히 그럴 수도 없는 법이다. 시련 없는 삶이 없듯이 시련 없는 이야기도 없고, 시련 없는 인물도 없다. 애초에 소설 속의 세계가 어딘가에 실존하는 다른 세계였던 것은, 내 능력 범위 내에서는 상정할 수 없었던 문제였다.

그런 소설 속 세계에 갑자기 끌려와, 나 역시 그 이야기에 속한 하나의 부품이 됐다.

살아남고는 싶지만 위험한 일을 하고 싶지는 않고, 이야기를 바꿔야 할 것 같기는 한데 직접적으로 나서고 싶지는 않았다. 그런 상태로 흐지부지 주변의 눈치만 살피며 시간을 보내다가, 하필 한 걸음 내디디려고 하자마자 유리 옐레체니카의 진실을 알게 된 것이다.

그때는 이미 레일리와 한창 좋은 분위기가 됐을 때여서, 괜히 그 말을 꺼내 분위기를 망치고 싶지도 않았다. 솔직히 말하자면 어려운 문제를 눈 앞에 직면하고 싶은 생각도 없었다. 해결할 수 없는 어려운 문제라면 더더욱 그랬다. 무엇보다도 그 모든 일은 유리 옐레체니카의 소행이었다. 내가 하지도 않은 일로 책임을 질 이유는 없다고 생각했다.

나는 그냥 내가 살아남기 위해, 최소한의 정보를 모으기 위해 유리 옐레체니카의 진의를 알아내려 들었다. 알렉시스 에슈마르크의 협조를 얻어서.

그 과정에서조차 레일리 크리하를 배려할 여유 따위는 물론 없었다. 더군다나 내가 레일리 크라하를 배려해 진실을 알려 준다 해서, 과연 내게 득이 되었겠는가? 이 자식은 지금 내가 하지도 않은 일로 나를 이렇게 추궁하고 있는데, 그때라고 해서 달랐겠느냐 이 말이다!

"유리 옐레체니카가 반인 혁명의 뒤통수를 친 것 같은데, 그 반인 혁명을 주도하는 것 같은 너한테 그 사실을 어떻게 내 입으로 말해? 지금 당장은 내가 유리 옐레체니카의 몸을 쓰고 있는 상황에서……. 입장을 바꿔 생각해 봐, 내가 그 상황에서 어떻게 내 입으로 너한테 유리 옐레체니카가 한 짓을 일일이 고해바칠 수 있었겠냐고!"

"유리 옐레체니카와 당신은 다른 사람이라고 주장하지 않으셨습니까?"

"그때 내가 그렇게 말했으면, 잘도 유리와 나를 분리하고 봤겠다. 너는 그냥 내가 유리 옐레체니카로서 책임을 회피하려 든다고 생각했겠지! 네가 나를 믿었겠냐고?"

이번에도 어쩌다 보니 여과 없이 진심이었다. 하지만 별다른 대답 없이 잠자코 나를 내려다보던 레일리가 냉정히 말을 잘랐다.

"제가 믿든 말든 당신은 말했어야 합니다."

갑자기 어울리지 않게 정론이 튀어나왔다. 입을 떡 벌렸다가 욕을 뱉으려 했고, 그러나 다시 꾹 눌러 닫았다. 그가 공격적으로 덧붙였다.

"마스터는 늘 눈앞에 닥친 일을 회피하려 드시지만, 적어도 저에 대해 당신이 알게 된 진실들만은 제게 말씀하셨어야 합니다."

레일리 크라하가 여기에서 저런 정론을 꺼내고 들어 나를 비난하리라고는 생각해 본 적이 없지만, 사실 그 말이 구구절절 다 옳았다.

레일리가 반인 혁명을 준비한다는 사실을 몰랐기 때문에 말하지 않았다고 변명을 할 수도 없다. 만일 그랬다면, 나는 적어도 므라우에서는 그에게 진실을 알려 줬어야 했다. 알렉시스 에슈마르크의 말처럼, 아무리 늦어도 푸른 숲에 다다라서는 얘기를 해 줘야 했다.

곁에 있어도 되겠느냐고 물었던 레일리에게조차 제대로 사정을 설명해 주지 않은 것은 그저 내 개인적인 두려움 탓이었다.

그야말로 레일리 크라하가 이해할 수 없는 두려움일 것이다.

시선을 내리깐 채 말없이 서 있던 레일리가 차갑고 회의적인 태도로 다시 말했다. 그런데 이번엔 정말로, 극단적으로 당혹스러운 말을 듣고 말았다.

"애초에 엘제바에서 그런 사실을 눈치채셨다면, 그때 제게 장단을 맞춰 주신 것도 그저 제게 잘못한 일이 있기 때문에 죄책감에서 우러나온 행동이었던 거군요."

"아니야."

이번엔 진짜 아니었다. 생각을 마치기도 전에 나는 이미 반사적으로 대답하고 있었다. 하지만 슬쩍 살펴본 레일리의 표정이 워낙에 차가워서, 그가 이 말도 믿지 않고 있다는 사실만은 명백하게 인지할 수 있었다.

"그건 아니었어."

애석한 일이지만, 내가 스스로 듣기에도 공허한 말처럼 들렸다. 나는 크게 침을 삼키고, 다급히 다시 말했다.

"진짜 아니야, 레일리."

뭔가 좀 더 설명을 붙여 보고 싶었지만, 상대를 설득할 만한 마땅한 논리가 없었다. 아무리 생각해도 그렇게밖에는 생각될 수 없을지도 모른다는 생각이 머릿속 구석진 곳에 자리를 잡았다.

하지만 그건 정말 아니었다. 그것만은 정말로 아니라고 표현해야 했다.

정말로 그건 아니었는데, 그런데 그걸 어떻게 설명할지 도무지 떠올릴 수가 없었다.

사실 정말로 그랬던 걸까? 그 가정을 떠올리는 순간 머릿속이 새하얘졌다.

나도 모르는 사이 입술이 달싹달싹 움직였다. 꺼낼 수 있는 말은 없는데, 몇 번인가 입을 열었다 닫기를 반복하다가 바닥으로 시선을 떨구고 쉰 목소리로 희미하게 말했다. 혀끝에서 온갖 단어를 거르다 보니 미처 제대로 된 대처가 준비되기도 전에 의도치 않게 튀어나간 말이었다.

"너한테 미움받기 싫었어."

씨발, 지금 내가 무슨 개소리를 하고 있는 거야?

갑자기 명치 어귀가 꾹 조여드는 듯했다. 마치 토할 것 같은 기분이 됐다. 나 자신의 감정인데 그 격렬한 흔들림을 도무지 주체할 수 없게 되고 말았다.

그야말로 울고 싶은 기분이었지만, 이 상황에서 울어 봤자 스스로 환멸을 느끼게 될 뿐이라는 사실도 이미 알고 있었다. 나는 한 번 더 말을 꾹 삼키려 했지만, 이번에도 거르려고 했던 말이 어렴풋이 흔들리며 마저 튀어나갔다.

"네가 그 전처럼은 나를 봐 주지 않을 것 같아서 말하기 싫었다고."

사실 내가 꺼낸 대답은 딱히 맥락에 맞는 말도 아니었다. 나는 그냥 그 순간 치밀어 오른 감정을 이기지 못하고 아무렇게나 말을 던져 버리고 만 것이다. 나 자신도 알고 있었다. 하지만 그렇게 말하지 않고는 견딜 수가 없었다.

"그건 진짜로 아니야. 내가 너를 얼마나 좋아하는데 그딴 소리를 해?"

스스로 생각하기에도 구질구질했다. 하지만 여기까지 왔는데 좀 더 구질구질해지는 게 대수겠는가? 나는 레일리를 제대로 쳐다보지도 않은 채로, 여전히 구질구질하게 말을 이었다.

"조사하다 보니, 어쩌면 유리 옐레체니카가 완벽하게 너희를 배신할 생각뿐이었던 건 아닐지도 모른다는 사실을 알게 됐어. 그녀가 사실 반인들이 혁명을 준비할 수 있도록 일찌감치 밑밥을 깔아 두기도 했다는 정황을 발견했단 말이야. 그냥 단순히 실험을 할 재료로 반인이 필요했던 게 아니라, 애초에 대륙을 뒤엎는 게 목적이었을지도 몰라. 반인들한테 몹쓸 짓을 한 것도 그 일환이었을지 모른다는 가설을 세웠어. 그래서……. 그래서……."

"그래서?"

아무렇게나 말하다가 나도 스스로 흐름을 놓쳐서 어물어물 입을 닫는데, 레일리가 담담히 물었다. 나는 한일자로 입을 다물고 있다가 뒤늦게 대답했다.

"너한테 말을 안 한 건 미안하게 생각해."

그 말을 꺼냈다가, 레일리의 대답이 돌아오지 않아서 반사적으로 긴장한 나는 다시 변명조로 구구절절 웅얼거리기 시작했다.

"유리 옐레체니카는 세상에 둘도 없을 개자식이었고, 네가 유리 옐레체니카의 소행에 화를 내는 게 마땅하다는 사실도 알아. 그래서 더 말할 수가 없었어. 네가 화를 내는 건 당연히 그럴 수 있는 일이지만, 네가 화를 내는 상대가 나일까 봐 그게 두려웠어. 하지만 그렇다고 해서 유리 옐레체니카가 저지른 짓을 생판 타인인 내가 책임져야 하는 건 아니잖아. 그래도 너한테 말을 못 해 준 건 정말 미안해."

거기까지 말하고 나니 더는 할 말이 없었다. 처음부터 그냥 미안하다고 제대로 사과하고 끝내면 되는 일이었다. 이제야 그 사실을 깨달았다. 괜히 또 눈물이 날 것 같았다. 나는 이를 악물고 눈물을 참아 보려 했다가, 레일리의 대답이 돌아오지 않아서 어깨를 경직시켰다.

고개를 들어서 레일리의 표정을 살펴보고 싶었지만, 그러고 싶지 않기도 했다. 저절로 시선은 땅을 향해 떨어졌다. 나는 여전히 지하로 내려올 때 넘어졌던 자세 그대로 엉거주춤하게 주저앉아 있었다. 레일리도 나를 다시 세워 주는 일이 없었다.

지하 실험실에 들이밀리고 나서야 내가 여러 진실을 알고 있었다는 사실을 제대로 고백했다. 아마 레일리 크라하가 어디까지 알고 있는지를 정확히 알지 못했다면, 그리고 그가 파악한 여러 증거들이 확실하게 눈앞까지 들이닥치지 않았다면 나는 끝까지 그에게 진실을 얘기해 주지 않았을 것이다. 스스로 인정하건대, 분명 그랬으리라.

사실 그가 꺼낸 정본이야말로 구구절절 옳은 말이었다. 그가 믿든 말든 나는 그가 알아야 할 진실들을 알려 줬어야 했다. 아무리 늦어도 브라우에서 말이다.

레일리 크라하는 분명 이 세계에서 누구보다도 잔악무도한 악당이 될 운명을 지닌 인물이었지만 그에게는 그 나름의 사정이 있었다. 사정 따위로 모두에게 선인으로 인정받을 수 있는 것도 아니고, 악행이 사라지는 것도 아니지만, 어쨌든 나는 그가 대륙을 휩쓰는 악당이 되기까지 겪어야 했을 일들을 이제 모두 파악하고 있다. 그가 알아야 했던 진실들을 나도 이제는 알게 됐다.

그는 성격 더러운 양아치에 깡패 같은 성질의 소유자지만, 그래도 자신이 선택한 일에는 언제나 최선을 다했다. 그 점도 분명하게 알고 있다.

그래서 나는 레일리 크라하보다도 내가 인간쓰레기처럼 느껴졌다. 동족을 위해 혁명을 준비했다가 그 과정에서 신뢰했던 동료에게 뒤통수를 맞고, 결국 자신의 몸을 불태워서라도 동족에게 자유와 권리를 주려 했던 레일리 크라하 말고, 내 쪽이 말이다.

그가 마땅히 알아야 했을 진실을 개인적인 욕심으로 인해 숨기고, 작가인 내가 해결해야 할 일을 그에게 책임지라고 등을 떠밀기만 반복했던 나야말로. 나야말로 내가 했던 선택과 행동들을 반성해야 했다. 사실 나도 알고 있다. 나는 적어도 레일리에게 그래서는 안 됐다.

한동안 아무런 대답도 돌아오지 않았다. 나는 이유도 없이 불안해졌다. 손끝 하나 움직이지 않은 채 초조하게 눈만을 이쪽 바닥에서 저쪽 바닥으로 천천히 옮기다가 다시 심장이 꾹 조이는 듯한 통증을 느꼈다.

레일리가 뒤늦게 다시 물었다. 놀랄 만치 잠잠한 목소리였다.

"더 하실 말씀은 없습니까."

그 말을 듣고, 나는 움찔 어깨를 떨었다. 정곡을 찔린 탓이었다.

나는 사실 레일리 크라하에게 내가 누구인지도 말을 해야 했다. 이 세계가 사실은 무엇인지도 언젠가는 말을 해 줘야 할 것이다. 하지만 이 상황에 그 얘기를 꺼내 봤자 긁어 부스럼이 될 뿐일 텐데, 어떻게 하면 좋단 말인가?

그뿐이랴? 내가 숨기고 있는 진실은 더 있었다. 갈리아나 유리 옐레체니카와 같은 다른 호문쿨루스들과 달리 온전히 평범한 인간 같은 생체 기능을 지닌 레일리 크라하야말로 사실은 유리 옐레체니카가 제작한 최고의 '걸작품'일지도 모른다는 가설 말이다.

하지만 대체 어떻게 지금의 그에게 그런 개소리를 꺼낼 수 있단 말인가?

뿐만 아니라, 사실 레일리 크라하의 탄생에 얽힌 문제라면 그가 영영 모른 채 살아도 될 불편한 진실이 아닐까 생각했다. 알아 봤자 달라지는 것도, 개선되는 것도, 선택할 수 있는 것도 없다. 괜히 그의 마음을 뒤흔들고 괴롭게 만들 뿐이리라. 가끔은 그렇게 묻어 두는 편이 나은 진실도 있는 법이 아니겠는가.

그래서, 적어도 그 문제에 대해서만큼은 굳이 알려 주지 않는 편이 서로에 대한 배려가 되지 않을까 하는 생각도 해 보았다. 어느 쪽이 도의적인 선택일지는 아직까지도 확신할 수 없다.

그저 어느 쪽이든지, 지금 당장 레일리에게 설명할 수 있는 문제는 아니었다.

해야 할 말은 많지만 할 수 있는 말은 없었다. 내가 침묵하는 사이, 레일리가 다시 물었다.

"하실 말씀은 그것으로 끝이냐고 여쭤봤습니다."

나는 이번에도 대답하지 않았다. 머리 위로 레일리의 야트막한 한숨이 떨어졌다. 그가 가라앉은 목소리로 다시 질문했다. 아까 꺼냈던 말과 똑같았다.

"당신에게 저는 대체 뭡니까?"

그리고 내가 대답하기도 전에, 그가 성큼성큼 걸어서 나를 지나쳤다. 나도 모르게 시선이 레일리의 행동을 따라 올라갔다. 시선의 방향은 높아졌지만 이제는 레일리의 표정을 확인할 수 없는 위치가 됐다.

망설임조차 없이 내 곁을 지나친 레일리는 무너진 책꽂이 너머에서 극적으로 나타났던 거대한 실험실의 책상 앞에 섰다. 돌로 만든 새하얀 책상이었다. 잠깐 그 앞에서 서성거리던 그가 책상 위에 정리되어 있던 종이 뭉치를 한 줌 집어 들었다. 나를 만나기 전에 미리 찾아서 한곳에 정리해 둔 자료인 모양이었다.

잠깐 종이 뭉치를 들고 갈등하듯 그것을 바라보다가, 레일리는 곧장 내게로 돌아와 눈앞에 그것을 내던졌다. 퍽 거친 태도였다. 그가 두어 번 심호흡을 하며 날 선 숨을 들이켜고, 잠자코 물었다.

"나를 기만했습니까?"

조금은 자조하는 듯한 태도였다.

"늘 그런 식이셨지요."

나도 모르게 바닥에 떨어진 종이 뭉치로 시선이 향했다. 덩어리진 채 떨어졌지만 몇 장은 따로 떨어져 나와 흩어져 있었다. 저절로 그 위에 손이 갔다. 나는 천천히 종이 위에 손바닥을 얹고, 가장 위의 몇 장을 옆으로 밀어냈다.

발명품의 설계도들을 정리해 둔 종이였다. 목탄 같은 것으로 직접 스케치한 듯한 그림들이 장마다 큼직하게 붙어 있었다. 오래전 에레스타의 왕녀가 들고 나타난 총과, 너무 일찍 세상에 등장한 전구와, 푸른 숲에서 등장한 가지각색의 발명품과.

사람의 인체 내부, 종족마다 다르게 돌아가는 마력의 회로, 동식물의 조직과 기관, 속성을 구성하는 마력의 체계를 논증한 수식.

자연의 속성과 인간의 시체를 엮기 위한 회로, 그렇게 다시 얻은 반인의 인체 구조, 푸른 숲을 둘러싼 마력 장치의 더미, 쓰레기가 마지막에 도달하는 북부의 설원.

폐기장이 된 므라우, 쓰레기장에서.

나도 모르게 손이 멈췄다. 쓰레기장에서, 비가 내리고 번개가 치는 날. 몇 가지 수식과 시체의 도해가 그려져 있고, 그 아래에 메모가 있었다.

번개. 시신이 아닌 살아 있는 재료. 빛. 열기. 시선을 통한 에너지-인체 유기적인 진액. 마력을 추가하자 생명체가 됐다. 예기치 못한 변인 다수 존재.

늘 달필이었던 그녀답지 않은, 더없이 거친 글씨체였다. 하지만 일기장을 쓴 엘류이센 라이케와 동일인물이라는 것만은 알 수 있을 정도였다.

결점 없는 완벽한 신체와 인간을 초월한 능력. 잠깐 살피에도 상정 밖의 결과물을 얻었다. 예후를 지켜보고 싶었지만 번개로 인해 청소부들이 몰려올 것 같아 우선은 바쁘게 자리를 벗어나야 했다. 다행히 그 정도 능력이면 어디에 끌려가든 살아남을 터니. 훗날 쉽게 알아보기 위해 재료가 된 여자의 노리개를 손목에 묶어 뒀다. 청소부들이 여럿 몰려오던 참이었으므로 아마 '그것'을 발견한 최초의 청소부나 알선업자가 '그것'의 출생 연원을 기억할 수 있도록 온정 넘치게 묶어 준 징표 정도로 여겨질 터. 그 일련번호를 기록해 둔다.

그저 마치 흥분에 겨워 빠르게 휘갈긴 듯이 두서없는 단어들의 나열이었다. 대단한 실험에 우연찮게 성공해, 그 '성공적 실험'을 구성한 조건들을 잊기 전에 기록해 둬야 한다고 강박에라도 시달린 것처럼 보였다.

아마 실제로도 그랬을 것이다. 내 시선이 자연스럽게 아래로 떨어졌다.

재현되지 않는 성공 ── 그것이야말로 진정한 전능자였다.

"항상 그런 식으로, 도망가고, 회피하고, 나를 기만했습니까?"

내가 말없이 메모들을 확인하고 있자, 레일리가 다시 날카롭게 물었다.

"알렉시스 에슈마르크가 일찌감치 내 능력에 의문을 가졌으니 당연히 조사도 하셨을 테고. 당신들이 정말로 그 사실을 몰랐다고는 하지 않으시겠지요, 마스터."

"……."

이제 와서……. 이제 와서 솔직히 대답해 봤자 무슨 소용이 있겠냐마는.

나는 레일리에 대해서는 정말로 몰랐다. 푸른 숲에 들어오기 전까지만 해도, 정말로 방금 전까지만 해도 전혀 상상하지 못하고 있었다. 물론 레일리를 찾아서 푸른 숲에 들어오기 직전에 어렴풋이 알게 되기는 했지만, 그것으로 인해 추궁을 받기에는 억울한 부분이 없지 않다.

하지만 이제 와서 그렇게 말해 봤자 레일리의 입장에서 어떻게 들릴지는 뻔했다.

나는 그저 침묵하고 말았다. 침묵 외에는 선택지가 없었다.

'전능자'. 나는 엘류이센 라이케가 레일리 크라하에 대해 기록한 마지막 문장만을 두어 번 입속으로 곱씹었다. 그 표현을 몇 번 되뇌는 동안 머릿속이 새하얘졌다. 사실 정말로 아무 생각도 안 들었다. 쇼크와는 조금 다른 것 같았다. 피하고 싶었던 일을 맞닥뜨리고 만 순간의, 이루 말 못할 괴로움 같은 것.

그러나 동시에, 어쩌면 그것은 고통스러운 해방감과도 닮아 있는 듯했다.

"애초에 당신에게 저는 대체 뭐였습니까?"

레일리가 목을 긁어내듯이 다시 물었다.

대답 없이, 나는 단지 짧게 숨을 고르기만 했다. 그리고 떨리는 손으로 한 장의 종이를 더 밀어냈다. 사실 이 아래에 무슨 메모가 남아 있을지는 이미 짐작이 갔다.

근거도 없었지만, 오직 본능적인 짐작이었다. 이미 상황이 최악으로 치닫고 말았다는 사실만은 피부로 체감하고 있었다. 이제 여기에서 더 최악의 상황이 되려면 그것만이 남았다.

정말로, 나 자신도 그 추론의 근거를 이해할 수 없었지만, 그냥, 본능적으로 그 뒤에 무슨 내용이 이어질지를 알 것 같았다. 형체 없는 불안감이었지만 어떤 실체가 그 뒤에 따라올지는 알고 있다. 직감적인 일이었다.

창고를 그려 둔 자료였다. 내가 실험실에 들어오기 전에 창고와 식료품 저장고를 살짝 열어 봤을 때는 별다른 것이 없었으니, 아마 지금은 허물었거나 다른 무언가로 덮어서 가려 두었을 것이다. 하지만 엘류이센 라이케의 일기장에서도 그 존재를 확인한 적이 있다. 엘류이센 라이케가 '뭔지 모를' 것을 살펴봐야 했던 장소.

창고에서, 엘류이센 라이케는, 그 전까지 상상해 보지 못한 세계의 진실을 마주했다.

종이 안에는 빼곡하게 들어찬 마력 장치들 사이에서 활자가 샘처럼 솟아나는 구멍이 그려져 있었다. 엘류이센 라이케는 그 각각의 활자에서 규칙성을 찾아 생전 모르던 언어의 체계를 추론해 적어 두었다. 영어, 일본어, 한국어. 종류도 많았지만 전부 내가 아는 언어였다.

일반적으로 사람들이 사용하듯이 영어 이름을 짓는 법은 모르던 그녀가 제멋대로 철자를 조합해 원하는 발음을 만들어 낸 과정도 어렴풋이 엿볼 수 있었다. '엘' 발음을 내기 위해 L을 쓸지, 모음을 섞을지. 음이 변하는 중모음을 나타내기 위해 철자를 어떻게 구성하면 좋을지.

샘에서 무엇을 보았는지를 적었다.

아마 세계가 흘러가기 위한 역사의 궤도에도 여러 가능성이 있는 모양이다. 마력의 흐름이 너무 빨라 모든 경우의 수를 살필 수는 없지만, 가끔씩 나를 통해 순환한 뒤 빠져나가는 마력에서는 그 가능성을 읽을 수 있다. 내가 보던 것이 이야기의 형태로 자아진 운명이나 가능성 따위의 무언가라는 사실은 창고에서 알게 됐다. 만일 이 세계를 관통하는 모든 마력이 나를 통해 순환했다면 보다 많은 사실을 알고 검증할 수 있었으리라. 조금은 아쉽지만, 어쩔 수 없는 일이다. 미래란 본래 그런 것이었지.

레일리 크라하의 탄생을 기록할 때와는 달리 특유의 차분하고 침착한 필기체로 적힌 글이었다. 화려한 필치로 적힌 기록을 따라가며, 나도 비로소 그녀가 왜 창고에 들어간 뒤로는 일기를 이어 쓰지 않았는지 그 이유를 이해해 냈다. 창고에 들어간 뒤로는 '관찰 자료'와 '실험 자료'를 남기는 일에 열중했던 것이다. 당연히 일기와는 구분해서 적어야 하는 내용이었을 터다.

인간을 해부하고, '근원'을 발견하고, 반인을 만들고, 레일리 크라하를 만든 모든 과정까지도 그녀에겐 귀중한 연구 자료였다. 애석하게도 엘류이센 라이케는 연구와 탐색의 결과를 얻을 때마다 흥분에 젖은 채 푸른 숲에 돌아와 그 결론을 '기록'해 두었다. 그 모든 것이 그녀에게 결국 필요해질 자료였기 때문이다.

그리고 그건, 알렉시스 에슈마르크나 내가 짐작한 '엘류이센 라이케'와는 전혀 다른 인물이었다.

그녀는 호기심을 충족하고 미래를 대비하기 위한 모든 내용을 기록으로 남겼다. 죽음 따위에 구애받지 않는, 그야말로 이 세계의 시스템으로서 자기 자신을 인식하고 충실히 살아가던 무욕하고 청렴하며, 그러나 무자비한 '관리자'로서.

어떤 세계에서는 내가 영생을 살지 않고 빠르게 죽을 수도 있으리라는 사실을 새삼스럽게 지각했다. 영생이 보장되어 있다고 해서 외부 자극으로부터 온전히 자유로울 수 있는 것은 아니고, 나는 불완전하니까. 따라서 큰 충격을 받지는 않았지만, 아버지가 남겨 둔 창고에서 간과할 수 없는 사실을 알게 됐다.

그 옆에는 샘에서 튀어 오른 활자들이 마력 장치를 구성하는 과정을 도식화하기도 했다. 언어의 규칙과 활자를 통해 마력 장치를 형성하는 규칙을 일일이 기록해 둔 엘류이센 라이케가 여러 수식과 규칙을 나열해 놓고.

그 아래에 덧붙였다.

샘 밖에는 세계의 이야기를 만드는 '신'이 있다.

거기까지 읽고, 나도 모르게 두 눈을 질끈 감았다. 한 가지는 명백해졌다.

엘류이센 라이케는 처음부터 자신의 미래를 알고 있었다. 어쩌면 세레나를 만나 죽게 되리라는 사실도 짐작했을지도 모른다. 엘류이센 라이케가 스스로 논했듯이 '그건' 다른 가능성을 지닌 세계의 일이므로, 엘류이센 라이케에게는 큰 영향을 주지 못했다.

이야기의 형태로 유입된 다양한 가능성을 보고 그 가능성에 따라 열리는 미래를 두루 살폈기 때문에, 엘류이센 라이케는 특정한 선택을 내려 자신의 뜻대로 앞으로의 일을 좌지우지할 수 있는 권력을 손에 넣게 됐다.

그러니 아마도. 그 수많은 경우의 이야기야말로 이 세계를 구성하는 '근원'.

그리고 다른 가능성의 세계보다 조금 더 많은 사실을 알게 된 이 가능성의 세계에서 엘류이센 라이케가, 비로소 선택한 것이다. 《세레나의 티타임》의 가능성에서는 선택하지 않았고 이 세계에서는 선택한 행동. 그녀만의 대처였으리라.

이 세계가 안전하게. 자유 의지를 갖고 흘러가기 위해서는 우선 한차례 세계를 무너트릴 필요가 있다. 근원을 틀어막아 유입을 없앤 뒤. 쌓여 있는 것을 모조리 무너트려서 그 자리에 새 질서를 구축해야만.

"당신에게 저는 뭐였습니까?"

레일리가 네 번째로 물었다. 나는 이번에도 대답하지 않고 두 손에 얼굴을 묻었다. 이제 더는 문서를 보지 않아도 될 것 같았다.

다른 것이 비집고 들어올 틈 없이. 새로운 것을 가득 채워야만 이 세계는 하나의 세계로써 온전히 성립될 것이다.

내 행동을 물끄러미 지켜보던 레일리가 치를 떨듯이 씹어뱉었다. 얼어붙은 듯한 목소리였다.

"다시 회피하실 생각이십니까?"

이제는 대답할 말도 없었다. 나보고 이 상황에서 무슨 대답을 하란 말인가? 아무것도 말하지 않은 대가라도 치르라는 것일까? 왜 하필 레일리 크라하가 이 모든 자료를 실험실에서 발견해야 했을까?

신을 끝어버리면 이 세계에서는 신이 사라지니. 이 세계에서 가장 유능하고 비열한 존재가 되고자 태어난 나야말로.

머릿속에 엘류이센 라이케의 마지막 말이 왱왱 울리는 것 같았다.

새로운 신으로서 진짜배기 구원자가 될 전능자의 삶을 처음부터 끝까지 설계해. 세계를 위해 바쳐야겠지.

내가 구성한 이 세계에서 제일가는 인재로 태어난 마법사가 있다. 몬타뉴 밀락테이트가 바로 그 주인공이었다. 그리고 엘류이센 라이케는 다른 누구도 아닌 그 초월적인 천재 몬타뉴 밀락테이트의 손에서 창조된, '최고의 걸작품'이었다. 창조자의 수준을 아득히 뛰어넘는, 그런 걸작품 말이다.

그런 엘류이센 라이케가 실수와 변인이 가득했던 번잡한 환경에서, 우연치 않게 '시체'가 아닌 '살아 있는' 인간의 몸에 충격을 가하고 인자를 집어넣어 레일리 크라하를 만들었다.

어떻게 말하면 그녀가 창조한 최고의 걸작품이야말로 레일리 크라하였다. 그와 비슷한 결과를 얻기 위해 갈리아를 만들고, 반인들을 피헤치며 여러 실험에 매진했지만, 역시 통제할 수 없는 여러 환경에 노출되어 있었던 그날의 '완벽한 창조'를 반복해 성공시킬 수는 없었다.

아, 그래, 내가 처음에 이 세계에 들어와 변명처럼 말했듯, '지킬'이 '하이드'를 만든 순간처럼. 그것은 재현할 수 없는 성공이었다. 실패인지 성공인지조차 알 수 없는, 단 한 번뿐인 결과물 말이다.

엘류이센 라이케는 세상의 질서를 뒤엎고 새로운 규칙을 만들고자 했다. 새롭게 찾아올 세계에는 새로운 신이 필요하다고, 알렉시스 에슈마르크에게 강력히 주장하기도 했다.

처음엔 조력자인 알렉시스 에슈마르크와 엘류이센 라이케 본인을 새로운 시대의 신으로 삼으려고 한 줄 알았다. 그 오해가 풀린 뒤에는, 그녀가 갈리아라는 대역을 세워 자신이 뒤에서 모든 권력을 휘두르고자 하는 욕망을 실현하려 했다고 생각했다.

하지만 결과적으로 그 짐작마저 흔들리기 시작했다. 그래서 나는 결국 그녀가 세레나에게 무언가를 걸었나 하는 결론에 도달했다.

그러나 엘류이센 라이케가 정말로 모든 것을 배팅한 상대는 따로 있었다. 그녀는 처음부터 끝까지 레일리 크라하를 새로운 세계의 전능자로 상정하고 있었다. 새로운 세계를 맡길 수 있을 만큼 믿음직스럽고 특수한 존재인 '레일리 크라하'를 만들었기 때문에 그를 믿고 근원을 틀어막기로 결정하게 된 것이다.

그리고 새로운 전능자가 진짜 의미에서 '구원자'가 될 수 있도록, 그 삶을 처음부터 끝까지 설계했다. 그러기 위해 옐레체니카 백작으로서 뷔올에 자리를 잡은 뒤 반인 집사 레일리 크라하를 거둬 곁에 두게 됐다. '반인 혁명'이라는 강렬한 방법을 제시하고 레일리 크라하로 하여금 그 방법을 실천하도록 했다.

대륙의 가장 낮은 곳에서 태어나 비참한 삶을 살다가, 노예처럼 구르던 동족들을 구하기 위해 대의를 들고 일어나는 구원자. 믿었던 멘토로부터 배신을 당하고, 국가와 체재로부터 핍박을 받으며, 그럼에도 불구하고 어떤 시련 앞에서도 무너질 일이 없는 인물. 자신의 상처와 아픔에는 개의치 않고, 짊어지기로 한 것만큼은 확실하게 책임지는 강인한 지도자.

왜 여태 몰랐을까? 그야말로 '레일리 크라하'라는 전능한 영웅을 만들기 위한 준비였다.

다행히 그 전부터 반인을 이용해 세계의 규칙을 뒤엎고 새 체계를 잡으려는 구상은 하고 있었으니, 설계해 왔던 세계에 약간의 수정만 가하면 되는 정도였으리라. 그저 약간의 수정 말이다.

그 수정의 과정에서, 레일리를 이용하고 나를 불러들이면 세계가 '근원'으로부터 자유로워질 수도 있겠다는 가능성을 떠올리게 된 것이다.

'레일리 크라하'는 오로지 완전하며, 전능한 권능을 손에 쥐고 탄생했기 때문에.

"항상 텅 빈 말뿐이었습니까."

바로 그 레일리 크라하가 들끓는 분개를 낱낱이 드러내며 싸늘하게 씹어 뱉었다. 나는 그가 그래도 된다고 생각했다. 그저 어렴풋이, 이젠 정말로 전부 끝났다는 생각만이 들었다. 고개를 들지도 않은 채 두 손에 얼굴을 묻고 크게 심호흡만을 했다.

엘류이센 라이케에게 있어 레일리 크라하는 도구였으며 수단이었다. 그녀의 목적은 오로지 몬타뉴 밀락테이트가 맡긴 이 세계를 온전하게 굴리는 일뿐이었다. 자기 자신을 신으로 상정하고 있었지만 전능하게 권력을 휘두르려는 것은 아니었다. 그녀가 스스로 신이라 칭한 것은, 정말로 미래를 결정할 권리를 지니고 있었기 때문이다.

결과적으로 엘류이센 라이케는 특수한 속성의 힘을 몸속에 품은 '완전한 자' 레일리 크라하가 결정적인 방아쇠 겸 지침 역할을 해 줄 세계를 '선택'했다. 앞으로는 엘류이센 라이케 대신 레일리 크라하가 신의 역할을 해 줄, 외부의 작가로부터 안전하고 독립적인 세계를 구상하게 된 것이다.

사실 그것만으로도 레일리 크라하가 분개하기에는 충분했다. 그의 인생에서 내렸던 모든 값진 선택의 뒤에 무엇이 있었는지를 이제야 알게 되지 않았는가.

더구나 내 문제도 있었다. 여기까지 확인한 레일리 크라하 앞에서 나는 더 이상 변명조차 꺼낼 수 없는 입장이 됐다. 나는 이 세계의 모든 이야기를 구성한 사람이고, 엘류이센 라이케의 표현을 빌리면 '샘 밖의 신'이었다.

레일리 크라하의 삶을 그렇게 형성한 것도, 엘류이센 라이케를 그렇게 형성한 것도 결국 나일 수밖에 없다. 과거의 나였든, 현재의 나였든, 미래의 나였든지.

"처음부터."

결국 이 세계에서 그와 지낸 시간 동안 내가 그를 진짜 사람으로 생각하게 되었든지 아니든지, 레일리 크라하가 알 바는 아니었다. 나에게 있어 그가 단지 소설을 구성하는 도구에 불과했다는 사실만을 확실하게 알게 됐으니까.

나는 처음부터 그를 데리고는 돌아갈 생각이 없다고 말했고, 그건 불가능하다고 했고, 레일리가 뭐라고 하든지 피하려 들기에 바빴으니까.

"그리고, 또 그렇게."

나는 이미 무수히 레일리 크라하를 거부하고, 그를 외면해 왔으니까.

"제 삶을 더없이 무가치한 것으로 만드시는군요, 마스터."

그가 스스로 표현했듯, 이제 내가 그에게 꺼냈던 모든 말은 텅 빈 말이 되고 만 것이다.

내가 후회해야 할 일들은 한두 가지가 아니었다. 이미 저지른 일이니 어쩔 수 없지만, 레일리의 말마따나 언젠가는 말해야 할 문제를 차일피일 미룬 과거도 물론 후회해야 하리라. 하지만 그보다도 더 후회되는 일이 한 가지 있었는데, 괜히 레일리에게 내 생김새를 알려 준 일이었다.

유리 옐레체니카의 메모에 어렴풋이 그려진 내 얼굴을 레일리가 모르기만

했어도 어떻게든 변명할 거리는 있었을 텐데. 거기까지 생각했다가 또 양심이 아파 왔다.

나는 여전히 어떻게든 피하고 달아날 궁리만을 하고 있다. 자기 자신의 가장 비겁하고 저열한 부분을 보는 일이 내게 견딜 수 없는 괴로움을 줬다.

어째서 알렉시스 에슈마르크가 레일리의 태생과 관련된 사실을 내게 알리지 않은 채 채 하루라도 빨리 진실을 알려 주라고 자꾸 내 등을 떠밀었는지 비로소 이해했다. 그는 일찌감치 짐작했던 것이다. '그 사실'까지 알아 버린 뒤에는 돌이킬 수 없어지리라는 사실을 말이다.

레일리는 한동안 아무런 말도 붙이지 않았다. 나도 그저 침묵하고 있었다.

"뭘 하는 분입니까?"

레일리가 잠자코 물었다. 얼굴을 가리고 있던 손을 내리며 슬며시 시선을 들어 올렸지만, 레일리는 내게서 시선을 돌려 둔 상태였다. 잘 만든 인형 같은 얼굴이 어두운 실험실 안에서 수조의 빛을 파랗게 반사했다.

"'샘 밖의 신'."

그가 묵묵히 곱씹었다.

"뭘 하는 분입니까."

"나는……. 나는 이야기를 만들어. 작가거든."

힘겹게 대답을 했다.

"이야기 속의 세계가 실존할 거라고 생각해 본 적 없어. 그냥 이야기를 만들었을 뿐이야. 누가 소설 속 세계가 실존한다고 생각하며 글을 쓰겠어?"

이번에도 말하다 보니 변명조가 됐지만, 그보다 나은 화법을 찾을 수가 없었다.

"어쩌면 소설 속 세계가 실존할지도 모른다고 생각했어도, 나는 그래도 글을 썼을 거야. 모든 이야기에는 수많은 가능성이 열려 있으니까, 내가 골라서 쓰는 이야기는 그중 하나일 뿐이잖아. 그게 유리 옐레체니카가 본 가능성의 세계가 된 건지도 모르지."

살며시 내려 바닥을 짚은 손아귀에 온갖 기계의 잔해들이 붙잡혔다. 쇠로 된 호스, 뭔지 모를 부품의 덩어리, 굵은 철사와 분해된 도선 따위였다.

"하지만, 내가 의도치 않았더라도 네 삶을 망가트려서 미안해."

"이야기를 그렇게 써서 말입니까?"

레일리가 침착한 말투로 질문했다. 나는 소리 내서 대답하는 대신 그냥 고개를 위아래로 흔들었다. 시선은 다시 아래로 떨어졌다. 그런데 그런 나를 물끄러미 지켜보기만 하던 레일리가 이전보다 더 차가워진 목소리로 말했다.

"단 한 번도 제 인생이 비참하다고 생각해 본 적 없습니다."

초조하게 손끝으로 부품 조각들을 만지작거리던 내가 손을 멈췄다. 무슨 의도로 꺼낸 말인지를 알 수 없었다. 므라우의 까마귀가 어떻게 태어나고 어떻게 자라, 어떤 사람을 만나고, 무슨 일을 겪고, 어떻게 배반당하는지. 이제는 레일리도 나도 모두 알게 됐다.

그 삶이 평온하고 행복했다고는 입이 비뚤어져도 말할 수 없다. 레일리도 그렇게 생각할 것이다.

하지만 내 생각과 달리, 레일리는 여전히 차분한 태도로 말을 이었다. 그의 입에서는 이번에도 내가 예상하지 못한 말이 튀어나왔다.

"유리 옐레체니카가 나를 만들었든지 아니든지, 그딴 것도 상관없습니다. 그런 사실을 알게 됐다고 해서 삶이 특별히 달라지지는 않습니다. 물론 지금까지 해 온 모든 일이 수포로 돌아가고, 그 여자가 남의 인생을 마구잡이로 휘두르려 했다는 사실에 분노를 느끼고, 조금 좌절해야 했습니다만, 그렇다고 해서 내가 그녀의 발명품에 불과했다는 사실 자체로 비참함을 느껴야 하는 것은 아닙니다."

나는 그 말도 제대로 이해하기가 어려웠다.

"애초에 자라며 본 주변의 모든 인생이 저보다 더했으면 더했지 덜하지 않았는데, 비참함을 논하기에도 우스운 일이지요."

시선은 아직도 아래를 향한 채 들어 올리지 못하고 있었다. 레일리의 목소리는 퍽 담담했지만, 그의 표정을 확인하기는 어쩐지 두려웠다. 나는 그저 눈치를 보고 있었다. 레일리가 무슨 얘기를 하려는 건지 도무지 짐작이 가지 않았다.

내가 부품 조각들을 손아귀에 쥐었다 놓기를 반복하며 불안한 태도를 보이는 사이에도 레일리의 말은 천천히, 그리고 또렷하게 이어졌다.

"비참함 따위를 논할 수 없을 정도의 인생이었으니까요. 지난 10년간 해 온 일이 무의미했을지도 모른다는 사실을 알았지만, 비참함이 무엇인지를, 그래서 비참함에 휘둘려 무엇을 해야 할지를, 슬픔을 어떻게 느껴야 할지를, 그걸 고민할 틈조차 없이 살아온 내가 어떻게 절망 따위를 규명할 수 있겠습니까?"

이제야 레일리 크라하가 무슨 얘기를 하려는 건지 이해했다. 희미하게 응, 하고 대답하고 나서야 레일리도 그 설명을 그만두고 입을 닫았다.

"하지만 당신과 지내면서, 생각도 짧고 걱정도 없고 매사 자기 마음대로 해석하기 바쁜 이기적인 인간인 당신과 지내면서, 고민거리라고는 어떻게 하면 조금 더 즐겁고 안전한 삶을 살 수 있을지뿐인, 사소한 취향과 삶의 질을 논하는 당신과 지내면서…… 나와는 전혀 다른 삶을 살았기 때문에 그렇게 살아도 됐을 법한 당신 곁에서 익숙하지 않은 당신의 방식과 비슷하게 살아가면서. 결국 머리부터 발끝까지 공감할 수 없는 당신의 사고방식에 익숙해지면서."

그리고 한참이 지났을 때, 그가 목소리를 억누르고 차갑게 말했다.

"상처가 나면 아프다고 울고, 사람이 죽는 모습에 비위가 상하고, 피를 보기 싫어하며, 기왕이면 푹신한 잠자리를 찾고, 오래 걸으면 다리가 아프니 쉬어야 한다고 주장하는, 어려운 일은 피하기만 하고 따뜻하고 평온한 곳에서 불꽃놀이를 보다가 폭음이 크다며 불만을 토로하는 당신 곁에 있으면서요, 마스터."

놀랄 만치 평온하고 안정된 목소리였다. 하지만 나는 그 말을 들으며, 앞서 분노 어린 대화를 나눌 때보다 더한 가책을 느껴야 했다.

"어쩌면 내 삶이 조금쯤은 비참하고, 괴로웠을지도 모른다고."

레일리 크라하가 줄곧 나를 두고 '빛나는 것'이라 갖고 싶다고 말해 왔다는 사실을 문득 떠올려야 했기 때문이다. 오래도록 내 곁에 있고 싶다고, 어디로 가든 자신이 함께 있기를 바란다고 그가 이미 숱하게 말해 왔기 때문이었다.

나는 매번 그 문제를 피하고 달아나려고만 하다가, 레일리에게 알아서 방법을 찾으라는 책임 없는 소리를 하며 그에게 문제를 전가했고, 그러면서도 끝까지 내가 아는 진실에 대해서는 입도 뻥끗하지 않고 있었다.

심지어는 내가 누구인지도. 그래서 그가 나와 함께 있기 위해서는 어떤 역경이 있어야 하는지도 입에 담을 생각을 해 본 적이 없다.

레일리가 담담히 말했다. 이번에도 감정이 억눌린 듯한 서늘한 목소리였다.

"그때에야 비로소 그렇게 생각하게 됐습니다."

나는 입을 꾹 다물었다. 내가 감히 꺼낼 수 있는 말이 없었다. 몇 초간 내 반응을 기다리는 듯했던 레일리는 내가 침묵하는 사이 다시 말하기 시작했다. 그 목소리가 조금쯤은 감출 길도 없이 신경질적이었다.

"미안하다고 하셨습니까?"

그가 특유의 빈정거리는 듯한 태도로 조소했다.

"이야기를 그렇게 써서 미안하다고요?"

"……."

조개처럼 입을 다문 채 시선을 아래로 깔고만 있는데, 갑자기 쾅 하고 요란한 소리가 났다. 화들짝 놀라 고개를 들었다가, 나를 뚫을 듯이 쳐다보는 형형한 보랏빛 눈동자와 단박에 시선이 마주쳤다. 강화 금속으로 만든 실험실 벽에 주먹을 휘두른 레일리가 난폭한 태도로 고함을 쳤다.

"당신이 미안해해야 하는 건 끝까지 나를 사람 취급도 하지 않았다는 점이겠지!"

지금까지 레일리는 단 한 번도 내게 소리를 지른 적이 없었다. 화들짝 놀라서 어깨를 웅크렸다가 손을 짚고 슬쩍 뒤로 몸을 뺐다. 반 뼘 정도였지만, 내 아래에 깔려 덜걱거리며 무너지는 부품들 탓에 금세 정신을 차리고 몸을 멈춰야 했다.

새파랗게 빛나는 보랏빛 눈동자가 나를 뚫어져라 지켜보고 있었다. 나는 그의 표정과 행동, 격앙된 목소리에서 결과적으로 위협을 느꼈다. 지금의 레일리는 내게 정말로 위험한 상대가 될 수 있다는 사실을 본능적으로 인식했다.

시선이 마주치고 난 다음부터는 눈을 피할 수가 없었다. 내 반응을 지켜본 레일리 크라하가 사납게 표정을 일그러뜨렸다.

"내가 당신을 공격이라도 할 것 같습니까? 애석한 일이군요. 그럴 수 있었다면 피차 속이라도 편했을 텐데요. 당신은 아직도 내게 당신이 어떤 존재인지 모릅니다."

이번에도 목소리는 평화로웠지만, 더더욱 들끓는 듯한 말투였다.

"다시 말하겠습니다. 오랜 시간을 함께하고, 감정적인 교류를 하고, 밀어붙이면 장단에 맞춰 주고, 심지어는 본인의 입으로 나를 좋아한다고 말하기까지 하면서, 그럼에도 불구하고 사실은 끝까지 레일리 크라하는 단지 소설 속의 인물이라고 생각했다는 점."

손 안에 잡혀 있던 부품들을 꾹 쥐었다가 힘겹게 놓는 순간이었다. 그때까지 평온한 태도를 가장하던 레일리가 비로소 공격적으로 비난의 말을 쏟아부었다.

"어차피 소설 속의 인물에 불과하니 결국 당신이 만든 이야기에서 자유로울 수 없다고 재단하고, 내게는 어떤 진실을 알려 줄 필요도, 그럴 이유도 없다고 생각한 점."

벽에 휘둘렀던 주먹을 지지대처럼 짚은 채, 그가 깊숙하게 어깨를 숙였다. 나를 향해서였다.

"결국에는 당신과 대등한 무엇도 될 수 없다고 판단해, 단지 의도적으로 만들어진 부품 그 이상의 무엇도 아니라고 단정 지은 점. 그렇게 몰가치한 대상으로만 여기며 끝까지 나를 무시하고 배반한 점."

얼음장 같은 태도로 나를 깔아 보던 레일리 크라하가 가차 없이 씹어 뱉었다.

"사과를 하려면 그 태도를 사과하셨어야 합니다."

애석하게도 구구절절 옳은 말이라, 나는 그에게 반박할 만한 말을 찾지도 못했고, 사실 반박할 의욕마저 잃어버렸다. 그저 시선을 돌리지도 못한 채 굳어서는 그를 빤히 바라만 보고 있다가, 본래 서재가 있던 위쪽에서 알렉시스 에슈마르크의 목소리가 들려오고야 정신을 차렸다.

"백작, 그 아래에 있나?"

알렉시스 에슈마르크의 목소리를 듣고 천천히 고개를 꺾어 위쪽을 바라보았던 레일리는 대답 없이 손을 털고 허리를 폈다. 서슬 퍼런 얼굴로 나를 한 번 더 일별한 그가 망설임도 없이 돌아섰다. 그는 여태 자리에서 일어서지도 못한 채 실험실 깊은 곳으로 주춤주춤 물러나 주저앉아 있던 나를 일으켜 세워 주지도 않았다.

레일리가 나를 돌아보지도 않고 위협적인 태도로 다시 말했다.

"먼저 올라가겠습니다. 위험한 것은 없어 보였지만, 날이 새도록 그곳에 계시고 싶은 것이 아니라면 조속히 올라오십시오."

나는 나를 뒤에 두고 혼자서 돌아서 버리는 레일리의 등을 그대로 지켜보고 있을 수밖에 없었다. 그는 나를 남겨 둔 채, 서재가 실험실 가장자리로 내려오면서 드러난 벽 안쪽의 계단을 올라가기 시작했다.

끝난 건가? 나는 그때 별안간 그런 생각을 했다.

끝난 건가? 정말?

레일리 크라하의 분개도, 그와 함께 지금껏 쌓아 왔던 관계도, 전부?

놀랍게도 아까까지만 해도 울음이 나올 것만 같았는데, 그런 생각을 하고 나니 갑자기 마음이 헛헛해지기만 할 뿐 눈물 같은 것은 나오지 않았다.

"백작은?"

"알아서 올라오실 겁니다."

알렉시스 에슈마르크의 질문에 레일리가 차게 대답하는 소리가 어렴풋이 들려왔다. 레일리가 계단을 거의 다 오를 무렵부터 알렉시스 에슈마르크가 그에게 몇 마디 더 말을 걸기 시작했다. 레일리가 발을 세웠다.

나를 서럽게 하는 발소리는 멈췄지만, 내 서러움은 멎지 않았다. 적어도 그들의 대화에 제대로 귀를 기울일 만한 정신 상태는 아니었다. 아주 잠깐이었지만, 감정이 아득히 깜박이는 듯한 기분에 사로잡힌 채 망연히 주저앉아 있기만 했다.

그러다가 위쪽에서 들려오는 대화가 점점 더 빠르게 오가기 시작하고, 피차 조금쯤 공격적인 태도로 변질될 무렵에야 나도 비로소 정신을 차렸다. 나 역시 우선은 올라가야 했다. 나는 일단 주섬주섬 바닥을 짚고 몸을 세우려 했다.

그런데 그때에야 손 안에 잡혀 있는 기계 부품의 감촉이 묘하다는 사실을 눈치챘다. 레일리의 분노에 정신이 팔려서 뒤늦게 그 질감을 인식해 냈다.

여러 가닥으로 삐죽빼죽 나뭇가지처럼 솟아 있는 철골이었다. 그런데 감촉이 이상했다. 꼭 사람의 피부 같았다.

나는 천천히 손을 들어 올려, 창백한 시선으로 그것을 훑어봤다.

멍하니 그것을 바라보다가 겉을 덮은 가죽 안으로 손을 넣어 보았는데, 다행히도 정말로 사람의 손인 것은 아니었다. 그럴싸하게 만든 가죽 안쪽에 뭔지 모를 물컹한 물질과 철골이 들어 있을 뿐이었다. 하지만 그게 뭔가 이상하다는 위화감만은 빠짐없이 인지했다. 나는 느리게 손을 뻗었다. 수조의 푸른빛에 휘말려, 금세 기계 부품의 형태가 제대로 드러났다.

어슴푸레한 조명 아래에서, 그것은 마치 사람의 손처럼 보였다. 아니면 거대한 인형의 손 같기도 했다.

본능적으로 형언 못 할 불안을 느꼈다.

"레……. 레일리."

나는 반사적으로 중얼거렸다. 둘 다 초월한 자들인 덕인지, 내가 희미하게 중얼거린 순간 위쪽에서 말소리가 뚝 끊겼다. 나는 엉금엉금 몸을 뒤집고 기어서 기계 부품 사이를 헤집다가, 쇠로 만들어진 호스가 마치 사람의 장기 같은 형태로 꼬여 있었다는 사실을 뒤늦게 깨달았다.

그 사실이 무엇으로 연결되는지 직감적으로 알았다. 인간을 수도 없이 해부하며 신체의 기능과 구조를 모조리 파악한 엘류이센 라이케가 생체 실험을 통해 새로운 종족을 만들고, 그중에서도 한 발자국 더 나아가 신인류라 불려 마땅할 전능자 레일리 크라하를 만들었다. 그러니 그 뒤에 이어져 마땅할 '작업'은 어찌 보면 너무나 당연했다.

"레일리."

나도 모르게 목소리에 울음기가 섞였다. 그런데 그때부터 다시 발소리가 들려오기 시작했다.

"저는 먼저 올라가죠. 모시고 올라와 주십시오."

레일리가 알렉시스 에슈마르크에게 무정하게 말을 건네고 먼저 올라가려는 순간, 나는 달달 떨면서 미친 사람처럼 기계 부품을 파헤쳤다. 몇 번이고 실패한 흔적이 이어졌다.

인간의 골격, 인간의 살, 인간의 내장.

기계로 그런 것들을 구현해 보려 했던 흔적이었다. 인간을 구현하려 했던 흔적.

가장 최근에 한 실험은 철로 된 날개를 만드는 작업이었는지 제일 위에 올라와 있는 물건들은 전부 비행기의 프로펠러 같은, 비교적 용도가 명확한 부품들뿐이었다. 그로 인해 한곳에 쌓여 있을 때는 그 아래에 깔린 게 무엇인지를 직관적으로 알아채기 어려웠던 것이다. 하지만 그 밑바닥에 쌓여 있는 물건들은, 분명 인간을 만들기 위한 부품들이었다.

《세레나의 티타임》에서나, 이곳에서나 마찬가지였다.

이 세계에서는 나를 끌어내려서 좀 더 외부 세계로부터 자유로운 대륙을 꾀하려 했다. 하지만, 《세레나의 티타임》에서는 온전히 레일리 크라하와 세레나 윌리엄스가 변혁을 불러오게 되었을 터다. 조건이 다른데도, 어느 세계에서나 유리 옐레체니카는 스스로 죽어도 상관없다고 생각했다.

자기 자신이 죽음으로써 모든 일에 방아쇠를 당길 수 있다면 그것으로도 족하다고 말이다. 아니, 어쩌면 자기 자신의 죽음 역시 하나의 장치로써 필요하다고 판단했을지도 모르는 일이다.

레일리 크라하는 유리 옐레체니카가 죽은 뒤 진실을 알든 모르든 새 시대를 이끌 구원자가 될 수밖에 없다. 그는 전능한 자였고, 이미 그 목적의식을 버릴 수 없게 된 뒤였기 때문이다.

세레나 윌리엄스는 몬타뉴 밀락테이트의 영향을 받지 않았는데도 출중한 재능을 지녀 세계의 구조를 볼 수 있는 사람이었다. 세레나 윌리엄스가 성장할 수 있도록 방아쇠를 당긴 계기 역시 유리 옐레체니카의 죽음이다.

이 두 가지를 어째서 다르게 생각해야 하지? 한 가지 결말을 위한 서로 다른 두 요소일 수도 있는 것이 아니겠는가? 생각의 전환이 필요한 순간이었다. 자연스럽게 유리 옐레체니카가 마땅히 했을 법한 선택들이 뒤따라 떠올라 머릿속을 어지럽혔다.

《세레나의 티타임》에서, 유리 옐레체니카가 반드시 죽을 필요는 없었다. 그녀가 굳이 죽지 않아도 레일리를 통해 아무튼 목적은 이룰 수 있었을 것이다. 만일 그렇다면 유리 옐레체니카는 어째서 죽었어야 했을까?

무엇을 위해 죽었을까?

유리 옐레체니카의 몸은 그 자체로 이 세계의 마력이 소용돌이치는, 멈추지 않고 순환하는 일종의 시스템으로 기능한다.

그렇다면, 유리 옐레체니카의 몸이 생명을 잃고 나면, 그 몸은 그 자체로 강력한 시한폭탄이 되지 않을까? 세계에 마력이 지나치게 쌓이지 않도록 조절하고, 일부 마력을 한 번 자신의 몸에서 순환시켜 적절한 곳에 밀어넣던 유리 옐레체니카의 몸이 죽고 나면.

그녀가 죽고 나면 샘에서 무한히 솟아나는 '이야기'는 길을 잃고 어디로 갈까?

넘칠 것 같으면 하늘로 쏘아 올리고, 밀도 낮은 곳으로 밀어내 균형을 맞추고. 그런 작업을 맡았던 그녀가 사라지고 나면, 세계는 어떻게 유지될 수 있을까? 역사의 시작에 몬타뉴 밀락테이트가 엘류이센 라이케를 만들었기 때문에 이 세계가 유지되어 왔다면, 그녀가 사라진 뒤 세계는 유지될 수 없어야 했다.

그때 누군가, 아무라도 좋으니 누군가가 유리 옐레체니카의 시신을 이용해 샘을 틀어막고.

통제를 벗어나 푸른 숲을 꾸역꾸역 채우고 한곳에 빼곡하게 들어차던 마력을 이용해 세계의 모든 마력을 단숨에 날려 버려 준다면? 그것을 폭탄처럼 터트려야 한다는 사실을 인식하는 누군가가 나타난다면?

그 모든 진실을 모르더라도, 그만한 마법사가 온몸의 마력을 터트려 막아야 할 정도의 폭력적인 대립이나 전투가 발생한다면? 그렇게 되면 어떻게 될까?

엘류이센 라이케의 뷔올행. 유리 옐레체니카의 죽음. 배신감. 반인혁명. 레일리 크라하. 알렉시스 에슈마르크. 세레나 윌리엄스.

비로소 그 재료로 무엇이 완성될 수 있는지를 깨달았다.

"레일리, 기다려."

나는 다급히 외쳤다.

"잠깐만, 잠깐만 돌아와 봐. 레일리. 알렉시스, 당신도 와 봐요."

하지만 발소리는 멈추지 않았다. 알렉시스 에슈마르크만이 한숨 섞어 대답해 줬다.

"내가 내려가지. 뭔가 발견했나?"

나는 더 이상 바닥을 헤집는 일을 그만두고, 당장에 급한 일부터 처리해야 한다는 결론을 내렸다. 레일리 크라하를 불러 세워야 한다. 알렉시스 에슈마르크의 도움도 필요했다.

엘류이센 라이케가 무엇을 꾸몄는지 확실하게 파악하기 전에는 지금까지 계획했던 그 무엇도 함부로 이어 가서는 안 된다. 그녀는 사람이 죽고, 희생하는 일을 아무렇지도 않게 생각하는 인물이었다. 그리고 애석하지만 그녀와 연관된 모든 사람들이 스스로 행동하고 선택한 결과가 엘류이센 라이케의 손바닥 위에 놓여 있었을지도 모른다는 사실을 알게 됐다.

이제는 알 수 있었다. 세레나 윌리엄스와 알렉시스 에슈마르크 둘 중 한 명은 죽고, 둘 중 한 명은 그 후의 세계를 수습하며, 레일리 크라하는 그 계기를 만든다.

그저, 이 세계를 마력으로부터 자유롭게 만들기 위해!

조급하게 바닥에서 일어나다가 한 번 넘어졌지만, 비틀거리며 몸을 세워서 빠르게 계단 쪽을 향해 몸을 돌렸다. 거의 기다시피 하며 겨우 몸을 세우려는 찰나, 나는 이미 외치고 있었다.

"제발, 레일리! 잠깐만 와서……."

그런데 그 말을 맺기도 전에, 섬뜩한 통증이 가슴 한복판을 관통했다. 말 대신 바람 빠져나가는 소리가 희미하게 입 밖으로 새어 나갔다.

어, 하는 찰나 이미 몸은 뒤로 넘어가고 있었다. 가슴을 뚫고 튀어나온 긴 강철 호스가 저절로 휘어지더니 요란한 소리를 내며 내 몸을 휘어 감고 살갗을 파고들었다.

그때에야 나도 상황을 인식했다. 전말이 어떻게 된 것인지도 벼락처럼 알게 됐다. 퍼뜩 생각해 내고 만 것이다. 레일리 크라하는 어째서 감정적 교류조차 없었던 유리 옐레체니카의 시신을 안고 푸른 숲 안으로 사라졌을까?

실험실의 피는 대체 뭐였지?

"백작?"

알렉시스 에슈마르크가 차갑게 물었다. 서재가 있던 곳에서부터 아래로 내려올수록 조명이 줄어들어, 나는 그가 어디쯤에 있는지도 알 수 없었다. 그도 아마 마찬가지일 터였다.

하지만 내 말이 끊어진 것만으로도 어느 정도는 상황을 파악했는지, 곧장 조급한 발소리와 함께 알렉시스 에슈마르크의 고함 소리가 들려왔다.

"유리!"

그 말이 떨어지는 순간 어깨와 골반 등 다양한 곳에서 첨예한 관통음이 들렸다. 나는 내가 마치 기계에 사로잡힌 것 같다는 생각을 불현듯 했다. 아……. 그래. 마치, 배관과 호스로 기계 장치에 매달려 꼭두각시처럼 흔들리던, 정령 같은 꼴로.

조금 밝은 곳으로 알렉시스 에슈마르크의 구두가 달려 나오는 순간, 그 뒤에서 그를 밀치고 다급히 내려온 레일리 크라하의 보랏빛 눈동자와 어렴풋이 시선이 마주쳤다.

창백하고 차가운 손이 어둠을 꿰뚫고 등 뒤에서부터 솟아났다. 인형의 것처럼 새하얗고 뽀얀 팔이 어둠 속에서 홀로 번득였다. 인조 피부를 미처 붙이지 못한 곳은 여전히 철골과 도선으로 연결된 기계 덩어리에 불과했지만, 그 감촉만은 정말이지 사람 같았다.

"이런."

가느랗고 듣기 좋은 미성이 귓가에서 부드럽게 속삭였다.

"나름대로 공을 들인 선물이었는데, 유감이군요."

그녀가 내 몸을 관통한 호스를 움켜쥐는 순간 호스 안으로 뽑혀 나갔던 내 피가 요동치고, 주변의 마력이 삐걱삐걱 움직이기 시작했다. 피와 함께 몸에서 강제로 뽑혀 나간 마력의 부품들이 섬뜩한 소리를 내며 주변을 짓눌렀다. 몸에서는 점점 더 힘이 빠져나가고 있었다.

바닥에서부터 솟아난 마력의 벽이 레일리와 알렉시스의 앞을 가로막았다. 내 어깨 너머로 아름답고 우아한 여자가 빼꼼 고개를 내밀었다. 완전한 인간의 것처럼 보이는 얼굴과 달리, 목에는 아직 피부를 씌우지 못한 채였다.

흐릿해지는 시야 너머에서, 그녀의 얼굴을 마주한 레일리 크라하의 얼굴이 창백하게 식어 내렸다.

철로 만들어, 자비조차 없이 영원을 사는 몸. 공격당하던 찰나에 결론 내렸듯이, 거울을 본 듯 똑같은 얼굴로, 유리 옐레체니카가 화려한 꽃처럼 웃었다.

내가 이 몸에 빙의한 순간부터 유리 옐레체니카의 실험실은 이미 피바다가 되어 있었다. 유리 옐레체니카가 옐레체니카 저택 안까지 반인들을 끌고 들어가 실험을 하지는 않았을 텐데, 그 이유를 미처 파악하지 못한 채 시간이 흐르고 말았다.

왜 그 실험실이 피투성이가 되어 있었는지를 좀 더 빨리 떠올렸어야 했다.

그뿐이 아니었다. 여전히 풀리지 않았던 마지막 의문이 더 있다. 내가 빙의하지 않은 《세레나의 티타임》의 세계에서, 레일리 크라하는 유리 옐레체니카의 시신을 안아 들고 푸른 숲 안으로 사라져야 한다. 그들 사이에는 어떤 감정적 소통도 없었고, 결계를 여는 데에는 약간의 피만으로도 충분한데도, 당연히 자연스러운 일은 아니었다.

그렇다면 가정을 해 보자.

어떤 경로로든 유리 옐레체니카의 종족에 의구심을 품게 된 레일리 크라하가, 최후의 순간 유리 옐레체니카의 유언을 들었다면? 마력에 짓눌려 죽어 가는 유리 옐레체니카가 마지막으로 그에게, 인간이 아닌 자신의 몸을 사회의 시선으로부터 감춰 달라고 부탁했다면? 고향, 푸른 숲의 가장 깊은 곳에 데려다 달라고 말했다면?

레일리 크라하는 그 부탁을 흔쾌히 들어줬을 것이다. 그가 생각하기에, 그녀는 그의 동족이었고, 누구보다도 성실한 협조자였을 테니까.

그렇게 운반한 시신으로 자신도 모르는 사이에 샘을 막고, 레일리 크라하는 푸른 숲에서 모든 진실을 알게 된다. 그리고 마주하게 됐으리라. 내가 발견한 부품들을. 유리 옐레체니카가 몸을 옮기기에 앞서 선행 연구를 한 흔적을 말이다.

만일 알렉시스 에슈마르크로 안 되면 세레나가 마무리를 해 줄 테니 그 세계에서 인간을 만들려던 잔해 따위는 레일리 크라하가 발견해도 상관이 없다. 오히려 레일리 크라하의 분노에 불을 붙여 줄 테니 금상첨화였다고 봐야 한다.

또 다른 마법사인 세레나를 발견해 키워 냈으니 굳이 뒤처리를 위해 본인이 남아 있을 이유도 없다. 기계 몸을 완성하기 전이어도, 언제든 자연스럽게 목숨을 잃으면 그만이었을 터다.

그렇다면 이 세계에서는? 미리 몸을 떠나 기계 몸을 완성해 두는 대신 레일리 크라하를 마지막까지 유도할 수 없었던, 이 세계에서는 누가 그 역할을 한단 말인가?

바로 내가 그 운반책이었다. 본래의 세계로 돌아갈 방법을 찾아 푸른 숲에 들어오고, 유리 옐레체니카의 시신으로 샘을 막아 주는 것이다. 다른 누구도 아닌 '내'가 이 세계에 쏟아지는 이야기의 유입을 막고 영원히 이 세계에서 사라진다.

그리고, 그렇게 되면 유리 옐레체니카는 굳이 다른 이들을 희생시키지 않고 자신의 몸과 영혼만으로도 모든 일을 마무리할 수 있다. 대신 타인이 다루는 자신의 몸을 포획한 뒤 온전히 통제하기 위해서는 《세레나의 티타임》에서와 달리 기계 몸을 미리 완성해야만 했다.

내가 직접 운반해 온 몸으로 자폭하도록 만들어서, 세상은 마력으로부터 자유로워지고, 혁명으로 사회의 체제가 뒤집혀 불평등과 불합리는 사라지며.

유리 옐레체니카가 창조한 신인류와 기존의 인류는 자연스럽게 섞여 안전하고 평화로운 세계에서 살아가게 될 것이다.

이 과정에서 개개인의 감정과 의사는 무시된다. 원하든, 원치 않든 모든 자는 유리 옐레체니카의 계획을 따를 수밖에 없다. 이미 유리 옐레체니카의 뜻대로 굴러갈 수밖에 없는 상황까지 치달은 후에야 진실을 알게 될 테니까.

어떤 식으로든 유리 옐레체니카의 목적은 달성된다. 이 역시《세레나의 티타임》에서도, 이곳에서도 마찬가지였다.

"필요 없다면 이건 다시 받아 가도록 하죠, 레일리."

만일의 경우 자신이 직접 제 시체를 이용해 모든 것을 총괄하기 위해 만든 진정한 '불사'의 몸을 입고, 엘류이센 라이케가 달콤하게 속삭였다.

"어차피, 원래는 제 거였잖아요?"

그리고 소란스러운 기계음과 함께 바닥을 뒤집어엎고 강철 호스들이 무수히 솟아올랐다. 서재였던 곳과 진짜 실험실을 분리하듯이 벽을 쳤다. 빼곡하게 솟아나 숲처럼 터널을 만들고, 그대로 나를 움켜쥔 채 바닥으로 파고들며.

꽝 소리를 내고, 서재와 연결되어 있던 실험실의 통로에 강철 문이 떨어져 내렸다.

어둠이었다.

SIDE OUT: 작가에게 로맨스를 촉구한다! (6)
Vol. 6 ― 레일리 크라하

 하염없이 떨어지고 나서 올려다보면 이전에는 아무렇지도 않게 누리던 하늘마저 다시는 갈 수 없는 곳처럼 높디높아 보일 뿐이지요. 유리 옐레체니카가 햇살을 향해 뺨을 빼 들고 말했다. 살며시 눈을 감은 채, 창백하고 투명한 얼굴 위로 아른아른 푸른빛이 흔들렸다.

 추락이란 그런 거예요, 레일리.

 기억 너머에서 유리 옐레체니카가 속삭였다. 그렇다면 당신의, 떨어지기 전의 사랑에 대한 논의를 해 볼까요. 처음부터 끝까지 계산되고 설계된 삶에서 대체 무엇을 움켜쥐었죠? 잘 생각해 봐요. 아무것도 없을 텐데요.

 어쩔 수 없을 거예요. 나는 유난히 당신을 귀여워했고, 내가 그렇게 바란 이상 선택지는 남지 않았을 뿐이니까. 하지만 최후의 선택은 스스로 했으니 불만 따위 없겠군요. 안 그런가요?

 어둠 속에서, 예전과 똑같은 얼굴을 한 채 선홍색 눈동자가 접혔다. 몇 차례 입술을 달싹이며 말을 전했던 유리 옐레체니카의 입꼬리가 온화하게 굽었다. 기계 더미에 파묻혀 엉망으로 꿰뚫린 자신의 몸을 가느다란 팔로 움켜쥐고.

"필요 없다면 이건 다시 받아 가도록 하죠."

신의 얼굴을 한 악마가 속삭였다.

* * *

자신의 삶이 비극적이었다거나, 불운했다거나, 비참했다고 생각해 본 일은 없다. 삶은 그저 삶인 것으로 족했고, 그것만으로도 충분히 각박했기 때문에 다른 깊은 생각을 할 여력조차 없었다.

무언가를 돌아볼 여력이 없었기 때문에 괴로움을 느낀 것도 아니었다. 레일리 크라하는 애초부터 그런 개념이 없이 살았다.

살려면 어떻게 해야 하는지를 알았다. 그래서 살기 위해 어떻게든 했을 뿐이다. 도덕이나 행복이나 윤리에 대해 배운 적이 없어서, 브라우가 부도덕하고 불행하고 반윤리적인 지역이라는 생각조차 해 본 적이 없다.

그냥 살았다. 어쩌다 보니 태어났으니까. 어쩌다 보니 살게 된 것이다.

그래서 사실 누가 그 인생을 설계했든지 알 바는 아니었다. 어찌 되었든 어쩌다 보니 살게 됐고, 그래서 살아왔다는 사실에는 변함이 없었다.

그 모든 것이 누군가의 의사에 의해 설계된 경로였다는 사실을 알았어도 달라질 여지는 없다. 시간을 되돌려도, 어차피 과거의 순간으로 돌아가면 다른 선택지는 없었을 테니까. 그는 그저 매번 살기 위해 최선의 길을 골라 효율 높게 행동하며 살아왔다. 다시 돌아가도 마찬가지의 방식으로 살아갈 것이다.

목욕물에 몸을 푹 담근 채 거품에 파묻혀서, 기억을 잃은 유리 옐레체니카가 이상한 콧노래를 흥얼거렸다. 더할 나위 없이 경박하고 조잡한 음이었지만 어딘지 중독성이 있기도 하고, 본인은 즐거워 보이니 굳이 지적

하지 않고 그냥 두기로 했다. 무슨 노래냐고 묻지도 않았다. 사실 물을 이유도 없었다.

레일리 크라하는 몸만 대충 헹군 뒤 곧장 물에 뛰어든 유리 옐레체니카의 머리 위로 다가가서 무릎을 굽히고 앉았다.

"옆에 두겠습니다."

"뭘?"

"체리 셔벗입니다."

엥 하고 괴상한 신음을 흘렸던 유리 옐레체니카는 곧장 고개를 돌려 간식거리를 확인하더니, 쾌재를 부르며 셔벗을 들고 갔다.

"아싸, 집사 최고."

그녀는 셔벗을 한입 먹자마자 또 행복해졌다. 정말 값싼 행복을 영위하는 인물이었다. 레일리 크라하는 말없이 시선을 깔고, 머리만 튀어나온 유리 옐레체니카의 곁에 공손히 무릎을 꿇고 앉아 손에 거품을 냈다.

"머리를 감겨 드리지요."

"목욕만 할 건데."

"네. 얌전히 계십시오."

"뭐냐? 내 말 듣냐? 너 혹시 '네'라는 대답의 용법을 모르냐?"

손 많이 가는 고양이 님이 또 냐 하고 울었다. 그녀의 반발은 모조리 묵살했다. 사실 들을 이유도 없다.

뿐만 아니라, 막상 거품 낸 손을 머리에 가져다 대자 유리 옐레체니카도 투덜거리기는 했지만 순순히 목과 머리를 맡기기 시작했다. 어쨌든 그녀는 수발받는 일을 좋아했고, 이제는 퍽 익숙해지기까지 했는지 거리낌이 없었다.

거품을 낸 손으로 두피를 눌러 주고, 머리칼 안으로 손을 넣어 몇 번 마사지하듯 문질렀다. 커다란 욕조에 몸을 담근 채 다리를 두어 번 위아래로 첨벙댔던 유리 옐레체니카가 갸릉갸릉 고양이처럼 꾸벅꾸벅 고개를 흔들었다.

뒷덜미의 근육을 문질러 주자 그녀가 기분 좋은 얼굴로 팔다리를 늘어 트렸다. 뭉친 근육을 따라 손을 옮길 때마다 말없이 몸을 돌려 주다가 고개를 숙여 키스하자 별생각 없이 키스를 받기도 했다.

달콤한 향료를 푼 따뜻한 물에서 뭉근한 향이 올라왔다. 유리 옐레체니카가 목욕물에 몸을 담근 채 열심히 셔벗을 먹고 있는 탓인 것 같기도 했다. 키스에서는 달콤하고 눅진한 체리 향이 났다.

그녀는 기억을 잃은 후로 사사건건 레일리 크라하를 부려 먹었다. 그냥 그러려니 했다. 어린애를 돌본다고 생각하는 정도였다. 아니면 짐승이라든가. 물론 어린애도 짐승도 돌봐 본 적은 없지만, 아무튼 먹이고 재우면 그만이니 크게 다를 것은 없을 듯했다.

처음엔 왜 남성 집사가 여성 주인의 침실에 있느냐고 기겁하더니, 나름 대로 납득하며 뭘 어떻게 납득한 건지 이제는 목욕 시중까지 자연스럽게 맡겼다.

물론 레일리 크라하는 그 전까지는 단 한 번도 유리 옐레체니카의 목욕 시중 따위를 들어 본 적이 없다. 애초에 그 정도로 충성도 높은 관계가 아니었다. 하지만 자연스럽게 목욕 시중도 들어 줄 거라고 생각하는 눈치기에, 일단은 말없이 시중을 들어 줬다. 사실 말을 섞기도 귀찮았다. 그런데 그러다 보니, 어느 사이엔가 일과가 됐다.

기억을 잃기 전에는 물에 접촉하는 일을 극도로 지양하고 조심스러워했는데, 기억을 잃은 후로는 그런 규제조차 없었다. 사실 기억을 잃은 후로 규제와 절제라는 게 애초에 없는 인간이 된 것 같기는 했다.

다행히 물에 접촉하면 마력이 부풀어 올라 폭주할 수 있다는 점은 그녀가 기억을 잃기 전에 미리 들어 알고 있었으므로, 조치는 적절히 취해 두었다.

그 후 어쩌다 보니 키스도 하고 데이트도 하는 사이가 됐다. 그러든 말든 신경 쓰지 않는 모양이었다. 수발은 원래 집사가 들던 것이고, 집사와 조금 더 친밀해졌다고 해서 수발을 받지 않을 이유는 없다고 생각하는 것 같았다. 아니, 사실 그 정도 생각조차 없을지도 모른다. 애초에 그녀에게 레일리 크라하는 그렇게까지 '유가치'하지 않으니까.

손아귀에 거품을 가득 올려 푸 푸 소리를 내고 불어 대던 유리 옐레체니카가 문득 레일리 크라하를 향해 고개를 젖히고 물었다.

"오늘 날씨 좋냐?"

"바람이 조금 불지만 따뜻한 편입니다."

"오."

무슨 생각인지 그녀는 입술을 동그랗게 모으고 얼빠진 감탄사를 흘렸다. 레일리 크라하는 그녀를 물끄러미 내려다보다가 머리칼을 헝궈 주며 부드럽게 물었다.

"왜 물으십⋯⋯."

그런데 질문은 중간에 끊어졌다. 유리 옐레체니카가 검지 끝으로 거품을 퍼 올리더니 레일리 크라하의 뺨과, 코와, 이마 따위에 툭툭 거품을 묻힌 탓이었다.

보랏빛 눈동자를 무심히 깔았던 그가 산뜻하게 웃으며 질문을 바꿔 다시 물었다.

"그 손가락을 어떻게 해 드릴까요."

한 번만 더 하면 부러트려 버릴 수도 있으니 알아서 자중하시라는 의사가 뚜렷하게 드러났다. 유리 옐레체니카는 잽싸게 손을 거두고 모르는 척 시선을 돌렸다. 그녀가 딴청을 피우며 대답했다.

"아니, 그냥⋯⋯. 눈앞에 보이길래⋯⋯."

"⋯⋯."

레일리 크라하가 입을 닫은 채 싸늘히 침묵하자 그녀가 빠르게 화제를 전환했다.

"날씨도 좋은데, 광장에서 파르페 고?"

"'고'?"

"못 먹어도 고! 아니, 그렇다고 못 먹으면 안 되지만."

그녀가 또 아무 말이나 뱉었다. 해명되지 않는 단어에 설명을 붙여 주는 일 따위는 이번에도 없었다. 거품 목욕을 하는 동안 집사가 두피와 어깨를 마사지해 주고 체리 셔벗까지 대령해 준 탓에 기분이 상승세를 탄 모양이었다.

콧노래를 흥얼거리고, 입을 크게 벌려 웃고, 표정이 빠르게 변하고. 감정 기복이 심해서 금방금방 즐거워진다. 기분이 한껏 좋아진 상태로 레일리 크라하에게 괜히 장난을 치면서 헤벌쭉 웃으면 정말이지 고양이 같았다.

체리 셔벗을 먹고 기분이 한껏 좋아진 주인님이 거품 묻은 두 손을 들어 올려 검지 끝으로 레일리 크라하의 콧대를 양쪽에서 꾹 눌렀다.

"집사야, 파르페 먹으러 가자!"

레일리 크라하는 대답 대신 그대로 고개를 숙여 키스를 했다.

"앗, 제길, 파르페 먹으러 가자니까 갑자기 뭐야?"

그녀가 카랑카랑한 목소리로 따졌지만, 이유 같은 것은 물론 없다.

그냥 입을 맞추고 싶어졌다. 그렇다면 그것으로 충분하지 않겠는가? 물론 그렇게 말해 봤자 그녀는 눈만 세모꼴로 뜰 테니, 괜히 말을 섞는 대신 그는 다정스럽게 상대가 원하던 대답을 돌려주기로 했다.

"파르페를 먹으러 가죠."

레일리 크라하가 달큼한 태도로 말했다.

"어디든 제가 모시겠습니다."

* * *

알렉시스 에슈마르크는 어떻게든 그녀를 변호해 주고 싶은 모양이었다. 유리 옐레체니카를 뒤에 버려두고 홀로 계단을 오르는 레일리 크라하와 마주친 그는 다급히 레일리 크라하를 붙잡아 세우고, 이런저런 말을 걸기 시작했다.

대충 들어 보니, 레일리 크라하의 태생에 얽힌 진실은 그녀도 정말 모르고 있었다는 얘기를 해 주고 싶은 듯했다. 그 사실만은 정말로 푸른 숲에 들어오기 전까지 대공이 스스로 숨겼다는 것이다. 하지만 그렇다고 해서 큰 진실이 달라지는 것은 아니었다.

어쨌든 유리 옐레체니카의 몸속에 들어 있는 인간은 이 세계의 모든 것을 처음부터 끝까지 설계했다. 그렇다 하여 그녀가 진정 전능했다는 이야기는 아니다. 모든 것을 통제하에 뒀다면 이 사달이 날 일도 없었을 테지만, 적어도 그 마음가짐만은 처음부터 끝까지 설계자의 것이었다. 그래서 그녀는 레일리 크라하의 모든 변화와 진심을 없는 것으로 단정 짓고 무시하며 살아왔다.

그렇다. 변하지 않는 사실이 있다. 그녀에게 레일리 크라하는 더없이 무의미했고, 처음부터 끝까지 그저 자극적이고 무가치한 상대에 불과했다는 점 말이다.

그는 등 뒤에서 들려오는 부름을 무시한 채 걸었다. 왜 아직도 그깟 사실에 휘둘리고 있는지 잠깐 생각했지만, 역시 생각한다고 해서 답이 나오는 것은 아니었다.

그녀에게는 무가치한 행동이었어도 그에게는 부정할 길 없이 가치 있었으니까.

그리고 그 사실이야말로 가장 끔찍했다.

* * *

"그러고 보니 너 상처는 다 나았냐?"

대공의 비리를 캤으니 황제에게 고하겠다며 황궁에 갔던 유리 옐레체니카는 말도 없이 밤늦게까지 돌아오지 않았다. 그러다가 한참이 지나서야 심각한 얼굴로 느지막이 귀가했다. 일이 꼬인 모양이었지만, 레일리 크라하와 시선이 마주치자마자 그녀의 눈이 동그래졌다. 그러더니 설명도 없이 대뜸 그 말이 튀어나온 것이다.

그녀를 빤히 바라보던 레일리 크라하는 보란 듯이 한숨을 내쉬며 책을 덮었다.

"무슨 상처 말입니까?"

"왜, 거, 등 있잖아. 등. 총 맞았던 거."

"당연히 일찌감치 나았습니다. 확인할 이유가 있습니까."

"아니, 그래도 그 후에……. 그 뭐이냐……. 격렬히 움직였으니까……."

민망한 얼굴로 빙 에둘러 말한 유리 옐레체니카가 다시 슬그머니 시선을 피했다.

"아무튼 덧나지 않았는지 확인이라도 하고 약이라도 발라 놓지?"

"정강이뼈가 박살 난 상태로 일흔 명의 뷔올 경비대를 몰살시킨 사람에게 무슨 말씀을 하십니까?"

"하핫, 허풍도."

물론 허풍 따위가 아니었지만 레일리 크라하는 굳이 설명을 붙이지 않았다. 그녀가 즉시 다가와 그의 등에 달라붙은 탓이었다. 결국 뒤에 앉아 마음대로 상의를 벗기기 시작하는 손에 저항하지 않은 채, 그가 상위에 책을 내려놨다.

"보통 그 정도 상처는 누구나 알아서 낫습니다."

"아이고, 선생님. 오늘도 개소리가 대단하십니다."

별로 듣는 것 같지는 않았다. 그때부터는 각자가 상대의 이야기를 들을 생각 없이 무작정 자신의 이야기만 했다.

"낫고도 남을 시간입니다."

"그런데 염병, 총상엔 무슨 상처 바르면 되지?"

"통증도 없습니다."

"으악, 흉터 엄청 크게 남았는데."

"다른 흉터가 많아서 티도 나지 않을 텐데요."

"일단 낫긴 한 것 같은데 혹시 모르니 소독약이랑 고약 좀 가져와 봐. 붕대랑. 한 번만 더 감아 두자!"

레일리 크라하가 한숨을 푹 내쉬었다. 결국 그가 먼저 상대의 화제에 맞췄다.

"부상자라서 신경을 쓰신다면서, 부상자를 부려 먹을 생각이십니까?"

됐으니까 신경을 끄라는 의미에서 건성으로 대답했는데, 어쩐지 유리 옐레체니카가 침묵했다. 흘긋 돌아보자 대단한 깨달음을 얻은 사람처럼 입을 떡 벌리고 있던 그녀가 손뼉을 쳤다.

"제길, 그 생각을 못 했네. 맨날 시키다 보니 나도 모르게 그만."

"……."

눈을 가늘게 뜨고 대놓고 한심해하는 티를 낸 레일리 크라하는 일단 셔츠를 주워 다시 입기 시작하며 대답했다.

"정말로 다 나았으니 괜히 만지작대지 마시고……."

대체 황궁에서 무슨 일이 있었는지나 물으려는데 유리 옐레체니카가 레일리 크라하의 어깨를 찰싹 때렸다.

"야, 다쳤으면 적어도 최소한의 치료는 해야지! 엘제바에서도 약은 발랐지만 혹시 모르니 빨리 등짝 좀 까 봐."

당당히 옷을 벗으라는 명령 따위를 내린 그녀를 물끄러미 바라보다가, 결국 순순히 등을 내주었다. 아무튼 하고 싶은 만큼 하게 둘 작정이었다. 그동안 레일리 크라하는 그저, 그의 삶에 없었던 것과, 그녀의 삶에 당연했던 것들을 하나하나 되짚어 보기만 했다.

다치고 아픈 것에 마음을 쓰는 삶. 간단한 것으로도 소소하게 행복해질 수 있는 삶. 경박한 음조의 콧노래를 흥얼거리며 걱정 없이 타인에게 목

뒤를 내줄 수 있는 삶. 누군가를 끝까지 신뢰하는 삶. 타인이 있는 방에서 걱정 없이 잠들 수 있는 삶. 약을 바르고 자기 자신을 돌보는 삶. 책과 예술을 보고 아름답다고 말할 수 있는 삶. 한순간의 짧은 것을 보기 좋고 예쁘다고 표현하는.

그런 삶을 문득 곱씹어 봤다.

어쩌면 당신을 만나기 전에 내 삶은 조금쯤 비참하고, 불행하고, 괴롭고, 각박했을지도 모르지. 만일 그랬다고 하더라도 달라지는 것도 없고, 지금에 와서는 아무런 의미를 부여할 수 없는 일이지만. 레일리 크라하는 자신의 등에 덕지덕지 약을 바르는 그녀를 빤히 바라보다가 불현듯 한숨을 뱉었다.

"마스터."

"응?"

"그건 화상약입니다."

"……."

결국 마스터는 민망함에 얼굴이 새빨개진 채 약통을 내던지더니 졸려서 그랬다는 변명을 하고 혼자서 침실에 들어가 버렸다.

뒤에 남겨진 약병을 정리하며, 레일리 크라하는 단지 그 생각을 곱씹었다. 단지 그렇다고 생각한다. 근래에는 그런 생각을 해 보게 됐다. 므라우에서의 삶은 지나치게 반인륜적이고 잔혹했을지도 모른다고. 자신은 불운하고 불행한 삶을 살았을지도 모른다고.

물론 그런 일에 휘말리거나 얽매이는 성품은 아니었지만, 그 사실을 비로소 깨달음으로써 기이한 상념에 휘말리곤 한다. 므라우에서 나고 자란 레일리 크라하와 달리, 외부에서 들어온 자들이 얼마나 괴로워했는지를 새삼스럽게 곱씹고. 새 주인과 함께 철없는 시간을 보낼 때의 말 못 할 감정을 조심스럽게 맛보며.

그 시절이 비참했다는 사실조차 최근에야 알게 됐다.

그렇다면 지금은?

"마스터."

약병을 모두 정리한 레일리 크라하는 마스터가 잠들기 전에 그녀의 방문을 열고 들어섰다. 침대에서 슬쩍 고개를 내민 유리 옐레체니카가 왜 그러냐는 듯 눈을 동그랗게 떴다.

그 머리맡까지 다가간 그는 저도 모르게 희미하게 웃고, 그대로 상체를 숙여 그녀의 이마와 콧등, 눈꺼풀에 다정스레 입을 맞췄다.

"약은 제가 알아서 바를 테니 걱정하지 마시고 주무십시오."

기회를 봐서 황궁에서 무슨 일이 있었는지는 물어야겠지만 지금은 그 좋은 순간을 누리고 싶었다.

좋은. 그는 스스로 생각했다가 그 표현을 곱씹었다.

그렇다. 그는 그것이 좋았다.

"안 바르고 발랐다고 개구라 치는 건 아니겠지."

"표현을 좀 거르시는 게 어떻습니까?"

힐난조로 빈정거리자 마스터가 코웃음을 쳤다. 그녀는 그저 레일리 크라하의 옷자락을 붙잡고, 소매에 뺨을 비비며 길게 하품을 했다. 그러고는 아무렇게나 대답했다.

"약 꼭 발라."

"알겠습니다."

그리고 그는 자연스럽게 유리 옐레체니카의 입술을 쫓았다. 그녀도 자연스럽게 입을 벌렸다. 입맞춤에 맛 따위가 있을 리 없지만, 만일 있다면 분명 시고 달콤한 과일 같은 향이 날 것이다.

나는 행복 같은 것은 모르지만, 어쩌면 내 삶이 괴로웠을지도 모른다는 사실을 당신으로 인해 알게 되었고, 그래서 그저 당신을 손에 넣고 싶다고.

그러면 그것이야말로 행복이고 가치인지도 모른다고. 그런 생각을 떠올리며.

* * *

이전에 맛봤던 달콤한 것이 어떤 맛이었는지조차 기억할 수 없는 순간. 추락이란 그런 거라고, 그의 인생을 처음부터 끝까지 산산이 파괴한 여자가 속삭였다.

* * *

머릿속이 어지러웠다. 상황을 판단하기에 앞서 장면과 소음, 예기치 못한 일에 의한 충격이 뇌리를 집어삼켰다.

우선은 마지막 순간에, 그가 그녀에게 무슨 말을 했었는지를 애써 곱씹어 보려 했다. 하지만 강철 호스들에 전신을 꿰뚫린 채 기계에 붙잡혀 끌려가던 창백한 손끝만이 어렴풋이 기억에 남아 있었다.

사고가 제대로 돌아가지 않았다. 레일리 크라하는 자기 자신이 꺼냈던 말들을 되짚어 보고 싶었다.

레일리. 분명 마스터가 몇 번이고 반복해, 조금은 우는 듯한, 떨리는 목소리로 그의 이름을 부르기 전에…….

버리고 돌아섰다.

"레일리 크라하."

위에서부터 떨어진 강화 합금으로 길이 막히고, 마력의 덩어리들이 요동치며 그들을 잡아 세웠다. 다급히 합금에 손을 얹고 결계를 분석하기 시작하며, 알렉시스 에슈마르크가 조급히 말했다. 갑자기 모든 작업을 멈춘 뒤에 튀어나온 호명이었다.

그 자리에 못 박힌 듯 서 있던 레일리 크라하가 뒤늦게 시선을 돌렸다. 알렉시스 에슈마르크는 마법을 쓰지도, 결계를 부수기 위해 애를 쓰지도, 합금을 때리지도 않은 채 가만히 서서 벽을 응시하고 있을 뿐이었다.

"무엇을……. 하시는 겁니까."

레일리 크라하가 뒤늦게 정신을 차리고 물었다. 한참 동안 꼬이던 생각을 강제로 접어 버리고 알렉시스 에슈마르크를 살피니, 그의 행동거지나 태도가 어딘지 이상했던 것이다.

심각한 얼굴로 합금 벽을 바라보던 알렉시스 에슈마르크가 천천히 말했다.

"우리가 똑같이 상황을 판단했다면, 유리 옐레체니카가 자네 주인을 데리고 사라졌으며, 기계로 만든 몸을 지니고 있었던 모양이라고 결론을 내려도 될 것 같네. 내가 파악한 내용대로라면 자네도 두 사람이 서로 다른 인물이라는 사실 정도는 알고 있을 텐데?"

"……. 예, 들은 일이 있습니다."

그 이야기는 들은 일이 있지만, 다른 문제에 대해서는 무엇 하나 들은 적이 없다.

알렉시스 에슈마르크는 알고 있었을 것이다. 그의 새 주인은 늘 레일리 크라하를 배제하고 에슈마르크 대공에게만 문제를 논의하고 의지하곤 했다.

들불같이 격정이 들끓었다. 하지만 그는 눈을 꾹 감았다가 느리게 심호흡을 했다. 마지막에 그녀에게 뭐라고 말했더라? 기억이 다시 역행하는 사이 차분히 덧붙였다.

"그리고 저도 마찬가지로 결론을 내렸습니다."

"나는 저쪽을 돌다 와서 말이야. 이쪽은 백작이 맡은 구역이었고, 자네들을 발견하자마자 일이 터졌으니 아직 파악하지는 못했거든. 혹시 저 안에 무엇이 있는지 살펴본 적이 있나? 만일 있다면, 공유해 주면 도움이 될 것 같은데."

"'외부 세계'로 통하는 샘이 깊은 곳에 있더군요. 자세히 들여다보지는 않았습니다. 그저 그 존재만으로도 여러 가지 설명될 수 있었으니까요."

레일리 크라하가 담담히 대답했다.

"하지만 고작 이런 정보로 도움을 얻을 수 있다니, 결계를 깨고 진입하는 일에 말입니까?"

당연한 대답을 예상했지만 스스로 머릿속을 정리하기 위해 잠자코 물었다. 그런데 알렉시스 에슈마르크는 전혀 예상하지 못한 대답을 했다.

"설마."

그가 냉정한 얼굴로 덧붙였다.

"유리 옐레체니카의 진의와, 굳이 그녀를 끌고 간 이유를 추론하는 일에 도움이 되겠지."

그리고 차가운 얼굴로 심호흡을 했던 알렉시스 에슈마르크가 별안간 손사래를 쳤다.

"레일리 크라하."

그가 담백하게 레일리 크라하를 불렀다.

"당장 나가서, 다른 사람들을 대피시키게. 아마도 오래 지나지 않아……."

"그런 말을 전할 목적이라면 당신이 나가십시오."

마지막에 무슨 말을 했냐니. 별로 의미는 없다. 그는 지금의 유리 옐레체니카가 이런 특수한 환경에서 돌발 상황에 걸출한 실력을 발휘할 정도의 전투 능력을 갖추지 못했다는 사실을 알면서도 그녀를 버리고 돌아섰다. 혼자 버려두고, 알아서 올라오라는 말을 던지고.

몇 번이고 부름을 무시하며, 등을 보이고 걸었다.

레일리 크라하가 살벌하게 대답했다.

"마스터는 어떻게든 제가 구해 내겠습니다. 번개를 발해 강화 합금에 반응시킬 예정이니 물러나십시오."

"구해?"

알렉시스 에슈마르크가 눈썹을 꺾으며 실소했다.

"아니."

단호하게 레일리 크라하의 말을 부정한 그가 합금 벽 위에 두 손을 가지
런히 얹고, 지그시 눈을 감았다.

　"마법사도 아니고, 세계의 근원을 보지도 못하는 자네가 할 수 있는 일은
없어. 유리 옐레체니카는 자기 몸에 깃든 그녀와 함께 희생해서 세상을 날
려 버릴 생각이니까. 하지만 선수필승이 아니겠나? 요컨대 이 대륙에서는
현재 나만이 할 수 있는 일이라는 얘기지."

　알렉시스 에슈마르크가 확신조로 말했다. 레일리 크라하는 물론 그 말이
어떤 의미를 갖고 있는지를 제대로 이해하지는 못했다. 그저 알렉시스 에슈
마르크의 옆얼굴이 어딘지 갑작스럽게 차갑게 굳은 듯하다는 사실만을 인
식했다.

　"당장 나가. 이건 명령일세. 푸른 숲 근방이 모조리 휩쓸릴 테니 최대한
먼 곳까지 사람들을 대피시켜야 한다는 점을 명심하게."

　굳은 표정과 달리 말투는 언제나 그랬듯 조곤조곤했다. 보랏빛 눈동자가
희미한 웃음기를 머금고 느긋한 태도로 접혔다.

　"이 안에는 자네가 책임져야 하거나, 혹은 책임질 수 있는 그 무엇도
없어."

　이윽고 므라우를 지도에서 지워 버린 뷔올 제국 최고의 마법사가, 므라
우의 까마귀 앞에서 여상한 얼굴로 선언했다.

　"내 부정의 결과니, 마땅히 내가 책임진다."

* * *

　레일리 크라하가 할 수 있는 것이 아무것도 남지 않은 땅. 그는 한파처럼
불어닥치는 괴로움과 무너지는 세계의 육중한 무게를 홀로 떠안은 채.

　세상에서 푸른 숲이 사라지는 모습을 지켜보고만 있어야 했다.

SIDE OUT: 세레나의 티타임 (4)

이거였나? 가장 먼저, 레일리 크라하가 떠올린 생각이었다.

교묘하게 만들어진 함정이었다. 사실 세상에 태어나 눈을 뜰 때부터 그녀의 손아귀에서 굴러가고 있었으니, 굳이 함정을 파 두지 않아도 그녀의 뜻대로 됐을 것이다. 하지만 유리 옐레체니카는 굳이 레일리 크라하를 옭아맬 함정을 만들어 뒀다.

온 생애를 바쳐 바랐던 일이 있다. 정확히는 '바라게 된' 일이다. 그 일을 이룰 수 있는 방법은 이제 단 한 가지밖에 남지 않았다. 사실, 이미 너무나 노력했고, 오랜 시간 동안 공들여 준비했다. 여기까지 와서 멈출 수는 없게 됐다.

멈출 수 없게 됐다는 사실을, 유리 옐레체니카도 알고 있었을 것이다.

제대로 완성되지 못한 기계 토르소와 여러 잔해들 사이에서 샘을 들여다보며, 레일리 크라하가 무감정한 얼굴로 시선을 깔았다.

이 세계가 무엇이든지 상관은 없다. 그가 사실 무엇이었든지 상관없었다.

하지만 그렇다면 더욱, 오히려 그렇기 때문에 더더욱, 그 생에 단 하나뿐이었던 유가치한 일만은 완수해야 그의 삶에 의미가 생기지 않을까?

어차피 유리 옐레체니카의 장난감으로 태어났다면 그 한 몸 연소하는 일은 두렵지 않았다. 샘 너머의 진실과, 이 세계로 쏟아져 들어오는 활자의 흐름을 지켜보며 그가 가만히 손을 뻗었다. 보이지 않는 장막에 막혀 창백한 손끝이 푸른빛 도는 '샘'에 그림자를 드리웠다.

이 세상의 모든 이야기를 만드는 신이 있다. 샘 밖의 신은 자신이 만든 이야기가 하나의 세계를 구성했다는 사실조차 모를지도 모른다. 그들은 그저 창조된 객체에 불과했다.

그 너머에 영향을 미칠 수 있을까?

얇은 유리벽 위로 샘 너머의 신에게 손을 댄 채, 레일리 크라하가 그 앞에 무릎을 굽히고 앉아 뺨을 기울였다.

만일 그럴 수 있다면. 그러니까, 이야기 내부의 인간이 결국 이야기를 만드는 신에게 영향을 줄 수 있다면 말이다.

그러면 세계의 순서와 방향성은 다르게도 해석될 수 있는 것이 아닐까? 이 세계가 존재하기에 샘 밖의 신이 그 이야기를 만들 수 있는 것인지도 모른다.

사실 이 세계가 단지 이야기에 불과하든지, 아니든지, 그런 것은 레일리 크라하에게 큰 소요를 불러일으키지 못했다. 어쨌든 그에게는 자유 의지가 있으며, 결국 어쩔 수 없이 그래야만 하는 선택들로 삶을 구성해 왔기 때문에.

다를 것은 없다. 그는 이상한 이름을 지닌 샘 밖의 신, 이제 고작 이십 대 초반이 된 여자의 뺨 위로 닿지 않을 손가락을 죽 미끄러트렸다.

그 여자가 사실 아무런 힘도 지니지 않은 일개 인간에 불과하며, 그녀가 지은 몇 줄의 글귀가 그들의 세계를 구성했다는 사실을 알게 됐다. 그건 절망도 슬픔도 아니었다. 오히려 레일리 크라하는 마음이 놓였다. 굳이 말하자면 구원이라고 표현해야 할 것이다. 어차피 타인에게서 구원을 찾을 수 있는 족속은 아니어서, 결국 그 감정을 '마음이 놓였다' 정도로 말해야 한다.

그녀가 만드는 이야기에는 언젠가 끝이 있고, 이야기가 끝나면 그때부터는 자유 의지를 지닌 자들의 세계가 시작된다.

수많은 가능성의 세계가 여러 궤적을 그리며 곳곳으로 날아가고, 그중 일부만이 이 세계로 도달하고 있었다. 푸른빛 앞에 무릎을 꿇고 앉아, 레일리 크라하가 시퍼렇게 일렁이는 불빛을 응시하며 생각했다.

뿐만 아니라 다를 것은 없다.

이제는 그가 주도한 세계야말로 신이 짓는 이야기의 씨앗이 될 것이다.

* * *

세레나 윌리엄스가 푸른 숲에서 찾아낸 정보를 보고받은 알렉시스 에슈마르크가 회한에 젖은 얼굴로 이마를 짚었다. 우수에 젖은 듯한 낯이 아름답게 일그러졌다. 그는 한동안 침묵하기만 하다가, 뒤늦게 대답했다.

"그거였군."

그가 반복해 중얼거렸다.

"그거였어."

이 중에 유리 옐레체니카에게 속지 않은 인물은 없다. 그녀와 만나고 휘말렸던 모든 인간은 이미 유리 옐레체니카의 계산 위에 놓여 있었다. 그리고 놀랄 만치, 모두가 유리 옐레체니카의 뜻대로 생각하고 행동했다.

하지만 그녀의 계획대로 흘러갔어도, 결국 선택은 그들이 스스로 했다. 이미 일은 시작될 만큼 시작되었고, 더는 돌이킬 수 없는 지경에 이르렀다.

애초에 그들 자신에게도 돌이킬 의사가 없다는 문제가 있다. 그들은 어찌 되었든 자신이 가장 옳다고 생각한 판단을 반복하며 이 상황까지 흘러왔다. 자신의 소신껏 행동하고 선택하면서.

그 모든 결과물이 유리 옐레체니카의 손바닥 위에서 그녀의 설계대로 굴러왔다고 해서 간단히 뒤집을 수 있는 문제가 아니었다.

"어떻게 하죠?"

레일리 크라하에 이어 유리 옐레체니카의 진의를 처음부터 끝까지 알게 된 두 번째 인간, 세레나 윌리엄스가 조심스럽게 물었다. 이제야 막 진실을 알게 됐지만 알렉시스 에슈마르크는 본래 유리 옐레체니카의 유일한 동료였다. 그래도 그에게 의견을 구하는 편이 낫다고 본 것이다.

결정과 판단, 행동에 대한 전권은 실제로도 알렉시스 에슈마르크에게 있었다.

"'어떻게'?"

알렉시스 에슈마르크는 담담히 그 질문을 곱씹었다가 실소하듯 웃었다. 조금은 자조하는 듯한 태도였다.

"진실을 알고 난 뒤 레일리 크라하가 무슨 일을 할지, 그 사건에 내가 어떻게 대처할지, 자네가 결국 어떤 방식으로 행동할지를 전부 계산해 둔 채 벌인 일이야. 이미 그렇게 수레바퀴가 구르기 시작했고, 절벽 아래로 바위가 굴러 떨어지고 있는데 이제 와서 그 일을 어떻게 막겠나? 섣불리 막으려고 했다간 피해만 커질 뿐이고, 예상치 못한 문제를 발생시킬 테지."

손을 조금 미끄러트려 관자놀이를 누르며 고개를 기울였던 알렉시스 에슈마르크가 느슨하게 한숨을 뱉었다.

"솔직히 말하자면, 적어도 우리 앞에 놓여 있는 게 파멸만은 아니라고 생각할 수 있게 되어 기껍기까지 하네. 그런 의미에서는 믿을 수 있는 설계자지."

"저는 사실 유리 님의 생각에 동의해요. 이 세계가 바깥에 있는 외부자의 뜻대로 움직인다면, 그로부터 자유로워질 수 있도록 조치를 취하는 건 미리 깨달은 자들의 책임과 의무라고 생각해요. 하지만 크라하 씨는 크게 분개한 것 같던데요. 그가 과연 예측할 수 있는 경로로 움직일까요?"

세레나 윌리엄스가 조심스럽게 자신의 의견을 밝혔다. 머리를 짚은 채 삐딱하게 앉아 있던 알렉시스 에슈마르크가 표정 없이 보랏빛 눈동자를 깔았다가, 특유의 온화한 태도로 대답했다.

"레일리 크라하야말로 그 인생의 첫 단추부터 마지막 단추까지 유리 옐레체니카의 손아귀에 놓여 있었어."

조금은 회의적인 말투였다.

"애초에 므라우의 까마귀란 야만스럽고 흉포해도 자기애가 없는 인물은 아니야. 자기 자신에 대한 당연한 믿음이야말로 그를 므라우의 지도자로 만들어 준 가장 큰 원동력이다. 우리가 하는 생각을 그라고 해서 하지 않았을까?"

"'우리가 하는 생각'이라면……."

"유리 옐레체니카를 만나지 않았어도 나는 이렇게 행동했을 걸세. 들고 일어난 반인들을 폭력적인 무뢰배 집단으로 몰고, 그들에게 거짓된 틀을 씌워 소문을 냈을 테지. 대륙의 공통된 적으로 삼을 수 있도록 말일세. 나는 내 인생에 애정이라곤 한 줌도 느끼지 못하는 인간이고, 내 혈육들을 대단히 사랑할 수도 없지만, 그럼에도 불구하고 이 나라와 그 구성을 아끼고 있으니까."

세레나 윌리엄스가 녹색 눈을 동그랗게 떴다가 슬그머니 시선을 깔았다. 그녀는 알렉시스 에슈마르크를 바라보는 일을 그만두고 방 안을 서성거리며 걷기 시작했다.

그 태도를 물끄러미 지켜보며, 알렉시스 에슈마르크도 다시 말했다.

"자네도 마찬가지겠지. 유리 옐레체니카가 재능을 깨워 주긴 했지만, 어쨌든 그녀가 아니었어도 결국 자네는 이 전쟁을 외면할 수 없었을 거야."

"가족들이 북부에 살고 있으니까요."

"그뿐일까?"

"......."

한동안 방 안을 맴돌며 침묵하던 세레나 윌리엄스가 창가 앞에서야 발을 세웠다. 갈색 단발을 곱게 빗고 제복을 입어 이제 예전의 모습은 떠올릴 수 없을 만큼 세련된 차림새를 한 채, 하지만 예전과 똑같은 눈으로 세레나 윌리엄스가 다시 대답했다.

"무슨 이유에서든, 죄 없는 사람들을 학살하며 뜻을 관철하게 둘 수는 없었어요. 시기가 얼마나 앞당겨지느냐의 차이였을 거예요."

그 대답을 듣고 조금 슬픈 낯을 했던 알렉시스 에슈마르크가 한숨을 내쉬며 등을 쭉 폈다.

"마찬가지지."

그가 단정적으로 말했다.

"유리 옐레체니카가 있든 없든, 레일리 크라하도 결국은 동족들을 외면할 수 없는 인간이었던 것이고, 한 번 그 비참함에 눈을 뜬 이상 다시는 이전처럼 무심한 삶으로 돌아갈 수 없었을 걸세."

알렉시스 에슈마르크가 한숨 섞어 스스로 조롱하듯 말했다.

"우리는 그렇게 살 수밖에 없는 인간들이지. 그러니 어쩌겠나."

그 말투에서 어딘지 설움을 느꼈다. 하지만 당황한 세레나 윌리엄스가 그를 향해 돌아섰을 때, 알렉시스 에슈마르크는 지친 듯한 얼굴로 몸을 세우고 여느 때와 같은 여상한 표정을 짓고 있을 뿐이었다.

"수렁인 줄 알면서도 끌려가 보는 수밖에 없지."

* * *

"수렁인 줄 알면서도 빠져나갈 생각이 추호도 없었지."

태엽이나 나사로 만든 어떤 편의 장치도 되지 않은 검은 옷을 입고, 레일리 크라하가 시체 더미 위에서 까마귀처럼 흔들렸다. 검은 정장에 새카만

코트를 두른 그의 옷자락이 흔들리면 꼭 거대한 까마귀가 날개를 펼치는 것 같았다.

　제작자가 심혈을 기울여 만든 걸작 인형 같은 얼굴이 비웃듯이 일그러졌다. 입술 아래에 찍힌 선명한 점이 새하얀 얼굴 위에서 시선을 빼앗았다. 자수정을 박은 듯한 보랏빛 눈동자가 요사스럽게 접혔다.

　은빛 머리칼 아래에서 조롱하는 태도로 웃은 그가 말했다.

　"하지만 뜻밖이군, 대공. 분명 유리 옐레체니카가 계획한 바에 따르면 사라져 봤자 대륙 정세에 아무런 영향도 주지 않을 세레나 윌리엄스가 제 몸을 터트려 이 세계의 마력을 쓸어 내고, 그 후처리를 정치 능력이 뛰어난 당신에게 맡길 요량이었을 텐데?"

　마지막으로 백합 모양 브로치를 닦으며 레일리 크라하의 이야기를 듣고 있던 알렉시스 에슈마르크가 다정다감한 태도로 웃었다. 그가 온화한 얼굴로 대꾸했다.

　"그녀에게는 잘못된 정보가 가도록 했지. 아마 지금쯤 다른 곳으로 갔을 걸세."

　"어째서?"

　"그 편이 온당하니까."

　알렉시스 에슈마르크가 부드럽게 답했다. 그는 반질반질하게 닦아 낸 브로치를 다시 가슴께에 달고, 특유의 우미한 낯을 펼치며 허리를 꼿꼿이 폈다.

　"10년 전에 그런 짓까지 벌이며 애써 회피한 전면전인데, 결국 자네와는 이렇게 만나게 되고 말았군?"

　그가 퍽 살가워 보이기까지 하는 태도로 웃어 보였다.

　"내 부정의 결과니 마땅히 내가 책임진다. 어차피 여기까지 온 이상 결과는 어느 정도 정해진 듯하니, 그저 함께 밑바닥까지 가 보지, 레일리 크라하."

그 말을 듣고, 레일리 크라하가 인상을 찡그리듯 웃었다. 콧등에 주름을 잡고, 기꺼운 듯한 태도로.

"피차 오물 더미에 끌려왔군. 당신한테는 낯선 곳이겠지만 말이야."

반쯤 무너져 삐걱삐걱 요동치는 세계의 마력을 등에 짊어진 채, 므라우의 까마귀가 오만하게 턱을 빼 들었다.

"내게는 어차피 낯설 것도 없었어."

* * *

레일리 크라하는 푸른 숲의 깊은 곳에서 근원을 마주하고, 비로소 이 세계가 무엇이었는지를 깨달았다. 세계를 구성한 마력이 어디에서부터 시작되었는지도 온전히 알게 됐다. 자신이 무엇이었는지, 어떤 순간을 위해 태어났는지도 그때에는 일목요연하게 파악한 뒤였다.

통과할 수 없는 얇은 막 위에 손을 얹고 그 너머의 무한한 가능성과 여러 평행한 세계를 지켜보다가, 그는 자유의사를 지닌 자들이야말로 이야기의 씨앗을 뿌릴 수 있는 세계를 다시 한 번 구상했다.

하지만 그는 그런 '설계'에는 재능이 없는 족속이었다. 그리고 유감스럽게도 세상 누구보다도 설계자라 불려 마땅할 인물이 누구인지도 알고 있다.

레일리 크라하는 그때껏 어떤 초월한 마법과도 연이 없이 살았다. 근원을 보게 되었다고 해서 그가 갑자기 마법적인 능력을 십분 발휘해 놀라운 일을 해낼 수 있는 것은 아니었다. 만일 이쪽의 인간이 샘 너머에 어떤 식으로든 영향을 미칠 수 있다면, 그런 일을 할 수 있는 자는 사실 한 명밖에 없다.

발명가란 세상에 없던 것을 설계하고 만들어 내는 자. 따라서 아직 어떤 계획도 시작하지 않은 시대의 엘류이센 라이케에게.

레일리 크라하는 자신의 뜻을 넘기기로 했다.

샘 밖의 신을 끌어내려, 스스로 이 세계를 자유롭게 놓아주도록 유도 하라고. 샘 밖의 신이야말로 엘류이센 라이케가 바랐고 레일리 크라하가 바라는 일을 이뤄 주게 되리라고 말이다.

따라서 샘 밖의 신은 그 존재 자체로 레일리 크라하에게 기쁨이며 구원이 된다고 말할 수 있을 것이다. 그녀가 존재한다는 사실을 알았기 때문에, 생각을 뒤집어 다른 가능성을 시험해 볼 수 있게 되었으니까. 투명한 막 위에서 그 여자의 뺨과 몸 위로 손가락을 미끄러뜨리며, 레일리 크라하가 차갑고 냉정한 얼굴로 시선을 깔았다.

그러니 그것은 징벌이었다. 지각과 반성의 촉구였다. 당신이 만들어 온전히 뜻대로 굴러간다고 생각했던 이야기가, 어느 사이엔가 당신을 잡아먹는 꼴을 지켜보라는 의미에서 시작된 일이다.

사실은 이 세계에서 비롯된 일들이야말로 당신의 이야기에 원인이 될 씨앗을 제공한다는 사실을 제대로 인지하라는 강렬한 의지의 표명이기도 했다.

그들은 모두 각자의 소신에 따라 직접 선택을 내리고 있으며, 스스로 맞이한 숙명에 결코 물러섬이 없다. 이 세계의 모두가 자유 의지를 갖고 사유하는 자로서 살아가고 있다는 사실을 샘 밖의 신에게도 각인처럼 새겨야 한다.

레일리 크라하가 일방적으로 주장했고, 엘류이센 라이케가 이를 일방적으로 받아들였다. 소통 따위는 없었지만 서로의 뜻은 온전히 파악했다. 각자 지닌 생각이 공교롭게도 어긋나지 않고 맞물렸다. 그렇게 흐름이 생겨나고 밀려 나가는 샘을 창구로 해서 시작된 계획이다.

그들은 새로운 가능성의 세계를 스스로 열기로 했다. 소설 안의 세계에서.

소설 밖의 세계를 집어삼킬 수 있는, 그런 가능성의 세계였다.

연합국: 아메트리크
AMETRIK ROSULUQUE

로술루크 내전

로술루크 내전에 대해 이야기하지 않을 수 없다. 거대한 숲으로 인해 결계를 치듯 뷔올과 구분되어 있던 이 땅에는 오래도록 다른 국가, 다른 문명이 들어서 있었다. 잡아먹고 잡아먹히는 북부—지금은 완전히 뷔올의 것이 된—땅과 달리 남쪽 땅은 그런 대로 자기들끼리 균형을 맞춰 가며 지내 왔다. 대륙의 긴 허리띠처럼 생긴 이 지역은 필연적으로 다른 지역과 구분되어 있었고, 저희끼리 대륙의 중앙을 차단하듯 다닥다닥 붙어 있었다.

사실 이 지역, 오래전 로술루크 왕조가 있었다고 해서 일반적으로 '로술루크 지역'으로 불리는 지방은 일반적으로 비옥한 토지를 갖고 있었고, 해상 자원부터 육상 자원까지 식량이 풍부했다. 뷔올처럼 악착같이 자연과 인간의 힘을 뛰어넘는 무언가를 탐낼 이유가 없는 지역이었다.

북부에서 뷔올이 지나치다 싶을 정도로 득세하기 시작하자, 로술루크 지역의 다양한 왕국들도 조금쯤 위기감을 느끼기 시작했다. 그리고 그때 연합 전선이 생겨났다. 뷔올의 끊임없는 발달에 따라 아주 오래도록 이어 내려갈 연합 전선이었다. 그 후로, 로술루크 지역의 수많은 왕국들은 각자의 이름을 잠시 내려놓은 채 거대 연합국으로 뭉쳐 뷔올에 대응하기 시작했다.

맹주국은 로술루크 왕가의 정통성을 이었다는 중앙의 이세레 왕국이었다. 로술루크 지역의 중앙에서 약간 남동부에 치우쳐 있던 아메트리크는 사실 개중 그리 발언권이 큰 국가는 아니었다.

당시 맹주국을 제외하고 가장 발언권이 큰 국가는 로술루크 지역 북서단의 국경을 전부 책임지고 있는 로디데리움이었다. 이 두 국가는 같은 연맹의 이름 아래에 있는 동안에도 시시각각 서로를 견제했으며, 아메트리크는 그런 상황에조차 세력을 키울 수 없을 만큼 나약한 국가였다.

총 29개의 크고 작은 왕국들이 한데 뭉쳐 있다 보면 결국은 분란이 생기기 마련. 뷔올이라는 압도적인 적이 외부에 있었기 때문에 가까스로 유지되던 그 균형은 결국 뷔올과 연합국의 기계 문명과 마법 발전의 격차가 걷잡을 수 없을 정도로 커지면서 완전히 무너지고 말았다.

위기의식을 느낀 연합국 안에서 승냥이 떼들이 서로를 물어뜯기 시작했다. 무시무시한 뷔올로부터 자신을 지키기 위해서라도 옆에 있던 다른 국가를 잡아먹고 세력을 불려야 한다는 허황된 믿음에 사로잡히기 시작한 것이다. 이윽고 로디데리움의 2왕자가 이세레의 1왕자를 살해한 날, 로술루크 지역에는 동족의 피로 목을 적셔야만 분이 풀리겠다는 불길 같은 전란의 씨앗이 심어졌다.

그렇게 왕국의 수는 하나씩 줄어들어, 뷔올의 정권이 7일 모반으로 교체될 무렵에는 이미 18국뿐이었다.

로술루크의 별

비로소 뷔올과 연합국의 대치 상태가 끝기고 연합국 안에서의 팽팽한 각축전이 예고되었을 무렵, 아메트리크 외곽의 계승도 안 되는 한미한 귀족 슬하에서, 출세할 수 없는 성별을 갖고 오델 에포닐이 태어났다. 그녀의 인생이 초창기에 얼마나 막막했을지를 이해하려면 우선 연합국을 이해해야 한다.

오델 에포닐을 낳은 국가, 아메트리크는 꽤 오래도록 '로술루크의 별'이라고 불려 왔다. 대단히 뛰어나거나 눈에 띄기 때문은 아니었다. 오히려 이 '로술루크의 별'이라는 칭호는 멸칭에 가까웠다.

로술루크 지역 안에서 아메트리크가 보유한 영토는 넓은 편이었지만 실제로 그리 비옥한 땅은 아니었다. 산지가 많아 대부분 약간의 목초지를 낀 험지로 이루어져 있던 아메트리크는 가난했고, 군사력도 초라했다. 가장 큰 산업은 종마를 키우는 일이었고, 두 번째로 큰 산업은 채석이었고, 세 번째 산업은 이런 '시골스러움'을 신기하게 여기는 타국 귀족들을 대접하는 관광 산업이었다. 당연히 발전한 기계 문명이 꽃을 피운 시기에 득을 볼 수 있는 입장은 아니었다.

푸른 하늘이 사라진 세계에서 얼마 남지 않은 푸른 하늘을 등에 업고 드넓은 목초지에서 자연을 벗 삼은 채 자랐던 오델 에포닐에게도 아메트리크는 썩 좋은 조국이 아니었다. 아메트리크는 대륙에서 가장 여권이 낮은 국가로도 유명했다.

말을 모는 것도, 말을 키우는 것도, 돌을 캐는 것도, 귀한 돌을 골라내는 것도, 손님을 대접하는 것도, 읽고 쓰는 것도 전부 사내의 일이었다. 귀족의 딸이든 평민의 딸이든 여자가 할 일은 일하고 돌아올 남자들의 식사를 만들고 아이를 낳는 것이었고, 여성은 교육시킬 필요도 없다고 여겨졌다. 교육받은 여성은 순순히 이런 구조 아래에 고개를 조아리지 않는 경우가 더러 있었기 때문이다. 간혹 잡역부가 필요할 때나 남아도는 여성들을 끌고 가 일을 시켰다. 한번 잡역부로서 일한 여성에게는 낙인이 찍혀 그 후의 인생이 더욱 더 막막해졌다.

오델 에포닐은 귀족의 딸이었다. 단승 남작의 딸이기는 해도 일단 귀족의 딸이었다. 덕분에 오델 에포닐은 잡역부로 끌려가지는 않았다. 외동딸이었던 터라 집안에는 인력이 부족했고, 때문에 간혹은 그녀가 아버지의 편지를 대필해야 하는 경우도 있었기 때문에 읽고 쓰는 교육 정도는 받을 수 있었다.

읽을 수 있게 되었을 때, 그녀는 어머니의 원조를 받아 아버지의 서재에 몰래 드나들기 시작했다. 친정 오라버니의 편지도 읽지 못하는 어머니의 설움 섞인 원조 끝에, 오델 에포닐은 아버지의 서재에서 전략과 전술에 대한 수많은 고전을 습득할 수 있게 되었다.

오델 에포닐이 몰래 들어간 아버지의 서재에서 처음으로 숨이 트이는 듯한 기분을 맛볼 무렵, 아메트리크의 입장은 내전이 터진 뒤 더더욱 비참해져 가고 있었다. 단승 남작인 아버지는 국가의 상황에 이도 저도 못한 채 매일같이 왕성에 드나드느라 서재의 은밀한 침입자가 있다는 사실도 제대로 눈치채지 못했고, 이러든 저러든 살 길이 막막했던 아메트리크는 그나마 가까운 이세레에 들러붙어 자신들을 보호해 주기만을 간청하고 있었다.

그러던 중 뷔올이 로디데리움의 손을 은근히 들어 주며 어린 대공 알렉시스를 볼모처럼 쥐여 줬다. 사실상 연합국의 내전에 불을 붙이기 위한 행동이었다. 그렇게 로디데리움에 북부, 서부를 총망라한 11개 국가가 붙자, 종주국이었던 이세레는 서서히 열세에 몰리기 시작했다.

얼마 지나지 않아 본격적으로 내전이 발발했다. 그리고 이 시기에, 집 안에서 괄시받던 미천한 소녀 오델 에포닐이 단독으로 이세레의 왕궁에 찾아갔다.

상황을 반전시킬, 필승의 묘안 일곱 가지와 함께였다.

그리고 이 열네 살짜리 소녀로 인해, 아메트리크는 비로소 다른 의미에서 '로술루크의 별'이라고 불리기 시작한다. 연합국의 명실상부한 패자, 진정한 맹주국으로 서게 된 것이다.

오델 에포닐 집권기

이세레라고 해서 딱히 아메트리크 같은 시골 출신의, 교육도 제대로 받지 못했을 게 뻔한 열네 살짜리 소녀에게 국운을 맡기고 싶었던 것은 아니었다. 하지만 이래도 죽고 저래도 죽는 상황에, 이세레의 당시 재상 제레일은 일단 이 어린 소녀의 마음이나 달래 주고 돌려보낼 생각으로 그 묘안 일곱 가지를 들어 보는 시늉이라도 하기로 했다. 어찌 되었든 고양이 손이라도 빌려야 할 상황에 동맹국의 귀족가에서 자식이 찾아왔는데 문전박대해 돌려보내기도 애매했던 것이다.

하지만 그 묘안 일곱 가지를 들어 보며, 제레일의 생각은 크게 뒤바뀌었다. 다짜고짜 열네 살짜리 소녀의 지략을 받아들였다고 말해 봤자 사기가 꺾일 뿐일 테니, 그들은 우선 제레일의 이름을 빌려 이 무시무시한 계략들을 실현해 나가기 시작했다.

이후 이세레와 아메트리크 연합은 오델 에포닐의 지략이 인도하는 대로 '극적인 반전'을 네 번에 걸쳐 연달아 일으키며 연합국 내전의 승기를 다시 잡아 오게 된다. 그쯤 되니 오델 에포닐의 지략을 믿는 일에는 더 거리낌이 없어졌다. 7왕국 연합 전선은 그대로 로디데리움의 수도까지 진격해 로디데리움을 복속시켰고, 그 후, 어이없게도 이세레가 무너졌다.

사실 오델 에포닐이 남 좋을 일만 해 주기 위해 지략을 짜는 사람은 아니었다. 그녀는 처음부터 이 내전을 틈타 로디데리움과 이세레를 공멸시킬 작정이었다. 그러고 나면 그 이권은 당연히 온전히 그녀의 것이었다. 명실상부한 로술루크 내전의 영웅이자 무시무시한 지략을 선보인 명군사인 그녀 말이다.

그리고 로술루크 내전에서 오델 에포닐의 전략이 단 한 번도 실패하지 않았듯이, 그녀의 그 위대한 계획은 비로소 오델 에포닐이 열여섯 살 될 무렵에 첫 성과를 거두었다. 내전 종식과 더불어 아메트리크가 연합국의 종주국이 된 것이다. 오델 에포닐의 활약은 아직 세간에 구체적으로 알려지지는 않은 무렵이었다. 열네 살 소녀의 합류를 내전 중에 알려 봤자 군기에 도움이 되지도 않았을 터였고, 그녀의 지략이 승승장구하고 있다는 사실을 굳이 이세레 왕실에서 공식적으로 발표해 줄 이유도 없었기 때문이다.

밑바닥에서 가장 번거로운 일을 도맡도록 오랜 세월 동안 여성 노동력을 착취해 왔던 아메트리크의 입장에서도 오델 에포닐의 득세는 썩 좋은 일은 아니었다. 그렇게 오델 에포닐의 이름은 자연스럽게 밑바닥에 파묻혔다. 아메트리크의 재상 자리에는 구 이세레의 재상인 제레일을 받아들여 앉히게 됐다. 하지만 아메트리크가 연합국의 맹주가 되고, 아메트리크의 주요 인사들은 오델 에포닐의 존재를 분명하게 의식하고 있었다.

당연하지만 오델 에포닐은 여기에서 멈출 생각이 없었다. 이렇게 되리라는 사실 역시 예상하고 시작한 일이었다. 그녀는 바로 자신만의 세력을 조금씩 구축해 나가기 시작했다. 어찌 되었든 이것으로나 만족하라며 포상금 형태로 받은 자본이 있었기 때문에, 그녀는 얌전히 지방 별장에서 '하찮은' 취미생활이나 하는 사람처럼 숨 죽여 지내며 아메트리크 곳곳에서 적성과 맞지 않는 일이나 하고 있던 여성들을 긁어모으기 시작했다. 아메트리크는 바보 천치들의 소굴이었다. 이 쓸 만한 인력을 낭비하고 있었던 것이다.

그렇게 어느 정도 자신의 세력을 갖췄을 때, 오델 에포닐은 로디데리움 왕성에서 사라진 뷔올의 어린 대공 알렉시스 에슈마르크의 행방을 쫓기 시작했다. 그리고 이름 없는 동쪽 해안선의 어느 마을에서 '알렉시스 라이케'의 흔적을 잡자마자 몸소 그를 '모시러' 갔다. 뷔올의 볼모는 이대로 내버리기엔 너무 좋은 패였고, 이 상황에서 갑자기 알렉시스 에슈마르크가 객사해 봐야 그녀가 책임져야 할 문제가 될 뿐이었다. 뜻밖에도, 알렉시스 에슈마르크는 흔쾌히 오델 에포닐의 청을 받아들여 그녀의 저택에 머무르기 시작했다. 그가 두 번째 가명 '아돌프 라이케'로 발명가로서의 명성을 쌓기 시작한 것이 바로 이 무렵의 일이었다.

그리고 알렉시스 에슈마르크를 자신의 별장에 1년 정도 보호하며 그와 친교를 쌓았을 무렵, 아니나 다를까 뷔올이 '책임 없는 내전에 의한 뷔올 황족의 실종'을 빌미로 압박을 가해 오기 시작했다. 오델 에포닐은 무너진 옛 국가 이세레의 재상 제레일에게 그 책임을 물어 목을 치고 열일곱 나이로 아메트리크 재상의 자리를 꿰찼다. 그 과정에서 지난 내전에서 자신의 공적을 가로 챘던 일까지 시인하게 만들고, 알렉시스 에슈마르크를 자연스럽게 등 떠밀어 뷔올로 돌려보내며.

그리고 그 귀국길에 오르며 알렉시스 에슈마르크는 자연스럽게 자신의 두 번째 가명을 밝혔다. 이로써 '천재 발명가'가 된 천덕꾸러기 대공이 뷔올로 귀환하게 됐다. 그 재능이 아깝기는 했지만 오델 에포닐에게 다른 선택지는 없었다. 알렉시스 에슈마르크는 지금의 연합국이 괜히 품고 있다간 괜한 화를 부르고 말 위험한 존재였다. 오델 에포닐은 빠르게 포기했다. 그녀 역시 이제는 기반을 갖게 되었고, 그 기반을 바탕으로 삼아 더 큰 야망을 꾸릴 때가 되었으므로 사소한 것에는 목숨을 걸지 않기로 했다.

자, 이제 이곳은 오델 에포닐의 국가였다. 그 자체로 오델 에포닐의 터전이며, 그녀의 권력이 될 것이다. 공작의 이름을 달고, 사실상 연합국 권력의 일인자로 군림하며, 그녀는 자신의 손안에서 꼭두각시처럼 굴러갈 아메트리크를 연합국의 중앙에 세우고 비로소 맹수처럼 탐욕스럽게 연합국을 집어삼키기 시작했다.

그리고 그 압도적 권력을 형성한, 아메트리크 각지에 흩어져 있던 여성들을 긁어모은 정예 집단이 있다. 공작 작위를 손에 쥔 뒤, 오델 에포닐은 당당히 그들을 아메트리크 왕성으로 불러들였다.

악명 높은 '아메트리크 정보부'가 비로소 이름을 얻었다.

아메트리크 정보부

우는 아이의 울음도 멎게 한다는 악명 높은 집단이 있다.

아메트리크의 밑바닥에서 원치 않는 노동과 희생만을 강요당하며 살던 비참한 여자들이 비로소 오델 에포닐에 의해 발굴되고 그 잠재되어 있던 능력을 개발할 수 있게 됐다. 삶의 진창에서 진정한 삶을 처음으로 제시받은 그들의 충성은 그야말로 광신적이었으며, 뼈저린 고통에 마모된 그 인생에는 원한 어린 독기가 가득했다.

오델 에포닐의 눈에 띄면 누구도 아메트리크 정보부의 손을 벗어날 수 없었다. 예기치 못한 접근에 당해 정보를 뺏기거나, 어디로도 달아날 수 없는 사지에서 암살당하기도 하며, 세상 모두가 아메트리크 정보부를 두려워하게 됐다.

아메트리크 정보부는 그 존재 자체로 오델 에포닐의 막강한 권력이었다. 그들은 어디에서든 무슨 일이든 했다. 오델 에포닐의 명령이라면 의심 하나 품지 않고 사지로 기어들어 갔고, 어디에든 잠입했다. 위장 잠입 기간은 몇 년은 기본이었고, 길게는 몇십 년 단위로 계획되기도 했지만, 아메트리크 정보부는 정말이지 무엇이든 해내는 사람들로 이루어져 있었다.

연구, 개발, 행정, 전투, 잠입, 정보 처리, 조작, 언론, 상업, 심지어는 뷔올의 마법사단까지. 아메트리크 정보부의 요원들은 틈새 하나 없이 세상 각지에 스며들었다. 세상은 자연스럽게 오델 에포닐의 손아귀 위에서 '예측 가능한' 방향으로 굴러가기 시작했다. 어디에서 튀어나오는 어떤 정보도 전부 오델 에포닐의 손아귀에 들어왔다. 비밀리에 새로 개발된 병기도, 뷔올 황실에서 조심스럽게 제시되기 시작한 새 정책도, 어딘가에서 시작된 알력 다툼도 전부 오델 에포닐의 감시 아래에 있었다.

조롱하는 듯한 남성용 군부 제복을 입고, 공작위를 상징하는 청동 독수리를 조각해 검은 지팡이 위에 얹었다. 오델 에포닐이 그 권위적인 모습으로 등장하는 순간 양옆에 도열하는 까마귀 가면을 쓴 찍어낸 듯이 똑같은 여자들은 그야말로 공포를 상징했다.

군복을 닮은 새카만 제복과 금장과 청동으로 만든 장식, 부리처럼 튀어나온 청동 가면과 새카만 고글, 꺼림칙해 보이기까지 하는 보랏빛 벨벳 망토와 푹 눌러쓴 군용 모자가 나타나면 시민들은 그저 몸을 사린 채 숨을 죽이고 그들을 지켜보게 되곤 했다. 얼굴을 가린 가면과 고글 탓에 표정이나 시선 처리로 인한 정보의 누출이 없었고, 머리 뒤쪽을 감싸고 어깨까지 늘어진 검은 천으로 인해 그들 개개인은 식별되지 않았다. 그들은 그야말로 하나의 덩어리진 유기체처럼 움직이는 집단이었고, 모든 판단은 오델 에포닐이 내렸다.

이 정보부의 두려움을 종래에는 세상 사람 모두가 알게 되었지만, 그 누구보다도 먼저 알아본 사람은 다름 아닌 알렉시스 에슈마르크였다. 한동안 오델 에포닐에게 붙잡혀 있다가 뷔올로 돌아가자마자, 알렉시스 에슈마르크는 별안간 적극적으로 정치적 발언을 꺼냈고, 발명품을 내놓았으며, 위대한 마법적 성과를 내보이기 시작했다. 오델 에포닐에 대한 재조명이 필요하다는 주장도 그 수많은 '제안' 중 하나였다.

그녀가 알렉시스 에슈마르크를 이용해 연합국 안에서 권력을 손에 쥐는 과정을 흥미롭게 지켜보았던 엘리야 아마르트 뷔올은 처음으로 알렉시스 에슈마르크와 의견의 일치를 봤다. 황제는 바로 알렉시스 에슈마르크의 제안을 받아들였다.

이후 약 3년에 걸쳐, 알렉시스 에슈마르크는 뷔올 국내에 머무르기보다는 빈번히 연합국을 오가고 오델 에포닐의 개인 저택에 드나들며 시간을 보냈다. 결과적으로 황제의 사이 나쁜 막냇동생이 비로소 재능을 꽃피우고 작정한 채 방황하는 듯이 보였을 이 시기에, 뷔올과 연합국 사이에는 권력자들만의 물밑 동맹이 맺어지고 있었다.

동맹의 사절은 알렉시스 에슈마르크였고, 오델 에포닐도 이 제안을 거절할 이유는 없었다. 아직 뷔올은 계략만으로 이기기에는 너무 강대한 국가였고, 그녀에게도 시간은 필요했다. 세상 모든 것은 힘과 권력의 원리대로 굴러가는 법.

오델 에포닐은 맹수의 손을 붙잡았다. 하지만 두려울 것은 없었다. 그녀 역시도 짐승이라는 사실을, 오델 에포닐은 이미 누구보다도 잘 알고 있었기 때문이다.

14. 유리 옐레체니카의 대마법

어렴풋이 금속의 감촉을 느끼며 깨어났다. 희미하게 뭉개진 의식 너머로 창백한 기계음과 삐걱거리는 쇳소리가 들려왔다. 몸을 움직이려고 하다가, 내 몸이 무언가에 꿰이고 묶인 채 고정되어 있다는 사실을 알았다.

정신을 잃기 직전에 무슨 일이 있었는지를 뒤늦게 기억해 냈다. 빌어먹게도 마지막의 마지막 순간까지도 옐류이센 라이케가 왜 하필 나를 끌어들였는지 짐작하지 못하고 있었다. 패착은 거기에 있다.

그녀는 그저 보란 듯이 전시하고 싶었을 뿐이었다. 내가 만든 소설이라고 믿던 세계에 직접 뒤통수를 맞아 보라고, 그리고 결국 어쩔 수 없이 나 스스로 이 세계를 자유롭게 만들어야 할 거라고.

나한테 그렇게 주장하기 위한 일종의 '시위' 행위였다. 하지만 동시에 그녀가 그런 사실을 스스로 증명받기 위해 시작한 일이기도 했을 것이다.

나를 이 세계에 끌어들일 수 있다면 소설 속 세계의 힘으로 현실 세계를 건드릴 수 있다는 사실을 증명받을 수 있다. 현실 세계에 비교했을 때

이 세계가 완전한 하위 세계는 아니라는 증명이 되는 셈이다.

뿐만 아니라, 나를 마음대로 휘두를 수 있다는 사실 자체로도 위안이 됐을 것이다. 샘 밖의 신이라고 해서 전능하지는 않다는 것을 확인받을 수 있지 않은가.

실험실이 어쩌다가 피투성이가 됐는지는 모르겠지만, 내가 소설 속에 떨어진 날부터 그 꼴이었으니 아마도 이 문제와 관련이 있을 것이다. 엘류이센 라이케가 오토마타에 자신의 의식을 옮기고, 기계 몸으로 진정한 불로불사를 이루게 된 사건과 말이다.

"깨어났군요."

그때 별안간 노래하는 듯한 목소리가 들려왔다.

"무엇이 답인지도 모르면서 혼자서 생각하고 논증하기보다는 눈앞에 있는 해답지를 열어 보는 편이 논리적이고 효율적이지 않을까요?"

퍽 경쾌하기까지 한 목소리가 우아하게 속삭였다. 당연한 일이지만, 그 목소리의 주인이 누구인지는 뻔했다. 나는 그때에야 파르르 눈꺼풀을 경련하다가 겨우 눈을 떴다. 새파랗게 번득이는 푸른빛 섬광이 어두운 지하를 가득 메우고 있었다.

그 빛을 등지고 앉아서, 안구 대신 사용할 붉은 크리스털을 깎던 엘류이센 라이케가 고개를 들어 올렸다. 퍽 품위 있는 태도였다. 느긋하기까지 한 손짓으로 크리스털 홍채를 조각하며, 엘류이센 라이케가 천천히 눈을 접었다. 시선이 마주치자마자 미소부터 지어 준 그녀가 가녀린 목소리로 다시 말했다.

"묻고 싶은 게 많을 텐데요, 유리."

그러더니 스스로 손을 올려 입가를 가린 채 조용히 웃으며, 금세 정정했다.

"당신의 원래 이름으로 불러 드리는 편이 나을까요?"

"어느 쪽이든 상관없어."

나는 희미하게 대답했다. 엘류이센 라이케가 빙그레 웃어 보였다.

"어느 쪽이든 상관없다고 하지만 결국 둘 중 어느 쪽도 선택하지 않는 대답이죠. 고민을 좀 해 볼게요. 역시 본래의 이름으로 부르는 편이 나을까요? '유리 옐레체니카'란 애초에 만들어진 인물이고, 당신은 처음부터 유리 옐레체니카가 아니었으니까."

"내 이름을 알아?"

"그럼요."

엘류이센 라이케가 부드러운 목소리로 응수했다.

"나는 당신의 모든 것을 압니다."

그 모습은, 그야말로 상상 속의 '푸른 숲의 은자' 그 자체였다. 신분제에 얽매이지 않던 인간이지만 누구보다도 예의범절에 철저했으며, 우아하고 고풍스러운 말씨와 화려한 달필을 쓰는 학자였다. 뛰어난 실력과 번득이는 재치를 지닌 발명가이며 초월한 능력을 두 손 가득 지니고 있는 대정령사 겸 마법사이기도 했다.

막 시골에서 상경해 온 세레나 윌리엄스가 단숨에 사로잡힐 정도의, 압도적인 아름다움과 우아함 말이다.

뷔올에는 귀족의 예의범절과 품위가 의미를 잃는 시대가 일찌감치 찾아왔다. 중산계급과 상인들이 거의 귀족화되고, 배움의 폭이 넓어진 시대 말이다. 그런 시대에 엘류이센 라이케야말로 지극히 온전한 상류계급처럼 보였을 것이다. 이야기 속에나 나올 법한 품위 넘치는 귀족처럼.

여전히 엘류이센 라이케의 더없이 완전한 얼굴 위에는 그런 형언 못 할 기품이 푸른빛을 머금은 채 짙게 깔려 있었다. 그 우아하고 정갈한 자세가 그야말로 '지나치게' 완벽해서, 오히려 조금은 비인간적인 인상을 받기까지 했다.

따지고 보면 지금은 나와 똑같은 얼굴을 하고 있을 터였다. 하지만 나는 그녀를 마주한 순간부터 어쩐지 생경함을 느꼈다. 그녀가 한쪽 안구를 자신의 얼굴에 아직 넣지 못해서일 수도 있다. 목에 도선과 강철 심이 드러나 있기 때문일지도 모른다. 사실, 나와는 전혀 다른 태도로 전혀 다른 표정을 지으니 어쩌면 당연한 일일 것이다.

그런데도 나는 내가 그녀를 생경하게 느끼게 된 이유를 명쾌하게 규명하지 못했다. 그저 엘류이센 라이케를 물끄러미 응시하고만 있을 뿐이었다.

나는 뒤늦게 대답했다.

"그냥 유리라고 불러. 어차피 당신도 원래는 '유리'가 아니니까, 내가 당신을 엘류이센이라고 부르고 당신이 나를 유리라고 부르면 되겠지."

알려 주지도 않은 내 본명을 엘류이센 라이케가 당연하다는 듯 입에 담기라도 하면 그 기이한 위화감이 몸집을 불릴 것 같았다. 약간은 불쾌함과도 맞닿아 있다. 내 말을 들은 엘류이센 라이케는 너그러운 태도로 내 말을 수용했다.

"좋아요, '유리'."

그녀의 주변에는 거대한 수조들과 테이블, 만신창이가 되어 흩어진 서류 따위가 너저분하게 늘어져 있었다. 우아한 숄처럼 그녀와 내 주변을 둘러싼 채 솟아 있던 창백하게 빛나는 수조 안에는 인간과 반인의 다양한 시신들이 보존되어 있었다. 바닥에서부터 샘솟는 새파란 빛에 수조의 물이 이리저리 흔들리며 물그림자를 만들어 냈다.

꼭 꿈을 꾸는 것 같은 풍경이었다. 어두운 실험실 안에 푸른 물그림자만이 형형하게 번지자, 마치 우주에 홀로 떠돌며 보는 듯한 몽환적인 풍경이 됐다.

나는 흘긋 아래로 시선을 내려 보았다. 이 정체 모를 빛의 진원지가 아래쪽에 있는 듯했다. 아니나 다를까 여러 부품들이 엉망으로 쌓여 있는 사이사이에서 빛이 쏟아져 나오고 있었다. 내가 제대로 질문할 생각은 않고 마냥 아래를 보기만 하자 엘류이센 라이케가 알아서 설명을 붙여 줬다.

"예전에는 이곳이 창고였죠. 당신이 읽을 수 있게 일부러 내 일기를 알렉시스에게 건넸으니, 내가 창고에서 뭘 발견했을지는 굳이 설명하지 않아도 되겠지요?"

요컨대, 알렉시스 에슈마르크의 수중에 있던 일기장까지 결국 내게 전달되리라는 사실을 짐작하고 있었다는 얘기가 되나…… 이젠 놀랄 기력도 없었다. 나는 내 몸을 관통한 여러 호스들이 바닥으로 이어진 모습을 일일이 살펴보다가, 차분히 질문했다.

"고통이 없는데."

"계속 수복되고 있으니, 당연한 일이 아닐까요."

엘류이센 라이케가 퍽 다정스러운 태도로 대답했다.

"충분한 흐름이 샘의 입구를 틀어막을 때까지는 순환을 계속할 거예요."

"'샘'이란 건 대체 뭐야?"

"말 그대로예요. 무언가가 무한히 솟아나는 원천. 지각 아래에서 샘솟듯이, 기원도 출처도 찾기 어렵죠. 직접 봐야 이해가 빠를까요?"

공들여 깎던 붉은 크리스털을 조심스럽게 내려놓고, 엘류이센 라이케가 소매를 갈무리했다.

그녀가 손끝을 까딱 움직이는 순간 그녀의 손에 연결되어 있던 호스 하나가 꿈틀 흔들렸다. 그리고 그것은 자연스럽게 주변의 마력을 건드렸고, 요란하게 요동치며 마력 장치들을 작동시켰다. 덕분에 나는 그녀가 자신의 몸에 지닌 마력이 아닌 타인의 마력을 이용해서도 어려움 없이 마법을 쓸 수 있다는 사실이나 새삼스럽게 알게 됐다.

사실 내가 쓰고 있는 몸이 본래 그녀의 육신이었으니 가능한 일일지도 모르지만, 어쨌든 둘밖에 없는 공간이다. 자세한 논의에는 별다른 의미가 없어 보였다. 아니면 또 어떻단 말인가. 이제는 이미 의미를 잃어버린 고민이었다.

마력 장치에 의해 떠밀려 올라가는 기계 부품의 산 아래에서 무엇이 모습을 드러내는지, 그런 문제에나 관심을 두는 편이 나아 보였다. 어찌되었든 당장 내가 직면한 상황은 그런 것이었다. 바닥에 흩어져 있던 온갖 폐기물들이 허공으로 떠오르고, 그 아래에서 뿜어져 나오던 푸른빛이 점점 더 강렬해졌다. 다른 조명이 없는 실험실 안이 빠르게 환해지고 있었다.

그러고 보니 여긴 어디지? 정신을 잃기 전에 봤던 실험실과 비슷하게 생긴 것 같기는 했지만 자세히 살피면 구조는 달랐다. 인상을 찡그리고 잠깐 고개를 들어 올리는데, 내 생각을 읽은 듯이 대답이 돌아왔다.

"여긴 실험실 안의 가장 깊숙한 곳이에요. 본래 샘이 있던 곳 위에 실험실을 쌓았으니 어쩔 수 없고 당연한 일이겠죠. 당신을 데려온 곳의 바로 아래층이랍니다."

"레일리는?"

"'레일리 크라하'가 이곳을 봤는지 묻는 건가요?"

달콤한 목소리로, 엘류이센 라이케가 두어 번 짧게 웃었다.

"물론 그랬겠죠. 그가 모든 사실을 파악할 수 있도록 일부러 자료를 제공해 주기까지 했으니까요. 적어도 여기까지 들어와서 샘 정도는 확인했을 거예요. 뜻밖에도, 당신에게 정신이 팔려 샘의 다른 요소에는 별로 관심조차 주지 않는 것 같았지만 말이에요."

레일리가 결국 샘까지 제대로 확인했단 말이냐……. 그러면 엘류이센 라이케의 실험 메모 따위는 문제가 아니었던 셈이다. 역시 애초부터 내 얼굴을 알려 주면 안 되는 일이었다.

제길, 처음부터 허심탄회하게 모든 진실을 말했어야 하는 걸까? 잠깐 후회했지만, 결국 고개를 저었다.

처음부터 모든 진실을 말했어도 레일리가 결정적으로 분노한 이유는 사라지지 않았을 것이다. 나는 그가 마지막에 토해 내듯이 쏟아 부었던 말들을 제대로 곱씹어 봐야 했다.

나는 정말로 레일리 크라하를 소설 속의 인물로, 따라서 무슨 일을 하든지 내 예상을 벗어날 수 없는 인물로 상정한 채 일찌감치 결론을 내려두고 있었을까?

사실 고민의 여지조차 없었다. 이미 알렉시스 에슈마르크도 같은 맥락으로 나를 비난했다. 하지만……. 하지만 내가 나 자신의 소설 속에 빙의했다는 사실을 명백히 알고 있는데, 그러면 대체 어떻게 그 진실로부터 완전히 자유로울 수 있단 말인가?

그럼에도 불구하고 마음을 주게 됐는데, 그 마음을 어떻게 무가치하다고 매도할 수 있단 말인가?

인상을 쓴 채 시선을 깔았다가, 거의 다 치워진 바닥에 문득 눈을 고정했다.

"왜 내가 묻는 말에 성실히 대답해 주고 있어?"

잔해들이 마저 치워지기를 기다리며 잠자코 묻자, 엘류이센 라이케가 다시 작은 소리를 내며 웃었다. 그녀가 산뜻하게 반문했다.

"그러기 위해 당신을 부른 게 아닐까요? 처음부터."

두 손을 모아 깍지를 낀 '이 모든 일의 설계자'가 온화한 태도로 말했다.

"당신에게 이 모든 것을 보여 주고, 강제로 등 떠밀어 겪게 한 뒤……."

발아래에 펼쳐진 샘을 보란 듯이 손바닥을 펼쳐 보이며, 엘류이센 라이케가 느긋하게 대답했다.

"그러고 나서 스스로 결정하라고 요구하기 위해 부른 것이겠지요."

상냥하게 펼쳐진 그녀의 손아귀를 따라 시선이 아래로 흘렀다. 발아래에는 새파란 바다가 펼쳐져 있었다. 사실 바다처럼 보이는 유리벽 같기도 했다. 푸르게 번득이는 별과 이리저리 일그러지며 시점이 바뀌는 여러 풍경들을 화면 너머로 지켜보듯 바라보게 됐다. 형형한 빛이 발치에 고여서, 아래로 시선을 내리면 눈이 시큰거리기까지 했다.

사람의 육신이 아닌 기계 몸으로 바꾼 덕인지, 엘류이센 라이케는 어렵지 않게 허리를 기울여 그 안을 지켜보고 있었다.

"생명체의 눈으로는 전부 담을 수 없었어요. 그렇게 결정되어 있는 모양이에요."

어느 순간, 그녀가 먼저 말했다.

"진정한 영생을 갖고, 진짜 진리에 도달하기 위해서는 망가지고 썩는 육신을 벗어날 필요가 있었던 거죠."

"진짜 영생을 갖기 위해 기계 몸으로 바꿨다고?"

"영혼에 대해 생각해 봤어요. 애초에 영혼이 실재하는지. 만들어진 우리에게도 영혼이 있을지. 그리고 만일 영혼이 실재한다면, 그 영혼을 옮기는 일이 가능할지. 오토마타처럼 만들어진 인격을 집어넣는 것이 아닌, 진짜 '나 자신'을 옮길 수는 없을지 말이에요. 그렇다면 그 논의에 앞서 '나 자신'이란 대체 무엇일까, 그런 고민을 간과할 수는 없었지만…… 다양한 생각과 고찰을 넘어서, 결과적으로."

푸르고 투명한 막 위를 우아하게 거닐며, 엘류이센 라이케가 가느다란 팔을 뻗어 허공을 부드럽게 쓸었다. 덜컥, 덜컥, 가슴께에 박힌 마력구가 파랗게 빛날 때마다 주변의 마력 장치들이 그녀에게 반응해 조금씩 흔들렸다.

"당신도 그렇게 끌고 왔어요, 유리. 이 세계의 인간이 외부 세계에 영향을 미칠 수 있는지도 확인해 볼 생각이었죠."

이 세계의 인간이 외부 세계에 영향을 미칠 수 있는지. 그 확인의 결과는 내가 몸소 경험했다. 미간에 주름을 잡고 눈을 감은 내가 한숨을 푹 내쉬었다.

"결과는 성공이었지?"

"맞아요. 간난한 실험으로 모든 것이 증명됐죠. 샘 너머의 세계와 이 세계는 어느 한쪽이 우위를 점하는 관계가 아니에요. 당신은 이야기 속의 세계로 들어왔지만, 사실 이 세계의 한 가지 가능성만을 골라 이야기를 쓴 것인지도 모를 일이에요. 사실 전후 관계는 이제 중요치 않아졌죠."

너그럽고 다정한 태도로 말한 엘류이센 라이케는 다시 손을 흔들어 자신이 앉을 의자를 바닥에 끌고 왔다. 그 의자에 앉아 아까 만들던 크리스털 눈을 좀 더 연마하며, 그녀가 부드럽게 덧붙였다.

"어디에든 입구가 있으면 출구가 있는 법이랍니다."

엘류이센 라이케의 손아귀에서 다이아몬드 칼이 뱅그르르 돌아갔다. 보석을 깎는 소리만이 점점이 들려왔다.

의자에 파묻히듯 묶여 여러 호스에 연결된 나는 하릴없이 그녀의 작업을 지켜보고 있을 뿐이었다. 내 몸에서 빠져나간 피는 샘 곳곳으로 꽂혀 들어가고 있었다. 하지만 그러다가도 금세 다른 곳으로 나와 다시 내 몸으로 돌아왔다. 그게 무슨 구조인지는 이해하기 어려웠다.

호스를 따라 시선을 옮기던 나를 발견하고, 잠깐 크리스털 안구를 무릎 위에 내려 둔 엘류이센 라이케가 잠자코 웃었다.

"아마도 이제 알게 되었으리라고 여기지만, 내 몸은 이 세계로 들어오는 모든 진리와 마법을 일차적으로 순환시키고 있어요. 그 자체로 거대한 순환 체계를 구성하죠. 살아 있는 무언가로서 살아갈 때는 단지 순환역에 불과했지만, 나를 만든 아버지도 예상하지 못했던 부가 효과가 있었답니다."

"샘을 틀어막는 일?"

"역시 짐작하고 있었군요. '샘 밖의 신'다워요."

즐거운 듯이 입가를 가리고 웃던 엘류이센 라이케가 다시 크리스털 안구를 다듬기 시작했다. 그녀가 조곤조곤한 목소리로 말을 이어 가고 있었다.

"내 피와 살, 뼈와 숨결로 샘을 메울 거예요. 그것만이 해답이니까요. 당신을 불러들이기 전에, 마지막으로 점검해 봤죠. 내 혈액을 샘에 직접적으로 접촉시켰을 때, 충분한 방파제 역할을 할 수 있을지 말이에요. 그래서 나는 푸른 숲에 인접한 곳에서 죽어야만 했어요. 이 일에 휘말려야 할 인물들을 모조리 곁에 둔 채로 말이에요. 그게 전말이죠. 생각보다 간단하지 않나요."

사각사각, 그녀의 손아귀에서 붉은 홍채를 지닌 크리스털 안구가 점차로 매끄러운 표면을 갖게 되는 사이, 생각에 빠질 틈도 없이 갑자기 엘류이센 라이케가 고개를 들어 올렸다. 나를 똑바로 바라보며, 그녀가 갑자기 질문했다.

"그나저나, 유리, 당신이 이 모든 이야기를 제대로 이해하며 들었다면 좋겠군요. 실험실은 확인해 봤나요? 저택의 실험실 말이에요."

"아, 그거라면……. 보긴 했는데, 누구의 피인지도 지금까지는 몰랐어."

"레일리 크라하는 알았을 텐데요."

뜻 모를 소리를 한 엘류이센 라이케가 희미하게 미소를 지었다.

"'샘'은 이 세계의 여러 가능성을 연결하는 역할을 하죠. 당신의 세계와 이 세계는 서로 보완하고 주고받는 관계에 있어요. 당신이 써 넣은 이야기들은 다시 이 세계를 구성하고, 이 세계에서 일어난 일들은 출구를 통해 밀려 나가는 거예요."

갑자기 샘에 대한 설명을 시작한 엘류이센 라이케가 가볍게 턱짓을 했다. 나는 그녀의 권유대로, 다시 시선을 내려 샘 안쪽을 들여다봤다. 푸른 숲에서만 빠르게 등장했던 새로운 문물이 어디에서 비롯되었는지도 이제는 명료해졌다.

다른 시대 수준을 갖춘, 그리고 다른 속도로 시간이 흘러가는 세계를 지켜보는 창이었다. 엘류이센 라이케는 일평생 이 창을 지켜보며 살아왔다.

"물론 어느 정도는 당신의 의도대로 우리의 세계가 움직였겠죠. 하지만 어느 정도는 우리의 움직임이 당신의 이야기를 이끌었을 거고요. 따라서 어느 쪽이 먼저냐는 논의는 닭이 먼저인지, 달걀이 먼저인지의 논의와 다를 것이 없답니다."

"대충 하고 싶은 말은 알겠는데……."

그래서 레일리 크라하가 실험실의 피의 주인을 알고 있었으리라는 말이 그 얘기와 무슨 상관인지를 설명해 줬으면 했다. 애매하게 말을 끊자,

엘류이센 라이케가 다 만든 크리스털 안구를 훅 불어 냈다. 뽀얗게 번득이는 보석 가루가 파르스름한 빛무리 속으로 나풀나풀 비산했다.

"당신이 《세레나의 티타임》이라고 부르던 세계 말이에요. 사실 이 모든 일의 근원이 된 가능성이라고 해야겠죠."

"그 세계에서 레일리 크라하가 당신의 실험을 눈치챘었다고?"

"그건 아니에요. 나는 어느 세계에서든 같은 목적을 갖고 태어났기 때문에 같은 일을 계획했고, 그저 그 가능성의 세계에서도 내 실험실은 당신이 본 그대로의 모습을 갖고 있었겠죠. 레일리 크라하는 그 바깥에 튄 핏자국을 발견하고, 그 혈흔을 통해 내가 인간이 아니라는 사실까지 알아냈어요."

그때에야 나는 퍼뜩 레일리 크라하가 항구 마을에서 꺼낸 말을 곱씹어야 했다. 유리 옐레체니카가 평범한 인간이 아니라는 사실은 이미 일찍이 알고 있었다고 했다. 그렇다면 그가 실험실 바깥에 튄 피를 미리 정리해 놨다는 이야기가 된다.

어쩌면 내가 빙의하기 전에 말이다. 레일리 크라하가 초기에 보였던 묘한 태도가 비로소 설명이 됐다.

그의 태도는 대체로 일관적이었다. 당신에게 직접 물을지 말지를 고민 중이다. 어떻게 묻고 대답할지를 숙고하며 기다리고 있었는데 그렇게 질문을 회피할 셈이냐. 사실 그 정도 문제는 상관하지 않는다.

지금에 와서 생각해 보면 전부 당연한 말이었다. 레일리 크라하는 그 혈흔을 통해 뷔올의 총아 유리 옐레체니카 백작이 사실 자기 종족을 감춘 채 인간인 척 살아가는 반인이라고 판단했다. 따라서 그녀가 그런 진실을 숨기며 살아온 일에는 배신감을 느끼지 않으니, 만일 기억을 잃은 행세를 하며 그 질문을 회피하려 드는 거라면 그럴 필요 없다고 우회적으로 말한 것이다. 실제로도 그에게는 동족이라는 것만으로도 퍽 기꺼운 상대였을 테고.

그는 마지막까지 동족인 그녀에게 충실했다.

"그 가능성과 이 가능성은 분명 다르죠."

내 생각을 끊고, 엘류이센 라이케가 다시 말했다.

"내 시신을 샘까지 옮겨 준 그 세계의 레일리 크라하는, 이곳에서 샘을 봤습니다. 결국 모든 사실을 알게 되었지만 거기까지 가서 물러설 수는 없었겠죠. 그 이후의 모든 일도 내 계획대로 흘러갔어요. 누군가는 마법이 사라지는 과정에서 세계를 온전히 지키고 보전해 줘야 하니까, 여러 대비책도 마련해 두었고요. 하지만 한 가지, 내가 예상하지 못한 일이 있었답니다."

엘류이센 라이케가 어깨를 떨며 웃고, 눈구멍에 넣었던 크리스털 안구를 잠깐 뺐다가 재차 넣어 봤다. 이번엔 흡족하게 맞물린 모양이었다. 거울을 들여다보며 초점을 살피던 그녀가 그때에야 의자 등받이에 등을 기대고 깊숙하게 몸을 묻었다.

"'샘'을 본 레일리 크라하는 샘 밖의 신을 이 세계에 끌어내리자고 제안했어요."

그리고 그녀는 예기치 못한 말을 꺼냈다.

"그는 빛을 관장하는 능력을 지니고 있어서, 우리처럼 한계를 갖고 샘을 볼 필요가 없었죠. 진정한 전능자니까요. 그는 그 어떤 장애도 없이 세상의 모든 진리와 비밀을 들여다봤어요. 이 세계를 살아간 그 누구보다도 많은 사실을 구체적으로 알게 되었겠죠. 이윽고 레일리 크라하는 선택한 겁니다. 그리고 내게 자신의 의견을 전달한 거예요. 언제까지고 하위 세계의, 누군가의 뜻대로 만들어지고 망가지고 엉망으로 박살 나는 삶을 살아갈 생각이 아니라면, 세계의 우선순위를 뒤바꾸자고."

가느다란 손가락으로 위아래를 뱅 돌려 가리킨 그녀가 산뜻한 얼굴로 미소를 지었다.

"샘을 통해 연결된 가능성. 말했다시피 《세레나의 티타임》은 '시작'이었고, 이 세계는 '끝'인 거예요, 유리."

거기까지 얘기한 뒤, 엘류이센 라이케는 나로 하여금 생각에 빠질 만한 여유를 주지 않았다. 의자 손잡이에 손가락을 톡톡 두드리며 뺨을 기울인 그녀가 계속해서 이야기를 했다.

"덕분에 내가 기계 몸으로 옮겨 가기만 하면 다른 무엇도 희생시키지 않은 채 말끔히 계획을 끝낼 수 있게 된 거죠."

"일부러……. 일부러 다른 몸이 아닌 당신 몸에 나를 넣었지?"

"그럼요. 그래야 계획대로 내 몸을 푸른 숲에 돌려놓을 수 있을 게 아닌가요. 누군가에게 뒤처리를 맡길 이유도 없지요. '엘류이센 라이케'의 몸을 터트려 마력 자체의 폭발을 유도하는 것도, 그 후처리도, 전부 제가 도맡으면 되는 일이니까요."

엘류이센 라이케가 한곳에 손끝을 모은 채 두어 번 들썩이며 설명을 이었다.

"말했다시피, 입구가 있으면 출구가 있는 법이에요. 입구는 이곳, 푸른 숲의 샘이었죠. 출구는 쉽게 짐작할 수 있을 거예요. 언제나 마력이 꾸역 꾸역 몰려드는 불모지. 결국 인간이 살 수 없을 정도의 눈 폭풍에 휩싸여 사시사철을 보내게 된, 북부의 설원지대 말이에요."

그렇게 말한 뒤 엘류이센 라이케가 펼쳐 보인 손 위에 차곡차곡 마력이 쌓였다. 온갖 자잘한 부품들이 처음엔 별다른 규칙이나 형태 없이 마구잡이로 쌓인다 싶더니, 금세 가상의 모형을 만들어 냈다. 이미 한 번 가 본 적 있는 지역이 그녀의 손 위에 조그맣게 생겨났다. 눈 폭풍과 먹구름에 휩싸여, 매일같이 천둥 벼락이 치고 폭설이 내리며, 산사태와 우박이 빈번하게 발생하는 지역이었다.

마력의 돌풍이 이는 또 다른 지역. 북부 설원이었다.

원래 나는 지금까지 마력의 돌풍에 의해 자연 활동이 일어나는 푸른 숲과 달리, 북부 설원은 자연 활동에 의해 마력의 돌풍이 일어난다고 생각했었다. 하지만 말하는 걸 들어 보니 그쪽 역시 푸른 숲과 마찬가지로 마력에 휩쓸리는 지역이었던 모양이다. 사실 이 세계에서 마력의 움직임과 자연 활동의 인과관계를 따지는 짓이야말로 닭과 달걀을 두고 순서를 논하는 짓과 마찬가지로 의미 없는 일일지도 모른다. 나는 말없이 그녀의 다음 이야기에 집중했다.

"그 폭풍의 핵, 중앙에는 출구가 있답니다. 무엇이 얼마나 버틸 수 있는 통로인지는 알 수 없지만, 이 세계에서 더 이상 제 역할을 하지 못하게 된 마력은 그곳으로 빠져나가게 되죠. 물론 생명체가 그 통로를 통해 무사히 빠져나갈 수 있는지 증명되지도 않았을뿐더러, 당신이 그 몸을 입은 채 나가 봤자 영영 자기 자신으로는 돌아갈 수 없게 되겠지만요."

"그럼 나는 영영 돌아갈 수 없단 얘기야?"

나는 인상을 찡그리고 되물었다.

"그것도 레일리 크라하의 계획인가?"

"아뇨……. 이런, '어느 쪽이든 아니'라고 해야겠어요."

엘류이센 라이케가 천천히 대답했다.

"그는 당신을 끌고 오는 일만을 제안했고, 자세한 계획은 내가 짰어요. 사실 세세한 사항을 계획하는 일은 내게 맡기는 편이 훨씬 효율적이라는 사실을, 그 역시 알고 있었을 테죠. 그리고 몇 가지 차근차근 설명해 줘야 할 문제가 있는 것 같군요. 우리는 당신에게 반성을 촉구했지만, 그렇다고 해서 당신에게 큰 억하심정이 있는 것은 아니거든요."

그런데 차근차근 성실한 태도로 내 질문에 대답해 주던 엘류이센 라이케가 불현듯 한숨을 내쉬며 뺨 위에 검지를 얹었다.

"모든 것이 예상대로였어요. 나는 그를 유난히 귀여워했고, 그는 내 제일가는 걸작품이었으며, 나를 실망시키는 선택을 한 일이 단 한 번도 없죠. 하지만 그 세계에서도 단 한 가지가 엇나갔듯이, 이 세계에서도 한 가지, 계산에서 어긋난 점이 있었어요."

"무엇 말이야……?"

"어느 세계에서든 레일리 크라하가 사랑 따위를 느낄 줄은 추호도 생각해 본 적이 없어요."

엘류이센 라이케가 부드럽게 말했다.

"완전한 자에게는 불필요한 감정이죠. 결국 그 역시도 실패작이었군요."

어조가 조금 이상했다. 사랑만이 세상에 유일한 가치라고는 할 수 없고, 그렇게 생각하지도 않는다. 그렇게 말할 작정은 아니었다. 하지만 그저, 그녀의 말투에서는 앞서 느꼈던 것과 비슷한, 건조하고 무기질적이며…… 조금 이질적인 느낌이 났다.

괜히 또 꺼림칙해진 나는 말없이 엘류이센 라이케의 표정을 살피다가 가만히 시선을 내렸다.

다짜고짜 사랑을 부정한 그녀는 인간적인 감정을 단 한 가지도 지니지 못한 사람처럼 평온하고 온건한 태도로 차분히 말을 이어 가고 있었다. 창백하게 반짝이는 푸른빛이 눈앞에 어른어른 흔들렸다.

"곤란한 일이에요. 그는 이후로도 해 줘야 하는 일들이 있으니까요. 이 세계에서 퍽 다양한 변인을 맞이했다고 해도 근본적으로 레일리 크라하는 레일리 크라하이기 때문에, 어쩔 수 없이 같은 선택을 하리라고 생각했거든요. 하지만 일이 이렇게 되었군요."

곰곰이 생각에 빠진 듯한 그녀가 의자 손잡이를 두어 번 더 두드렸다. 엘류이센 라이케를 물끄러미 바라보던 나도 다시 질문을 했다.

"'레일리가 해 줘야 할 일'이라는 건 결국 반인 혁명을 말하는 거지?"

"맞아요."

"사실 여전히 이해가 안 가는 점이 있어. 엘류이센 당신의 목적은 사실 처음부터 끝까지 뚜렷했다고 생각해. 그런데 그 목적에서 어긋나는 행동이 한 가지 있었잖아."

"무엇 말인가요? 얼마든지 질문하세요."

그녀가 다시 너그러운 태도로 대답했다. 나는 대답 대신 입을 꾹 다물고 엘류이센 라이케를 응시하다가, 천천히 질문을 꺼냈다.

"반인은 왜 만들어서 세상에 내보냈어?"

"그것도 짐작하고 있었나요?"

엘류이센 라이케가 웃으며 되물었다. 별로 내 답을 기다리며 꺼낸 말은 아닌 듯했다. 홀로 고개를 끄덕이던 그녀가 태연한 얼굴로 운을 뗐다. 지극히 차분한 말투였다.

"사실."

신의 이름을 가진 피조물이 말했다.

"외부에서 유입되는 마력을 없애 버리면 세상에는 무엇이 남을까요?"

내 기준에서는 그것이 퍽 뜬금없는 말처럼 들렸다. 잠깐 고개를 갸웃거렸다가, 어쩔 수 없이 다시 물었다.

"그게 무슨 말이야?"

"이 세계는 이미 수천 년을 이렇게 형성되어 왔어요. 인간의 삶은 마법에 많은 부분을 의존하고 있죠. 그런 세계에서 한순간에 마법이 사라지는 거예요. 인류가 그런 낯선 세계에 갑자기 떨어져서, 제대로 생존할 수 있을까요?"

"그래서?"

"나는 보험을 들어 둬야 했어요. 마법이 사라진 세계에서도 유지될 수 있는 초월적인 힘을 남겨 둬야 한다고 판단한 거죠. 물론 다 함께 사이좋게 살 수 있으면 그것으로 좋겠지만, 그게 불가능하더라도 최소한의 인류는 남길 수 있도록 말이에요."

강철 심과 도선이 드러난 부분에 인조 피부를 덮으며, 엘류이센 라이케가 천천히 설명했다.

"인간은 누구나 자신과 다른 것을 경멸하고 혐오하며, 배척하죠. 자기 자신을 긍정받고 싶은 마음이 기저에 깔려 있기 때문이에요. 어쩔 수 없이 세간에서 배척받을 수밖에 없었을 겁니다. 나는 약간의 계기를 제공했죠. 역사적으로 돌이켜 봤을 때, 보다 극적으로 느껴질 서사를 만들어 준 거예요."

뷔올의 시조 실비아 에레스타의 이야기인 것 같았다. 곳곳의 장비들을 점검하고, 완벽한 인간의 형상을 갖춘 엘류이센 라이케는 거기까지 이야기한 뒤 잠시 말을 멈췄다. 깍지 낀 손을 무릎 위에 얹어 두고 발아래의 샘을 물끄러미 들여다보던 그녀가 느긋하게 덧붙였다.

"아버지가 나를 만든 이래 오랜 세월이 지났어요. 죽을 때까지도 그는 출구의 존재를 알지 못했죠. 그래서 언젠가는 이 세계가 마력에 짓눌려 포화 상태가 될 수밖에 없다 판단하고 나를 만든 거예요. 나는 그가 남긴 자료들을 토대로 생각했답니다. 처음에는 인간이 궁금했어요. 시간이 지날수록 인간에 대한 이해가 깊어지면서 자연스럽게 새로운 인간을 창조하고 싶어졌죠. 아버지처럼 추하고 끔찍하게 썩어 문드러진 채 고장 나고 싶지도 않았고요."

"그러니까⋯⋯. 말하자면, 그런 개인적인 흥미도 있었다는 건가?"

"여러 가지 요인이 복합적으로 작용했다고 말해야 할 것 같아요. 나는 신의 역할을 수행하기 위해 태어났음에도 어디까지나 불완전한 존재니까, 완전한 존재가 되고 싶었죠. 완전한 영생을 손에 넣어야만 내 역할을 끝까지 완수할 수 있을 테니까요. 그래서 일을 벌이고, 예기치 못한 일이 생기고, 그러다 보면 새로운 일을 열게 되고⋯⋯. 하지만 어쨌든 결과적으로 그 세계에서 나는 성공했고, 이 세계에서도 거의 성공했다고 할 수 있겠군요."

그녀가 담담한 태도로 말했다.

"시체에서 만드는 것. 죽음에서 시작되는 것. 종말에서야 태어날 수 있는 것들."

엘류이센 라이케는 퍽 감상에 젖은 듯한 태도로 묘한 말들을 곱씹었다.

"왜 하필 특정한 생명체의 최후에 이르러서야 새로운 생명체의 첫 번째 탄생이 이루어졌는지는 모르겠어요. 그것만이 내가 의도적으로 반인의 인자를 발생시킬 수 있는 환경이었죠. '죽음' 말이에요."

잠자코 그녀의 이야기를 들으며 지금까지 발견하고 알아내 온 내용들을 곱씹다가, 나는 뒤늦게 다른 질문을 했다.

"그럼 최근에는 어째서 반인들을 실험에 썼지? 단지 레일리 크라하를 들쑤시기 위해서 그런 복잡하고 번거로운 일을 했다고?"

"신비한 일이에요. 일평생 바랐던 것은 엄밀하고 완벽한 환경하에서 이루어지지 않았으니까요."

웃으며 대답한 엘류이센 라이케가 잠잠한 목소리로 말을 이었다.

"모든 것은 우연에서 촉발된 실험적 이변에서 비롯됐어요. 내가 재현할 수 없는 요소들로 가득한 환경이었죠. 변인이 너무 많아서 어떤 변인이 결정적이었는지도 알 수 없었고요."

레일리 크라하의 '창조'에 대한 이야기다. 나도 그녀에게 끌려오기 직전에 봤던 자료를 통해 그 사실은 이미 파악한 상태였다. 다른 말을 꺼내지 않고 그녀의 다음 말을 기다리기만 하는 나를 바라보며, 엘류이센 라이케가 은은하게 미소를 지어 보였다.

"나는 레일리 크라하를 재현하고 싶었어요. 어느 세계에서나 말이에요. 목적은 똑같았죠. 이 세계의 마력을 순환시키는 조율자로서, 세계를 샘 밖의 외부 세계로부터 자유롭게 만드는 것. 그 후에 마법이 사라진 세계에도 인류가 살아남을 수 있도록 조치를 취해 두는 것. 반인들이 세상에 뿌리를 내리고 자리 잡을 수 있도록 조치를 취하는 것. 레일리 크라하를 재현해, 그 강대한 힘을 복제할 수 있다면 훨씬 좋은 결과를 얻을 수 있었겠죠."

"갈리아도 그런 작업의 일환이야?"

"유일한 결과물이었죠. 레일리처럼 산 자의 몸에서 새로운 생명을 뽑아내지는 못했지만, 다른 대부분의 요인은 거의 비슷하게 구성했어요. 결과적으로 그에게는 상대가 안 됐지만 말이에요."

엘류이센 라이케가 잠자코 대답했다.

"당신이 레일리 크라하와 다시 조우하기 전에, 그는 이 실험실을 발견하자마자 자료를 찾기에 앞서 일찌감치 갈리아를 제압해 다른 곳에 가둬 뒀어요. 초기에 헤어진 일행들 중, 마이어 후작이 간 방향에서 아마 갈리 아를 구출해 두었겠군요."

지킬 박사가 최초로 하이드를 만들었을 때처럼. 실험자가 스스로 통제하지 못한 변인이 믿을 수 없고, 종잡을 수 없는 결과물을 만들어 냈다. 내가 썼던 소설이 이제 내가 짐작할 수 없는 곳까지 흘러가 버렸듯이. 세레나와 애셔의 이야기를 이제는 내가 도무지 상세히 알아낼 수 없게 되었듯이. 시작의 세계에서 레일리 크라하가 심은 씨앗이 끝의 세계에서 레일리 크라하를 무자비하게 난도질했듯이.

설계자의 손을 떠난 설계가 삐걱삐걱 불안정하게 작동하기 시작했다. 엘류이센 라이케가 아무렇지도 않은 얼굴로 턱을 빼 들었다.

"갈리아는 어디까지나 내 한계에서 벗어나지 못한 실패작이었지만, 실은 그런 불안정한 결과마저도 숱한 참패를 겪은 뒤에나 겨우 얻은 괄목할 만한 성과였지요. 이전의 환경을 똑같이 조성하고자 지나치게 다양한 변인을 넣다 보니 좀처럼 통제하기가 어려웠거든요. 결국 인정해야 했답니다. 레일리 크라하는 말 그대로 우연의 산물이었어요."

그야말로 단 한 번의 성공이었다. 그 유일한 성공에서 레일리 크라하가 탄생했다. 엘류이센 라이케가 마지막으로 맞이한 예기치 못한 일이었으며, 그로 인해 그녀의 모든 계획을 끝까지 끌고 갈 가장 중요한 방아쇠가 된 인물이기도 했다.

그리고, 그 모든 사실을 알고도 어쩔 수 없이 흐름대로 따라갈 수밖에 없었던 레일리 크라하가 샘을 들여다봤다. 이윽고 그는 엘류이센 라이케에게 다른 방법을 제시했다. 그야말로 창조자를 뛰어넘은 위대한 '걸작품' 답게도.

어딘가의 하위 세계로서, 누군가에 의해 조작된 삶으로 만족할 거냐고. 이 세계를 그런 위치에 두는 것으로 만족하냐고. 그러니, 샘 밖의 신을 끌어내려, 스스로 이 세계의 가치와 위상을 증명하고, 샘 밖의 신에게 그들이 무엇을 할 수 있는지 보여 주자고 말이다.

그가 제공한 아이디어를 엘류이센 라이케가 구체화시켰다. 내가 이 자리에 있기까지 있었던 일이다.

입을 닫은 채 말없이 있던 나는, 한참 동안 침묵 속에서 생각을 이어 가다가, 늦게서야 물어보았다.

"어째서 이 세계를 두고 그렇게까지 해야 했어?"

"그게 내 역할이니까요."

엘류이센 라이케가 망설임조차 없이 대답했다.

"그러니 다른 가능성은 염두에 둘 이유가 없었어요. 이건 내 의무이며, 근본적인 이유였고, 목적이고, 원인이며 결과예요. 시작이면서도 끝. 예정되어 있던 일이라고 해 둘까요. 이 세계를 순환시키고, 지키고, 보존해서, 전달시키기 위해. 당연한 일이죠, 유리."

자리에서 일어나 푸른 막 위로 걸음을 옮긴 엘류이센 라이케가 여상한 얼굴로 고개를 들었다. 새하얀 맨다리가 푸른빛을 받아 창백하게 번득였다. 비인간적인 광택이 흐르는 살갗 너머로 우아한 원피스가 나풀나풀 흔들렸다. 한결같이 웃는 표정만을 보이던 얼굴이 이번에도 우아하고 화려한 형태로 펼쳐졌다. 나는 아까부터 느꼈던 이질감의 정체를 그때에야 명확히 규명했다.

기계 몸에 담겼기 때문만은 아닐 것이다. 엘류이센 라이케는 감정이라곤 한 티끌도 알지 못하는 존재처럼 굴고 있었다.

그야말로 완벽하게 만들어진 인공 지능처럼, 이 세계를 지키고 조정하던 관리자가 나를 향해 고개를 들었다.

"나는 오직 그 일을 위해 만들어졌어요. 이 세계의 균형을 잡는 조율자이며, 시대를 잇는 가교로 말이에요."

사실, 어떻게 생각하면 이 광막한 세상에서 오직 그녀만이 온전히 설계자의 뜻대로 살아가고 있는 피조물일지도 모른다. 몬타뉴 밀락데이트를 불현듯 떠올렸던 나는 의도치 않게 그런 생각을 했다가, 난감하게 시선을 내리깔았다.

거기까지 듣고 난 이상, 엘류이센 라이케가 그렇게 행동할 수밖에 없는 인물이었다는 사실을 납득하는 일은 결과적으로 어렵지 않았다. 다른 인물들 역시 같은 이유에서 엘류이센 라이케가 만들어 놓은 시나리오 위에서 벗어나지 못했던 것이리라.

레일리 크라하도 마찬가지였을 터다. 그저 그는, 엘류이센 라이케가 언제나 지극히 아끼는 대상이었기 때문에, 남들보다 더 많은 진실을 알게 됐다.

그리고 남들보다 많이 손에 쥔 진실을 이용해 또 다른 가능성을 열자고 역으로 제안을 하기에 이른 것이다.

내가 생각에 빠져 있는 사이 엘류이센 라이케가 검지로 뺨을 부드럽게 문질렀다. 조금 고개를 기울이고, 생각에 빠진 듯한 태도였다.

"나는 그 숭고한 뜻을 내게 전달한 레일리 크라하에게만큼은 퍽 존중의 의사를 표하고 싶었어요. 그래서 이 세계에서는 일부러 당신을 그의 바로 가장 가까운 곳에 둘 수 있도록 여러모로 신경을 썼죠. 물론 어차피 내 몸을 써야 하고 그 몸에 당신을 깃들게 해야 하므로 레일리 크라하의 곁에서 깨어나게 하는 것이 자연스러운 수순이었겠지만, 좀 더 마음을 써 뒀어요."

"제길, 이건 또 무슨 얘기야? 네가 뭘 어떻게 마음을 썼다는 거야?"

"내 혈흔이 발각되는 시기와 주변 인물들과의 얕은 교류만 조정해도 어지간한 문제는 해결이 되리라고 봤죠. 진짜 유리 옐레체니카가 사정이 있어 잠시 기억을 잃은 척 행세한다고 의심할 만한 여지, 어쩔 수 없이 시간을 들여 당신을 지켜볼 수밖에 없을 상황, 수상쩍고 교류가 없었기 때문에 도움을 요청할 수 없는 외부 인사들. 결국 당신이 도움을 요청할 대상은 레일리 크라하밖에 남지 않고, 레일리 크라하도 어쩔 수 없는 상황에서 당신을 돕다 보면 그 이질성을 충분히 관찰할 수 있을 거라고 생각한 거예요."

"……."

빌어먹을 일이었다. 솔직히 감상을 말하라면 그 말밖에는 표현할 길이 없었다. 인상을 팍 찡그리고 그녀의 이야기를 듣는데, 엘류이센 라이케는 다시 모호한 태도로 고개를 갸우뚱 기울였다.

"그가 원한다면 한 발자국 일찍, 당신의 정체를 알아채고 원하는 조치를 취할 수 있도록 말이에요. 어차피 대부분의 일은 궤도를 타고 굴러갈 수밖에 없으니까요. 하지만……."

"하지만?"

"'사랑'."

그녀가 잠자코 곱씹었다.

"역시 재미있는 일이군요. 저는 레일리 크라하를 그렇게 만든 기억이 없는데요."

애석하게도 어딘지 익숙한 발언이었다. 레일리가 결정적으로 내게 분노를 표한 이유 말이다. 내가 레일리 크라하를 두고, 그는 사랑을 하도록 만들어진 캐릭터가 아니니 뭔가가 수상하고 어딘지 잘못됐다며 매사 의심했던 것과 마찬가지였다. 엘류이센 라이케도 레일리 크라하는 사랑을 하도록 만들어진 인물이 아니니 그것이 '불완전한' 실패 요소라고 말하고 있다.

내 태도와 엘류이센 라이케의 태도가 다를 것이 무엇이며, 그녀의 사고 방식과 내 사고방식이 다를 것은 또 무엇이란 말인가?

내가 복잡한 생각에 사로잡혀서 미간을 좁히고 있는 사이, 엘류이센 라이케는 스스로 생각을 정리하고 가만히 고개를 숙였다. 다른 말이 이어 졌다.

"당신이 《세레나의 티타임》이라고 부르는 세계에서 내 손아귀에 떨어진 정보는 너무나 부족했어요. 대부분의 정보는 '끝'의 가능성, 마지막으로 탄생한 가능성인 이 세계에서야 알게 됐죠. 빛의 제약을 받지 않고 모든 정보를 얻었던 그 세계의 레일리 크라하가 알려 준 거예요. 하지만 그마저도 여러 작업을 이미 시작한 뒤의 일이었어요. 결국 내가 초기에 생각했던 것들이 실재하는 진실과는 다를 수도 있다는 사실을 인정해야 했죠."

"무슨 말이야?"

엘류이센 라이케가 잘못 알고 있었던 것이 무엇일까? 갑작스러운 말에 촉각을 기울인 채 재빨리 질문했지만, 엘류이센 라이케는 바로 대답을 돌려 줄 생각이 없어 보였다. 그녀는 자신이 하려던 이야기만을 계속해서 이어 갔다.

"어쨌든 제 궁극적인 목적은 짐작하고 있겠죠, 유리. 마력 장치들을 쓸어 냄으로써 이 세계가 근원에 좌지우지되는 일을 막고자 하는 거예요. 유입을 막고, 단숨에 마력 장치들을 북부로 쓸어버려서 말이에요."

하지만 사실, 나는 그녀의 말에 온전히 동의하기 어려웠다. 그 방법이 완벽한 해법이 되리라고 확신하기는 어렵지 않겠는가. 엘류이센 라이케라고 해서 이 세계의 모든 면을 이해하고 있는 것은 아니다. 그녀도 스스로 인정했고, 실제로 나마저도 그렇듯이 말이다.

"말했다시피 마법 없는 세상이 올 테고, 혼란이 야기될 거야."

"어쩔 수 없는 일일 거예요."

엘류이센 라이케가 얌전히 대답했다.

"어느 세계에서든 역사는 소수의 피해를 지우고 왜곡하며 변형되어 왔죠."

"아주 대단하신 소리를 하네. 애초에 이야기로 쌓아 올린 세계인데 이야기를 모조리 몰아낸 뒤, 세계가 제대로 유지될 수 있을까?"

"이미 씨앗을 뿌린 이야기가 있는 한, 세계는 계속해서 유지될 수 있어요. 영원한 이야기의 통로를 막고, 그 초기 순환 장치를 통째로 폭발시킴으로써 마력을 쓸어 내면 그것으로 족한 것이지요."

"무슨 얘기를 하는 거야? 지금 내가 무슨 얘기를 하는 건지 듣고는 있어?"

"자, 이제 내가 이 마지막 세계의 가능성에 이르기까지 알지 못했지만, 이윽고 알게 된 새로운 사실들에 대해 이야기할 차례예요."

두 팔을 가지런히 벌린 엘류이센 라이케가 내 앞으로 다가와 가볍게 반 바퀴를 돌았다.

"주변을 둘러봐요, 유리. 애초에 이 세계가 이렇게 장치에 짓눌려 돌아가고 있다는 사실을, 당신은 알았나요? 아니, 아마 나보다도 몰랐을 거예요. 그러니 당신 역시도 마지막 진실만큼은 몰랐겠죠."

하지만 주변을 둘러본다고 해서 이전과 그 풍경이 달라지지는 않았다. 육중한 마력 장치에 짓눌려 삐걱삐걱 움직이고 있는 세계와, 그 마력 장치를 허공으로 띄워 올리듯이 새파란 빛을 발하는 푸른빛의 샘과, 우주 공간처럼 어두컴컴한 실험실의 모습이 갑자기 극적으로 변화한 것도 물론 아니었다.

일단 주변을 둘러보긴 했지만, 나는 엘류이센 라이케가 나를 향해 다시 돌아설 때까지도 특별한 점을 찾지 못했다. 따라서 그녀가 한 말을 제대로 이해할 수 있는 것도 아니었다.

나는 그저 혼잣말처럼 중얼거렸다.

"왜 하필 나였을까?"

"당신이어야 의미가 있지 않을까요?"

혼잣말처럼 튀어나간 질문에도 성실하게 대답을 돌려준 그녀가 조용히 설명을 이었다.

"북부 설원의 출구 앞에 서면 외부 세계에 어느 정도 영향을 미칠 수 있어요. 하지만 애초에 그 세계에 마법이 존재하는지도 알 수 없고, 만일 존재한다고 쳐도 나는 그 세계의 마법을 할 줄 모르니 다른 방법을 써야 했죠. 말했다시피 만일 물질 육신을 지닌 인간이 그 출구를 통해 직접 나가려 한다면 어떻게 될지도, 돌아올 수 있는지도 확신할 수 없으니까 직접 갈 수도 없었고요."

"그럼 어떻게 나를 데리고 온 건데?"

날 선 태도로 묻자, 엘류이센 라이케가 부드럽게 웃으며 대답했다.

"사실 처음부터 당신만을 데리고 올 수 있었던 셈이군요. 당신만이 내가 다시 외부로 반출시키는 활자의 덩어리에 어떤 식으로든 영향을 받을 테니까요."

애초에 선택지가 나밖에 없었다는 이야기인가? 고개를 기울이는데, 엘류이센 라이케는 알아서 설명을 붙여 줬다. 내가 곧바로 이해하기는 어려우리라는 점을 짐작한 모양이었다.

"일을 끝내기 위해 시간을 벌려면 누군가가 내 몸에 들어올 필요가 있었어요. 물론 당신이어야만 더 가치 있는 행동이 되니, 내가 생각한 최선의 선택지도 당신이었지요. 당신은 이 세상의 근원 그 자체지만, 내 몸 역시 이 세계의 근원 그 자체로 기능하고 있으니까요. 그러니 당신이 들어와야만 제 몸이 계속해서 유지되고 '흐를' 수 있으며, 영원하고 장엄한 마력 그 자체가 되리라고 본 거죠. 그래야 근원 자체가 사라지게 될 테고요. 뿐만 아니라 당신이 직접 내 육신을 가져다주고, 스스로 근원을 파괴해 주어야만 더 의미가 있다고 봤어요."

"그건……. 그냥 굳이 나를 데리고 오고 싶었던 이유에 불과하잖아? 사실 나만을 데려올 수 있었다는 건 무슨 얘기야?"

"하지만 실제로도 당신만이 이 세계의 이야기 흐름에 영향을 받는 인물이었기 때문에, 그 이야기의 무게로 당신을 강제로 떠밀어 빠트린 거예요. 사실대로 말하자면 육신은 안중에도 없었고, 그 의식만 이 세계에 자빠트리면 되는 일이었기 때문에 부담이 덜했던 거죠. 그래서 나도 굳이 모험을 할 필요가 없었답니다. 물질을 외부 세계에 내보내지 않고 물질을 끌어오는 일은 어렵지만, 형이상학적 덩어리만을 내보내 그 무게로 형이상학적 개체만을 이쪽으로 이끄는 일은 그보다는 쉬운 편이었어요."

"나는 잘 모르겠어."

"사실 당신이 이해할 필요는 없는 이야기예요, 유리."

퍽 너그러운 태도로 엘류이센 라이케가 말했다.

"당신이 이해해야 하는 것은 다른 문제죠."

"제길, 본론을 얘기해. 뱅뱅 돌려 말하지 말고."

"우리는 이미 당신의 외부 세계와 이 안쪽 세계 사이에 우선순위가 모호하다는 이야기를 했어요. 당신이 만든 이야기가 이 세계의 어떤 가능성을 결정했을 수도 있죠. 마찬가지로 우리, 이 세계의 개개인이 행동하고 사고하는 방식이 당신의 이야기를 끌고 갔을지도 모르는 일이고요. 실제로도 당신이 만든 대로 우리는 살아왔지만, 그럼에도 우리는 외부 세계에 충분한 영향력을 행사할 수 있었어요. 당신을 이 세계로 끌고 오면서 그 사실을 '증명'했죠. 이 증명이 무엇을 의미한다고 생각하죠?"

엘류이센 라이케도 나름대로 쉽게 풀어서 설명하려 노력한 듯했지만, 사실 내가 그 설명만으로 직관적으로 주제를 이해하고 알아듣기에는 여전히 어려움이 있었다. 엘류이센 라이케도 금세 내 혼란을 눈치챈 듯했다.

"이 세계의 마력이 반드시 활자에 의해 형성되었다고 생각할 이유가 사라졌다는 얘기를 하는 거랍니다, 유리."

내 표정을 지켜보던 그녀가 잠잠히 웃었다.

"이 세계에 실존하던 마력이 상호 영향력을 행사하는 그 세계의 영향을 받아, 단순히 마력적 '표현 수단'으로 당신이 유입시킨 활자를 채택하고, 이 활자를 이용해 마력 장치를 형성하는 방법을 선택했을 수도 있다는 얘기예요."

"그 말은……."

나는 반사적으로 엘류이센 라이케에게 대답하려 들다가 급히 입을 다물었다. 조금 더 그녀의 말을 곱씹고 생각해 볼 시간이 필요했다.

그건 또 낯선 얘기였다. 애초에 우리는 모든 이야기의 가정으로, 이 세계의 마력이 외부 세계에 의해 형성되었다는 전제를 지니고 있었다. 이 세계에 가득 들어찬 마력 장치가 활자로 이루어져 있으므로 결국 세계에 영향을 미치는 모든 움직임은 기계 장치의 일환이라고 본 것이다.

세계가 그렇게 '작동'하는 모습을 직접 지켜보기도 했다. 마력 장치의 가동 결과 기후가 변하고 초월적인 일을 일으킨다는 사실을 확인하고 이를 활용했다. 죽음의 요소를 뺌으로써 불사를 누리고, 기계 장치를 새롭게 바꿈으로써 불로를 얻었다. 그 모든 마력 장치가 외부에서 유입된 활자로 이루어져 있었다.

실제로도 엘류이센 라이케와 알렉시스 에슈마르크의 모든 생을 그 회의와 허무가 지배했다. 기계의 부품으로서 만들어진 이 세계의 사람들이 그 진실을 알게 되었을 때, 해갈 못 할 존재와 정체성의 의문에 사로잡힌 것도 어쩔 수 없는 일이었다.

요컨대, 지금 엘류이센 라이케는 그 '순서'를 다르게 생각하자고 제안하고 있다. 활자가 유입되었기 때문에 마력이 형성되고 마법이 생겨난 것이 아니라고 말이다. 이 세계에 본래부터 존재하던 마력이 외부에서 유입되는 '서사'를 표현 수단으로 채택해, 보다 효율적으로 마력이 돌아갈 수 있도록 그 활자의 모습을 빌린 것뿐일지도 모른다는 이야기였다.

하지만 맞다. 엘류이센 라이케가 내부 세계에서 외부 세계에 영향을 미쳤고, 그 출구를 통해 어쩌면 살아 있는 생명체도 빠져나갈 수 있다는 사실을 이미 파악한 뒤가 아닌가. 이 세계와 저 세계를 살필 때, 사실상 순서의 논의에는 의미가 없다.

"만일 정말 당신 뜻대로 이 몸을 폭발시킴으로써 세계에 가득 들어차 있던 활자의 마력 장치를 몰아내고, 추가적인 유입을 막아 외부에서 부어 넣는 서사로부터 세계가 자유로워지더라도 마법은 남아 있을 거라는 얘기야?"

"'가능성'의 이야기랍니다. 더불어 말했다시피 예기치 못한 일이기도 하지요. 얘기가 그렇게 쉽게 풀릴 가능성이 없었더라도 상관없었을 테고요. 사실 그 모든 행동의 결과가 최악으로 향할 경우까지도 대비하고 있었으니 말이에요. 하지만 반대로 말하자면, 어느 쪽도 가능할 테니, 이 대비책이 무의미하다고도 말할 수 없겠죠. 그저, 적어도 한 가지만은 확실히 해도 괜찮을 것 같아요. 당신이 물었던 질문에 대한 답이지요."

"순서의 논의가 무의미하니, 마력 장치들이 사라지고, 이 세계의 이야기를 결정짓는 외부 권력의 행사가 사라진다고 해서 이 세계의 균형이 무너지지는 않을 거라고?"

"맞아요."

엘류이센 라이케가 희미한 미소를 지은 채 대답했다.

"이 세계가 근원에 좌지우지되는 것을 막고자 할 뿐이에요. 이미 이 안에 있는 마력만으로도 흐름은 충분히 보강되고, 무한하기 때문에 문제도 없을 테고요."

"결론이 뭐야?"

"말했다시피, 이야기가 있는 한 세계는 계속해서 유지될 수 있답니다. 마찬가지로 세계가 있는 한 어디에서건 이야기는 시작되는 법이지요. 외부 세계의 이야기가 유입되지 않았는데도, 그 순환에 의존하고 있는 내 몸이 붕괴되지 않아 당신이 여기까지 멀쩡히 도달한 것도 하나의 증거가 될 터."

그리고 어쩐지, 나는 그 후 엘류이센 라이케의 입에서 어떤 말이 나올지를 짐작할 수 있을 것 같았다. 이 세계는 내가 쓴 이야기대로 형성되었으며, 내가 쓴 이야기는 이 세계의 삶들이 남긴 궤적을 따라 만들어졌기 때문이다.

"이야기는 하나의 세계고, 세계는 언제고 이야기가 된답니다."

엘류이센 라이케가 특유의 온화하고 다정다감한 태도로 말했다.

"하지만 어떤 이야기건 끝나지 않으면 새롭게 시작될 수 없으니까요. 시간은 없지만 기회는 있답니다. 모든 것의 마지막 순간을 당신이 스스로 결정할지, 아니면 마지막까지 내 뜻대로 진행할지는 스스로 선택하도록 해요. 우선은 아까 당신이 물었던, '돌아가는' 방법을 알려 드리도록 하죠."

북부 설원을 통해서 돌아갈 수는 없다고 이미 대답을 들었다. 인간의 신체가 버틸 수 있을지도 장담할 수 없으며, 만일 버틴다고 하더라도 나는 엘류이센 라이케의 몸을 갖고 돌아가게 된다. 무용한 일이었다. 그녀가 이미 짐작해 말했다시피, 그건 내가 바라는 결말이 아니었다.

하지만 엘류이센 라이케가 말하는 논조를 보니 그것만이 전부는 아닌 듯했다. 애초에 내 '의식'만을 이 세계로 밀어 넘어뜨렸다는 표현을 생각해 보면 어딘지 묘한 것이다.

물질적으로 돌아갈 필요가 없기 때문에, 다른 방법이 있다는 것일까? 곰곰이 생각해 보는 사이, 나도 모르게 입술을 달싹거렸다. 묻지 않고 싶었지만 묻고 싶었다. 물을 이유가 있나 싶다가도 물어봐야 할 것 같았다. 양가적인 감정에 시달리다가, 결국 어쩔 수 없이 질문을 꺼냈다.

"이 세계의 사람을 데리고 나갈 방법은 없을까?"

내 질문을 듣고, 엘류이센 라이케가 눈을 가늘게 접었다.

"레일리 크라하 때문에?"

그녀가 곧장 핵심을 짚더니, 내가 묶여 있는 의자의 팔걸이 위에 두 손을 각각 얹고 가만히 몸을 기울였다. 형형한 푸른빛을 머금은 인조 머리칼이 내 옆으로 좌르르 떨어졌다. 지금의 나와 똑같은 얼굴, 차이 없는 빛깔의 머리칼이 시야를 가득 채웠다.

"하지만 이제 와서 그것이 가치 있는 고민이 될까요?"

폐부를 찌르는 말이었다. 나는 달리 대답하지 않았다. 내 표정을 잠자코 들여다보던 엘류이센 라이케가 입꼬리를 가만히 말아 올렸다.

"글쎄요. 레일리 크라하라면 이미 내 통제를 벗어난 지 오래된 개체죠. 그 사고방식에 대한 '공감'에 가까운 인지만이 내가 지닌 유일한 통제책이었을 뿐이에요. 하지만 이제는 그마저도 잘 모르겠군요. 다만, 내가 짐작하기에 따르면, 글쎄요……. 아마, 가능하지 않을까요? 입구가 있다면 출구가 있다는 것이고, 이 세계에 가득한 마력의 총량은 어느 정도 일정하게 유지되고 있다는 뜻이며, 출구가 있다면 빠져나갈 수도 있다는 얘기가 되겠지요. 그 가능성을 여는 일이라면 당신이 더 방법을 잘 알고 있을 것 같은데요, 유리.”

“그렇게 생각해?”

엘류이센 라이케가 동조해 주니 조금은 신뢰가 갔다. 어쨌든 그녀는 누구보다도 이 세계를 깊게 이해하고 있는 인물이었다. 내 얼굴을 살핀 엘류이센 라이케가 희미한 웃음기를 머금은 채 높낮이 없이 말했다.

“사랑. 재미있군요. 사랑.”

아마도 엘류이센 라이케가 이해할 수 없는 요소 중에서도 가장 극단에 있는 개념일 것이다. 그녀가 다시 그 단어를 곱씹었다. 그런 엘류이센 라이케를 물끄러미 바라보다가, 나는 아까부터 머릿속을 괴롭히던 문제를 놓아 버리지 못하고 결국 질문을 꺼냈다.

“당신은 인간적인 감정 같은 건 모르는 거지?”

“그런 것은 인간이라는 장치에 버그를 일으키는 이물질에 불과하죠. 나는 그런 불완전한 오류에 휘둘리지 않아요.”

“하지만……. 하지만 알렉시스 에슈마르크에게는 당신도 조금 다르지 않았어?”

“알렉 말인가요?”

엘류이센 라이케가 특유의 노래하는 듯한 목소리로 반문했다. 고개를 가볍게 갸웃거린 그녀가 눈을 접었다.

“어째서 그렇게 생각했죠?”

“그에게는 편지를 남겼잖아. 왜 하필 나를 알렉시스 에슈마르크의 곁에 두고 갔지?”

“글쎄요. 알렉은 외로움을 많이 타니까.”

엘류이센 라이케가 부드럽게 대꾸했다.

“당신이 무엇이든, 그저 어느 정도 그에게 공감해 줄 수 있다는 사실만으로도 마음의 위안은 되었겠지요."

"요컨대 당신은 알렉시스 에슈마르크를 걱정한 거잖아?"

"그게 그렇게 되나요?"

그녀가 퍽 재미있는 발언을 들었다는 듯이 웃었다.

"레일리 크라하를 유난히 귀여워했듯, 나는 그를 적지 않게 아꼈답니다. 그것을 온정이라고 부른다면 온정이라고 해야겠지요. 하지만 레일리 크라하처럼 이성을 놓고 순간적으로 합리적인 판단을 놓칠 정도는 아니었어요."

적잖이 싸늘한 태도였지만 대답만은 성실했다. 내 반응을 유심히 지켜보던 엘류이센 라이케는 다시 태도를 바꿔, 친절하게 말을 붙였다.

"그럼에도 불구하고 사실, 애정 자체를 부정하는 것은 아니에요. 당신에게는 내가 퍽 이질적인 모양이군요. 사실 모든 인간이 그렇게 느낄지도 모르겠죠. 하지만 철학적인 사유를 하는 결핍자에게, 어떻게 내가 가혹할 수 있을까요? 그런 의미에서라면, 알렉시스 에슈마르크는 나름대로 내게도 가치 있는 상대였어요."

"'철학적인 사유를 하는 결핍자.'"

나는 엘류이센 라이케의 그 표현을 꽤나 곱씹었다. 그 표현이 꼭 그녀 자신을 지칭하는 것 같기도 했다. 내게 생각할 시간을 주려는 듯이 찬찬히 기다리던 엘류이센 라이케가 얼마간의 시간이 지난 뒤에야 차분히 말을 이었다.

"하지만 애석한 일이죠. 우리는 누구도 간단하게 돌아갈 곳을 찾을 수 없었어요. 그저 그렇기 때문에 내가 그에게 마음을 쓴 것이랍니다. 과정에서의 작은 요소들이 목적을 뒤바꿀 수는 없었지만요."

"엘류이센."

"또 무엇이 묻고 싶지요, 유리?"

"당신도 돌아갈 곳을 찾고 있어?"

내 말을 분명히 듣고도 그녀는 다른 대답을 돌려주지 않은 채 단지 침묵하며 가늘게 웃기만 했다.

"돌아가는 방법을 알려 줄게요, 유리. 사실 간단한 일이랍니다."

그녀가 한참이 지나서야 맥락 없이 대답했다. 사실상 내가 물은 말에 대해서는 어떤 답도 돌려주지 않은 채 꺼낸, 본래의 주제였다.

"일찍이 말했듯, 이야기는 끝나지 않으면 시작될 수 없잖아요."

내 가슴팍을 희고 가느다란 손끝으로 꾹 눌러 짚고, 엘류이센 라이케의 얼굴에 푸른빛이 어른거렸다.

"세계를 완성시키고 싶다면, '유리 옐레체니카'의 이야기를 끝내야지요."

그리고 유리 옐레체니카의 이야기가 어떻게 끝나는지는 묻지 않아도 알 수 있었다. 사실 처음부터 유리 옐레체니카의 결말만이 명확하게 정해져 있었고, 그것이야말로 내가 아는 유일한 끝이었다. 나는 처음으로 엘류이센 라이케의 말을 온전히, 그리고 빠르게 이해했다.

유리 옐레체니카가 죽을 때, 이 세계에서 맞이한 나의 이야기도 끝이 난다.

SIDE OUT: 작가에게 로맨스를 촉구한다! (7)
Vol. 7 ― 알렉시스 에슈마르크

태어날 때부터 남들과는 다른 세계를 살았다. 자기 자신의 삶을 사랑하고 존중하는 법도, 인간의 삶을 가치 있게 여기는 법도 몰랐다. 어차피 거대한 기계 장치에서 사람 따위는 오직 있어도 그만, 없어도 그만인 부속품에 불과하다면, 그 모든 진실을 알고도 꾸역꾸역 이어 가고 있는 그의 삶에는 아무 의미도 없는 것이 아닐까?

누구의 삶에서나 알렉시스 에슈마르크는 딱 그 정도의 존재였다. 이리나 밀락테이트에게도, 뷔올에도 마찬가지였다.

모든 부모가 아이를 낳았다고 해서 곧장 그 아이를 사랑하게 된다는 순진한 믿음을 갖고 있었던 것은 아니다. 자신이 유별나게 불행하다고 생각해 본 적도 없다. 어차피 황실에서 태어난 이치고 가족의 정을 제대로 이해하는 사람은 드물 거라고 생각했고, 실제로도 그랬으니까.

그저 그에게는 유난히 발붙일 곳이 필요했다. 그가 그런 인간이었을 뿐이다. 오직 어딘가를 헤매고, 표류하는 부평초처럼 살아가야 했다.

그럼에도 불구하고 피를 나눈 혈육조차 발붙일 곳을 주지 못했다. 운도 없게 그렇게 되었다. 어쩔 수 없이 그 환경에 맞춰 살았다. 마음속에는 언제나 충족되지 않는 것이 있었다. 해결되지 않는 갈증과도 비슷했다.

자신이 무언가에 더없는 결핍을 느낀다는 사실은 알지만, 자신이 바라는 것이 무엇인지도 제대로 규명해 본 적이 없다. 규명할 생각도 없었다. 원하는 것을 규명해 봤자 가질 수도 없이 바라기만 하게 될 것이다.

태어나 단 한 번도 무언가에 온전히 자신을 내보인 적도, 내맡긴 적도 없다. 사실 그럴 수도 없는 일이었다.

태어날 때부터 짊어지고 있던 '남들과 다른' 시야와 세계를, 어떻게 타인에게 이해해 달라고 요구할 수 있을까? 그 시야와 세계를 공유하지 못하는 사람에게서 이해를 받아 봤자, 그 '이해'가 과연 얼마나 유가치하단 말인가?

알렉시스 에슈마르크는 그저 괴로웠다. 살아가는 일이. 계속해서 곱씹고, 자신의 삶을 떠올리는 일이. 누군가와 관계되고 버려지는 일이. 바라고 기대한 뒤 내팽개쳐지는 일이. 보답받지 못할 애정을 품는 일이. 가질 수 없는 것을 원하는 일이.

애정이 두려웠다. 사실 애정을 필요로 하는 인간이기 때문이다. 그는 누구에게도 사랑받지 않고서는 살아갈 수 없는 종류의 인간이었다. 아무와도 소통하지 않은 채로는 견딜 수가 없었다.

그러나 그렇게 살 수밖에 없다. 그의 세계는 누구에게도 공유할 수 없고, 누구에게도 이해받을 수 없다는 사실을 일찌감치 알고 있었기 때문에. 바로 그렇기 때문에 다른 무엇보다도 포기하는 법을 익혀야 했다. 하지만 그는 포기하는 일에는 재능이 없었다. 그래서 대신, 처음부터 바라지 않는 법을 익혔다.

바라지 않는 법. 그저 스스로 부정하는 일에 불과하다.

"당신을 어떻게 생각하는지? 글쎄요."

직접 만든 유리 온실에서 키운 백합을 한 아름 품에 안고서, 새하얀 모래사장을 걸어가며 엘류이센 라이케가 웃었다. 그 마을에서 죽은 이를 추모하기 위해 키우는 꽃이었다. 매번 엘류이센 라이케가 꽃을 키워 사람들에게 지원해 주곤 했다. 어디에서 온 풍습인지는 몰랐다. 알렉시스 에슈마르크가 라이케라는 가명을 쓴 채 그 마을에 도착했을 무렵에는 이미 그렇게 장례를 치르고 있었다.

사람이 죽으면 향기가 진하고 새하얀 그 꽃으로 관 안쪽과 묘지 위를 장식하곤 했다. 정신을 혼미하게 만드는 향이었다. 그 안에 파묻혀 잠들고 싶었지만, 그러다가는 죽게 될 거라고 엘류이센 라이케가 웃으며 조언한 적도 있다.

하늘에 휘말리는 듯한 푸른 머리칼이 비현실적이고도 선명하게 흩날렸다. 품에는 새하얗고 송이가 큰 꽃을 담뿍 안은 채, 연녹색 원피스가 나풀나풀 나부꼈다.

알렉시스 에슈마르크는, 그 꽃, '백합'이 꼭 엘류이센 라이케를 닮았다고 생각했다. 정적인 태도와 우아한 생김새, 화려하고 아름다운 모습을 갖추고 있지만.

깊게 들이마시면 폐부가 아리고 정신이 혼미해지는 것. 그리고 사람을 죽게 만드는 무정함까지 마찬가지라고 생각했다.

"당신에게는 백합을 선물하고 싶어요."

엘류이센 라이케가 그렇게 말하며 백합 한 송이의 목을 꺾어 그 꽃만을 알렉시스 에슈마르크의 귀에 꽂아 주었다.

"그늘진 곳에서도, 사람이 돌보지 않아도 잘 자라거든요. 당신 같은 사람에게는 적격이죠."

볼모로 잡혀 온 국가에 내전이 일어났다. 구조를 요청해 보았지만 뷔올 제국 측에서는 역시나 호출을 거절했다. 연합국에 볼모로 가 있는 친왕을 굳이 데려올 명분은 없으며, 외교적인 문제로 번질까 두렵다는 게 이유일 것이다. 그 이유를 추측형으로 말할 수밖에 없는 것은, 애초에 대답이 돌아오지 않았기 때문이다. 침묵으로 거절을 받았다.

시무룩해진 종자들과 달리 알렉시스 에슈마르크만은 태연했다. 전란이 잠잠해질 때까지만이라도 일단 이 마을에 머무르기로 결정한 것도, 제국에서 대답이 돌아오지 않는다는 보고를 확실히 받자마자 이루어진 일이었다.

사실 그만은 뷔올 제국의 반응을 미리 염두에 두고 있었다. 그렇게 되리라고 일찌감치 예상하고 있었다. 당연한 일이었다. 그들에게 알렉시스 에슈마르크란 결국 그런 존재에 불과하다는 사실을, 아주 오래전에 파악해 두지 않았던가.

마침 오랜 시간을 들여 대화를 나눠 보고 싶은 상대를 만났으니, 오히려 기껍기까지 한 일이었다. 알렉시스 에슈마르크는 흔쾌히 상황을 받아들였다.

그저 면식이 있는 몇몇 중립 귀족들에게 연락을 취했다. 자신의 거취를 밝히고, 내전이 끝난 후에는 합당한 자리로 돌아가겠다는 의사를 밝힌 것이다. 그 마을에서는 1년이 조금 넘게 머물렀다. 짧은 기간이지만 그토록 긴 시간이 없었다.

바닷바람이 포말처럼 새하얗게 밀려오는 날이었다. 머무를 곳이 없어 일생 내내 셀 수 없을 만큼 많은 장소를 떠돌다가, 알렉시스 에슈마르크는 그 마을에도 아주 잠깐 들렀다. 어디에도 머무를 생각이 없는 여자가 마침 그 마을에서 시간을 보내고 있었다. 그녀는 그에게 자신이 알고 있는 여러 진실을 일러 주었다.

"인간이란 미숙할수록 어리석은 모양이군요. 그래서 인간은 저마다 덜 자란 미숙한 것에게 마음을 쓰는 문화를 만들어 왔나 봐요."

시체를 장식하는 꽃에 얼굴을 파묻고, 그녀가 섬세한 속눈썹을 길게 내리깔았다.

"알렉, 타인에게서 가치를 찾을 이유는 없답니다."

* * *

"예엑?"

덜컹덜컹 흔들리는 마차 안에서 오렌지 주스를 줄줄 흘린 유리 옐레체니카가 난잡한 태도로 반문했다. 입가를 따라 질질 흘러내리는 주스를 다급히 손등으로 휙 닦아 낸 그녀가 기계적인 몸놀림으로 세척용 수건을 들어 바닥과 쿠션을 닦으며, 다시 물었다.

"일단 북부로 간다고요?"

"반응이 왜 그러나."

"아니, 뜻밖이라……."

어물어물 말을 흐린 유리 옐레체니카는 일단 바닥과 쿠션을 닦는 일에 집중하기 시작했다. 그들은 연합국에 들렀다가 므라우로 향하고, 이후 푸른 숲을 조사하기로 이미 합의를 본 뒤 출발했다. 그러니 갑자기 북부 설원으로 향하겠다는 알렉시스 에슈마르크의 선언에 그녀가 당황하는 것도 지극히 별수 없는 일이기는 했다. 최소한의 연막도 피울 줄 모르는 인간이니 당연한 일일 것이다.

그 반응을 보고도 전혀 동요하지 않은 알렉시스 에슈마르크는 일부러 늦게 설명을 붙였다. 시시각각으로 표정이 변하는 모습을 보면 유쾌할 일이 드문 인생에 유난히 재미를 느끼기까지 했다.

그는 괜히 유리 옐레체니카를 놀리거나, 뱅뱅 에둘러 이해하기 어렵게 설명하는 일을 즐기는 편이었다. 쓸모없는 대화는 그에게도 약간의 의미 없는 즐거움을 줬다.

이러다가 정이라도 들겠어. 그가 속으로만 생각했다.

"시선을 피해야지."

"황제의?"

"대충 그런 것."

"아하……."

그래도 거기까지 들은 뒤에는 일단 북부로 향하는 이유를 대략적으로나마 납득한 모양이었다. 알렉시스 에슈마르크는 한마디 더 설명을 보탰다.

"그리고 북부에서는 순간이동을 할 걸세. 그때부터는 누구도 우리의 경로를 추적할 수 없게 되지."

"이해했어요. 그럼 북부에서 어딘가에 자리를 잡고 마법을 준비해야겠네요?"

"별장 한두 개쯤은 누구나 갖고 있네. 나도 마찬가지지."

"아이고, 개소리 또 납셨네."

들으라는 듯이 혀를 쯧쯧 찬 유리 옐레체니카가 뚱한 얼굴로 턱을 괴더니, 곰곰이 생각에 빠졌다. 엘류이센 라이케의 진의를 안 지 얼마 되지 않은 탓에, 여전히 그 생각으로 머릿속이 복잡한 모양이었다. 마부석에는 레일리 크라하가 앉아 있으니 자세한 대화를 나눌 수도 없다. 알렉시스 에슈마르크도 그녀의 혼란을 이해했다.

그는 그저 말없이 차를 홀짝였다. 애석한 일이지만, 유리 옐레체니카의 몸속에 들어 있는 사람……. 아마도 이 세계의 '설계자'라 불려 마땅할 인물은 그의 기대에 한참 미치지 못하는 상대였다. 어떤 의미에서든 마찬가지였다.

세계 하나를 새롭게 만들 정도의 대단한 능력을 지닌 것 같지도 않았고, 발명학적인 측면에서는 초보 발명가만도 못했으며, 지식과 눈치도 현저히 부족했다. 그런 능력이 전혀 필요하지 않은 세계에서 살다가 왔을 것이다.

정말로 애석한 일이었다. 섣불리 책임을 돌릴 수 없는 인물이라는 것을 확인하지 않았는가.

미워할 수도 없다. 애초부터 남의 것을 빼앗아 자신의 결핍을 채울 생각도 없었다. 사실 그럴 수 있는 결핍도 아니었다. 그는 손끝으로 팔뚝을 두드리며, 가만히 팔짱을 끼고 시선을 깔았다. 괴상한 신음소리를 흘리며 자신만의 생각에 빠진 유리 옐레체니카를 지켜보며.

조금 지친 듯했다. 아니, 사실 언제나 지쳐 있었나? 그는 엘류이센 라이케를 떠올렸다. 그저 살아가는 일에 무기력했다.

* * *

바닷바람에 휘말려 머리칼이 부산히 나부끼는 사이로, 붉은 빛깔의 눈동자와 처음으로 시선이 마주쳤다. 귓가에서 팽 소리를 내며 태엽이 돌아가고, 곁에 흘러내린 호스를 자연스러운 손짓으로 치워 내며. 어깨 위에는 세계의 무게를 짊어진 채.

시선이 마주친 순간 곧바로 알았다. 저 사람은 마법사이며, 자신과 같은 세상을 보고 있다는 사실을.

알렉시스 에슈마르크는 자신도 모르게 의자를 넘어뜨리며 자리에서 일어났다가, 상대 역시 시선을 떼지 않고 자신을 바라보고 있다는 사실을 뒤늦게 눈치챘다.

여자가 입술을 동그랗게 말았다. 삐걱삐걱 요동치는 기계 장치들 아래에서, 물의 요정이 현신한 듯한 모습으로 그 여자가 입매를 말아 올렸다.

몬타뉴의 자손?

라이케 성씨를 쓰는 여자가 물었다. 다급히 손을 뻗은 알렉시스 에슈마르크가 최대한 자연스러워 보이도록 애쓰며 철판에 나사로 글자를 적었다. 당신은?

문장이 완성되기도 전에 여자가 대답했다.

"나는 옐류이센이에요. 같은 성씨를 쓰는군요. 흔한 성이지만 이렇게 만나는 건 드문 일 같은데요. 나만 그렇게 생각하지 않았으면 좋겠어요."

어느 사이엔가 식당 주인과의 짧은 대화를 마치고 창가로 다가와, 식당 안의 알렉시스 에슈마르크에게 붙임성 좋게 인사라도 하는 듯한 태도였다.

"괜찮다면 마을을 떠나기 전에 시간을 내줘요. 이리 만난 것도 인연이니까요. 함께 같은 풍경을 보러, 나들이라도 가도록 해요."

소년을 앞에 두고, 예나 지금이나 똑같은 얼굴을 한 여자가 빙그레 웃어 보였다.

"잘 부탁해요, 알렉시스."

* * *

귓가에서 씽 소리를 내며 태엽 장치가 돌아가자마자 유리 옐레체니카가 눈을 동그랗게 뜨고 시선을 옮겼다. 반사적으로 눈동자만 굴려 그쪽을 바라봤던 알렉시스 에슈마르크는 그 꼴을 보고 저도 모르게 희미한 미소를 지었다. 안절부절못하던 유리 옐레체니카는 티를 내지 않으려 애를 쓰며 슬그머니 검지를 세워 태엽 장치를 귓가에서 멀리 떼어 냈다.

같은 풍경을 보는 인간. 알렉시스 에슈마르크는 괜히 그 울림을 곱씹었다.

"그대가 보이는 태도를 살피며, 바깥 세계의 사람들은 이 세계의 인간보다 훨씬 풍요로운 삶을 살고 있을지도 모른다는 생각을 해."

보다 질 높은 삶을 사는 데에나 관심이 있는 인간. 그녀는 극단적인 생존의 위협, 하다못해 전쟁조차도 겪어 본 적이 없는 사람일 것이다.

"그대와 내 앞에 놓인 두 음료의 맛과 용도만큼은 다르겠지."

그는 그저 잠자코 야나 콩 차를 마셨다. 건강을 해치는 대신 능률을 올려 주는 음료였다. 물론 맛도 없지만, 먹다 보면 익숙해진다.

지금의 유리 옐레체니카는 이해하지 못할 생활 방식일 것이다.

부러움일까? 동경? 어느 쪽이든 비슷할지도 모른다. 알렉시스 에슈마르크는 잠자코 찻물을 바라보았다.

"손에 쥐지 못한 것만을 바라보며 멍청하고 어리석은 욕망을 갖는 짓은, 굳이 그런 환경에서 자라지 않았더라도 누구나 범하는 과오겠지만 말이야."

스스로 하는 말일 수도 있다. 알렉시스 에슈마르크가 홀로 자신의 말을 곱씹었다. 누구나 범할 수 있는 과오인 것을 알면, 그러지 않도록 노력해야 할 텐데 말이다.

알면서도 실수를 저지르니 사람일 것이다. 마침 유리 옐레체니카도 다른 주제를 꺼내 들었기 때문에, 알렉시스 에슈마르크는 그 주제에 대해서는 더 이상 첨언하지 않고 얌전히 입을 다물었다.

"저는 '이것'을 설계할 때 확고한 기준이라고 할까, 신념이라고 할까, 뭐 그런 걸 갖고 있었거든요."

"기준?"

유리 옐레체니카는 그의 어떤 동요도 제때에 눈치챌 수 없는 인물이었다. 그럴 필요가 없는 세계에서 살다 와서, 일평생 마음대로 살고 시원스레 속내를 뱉어 내도 괜찮은 인간이었던 탓이다.

이번에도 그녀는 알렉시스 에슈마르크의 반응을 제대로 이해하지 못한 채, 그를 유심히 살피다가도 자신이 하려던 말을 아무렇지도 않게 이었다.

"지금까지 본 바에 따르면, 당신은 아마도 내가 이 세계에서 가장 공들인 '삶'을 지닌 사람들 중 하나일 거란 말이에요."

"글쎄, 회의적으로 반응할 수밖에 없는 말이군."

"시작은 원치 않은 곳에서 원치 않은 형태로 찾아왔을지 몰라도, 그 끝만은 지극히 완전하기를 바라요."

그녀가 알렉시스 에슈마르크를 똑바로 직시하며 말했다.

"그리고 내가 그러기를 바랐으니, 아마 당신의 끝도 완전할 거예요. 그러니까, 당신 자신의 기준에서요. 어디로 가든지 스스로 선택한 끝을 향해 움직일 테고요."

그 말을 듣고, 잠시 그녀를 빤히 응시하다가. 알렉시스 에슈마르크가 희미하게 웃었다. 마음을 뒤흔들지 않기를 바라면서도 흔들어 주기를 바라는 것은 분명 모순된 감정일 것이다. 그가 가만히 시선을 깔았다.

사방을 빼곡하게 채운 기계 장치들이 주변에서 삐걱삐걱 녹슨 쇳소리를 내고 있었다.

"그저 아직은 그 순간이 오지 않았다고 생각해요."

"'아직'."

묘한 단어였다. 그는 괜히 그 어감을 입 안쪽에 굴리며 곱씹어 봤다.

톱니바퀴 하나가 또다시 그녀의 귓가에서 팽그르르 돌아갔다. 알렉시스 에슈마르크가 차분한 태도를 유지한 채 시선만 옮겼다 거둔 것과 달리, 유리 옐레체니카의 어깨는 이번에도 반사적으로 움찔 흔들렸다. 그래도 그녀는 알렉시스 에슈마르크에게 그 말을 꿋꿋이 해 주고 싶은 모양이었다.

"스스로 당신 자신의 '끝'이 어떤 형태로, 어떤 방식으로 찾아올지를 가늠하고 선택하는 순간 말이에요."

그녀의 허브차에서 달콤하고 향긋한 향기가 났다. 야나 콩 차의 향에 가려 좀처럼 느껴지지 않다가도, 야나 콩 차가 든 잔을 아래에 내려놓으면 어렴풋이 허브의 향이 그에게도 와 닿았다.

"재밌는 얘기로군."

그가 느리게 대답했다. 알렉시스 에슈마르크는 달콤한 것을 좋아한 일이 없다. 달콤한 것을 즐기지도 않는 편이었다. 단것을 늘 근처에 두고 사는 것은, 두뇌 회전을 위해 어느 정도는 당분이 필요하기 때문이다. 살기 위한 영양소를 섭취하고자 식사를 하는 것과 마찬가지의 이치였다.

달콤한 것을 즐기지는 않는다. 그는 유리 옐레체니카에게서 슬그머니 뺏어 온 달콤한 허브 차를 몇 바퀴 입 안에 머금었다가, 조금 인상을 찡그리듯 웃고 희미하게 말했다.

익숙지 않은 맛이라 그만 혀가 아릴 것만 같다. 알렉시스 에슈마르크가 뭉근하게 한숨을 뱉어 냈다. 그녀에게서 그런 말을 듣고 싶지 않았지만, 그런 말을 들었기에 아주 조금 가슴 한구석이 단것을 머금은 듯했다. 그런 감각이었다.

하지만 즐기지 않는 그 저린 감촉에 마음을 줄 때도, 분명 살다 보면 있을 것이다. 알렉시스 에슈마르크는 단지 혼자서 그런 생각을 했다. 어쩔 수 없는 일이었다. 인간은 알면서도 실수를 하기 마련인 생물이니까.

그의 두 번째 음료는, 즐기지 않는 달콤한 허브티였다.

* * *

어쩌면 그것이 애정인지도 모른다는 사실을 안다. 하지만 어차피 보답을 받을 수도, 손에 넣을 수도 없다는 사실 역시 알고 있다.

유리 옐레체니카에게 찾아가기로 약속을 했지만, 텐트 밖에서 어렴풋이 들려오는 대화를 듣다가, 그는 그저 대화를 미루기로 했다. 그래야 마땅하다는 것을 안다. 방해하고 싶은 생각도 없고. 타인의 것을 뺏어 봤자 행복해지기도 어렵다는 사실을, 그리고 애초에 뺏을 수도 없다는 사실을 알고 있다.

언제나 과한 것을 알고 있었다. 아는 것이 많아서 더 행동하기가 어려웠다. 두려운 것이 많고, 불 보듯 뻔한 미래에 걸음을 내딛고 싶지는 않으니까.

마음 끌리는 대로 살아 볼까? 조금쯤은 그래도 될 것이다. 조금쯤은.

속내에 품고 있는 것을 바깥으로, 말 정도는 꺼내 봐도 될 것이다. 어차피 답이 정해져 있고, 그가 영향을 줄 수 없다는 사실도 알고 있다.

그는 괜히 적잖이 충동적인 태도로 걸음을 옮겼다.

* * *

　알렉시스. 바닷가에 서서, 엘류이센 라이케가 말했다.

　돌아갈 곳은 스스로 만들어야지요. 자신의 가치 역시 스스로 일구어
내야만 해요.

　스스로 생각하기에도 안타까운 일이지만, 알렉시스 에슈마르크는 의지
박약한 인간이었다. 그런 건 당신에게나 가능한 일이지, 그에게는 처음부
터 불가능한 일이었다고 말할까 했다가, 그만두었다.

　엘류이센 라이케는 어딘지 회의적인 낯이었다.

　그 오랜 세월을 떠돌았음에도, 당신도 아직 돌아갈 곳을 찾고 있나?

　입 밖으로 그 질문을 꺼내지는 못한 채.

　알렉시스 에슈마르크가 입을 닫았다. 백합 향이 흐드러지게 피어났다.
머리가 아플 정도의……. 그야말로 마음을 혼미하게 만드는 향이었다…….

* * *

　"본 적 없는 추상적인 것들에 무턱대고 두려움을 느끼는 어린아이처럼
굴지 마십시오."

　레일리 크라하가 단호하게 말했다. 그는 퍽 자신만만하기까지 했다. 목소
리만 들어서는 꼭 의기양양한 사람처럼 느껴질 지경이었다.

　알렉시스 에슈마르크는 단 한 번도 그렇게 살 수 있었던 적이 없다.
똑같이 무언가를 놓친 채 살았던 삶이지만, 레일리 크라하는 예나 지금
이나 변함없이 그런 인간이었다. 지금의 유리 옐레체니카를 대신하는 그
여자와 마찬가지였다.

　"그런 것을 따질 이유가 없습니다. 저는 단지 단 한 번의 대답만이라도
들으면 됩니다."

늘 별로 듣고 싶지 않았던 대화를 원치 않게 듣게 되는 기분이었다. 텐트의 지지대에 가볍게 등을 기댔다가, 그가 어쩔 수 없다는 듯 웃으며 한숨을 내쉬었다.

"어째서 오지 않은 일에 두려움을 느끼십니까? 잘 만들어진 소설처럼, 놀랍고 획기적인 돌파구와 옛날이야기 같은 멋진 결말이 기다리고 있을지도 모르는 일이 아닙니까?"

양가적인 감정은 언제나 그의 마음속에 똬리를 틀고 있었다. 엘류이센 라이케에게 그러듯이, 유리 옐레체니카에게도 그랬고, 레일리 크라하에게도 마찬가지였다.

그 모순적이고 서로 충돌하는 감정을 뭐라고 표현하면 좋을까? 보랏빛 눈동자를 가만히 들었다가, 그는 그저 지그시 눈을 감고 희미한 미소를 지었다.

꼭 텐트 벽 너머의 알렉시스 에슈마르크에게 건네는 말 같았다. 아니라는 것을 알면서도 괜히 착잡해졌다. 그는 발끝으로 바닥을 몇 번 문지르다가, 제대로 허리를 세웠다. 어쨌든 더 이상 그들의 대화를 듣고 있을 이유는 없을 듯했다.

다음부터는 정말로 기척이라도 내고 다녀야 할 모양이었다. 그가 쓰게 웃고 자리를 떠났다. 옐레체니카 백작은 당분간 그에게 찾아오기 어려울 것 같으니, 알렉시스 에슈마르크가 미리 다른 일부터 처리하고 있어야 할 터였다.

그녀가 언제 찾아와도 그녀를 상대할 수 있도록. 그럴 수 있도록 말이다.

* * *

"엘류이센."

그는 장벽을 앞에 두고 가만히 그 이름을 곱씹었다.

"어째서 우리는 그렇게 살 수 없었을까?"

그저 서로가 서로의 결핍이고 충족이 되어, 각자 상대방을 돌아갈 곳으로 여기고. 그저 서로와 함께인 것만으로도 삶을 완성시킬 수 있다고는 어째서 생각하지 못했을까?

왜 자기 자신으로 하여금 온전한 자신으로 살아갈 수 있도록 허락하고 놓아줄 수 없었던 걸까?

어디에서 어떻게 살아가든 함께이고 행복하다면 그곳이야말로 우리가 머물러도 될 곳이라고, 어째서 그렇게는 생각하지 못했던 걸까.

엘류이센 라이케가 무슨 일을 하려는지 추론하는 것은 사실 어렵지도 않았다. 무슨 일이 일어날지도 일목요연했다. 대단한 문제가 아니었다. 이쯤 되면 뻔히 파악할 수밖에 없다.

그렇다면 그가 할 수 있는 일과, 그 결과도 쉽게 짐작할 수 있게 됐다. 유리 옐레체니카의 몸을 빌린 설계자가 조심스럽게 꺼냈던 그 말 그대로, 마지막 순간은 스스로 선택할 수 있을 모양이었다.

어떻게 살고, 어떻게 자신의 삶을 완성할지. 그 시작은 예기치 못한 찰나에 시작되었더라도, 끝을 맞이하는 형태만은 온전히 그의 선택에 달려 있다는 사실을 빠르게 알아채고 말았다.

결과적으로 그는 선택해야 했다.

선택할 수 있는 순간을 맞이했다.

* * *

단 한 번도 온전히 소유하지 못했던 것을 끌어안듯이, 사랑스러운 것을 안고 몸을 웅크린 채 잠들고 싶은 사람처럼 굴었다.

설계자가 일찍이 예견한 그대로였다. 몰락하고 붕괴하는 세계의 가운데에서, 비로소 세계에 남은 최후의 위대한 마법사가 선택을 했다.

어떤 세계를 지키고, 어떤 세계를 무너트리고. 이 위대한 기계 장치의 어떤 부분에 손을 댈지.

그리하여 끝내, 어디에서 자기 자신의 이야기를 끝내면 좋을지에 대한 선택이었다.

항구 마을
An Unnamed Shore

그 수평을 아득히 바라보면 하늘과 바다의 경계가 흐릿해질 때가 있다. 눈이 시릴 듯한 푸른 물결이 어느 사이엔가 청명한 푸른 하늘에 뒤섞이는 순간. 노을이 내릴 때면 하늘에서부터 서서히 붉은 기 도는 구름이 분홍색을 머금고, 다시 그게 자홍색이 되고, 어느 사이엔가는 보랏빛으로 번져서 결국 남빛 푸른색으로 뒤덮이는 것. 바다가 다시 하늘을 담고 주홍에서 분홍으로, 분홍에서 보랏빛으로, 그렇게 다시 어두컴컴한 청보랏빛 밤에 잠기고 마는, 그런 지역.

뷔올에서는 일찍이 사라진 풍경이었다. 근 몇백 년 동안은 푸른 하늘이 없었다. 연합국의 경우 사정이 조금 낫기는 했지만, 그런 맑은 하늘과 맑은 바다를 볼 수 있는 지역은 몇 없었다. 뷔올이 서부를 버리는 땅으로 채택하고 폐기물들을 일관되게 쏟아내기 시작했을 무렵, 연합국은 어차피 완전히 주도권을 쥐고 흔들 수 없는 기계 문명이라면 지나치게 집착하지 않기로 결정했다.

그렇게 연합국이 환경에 유의하며 조금씩 하늘을 수복해 갈 무렵, 뷔올과 연합국의 고위 인사들이 즐겨 찾는 지역이 연합국의 동해안 쪽에 생겨나기 시작했다. 대륙 전반적으로 동부보다는 서부가 좀 더 오염되어 있었기 때문에, 맑은 하늘을 볼 수 있는 몇 안 되는 동부 해안선의 마을들은 자연스럽게 그들의 숨 돌릴 곳, 놀이터, 나아가 유흥장이 되었다.

사실 세상을 오염시키는 것은 바로 그 자본가들이었다. 하지만 오염되지 않은 세상을 누릴 수 있는 사람들 역시 바로 그 자본가들뿐이었다. 자기밖에 모르는 자본가들의 이기적인 놀이터로 사용되기 시작한 이 땅에는 자연히 기형적인 산업 구조가 발달하기 시작했다. 노예 시장과 성 산업, 희귀 어종을 맛볼 수 있는 고급 식당과 대량 마법 자원이 필요한 바다 여행 같은 것.

때마침 연합국과 뷔올의 경계에는 유사인족과 반인들이 우글우글한 좁은 폐쇄 지역 므라우가 있었으므로 노예를 수급하기에도 적절했다. 상업의 터전이 마련되면 사람이 모이기 마련이었고, 자연히 이런 이름 없던 땅들에 비슷비슷한 구조를 지닌 마을들이 생겨나기 시작했다.

놀잇배가 뜰 수 있는 작은 항구를 끼고, 특수한 어종을 잡기 위한 종사자가 늘어나고, 약간의 식당과 다수의 숙박업을 겸하는 작은 마을들. 연합국의 동쪽 해안 근처에 생겨난 이런 무수히 많은 마을들 사이사이에 집창촌이 알처럼 배겨 있었고, 원하는 만큼 사람을 때리고 돈을 쥐어 줄 수 있는 일방적인 격투장 따위도 은밀히 성행했다. 인간을 물건처럼 다루기 위해 자연스럽게 생겨난 사업장들 옆에, 그 일에라도 매진해야 하는 사람들의 조그만 생활 터전이 점점이……. 조그맣게……. 바다 거품처럼 피어올랐다.

무수히 많은 이름 없는 마을들. 달아난 노예와 몰락한 귀족과 억울한 도망자들과 탈속적 소망을 갖고 도시를 떠난 이들이 자연스럽게 그 마을에 모여 들기 시작했다.

그리고 어느 날엔가, 이 구석의 작은 집창촌에서 도망친 반인 노예가 므라우에서 죽음을 맞이했다. 어디에도 기록되지 않은 죽음이었다.

본격적인 내전이 발발했을 때, 알렉시스 에슈마르크는 로디데리움으로부터 당신을 제대로 보호해 줄 수 없다는 통보를 들었다. 갑자기 일생에 한 번 볼까 말까 한 '기가 막힌 한 수'를 연달아 네 번이나 터트리며 상황을 극단적으로 반전시키기 시작한 이세레에게 헐레벌떡 쫓기기 시작할 무렵에야 튀어나온 통보였다. 알렉시스 에슈마르크가 보기에도 로디데리움에는 희망이 없어 보였다. 가끔은 난세이기 때문에 돋보일 수 있는 영웅도 있는 법이었고, 훗날 그가 생각하기에는 이 시기의 오델 에포닐이 바로 그랬다.

알렉시스 에슈마르크는 미련 없이 망명길에 올랐다. 로디데리움은 후일 어린 대공의 죽음에 대한 책임을 지는 것보다야 얼른 열세임을 알리고 알렉시스 에슈마르크를 돌려보내고 싶었던 모양이지만, 뷔올은 알렉시스 에슈마르크를 데려가려 하지 않았다. 전령도, 사신도 없이 반년이 지났다. 전전긍긍하는 로디데리움과 달리, 누구도 그를 맞이하러 올 리 없다는 사실을 알렉시스 에슈마르크 홀로 알고 있었다. 아무도 그를 부르지 않으리라는 사실 역시 알았다.

뷔올은 그냥 이곳에서 알렉시스 에슈마르크를 죽게 할 생각인 것이다. 알아서 살아남는다면 그것으로 다행이지만, 알아서 죽어 준다면 연합국을 통째로 삼켜 버릴 변명거리가 될 테니까.

로디데리움의 왕성에서 시시각각으로 좁혀져 오는 전선을 남의 일처럼 관망하던 어느 날, 볼모인 그와도 친구가 되고 싶다며 매일같이 찾아오다가 축객령만 듣고 떠나야 했던 어린 공주가 울면서 찾아왔다.

도, 도망가야 해요, 알렉시스 님. 바닥에 엎어져 엉엉 울며 말하는 이제 열 살 남짓한 꼬마 공주를 내려다보며, 그 위에 내려앉은 기만 어린 세계를 내려다보며. 도망치셔야 해요, 알렉시스 님.

눈물로 짓뭉개진 앳된 얼굴을 보며. 결국 알렉시스 에슈마르크는 도망치기로 했다. 자신을 위해서가 아니라, 자신을 위해 이 급박한 시기에 말까지 빼돌려 와 준 그 어린 공주의 순수한 다정함을 위해서.

그 무렵, 내전으로 시끌벅적한 연합국에서 오직 동부 해안만이 그나마 조용했다. 사실 이 동부 해안에는 실질적인 지배국이라 할 게 없었고, 내전의 승자가 누가 되든지 동부 해안의 산업은 계속해서 돈벌이가 되어 줄 터였다. 마치 암묵적인 약속이라도 한 것처럼, 동부 해안 지역만이 전란의 소용돌이 속에서 유달리 고요했다.

물론 전쟁의 상흔이 이 지역을 조금도 할퀴지 못한 것은 아니었다. 간간이 급박한 전선의 소식이 들려오기도 했다. 그래도 시뻘건 전장이 된 다른 지역들보다는 확실히 나았다. 많은 피난 귀족들과 멸망한 왕국 출신의 망명객들이 이 지역에 몰려들었다. 외부인의 유입이 많은 시기였다. 알렉시스 에슈마르크도 개중 한 명이었다.

그리고 아마, 그 마을에 살던 사람들은 '엘류이센 라이케'도 개중 한 명이라고 생각했을 것이다.

그렇게 그 땅에서 마주쳤다. 자신의 능력을 온전히 발휘할 생각도 그럴 이유도 없이 살아가고 있던 젊은 마법사와, 위대한 근원에서 태어난 마법과 물의 여신이. 동시대에 가장 위대했던 두 사람의 마법사가.

비로소 그 조우로부터, '붕괴의 날'이 비롯되었다.

15. 책과 활자와 세계

　꿈이라도 꾼 것 같은 기분이었다. 나는 눈을 뜨자마자 익숙하다면 익숙하고, 낯설다면 낯선 천장을 마주해야 했다. 옐레체니카 백작저의 천장이었다. 나는 죽었나? 가장 처음에 떠올린 생각이었다. 하지만 만일 내가 죽었다면, 이제 그만 본래의 나로 돌아가야 할 것이 아닌가?

　상체를 세우고 주변을 살펴보았다가, 이것이 꿈인지도 모른다는 가설을 떠올렸다. 가장 처음 이 방에서 이렇게 깨어났을 때도 비슷한 생각을 했던 것 같다. 일종의 데자뷔 같기도 했지만, 분명 이전과 다른 점은 있었다.

　늘 사람이 살던 곳이어서 정돈되어 있던 그 무렵과는 달리, 우리가 아네신트라 언덕 아래로 내려가는 바람에 저택은 점점 사람 손을 타지 않기 시작했다. 설상가상으로 그 후 우리가 이곳저곳을 떠돌기 시작하며 작정하고 방치되기까지 했다. 오랜 시간 사람이 지내지 않았던 탓에, 본 저택은 퍽 을씨년스러워 보였다. 방 안에는 주인의 잠자리를 지키는 집사조차 없다. 아무도 없는 저택에서, 나는 별안간 개연성도 없이 깨어났다.

테라스 바깥으로는 프랑스 궁전을 연상케 하는 화려한 정원이 있고, 고풍스러운 장식이 즐비한 거대한 방 안에는 혼자 쓰기엔 지나치게 큰 침대가 놓여 있다. 깊은 곳에는 뜨뜻한 물에 몸을 담글 수 있는 욕실도 붙어 있다. 그 풍경에 오직 사람만이 없었다.

나는 창백하고 하얀 두 손을 내려다보았다가, 양옆으로 흘러내린 물빛 푸른 머리칼을 일별했다가, 주섬주섬 자리에서 일어났다. 새하얀 잠옷이 하늘하늘 흔들렸다.

처음 이 세계에 들어왔을 때와 마찬가지로, 나는 거울을 봤다. 유리 옐레체니카가 거울 너머에서 나를 들여다보고 있었다.

이건 정말로 꿈일까? 나는 의식을 잃기 전까지 엘류이센 라이케와 나누었던 모든 대화를 떠올렸다. 어째서 그녀가 친절하게도 내게 모든 것을 설명해 주는지 이해하기 어려워서, 마지막 순간에 나는 그녀에게 그 이유를 물었다. 엘류이센 라이케는 친절하게 설명해 주는 태도와는 별개로, 대답하고 싶지 않은 질문에는 대답하지 않는 인간이었다. 알렉시스 에슈마르크의 화법이 어디에서 나왔는지도 알 만했다.

글쎄요, 유리.

엘류이센 라이케가 기억 너머에서 대답했다.

당신을 데리고 오기 전까지는 증명되지 않는 질문으로 가득했던 이 세상이, 당신을 데리고 옴으로써 온전히 증명되었어요. 어떻게 보면 당신이 있기에 느꼈던 회의지만, 당신을 통해서 해소할 수 있었던 셈이군요. 그러니 나도 당신에게 최소한의 성의는 표현해야 할 게 아닌가요. 당신이 좋아하는 방식대로 인간적으로 표현하길, '온정'이라고 해 두죠.

거울에 대고 있던 손가락 너머로 차가운 유리의 감촉이 느껴졌다. 그 너머에서 내게 손을 뻗은 유리 옐레체니카의 선홍색 눈동자가 물끄러미 나를 응시했다. 엘류이센 라이케는 내게 최후의 순간을 스스로 선택하라고 했다.

결국 모든 것을 그녀의 뜻대로 흘러가도록 둘 것인지, 아니면 스스로 자폭을 택해 이 세계에서 빠져나갈 것인지.

솔직히 말하면 고민할 이유가 없었다. 내가 스스로 몸을 터트려 이 세계에서 빠져나가면 될 일이었다. 언제나 그것만을 바라고 있었다. 어차피 이 세계에서 나가면 내게는 나 자신의 삶이 있으니, 이 세계에서 쌓아 올린 모든 관계가 무너지고 물거품이 되어도 나와는 상관이 없었다.

남는 자들이 어찌 되든 내가 알 바는 아니었다. 내 인생만 온전히 꾸릴 수 있다면 그것으로 족했다. 처음부터 끝까지 그렇게 바라고, 또 기대하며 살아왔다. 하지만 어째서란 말인가? 나는 그 순간에 망설이고 말았다. 엘류이센 라이케의 말을 듣고, 내가 선택할 수 있는 상황이 되었을 때.

엘류이센. 나는 이대로는 아무것도 두고 나갈 수 없어.

어째서? 엘류이센 라이케가 물었을 때 제대로 된 대답을 돌려줄 수 있는 것은 아니었다. 그저 나는 혼란스러웠다. 이렇게 엉망으로 망가진 관계를 고스란히 남겨 둔 채 떠날 수는 없다고 생각했다.

어째서? 대답하지 못한 채 입을 닫은 나를 앞에 두고, 엘류이센 라이케가 다시 물었다.

당신에게 이 세계는 단지 소설 속의 세계. 그저 그뿐에 불과하므로, 의미도 가치도 두지 않아도 괜찮을 텐데요.

그녀가 악마처럼 속삭였다.

누가 어떤 상처를 입었든지, 당신이 어떤 상처를 남겼든지, 당신이 무슨 행동을 했든지. 후회하지 말고 돌아서요. 유리. 어차피 외부 세계의 인간이던 당신이, 이 세계의 사소한 일희일비에 건건이 사로잡힌 채 살 이유는 없잖아요?

지극히 옳은 얘기였다. 그녀와의 대화를 다시 떠올리다가, 그 부분에 이르고 나서는 어쩔 수 없이 깊은 한숨을 내뱉으며 고개를 숙였다. 다시 생각해 봐도 폐부를 찌르는 말이었다. 그녀가 내게 그렇게 물었을 때는 더 이상 별다른 수가 없었다. 나는 결국 나 자신의 내면을 제대로 성찰하고 관조해야 했다.

엘류이센 라이케는 이 세계를 가치 없게 여기라고 말했다. 지금까지 그래 왔듯, 이후로도 쭉 그러면 된다고 말이다. 분명 그럴 터였다. 내게 있어 이 세계는 어디까지나 소설에 불과하고, 자유롭게 훨훨 털고 내 삶으로 돌아가면 그만이었다. 다른 소설들을 쓸 때 언제나 그랬듯이, 서사가 완성되고 완벽한 엔딩으로 온점을 찍었을 때, 그 세계의 완성에 기뻐하고 만족해 뒤도 돌아보지 않고 다른 글을 쓰고자 떠나면 되는 일이었다.

하지만 그럴 수 없는 것은 내가 결국 감정적으로 흔들렸기 때문이다. 한순간의 것에 마음을 뺏긴 탓이었다.

나는 어째서 레일리랑 얽히기만 하면 당황스러워졌고, 낯부끄러워졌고, 머릿속이 새하얘져 어쩔 줄을 모르게 되었을까? 사실 뻔한 일이었다. 이미 엘제바에 있을 때부터 깨닫고 회피해 오지 않았던가.

그렇다. 나는 일찌감치 그 '인간'을 상대로 사랑에 빠졌다. 레일리를 가상의 무언가로 대할 수 없게 된 것이다. 가상의 창조된 무언가, 온전한 활자로 대할 수 없어서, 그래서……. 그래서 회피하고 싶었던 것이다.

방법도 모르면서 달아나기 위해 애를 썼다.

빌어먹게도, 나는 레일리가 어디까지고 나를 따라와서 내 곁에 있기를 바라는 것이다. 그를 버려두고 쫓아올 수 없는 세계로 떠나려는 계획을 포기하지도 못하고.

그토록 모순되게도, 내 세계의 우선은 언제나 나 자신이었다.

그래서 나는 나 자신을 위해 레일리 크라하를 버리기로 몇 번이고 결정했다.

하지만 사실은 일찌감치 나 자신을 위해 레일리 크라하가 필요해졌음을, 비로소 인정할 수밖에 없게 되고야 만 것이다. 그래서 결론을 내리고도 계속해서 고민에 사로잡힌 채 지내야 했다. 어느 세계에서 살든지 마찬가지였다. 내게는 레일리 크라하가 필요했다.

언제나 개 같은 일은 복합적으로 일어난다. 각성과 깨달음도 그저 늦게 따라오기 마련이었다.

사랑 따위에 앞서서 여전히 내 우선순위는 나 자신이었고, 나는 그저 생리적인 공포에 사로잡혔다. 실상은 애정도 무엇도 아니었다. 단지 나 자신의 삶을 좀 더 행복하게 꾸리기 위한 수단에 불과했다. 가질 수 없다면 어쩔 수 없을 것이다. 하지만 가질 수 있다면 갖고 싶다. 딱 그 정도의 욕망이라고 봐야 한다.

세계 사이의 우선순위가 어떻게 되어 있는지는 엘류이센 라이케도 몰랐고, 결과적으로 나도 알 수 없었다. 하지만 만일 정말로 이 세계가 내가 쓴 소설 속의 세계에 불과하더라도, 그들이 직접적으로 세계 밖의 내게 영향을 미치고 나를 불러들인 순간부터 그들을 인간 아닌 무엇으로 취급할 수는 없다. 사실 그보다도 한참 앞서, 일찌감치 그 인간들을 내 삶에 인접한 타인으로 여길 수밖에 없게 되지 않았던가.

《세레나의 티타임》의 세계에서 마이어 후작은 국가에 해가 되는 유리 옐레체니카를 처리해야 한다는 결론에 닿았다. 그는 애셔에게 허락을 구하고,

애서는 흔쾌히 마이어 후작의 청을 받아들인다. 특수 분야인 마법에 혹시라도 잘못 손을 댔다가는 큰 문제가 생길지도 모르니 사전에 이리나 경의 동의와 자문을 얻어 일을 진행했다. 당사자와 밀접한 관계에 있던 알렉시스 에슈마르크만이 유리 옐레체니카 살해 논의에서 제외되었다.

결국 유리 옐레체니카는 그 자리에서 죽게 된다. 하지만 사실, 그녀는 자기 자신의 죽음을 짐작하고 있었다. 처음부터 자신의 죽음을 하나의 방아쇠로 사용할 작정이었다. 생명이 떠난 자신의 몸을 영원한 흐름으로 사용하여 샘의 유입을 막기 위해서였다.

그녀가 죽고 나면 마력을 조절해 북부로 밀어내 줄 인물이 사라진다. 잠자코 입구만을 막는다고 해서 내부에 이미 들어차 있는 마력들 사이에 큰 요동이 일어나지는 않는다. 그렇게 되면 대부분의 마력은 제대로 빠져 나가지 못한 채 기약 없이 세계에 고여 있게 될 것이다. 엘류이센 라이케가 그런 미래를 짐작하지 못했을 리는 없다. 하지만 그저, 그래도 상관 없다고 판단했으리라. 알렉시스 에슈마르크든 세레나 윌리엄스든 세계를 위한 조치를 취하고자 자신을 희생해 주리라는 점도 알고 있었을 것이다.

레일리 크라하든, 알렉시스 에슈마르크든, 세레나 윌리엄스든. 그녀가 선택한 체스말들은 단 한 가지, 공통점을 지니고 있다. 엘류이센 라이케에게 이용당하고 떠밀렸다는 사실을 알게 되더라도, 결국은 그렇게 살고야 말 사람들이었다.

레일리 크라하는 이미 시작된 반인 혁명을 개인의 억하심정 때문에 손에서 놓아 버릴 수 있는 인물이 아니었다. 그는 자신이 오명을 뒤집어 써도 좋으니 세계를 뒤집어엎을 인식 전환의 계기가 되어야 한다고 생각했다.

알렉시스 에슈마르크는 레일리 크라하가 모든 진실을 파악했음을 눈치채도 그에게 명분을 줄 수 없는 인물이었다. 그는 어찌 되었든 뷔올을 사랑했고, 사회가 무너지고 파괴되는 꼴을 가만히 두고 볼 만한 사람은 아니었다.

심지어는 마법이 사라지더라도 마찬가지다. 그 후의 세계를 책임지기 위해, 무엇을 희생시키든 자신만은 끝까지 남아 버려야 한다는 사실을 그 역시 결국은 알고 있을 테니까. 그러면 어떻게든 마지막 순간까지 버텨 제 책임을 다할 터였다.

세레나 윌리엄스는 평화를 사랑하는 선량한 사람이다. 후에 모든 진실을 알게 되더라도 그녀가 감히 돌이키거나 번복할 수 있는 일은 없었을 것이다. 그녀가 되돌리기엔 반인 혁명과 뷔올 연합군의 충돌이 너무 격심해진 뒤였을 터, 그녀가 할 수 있는 일은 세계 전반의 자립과 평화를 위해 자기 자신을 희생하는 일뿐이었다.

본래대로라면 그렇게, 레일리 크라하와 세레나 윌리엄스가 죽고, 알렉시스 에슈마르크가 사회를 정비해야 했다. 하지만 아마 모든 일이 엘류이센 라이케의 뜻대로 굴러가지는 않았을 것이다.

레일리 크라하는 엘류이센 라이케도 떠올리지 못한 발상에 다다랐다. '샘 밖의 신'을 끌어내려 이 세계의 존재 가치를 증명하자는 제안을 샘 너머의 평행 세계에 전한 것이다. 나를 끌어내림으로써, 그 '끌어내림'이 가능하다는 사실만으로도 그들의 세상을 증명할 수 있다고. 그러니 이 세계가 일찌감치 자립한 상태였음을 다른 누구도 아닌 내게, 동시에 그들 자신에게 증명하자고 말이다.

마찬가지로 알렉시스 에슈마르크도 엘류이센 라이케가 예상하지 못한 선택을 내렸을 것이다. 나는 《세레나의 티타임》이 어떻게 끝나는지는 알고 있다. 세레나 윌리엄스는 애셔의 곁에서 세계의 평안과 행복을 지키며 살아가게 된다. 역할이 뒤바뀌었다.

짐작건대, 알렉시스 에슈마르크가 세레나 윌리엄스 대신 자신이 죽기로 결정했으리라. 아마도 책임감 때문이었을 것이다. 내가 아는 알렉시스 에슈마르크는 그런 인간이었다.

세레나 윌리엄스 역시 엘류이센 라이케의 생각만큼 호락호락한 사람은 아니었다. 그녀는 어떤 일이 일어나도 꿋꿋이 자기 자신을 유지했다. 결과적으로 애셔의 곁에서, 엘류이센 라이케가 기대하지도 않은 '새 사회의 조율자' 역할을 톡톡히 해내게 된다. 애셔에게는 권력과 힘이 있고 세레나에게는 근원에 대한 지식과 미래를 바라보는 혜안, 다정한 마음이 있다. 그렇게 세계는 평화로워진다.

몬타뉴로부터도, 마력으로부터도 자유로운. 더없이 아름다운 시대가 찾아온다.

분기점조차 필요치 않았다. 모든 진실을 알게 됐을 때, 나는 그 모든 흐름을 눈에 선한 풍경처럼 그리고 떠올릴 수 있었다. 시나리오를 짜는 일은 어렵지 않았다. 자연스럽게 그들의 '엔딩'을 향해 갔을 흐름은 내 머릿속에 일찌감치 자리를 잡고 있었는지도 모른다. 사실 내가 주체적으로 그런 이야기를 구상했다기보다, 그들이 어떤 인물들인지를 이미 알게 되었기 때문에 눈앞에 그 미래를 선명히 그릴 수 있게 되었다고 해야 한다. 그 설계는 결국 내 손을 떠났지만, 단지 상상할 수 있게 되었다. 내가 비로소 그 '사람들'을 '알게' 되었기 때문에 말이다.

그래서 나는 유리 옐레체니카의 이야기를 그 자리에서 끝내기로, 그때에야 비로소 결정했다. 내가 나 자신의 생각을 일목요연하게 정리해 받아들였다고 해서 해결될 상황이 아님을 알았기 때문이다. 이제 와 다른 길을 모색하기엔 상황이 이미 너무 먼 곳까지 밀려와 버렸다는 사실을 그때에야 제대로 깨달았다.

더는 돌이킬 수 없는 지점까지 왔다. 내가 할 수 있는 일은 한 가지였다. 이 세계에서 무자비한 조율자 엘류이센 라이케를 없애고, 그녀와 함께 동귀어진하는 일. 그렇게 세계를 자유롭게 자립시키는 일. 오직 그뿐이었던 것이다.

앞서 《세레나의 티타임》의 세계에서 그들이 모두 그렇게 살아가다가 결론을 내렸듯이. 나 역시 그 자리에서 돌이킬 수 없는 일들의 마지막에 뒤따른 '내가 받아들여야만 할' 결말에 다다랐다.

나는 엘류이센 라이케의 권고대로 자폭을 하기로 결정했다. 하지만……. 기이한 일이었다.

나는 지금 살아 있는 건가? 하지만 만일 살아 있는 게 맞는다면, 어째서 나 자신의 본래의 몸이 아닌 유리 옐레체니카의 육신을 한 채, 옐레체니카 저택에서 눈을 떴단 말인가?

그런데 그 생각에 다다랐을 때, 갑자기 쨍그랑 소리가 들려왔다. 화들짝 놀라 고개를 돌리자, 문을 열고 들어오던 세레나가 귀신이라도 본 사람처럼 멍하니 나를 바라보고 있었다. 그녀의 발치에 떨어진 화병이 엉망으로 깨진 채 카펫을 흠뻑 적셨다.

그녀는 나보다도 더 놀란 듯했다. 댕그란 녹색 눈을 치뜬 채 나를 바라보던 세레나는 금세 울먹울먹 울상을 했다.

"깨어나셨군요!"

화병 물을 갈아 오다가 나를 보고 놀라 깨트린 모양이지만, 그깟 일에는 개의치 않은 세레나가 냅다 달려들었다. 나는 반사적으로 그녀를 붙잡고 포옹을 받아 주었다가, 뒤로 휘청거리던 몸을 겨우 제대로 세웠다. 달려들어 나를 꽉 끌어안았던 세레나가 재빨리 떨어졌다.

"이런, 내 정신 좀 봐. 일단은 황궁에 연락을 넣고, 드실 만한 걸 가져올게요!"

그녀가 쾌활하고 행복한 태도로 말했다.

"어, 어……."

나는 반사적으로 대답했다가, 세레나가 재빨리 뛰쳐나간 후에야 비틀비틀 거울 앞의 협탁을 짚고 섰다.

거울 안에서는 유리 옐레체니카가 나를 들여다보고 있었다.

유리 옐레체니카는 전신의 마력을 터트렸음에도 불구하고 죽지 않았나? 거기까지 생각하고 시선을 들었을 때, 비로소 뒤늦게 중요한 사실을 인식했다.

기계 장치의 형태를 띤 마력이 전혀 보이지 않았다. 활자로 가득 차 있던 세계도, 마법사의 어깨를 짓누르던 그 무게도 더는 존재하지 않았다.

마법 없는 세계였다. 나는 거울 너머의 선홍색 눈동자를 마주한 채 혼란에 사로잡혀야 했다.

* * *

세레나가 다시 돌아왔을 때는 나도 어느 정도 주변의 상황에 적응을 한 참이었다. 분명 세계에서 마력이 사라졌다. 삐걱삐걱 요동치며 사람을 거슬리게 하던 무게도, 그 기계적인 소음도 이제는 씻은 듯이 자취를 감추었다. 침대에 걸터앉아 주변을 둘러보던 나는, 세레나가 먼저 건넨 미음부터 받아들었다.

"어떻게 된 거야?"

그리고 내가 묻자, 눈을 동그랗게 떴던 세레나가 곤란한 표정을 지었다. 하지만 이내 어쩔 수 없다는 듯이 뺨을 문지르고는, 천천히 설명을 시작했다. 내가 인지하지 못하는 사이 일어난 일들에 대한 이야기였다.

그때, 가장 먼저 실험실에서 돌아 나온 사람은 마이어 후작이었다. 그는 알렉시스 에슈마르크의 시종으로 알려진 갈리아를 데리고 돌아왔다. 마이어 후작의 보고에 따르면 갈리아는 우측 동 깊숙한 곳의 작은 서재에 갇혀 있었다고 했다.

갈리아는 누군가에게서 공격을 받고 제압당한 듯 정신을 잃은 상태였다. 자연히 애셔는 그것이 레일리 크라하의 소행은 아닐지 조심스럽게 의문을 제기했다. 그런데 그런 의혹이 고위 관료들 사이에 오갈 무렵 레일리 크라하도 뒤따라 실험실을 빠져나왔다. 그는 상황 설명을 할 겨를 없이, 곧장 알렉시스 에슈마르크의 전언부터 옮겼다. 지금 당장 푸른 숲에서 철수해,

최대한 먼 곳으로 달아나라는 갑작스러운 경고였다.

당연하지만 레일리 크라하가 갑자기 그렇게 말을 전한다고 해서 대뜸 신뢰하기는 어려웠다. 일단 팔이 안으로 굽어야 할 애셔조차도 곧바로 설득되지 않고 미묘한 표정을 지었다. 더구나 연합국 측의 고위 관료들까지 있는 자리였으니, 자연스럽게 반발이 일어났다. 무슨 이유인지 들어나 보자는 말부터 시작해, 애초에 그게 알렉시스 에슈마르크의 전언은 맞는지에 대한 의문까지 의견이 분분했다.

모두가 어떻게 된 일인지를 묻고, 레일리 크라하의 책임을 논했다. 하지만 싸늘한 얼굴로 그들의 반발을 지켜보던 레일리 크라하는 가타부타 설명을 붙일 생각이 없어 보였다. 그는 그저, 지시받은 말은 확실히 전했으니 이제 마음대로 하라고 대답한 뒤 몸을 돌렸다. 그런 말을 전해 놓고 본인은 다시 실험실 안으로 들어가려는 듯했다. 그 모순된 태도에 당연히 반발도 거세졌다.

그때, 마법으로 만든 새가 실험실 안쪽에서 튀어나왔다. 명백하게도 알렉시스 에슈마르크의 전령이었다. 레일리 크라하가 이런 식으로 행동하리라는 사실을 짐작이라도 한 듯했다. 마법의 새는 알렉시스 에슈마르크의 목소리를 빌려 앞장서 상황을 설명했다.

유리 옐레체니카가 자기 자신의 인격을 분해해 절반은 육신에 남겨 두고 절반은 기계 몸에 옮기는 실험에 성공한 것 같다는 이야기에서 그 설명이 시작됐다. 모두가 지켜보던 유리 옐레체니카는 결국 육신에 남은 절반 쪽이었다. 궁극적으로 유리 옐레체니카는 이 절반짜리 인격을 이용해 자신의 육신을 푸른 숲까지 끌고 들어와 자폭시키려 한 것이다. 그녀는 그 자폭을 통해 세상을 뒤덮는 강대한 폭발을 일으키려는 생각이다.

이러한 알렉시스 에슈마르크의 추측까지 완전히 전했을 때, 애셔의 표정도 자연히 심각해졌다.

애셔가 더 자세한 설명을 요구하자, 육신 쪽은 기계 몸에 의해 붙잡혀 비밀 실험실로 끌려갔으며 그 공간은 단순 마력 장치가 아닌 특수 마공학 장치에 의해 보호받는 중이라 당장 진입하기는 어렵다는 설명이 뒤따랐다. 동급의 실력자인 에슈마르크 대공도 오랜 시간을 들여야만 간신히 잠금을 풀 수 있을 듯하다는 자신 없는 이야기도 붙었다.

그녀가 어째서 그런단 말입니까? 애셔가 물었지만, 알렉시스 에슈마르크는 자세한 설명을 붙이지 않았다. 그는 그저 잠깐 침묵하다가, 퍽 다정스러운 목소리로, 뒤늦게 대답했다.

애셔. 그 설명은 나중에 하마. 지금은 위험하니 일행을 데리고 먼 곳으로 피해 있으렴. 내가 마력 폭발을 막아 볼 생각이지만, 그 과정에서 나 역시 강대한 마력을 폭발시켜야 해 주변의 사람들이 걱정되는구나…….

"아마도 언제까지고 그 사연을 제대로 설명해 줄 생각은, 전혀 없으셨을 거예요."

세레나가 조심스럽게 자신의 추측을 읊었다.

"'나중'을 생각하지 않으면서 나중을 약속한다는 건 그런 거잖아요."

나는 세레나의 말에 동의했다. 그리고 거기까지 들은 이상, 알렉시스 에슈마르크가 무엇을 결심하고 실행하려 했는지도 어렵지 않게 짐작할 수 있었다. 여전히 유리 옐레체니카의 몸을 입은 채 살아 있는 나 자신도 다시 한번 살펴야 했다.

심장 어귀가 조금 둔탁하게 뛰었다. 나는 조금 참담해진 것인지도 모른다. 세레나는 계속해서 당시의 일을 설명하기 시작했다.

그리고 결국, 애셔는 알렉시스 에슈마르크의 청을 따라 일행을 물리기로 했다. 오래도록 알렉시스 에슈마르크와 친분을 이어 왔던 오델 에포닐 공작 역시 그에게 무슨 이유가 있으리라고 판단했는지, 애셔의 청을 받아들이고 함께 일행을 물려 최대한 빠르게 멀어지기 시작했다.

어머니는 마법병단과 함께, 푸른 숲 주변을 거대한 돔 형태의 결계로 감싸고 외부로의 충격 확산을 되도록 막아 주십시오.

알렉시스 에슈마르크가 마지막으로 부탁했다. 이리나 경은 어째서인지 걸음을 옮기기 전에 조금 망설이는 듯했다. 하지만 그녀에게는 책임이 있고 그녀는 그 책임을 아는 사람이었다. 결국 이리나 밀락테이트는 그대로 돌아서서 마법병단을 이끌고 애셔의 뒤를 따라 푸른 숲을 빠져나갔다.

끝까지 남아 있으려는 듯 전령을 물끄러미 노려보고 있던 레일리 크라하의 어깨에, 마법으로 만든 새가 사뿐히 내려앉았다. 그리고 순식간에 안개로 변해 사라지며 마지막 말을 남겼다.

레일리 크라하, 자네도 마찬가지야.

세레나가 생각하기에도 레일리 크라하가 순순히 그 지시를 들을 것 같지는 않았다. 그는 아니나 다를까 그 명령에 불응하려 했다. 하지만 알렉시스 에슈마르크는 그 반발을 단호하게 일축해 버렸다. 어떻게 부정할 수조차 없는 방식으로.

'나'는 '그녀'의 사고방식을 누구보다도 잘 알아. 좀 더 명확하게 말해야 할까? 이건 자네를 위한 배려 따위가 아니야. 살아 돌아올지도 모르는 유리 옐레체니카를 위한 안배는 더더욱 아니지. 그저 내게 자네 존재가 거슬리고, 지금부터 해야 할 일은 내게도 퍽 부담스러운 터라 자네 때문에 괜히 신경을 쓰고 싶지 않아. 부탁하건대, 방해하지 말고 꺼지게.

그 말을 듣고 레일리 크라하의 표정이 난잡하게 일그러졌다. 아주 격렬한 분개…… 같았다.

하지만 동시에, 도저히 그 감정을 종잡을 수 없는 표정이기도 했다.

정말이지 이상한 표정이었다. 울고 싶은지, 미친 듯이 웃고 싶은지. 그저 어느 쪽이든 더없이 끔찍한 것을 맞닥트린 사람 같았다. 모두가 레일리 크라하에게 더 자세한 설명을 묻고 싶었지만 차마 그러지 못할 정도였다.

세레나는 그런 식으로 살벌하게 말하는 알렉시스 에슈마르크는 처음 보았다고 조심스레 덧붙였다. 나도 알렉시스 에슈마르크가 난폭한 단어를 사용하는 모습을 본 일이 없다. 조금 입맛이 썼다.

그가 말한 '그녀'가 누구인지는 알고 있다. 나를 말한 것이 아니었다. 엘류이센 라이케를 말한 것이리라. 그리고 당연하게도, 그가 어떤 사고를 거쳐 어떤 결론을 내렸을지도 어렵지 않게 짐작해 냈다.

말과는 달리 레일리 크라하를 위한 배려이기도, 나를 위한 안배이기도 했을 것이다. 물론 부담스러운 일도 맞았을 것이다. 그가 시도한 작업은 결국 엘류이센 라이케와 전면전을 벌이는 일이었다. 곁에 살아 있는 누군가가 얼씬거려 봤자 그를 방해하기만 했을 테니, 어느 정도는 사실이었다. 하지만 그 선택의 기저에 무엇이 깔려 있었을지도 명백했다.

나는 괴로워졌다. 역시 그저 마음이 괴로웠다. 레일리 역시 나를 괴롭게 했다.

"그리고 각하께서 무슨 일을 하신 거야?"

내가 묻자, 세레나가 다시 난감한 표정을 지었다. 그녀가 담담히 대답했다.

"설명할 수 없는 풍경이었어요."

거대한 마력이 폭발하듯 터져 나오는 순간, 또 다른 거대한 마력의 돌풍이 새롭게 피어나 서로 충돌하며 푸른 숲을 집어삼켰다. 마법병단의 활약으로 그 폭발에 다른 국가들이 쓸려 가는 일만은 막았지만, 그것이 어찌나 강력한 마력장이었는지, 그 후로 대륙 곳곳에서 마법과 마력, 정령, 그리고 그 모든 기이한 주술의 요소들이 전부 사라져 버렸다. 초자연적인 능력을 부리던 반인들에게서도 능력이 사라졌다. 유사인족과 반인, 그리고 평범한 사람 사이에 남은 차이점은 신체적인 조건뿐이었다.

그리고 그 모든 것이 일순간에 사라져 가던 바로 그 순간, 세레나 윌리엄스는 처음이자 마지막으로 근원을 접했다. 얼기설기 엉킨 복잡한 장치들이 서서히 시야에 드러났다가, 휩쓸려 가며, 무너져 내리기 시작했다.

세계가 무너지고 있었다.

무너지는 세계를 지켜보며, 세레나 윌리엄스는 세계가 남기는 압도적인 무게를 느꼈다. 우왕좌왕하는 사람들 사이에서 자신과 마찬가지로 고개를 치켜든 채 목을 빼 들고 허공을 바라보는 사람이 오직 레일리 크라하뿐이라는 사실을 뒤늦게 깨달았다.

돌풍처럼 몰아치고 비산하는 마력 장치들 사이에서, 어느 순간엔가, 바닥 깊은 곳에서 갑작스럽게도 꽃이 피어나는 듯했다.

내내 하늘을 보다가 레일리 크라하를 살피며 시선을 아래로 던졌을 때 아주 어렴풋이 꽃이 피어나는 바닥을 보았다. 짐작건대, 그 자리에 있던 사람들 중에서는 오직 세레나 윌리엄스만이 그 풍경을 본 듯했다.

더없이 아름답고 웅장한 꽃밭이 지평을 가득 채우고 피어났다가, 금세 마력 장치들의 돌풍 사이로 자취를 감췄다. 꽃송이들은 점점이 세레나에게서 멀어져 갔다.

"아마도 그것이 마력이겠지요?"

세레나가 잠자코 물었다. 내게서 구체적인 대답을 요구하는 투의 질문은 아니었다. 스스로 이미 대답을 알고 있는 질문 같았다. 그저 곱씹듯이 한 번, 입에 담아 보는, 그런 종류의 질문 말이다.

"납득할 수밖에 없었지요. 늘 두려워했던 마력의 실체가 그렇게 무시무시한 기계였다니 말이에요."

말과는 달리 퍽 태연한 태도로 말한 세레나가 빙그레 웃어 보였다. 그야말로 꼿꼿이 세레나 윌리엄스를 유지한 얼굴로 말이다. 나는 그 산뜻한 낯을 마주 바라보며, 어쩔 길 없이 아주 기이한 감상을 느껴야만 했다.

어쨌든 그렇게 마법이 사라졌다. 마력 회로로 가동되던 오토마타들도 정지되어 버렸다. 그나마 살아남은 것은 오직 증기 압력과 태엽의 힘만으로 가동되던 구식 오토마타들뿐이었지만, 그것만으로 세계의 모든 일을 해결하기에는 무리가 있었다. 사람들은 이미 너무 편의에 길들여진 상태였다. 무엇이든 좋으니 새로운 원동력이 필요한 혼돈의 시대가 도래한 것이다.

기존의 모든 체계와 권위가 혼란스럽게 엉키고 있었다. 인력이 부족했다. 강인한 신체를 지니고 있는 반인들은 일반인과 모습은 달라도 마음은 같았다. 그들은 모두의 삶을 유지하기 위해 당장 조력의 손을 보탤 준비가 되어 있었다. 그렇게 유사인족들은 그 혼란을 계기로 어렵지 않게 사회에 섞여 들었다. 수요에 알맞은 공급은 오래전부터 준비되어 있었다. 세상은 빠르게 변화하기 시작했다.

"그러고는, 놀랍지요. 우리는 마법 없이 살아 본 적이 없는 사람들인데도 순식간에 새로운 대안들을 찾기 시작했답니다. 증기보다 강력한 열과 압력을 내 줄 연료를 찾겠다는 탐험가들이 나타났고, 자동 계산 톱니가 들어찬 오토마타들을 발전시켜 보다 정밀한 사고 회로를 짜겠다는 발명가들이 나타났으며, 그런 사고 회로만 개발할 수 있다면 진짜 의미의 인공 지능을 만들 수 있다는 학자들이 나타났어요."

세레나가 평온하게 정돈된 목소리로 말했다. 그녀는 늘 그랬듯 자기 자신의 중심을 고스란히 유지한 채, 지극히 당연한 일을 설명하듯 동요 한 점 없이 담담히 말을 이었다.

"가장 먼저, 므라우에서 발전시켰던 신소재와 화학 기술을 우선적으로 받아들이기로 했죠. 지금의 므라우를 주도하는 가라한이라는 사람이, 어딘가에서 소식을 들었다며 뷔올 황궁에 정식으로 교류를 제안했어요. 그는 더 이상 별다른 특수 능력을 지니지는 못했지만 그래도 여전히 므라우 반인들의 지도자라고 했어요. 그를 두고 '므라우답지 않'은 지도자라고 말한 사람들도 있었지만, 저는 다르게 생각해요. 아마도 그들만의 사정이 있었겠죠. 더불어 므라우 사회에서 고민해야 했던 그곳 나름의 문제들도 있었을 테니까요……. 어쨌든 뷔올의 입장에서는 어쩔 수 없이 그들의 제안을 받아들여야 했고요. 그리고 자연스럽게, 반목하던 사람들끼리 협력하는 일이 빈번해졌어요."

"'신소재'와 '화학'."

나는 괜히 그 표현을 곱씹었다. 지금까지 뷔올에서는 공학과 물리, 마법을 접목시킨 기계학만이 기형적으로 발전해 있었다. 약간의 전기 기술도 사용하고 있기는 했지만, 그마저도 지극히 마법에 의존적인 형태였다.

구 므라우 거주지나 엘제바 같은 소외된 지역에서는 그런 문명의 이기를 누리기 어렵기 때문에 특수한 물질을 만들어 사용해 왔다. 하지만 그런 화학 기반의 기술은, 그들의 입장에서는 어디까지나 대안에 불과했다. 문명과 자원으로부터 소외받은 자들이 살아남기 위해 떠올린 최후의 방편이었던 것이다. 말하자면 세상에서 외면받던 기술이다. 그리고 그 기술이 전면에 떠올랐다.

그 급작스럽고도, 하지만 마치 미리 예견되어 있었던 것 같기까지 한 변화를 단번에 들으며, 나 역시 당황하지 않을 수 없었다.

더군다나 세레나의 말은 거기에서 멈추지 않았다.

"그뿐만이 아니에요. 새 학문이 쏟아져 나오고 있답니다. 마티어스 에이미 씨가 유리 님과의 인연으로 새 아이디어를 떠올리게 되었다며, 사람의 신체와 발전을 주제로 연구를 시작했고요. 의학과는 조금 다른 방향으로 연구하시려는 모양이에요. 저는 잘 모르지만, 전하께서는 그것을 '생명학' 정도로 불러야 하지 않을까 생각하시더라고요."

내가 낯선 설명을 들으면서도 어렵지 않게 흐름을 이해하며 따라가고 있다는 사실을 눈치챘는지, 내 표정부터 살피던 세레나가 다정한 태도로 덧붙였다.

"우리는 마법 없이 살아 본 적이 없는 사람들인데도, 마치 마법 없는 시대가 언젠가는 오리라는 사실을 일찌감치 알았던 것처럼 빠르게 변화하고 적응하고 있어요."

그 말을 듣고, 혼란스러웠던 마음도 비로소 안정을 되찾았다. '그것'은, 말하자면 정말로 오래전부터 준비되어 온 변화였다.

엘류이센 라이케의 역할도 끝났지만, 예기치 못하게도 알렉시스 에슈마르크와, 레일리 크라하의 역할까지 온전히 끝나고 말았다. 이제는 더 이상 걸출한 개인이 초월적인 힘을 휘두르며 나설 필요도 없다. 이미 시작된 다수의 흐름이 알아서 세상을 바꿔 줄 것이다.

그리고 그런 변혁의 중추에는 뛰어난 두뇌를 지닌 전형적인 '인문학자' 애셔 아마르트 뷔올이 있을 터였다. 마법과 마공학이 의미를 잃은 시대였다. 사람의 가치를 중요히 여겨야 하고, 인간 사이에 귀천이 없음을 알 수밖에 없는 시대.

나는 그 변화가 무엇을 의미하는지 알고 있다. 세계의 체계가 붕괴되고, 새로운 체계가 만들어지는 혼란스럽고도 요란한 길목 위에 애셔와 세레나가 서 있었다. 엘류이센 라이케가 일찌감치 바라고 예견하던 변화였으며, 그 변화에 알맞게 뒤따른 적응과 발전의 시기였다.

나는 두어 번 입술을 달싹이다가, 꺼내려던 말을 그저 삼키고, 대신 다른 질문을 꺼냈다.

"알렉시스는?"

나도 모르게 캐릭터를 부를 때처럼, 혹은 정말로 그를 친근하게 부를 때처럼 튀어나간 호칭이었지만 세레나도 그 호칭에 퍽 마음을 쓰는 눈치는 아니었다. 그녀가 차분히 대답했다.

"피투성이가 된 유리 님을 품에 안아 들고, 폐허가 된 푸른 숲에서 홀로 걸어 나오셨답니다. 그리고 쓰러지셨어요. 빠르게 사라져 가는 마법의 마지막 힘을 긁어모아 가까스로 알렉시스 님의 상태를 살핀 이리나 경께서 말씀하시길, 몸 안의 모든 마력, 살아 있는 것이라면 누구나 지니는 생명의 근원을 소진해 버렸다고 해요. 그분이 그렇게 우시는 모습은 처음 보았어요. 사실, 외람된 말이지만…… 이리나 경께서 알렉시스 님의 비운에 그렇게 우시리라고는 생각해 본 적도 없었고요."

세레나가 정갈한 목소리로 차근차근 말하다가, 담담한 목소리로 덧붙였다.

"깨어나지 못하셨어요."

"그래."

나는 어렵지 않게 그녀의 말을 받아들였다. 이미 그 이야기를 짐작했던 사람처럼 말이다. 아니, 이미 짐작하고 있었던 것이 맞다. 사실 나는 일찌감치 심장 어귀에 묵직한 돌을 얹어 놓은 듯한 기분을 느끼고 있었다. 알렉시스 에슈마르크가 무슨 선택을 했는지 안다. 그 이유도 빠짐없이 알고 있다. 그 결과가 어땠는지도, 확실히 듣고 말았다.

그저 말없이 시선을 깔았다. 마음이 복잡했다.

"꽃이 핀 풍경을 보셨대요. 제가 잘못 본 건 아니었나 봐요."

내 반응을 살핀 세레나가 쓰게 웃으며 재빨리 덧붙였다. 내가 눈을 동그렇게 뜨든 말든, 그녀가 특유의 안정감 있고 온화한 목소리로 말을 이었다.

"쓰러지시기 전에, 그렇게 말씀하셨어요."

아아.

정신을 잃기 전에 먼저 나를 조심스럽게 내려놓고, 마지막 순간에, 알렉시스 에슈마르크가 희미하게 미소를 띤 채 중얼거렸다고, 세레나가 가냘 프고 다정하지만 힘 있는 목소리로 덧붙였다.

이 세계가 이토록 아름다웠나.

이 세계가 무언가에 의해 설계되었으며, 자신이 부속품에 지나지 않았을지도 모른다는 사실을 알고, 그 기계 세계의 본질을 잠깐이나마 보았을 텐데도 세레나는 평온해 보였다. 그녀는 이 세계의 누구보다도, 놀랄 만치 견고한 태도로 알렉시스 에슈마르크가 남긴 그 말을 읊은 후 얌전히 침묵했다.

알렉시스 에슈마르크의 마지막 말을 몇 번이고 곱씹다가, 나는 한참이 지나서야 뒤늦게 질문했다.

"그는 죽었어?"

"아뇨, 이상한 일이에요. 모든 이의 특수한 능력이 사라졌는데, 한 명만은 그러지 않았던 모양이죠. 그가 대공 각하를 살렸어요."

나를 물끄러미 바라보다가, 사뿐히 시선을 내리깐 세레나가 차분히 말했다.

"마지막 남은 초월자, '레일리 크라하'가."

* * *

레일리 크라하가 무슨 이유에서, 또 무슨 수로 알렉시스 에슈마르크의 생명을 붙들어 뒀는지는 알려지지 않았다고 한다. 애초에 마력 장치가 모두 휩쓸려 나가 이리나 경조차 어떤 조치도 취하지 못하는 상황이었는데, 마법과는 인연이 없었던 레일리 크라하가 뜬금없이 그를 회복시켰다는 점부터가 기이했다. 세레나는 조심스럽게 레일리 크라하의 마법적 재능을 물었지만, 나는 망설임조차 없이 고개를 저어 주었다.

단지 짐작건대, 이전의 마법과는 다른 무언가일 것이다.

사실 나도 완벽하게 확신할 수 있는 것은 아니었다. 그저, 따지고 보면 그에게 주어진 능력은 그야말로 이 세계의 기저에, 무엇보다도 중요한 가치로서 존재하던 힘이다. 어찌 보면 그야말로 전능한 능력을 손에 쥐게 된 것은 아닐까. 레일리 크라하가 죽지 않고도 거대한 두 힘이 충돌해 마력 장치가 사라진 세계에서, 그 아래에 깔려 있던 진짜 힘이 레일리 크라하를 뒷받침하고 있는지도 모른다.

어쨌든 레일리 크라하는 알렉시스 에슈마르크로 하여금 어떻게든 목숨만은 부지할 수 있도록 최소한의 조치를 취하고, 그대로 자취를 감췄다. 이 이야기를 들었을 때 나는 나도 모르게 싸늘한 표정을 감추지 못했다.

내 표정을 본 세레나는 본인만의 해석을 하는 모양이었지만, 내 마음은 그야말로 천 갈래 만 갈래로 찢어졌고.

찢어지기에 앞서 급격한 분노에 사로잡혔다.

"오라질 새끼가……."

"백작님, 깨어나자마자 욕설을 뱉으시면 일단 정신 건강에는 좋지 않을 것 같아요!"

세레나가 기겁하며 욕 대신 미음을 한 스푼 가득 퍼서 내 입에 넣어 주었다. 일단 미음을 벌컥벌컥 삼키며 다시 한번 곰곰이 곱씹어 봤지만, 아무리 생각해도 개 같은 기분이 아닐 수 없었다.

개자식이, 설명을 할 기회조차 주지 않고 자취를 감추는 게 말이나 되나? 나랑 그 꼴로 헤어져 놓고, 혼자서 자취를 감췄다고? 이게 염병 무슨 개소리란 말인가? 세상 어느 로맨스판타지의 사랑꾼이 썸 타던 상대에게 꼴도 보기 싫으니 앞으론 상종도 말자며 개 같은 인성질을 한 뒤 설명도 듣지 않고 홀로 사라져 버린단 말인가?

심지어 나마저도 내면의 목소리를 받아들이고 내가 어쩔 수 없이 사람 대 사람으로서 그를 필요로 한다는 사실을 인정하지 않았는가. 그런데 그러기가 무섭게 이 양아치 자식이 지금까지 있었던 모든 일을 마음대로 리셋하겠다고 혼자 떠나 버렸다, 이 얘기다. 심지어 나한테는 일언반구 언급조차 없이!

상황이 꼬이고 꼬여서 개판이 되었다지만, 아무리 그래도 사람 사이에 최소한의 예의는 지켜야 할 것이 아닌가? 정말 연을 끊고 싶었다면 하다

못해 확실한 고별의 말이라도 해야 할 게 아닌가? 한 줄짜리 문자로 이별을 통보하는 것도 아니고, 이게 대체 뭔 깔끔하지 못한 '결말 내기'란 말이냐? 레일리 크라하에게는 물론 최소한의 예의 같은 게 한순간도 없었지만, 좀 더 세련된 방식을 채택할 수는 없었단 말인가? 그 새끼는 정말로 세련이 뭔지 모른단 말인가?

이 상황에 마냥 애틋하기만 한 감정을 느낀다면 그건 사람이 아니라 보살이다. 그리고 나는 보살이 될 생각조차 없다. 하핫, 개자식, 양심적으로 최소한 내 손에 뒈질 각오는 해 두고 있겠지. 각오하지 않았더라도 네놈은 다시 만나면 내 손에 뒈질 것이다.

나는 레일리 크라하를 좋아하지만, 아무리 그래도 한 대는 쳐야 분이 풀릴 것 같았다. 그런 식으로 그 혼자서 판단한 뒤 내게 자신의 할 말만 일방적으로 쏟아 내고 직후 요란한 일이 터졌는데, 정작 내게는 어떤 말도 남기지 않고, 얼굴 한 번 보지 않고, 설명 한마디 기다리지 않은 채 사라져 버렸다고? 역시 아무리 생각해도 뷔올 놈들 성깔머리와는 상종을 하면 안 되는 일이었다.

하지만 레일리가 떠났든 아니든, 지금의 내 몸 상태로는 바로 추격할 수도 없었다. 어쨌든 나는 회복을 해야 했고, 적어도 그동안은 뷔올에 머물러야 했다. 그래서 세레나에게 좀 더 자세한 이야기부터 묻기로 했다.

결론부터 말했을 때, 의식을 잃은 채 푸른 숲에서 돌아온 나는 뷔올에서 치료를 받았다고 한다. 레일리 크라하는 떠났고 알렉시스 에슈마르크는 혼수상태에 빠졌다. 갈리아는 일찌감치 기절한 상태였으며, 마이어 후작은 애초에 아무것도 못 봤고 아무것도 모른다. 그러니 어느 쪽이든 푸른 숲 공방 안에서 무슨 일이 있었는지 사정 설명을 해 줄 수 있는 사람은 한 명도 남지 않은 상태였다.

이런저런 이유에서, 황제는 내게 설명을 듣고 싶어 했다. 그래서 흔쾌히 내 치료까지 도맡아 하게 된 것이다. 하지만 유리 옐레체니카가 희대의 깽판

맨이며 요주의 인물이라는 사실이 변하지는 않았기 때문에 아무나 붙여서 수발을 들게 할 수도 없었다. 그렇다고 해서 고작 수발을 들어 주기 위해 고위 귀족을 보낼 수는 없는 법이었다.

결국 유리 옐레체니카와 가까울뿐더러 능력은 좋지만 타고난 신분이 천미한 세레나를 내게 붙여 두었다. 애초에 타인을 들이고 싶지 않다며 꺼리는 기색이 강했던 옐레체니카 저택에 굳이 사람을 들여보내려 하니, 기왕이면 후환 없는 사람을 보내고 싶기도 했을 것이다. 내 심사가 비틀려도 세레나 하나만 버리면 그만이니 편하다는 이야기다. 하여간 황가 사람들 하나같이 인성 하고는. 알아줘야 한다.

황제가 그렇게 하라는데 애셔가 중간에서 훼방을 놓을 수도 없었으리라. 물론 애셔는 그렇다고 해서 내가 세레나에게 경을 치르게 하지는 않으리라고 생각했는지 어쩔 수 없다며 명을 받아들였다. 대신 그는 내게 보내는 편지를 한 통 작성해서는, 곧장 세레나에게 쥐여 주었다.

편지를 읽어 보지 않은 세레나는 무슨 일이 생겨도 전하께서 백작님의 편을 들어주시려는 모양이라며 좋아했지만, 나는 편지 봉투를 뜯기도 전부터 이 편지가 그런 내용을 담고 있지는 않으리라는 사실을 미리 짐작해 두었다. 애셔 아마르트 뷔올이, 세레나 윌리엄스를 상대로라면 몰라도 내게 그렇게 다정스레 굴 놈은 아니었다.

아니나 다를까, 괜히 깽판 놓지 마시고, 일단은 차근차근 사정을 설명해 드릴 테니 깨어나시면 곧바로 자신에게 연락을 달라는 편지였다. '하여간 황가 사람들 하나같이 인성 하고는'이라는 문장을 두 번째로 반복해서 사용해야 할 것 같다.

굳이 세레나에게 고자질을 하진 않았지만 편지를 읽자마자 못마땅히 편지를 구겨서 벽난로에 던져 넣었다. 세레나가 눈을 동그랗게 떴지만, 나는 애셔에게 개인적인 연락을 좀 넣어 달라는 말로 방금 전의 행동을 대충 묻어 버렸다.

"유리 님."

그 후로는 잠자코 레일리 크라하에 대한 온갖 욕을 들어 주기만 하던 세레나가, 한참이 지나서야 조심스럽게 운을 뗐다.

"크라하 씨를 찾으러 가시겠죠?"

"그래야지."

나는 망설임 없이 단번에 대답했다.

"일단 한 대 치고, 이번엔 내가 찾아갔으니 그 다음엔 네가 나를 찾아야 한다고 통보할 거야. 물론 그때까지 쌍방 우호적인 감정이 티끌만큼이라도 남아 있다면, 그때의 얘기겠지만……."

거기까지 말하다가 아주 조금 망설였다. 과연 내가 레일리 크라하를 찾아낸다고 해서 무언가가 달라질까? 나는 그에게 충분히 설명할 수 있을까? 또 회피하고 싶어지지 않을까? 레일리 크라하가 그 설명을 듣는다고 해서 그의 분노가 가라앉을까? 있었던 일이 사라지지는 않는다.

진실이 달라지는 것도 아니었다.

하지만 나는 그저, 이 세계를 빠져나가기 전에 그를 만나야 한다고 생각했다. 그가 다시 나를 쫓아오겠다고 하든지, 아니든지. 어떤 식으로든 내 여정을 마무리하기 위해서는 레일리를 만나야 한다고, 그렇게 생각했다. 나는 머쓱하게 머리를 긁적이며 말을 돌렸다.

"그래도 이전보다는 공평한 걸 요구하는 듯이 돼 버렸네. 그렇다고 해서 레일리 크라하 개자식을 한 대 치지 않을 거라는 얘긴 아니지만 말이지. 뭐, 그것도 상황이 따라 줘야 말이지만……. 그 새끼가 호락호락 맞을 리도 없고……."

내 대답을 들은 세레나가 그때에야 손끝을 만지작거리며 빙그레 미소를 지었다.

"그래서 크라하 씨와 다시 만나시면, 다신 뷔올에 돌아오지 않으실까요?"

이번 질문에는 조금 망설였다. 답을 정하지 못해서 망설인 것은 아니었다. 세레나에게서 그런 말을 들으니, 어쩐지 단번에 대답할 수 없는 기분이 됐다. 세레나는 처음부터 나를 퍽 좋아해 줬고, 어떤 모습도 긍정적으로 판단해 주곤 했다. 내게 전적으로 호의적이었던 그녀가 다음에 헤어지면 영영 마지막일지 묻고 있는 것이다. 알고 지낸 지는 1년 정도밖에 되지 않았지만, 괜히 마음이 불편했다.

나는 결국 미적지근하게 대답했다.

"아마도."

세레나에게는 충분한 대답이 된 모양이었다. 그녀가 씨익 웃어 보였다.

"그렇군요."

그리고 그녀는 더 이상 내가 앞으로 무엇을 할지 자세히 묻지는 않았다. 그저 앞으로 자신이 하려는 일이나 떠들기 시작했다.

"마법이 사라져서 과일 생산 라인에도 조금 차이가 생겼어요. '육종학'이라는 걸 마티어스 에이미 씨가 연구하실 예정이라는데, 그 도움을 조금 받아 볼까 해요."

"마티어스 에이미와 함께 연구를 할 거야?"

"마법을 조금이라도 다뤘던 사람이라면 무조건 지적 능력이 뛰어날 거라고 믿으시는지 아예 조수가 되라고도 제안해 주셨지만, 저는 뛰어난 분들과는 달리 운이 좋았던 경우니까요. 제대로 된 교육을 받지 못했는데 전문적인 공부를 따라잡을 수 있을지는, 솔직히 잘 모르겠어요. 농가를 이어 가는 일에 필요한 만큼은 공부해야겠지만요."

"그렇구나."

멀뚱히 대답했다가, 꾹 입을 닫았다가, 조금 눈치를 살폈다. 그리고 조심스럽게 질문했다.

"마법을 쓸 수 없게 되어서 아쉽지는 않아?"

사실 나는 세레나의 삶이야말로 《세레나의 티타임》과 가장 크게 달라졌다고 생각했다. 실제로도 그녀는 그 세계에서 손에 넣을 수 있었던 것을 가장 많이 놓친 인물이기도 했으니까. 물론 세레나는 그 세계에서 맞이해야 했을 불편한 진실과 고난들을 피할 수는 있게 됐다. 하지만 그것이 세레나 개인에게 긍정적인 일이 될지는, 솔직히 확신할 수 없었다.

짧은 기간 촉망받는 재능을 지닌 마법사로, 동시에 정령술사로 살았지만, 이르게 마법이 사라진 이 세계에서 그녀는 평범한 평민이었다. 당장 아직까지는 그럭저럭 대접을 받고 있지만 '마법'이라는 단어가 좀 더 무가치한 시대가 오면 금세 사람들의 기억 속에서 잊힐 것이다.

세레나 윌리엄스는 윌리엄스 농가의 혼기 놓친 첫째 딸이고, 수도 지부의 지배인이다. 과일에 대해서만큼은 박식하지만 특별한 지식을 지니지도, 능력을 갖추지도 못했다. 놀라운 사람들과 한동안 친분을 맺었지만 그녀는 얼마 지나지 않아 자신이 살던 곳으로 돌아가게 될 것이다.

지금은 세레나와 애셔가 오래도록 감정적 관계를 쌓지도 않은 상황이다. 애셔가 무슨 생각을 하고 있는지는 나도 알 수 없으니, 일단은 그것이 전부라고 봐야 했다. 어쩌면 이 나라에서 가장 명예로운 마법사, 가장 위대한 지도자, 그리고 누구보다도 영웅적인 군주의 자리에 오를 수도 있었을 운명의 소유자인데, 세레나 윌리엄스의 인생은 이 세계에서 너무 다른 궤도를 탔다.

그런데 내 질문을 듣고, 세레나는 전혀 아니라며 손사래를 쳤다.

"그냥 길고 아름다운 꿈을 꾼 기분이에요. 꿈이 아무리 행복했어도, 그 꿈에서 깨어났다고 해서 기분이 상하지는 않죠. 오히려 고단한 아침을 즐겁게 맞이하게 해 주는 원동력이 되지 않을까요?"

세레나가 특유의 유쾌한 태도로 대답했다.

"곧 따뜻한 계절이 오니, 고향의 과수원에서도 이전과는 다르더라도 새로운 열매를 얻을 거예요. 마법의 통제가 사라졌으니 어쩌면 다른 맛을 내겠지만, 분명 시큼하고 달콤할 거고요. 제 삶의 가능성도 마찬가지라고 생각해요, 저는. 맛있다고 해서 언제나 같은 맛의 과일만 먹을 수는 없으니까요. 모든 과일에는 저마다의 달콤한 맛이 있잖아요. 헤매다 보면 새로운 과일을 찾고, 키워 낼 수 있을지도 모르는 거고요. 삶에는 언제든 예측 못 할 모험이 기다리고 있는 법이죠."

그 말투가 어쩐지 묘했다. 세레나의 말을 곰곰이 곱씹다가, 나도 모르게 고개를 갸웃거렸다. 단순히 마법을 주제로 한 이야기 같지는 않았다. 애초에 그녀는 자신이 고향의 과수원을 직접 돌보게 될 것처럼 이야기하고 있었다.

"고향에 돌아갈 거야?"

"지금 당장은 고향에서 생산된 과일의 품질을 유지하며 수도까지 보낼 방법이 사라졌거든요."

세레나가 평온한 목소리로 대답했다. 지극히 당연한 이야기를 하는 듯한 태도였다.

"제 지난 1년은 정말로 소설 속의 이야기 같았죠? 하지만 그 전에도 그랬듯, 앞으로도 제 삶은 어쩌면 조금 소설 같을 거예요."

언제나 그랬듯이 어둠 한 점 없이 맑은 얼굴로, 그녀가 그릇을 정리하며 덧붙였다.

"어떤 형태의 삶에든 소설 같은 순간은 있는 법이니까요."

거기까지 말하고 나서 세레나가 화제를 전환했다.

"아무튼 떠나실 땐 떠나시더라도 저한테 인사는 해 주고 가셔요. 그리고 크라하 씨를 만나면 꼭 한 대 때려 주시고요. 저는 지금까지 두 분 얘기를 들을 때마다 대체로 크라하 씨의 편을 들었지만, 그래도 사귀다 말고 자취를 감추는 건 상식인이라면 하면 안 될 짓이죠!"

보란 듯이 주먹을 불끈 쥐어 보였던 세레나가 곧장 자리에서 일어나며 그릇들을 단번에 들어 올렸다. 내가 미움을 다 해치웠으니 바로 그릇을 정리하고 씻어 두려는 듯했다.

"그러려면 일단 건강해지셔야 하겠지만요! 그래도 그때까진 저도 수도 지점을 정리하며 이곳에 머무를 듯해 다행이에요."

"이런, 인사가 늦었네. 정신을 잃은 사이 돌봐 줘서 고마워. 앞으로도 당분간 신세를 지게 될 것 같아. 다시 한 번 잘 부탁해, 세레나."

재빨리 덧붙이자, 세레나가 이번에도 쾌활한 태도로 씨익 미소를 지어 보였다.

* * *

편지에서 약속한 대로, 애셔는 내가 깨어났다는 이야기를 듣자마자 나를 만나러 찾아왔다. 사실 대부분의 외상은 자체 회복력 덕분인지 레일리 덕분 인지는 몰라도 일찌감치 해결된 상태였고, 기력을 보충하고 어색한 근육에 적응하는 시간을 보내고 있을 무렵이었다.

"건강해 보이셔서 다행입니다."

특유의 챙 넓은 모자를 내려놓으며, 애셔가 산뜻하게 인사부터 건넸다. 애셔와 도란도란 안부를 나누며 그를 내 방까지 안내해 준 세레나는 자연 스럽게 다구까지 챙겨 주며 편히 이야기 나누시라는 살뜰한 인사를 건넸다. 바로 물러나려는 그녀를 굳이 붙잡지 않고, 우리는 둘 다 웃으며 세레나를 보내 주었다.

세레나 앞에서는 퍽 다정한 표정을 짓고 있었으면서, 그녀가 나가자 마자 애셔는 대뜸 달갑지 않은 본론부터 꺼냈다.

"폐하께서 여러 가지를 궁금해하고 계시다는 소식은, 이미 들으셨겠지 요?"

"얼굴 보자마자 할 소리가 그것뿐이세요?"

"물론 다른 이야기도 여러 가지 있지요. 마음이 급한 나머지, 그만 그 얘기부터 꺼냈습니다."

애셔가 부드럽게 웃으며 대답했다.

"하지만 역시 우선은 사적인 문제로 사죄부터 드려야 할 것 같군요."

"무슨 사과요?"

나는 눈을 동그랗게 뜨고 되물었다. 현재 뷔올과 영 껄끄러운 관계에 놓였고 마땅한 변명거리도 찾지 못한 상황이기는 했지만, 내가 굳이 애셔한테 사죄를 들을 이유 역시 없었다. 도무지 그 이유가 짐작이 가지 않았다. 솔직히 말했을 때, 사죄를 한다면 내가 유리 옐레체니카로서 세상에 사죄해야 한다. 그런데 대체 무슨 사적 문제로 애셔가 내게 사과를 한단 말인가?

고개를 갸우뚱 기울이는데, 애셔가 차분히 말했다.

"레일리 크라하를 붙잡을 수 없었습니다. 그의 목적도, 그 돌발 행동의 이유도, 차마 물을 수 있는 상황이 아니었으니까요."

"아아……. 그 문제라면, 뭐, 업보니까 괜찮습니다. 짐작하시는 그 문제 때문에 돌발 행동을 했던 거고, 그냥 사실을 알고 분개해 떠났을 뿐이에요."

"예, 그럴 거라고 짐작은 하고 있었지만……."

잠시 내 감정을 살피는 눈치였던 애셔가 쓰게 웃었다. 그는 어떤 위안의 말이나 걱정의 말을 뱉는 대신, 그저 화제를 다른 곳으로 돌려 주었다. 굳이 떠들어 봤자 내게 생산성 있는 대화를 남기지는 못하리라는 사실을 빠르게 짐작한 모양이었다.

"그리고 연달아 또 질문이 있습니다. 대체 푸른 숲 안에서 무슨 일이 있었던 겁니까?"

"그 전에 제가 한 가지만 여쭤볼게요. 그냥 말씀해 주시면 됩니다. 푸른 숲은 어떻게 된 거예요?"

의도치는 않았지만 내가 푸른 숲에서 빠져나와 뷔올에서 치료를 받는 바람에 엘류이센 라이케의 무한한 순환으로 '샘'을 막지 못한 채 마력을 쓸어내 버리게 됐다. 그러니 세계에 새롭게 유입되는 마력 흐름은 여전히 유지되고 있어야 하는데, 세상은 놀랄 만치 조용했다. 아직까지는 이전과 같은 활자 구조의 마력이 전혀 눈에 띄지 않고 있었다.

나는 그 상황에 의아함을 느꼈다. 물론 의아함을 느낀다고 해서 세레나에게 물을 수도 없는 일이었고, 묻는다고 해서 제대로 된 답변을 듣기도 어려울 것 같았다. 나 대신 추론해 줄 알렉시스 에슈마르크의 조력도 지금은 기대할 수 없다. 어쩔 수 없이, 그 후처리를 담당했을 고위 관료에게 직접 질문하고 그 답변을 기반 삼아 스스로 생각해 보는 수밖에는 없었다. 그리고 그 일을 맡았을 만한 인물은 응당 애셔 아마르트 뷔올뿐이다.

내 질문을 듣고, 애셔는 그럴 줄 알았다는 듯이 태연한 얼굴로 의자에 등을 기댔다. 그가 점잖게 대답했다.

"붕괴됐습니다."

긴 설명이 붙은 것도 아니었다. 그는 짧고 명료하게 설명했다.

"무언가에 짓눌리고 찌그러지는 듯했습니다. 안에서부터 불어온 돌풍에 식물들이 모조리 부러지고 쓸려 나갔다가, 어느 순간부턴가는 오히려 안으로 휩쓸려 들어가는 것처럼 보였습니다. 인력 같은 것일까요. 그 안에 너무 강대한 힘이 요동치고 있었기 때문에, 그곳으로 모든 힘이 휩쓸려 간 것 같기도 했습니다. 그 폭풍이 잠잠해졌을 때는, 이미 숲의 형체를 찾을 수가 없었지요. 흙과 나무의 잔해, 궤도를 잃고 범람한 물. 이미 그곳은 '숲'이 아닙니다."

그의 말을 듣고 곰곰이 생각에 빠졌던 나는 금세 인상을 썼다. 바깥으로 휩쓸려 나오는 힘은 이해가 돼도, 안쪽으로 빨려 들어가는 듯했다는 정체불명의 '인력'이 무엇이었는지는 도무지 이해하기가 어려웠다.

잠자코 생각하다가, 뒤늦게 북부 설원의 존재를 떠올렸다. 본래대로라면 그곳이 휩쓸려 나간 마력의 출구가 되었어야 한다. 예상치 못한 일이 발생하기는 했지만, 그 시도가 어느 정도 제 기능을 했다면 필시 설원 쪽에 이변이 생겼을 터였다.

"그럼, 북부는요?"

"마치 북부에도 이변이 있었으리라는 점을 짐작하셨다는 듯이 말씀하시는군요."

애셔가 떠보듯이 말하더니, 정작 내 대답도 듣기 전에 살갑게 웃으며 덧붙였다.

"그 후 며칠이고 폭풍이 일었습니다. 전 대륙에 걸친 일이었죠. 평소엔 멀쩡하던 다른 지역들마저 그 꼴이 됐으니, 당연히 북부는 다른 지역에 비해 더하면 더했지 덜하지는 않은 몸살을 앓아야 했습니다. 하지만 그러고 나서, 다른 곳의 폭풍이 잠잠해진 것과 달리, 북부 설산의 폭풍은 이전보다 더 거세졌지요. 아직도 그 상태입니다. 이젠 정말로 별장도 지을 수 없는 불모지입니다. 마법 없이는 들어가기조차 힘든 지역이었는데, 눈 폭풍도 이전보다 심해지고 이젠 마법도 없어졌으니까요."

"그렇군요……."

"그럼 다시 제 질문으로 돌아가도 될까요?"

다시 생각에 사로잡힐 뻔했던 나를 제지하며, 애셔가 정중하게 질문했다. 아차 싶었던 나도 재빨리 고개를 끄덕였다. 어차피 요즘은 침대에 누워서 하루를 보내다가 조금 걸어 보며 재활만 하고 있으니, 생각할 시간은 굳이 지금이 아니어도 충분할 것이다.

내 반응을 살핀 애셔가 감사의 제스처를 취하더니 차분히 덧붙였다.

"어떤 답변을 주시는지에 따라 제가 적당한 선에서 조정하고 가공해서 폐하께 대신 전달해 드릴 수도 있습니다. 물론 직접 제 형태로 전하기 곤란한 사정이 있을 때의 이야기고, 그런 이유가 없는 편이 응당 낫겠지만요."

퍽 온화한 목소리로 나온 말이었다. 그가 대놓고 내게 실드를 쳐 주겠다고 선언하리라고는 생각해 본 적이 없었다. 나는 이전보다 더더욱 당혹스러운 표정을 지을 수밖에 없었고, 애셔의 선해 보이는 얼굴을 수상히 여기며 들여다보다가 한숨을 푹 내쉬며 몸을 웅크렸다.

나는 고민하는 대신 직구로 질문을 던져 보았다.

"어째서죠?"

"아직 백작님께 전해지지 않았을 소식이 있습니다. 고위 귀족들 사이에만 퍼진 이야기니 세레나에게는 닿을 수 없는 정보였고, 그럴 수도 없게 해 두었으니 당연한 일이었겠지만요."

애셔가 태연히 말했다.

"폐하께서 본인의 뜻을 공공연히 밝히셨습니다."

"뜻……?"

얼빠진 목소리로 반문했다가, 몇 초 지나지 않아 인상을 썼다. 짐작 가는 부분이 있기는 했다. 하지만 이해가 되지는 않았다.

어째서 하필 이 타이밍에? 당사자가 눈을 뜨지도 못해, 아무 의미도 없는 이 시기에 왜 굳이 그런 이야기가 나와야 했단 말인가?

"알렉시스는 아직 깨어나지 못한 것이 아닙니까?"

"그렇기에 내비칠 수 있는 뜻이었던 것이죠."

애셔 아마르트 뷔올이 온유한 태도로 대답했다.

"한마디 말로 모든 것을 이룰 수 있는 상황입니다. 자식의 불운에 크게 상심한 이리나 밀락테이트 대마법사의 감정을 돌볼 수도 있고, 충분한 생색을 내기에도 좋습니다. 후에 숙부님께서 깨어나시면 씨앗을 만들기에도 좋지요. 하지만 동시에 책임은 회피할 수 있는 상황인 겁니다. 병상에 누운 숙부님을 보고 마음이 아파 흘리듯 던진 말에 불과하다고 언제든 무를 수 있는 수준이기 때문입니다. 하지만 군주의 말 한마디가 이러한 체제하에서 얼마나 중대한 무게를 지니고 있는지는, 백작님께서도 아시겠지요?"

"물론 압니다. 그래서요? 어떻게 되어 가고 있습니까? 또, 어떻게 하실 건데요?"

"바야흐로 혼란의 시기입니다. 어떤 의미에서든지요."

그런 말을 하는 것치고는 퍽 여상한 얼굴이었다. 세레나가 준비해 주고 간 찻잔을 들어 올리며, 애셔 황태자가 산뜻한 목소리로 말했다.

"숙부님께서 깨어나신다고 해서 굳이 제가 그분을 적대할 이유는 없다고 생각합니다. 그런 분이시고, 저도 그러고 싶지는 않으니까요. 하지만 웅성거릴 다른 사람들에게는 충분한 경계의 뜻을 밝혀 줄 필요가 있습니다. 그리고, 혹시 모를 그들의 반의를 드러내 봤자 무의미하리라는 사실을 미리 일러 줘야겠지요. 무엇이 필요할까요?"

"힘?"

"그리고 자본입니다."

언제나 그랬듯 그는 알아서 내 찻잔까지 친절하게 챙겨 주고 있었다. 애셔는 나를 위해 달콤한 홍차에 연유를 붓고, 천천히 젓기 시작했다.

"하지만 가장 좋은 방법은, 당신이 숙부님의 가장 절친한 아군이었다는 사실을 알리는 것이겠지요."

"예?"

"그리고 바로 그런 당신이, 제 사람이라고 드러내는 겁니다, 백작님. 그 일을 위해 제가 취할 수 있는 가장 빠른 방법이 바로 폐하와 맞서 당신을 보호하려 드는 것이고, 그때 백작님께서 순순히 제 호의를 받아들이시기만 하면 모든 논란은 종식됩니다."

나를 향해 검지를 슬며시 세웠던 애셔가 우선 내게 찻잔을 건넸다. 일단 찻잔부터 받아 들자, 그도 나를 지목했던 손가락을 빠르게 접고 깍지를 껴 무릎에 얹었다. 애셔 아마르트 뷔올이 보랏빛 눈동자를 다정스레 접으며 빙그레 웃어 보였다.

"물론 정말로 저를 열렬히 지지하실 필요는 없습니다. 어차피 곧 떠나려 하셨겠지요?"

분명 애셔에게는 내 뜻을 말한 적이 없다. 눈을 가늘게 뜬 내가 혀를 찼다.

"세레나에게 물으셨나요?"

"아뇨. 누구나 쉽게 짐작 가능한 일이니까요."

너나 쉽게 짐작 가능한 일이겠지…….

내 애석한 눈빛에도 불구하고 동요 한 점 없이 뻔뻔하게 웃기만 한 그가 부드럽게 덧붙였다.

"그리고 개인적으로도 푸른 숲에서 무슨 일이 있었는지는 궁금해하고 있습니다."

"어째서요?"

"무엇인지는 몰라도 심각한 일이 있었다는 것만은 압니다. 예전의 옐레체니카 백작님과 지금의 백작님이 완전히 다른 분이라는 설명은 숙부님께서 보내 주신 마지막 전령 마법으로 알게 되었습니다. 그리고 예전의 백작님이 무언가를 계획하셨다면, 어지간한 일은 아니었으리라는 사실 역시 짐작하고 있습니다. 두 분께서 깨어나시기를 기다리며, 도대체 무슨 일이 있었을지 생각해 봤습니다. 답이 나오지 않는 질문이었죠."

"결론을 내리고 제게 찾아오신 건가요?"

언제나 상상 그 이상의 인간이었으므로 혹시나 싶어 물어보았지만, 애셔는 제때에 제대로 된 답을 돌려주지는 않았다. 그는 그저 다른 이야기를 꺼냈다.

"마법이 사라졌어도, 기득권층의 삶은 이전과 크게 다를 것 없이 유지되고 있습니다. 세상의 모든 부와 자원, 인력이 부당할 정도로 한곳에 모이는 사회니까요. 이미 쌓인 자원이 떨어질 때까지, 부유와 풍요는 계속 이 자리에 머무를 겁니다."

이 나라에서 가장 많은 것을 손에 쥐고 태어난 인간이 여상한 얼굴로 고개를 기울이고, 담담히 선언했다.

"나는 한정된 자원을 이 비좁은 자리의 인간만이 누릴 수 있는 구조와 체제에 반대합니다."

더없이 침착하고 차분한 목소리로 말한 애셔 아마르트 뷔올이 다시 습관적으로 빙그레 웃어 보였다. 그 예기치 못한 말에 이어, 살짝 고개를 기울인 그가 조금 단어와 표현을 고르는 듯한 태도를 취했다.

"마법과 마법공학이 없는 시대를 대비하고, 특수한 자질을 지니지 못한 인간도 같은 가능성을 손에 넣을 수 있게 만들어야 한다고, 일찍이 백작님께는 제 뜻을 밝힌 적이 있는 것 같군요."

"예. 기억납니다."

순순히 대답하자 애셔 황태자가 쓰게 웃으며 손끝으로 의자 손잡이 위에 둥글게 원을 그렸다. 이번에도 잠시간 무언가를 고민해 보는 듯한 손짓이었다. 하지만 그는 오래 망설이지는 않았다. 금세 말이 이어졌다.

"때마침 숙부님과 백작님께서 묘한 일에 휘말리시고, 두 분으로 인한 '모종의 사건'이 일어나며 세상에서 마법이 사라졌습니다. 푸른 숲과 함께였지요. 너무 강력한 마력 폭풍으로 인해? 아뇨. 그렇게 간단하게 생각할 일은 아니지 않겠습니까?"

애셔 아마르트 뷔올이 웃는 얼굴로, 아무렇지도 않게 말했다.

"저처럼 생각한 인물이 또 한 명 있었고, 그 사람이 평범한 인간인 저와는 달리, 정말로 세상을 뒤흔들 수 있을 정도의 초월적인 능력을 지니고 있었다면?"

거기까지 설명한 뒤, 그는 오래 기다리지 않고 질문을 꺼냈다.

"지금의 혼란스럽고도 빠른 변화 말입니다, 백작님. 당신……. 그러니까, 백작님 이전의 '유리 옐레체니카'가 바란 일입니까?"

그 질문을 듣고, 나는 조금 고민했다. 애셔에게 진실을 말해 줄지, 말해 준다면 어디까지 말하면 좋을지를 여러 차례 고민해야 했다. 엘류이센 라이케가 사실은 무엇이었고, 이 세계가 어떻게 돌아가고 있었는지를 모조리 말해 줘야 할지를 다시 한번 논증했다.

그리고 결과적으로, 나는 애셔에게 군이 모든 사실을 이야기하지는 않기로 결정했다. 그에게는 무가치한 일이었다. 그러니 그에게 필요한 것을 주면 된다.

나는 차분히 대답했다.

"유리 옐레체니카는 이 세계가 마력에 종속된 채로는 어떤 형태로도 발전할 수 없다고 생각했어요."

다행히도 그는 그 말만으로도 충분한 대답을 얻은 모양이었다. 눈썹을 희미하게 꺾었던 애셔 황태자가 온화한 태도로 대답했다. 늘 그랬듯 더없이 안정감 있는 목소리였다.

"그랬군요."

"그래서…… 몇 가지 일을 꾸몄어요. 좀 다양한 일이었죠. 모든 것을 말씀드려 봤자 기쁜 일이 될 것 같지는 않아요."

"우선 말씀해 주실 수 있는 것만 말씀해 주십시오. 더 필요하다면, 그때 더 여쭤보겠습니다."

"그녀는 자신이 죽기를 바랐어요."

내 말을 듣고, 그때에야 애셔가 조금 동요한 듯이 표정을 무너뜨렸다. 그가 즉시 의문을 제기했다.

"어째서죠?"

"이 몸은 특수하거든요. 아시다시피, 돌연변이니까요."

"흠……."

"세상에는 마력이 시작되는 곳이 있고 끝나는 곳이 있었어요. 이 육신의 어긋난 마력 회로를 이용하면 시작되는 곳을 틀어막을 수 있거든요. 그럼 세상에 남은 마력만 끝으로 밀어내면 되는 일이니까요."

"'마력이 끝나는 곳'이라, 재밌네요. 북부 설원입니까?"

"네."

"하지만…… 백작님께서 무사히 뷔올로 귀환하셨는데도 마법이 사라지게 된 것을 보면, 분명 통제하지 못한 다른 요인이 있었다는 뜻이 되겠지요?"

"맞아요."

거기까지 듣고 나서, 애셔는 한동안 다른 말을 꺼내지 않은 채 자신만의 상념에 빠져들었다. 나도 굳이 그에게 말을 걸지는 않았다. 긴 설명은 아니었지만 그 짧은 대화만으로도 애셔에게는 충분한 납득의 근거가 제공된 모양이었다. 워낙 똑똑한 인간이니 그만의 방식으로 합리와 논리를 붙였을 것이다. 내가 괜한 말을 붙여 봤자 긁어 부스럼이 될 뿐이리라는 점도 모르지 않았다.

그에게는 생각할 시간이 필요해 보였고, 나는 그저 내 할 일이나 하면서 그에게 충분한 시간을 줬다.

한참이 지났을 때, 애셔가 언제나와 마찬가지로 살가운 미소를 만면에 머금은 채, 온화한 말씨로 입을 열었다.

"더 여쭤봐도 알려 주실 만한 것이 없으시겠군요."

"맞아요."

"솔직히 말씀해 주셔서 감사합니다. 폐하께는 제가 적당히 둘러대 두겠습니다."

"어떻게요?"

"글쎄요."

장난스럽게 눈가를 찡긋거린 애셔가 유쾌하게 대답했다.

"본래 푸른 숲의 은자가 지키던 '근원'과 '진리'란 언제든 폭발할 수 있는 민감한 마력 결정체였고, 이번 일식을 계기로 그것이 폭발했다는 변명은 어떠신가요? 조심성 없이 마력체를 건드린 집단의 책임자가 뷔올 제국의 황태자와 연합국의 에포닐 공작이었으니, 누구도 책임을 묻지 못할 겁니다. 에포닐 공작님께는 또 제가 나름대로 조치를 취해 두도록 하지요."

그럴싸하긴 한데, 솔직히 말하자면 그 정도 변명거리는 굳이 내 이야기를 듣지 않아도 만들 수 있었을 것만 같았다. 완전히 미리 준비해 둔 변명거리처럼 들렸다는 이야기다. 자연히 떨어진 '속았다'는 결론에 인상을 팍 쓰고 빈정거리는 표정을 짓자, 애셔가 너무 그러지는 말라는 듯 내 어깨를 가볍게 툭툭 두드리며 웃어 보이더니 자리에서 일어났다.

"회복하시면 바로 떠나실까요? 백작님께서 떠나시기 전에 숙부님도 깨어나 주시면 좋을 것 같은데요."

그가 부드럽게 말했다. 나는 한숨을 내쉬며 다시 침대에 파묻혔다. 애셔가 앞에 있든 말든, 충분히 손님에 대한 예의를 지켜 줬으니 더는 앉아 있을 생각이 없었다.

"저도 그러면 좋겠네요."

건성으로 대답하는데, 애셔가 돌연 진중한 태도로 나를 불렀다.

"백작님."

"예?"

갑작스러운 부름이었다. 나는 이미 모든 대화가 끝났다고 생각했고, 실제로도 열심히 고민해 봤지만 애셔가 나를 다시 부를 만한 이유를 파악하지는 못했다. 결국 이불에 파묻힌 채 흘긋 눈만 바깥으로 뺐다.

"유리 옐레체니카의 삶은 어쨌든, 예기치 못한 형태로라도 그 목적을 이루었습니다. 이제 남은 것은 마무리되지 않은 백작님의 삶과, 홀로 남겨진 당신뿐이지요."

퍽 다정스러운 얼굴로 나를 바라보던 애셔가 온건하지만 힘 있는 목소리에 실어, 어울리지 않게도 응원의 말을 속삭였다.

"당신은 어디로도 갈 수 있습니다. 무엇이든 할 수 있고요. 일이야 어찌되었든, 결국에는 제가 당신을 지지할 겁니다. 어디로든 가고 무엇이든 하십시오."

희미하게 웃은 그가 적지 않게 달콤한 태도로 덧붙였다.

"잃어버린 것을 찾으셔야 하니까요."

실제로 그것이 무엇에 대한 이야기인지는 어렵지 않게 파악했지만, 조금 다르게도 들리고 말았다. 늘 그랬듯 애셔는 말을 묘하게 하는 편이었고, 사람마다 그 해석을 달리할 수밖에 없는 여지를 남겨 두었기 때문에.

나는 그가 의도하지도 않았을 제2, 제3의 의미를 또 그만 그 말 속에서 스스로 건져 올리고 말았다.

"전하."

"예?"

슬슬 떠나기 위해 다시 모자를 쓰던 애셔가 순해 보이는 눈동자를 동그 랗게 뜨고 고개를 갸웃거렸다. 그 역시 내가 다시 자신을 부를 만한 이유를 파악하지는 못한 듯했다.

나는 그저 그를 물끄러미 바라보다가 잠자코 질문했다.

"앞으로 무엇을 하실 건가요?"

갑작스러운 질문이었을 테지만, 내 말을 듣고도 애셔는 크게 동요하는 일이 없었다. 그는 그저 산뜻하고 쾌활한 태도로 웃더니, 장난스럽게 대답 했다.

"지금부터 저는 백작님의 지지를 등에 업고 부와 권력, 지혜와 명망, 특수한 자질까지 두루 갖춘 대공 각하와 적대하는 미력한 황태자입니다. 하지만 사실 마법이 사라진 이상, 일찌감치 이런 시대를 머릿속에 그리 고 그 대비책을 준비해 오던 제가 주도권을 쥘 수밖에는 없습니다. 아바 마마께서 무엇을 하시든, 외람되지만 이미 지나간 흐름에 불과하지요. 애초에 숙부님은 뜻하지 않게 휘말리셨을 뿐 본래도 전혀 뜻이 없는 분 이시니, 눈을 뜨자마자 이런 나라는 싫다며 도망치지 않으시면 다행이겠 지만 말입니다. 나라가 원활히 돌아가기 위해서라도 갑자기 사라지면 곤 란한 분이니까요."

꽤 설득력이 있었다. 나도 모르게 고개를 끄덕이다가 미간을 문질렀다. 내 꼴을 본 애셔가 다시 기분 좋게 미소를 지었다.

"물론 더 이상 그분을 강제로 잡아 둘 생각은 없습니다. 하지만, 만일 그렇게 된다면, 괜찮다면 백작님께서 그분을 데려가 주셔도 감사할 것 같습니다. 혼자 지내는 삶보다는 누군가와 함께하는 여정이 나은 법이니까요. 우리 같은 태생들에게는 더더욱 그렇죠."

"아이고, 됐어요."

손사래를 치자 애셔도 마주 웃고는, 똑바로 썼던 모자챙을 붙잡고 각도를 조금 기울여서 가볍게 멋을 냈다.

"이곳은 대륙의 대부분을 손에 넣은 국가 뷔올의 심장부이고, 나는 그 뷔올의 하나뿐인 태자입니다. 정적은 오직 아버지뿐이며 시대는 내가 준비하던 대로 변화했으니, 새 시대의 주도권을 쥔 제가 누구에게 밀리고 뒤처질 수 있을까요? 저는 무엇이든 할 겁니다. 그리고, 얼마든지 그럴 수 있으며, 그래도 괜찮은 인물이 될 테고요."

그가 퍽 유쾌한 태도로 어깨를 으쓱해 보였다.

"하지만 사람 마음은 뜻대로 되지 않는 법이니, 이 곁을 지켜 주었으면 하는 사람을 쫓아 사막이든 설원이든 가야 하겠지요?"

예기치 못한 말이었다. 드러누워서 턱을 괸 채 그를 바라보던 내가 눈을 댕그랗게 뜨자, 애셔가 뺨을 조금 문지르고, 알아서 해석하라는 듯 뻔뻔하게 덧붙였다.

"과수원이든 농장이든 마찬가지겠지요. 말씀드린 대로 저는 무엇이든 할 수 있답니다."

말인즉……. 곰곰이 생각해 보던 내가 반사적으로 대답했다.

"설마요."

"그러게요."

말장난이라도 하듯 가볍게 대답한 그가 그저 의뭉스럽게 웃어 보이더니, 더 이상은 문답을 나누지 않고 정중히 고개를 숙여 보였다. 방금 전의 대화가 진심인지 아닌지는 구분하기 어려웠다.

"다음에 뵐 수 있을지도 모르겠지만, 뵙더라도 공적인 이야기밖에 못하겠군요. 백작님과의 대화는 언제나 그랬듯 이번에도 즐거웠습니다. 쾌유하세요.”

“네.”

나는 멀뚱히 대답했다가, 뒤늦게 인사를 덧붙였다.

“조심히 돌아가요.”

“한 나라의 황족에게 건넬 만한 배웅 인사는 아니네요, 백작님.”

마지막까지 복장을 긁고 나서, 애셔는 왔을 때와 마찬가지로 살갑게 인사를 건넨 뒤 돌아섰다. 그리고 그가 황궁으로 돌아가고 나서도 내내 침대에 파묻힌 채 뒹굴면서, 나는 괜히 엘류이센 라이케의 말을 떠올려야 했다.

‘이미 씨앗을 뿌린 이야기가 있는 한, 세계는 계속해서 유지될 수 있어요.’

“정말로 그래.”

나는 기운 없이 중얼거렸다.

‘이야기가 있는 한 세계는 계속해서 유지될 수 있답니다. 마찬가지로 세계가 있는 한 어디에서건 이야기는 시작되는 법이지요.’

기억 속에서 엘류이센 라이케가 속삭였다. “정말로 그래.” 나는 괜히 한 번 더 그 말을 반복해서 말해 보았다.

어떤 이유에서인지는 모르겠지만 활자로 이루어진 마력 장치의 유입이 멈췄다. 나는 아무 곳에서나 이 삶을 끝냄으로써 나 자신의 삶으로 돌아갈 수 있게 됐다. 입구는 사라졌지만 출구는 남았고, 두 세계가 이어질 가능성은 언제까지고 열려 있을 것이다.

나는 내가 쓰려던 소설 안에 끌려 들어오고 말았지만, 이제 이 세계의 이야기는 내 소설과는 다른 곳으로 움직이기 시작했다. 활자에 박혀 시작된 이야기지만 이제는 활자가 아니게 되었고, 책이었지만 이제는 하나의 온전한 세계였다.

마법도, 특수한 능력도 없이. 그들만의 역사가 시작될 것이고 또 새로운 미래를 향해 달려가기 시작할 것이다.

그러면 그것은 결국 내가 모르는 이야기가 되리라. 사실, 이미 일어난 모든 일들도 내가 경험하기 전까지는 내가 알지 못하는 이야기였다. 이 세계는 이미 그들의 세계였고, 뷔올 제국의 이야기는 제멋대로 삐걱삐걱 요란하게 굴러가고 있다. 조금 엉망진창이고, 조금 괴팍하고, 좀 지나치게 개 같은 성깔머리를 고스란히 드러내면서 말이다.

내가 만든 이야기가 이 세계의 가능성을 결정했고, 이 세계의 개개인이 행동하고 사고한 결과 세상이 변해 간 모습을 내가 새롭게 알게 되었다. 이제 내가 뷔올 제국의 이야기를 쓰게 된다면, 그건 내가 만든 이야기일까?

아니면, 이 세계에서 시작되어 내게 찾아온 그들의 이야기일까?

나는 손끝을 만지작거리다가, 길게 기지개를 켰다. 재활을 마치고, 단서를 되짚어 떠올리기 시작하고. 그러다가.

그 끝에 레일리를 만나면.

그러면 우리의 관계는 어떻게 될까?

"그나저나 정말로 황태자씩이나 되는 인간이 세레나 좀 꼬드겨 보겠다고 시골에 직접 찾아가 머무르며 과수원이나 농가의 일 같은 걸 배우려는 생각은 아니겠지."

별생각 없이 애셔의 말을 곱씹었다가 허허 웃었다.

"설마."

그리고 다시 피식 웃고 말았다.

"그러게."

아무튼 종잡을 수 없는 인간이었다. 나는 더 이상 그들의 미래를 짐작할 수 없게 되었다. 누구나 타인의 삶을 확신 섞어 예측할 수 없듯이.

언제나 그랬듯 세계가 삐걱삐걱 돌아가기 시작했다. 계산되지 않고 예측할 수 없는 방향으로, 시끌벅적하고 요란하게.

여름이 찾아왔다.
세상이 완연히 새로운 계절을 맞이하고, 밝은 색으로 옷을 갈아입었을 무렵이었다.

뷔올
Vie-Ol

기계 국가의 새하얀 성. 마법사와 발명가들이 만든, 인류의 한계를 아득히 뛰어넘은 하늘 제국의 강림. 어떤 시에서도 어떤 희곡에서도 그토록 찬란한 낮과 그토록 화려한 밤을 묘사하지는 못했으리라.

낮에는 화려한 옷을 입은 시인과 음악가들이 자랑처럼 자기 작품을 전시하는 도시였다. 뷔올 사람들은 예술을 사랑하고 운치를 알았으며, 실생활에 필요하지 않은 여흥과 기쁨을 위한 발명품들이 하루에도 수십, 수백 개씩 쏟아져 나오는 풍요로운 시대를 누리고 있었다. 멋들어진 장신구를 단 시민과 귀족들이 영화롭게 어울리고, 불 꺼진 밤에는 무수한 마법 풍등이 찬란히 흰 도시를 밝히는.

뷔올은 그야말로 인류 발전의 첨단에 선 땅이었다. 강철로 만든 배가 하늘을 떠다니고, 대광장 구석의 무대에서는 나풀나풀한 드레스와 정장을 입은 기계 소년소녀가 손을 맞잡은 채 멈추지 않는 춤을 추는 별세계였다. 아름다운 소년소녀의 모습을 한 기계인형들이 사람의 손을 잡고 이 부귀어린 도시를 빠짐없이 안내하곤 했다.

새하얀 타일이 오묘한 진주 코팅을 뒤집어쓴 채 반짝이는 거리, 낡은 배기관을 응용해 만든 비눗방울 분수, 태엽으로 만든 편리한 옷과 멋들어지게 나사를 박아 조인 가죽 승마복 같은 것이 번쩍번쩍 기이한 행렬처럼 도시를 가득 메웠다. 곤충의 형태를 본뜬 태엽 마차들이 사람을 뱉고 삼키고, 무엇이든 마법으로 자동화되어 무언가를 '입력'하면 그에 맞는 '출력값'을 볼 수 있는 편리한 땅에서, 이 압도적인 도시를 처음 본 사람은 저절로 촌뜨기가 되기 마련이었다. 뷔올이야말로 경전에 나온 젖과 꿀이 흐르는 구원받은 땅이라고, 아마 저명한 누군가는 말한 적이 있을 것이다.

계절마다 숱한 축제와 볼거리가 넘쳐나는, 신세계의 이상향 같은 도시. 호리병처럼 생긴 뷔올 성곽 안쪽에는 유난히 불룩 튀어나온 진정한 권력의 땅이 있었다.

호리병 위쪽의 작은 원형을 빼곡하게 채우듯 건설된 뷔올 황성은 '이음새'가 없는 성이었다. 무시무시한 마법 능력과 발명 자원들을 모조리 쏟아부어 제작된, 그야말로 영화로움의 상징 같은 건축물.

구름 위로 솟은 거대한 정화탑과 권력의 상징과도 같은 푸른 하늘을 짊어진 채, 꺼지지 않는 동력과 영광의 상징 뷔올 황성은 매일같이 막대한 양의 증기와 매연을 뿜어내며 세상 위에서 이 대륙을 굽어보았다. 그 거대한 하얀 성은 그 자체로 전능자의 거대한 별장처럼 보였으며, 이 새하얀 도시는 그 존재만으로도 뷔올의 막대한 권력과 따라잡을 수 없는 수준의 발전한 문화를 드러내고 있었다.

이 맑고 아름다운 도시야말로 어딘가를 짓밟고 어딘가를 버림으로써 생겨났다는 사실을 내심 모두가 알고 있었지만, 사실 그따위 진실은 그들에겐 그다지 중요한 것이 아니었다. 어쨌든 그들에게는 푸른 하늘이 돌아왔고, 공기는 과거에 비해—그리고 버려진 다른 땅들에 비해—압도적으로 깨끗했다. 도시가 아름답고 음식이 맛있고 예술이 넘쳐나는 이 땅을 제대로 누리지 않는다면, 그 사람이야말로 바보일 터라고 누구나 생각했다.

유리 옐레체니카가 자리를 잡고 뷔올의 공학이 급속도로 발전해 가면서는 하루에도 수만 개씩 발명품이 쏟아져 나오고, 개중 단지 재미만을 위한 발명품도 빠짐없이 수백 개씩 추가되었다. 사용되는 발명품만큼이나 버려지는 발명품도 많았지만, 그 폐기물을 걱정할 이유는 없었다. 쓰레기가 버려지는 땅은 따로 있었고 쓰레기는 쓰레기에 어울리는 지역으로 흘러가야만 했다. 어찌 되었든 그것은 뷔올에 버려지지 않을 터였고, 뷔올 안에서도 가장 맑은 하늘을 지닌 권력의 언덕 '아네신트라'에는 더더욱 반입조차 되지 않을 터였으므로.

누군가가 버려지고 있다는 사실을 버리는 사람은 알 필요가 없었다. 이 새하얀 성과 푸른 하늘을 누리기 위해 어딘가 새카맣게 녹아내리고 파괴되었으며 누군가가 독연과 폐수를 들이켜고 죽어 가고 있다는 사실 따위는, 처음부터 누리는 자의 문제는 아니었다.

뷔올은 하루가 다르게 완전해지고 있었다. 더 완전할 수 없을 것 같은 형상에서 매번 더 완전해졌다. 압도적으로 찬란하고, 반짝이는, 문명의 종착역에 닿은 듯한 도시.

바야흐로 이, 권력자들의 땅을 이야기하려 한다.

영화의 샘 중앙 광장

뷔올 중앙 대광장에는 수백 종의 유리 분수가 있다. 배배 꼬인 관은 그 자체로 하나의 조형적 장식물이 됐다. 그 관을 통해 증기 압력으로 물을 높은 곳까지 끌어 올리고, 사방을 향해 솟아난 꼭지로 그 물을 뿜어내는 게 그 유리 분수들의 기본 구조였다.

각각의 수도관은 크리스털로 만들어진 나팔처럼 영롱하게 반짝이고, 뿜어져 나온 물줄기는 군데군데에서 피어오르는 증기와 뒤섞여 아득한 조화나, 혹은 의도에 따라 부조화를 추구했다. 색을 입힌 유리관 안에 흐르는 물줄기는 색색으로 반짝이며 구불구불 뒤엉켰고, 쏟아지는 물방울은 증기에 뒤섞여 점점이 반짝이며 시민들의 시선을 잡아끌곤 했다.

다양한 공방에서 다양한 분수를 내놓았다. 대광장에는 매해의 경연 대회에서 순위권 안에 든 공방이 각각 한 점씩 랜드마크를 세워 둘 수 있었다. 몇 세대 전의 황제가 시행한 정책이었다. 분수는 가장 광장의 용도에도 어울리면서 시선을 잡아끌기도 쉬운 물품이었다. 대광장에서 더 많은 사람들의 시선을 잡아끈다는 것은 곧 더 확실하게 고객층을 유치한다는 뜻이었다. 공방들끼리 벌이는 선의의 경쟁에 불이 붙은 것도 얼마 지나지 않아서 자연스레 이루어진 일이었다.

어떤 공방에서는 춤추는 인형을 그 발치에 둥그렇게 깔아 놓고 음악이 흘러나오도록 했으며, 어떤 공방에서는 물줄기 대신 비눗방울을 뿜게 해 아이들의 시선을 잡아끌었다. 어떤 공방에서 인공적으로 무지개를 만들면 어떤 공방에서는 인공적으로 꽃을 피어나게 했다.

서로 뒤섞인 음악 소리는 금세 서로간의 조율을 거쳐 오케스트라의 것처럼 화음을 이루는 방향으로 발전했고, 한 공방의 분수에서 출발한 아가씨 인형은 다른 공방에서 마중 나온 신사 인형의 손을 잡고 무대 위로 올라가 사랑스러운 춤을 췄다. 향을 개발하는 공방과 손을 잡은 어느 공방에서는 분수가 내뿜은 쫀득한 거품을 터트리면 각각의 거품마다 서로 다른 향을 퍼트리도록 구상하기도 했다.

끊임없는 협연과 경쟁의 연속 아래에서, 어느 사이엔가 뷔올 대광장은 무수한 공방들의 거대한 경연장으로 변모했다. 시민들은 점점 더 화려한 볼거리를 원했고, 숱한 예술가들이 이 틈바구니로 뛰어들어 후원자를 찾으며 솜씨를 뽐내기 시작했다.

뷔올의 무수한 발명가 중에 그 대광장 경연의 '독보적'인 주인공 자리를 탐내지 않는 사람은 단둘밖에 없었다. 천재 대마법사 겸 발명가 에슈마르크 대공과, 전설적인 푸른 숲 공방주 유리 옐레체니카였다.

　사실 에슈마르크 대공과 유리 엘레체니카는 그런 '경쟁'에 뛰어들어 애꿎게 고생할 필요가 없었다. 그들은 군이 자기 자신을 홍보하지 않아도 세상 모두가 인정하는 최고의 공학자들이었다.

　십 대 시절부터 두각을 드러내며 자기 자리를 스스로 만들어 낸 황자 출신의 에슈마르크 대공이야 애초부터 물질적으로는 부족할 것이 없는 환경에서 태어났으므로 차치하더라도, 유리 엘레체니카의 솜씨는 너무나 압도적이었다. 세상 사람들이 그만그만한 발명품들 사이에서 어느 공방의 것을 사용할지 고민하고 있을 무렵, 유리 엘레체니카만이 홀로 몇 세대를 건너뛰어 수백 년을 앞서 나간 발명품들을 툭툭 내던져 놓곤 했다.

　뷔올에 필요한 대부분의 노동력을 담당하게 된 오토마타와 대륙 전역의 이동을 책임지게 된 무인 마차 같은 '압도적인' 발명품들은 하나도 빠짐없이 전부 유리 엘레체니카의 머릿속에서 나왔다. 십 대 중반에 돌연 세상에 나타난 이 천재 소녀는 만들어 내는 족족 사람들의 상상을 뛰어넘었고, 세상의 한계를 우습다는 듯이 짓밟아 더 높은 세계가 있음을 그 위대한 도약으로 알려 주곤 했다.

　개중 뷔올 시민을 너나 할 것 없이 '익숙해지게' 만든 물품은 대표적으로 두 가지였다. 유리 엘레체니카가 열일곱 살에 제안한 무인 마차와, 성인이 된 자기 자신에게 주는 선물이라며 들고 나온, 고철로 만든 자동인형 심부름꾼—즉, 오토마타.

　무인 마차는 사실 유리 엘레체니카가 제시하기 전에도 사용하던 물품이었다. 거대한 보일러와 복잡하게 꼬인 배기관, 증압 장치 등을 이용해 움직이는 마차였다. 하지만 사실상 이 마차는 완벽한 '무인' 마차는 아니었다. 출발하기 전에 목적지에 맞춰 계산한 증기량을 상정하고, 이에 딱 맞게 미리 자원을 채워 넣어야 했다. 목적지와 방위에 대한 축척 조절과 거리 입력도 필수적이었다. 중간에 외적인 요인으로 인해 조금이라도 길이 틀어지면 그 차이가 점점 더 커져, 결국 완전히 생뚱맞은 목적지에 도착하게 될 수도 있었으므로, 마부의 역할을 하는 사람이 한 명쯤 탑승해서 경로가 제대로 유지되고 있는 지를 계속해서 확인해 줘야 했다.

유리 옐레체니카는 앞선 모든 문제를 마차에 '마력석'을 박아 넣음으로써 한 번에 해결해 버렸다. 특정한 구조로 박힌 마력석은 그 자체로 마법의 기능을 했다. 그리고 이 마법은 사실 복잡하고 대단한 마법이 아닌 생활 마법에 가까운 것이었다. '입력값'에 따른 '출력값'을 정해 두는 식이었다. 그리고 이를 위해 뷔올 전역을 좌표계로 나누고, 출발지의 좌표와 목적지의 좌표만 '입력'하면 그 경로는 유리 옐레체니카가 미리 설계해 둔 '출력'값대로 움직이기만 하면 됐다.

중앙에 박힌 발산성 마법석으로부터 마력을 받아, 이 마력석들은 알아서 영구 기관처럼 작동했다. 중앙에 박힌 대형 마법석만 주기적으로 갈아 주면 누구나 진정한 의미에서의 '무인' 마차를 탈 수 있었다. 애초에 말이 끄는 것이 아니니, 유리 옐레체니카가 개발한 탈것은 사실상 이제 '마차'도 아니었다.

처음에 내놓은 모델은 거미의 모습을 본 딴 호박 마차 같은 탈것이었다. 마차의 몸체보다 높은 곳까지 꺾여 올라간 여덟 개의 다리는 마차를 안정적인 높이에 흔들리지 않게 지탱한 채 움직이기에 아주 적합했다. 몸체를 흔들리지 않게 하면서 다리만을 움직여 마차를 운행하기에 알맞은 구조였다. 통통한 호랑거미 같은 몸체는 마차가 멈추면 옆면의 강철 문을 그대로 바닥에 내려 발판을 만들고, 여덟 개의 다리가 그대로 주저앉듯이 내려가 사람이 타고내리기 좋은 높이에 맞춰 주었다. 보일러를 강판 안에 확실히 고정시켜 불의의 사고도 예방한 덕에, 마차는 수많은 다리를 통해 뚫어 낸 사방의 배기관에서 연기를 푹푹 뿜어내며 안전한 시범 운행에도 성공했다.

증기 기관의 원리를 이용한 압력 장치와 강철 문으로 만든 관절과 기타 세부 구조들은 그야말로 현란한 기술력을 뽐내고 있었지만, 그 생김새가 워낙 징그러웠다. 귀족들이 이 외관에 거부감을 보이자, 유리 옐레체니카는 어쩔 수 없다는 듯이 몇 개의 수정안을 내밀었다.

딱정벌레를 본뜬, 사마귀를 본뜬, 무당벌레를 본뜬, 연지벌레를 본뜬……. 당연하게도 거미가 징그러웠던 자들에게는 이런 디자인 역시 그다지 호응을 얻지 못했다. 유리 옐레체니카는 자연 속의 곤충들이야말로 '몸체가 흔들리지 않게 하며 당연스레 방향을 찾아가는' 본능을 누구보다도 잘 갖추고 있다 말하며 안타까워했지만, 결국 귀족들이 원하는 바에 최종 시안을 내놓아 주었다.

사람들이 기존에 알던 '마차'의 형태였다.

이후 꿀벌이나 잠자리를 본 딴 소형 비행선과 고래나 복어 등의 형태를 본뜬 비공정까지 출시되며 유리 옐레체니카의 미적 감각이 비난받을 무렵, 유리 옐레체니카가 자기 자신에게 주는 선물이라며 오토마타들을 들고 나왔다. 세상에 견줄 곳 없을 정도로 아름다운 외관을 지닌 소년소녀의 모습을 지닌 이 자동인형들은 마치 사람처럼 말하고 대화까지 나눌 수 있었다. 압도적으로 복잡한 '입력값'과 '출력값'의 구조를 설계해 시스템화시킨 결과물이었다. 자기 자신에게 줄 선물이라 대충 남아도는 고철로 만들었다고 했음에도 그 예술적 완성도는 도저히 다른 공방이 따라잡을 수 있는 수준이 아니었다. 결국 유리 옐레체니카는 할 수 있는데 하지 않는 사람이었을 뿐, 하지 못하는 사람이 아니었다.

누군가는 유리 옐레체니카가 '사람'이 설 자리를 뺏으려 한다고 비판하려 들었지만, 그 발명품들이 주는 편리함은 이루 말할 수 없는 것이었다. 이전의 세상으로 돌아갈 수 없게 만드는 무언가였다. 어쩌면 위대한 재능과 문명 역시 일종의 마약 같은 것일지도 모른다고, 세상을 떠난 위대한 노시인 루비타의 말대로였을지도 모른다.

유리 옐레체니카를 누린 세상은 유리 옐레체니카를 누리지 않은 세상으로는 돌아갈 수 없게 되었다.

실제로도 유리 엘레체니카를 손에 넣은 뷔올은 이전의 뷔올과 달랐다. 어두컴컴한 매연과 목이 매캐한 증기에 뒤덮인 채 살던 뷔올 시민들은 유리 엘레체니카가 등장한 뒤 획기적인 삶의 질을 얻어야 했다.

유리 엘레체니카가 만든 비공정이 뿌옇고 매캐한 하늘을 가르고 날아다니기 시작할 무렵 대기 오염에 대한 책임을 그녀에게 물어야 한다는 이야기가 나오기 시작했다. 그런데 그러자, 세상 어디에도 휩쓸리는 일이 없던 이 어린 천재는 단숨에 기이한 것을 다시 설계해 나왔다.

근방의 공기를 정화해서 다시 뿜어낼 수 있는 혁신적인 정화탑이었다. 뷔올 중앙에 정화조를 설치하고 적절한 맹지를 하나 찾아냈다. 유리 엘레체니카가 선택한 맹지는 가파른 절벽 위의 고성처럼 수도 옆에 버티고 있는 높다란 언덕이었다.

본래 도저히 주거 구역으로 사용될 수 없을 것 같았던 이곳은 비공정의 개발로 비로소 개척되었다. 수도 바로 옆의 미개척지가 열리니, 그 주인이 누가 될지도 뻔한 일이었다.

이 언덕은 유리 엘레체니카의 손에 의해 고위 귀족들과 위대한 자본가들만의 주거 구역으로 재설계되었고, '아네신트라'는 비로소 뷔올에서 가장 맑은 공기를 가지게 됐다. 언덕 안쪽에 정화탑의 배기관을 매립해 아네신트라 위쪽에서부터 정화된 공기가 뿜어져 나오게 한 것이다. 제국민들은 모두 이 놀라운 재능과 신의 경지에 다다른 솜씨를 향해 경탄을 아끼지 않았다. 하지만 사실 모두가 알고 있었다. 정화탑은 환경오염 자체를 없었던 일로 만들 수 있는 탑은 아니었다.

정화탑을 가동시키는 거대한 마력의 움직임과 막대한 양의 나무 자원은 빠르게 뷔올 서부를 황폐화시켰다. 끊임없이 쏟아져 나오는 마력 찌꺼기는 밋밋하게 벌목된 서부의 황야 위로 다시 흩뿌려졌다. 무시무시한 목재 소비량을 해결하기 위해, 자원으로 사용할 나무들을 전문적으로 키우는 마법 온실도 여럿 들어섰다. 그 찌꺼기는 또 죄다 서부로 흘렀다.

사실 이 정화탑이라는 것은 기만과 부패 그 자체이기도 했다. 결국 이만한 자원 소비량을 감당하면서 여러 개체를 지을 수 있는 구조물이 아니었다.

유리 옐레체니카는 어차피 어딘가에 설치할 거라면 대륙 전역에 설치해 단번에 통제하는 편이 자원 소비량의 조절 측면에서도 낫지 않겠느냐는 입장이었지만, 그건 유리 옐레체니카 본인도 대마법사이기 때문에 할 수 있는 소리였다. 정화탑의 정기적인 정비에는 알렉시스 에슈마르크나 유리 옐레체니카, 혹은 그 비슷한 수준의 대마법사가 나서야 했다. 이리나 밀락테이트까지 셈한다고 쳐도 드넓은 뷔올 제국에 오직 세 사람뿐이었다. 그만한 인력을 정화탑 정비 따위에 주기적으로 굴릴 수는 없다. 결국 정화탑은 뷔올 수도에만 건설되고 끝났다.

하지만 그것만으로도 권력 계급의 삶은 확실히 한결 나아졌다. 사람들은 이전보다 높아진 삶의 질을 누리며 그것이 바로 행복이고 발전이라는 사실에 즐거워했다. 뷔올의 공기도 한결 맑아졌지만, 특히나 죄 지은 자들의 부유한 터전, 아네신트라 위에서만큼은 별도 볼 수 있고 맑은 공기도 삼킬 수 있게 되었기 때문에.

다시 말하자면 뷔올 지배 계층의 시각에서 세상이란 결국 문명의 첨단 뷔올 수도와 황성, 그리고 아네신트라 언덕뿐이었다.

발명가들의 언덕 아네신트라
ANESINTERRA

진정한 죄인, 영리한 얼간이들의 땅

뷔올이 시작될 무렵 황도를 지켜 주는 절벽 계곡이었던 이름 없는 언덕은, 국가가 발전해 갈수록 애물단지가 되었다. 그 위에 기어오르는 일이 어려우니 주거 지역으로 쓸 수도 없었고, 이 위에 상점을 세울 수도 없었다. 지대가 높다 보니 이 언덕 위에는 공장을 세우지도 못했다. 공장의 배출물이 죄다 수도로 쏟아질 게 뻔했던 탓이다.

수도는 발전해 가는데 수도 바로 옆의 거대한 계곡을 사용할 수 없으니 점점 더 이 언덕을 밀어서 새로운 평야를 확보해야 한다는 등의 주장이 생겨나기 시작했다. 하지만 그런 일에 필요한 무시무시한 자본을 누가 감당할 수 있었겠는가. 적어도 뷔올 황실은 책임지고 싶지 않아 했다. 그렇게 뷔올의 역사가 아네신트라 언덕과 함께 굴러온 지도 비로소 이천 년. 희대의 천재가 나타나 말했다.

그 언덕을 못 쓸 이유가 무엇이겠냐고.

이윽고 유리 엘레체니카는 무인 마차를 내놓은 뒤 일 년가량 아무런 결과물 없이 침묵하다가, 별안간 세기의 발명품을 들고 나왔다. 무인 마차의 놀라운 '무인' 시스템을 그대로 적용한, 하늘을 나는 강철 배였다.

단거리를 이동하기에 적합한 소형 비공정이 무사히 개발되자, 이 애물단지 언덕을 오르내리는 일도 이전만큼 부담스럽지는 않아졌다. 대기 오염을 우려하면서 나온 목소리까지 정화탑 건설로 한 방에 해결한 유리 엘레체니카가 귀족들에게 이 애물단지 언덕으로 오르는 문을 확실히 열어 주었다. 아주 간단했다. 언덕 위에 비공정 선착장을 하나만 지으면, 그 위로 얼마든지 물자를 실어 나를 수 있게 됐다.

뷔올에서 가장 영향력 있고 가장 부유한 자들이 경쟁적으로 언덕에 몰려들기 시작했다. 낮에는 태양을 보고 밤에는 별을 볼 수 있는 몇 안 되는 지역은 단연 고위 계층의 소유가 되어야 한다고 믿는 이들이 득달같이 달려들었다. 비공정의 소유자다 보니 가장 먼저 어려움 없이 언덕 위에 저택을 지은 유리 엘레체니카와 달리, 다른 귀족들은 앞 다투어 이 언덕 위의 땅을 매입하기 위해 애를 썼다. 언덕 위의 땅값은 기하급수적으로 높아졌다. 이 언덕에 '아네신트라'라는 구체적인 이름이 붙은 것도 이 무렵의 일이었다.

유리 엘레체니카를 중심으로 해, 각지에서 몰려든 내로라하는 발명가들도 아네신트라 언덕 위에 자리를 잡았다. 부유 계급에게 물건을 팔고 싶은 이들은 다른 어떤 지역보다도 아네신트라의 상권을 손에 쥐고 싶어 했다.

결국 이 언덕이야말로 진정한 죄인들을 가둬 두는 거만한 탑이 아닐지 이야기하는 목소리가 나온 것도 그 시기의 일이다. 사실 뷔올 제국을 굴러가게 하는 이 압도적인 발명들은 하나같이 결국 어딘가를 병들게 하는 발명이었다. 근본적으로 지속 불가능한 개발만이 끊임없이 이어졌다.

세상에서 가장 영리하지만 세상에서 가장 어리석은 발명가들은 무소불위의 권력을 지닌 채 압도적인 위상을 차지해 나가고 있었고, 세상 어딘가는 그들의 '포기'에 의해 뷔올 대신 병들어 가기 시작했다.

그 최초의 시범 운영 날, 알렉시스 에슈마르크가 개발한 강화 합금으로 그 몸체의 대부분을 덮어 최대한 경량화한 금속덩이가 매끄럽게 하늘을 유영했다. 가장 처음 내놓은 최초의 비공정은 고래의 몸뚱이를 닮은 거대한 함선 같은 것이었다.

유연하게 잘 휠 수 있도록 개량된 미세 크리스털을 지느러미처럼 두세 겹 겹쳐 붙이고, 호화롭게 반짝이는 유리로 고래의 배 전면을 덮었다. 고래의 등은 결국 하나의 거대한 열기구였으며, 무수히 돌아가는 프로펠러가 그 아래에 미세한 비눗방울처럼 퍼져서 함께 하늘을 유영했다. 고래는 언제나 증기의 파도를 몰고 다녔다. 하늘을 날 수 있는 것은 일부 특출한 마법사밖에 없었던 시대에, 그 압도적인 모습은 꼭 하늘의 절대자처럼 보였다.

시범 운영에 탑승했던 사람들은 그 압도적인 경험을 두고 '환상적'이었다고 평했다. 무인 시스템이 갖춰져 있다고는 하지만 이만한 크기의 범선이 추락했다가는 뒷감당이 어렵기 때문에 전문 교육을 이수한 선장과 선원들도 필요해졌다. 순식간에 수백 개의 일자리를 창출한 천재 소녀, 하지만 이 정도 수준에 만족하지 못했다.

사실 이 최초의 비공정은 단거리 운행에 적합한 모델은 아니었다. 고래 모양의 범선은 대륙간 이동을 할 때 쓰면 딱 알맞을 법한 규모를 지니고 있었고, 한 번의 운행에 필요한 자원의 양도 막대했다. 그렇다면 사이즈를 줄여볼까? 유리 엘레체니카의 두 번째 비공정 개발은 지극히 간단한 착안에서 시작되었다.

동그랗고 포동포동한 복어 모양의 비공정이 출시된 것이다. 지극히 뻔하게도, 가까운 거리를 이동하기 위한, 유사시에 무인 시스템만으로도 운항할 수 있는, 조금 자본이 덜 들어가는 소형 모델이었다. 복어의 배에 해당하는 부분에는 몇 겹에 걸친 특수 은이 소라 껍데기처럼 겹겹이 붙어 태양을 새하얗게 반사했고, 몸의 점박이를 표현하듯 빼곡하게 박힌 오색

크리스털은 밖에서 보면 찬란히 빛나는 장식이었지만 안에서 내다보면 발 아래의 거리를 둘러볼 수 있는 창이었다. 배에 붙은 점처럼 무수히 달린 프로펠러들이 수천 개의 태엽 물레를 뱅글뱅글 감으며 아래와 뒤로 막대한 양의 증기를 뿜어내면 복어가 거품을 일으키며 하늘 위를 헤엄치는 것처럼 보였다.

그리고 이 무렵, 유리 옐레체니카의 미적 감각에 대한 의문이 제기됐다. 하지만 유리 옐레체니카의 신념은 확고했다. 몸체 부분이 흔들리지 않게 하면서 최단 거리를 단기 주파하기 위해서는 단연 곤충의 형상이어야 했고, 무사히 하늘의 저항을 가르며 날아가기 위해서는 당연하게도 어류의 형상을 본뜬 유선형이어야 했다.

얼마 지나지 않아 비공정 운영권을 넘겨받은 황제는 귀족들의 몇몇 불만을 해결하기 위해 비공정에 약간이라도 미적 장식을 달 수 있도록 다른 발명가들에게 주문을 넣었다. 균형이 깨지면 곤란하다며 이 작업에도 결국 유리 옐레체니카가 자문을 해 주었다. 결과적으로, 비공정의 심미적 가치 향상에는 한계가 있었다.

'어차피……. 하늘을 나는 탈것을 보시는 건 이게 처음이시잖아요?'

마차와 달리 유리 옐레체니카의 이 말에 반박할 수 있는 여지는 없어 보였고, 결국 유리 옐레체니카는 그저 황제의 요청을 받아 '전투용 소형기'의 개발에만 박차를 올렸다. 좀 더 빠르고 안정적으로 하늘을 주파할 수 있는 잠자리와 꿀벌 형태의 소형 전투기, 뒤따라 조금쯤 다른 방식으로 하늘을 날고 싶어 하는 특색 있는 애호가들을 위한 가오리 형태의 특수 비공정까지 쉼 없이 탄생했다.

'하늘이라기보다는, 그야말로 번쩍이는 보석을 가득 박아 둔 푸른 벨벳 양탄자 같았다.'

손톱만큼 작아진 비공정들이 드문드문 떠다니는 하늘은 새파란 배경지에 그 기기묘묘한 색과 번득이는 금속 강판, 크리스털과 보석으로 만든 창이 화미하게 어우러지는 아득한 낮의 별빛처럼 보였다.

무시무시한 연료비는 곧 비공정을 한번 운행하는 데 드는 자원의 양을 뜻했다. 그 자원을 지불할 수 있는 사람만이 비공정을 운행시킬 수 있다는 뜻이었다. 결국 서민들은 꿈도 꾸지 못할 문명이었다. 실제로도 귀족 몇몇이 날을 잡아 비공정 운행을 신청하고, 그 연료비를 십시일반 나눠 지불하는 식이었다.

　　그러다 보니 틈만 나면 비공정을 타고 오르내리려야 하는 아네신트라 위는 거부들만의 영역이 되었다. 누군가의 신청 없이도 주기적으로 비공정 왕복편을 운영하는 대신 아네신트라 언덕에 거주하는 이들로부터 막대한 양의 세금을 걷어 그대로 비공정의 연료 값으로 사용했다. 아네신트라 위를 차지하고 싶었던 거부들은 비공정 탑승을 굳이 거절하지 않았다. 하지만 그들은 대신 좀 더 압도적인 것을 누릴 수 있기를 바랐고, 유리 엘레체니카에게 요구했다.

　　유리 엘레체니카는 그런 요구를 이루어 줄 수 있는 사람이었다. 그녀는 세상에서 가장 호화롭고 가장 웅장한 승착장을 만들어 냈다. 교외의 깎아지른 절벽 가장자리에 세울, 황금과 합금, 크리스털과 금은보화로 만든 거대한 비공정 승착장을 설계한 것이다. 햇살을 받으면 금빛으로 휘황찬란하게 번득이는 승착장 위에 매끄럽게 물고기 모양의 함선이 내려앉고, 그 주변으로 피어나는 뿌연 증기와 반짝이는 크리스털 창의 오색찬란한 무지개가 사람들의 눈을 황홀하게 사로잡았다. 그것은 마치 특권과 권력의 표상처럼 보였고, 뷔올 상류층 인사들은 결국 이 '비공정' 없이는 살 수 없게 되어 버리고 말았다.

　　그럴 수 있는 돈만 있다면 누구든 마차 대신에 비공정을 탔다. 굳이 아네신트라 언덕을 오르내리는 일처럼 비공정을 통한 이동이 반드시 필요한 경우가 아니더라도, 별장이 있는 휴양지로 가는 일도, 연합국을 방문하는 일도, 본인의 영지에 돌아가는 일도 전부 비공정을 통해 해결하고 싶어 했다. 유리 엘레체니카는 얼마든지 그 승착장을 만들어 줄 용의가 있었다.

　　결과적으로 이 언덕 위에서 가장 막대한 부를 쌓은 사람은, 다른 누구도 아닌 유리 엘레체니카였다.

Vol. 0 ── 시작과 끝의 세계

엘류이센 라이케는 그곳에서 태어났다. 세상이 푸른빛으로 물드는 투명한 샘 위에서, 오직 어딘가를 물끄러미 지켜보다가 처음으로 고개를 들었다. 사실 오랜 시간 그곳을 들여다보지는 못하고, 아주 기본적인 정보만을 습득한 뒤 시선을 떼어 내야 했다. 엘류이센 라이케의 몸으로는 그 눈부신 빛을 계속 지켜볼 수 없었다.

처음에는 소녀의 모습이었다. 흐름을 얼마나 받아들이고 뱉어 내는지에 따라 아기의 모습이 되기도 하고 노파의 모습이 되기도 했다.

처음으로 고개를 들어 올린 것은, 이미 충분한 지식을 습득했다고 판단한 뒤의 일이었다. 주변에는 실패한 호문쿨루스의 잔해들이 가득했다. 주름진 얼굴로 그녀를 굽어보던 몬타뉴 밀락테이트가 비로소 흠뻑 웃었다.

지켜보던 샘 너머에서 자신을 구축할 수 있을 정도의 지식을 얻은 엘류이센 라이케는 본능적으로 그 남자가 자신을 만들어 낸 인물임을 알았다. 세상에서는 그런 인물을 아버지라고 부른다. 따라서 엘류이센 라이케는 그를 아버지라고 부르기로 했다.

그리고 만일 자신이 이 세상에 만들어졌다면, 세상 위에 살아가야 한다는 사실도 알고 있었다. 살아가는 자에게는 누구나 목적이 있다. 하다못해 소소하게 편하고 행복하게 살아가는 일이라도 바라고, 그 목적을 위해 저마다의 선택을 한다.

엘류이센 라이케에게는 갈망도 목적도 없었다. 그녀에게는 무엇을 선택할 이유도 없다. 하지만 자신이 살아가야 한다는 사실은 알고 있었다.

몬타뉴 밀락테이트가 죽고 외부 세계와 접촉한 뒤에야 샘 너머가 다른 세상이라는 것을 알게 됐다. 그때까지는 샘 너머의 지식이 무엇을 의미하는지는 몰랐다. 그저 그 지식이 자신에게 주어졌다는 사실만을 인식하고 있었다.

그 지식의 원천이 무엇인지도 별로 가치 있게 여기지도 않았다. 어차피 자신을 만든 몬타뉴 밀락테이트가 지식을 전달하기 위해 안배해 둔 장치 정도이지 않을까 생각하며, 어렴풋이 세월에 그 기억을 묻어 두었다.

지식만으로는 무엇도 할 수 없다. 살아가는 것에게는 목적이 필요했다.

"아버지."

결국, 그것이 엘류이센 라이케가 꺼낸 첫 번째 말이었다.

"나는 무엇을 위해 만들어졌죠?"

그 질문을 듣고, 몬타뉴 밀락테이트는 말을 골랐다. 하지만 준비해 두었던 대답이 돌아오기까지는 오랜 시간이 필요하지 않았다. 그는 그녀에게 사명을 맡겼다. 숙명적인 책임이었다.

엘류이센 라이케는 이 세계의 균형을 유지하고, 무엇이든 과하지 않을 수 있도록 보전하기 위해 태어났다.

너의 어머니는 세계고 물이며 마법이라고.

여신인 너의 어머니가 세계 밖에서 너를 굽어살피니, 너는 이 세계를 아끼고 사랑해야 한다고 했다.

　　　　　　　* * *

　레일리 크라하는 사랑 따위를 알지 못하는 인간이었다. 그 지극한 감정 따위와는 인연조차 없이 살았고, 이해하고자 하는 마음조차 먹은 적이 없다. 그는 이유도 목적도 없이 살아왔다. 그저 원치 않게 태어났으니 죽어야 하는 순간이 올 때까지는 살았다.

　살기 위해 살아가고 있다. 그 이상의 논의는 그에게 무의미했다.

　엘류이센 라이케가 처음으로 그의 세계에 파문 어린 돌을 던졌다. 그렇게 삶의 목적을 갖게 됐다. 사실, 그들은 처음부터 더없이 닮은꼴이었다. 갖지 못한 것에만 애를 태우고, 용서와 자비를 모르며, 무엇에도 의미를 부여하지 않은 채 자신에게든 타인에게든 냉정한 삶을 살았다.

　따라서 자기 자신의 삶에 대한 모든 판단 역시 지극히 타자의 시각에서 이루어졌다. 이제 와 무엇이 기만이었고 위증이었는지는 무의미해졌다. 그에게는 살아가는 목적이 뚜렷하게 생겨났고, 따라서 삶 따위는 그 목적을 위해 얼마든지 연소하면 그만이었다.

　하지만 만일 그렇다면, 엘류이센 라이케.

　당신과 나는, 당신이 내 삶에 던진 그 목적이 유가치했음을 증명해야 한다.

　이 세계가 이 세계의 규칙대로 자체적으로 흘러가고 있으며, 외부의 세계가 존재하지 않았더라도 다른 형태로라도 완성되었으리라고. 이 세계는 이 세계 그 자체로 온전하고 자유롭다고.

　순서와 위계는 무의미하다고.

　그 사실을 증명해야 할 것이다. 레일리 크라하가 샘 위에 손을 얹고 잠자코 생각에 사로잡혔다.

　그 사실만은 증명해야 할 것이다.

＊ ＊ ＊

세레나 윌리엄스는 굳이 그것을 증명받아야 한다고 생각하지는 않았지만, 그렇다고 해서 이미 수많은 희생 위에 시작된 일을 멈춰 가면서까지 증명을 막아야 한다고도 생각하지 않았다. 목적을 위해 타인을 위협하는 모든 수단은 규탄받아 마땅하기 때문에, 그녀는 그저 언제까지고 그녀가 할 수 있는 일을 할 것이다.

엘류이센 라이케의 부서진 기계 몸을 발견하고, 엉망으로 그을린 분개의 흔적을 살핀 뒤, 그 샘에 다다랐다. 세레나 윌리엄스는 그 앞에서 무릎을 꿇고 앉아 가만히 그 너머를 지켜보다가, 눈이 시리도록 아파 오면 슬그머니 고개를 들어 눈을 보호하고, 다시 샘 안쪽을 들여다보는 일을 반복했다.

오랜 시간 동안 그것을 지켜보지는 않았다. 그 존재를 확인했고, 그것이 무엇인지를 규명했고, 그로 인해 풀리는 문제들을 온전히 확인하고 나서, 그녀는 더 이상 샘 너머를 들여다볼 이유를 찾지 못했다.

순서와 위계와는 무관했다. 그녀의 삶은 언제나 그녀의 것으로 가치 있었고, 그녀의 세계 역시 언제나 그 세계로서 온전했다.

하지만 엘류이센 라이케가 바랐듯이 이 세계가 마법과 마력으로부터 자유로워질 수 있다면, 사람들은 기계 장치의 부속품에서 벗어나 보다 자유로운 삶을 살아갈 수 있을 것이다. 그 사실도 인정하고 있었다.

사실 세레나뿐만이 아니었다. 레일리 크라하마저 그 의견에 동조했다. 사실 동조하지 않았더라도 지금과 같은 일을 했으리라. 그가 반인들을 이끌어 세계를 뒤엎고, 이 사건을 계기로 마력을 쓸어내 버리면 그만이라고 생각했을 테니까.

그렇다면 그 결말을 위해 세레나 윌리엄스가 무엇을 할 수 있을까?

레일리 크라하의 군단에 의해 사람들이 추풍낙엽처럼 저물어 가는 시대를 끝내야 한다. 마법이 사라질 때를 대비하기 위해 알렉시스 에슈마르크를 도와 체제를 정비해야 한다. 그리고 최후에 이르러 누군가가 사라져야 한다면, 사라질 사람은 세레나가 될 것이다.

마법이 없어진 세계에서도 물론 세레나 윌리엄스 개인은 충분히 행복하게 살 자신이 있었지만, 그 '보다 나은 세계'를 위해 개인의 희생이 필요하다면 머뭇거릴 생각은 없었다. 두려움은 유리 옐레체니카의 죽음 앞에 두고 왔다. 홀로 머무르던 그 별장 안에서, 세레나 윌리엄스는 자신의 마지막 두려움을 끝내고, 잘라서, 그 자리에 옛 모습 그대로 담아 두고 왔다.

그러니 더는 두려워할 것도, 망설일 것도 없다. 세레나 윌리엄스는 그 길을 향해 좀 더 걸어가 보기로 했다.

끝이 보이는 길이었다.

* * *

"마스터."

레일리 크라하가 스스로 생각하기에도 퍽 달짝지근하게 들리는 단어를 혀 위에 얹고, 그 아릿하고도 유별난 감촉과 맛에 스스로 만족했다. 평소 사용하던 것과 다를 바가 없는 평범한 단어에서 갑작스럽게 달콤함을 느끼게 된 이유는 지극히 개인적이고 감정적인 문제에서 비롯되었을 것이다.

"슬슬 일어나셔야지요."

넌지시 말을 걸자, 잠에서 덜 깬 유리 옐레체니카가 웅얼웅얼 욕부터 지껄이며 베개에 얼굴을 파묻었다. 그러면 레일리 크라하는 자연스럽게 그녀의 허리를 감고 몸 아래에 손을 집어넣어 유리 옐레체니카를 번쩍 안아 들었다. 유리 옐레체니카는 여상한 태도로 몸을 말고, 그의 품 안을 파고들어서 다시 잠들 만한 자세를 찾기 시작한다.

"아침은 무엇이 좋으십니까?"

"몰라……."

뺨에 입을 맞추고, 등허리를 한 손으로 받쳐 주고, 자신에게 안겨서 대롱대롱 흔들리는 그녀의 다리를 제대로 정돈해 안아 든 뒤, 잠결에 기억도 못 할 말을 몇 마디 걸며 욕실로 걸어간다. 그녀는 비몽사몽간에 아무렇게나 대답을 할 것이다.

"토스트에 달콤한 잼을 발라 드릴까요?"

"응……."

꾸벅꾸벅 고개를 흔들던 그녀가 다시 그의 어깨에 머리를 박았다. 입을 맞추면 자연스럽게 반응이 따라온다. 그 사실이 견딜 수 없게 좋았다. 그것이 왜 좋은지는 몰라도, 그저, 좋다고 판단했다.

그는 아마도 그 인간을 사랑스럽게 생각한다.

무언가를 사랑스럽게 생각할 날이 오리라고 생각해 본 적은 물론 없다. 시작과 끝의 세계에서, 이전의 다른 어떤 세계도 알지 못하는 레일리 크라하만이 그 감정을 알게 됐다. 자신과는 다른 것을 눈앞에 두고, 일평생 생각해 본 적도 없는 낯선 것에 마음을 뺏겼다.

자신이 살아 본 적 없는 그 형태의 삶이 갖고 싶어졌다. 그 웃는 얼굴이 마음에 들어서 계속 곁에 두고 지켜보고 싶었다. 헤벌쭉 웃으면 다짜고짜 입을 맞추고 싶어진다. 사랑 같은 것은 모르고, 알고 싶다고 생각해 본 적도 없지만, 아무튼 그것이 예고도 없이 찾아왔다.

찾아온 이상 놓아 버릴 생각도 없었다. 그런 단순한 인간을 사로잡는 것은 어렵지도 않은 일이었다. 실제로도 마스터는 순식간에 그의 꼬드김에 넘어왔다. 넘어왔다고 생각은 했다.

하지만 그녀는 감정에 사로잡히는 일이 없었다. 레일리 크라하에게 어쩔 줄 모르고 감정적으로 굴다가도, 그 감정이 그녀의 전부가 되지는 않았다. 생전 처음 맛보는 저린 마음에 레일리 크라하가 송두리째 휘둘리는 것과는, 애초부터 차이가 있었다. 그녀는 감정으로부터 지극히 자유로웠다.

사랑 따위는 그녀의 삶에서 지극히 일부에 불과했다. 그녀는 사랑을 위해서는 무엇도 희생할 생각이 없어 보였고, 실제로도 그랬다.

절박한 것이 없어서 그런가? 그런 경험을 해 본 일이 없기 때문인가? 레일리 크라하는 그저 그녀의 행동을 그렇게 해석했다.

그리고 만일 그렇다면, 그 정도는 용납할 수 있다. 그가 지닌 감정적 애착이 그녀가 지닌 감정적 애착과 비교할 수 없을 정도로 진하고 강렬하다고 해서 그의 선택이 무가치해지지는 않는다고 생각했다. 어쨌든 그녀가 그에게서 벗어날 수 없다면 그것만으로도 족하다고 여겼다.

모든 것이 변명이고, 사실 그저, 그렇게라도 잡아 두고 싶었을 뿐인지도 모른다.

"일단은 목욕부터 시켜 드리겠습니다."

그러자 마스터는 대답도 없이 고개만을 두어 번 끄덕이고, 그것으로 자신의 할 일은 끝났다고 생각했는지 결국 그의 품에 안겨 다시 색색 숨을 고르기 시작했다. 레일리 크라하는 그 꼴을 보고 저도 모르게 희미하게 웃었다가, 또 한 번 낯선 촉감에 뺨을 떨었다.

모든 것의 시작이기도, 끝이기도 한 세계였다. 그는 그 인간을 상대로 사랑에 빠졌다.

과거의 그도, 미래의 그도, 다른 가능성을 맞이한 그도 예측하지 못한 사랑이었다. 세상의 모든 가능성을 손아귀에 두고 원하는 대로 세상을 끌고 가던 엘류이센 라이케조차 그 사랑을 이해하거나 인정할 생각이 없었다.

구해 줄 이조차 없는 사랑이었다.

구함 받을 수도 없는 사랑이었다.

* * *

어떻게 그것을 포장하고 왜곡해도, 결국 구해질 수 없는 것은 그의 선택이고 업보였다.

그는 유리 옐레체니카를 뒤에 버려두고 나왔다. 과정이 어찌 되었든, 결론적으로는 그렇게 됐다. 꺼져 가는 듯이 레일리, 그의 이름을 부르는 목소리를 들었고, 분명 그녀가 괜한 변명 따위를 위해 자신을 부르는 것은 아니라는 사실을 짐작하고 있었다. 그저 돌아서고 싶은 마음이 없었다.

물론 변명을 하고 싶은 마음 역시 없지는 않았을 것이다. 하지만 그 순간의 부름에, 어느 정도는 상황을 보고 파악한 새삼스럽고 불안 어린 당혹이 섞여 있었다는 사실도 알고 있었다. 중대한 무언가를 깨달았거나 새로 추론했으리라고도 짐작했다. 그러나 말했다시피, 그저 돌아서고 싶은 마음이 없었다.

그는 그것을 무엇이라고 표현하면 좋을지 알 수 없었다. 애정? 애정 따위는 아니었다. 그렇다면 무엇이었단 말인가? 그 순간의 감당 못 할, 그리고 이유도 없이, 목적도 없이 허망한 감정을, 대체 무엇이라고 부르면 온당했을까?

상실? 박탈?

배신감?

그깟 것을 품고 있다고 스스로 생각해 본 일은 없다. 배신감을 느끼기 위해서는 그에 앞서 절절한 신뢰가 있어야 한다. 레일리 크라하와는 인연이 없는 감정이었다. 인정할 수도 없었다. 애초에 그것은 사랑도 아닐 것이다. 그는 사랑 따위를 하는 족속이 아니었다.

하지만 어쨌든, 어떤 이유에서든 그는 등 뒤에 그녀를 버려두고 돌아섰다. 그 후에 어떻게 하고 싶은지는 본인도 알지 못했다.

다시 돌아가고 싶은 것인지도 모른다. 달려와서 미안하다고 말하면 모르는 체 넘어가고 싶은 것인지도 모른다. 아니, 어떻게, 또 무엇을, 대체 무슨 수로 모르는 척하고 넘어가란 말인가? 처음부터 그 모든 일이 그녀에게는 아무 의미 없는 기만에 불과했다는 사실을 알았는데, 애초에 그 자리에 아무것도 남지 않았다는 사실을 알았는데, 그리고 그 이전에 어떤 진심도 없었다는 사실을 알았는데 돌아가면 무엇이 바뀐단 말인가?

돌아간다면, 어디로 돌아갈 수 있을까?

그는 그 감정을 견딜 수 없었다. 그따위 감정에 휘둘리는 자기 자신도 견디지 못했다. 그저 어떤 식으로든 달아나고 싶었다. 아니, 달아나고 싶다는 감정 따위는 레일리 크라하에게 단 한 번도 존재한 적이 없다. 그는 그저 그 순간의 진실을 직면하고 싶지 않았다. 스스로 그렇게 판단했다. 시간이 필요했다. 어떤 식으로든 그대로는 받아들일 수 없었기 때문이다. 결국 그것을 '달아나고 싶었다'고 말해야 할지도 모른다. 납득할 수 없는 일이었지만, 어느 정도는 인정해야만 했다.

하지만 결과적으로, 만신창이로 닫혀 버린 유리 옐레체니카의 실험실 앞에 서서, 그리고 결국 어떤 일도 하지 못한 채 무력하게 돌아 나오면서, 알렉시스 에슈마르크가 실험실 안에 홀로 남아 유리 옐레체니카를 구해 나오기까지 오직 기다리기만 하면서, 그는 끝내 자신이 무엇도 돌이킬 수 없다는 사실을 직감했다.

세계가 무너졌다. 그때에야 그 세계가 무엇이었는지를 알았다. 실험실 안에서 살폈던 문서들이 무엇을 의미하는지도 그때가 되어서야 비로소 눈치챘다. 세레나 윌리엄스는 멍하니 그를 바라보다가, 다시 허공을 바라보았다가, 가만히 시선을 깔았다. 그녀가 같은 세계의 존재를 눈치챘음을 알았지만, 레일리 크라하는 세레나 윌리엄스에게 신경을 써 줄 만큼 심적인 여유를 지니지 못한 상태였다.

레일리 크라하는 이제 자신이 스스로 상상하던 그 무엇도 아니라는 사실을 안다. 이 세계의 진리에 가장 근접한 인물이, 우연찮은 실수로 만들어 낸 생명체가 바로 레일리 크라하였다. 그는 세상의 어떤 섭리와 균형으로부터도 자유로웠으며, 그가 손에 쥔 힘은 이전에도 이후에도 존재하지 않는 종류의 것임을 직감적으로 알았다.

그 힘으로 무엇을 할 수 있는지, 그것이 대체 무엇인지도 알지 못한다. 하지만 그저 한 가지 명확하게 알고 있는 것은 레일리 크라하가 더는 이전과 같은 제약에 얽매일 이유가 없다는 사실이었다.

그는 엘류이센 라이케가 얽매여야 했던 어떤 한계에도 묶이지 않을 수 있다.

희미하게 이어진 빛의 실선이 세계를 조밀하게 구성하고, 또 채우고 있었다. 곳곳에서 어슴푸레하게 번득이는 빛의 균열은 거미줄처럼 퍼져서, 대지를 가득 채우고, 그 너머로 번져 나갔다. 산산조각으로 부서진 마력 장치들의 파편이 빛나는 땅에 떨어져 싹을 틔웠다.

어느 순간부턴가 시선을 내리니, 발아래에는 꽃이 가득했다. 들과 지평을 넘어, 숲을 잡아먹고 꽃이 피어났다. 흐드러지게 세상을 채운 '그것'은 이전과 같은 마법이라기엔 단조로운 형태를 지니고 있었고, 그렇다고 해서 오직 무력하다고 보기엔 기이한 향을 풍겼다.

생명력을 지닌 빛. 그것이야말로 온갖 낯선 글자로 이루어진 마력 장치 안에 감춰져 있던 진짜 근원인지도 모른다. 사실 근원이 무엇이었는지 따위는 처음부터 레일리 크라하에게는 의미가 없는 문제였다.

그 원리가 무엇인지는 알기 어려웠다. 새로운 힘은 생명처럼 싹을 틔우고 동심원처럼 퍼졌다가, 향처럼 밀려 움직이고 있었다.

무너지는 과거의 세계를 짊어진 채였다. 사방에 삐걱삐걱 요란한 소리가 울려 대고 있었다. 그는 알렉시스 에슈마르크의 곁에 몸을 숙이고, 그 가슴께에 손을 얹었다. 유리 옐레체니카에게 이어진 빛의 선에도 살며시 손을 댔다. 그녀의 부상은 의외로 심각해 보이지 않았지만, 어쨌든 그는 그녀를 살리기로 했다. 사실 그건 처음부터 정해져 있는 선택이었다.

정해지지 않았던 일은, 오히려 알렉시스 에슈마르크 쪽이었다. 그렇다고 해서 알렉시스 에슈마르크를 향한 특별한 온정이 남은 것은 아니었다.

단지 레일리 크라하는 남지 못한 곳에 알렉시스 에슈마르크는 남았고,

레일리 크라하가 아무것도 하지 못했을 때 알렉시스 에슈마르크는 무언가를 해냈다. 그가 돌아가지 않았던 곳으로 알렉시스 에슈마르크는 주저 없이 달려갔다.

박탈감 같은 것인지도 모른다. 단지 알렉시스 에슈마르크를 그대로 떠나게 할 생각은 없었다.

그가 그대로 제 목숨을 바쳐 그녀를 구하고 세상의 마력을 되돌리면 그녀가 결국 일평생 그 남자에게 붙들려서 살아가야 할 테니까.

그리고 그렇게 되면 레일리 크라하도, 언제까지고 그렇게 살아가야 할 것이다.

하지만 알렉시스 에슈마르크가 눈을 뜨더라도 레일리 크라하는 온전히 그날의 기억에 사로잡혀 살게 되리라. 그는 더 이상 그 자리에 머무르지 않기로 했다.

사실, 처음에 계획했던 것과는 이미 지나치게 다른 궤도에 오른 삶이었다. 너무 오랜 시간 뷔올에 머물렀다. 목적도 없이 그저 한 가지 사명에 붙들린 채 발길을 멈추고 있었다.

어울리지 않는 일에 휘말렸고, 알맞지 않은 감정에 떠밀렸다. 충동적이었고 절제를 몰랐으며, 이성적인 판단을 내릴 냉철함도 잃어버리고 말았다.

사랑 따위에 휘둘릴 생각은 그녀에게도 없었겠지만 그에게도 없다.

더는 사랑에 휘둘리고, 그것을 명분으로 삼을 당위성조차 잃어버리고 말았다.

어느 쪽이든 이름도 모를 그 여자의 곁에는 더 이상 머무를 수 없었다. 스스로 위하는 마음에서든, 그녀를 위해서든.

아니, 사실 타인을 위해서라는 소리는 변명에 불과했다. 어차피 그녀는 레일리 크라하가 있든 말든 자신의 삶을 살 터였고, 실제로도 그것이면 충분할 외부 세계의 인간이었다. 철저히 이 세계로부터 자유롭고, 사실 얽매일 이유도 없는 사람 말이다.

그래서 늘 그렇게 거리를 뒀겠지. 레일리 크라하는 냉소적인 태도로 실소하고, 혼란에 사로잡힌 사람들 사이에서 홀로 한 걸음을 물러섰다. 다급히 유리 옐레체니카와 알렉시스 에슈마르크의 상태를 살피던 애셔 아마르트 뷔올이 별안간 그를 돌아본 탓에 시선이 마주쳤다.

소년티를 벗지 못한 뷔올의 태자가 천천히 바닥을 짚고, 몸을 세우고, 레일리 크라하를 향해 똑바로 고개를 들었다. 천천히, 아주 희미하게 고개를 저었다.

마치 만류하는 듯한 시선이었지만 레일리 크라하에게 감정적인 동요를 선사하지는 못했다. 소란스러운 사람들 틈새에서 애셔 아마르트 뷔올만이 레일리 크라하를 지켜보고 있었다.

레일리 크라하는 떠나기로 했다.

더는 뷔올에 머무를 이유도, 그럴 변명도 없음을 스스로 알아챘기 때문이다.

감정에 묶이고 싶지도 않았고, 그래서 자기 자신이 무엇을 바라는지도 알지 못하는 상태로 유리 옐레체니카를 다시 만나고 싶지도 않았다. 사실 언제까지고 만나고 싶지 않은 것인지도 모른다.

용기의 문제일 수도 있다. 그는 차분히 그 사실을 인정했다.

* * *

세계 밖의 설계자가 선택을 내렸다. 하지만 모든 것이 예측대로 흘러가지는 않았다. 엘류이센 라이케는 마력의 돌풍이 삐걱삐걱 밀려 올라가기 시작할 무렵, 단숨에 터져 나가려는 그 마력 너머에서 비슷한 돌풍이 불어 닥치기 시작했다는 사실을 눈치챘다. 거꾸로, 그들을 완전히 옥죄듯이.

그런 일을 할 수 있을 만한 사람이, 지금 누가 있었을지를 떠올려 보려했다. 사실 한 명밖에 없었다.

"알렉시스."

엘류이센 라이케가 기계 몸을 빼 들고 고개를 올렸다. 사방을 에워싸고 있던 마력의 기계 장치가 금방이라도 무너질 것처럼 요란한 신음을 흘리고 있었다. 유리 옐레체니카가 그것을 밀어 올렸고, 알렉시스 에슈마르크가 다시 그것을 쑤셔 넣고 휘둘러 댔다.

자멸할 셈인가? 엘류이센 라이케는 선홍빛 크리스털 눈으로 붕괴 직전의 세계를 담았다가 가만히 고개를 기울였다.

알렉시스, 이런 곳에서 그렇게, 무용하게 자신의 목숨을 내던질 셈인가요?

그녀는 이해할 수 없었다. 알렉시스 에슈마르크라면 지금쯤 엘류이센 라이케의 모든 진의를 파악했을 터였다. 그리고 만일 전말을 파악했다면, 그는 이 모든 돌풍이 휩쓸고 지나간 뒤 알렉시스 에슈마르크 본인만이 해결할 수 있는 문제가 남으리라는 사실도 익히 짐작했으리라.

물론 유리 옐레체니카의 죽음이 진정한 죽음이 아니라는 사실은 모를 테고, 그래서 그녀가 죽더라도 그저 본래의 몸으로 돌아갈 뿐이리라는 사실 역시 모를 것이다. 그저 그 모든 인과를 짐작했다면 그가 이런 선택을 내려서는 안 된다. 그럴 수도 없었다. 그 자신이 여기에서 희생하면 안 된다는 점 정도는 알렉시스 에슈마르크 역시 알고 있을 터인데.

엘류이센 라이케는 알렉시스 에슈마르크가 이런 선택을 내릴 만한 이유를 마땅히 추론하기가 어려웠다.

하지만 어떤 이유에서인지, 알렉시스 에슈마르크는 그녀의 예상과 다른 선택을 했다.

가장 먼저 뜯겨 나간 것은 양쪽에서 충돌하는 힘 사이에 짓눌린 실험실의 문과 장벽들이었다. 엉망으로 요동치는 돌풍 사이에서, 몸 내부의 마력을 터트리려다가 그 충격에 정신을 잃은 유리 옐레체니카의 어깨를 짚고, 엘류이센 라이케가 물끄러미 허리를 세웠다.

알렉시스 에슈마르크의 보랏빛 눈동자와, 그 찰나에 시선이 마주쳤다.

오랜 설명의 시간이 필요하지는 않았다. 간단한 안부를 물은 것도 아니었다. 단 한마디의 말도 그들 사이에 오가지 않았다. 하지만 알렉시스 에슈마르크가 엘류이센 라이케의 진의를 순식간에 퍼뜩 떠올렸듯, 엘류이센 라이케 역시 알렉시스 에슈마르크의 눈을 보자마자 그의 생각을 퍼뜩 알아차렸다.

진심인가요? 그녀가 차분히 물었다. 소리를 들은 것 같지는 않았다. 알렉시스 에슈마르크는 주저하는 기색조차 없이 제 가슴팍을 쥐고 있었다. 창백한 얼굴로 희미한 핏줄기가 흘렀다. 반작용이 시작된 모양이었다.

외부의 마력에 그만한 영향을 끼치기 위해선 생명체의 내부에 지니고 있던 기본적인 마력을 조금씩 끌어다 써야 한다. 같은 이유에서 유리 옐레체니카도 일찍이 정신을 잃었다. 하지만 알렉시스 에슈마르크가 개입한 덕에, 의식을 잃은 유리 옐레체니카가 저절로 빼앗기는 마력보다 그가 먼저 쏟아내는 마력의 양이 훨씬 방대했다.

그때, 예기치 못한 일의 결과로, 주변에서도 예기치 못한 일이 일어나기 시작했다. 서로 부딪치고 뒤엉켜 박살 난 마력 장치들이 땅에 떨어졌다. 파랗게 빛나는 샘 위에 떨어진 그것들이 샘에 다시 빨려 들어가기도 하고, 땅에 떨어진 것이 활자의 기본 구조마저 갖추지 못한 채 엉망으로 부서지기도 했다. 그리고 그 부서진 파편은 씨앗처럼 지각 아래로 파고들어, 어느 사이엔가 떨리는 싹을 틔웠다.

엘류이센 라이케는 잠자코 생각에 빠졌다. 주변의 모든 순간이 급박하게 흘러가고 있었지만, 그녀는 언제나 그랬듯 냉정을 유지한 채로 짧지 않은 시간 동안 고민을 시작했다.

온 사방이 꽃으로 만발하기 시작했다. 그 뿌리를 따라 곳곳마다 빛이 번졌다. 샘의 빛이 화려하고 시끄럽게 번져 지각으로 뻗어 나갔다.

본래라면 한 사람의 자폭에 의한 폭력적인 흐름에 떠밀려 모든 마력이 북부로 쓸려 나가야 했다. 그쪽으로는 '나갈' 수 있으니까. 그 과정에서 엘류이센 라이케의, '근원'과 '흐름'을 담은 몸이 산산이 부서져 샘을 틀어막아야 했다. 하지만 알렉시스 에슈마르크의 개입으로, 마력은 단숨에 떠밀려 가지 못했다. 여파는 남을 것이다. 이대로 두면 알렉시스 에슈마르크가 죽든, 유리 옐레체니카가 죽든, 혹은 둘 다 목숨을 잃은 뒤에든 알아서 북부로 그 마력이 휩쓸려 가겠지만⋯⋯.

"글쎄요. 알렉."

그녀가 사뿐히 입술을 달싹였다.

"내가 오직 당신을 위해 최후에 무언가를 선택하는 것도 괜찮겠지요."

샘 위에 떨어진 마력 장치들은 그 강렬한 빛과 놀랄 만한 힘을 이기지 못하고 찬찬히 녹아내리고 있었다. 하얀 인조 가죽을 덧댄 뺨을 창백하게 기울이고, 푸르게 빛나는 별을 짓밟고 서서, 엘류이센 라이케가 속삭였다.

"이것이 세계의 진짜 모습이라면, 못 할 것은 또 무엇일까요."

그녀는 알렉시스 에슈마르크와 유리 옐레체니카가 선택해 밀어 올리던 마력 장치들을 붙잡아 통제하기 시작했다. 유리 옐레체니카의 혈액을 이용해 마력 장치들에 영향을 미쳤다. 밖으로 쓸려 나가려던 마력 장치들을 강제로 안으로 끌어들였다. 꾸역꾸역 샘 위에 쌓고, 이전의 장치들이 녹아내리기에 앞서 또 새로운 장치를 샘에 쑤셔 넣었다.

들어오던 것과 나가려던 것이 충돌해 무너지기 시작했다. 할 수 있을지도 모른다. 아니, 분명히 가능할 것이다. 엘류이센 라이케는 붕괴하는 세계의 일면에서 그 가능성을 발견했다.

"내가 짊어지고 가죠."

엘류이센 라이케가 속삭였다.

"이 자리에 나와 함께 진실을 묻고 가요."

그리고 그때, 다시 한번 시선이 마주쳤다.

시선 끝에서 알렉시스 에슈마르크는 무언가를 묻고 싶은 듯한 표정을 지었다. 엘류이센 라이케도 그를 향해 언제나 그랬듯 우아한 미소를 지어 보였다. 별처럼 추락하는 파편에 깔려 실험실이 통째로 무너지는 순간까지도, 오가는 말은 단 한마디도 없었다.

* * *

알렉시스.
시작과 끝의 세계에서, 엘류이센 라이케가 말했다.
이렇게 당신과 나만의 세계도 끝나 가는군요.

* * *

그녀는 이 세계를 지켜 다음 시대에 전달하기 위해 태어났고, 인간의 삶이란 언제나 다음 단계로 나아가기 위해 준비를 하고 있다. 세상 모든 시작된 것에는 끝이 찾아오기 마련이다.

아, 지금이야말로 그 순간인가. 가장 효과적이고도 완전한 방법으로 이 세계를 보존하고 다음 단계에 전할 수 있는 순간을 맞이한 것이다. 엘류이센 라이케는 겸허히 깨달았고, 놀란 얼굴로 그 끝자락에 손을 적셨다.

그렇다면 정말로 아름다운 세계가 아니고 무엇이겠어요?

폭풍처럼 휘몰아치는 꽃의 회오리 너머로, 알렉시스 에슈마르크의 보랏빛 눈동자와 시선을 마주치고, 엘류이센 라이케가 동그랗게 웃었다.

그렇다면 정말로 아름다운 삶이 아니고 무엇이었겠어요?

그리고 그녀는 그의 등을 떠밀었다. 세계의 한 파편이 끝나고, 또 다른 흐름이 시작된 곳을 향해. 생각했던 것과 다른 결말이 기다리고 있을지도 모르는 먼 길 위로.

어쩌면 그것을 인간적인 온정이라 불러야 할지도 모르는 일이었다.

16. 그 소설의 로맨스, 그 인물들의 삶

하늘은 맑고 바람 많이 부는 여름이 왔다.

그사이 어느 정도 재활을 마친 나도 예전만큼 잘 돌아다닐 수 있는 몸이 됐고, 뷔올은 때 아닌 변혁의 바람에 휘말려 온갖 곳으로 휩쓸려 가는 중이었다. 알렉시스 에슈마르크가 깨어난 것은 여름도 한창 무르익었을 무렵의 어느 오후였다.

알렉시스 에슈마르크가 깨어났다는 소식이 들려온 그날은, 애셔 아마르트 뷔올이 의회에 제출한 신(新) 반인 체제가 통과된 날이기도 했다. 오후 늦게 알렉시스 에슈마르크가 깨어났다는 소식이 뷔올 상류층을 강타했다.

사람들은 누구나 알렉시스 에슈마르크를 만나고 싶어 했다. 그는 자신이 의도하지 않은 사이에 세상의 중심이 되어 있었다. 애셔 아마르트 뷔올을 두고 그가 어떤 자세를 취할지가 초유의 관심사에 올랐다.

사실 나도 처음엔 애셔의 말을 온전히 이해하지는 못해서, 그가 대체 무슨 일을 벌일지 두근거리기도 하고 걱정도 되는 마음으로 지켜봤다.

다행히 그는 나 같은 현대인과는 비교도 되지 않을 정도로 유능한 인물이었다. 내가 걱정할 필요가 없었던 모양이었다.

따지고 보면 애셔 아마르트 뷔올은 이 시대에 받을 수 있는 가장 최적의 교육을 받고, 어릴 때부터 지도자로서의 소양을 함양해 온 인간이었다. 아버지에 대한 반작용으로 평온하고 애정이 있는 가정을 꾸리고 싶어 하며, 선대의 충돌과 갈등으로 인해 오히려 퍽 온정 넘치는 태도로 서민들을 내려다보게 된, 그러나 지극히 기득권층의 시선을 지닌 성군 말이다.

애셔 아마르트 뷔올은 현대인인 내가 보기에도 대단한 짓을 쉬지 않고 터트렸다. 당연히 뷔올은 바람 잘 날 없이 논란거리를 맞이해야 했다.

물론 그렇고 해서 갑자기 신분제를 없애자든가 하는, 기득권 계급한테도 미운 털 박히고, 아직은 서민층에게도 쉽게 받아들여질 수 없는 무지막지한 안건을 내놓은 것은 아니었다. 그가 스스로 꺼낸 말 그대로, 이 시기에 그가 개혁 정책을 내놓는다고 해도 세상이 갑작스럽게 그것을 따라 줄 수는 없었다.

뷔올 제국은 마법이라는 전근대적인 힘에 사로잡힌 채 기형적인 발전을 이룬 상태였고, 전체적인 사회 풍조는 근대와 비슷했지만 서민층의 생활 방식과 소양은 한창때의 중세에 가까웠다. 그러니 시대가 갑작스럽게 변하는 과정에서, 적어도 그를 포함해 몇 대 정도는 정권을 유지한 채 안정을 잡아 주어야 한다. 그리고 애셔 아마르트 뷔올은 그 역할을 확실하게 해내고 있었다.

세상이 거대한 변화를 맞이하자마자, 마치 그 변화를 미리 준비했다는 듯이 나선 애셔 아마르트 뷔올은 건건이 황제와는 다른 방향으로 의견을 내놓기 시작했다.

그가 가장 먼저 시작한 작업은 기초 교육서와 문자, 자원의 보급이었다. 품위와 문법을 중시하는 뷔올어나 복잡하고 예외적 용례가 많은 대륙 공용어 대신, 미친놈이 언제 만들었는지는 모르겠지만 쉽게 쓰고 읽을 수 있는 간단한 언어 체계를 보급했다. 뷔올의 능력 있는 학자는 모두 애셔 아마르트 뷔올을 따른다 했으니, 일찌감치 마음만 먹었다면 못 할 것도 없었으리라.

두 번째로 발의한 안건은 인재 등용을 위한 개혁 정책이었다. 기존의 뷔올 제국 역시 발명가나 마법사, 정령사 등에 한해 신분을 초월한 등용 정책을 적용하고 있기는 했지만, 이 경우 귀족 계급의 후견인이 있어야 했다. 다른 직종의 인간이라면 애초에 언감생심 신분 상승은 꿈도 꿀 수 없다.

애셔 아마르트 뷔올은 아예 관리를 뽑는 기준을 새롭게 개편했다. 그리고 그 기준을 통과하기 위해 필요한 소양과 기본 지식의 종류를 일목요연하게 정리해서 공식적으로 발표했다.

지원 조건은 파격적이었다. 뷔올 국민이라면 누구나 지원이 가능했다. 심지어는 뷔올 제국의 영토 안에 포함되어 있던, 므라우의 반인들마저도 포괄하는 개념이었다. 당연히 반발이 심했지만, 실무 행정직을 담당하고 있는 자들이 대부분 애셔 아마르트 뷔올의 수족들이다 보니 개편안은 날치기로 통과됐다.

본래도 세레나와 같은 평민 계급의 실력자들에게 퍽 관심을 갖고 있던 인물이 아닌가. 애셔 아마르트 뷔올은 첫 채용 시기에 어렵지 않게 그들을 의회로 끌어들였고, 자연스럽게 자신의 세력을 불렸다.

가라한 아브리함은 물밑에서 애셔 아마르트 뷔올과 이미 접촉한 바 있었는지 은근슬쩍 그의 역성을 들고 일어났다. 애초에 그런 과학적 연구 발전은 애셔의 소관이었으니, 므라우와의 공동 연구 역시 자연스럽게 애셔 아마르트 뷔올의 관할에 들어간 뒤의 일이었다.

그리고 그 직후 발표한 것이 마법 없이도 사용할 수 있도록 연구해 두던 몇 가지 생활 편의와 복지 방안들이었다. 요컨대 앞선 정책들을 통과시키고 세상에 융합시키기 위한 진짜 권력, 민심과 그에 따를 자연스러운 힘을 그의 손에 가져다줄 밑거름이었다.

그는 공식적으로 마티어스 에이미를 지원했다. 마티어스 에이미도 애셔 아마르트 뷔올과는 학문적인 대화를 나누기도 좋고 상호 이해관계도 맞아 떨어진 모양인지 그에게 전폭적으로 협조했다.

아마 애셔 아마르트 뷔올은 그에게 국가에 얽매이지 않아도 좋다는 조건을 제시해 줬을 것이다. 무정부주의자인 마티어스 에이미는 국가적 연구 지원을 받으면서도 코가 꿰이지는 않을 수 있는 최적의 환경을 놓치지 않고 5년 계약으로 아네신트라 언덕에 자리를 잡았다.

나름대로 당대 최고의 학자로 초월자 반열에 이름을 올린 마티어스 에이미다. 그는 이미 오래도록 유명 인사였다. 그런데 심지어 마법이 사라진 상황에서 독점적으로 그를 데려다 놓고 육종학을 연구한다. 당연히 마티어스 에이미와의 협상권을 발 빠르게 제 손에 넣어 둔 애셔 아마르트 뷔올에게로 권력의 중심추가 기울기 마련이었다.

때를 놓치지 않은 애셔 아마르트 뷔올은, 아마 본인이 황위에 오르면 조금씩 풀기 위해 만들어 두었을 법한 정책과 체재, 법률을 지칠 줄 모르고 쏟아 냈다.

그렇게 세상이 바뀌고 나면 기득권의 살아 있는 상징물 같은 그는 무엇을 할 생각일까?

어느 정도는 약간의 권력을 대물림할 수 있어도, 영영 절대 권력의 황제로 군림할 수는 없을 것이다. 나는 애셔의 목적을 추론하기 어려워서 홀로 생각에 빠지는 시간이 잦아졌다.

물론 그 본심을 슬쩍 떠보려 한 적은 있지만 봉창 두드리는 대답만 들었고, 그것만으로 진의를 파악하기엔 내 지적 능력이 부족했다. 그 후로 더할 나위 없이 바빠진 애셔와 얼굴을 맞댈 틈이 생긴 것도 아니었다. 편지로 물어볼 만한 안건은 더더욱 아니다. 나는 잠자코 세레나를 통해 뷔올 전반의 상황을 전해 듣고 있을 뿐이었다.

한편 알렉시스 에슈마르크가 혼수상태에 빠졌다고 해서 그의 개인 자산과 사업을 썩힐 수 있다는 얘기는 아니었다. 언제나 죽을 생각 만만이었던 알렉시스 에슈마르크가 미리 공증인을 두고 작성해 두었던 유서에 따라, 아멜리아 레스킷과 애셔 아마르트 뷔올, 그리고 옐레체니카 백작이 임시로 그 관리를 분배해 맡게 됐다.

갑작스러운 아멜리아 레스킷의 상속 및 대리인 위임으로 뷔올은 다시 시끄러워졌다. 옐레체니카 백작이 대공과 함께 모종의 수상쩍은 일을 벌였다는 사실은 이미 푸른 숲 사건으로 공공연히 알려진 상태였으므로, 사람들이 가장 이상하게 생각한 것은 아멜리아 레스킷의 갑작스러운 등장이었다.

황제의 젊은 애인인 아멜리아 레스킷이 갑자기 알렉시스 에슈마르크 대공의 전권을 위임받아 뷔올의 실세가 되었으니, 다들 그 속사정을 궁금해할 만도 했다. 애초에 황제와 알렉시스 에슈마르크가 그렇게 살뜰한 관계로 알려지지도 않은 상태가 아니던가. 물론 황제가 갑자기 이상한 수작질을 부리기는 했지만, 그렇다고 해서 두 사람의 관계가 더없이 가까웠다고 확신하기는 어려운 정세였다. 무엇보다도 결정적으로……

이 사실이 알려진 직후 황제는 망설임조차 없이 아멜리아 레스킷을 황궁으로 소환했다. 대공과 황제 사이에 쌍방 협의 따위가 없었다는 짐작이 귀족들 사이에 들불처럼 번질 때, 아멜리아 레스킷이 쐐기를 박았다.

그녀는 황제의 소환에 공식 성명으로 대응했다. 모든 이유야 높은 분들의 뜻에 따를 뿐이지 자신이 어찌 알겠느냐며, 대공 각하께서 깨어나시면 해명해 주시지 않겠느냐고 유들유들하게 대처했다. 자신은 분수에 맞지 않는 과중한 업무를 맡게 되어, 다른 일에 눈을 돌릴 여력이 없다는 변명도 함께였다. 물론 폐하께서 정 부르신다면 찾아가겠으나, 아는 것도 없는 자신이 괜히 폐하의 시간을 낭비하게 만들까 저어된다는 이야기였다.

퍽 예의 바른 입장문이었지만, 그녀는 그 입장 발표만으로도 자신의 진영을 명확히 했다. 황제에게 간택된 뷔올 최고의 '운 좋은 여자'가 사실 대공의 사람이었으며, 뼛속까지 그를 위해 일하고 있었다며 자신의 소속을 명확히 한 것이다. 그야말로 전대미문의 사건이었다.

정작 당사자인 아멜리아 레스킷은 입장 발표 이후 별다른 말을 꺼내지 않은 채 업무에 집중했고, 애셔 아마르트 뷔올이 놀랍게도 그녀를 외부 압력으로부터 보호해 줬다. 애셔 역시 대충 그들 사이의 사정을 짐작했을 것이다.

알렉시스 에슈마르크는 혼수상태니 그에게서 제대로 된 대답을 들을 수 있는 것도 아니었다. 뷔올은 답을 줄 사람 없이 밤낮없이 시끄러워지기만 했다. 진실이야 나도 알고 있었지만 그저 잠자코 입을 닫고 있었다.

유능한 아멜리아 레스킷과 달리 나는 실제로 그런 업무를 처리할 수 있는 것도 아니었고, 그때에야 애셔와 잠깐 얼굴을 맞대, 공증인을 둔 채 내 소관의 업무들을 그에게 떠맡겼다.

그때 남들의 시선을 피해 지나가듯 다시 한번 그의 생각을 묻자, 애셔는 그게 궁금해서 굳이 찾아오신 거냐며 잠깐 웃더니, 보랏빛 눈동자를 반달 모양으로 접으며 부드럽게 대답했다.

변한 세계에는 제가 필요할 겁니다. 체재가 뒤집혔는데, 그 사회에서 저야말로 유일하고도 온전한 지식인이며 실력자가 아니겠습니까? 저는 어떤 면모에서나 월등하니까요.

다른 사람들이 우리를 지켜보며 대체 무슨 대화를 나누는지 궁금해하기 시작할 무렵, 애셔 아마르트 뷔올이 비밀이라도 알려 주듯 목소리를 낮추고 다정스럽게 고개를 기울였다.

그러니 제가 안락의자에 앉아 고양이를 쓰다듬으며 시골에서 노년을 맞이하더라도, 결국 제가 있는 곳이야말로 세상의 중심이 됩니다. 세상의 모든 것은 당분간 저를 중심으로 돌 수밖에 없습니다. 저는 이 좋은 윗사람 노릇을 그만둘 생각이 없거든요.

누구도 제 것을 빼앗지도, 제게 무언가를 빼앗게 하지도 못합니다.

저는 그럴 만한 능력과 힘을 갖추고 있으니까요.

뷔올 놈들 인성은 아무튼 알아줘야 한다. 나는 옷을 차려입다 말고 애셔와의 대화를 떠올리고 인상을 썼다.

애셔 아마르트 뷔올의 모든 행동 원리에는 어린 시절의 얄팍한 실수가 남아 영향을 미치고 있다. 그도 스스로 인정한 바 있지 않던가. 알렉시스 에슈마르크와 얽힌 진상을 눈치챘을 때, 그는 의도치 않게 누군가의 것을 뺏어 산 셈이 됐다. 애셔 아마르트 뷔올의 인격이 얼마나 올바른지와는 별개로, 그 역시 그 집안에서 결핍을 느끼며 성장한 인간이다.

그는 그저 그렇게 살고 싶지 않은 것이다. 아버지의 이름을 한 절대 권력에 의해 누군가의 것을 뺏거나, 그 절대 권력에 떠밀려 무언가를 빼앗기면서는.

'전하. 그……. 그러니까, '그녀'는 당신에게 무엇이죠?'

혼자 공증인들 틈으로 돌아가려는 그를 붙잡고 조심스럽게 소리 죽여 질문했을 때, 애셔 아마르트 뷔올은 눈썹을 휙 꺾더니, 부드럽게 대답했다.

'이런, 백작님.'

그가 검지를 까딱이며, 남들 앞에서 퍽 당당한 태도로 말했다.

'저는 무엇이든 가질 수 있고, 무엇이든 할 수 있는 사람입니다. 하지만 사실 모든 것을 지녔다고 하기는 어렵지요. 사실, 인격적으로 완성된 인간도 아닙니다.'

'말하자면 그녀는 제게 결핍된 것이죠. 사람도 '것'으로 지칭할 수 있다면 말입니다.'

애셔가 조용히 속삭일 생각도 없이 당당하게 대답해 준 덕분에 뷔올은 일대의 스캔들을 맞이했다. 물론 당사자인 애셔 아마르트 뷔올은 별로 문제의 '그녀'가 누구인지를 말할 생각이 없어 보였고, 나라고 해서 그런 걸 마음대로 떠들 수도 없는 일이었다. 나는 그저 몸 상태가 안 좋아졌다는 핑계를 대고 다시 저택에 칩거했다.

그렇다고 해서 애셔 아마르트 뷔올이 모두가 바라는 대로 화제의 연애 사업에 전념해 준 것도 아니었다. 그는 자신이 시작한 일을 마무리 짓고, 다시 발전시키는 일에 집중했다.

그런데 그 소문이 묻히기도 전에 애셔 아마르트 뷔올은 다시 신(新) 반인 체재를 건의했고, 아무튼 뷔올은 전례 없는 소란에 휘말리게 된 것이었다. 더군다나 태풍의 눈으로 홀로 잠잠했던 알렉시스 에슈마르크가 어느 화창한 오후에 갑자기 깨어났다.

폭주 기관차처럼 파죽지세로 득세하는 애셔에게 그가 어떤 브레이크가 되어 주기를 기대한 사람들도 적지 않았을 것이다. 어째서 갑자기 황제의 젊은 애인 '아멜리아 레스킷'이 알렉시스 에슈마르크에게서 식민 무역의 모든 이권을 물려받았는지도 그에게서 직접 증명받고 싶었을 테고 말이다.

알렉시스 에슈마르크가 깨어나자마자 에슈마르크 대공이 치료를 받던 황궁 앞에는 매일같이 인산인해가 이어졌다. 결국 보다 못한 황제가 직접 권고의 말을 꺼내 그들을 일단 돌려보내야 했다. 이 문제는 뒤이어 황제의 이름으로 에슈마르크 대공의 회복을 기다리라는 본격적인 퇴거 명령까지 떨어지고 나서야 조금 정리가 됐다.

그렇게 일주일이 지나고, 아직 침상에 누운 알렉시스 에슈마르크가 천천히 손님들을 맞이하겠다고 공식적인 발표를 한 것이다.

나는 황궁 출입 통제가 풀린 날 바로 세레나의 도움을 받아 고급스러운 옷가지를 차려입고 부랴부랴 외출 준비를 했다. 분명 인파로 바글바글하겠지만, 어쨌든 다른 사람도 아닌 내가 그를 찾아가지 않을 수는 없는 일이었다.

그렇게 도달한, 새하얗게 정련된 거대하고 화려한 황궁 앞에 서서, 나는 괜한 감회에 사로잡혔다. 높고 거대한 뷔올의 황궁 아래로 새하얗고 화려한 도시가 펼쳐졌다. 고개를 들어 봐도, 아래로 내려 봐도 끊임없이 길이 이어지고 있었다. 길은 남아 있지만, 이 길을 만든 원동력은 사라지고 말았다.

마력석의 가동이 정지되며 뷔올 황궁 앞의 거대한 자동계단도 멈춰 버렸다. 결국 사람들은 도르래를 이용한 임시 계단으로 느릿느릿 올라가거나, 아니면 직접 두 발로 자동계단 위를 한참 동안 걸어서야 황궁을 방문할 수 있게 됐다. 황궁 앞에는 검은 개미 떼처럼 열을 지은 사람들이 가득 서 있었다.

"이럴 거라고 짐작은 했지만, 내가 이 더운 날에 이 인파 속에서 과연 정말로 알렉시스를 기다려야 한단 말이냐? 이건 정말 너무나 염병이군."

내 말을 듣고 세레나가 멋쩍게 웃었다.

"다들 그분의 얼굴 한 번은 보고 돌아가야 한다고 생각하고 있는 거겠죠. 분위기가⋯⋯. 그러니까요."

신중히 대답한 세레나는 그보다도 더 중요한 문제가 있다는 듯이 걱정스럽게 내 얼굴부터 들여다봤다.

"일단 대기 순번을 받아 두시고, 날도 더우니 너무 무리하지 마시고 힘드시면 곧장 저택으로 돌아가셔야 해요."

나를 자동계단 아래까지 늘어선 줄의 꽁무니까지 안내해 준 세레나는, 마지막으로 내 옷차림을 점검한 뒤 푹 한숨을 내쉬었다.

"저는 수도 지부 정리 작업으로 시간을 내기가 어려워져서, 이만 먼저 가 볼게요, 유리 님. 며칠 정도 옐레체니카 저택에도 들어가기 어려울 것 같으니 식사 잘 챙기시고요. 충분히 말씀 나누시고, 무사히 깨어나셔서 기쁘다고, 제 안부도 전해 주셔요."

"그래. 수고해."

가게의 업무 때문에 먼저 자리를 비워야 한다는 세레나를 떠나보내고 결국 혼자서 줄 뒤에 서며, 나는 앞으로 며칠쯤 기다려야 알렉시스 에슈마르크의 코빼기라도 볼 수 있을지를 고민해야 했다.

사실 내 신변 정리는 일찌감치 마쳐 둔 상태였다. 알렉시스 에슈마르크가 깨어날 수 있을지 어떨지도 확신할 수 없었지만, 어쨌든 최소한의 기간 정도는 그를 기다려 볼 작정이었다. 언제든 떠날 수 있도록 준비를 마쳐 두고 혹시 모를 그의 회복을 기다리며 뷔올에 머무르고 있었던 것이다.

알렉시스 에슈마르크와 만나서, 그의 의견을 묻고, 그러고 나서 마지막으로 고민을 할 생각이었다. 결과적으로는 떠날 예정이지만 어쨌든 그랬다.

내가 누구인지를 밝히면 어떻게든 줄 앞으로 보내 달라고 사정해 볼 수는 있게 될 것이다. 하지만……. 그렇게 내 정체를 스스로 알려 봤자 이곳에 모인 사람들에게 둘러싸여서 알렉시스 에슈마르크 대신 질문의 대상이 되기밖에 더하겠는가.

애초에 오늘은 이렇게 되리라는 점을 예상하고 일찌감치 결연한 각오를 마친 뒤에야 저택을 나섰다. 눈에 띄는 빛깔을 지닌 머리칼은 둘둘 말아 올려서 모자와 숄로 가려 두기까지 했다. 벌써부터 짜증이 나고 있기는 하지만 피할 수도 없는 일이니 기왕이면 편한 마음가짐으로 기다리는 편이 나을 터였다. 그렇게 생각한 나는 줄 한구석에 서서 마냥 줄이 줄어들기만을 기다리며, 한동안 명경지수 같은 마음을 유지하고자 노력하는 부질없는 시간을 보내야 했다.

그런데 이놈의 줄은 어떻게 되어 먹은 건지, 기다려도 또 기다려도 줄어들 조짐조차 보이지 않고 있었다. 점점 밀려드는 짜증을 애써 무시하기 위해, 나는 내 관심을 주변의 풍경으로 최대한 돌려 보고자 무진 애를 썼다.

마력의 돌풍에 매연도 함께 휩쓸려서 씻겨 나갔는지, 정화탑이 작동하지 않는데도 뷔올의 하늘은 맑고도 파랗게 번쩍이고 있었다. 하늘을 물끄러미 올려다보면 눈이 시릴 지경이었다. 전해 듣기로는, 엘제바나 므라우와 같이 정화탑에 떠밀린 매연들이 몰려들던 지역 역시 맑은 하늘을 되찾았다고 한다.

일시적인 현상일지, 아니면 영구적인 현상일지는 알 수 없는 일이었다. 한번 발생한 오염 가스가 단숨에 없어진 것도 아닐 테니, 그저 폭풍에 떠밀려 극지방이나 대륙 바깥으로 밀려갔을 뿐이라고 봐야겠지만 말이다.

새하얀 돌로 말끔하게 정돈한 언덕 아래의 뷔올 시내를 내려다보다가, 이상한 태엽 장치만이 흉터처럼 남은 자동계단 위의 뷔올 황궁을 흘긋 살폈다가, 다시 푸른 하늘을 바라보기를 반복했다. 주의를 돌리기 위해 주변을 둘러보기 시작했는데, 막상 이 도시를 샅샅이 눈에 담고 있으려니 정말로 어쩐지 이상한 기분이 들었다.

기계 국가의 새하얀 성, 사라진 유리 엘레체니카. 부패와 착취로 세워진 세상과 불균형하게 주어진 하늘. 변혁을 꿈꾸던 호문쿨루스와……. 변혁을 일으키려 하던 낙오자들이 있는 땅.

이 말도 안 되는 백색 도시를 훑어보고 있다 보면, 그만 내가 이 세계에 스며든 뒤 의도치 않게 들춰냈던 요란한 진실들을 떠올리게 되고 만다. 당장이라도 무너져서 나를 짓누를 것 같던 세계가, 이미 무너진 뒤에는 내 발아래를 받치고 있다.

"백작?"

그때 갑자기 누군가가 대뜸 말을 걸었다. 나를 부르는지도 몰랐는데, 덥석 어깨를 붙잡힌 바람에 화들짝 놀라서 돌아봤다.

"후, 후작님?"

마이어 후작이 푸른 눈을 찡그렸다가 주변을 둘러보고, 내 차림새를 살피더니 이상한 표정을 지었다. 다른 사람들은 '그' 마이어 후작이 먼저 인사를 건넬 만한 여성 '백작'이 누구일지를 고민하는 듯했다.

"왜 여기에서 이러고 있소?"

"그야 대공 각하를 만나 뵙고 싶으니까……. 앗, 앗, 전 또 어떻게 알아

보신……. 아니, 여기서 대답하시지 말고요. 차라리 자리를 옮겨서…….
이런 젠장, 그러려면 줄을 벗어나야 하잖아."

이 양반은 대체 어떻게 머리부터 발끝까지 검은 천으로 꽁꽁 싸매고 얼굴을
가린 데다가 독특한 머리카락까지 감춘 나를 알아봤단 말인가? 당황해서
조급하게 말하다가 줄에서 벗어날 뻔했지만, 정신을 차리고 다시 자리로 돌아
갔다. 마이어 후작은 여전히 이상한 표정으로 나를 바라보고 있었다.

눈치 없게 그가 내 이름이라도 부르는 건 아닌지 긴장하고 있었는데, 다
행히 마이어 후작이 그 정도로 눈치가 없는 인간은 아니었다. 그는 주변을
흘긋 살피더니, 알겠다는 듯이 적당한 대답을 돌려줬다.

"몰래 나왔군?"

"'몰래'요……?"

"남들 몰래 말이오."

그 얘기였군. 손바닥에 주먹을 쾅 내리친 내가 재빨리 대답했다.

"마, 맞아요."

"잠깐 얘기 좀 하지."

내가 원하던 답을 단숨에 돌려준 마이어 후작은 줄을 앞뒤로 살피다가,
어떤 젊은 남자를 붙잡았다. 기사 복장인 것을 보니 그와도 안면이 있는
인물일 듯했다.

아니나 다를까, 마이어 후작은 곧장 그에게 알은체를 했다.

"아르테 경인가. 이분 대신 자리를 지키고 있어 주시오. 내가 잠깐 이분과
이야기를 나눠야 할 것 같아서. 도움을 주시면 잊지 않겠소."

그가 퍽 사교적인 태도로 부탁의 말까지 건네자, 젊은 기사는 황송한
얼굴이 되어 즉시 대답했다.

"후작님께서 부탁하신 일인데, 여부가 있겠습니까?"

그리고 마이어 후작의 빠른 인맥 활용 덕분에, 나는 잠깐 마이어 후작을
좇아서 줄 바깥으로 나올 수 있게 되었다.

"여긴 왜 계세요?"

"각하를 뵙고 나오는 길이오."

"아, 그러셨구나."

하기야 마이어 후작도 한 번쯤 알렉시스 에슈마르크를 찾아오기는 해야 하는 입장이었을 터다. 괜히 미적댔다는 인상을 남기지 않으려면 되도록 빨리 찾아올 필요도 있었으리라.

마법이 사라진 세계에서도 그의 위상은 조금도 꺾이지 않았다. 한때 누구보다도 우직한 수련을 하고 자신을 도야해 마음을 맑게 정진한 사람이라는 증명을 지녔던 인물이다. 마법이 있던 시절에만 가능했던, 그러나 마법적이지 않은, 사람들의 마음속에 좀 더 '물리적'이고 '실질적'인 형태로 남는 '신뢰' 어린 증명 말이다.

그러다 보니, 마법이 사라진 뒤 그의 위상은 오히려 이전보다 더 높아졌다. 말하자면 그는 인류 보편의 가치를 상징하는 존재가 됐다. 예전에도 조금쯤은 그런 경향이 있었지만, 지금은 더했다. 정직과 청렴, 진정성과 평등 같은 것이 실체를 지닌 채 그의 어깨에 실리기 시작했다.

사실 그럴 수밖에 없는 것이, 그는 요즘 폭주 기관차처럼 내달리며 각종 개혁 정책을 쏟아내는 애셔 아마르트 뷔올의 명실상부한 오른팔이 아니겠는가. 마법병단이 사실상 무력화된 지금으로서는 마이어 후작만큼 압도적인 입지를 지닌 존재도 없다. 그는 말하자면 실질적으로 군권을 장악한 채 애셔 아마르트 뷔올을 확실히 백업해 주고 있는, 이 변혁의 아주 기본적인 주춧돌을 마련하고 있는 사람이었다.

내가 정신을 차린 뒤로는 아마 애셔보다 더 바빴다고 알고 있다. 이젠 정말 함부로 얼굴 보기 힘든 사람이 됐다. 실제로도 눈을 뜬 뒤로는 처음 만나는 것이고 말이다. 아무리 억하심정이 있는 상대라 해도 병문안은 되도록 한 번쯤 가려 하는 성격인데 여태 내 얼굴을 보러 한 번도 찾아오지 못한 것을 보면 그 과로의 수준을 알 만도 했다. 한때 소드 마스터였던

체력이니 버티는 거지, 솔직히.

따지자면 애셔는 윗놈이고 마이어 후작은 아랫사람이니 애셔는 잠을 자기도 하고 쉬기도 하지만 마이어 후작은 잠 잘 틈 없이, 쉴 틈 없이 새 세상의 초단을 마련하기 위해 뛰어 다녀야 했을 것이다. 악덕 황태자 같으니…….

아무튼 그런 상황이니 지금 정치적인 폭풍의 눈이 되어 버린 대공과의 면담은 필수적이었다. 사실 실제로는 이미 외부에 면담을 허용하기 전에 다자기들끼리 북 치고 장구 치고, 별걸 다 짜고 치고 있겠지만 말이다. 어찌 되었든 외부에도 그런 '쇼' 정도는 해 줄 필요가 있다는 뜻이다. 그 바쁜 마이어 후작이 구태여 시간을 쪼개 내서 여기까지 와야 할 필요가 있을 정도의 중요한 '쇼'였다. 그리고 기왕 그런 '보여 주기'식 병문안을 할 거라면 그 시기는 이를수록 좋은 법이었다.

어렵지 않게 납득한 나는 무슨 이야기를 했는지 캐묻는 쓸데없는 짓을 하는 대신 고개를 주억거리며 풀리지 않는 의문에 대한 질문부터 던졌다.

"저는 어떻게 알아보셨어요? 이렇게 꽁꽁 싸매고 있는데."

"……."

마이어 후작은 말없이 나를 내려다보다가, 희미한 한숨을 뱉더니 차분히 질문했다. 별로 내 질문에 대한 대답은 아니었다.

"모습을 감추고 있는 건, 질문 세례를 받을까 봐 그러는 거요?"

"네. 지금 제가 누군지 알게 되면, 저 사람들, 줄은 내팽개치고 전부 저한테 달라붙을 것 아니에요. 저라고 설명해 줄 수 있는 건 없잖아요. 그나저나 저는 어떻게 알아봤냐니까요?"

"따로 연락을 넣어 먼저 들어가도 좋았을 텐데, 왜 직접 기다리고 있소?"

그 말을 듣고, 나는 눈을 동그랗게 떴다. 아무래도 그가 나를 어떻게 알아봤는지 따위는 문제가 아닌 듯했다.

"따로 연락을 넣다뇨?"

고개를 갸우뚱 기울이며 묻자, 멀뚱히 나를 바라보던 마이어 후작이 더더욱 이상한 태도로 고개를 갸웃거렸다. 그러나 그 역시 금세 무언가를 깨달았는지 괴상한 탄식을 흘리며 미간을 문질렀다.

"지금 곁에서 당신의 생활을 보조하는 사람이 윌리엄스였던가……."

"네, 세레나의 도움을 받고 있습니다."

"그녀는 귀족 사이의 관습에 대해서는 잘 모르니, 조언을 받기 어려웠 겠군. 신경을 쓰지 못해 미안하오. 지금은……. '그'도 없고."

'그'가 누구일지는 짐작이 갔다. 그러고 보면 예전부터 귀족들 사이의 관습이나 최소한의 예절치레, 특례, 감사나 성의의 표시 등은 전부 레일리가 도맡아 해결하지 않았던가.

하지만 나는 그 얘기를 잇지 않고, 일부러 다른 질문을 했다.

"후작님께서 신경을 써 주셔야 할 이유는 없으니까요. 마음만으로도 감 사합니다. 애초에 눈코 뜰 새 없이 바쁘셨다는 것 알아요. 스스로 제대로 챙기지 못한 제 잘못이죠. 하지만 그러니까……. 뭘 해야 했던 걸까요? 제가 뭔가 빠트렸나요?"

"그대 정도 되는 사람이면 따로 황제 폐하께 서신을 쓰든, 이리나 대마 법사께 서신을 쓰든, 아니면 친분이 있는 대공 각하께 직접 서신을 쓰든, 하다못해 태자 전하께 친서를 드려 부탁하든, 어쨌든 이런 줄과는 무관하 게 따로 시간을 배정받아 우선적으로 들어갈 수 있었을 거요……. 지난 일주일이 그걸 위한 시간이었지. 일반적으로는 말이오."

"띠용."

"띠……. 그게 뭐지."

"아니, 그만 저도 모르게 감탄사가 튀어나가 버렸습니다. 그나저나 그럼 지금 당장은 그런 연락을 넣기가 어렵……. 어렵겠죠?"

"그러려면 대공 각하의 시간을 비워야 하니 일단 오늘은 돌아가고 따로 서신을 넣어야겠지."

"며칠 정도 걸릴까요?"

"좀⋯⋯. 걸리겠지."

"음⋯⋯."

편지를 넣어도 오래 기다려야 할 것 같으면 그냥 줄이 줄어들기를 기다리는 편이 나아 보였다. 내 표정에서 생각을 읽었는지, 마이어 후작이 전혀 그렇지 않다며 고개를 저었다.

"이렇게 만나 봤자 몇 분이나 각하와 이야기를 나누겠소?"

"엥. 시간도 정해져 있어요?"

"기껏해야 몇 분일 거요. 이렇게나 많은 이가 그분을 뵙고자 하고 있으니까. 의미 있는 대화를 나눌 정도의 여유는 없지. 하지만 당신은 분명 그분과 누구보다도 많은 이야기를 나눠야 할 사람이 아니오. 그렇게 간단히 이야기를 끝낼 수는 없는 일이 아닌가."

"하지만⋯⋯."

역시 그렇다고 해서 기껏 알렉시스가 깨어났는데 이대로 돌아가 버리기도 좀 그랬다. 저택에서 며칠 동안 허송세월을 보내고 싶지도 않았다. 편지를 보내는 사람이 한둘도 아닐 텐데, 내가 편지를 써도 분명 수많은 편지들 중 의미 있는 것을 거르고 확인하는 데만도 며칠이 걸릴 터였다. 잘못하면 누락될지도 모르고, 누락되지 않더라도 다시 일정을 잡은 뒤 연락이 오려면 오랜 시간을 기다려야 했다.

솔직히 말하자면 나는 안달이 나 있었다. 이미 충분한 시간을 뷔올에서 지체했다. 그사이 레일리 크라하의 종적은 더더욱 찾기 어려워지고 있었다. 영영 그를 다시 만나지 못한 채 포기하고 돌아 나가야 한다면, 그토록 끔찍하고 최악인 결말도 없을 것이다.

그런데 생각에 빠진 나를 물끄러미 바라보던 마이어 후작이 침착한 태도로 말을 걸었다.

"나는 방금 뵙고 나와서 내게 할당된 시간은 끝난 셈이지만, 예정보다

이야기가 짧게 끝났소."

"네?"

갑자기 뜬금없는 소리였다. 무슨 소리를 하고 싶은지 도무지 짐작이 가지 않아서 다시 퍼뜩 고개를 드는데, 나를 빤히 내려다보고 있던 마이어 후작의 푸른 눈동자와 시선이 마주쳤다. 그런 식으로 그와 눈이 마주친 것은 정말로 오랜만 같았다.

"당신만 불편하지 않다면 내가 모시고 들어가겠소. 잠깐 정도는 시간을 내 달라고 말해 보는 것도 좋겠지."

"아."

얼빠진 신음을 흘렸다가 다급히 입을 닫았다. 솔직하게 말하자면 당장에 받아들이고 싶은 달콤한 제안이었지만, 그 순간, 지금까지 있었던 마이어 후작과의 온갖 애매하고 미묘하고 복잡하고 미적지근했던 관계가 떠오르고만 탓이었다. 워낙에 사건 사고가 끊이지 않아 뒷전으로 미루다 보니 잊었을 뿐이었지만, 그와 나는 정말이지 복잡한 관계가 아니던가.

나한테도 최소한의 염치는 있었다. 난처한 티를 내며 멋쩍게 뺨을 긁적이다가, 어떻게 사양하면 마이어 후작의 기분을 상하게 하지 않을지 고민해 보았다. 그런데 마이어 후작이 먼저 말했다.

"그저 내가 그러고 싶어 제안한 것이니 개의치 마시오."

"아, 그게……."

망설이던 나는 우연찮게 눈 끝에 스친 뷔올 시내의 풍경을 문득 발견하고, 나도 모르게 대답했다.

"햇살을 맞으며 기다리고 싶어서요."

내 말을 듣고, 마이어 후작이 이상한 표정을 지었다.

"알겠소."

그가 깔끔하게 물러났다. 나는 마이어 후작을 흘긋 살폈다가, 그의 표정이 나쁘지 않은 것을 확인하고야 멋쩍게 웃어 보였다.

내 미적지근한 미소를 보더니 그가 결국 표정을 조금 무너트리고 말았다. 한결 유해진 낯을 하더니, 마이어 후작이 갑자기 달갑지 않은 방향으로 화제를 돌렸다.

"나는 뷔올을 떠나는 여인을 쫓아갈 수는 없는 입장이지. 그대도 알겠지만."

"예? 네? 갑자기요? 아니 또 왜 갑자기 절 그렇게 불편하게 만드시고……."

"쫓아간다고 해서 내가 곁을 차지할 여지도 없으리라는 사실 역시 잘 알고 있소."

"……."

"그대도 알겠지만, 내게 필요한 건 내 곁에 머무를 수 있는 사람이지, 내가 쫓아가야 하는 사람이 아니야. 예전에도 그랬지만, 짐작이 가다시피 지금은 더. 그러니 걱정하지 마시오. 그대는 마음 편히 떠나게 될 테니까."

"그러니까……. 음……. 후작님도 제가 떠날 거라고 거의 단정 짓고 말씀을 하시네요……."

"여기 머무를 사람은 분명 아니니까. 내 짐작이 틀렸나."

"틀리진 않았어요."

머쓱하게 대답했다가, 그 대화의 내용을 두어 번 곱씹고 나니 더 머쓱해졌다. 나는 두 뺨을 손으로 감싸 쥐고 에효효효, 하고 일부러 과장된 탄식을 흘렸다.

"그리 말씀해 주셔서 감사합니다."

내 마음이 조금이라도 편해지라고 해 준 얘기라는 것 정도는 명백했다. 어쨌든 그와 나는 아주아주 복잡하고 민감하고 애매모호한 관계가 아니던가. 차고 차인 관계. 그 후에도 계속 작업을 걸겠다고 선언한 관계. 대략 이 세계관의 제일가는 반인륜적 마법사였던 인물과 인류 보편의 가치를 상징하는 직업 기사. 개혁 군주의 오른팔과 적폐 그 자체.

더불어, 유리 옐레체니카를 죽였어야 하지만 나를 봐서 완전히 다른 입장을 취하게 된 사람과, 유리 옐레체니카로서 죽었어야 하지만 실패한 나.

그 달라진 선택만큼이나, 이 세계에서의 마이어 후작이 다른 세계에서 보다 조금이나마 더 명예롭게, 기만 없이, 관대하게 살 수 있기를 바란다. 익히 경험해 본 이 양반의 꽉 막힌 사고방식과 혼자 답을 정해 두고 남에게는 묻기만 하는 독선적인 면모를 누구보다도 잘 알지만 말이다. 그 내면 깊숙이 자리를 잡은 전근대맨의 한계는 어쩔 수 없겠지만, 최선의 선택지들을 골라 가며 조금이라도 더 낫게 살 수는 있는 법이니까. 누구나.

누구나.

그리고 그게 곧, 이 사람을 바라보며 이 세상에서 살아가는 사람 모두에게 명예가 무엇인지를 조금쯤 더 앞서간 방향으로 알려 주게 될 테니까 말이다.

"좋은 사람 만나세요."

내 대답을 들은 마이어 후작도 잠깐 난처한 듯이 큼, 멋쩍게 괜히 목을 가다듬은 뒤 격식 있게 다시 말했다.

"그저 당신의 행복과 평안을 기원하지. 지난 기간 당신과 만나고 대화할 수 있어 기뻤소."

"그동안 감사했습니다. 여러모로 죄송한 일도 많았고요."

나름의 작별 인사를 마주 건네자, 마이어 후작은 잠깐 눈썹을 꺾고, 어쩔 수 없다는 듯이 희미하게 웃음을 뱉으며 어깨를 으쓱해 보였다.

인사는 그것으로 끝이었다. 사실 우리 사이에 더 이상의 인사를 나눌 만한 교류나 친분이 있는 것은 온당하지도 않으리라. 나는 그저 살랑살랑 손을 흔들어 주었고, 마이어 후작은 묵묵히 묵례를 해 보인 뒤 망설임 없이 줄을 떠났다.

그리고 줄로 돌아가려는데, 마침 시종들이 씌워 준 거대한 붉은 양산 아래로 사뿐사뿐 걸어오던 여자의 녹색 눈동자와 시선이 마주쳤다. 구불구불한 붉은 머리칼이 새하얀 도시의 푸른 하늘 아래에서 유난히 눈에 박혔다. 눈이 시릴 정도의 강렬한 색채였다.

나보다 더한 태도로 내내 본인의 저택과 에슈마르크 대공저만 오가며 업무만 처리하고 칩거한다던 아멜리아 레스킷이 드디어 황궁 아래에 나타나서는, 새초롬한 미소를 지어 보였다.

"이런 곳에서 뵙게 될 줄은 몰랐어요, 백작님."

사뿐사뿐 다가온 아멜리아 레스킷이 먼저 사근사근하게 인사를 건넸다. 멍청히 그녀를 보고 있던 나도 재빨리 인사부터 했다.

"오랜만이에요, 레스킷 양."

거대한 붉은 양산 아래로 드리운 새빨간 그림자가 그녀의 하얀 뺨을 아롱아롱 적셨다. 아멜리아 레스킷이 반달 모양으로 눈을 접고, 구불구불한 붉은 머리칼을 슬며시 쓸어 넘겼다.

알렉시스 에슈마르크와 유리 옐레체니카가 무슨 짓을 했는지도 대충은 알고 있는 데다가, 이번 사태가 대략 어떻게 흘러갔는지도 홀로 짐작하고 있었을 사람이다. 물론 그렇다고 해서 푸른 숲에 무슨 일이 일어났는지를 정확히 파악하지는 못했을 테니, 그녀 역시 모든 상황을 이해할 수는 없었을 것이다.

아멜리아 레스킷 역시 나름대로 나나 알렉시스 에슈마르크에게 묻고 싶은 질문이 많았으리라. 그리고 다른 사람들의 의문과 달리, 그녀의 의문만큼은 나도 확실히 해소해 줄 수 있다. 만일 그녀가 푸른 숲에서의 자세한 사정을 물으면 어떻게 대답할지 고민하는 사이, 잠시 나를 응시하던 그녀가 내게 너그러운 태도로 말을 걸었다.

"피차 곤궁한 인생들이었네요. 그렇죠?"

다른 질문이 이어진 것은 아니었다. 그녀의 말은 거기에서 잠깐 끊어졌다. 나는 말없이 눈만을 껌벅이다가, 뒤늦게 머쓱하게 웃었다.

"그러게요."

온전히 유리 옐레체니카의 삶을 논하라면, 그토록 결핍된 인생이 또 없었다고 해야 할 것이다. 그 본래의 이름, 엘류이센 라이케로 거슬러 올라가도 마찬가지였다.

이름조차 지니지 못한 채 세상에 만들어져 스스로 이름을 부여했다. 태어나던 순간부터 지니고 있던 사명에 휘둘리다가 결국 자기 자신을 희생해도 상관없으니 세계의 균형을 지키고자 했다. 모든 것이 그녀의 뜻대로 흘러가지는 않았지만 대부분은 그녀의 뜻대로 됐다. 그 과정에서 그녀의 인생에 무엇이 남았을지는, 사실 좀처럼 짐작할 수 없는 일이었다.

아멜리아 레스킷의 인생 역시 곤궁하지 않다고는 할 수 없을 터였다. 그녀가 자신의 삶에 깃들었던 여러 개 같은 사건에 크게 휘둘리지 않는 담대한 인간이었다 해도, 그녀의 삶에 괴로움과 역경이 끊임없이 이어져 왔다는 사실만은 변하지 않는다.

열여섯 나이로 무엇이든 할 테니 사랑하지도 않는 부모의 사업에 숨통을 트여 달라고 부탁하고자 대공에게 직접 찾아가기까지, 아멜리아 레스킷의 인생은 추호도 평탄하지 않았을 것이다. 물론 그 후라고 해서 평탄해지지는 않았다. 하급 귀족의 딸로 태어나 어린 나이에 황제의 눈에 들어 그 애인 노릇을 하고, 상류층 사회에서 경멸과 비난의 시선을 받으면서도 자신의 자리를 만들어야 했다.

시작부터 끝까지 자신의 선택만으로 이루어진 인생이었지만, 엘류이센 라이케든 아멜리아 레스킷이든 곤궁하지 않은 삶을 살아 본 적은 없었을 것이다. 그녀들의 삶은 그 자체로 치열했다.

내가 말없이 그녀의 말을 곱씹고 있자, 나를 물끄러미 바라보던 아멜리아 레스킷이 녹색 눈을 둥그렇게 휘었다.

"조만간 떠나실까요? 당신도 이 나라에 더 이상 머무를 이유는 없다고 생각하실 테니까요."

"네."

잠자코 대답했다가, 조금 생각하고, 다시 질문했다.

"'당신도'라면, 레스킷 양도?"

"글쎄요. 해야 할 일은 마치고 가야겠지만, 각하께서 깨어나셨으니 조만간 그 문제도 마무리할 수 있을 것 같아요."

퍽 쾌활한 태도로 대답해 놓고, 아멜리아 레스킷이 어깨를 으쓱였다. 그녀가 처음으로 소극적인 태도에 실어 말했다.

"저는 태자 전하와는 가깝게 지내기 어려운 편이거든요."

"그가 당신의 안전을 보장해 주지 않았나요?"

"물론 그랬죠. 앞으로도 제가 뷔올에 머무른다면, 폐하와의 문제는 그분이 해결해 주실 거예요. 상황이 그렇게 흘러갔고, 피차 그렇게 지내는 편이 좋으니까요."

부드러운 목소리로 설명한 아멜리아 레스킷이 손끝에 붉은 머리칼을 둘둘 말았다.

"무언가, 형언할 수 없는 면에서 강한 사람이죠. 저를 곤란하게 하시는 분이에요."

구체적으로 지칭한 주어는 없었지만 애셔의 이야기라는 점만은 명백했다. 이전에 갈리아에게서도 들은 바가 있지만, 애셔 아마르트 뷔올은 아멜리아 레스킷과 잘 맞는 인간은 아니었다. 삶의 방식도, 선택하는 방식도, 그리고 인생에 가치를 부여하는 방식도 극단적으로 달랐다.

지금의 뷔올 정세를 살폈을 때, 누가 봐도 권력과 영향력의 추는 분명하게 기울었다. 앞으로는 애셔 아마르트 뷔올의 시대가 올 것이다. 아멜리아 레스킷이 애셔 아마르트 뷔올의 치하에서 이전만큼 자유롭게 살기는 어려우리라.

그 생각을 하다가, 문득 알렉시스 에슈마르크의 말을 떠올렸다. 아멜리아 레스킷에게 알렉시스 에슈마르크만이 분명하게 줄 수 있는, 그래서 그들 사이에 확고한 협약을 맺게 한 것.

그건 결국 다름 아닌 '자유'의 보장이었다.

"그런 사람은 상대하기가 어려워요."

내가 생각에 빠진 사이 아멜리아 레스킷이 한 뺨에 가녀린 태도로 손을 얹고 푹 한숨을 내쉬었다. 나는 뒤늦게 그녀의 말에 반응했다.

"서로 잘 맞는 타입은 아니시죠."

"그런 것도 있고요. 제게도 두려운 것이 있답니다."

"'두렵다'고요?"

예기치 못한 표현에 당혹을 표했다가, 주변의 시선을 의식하고 다시 목소리를 낮췄다.

"두려울…… 만한 면은 잘 모르겠어요, 저는."

"내가 욕망에 가득 찬 인간인 것처럼 굴지만, 사실은 텅 비어 있는 인간이라는 사실을 말 몇 마디로 들켜 버리고 말 것 같거든요."

아멜리아 레스킷이 차분히 대답한 뒤 매끄럽게 화제를 전환했다.

"어쨌든 폐하와 이리나 경계서 몇십 년을 돌아 이렇게 다시 마주했으니, 이 나라에서 제가 할 수 있는 모든 역할은 끝난 것 같아요. 그러면 그것으로 된 것이겠지요."

"두 분이 다시 마주했다니요?"

"어머, 그 소식을 듣지 못하셨나요? 각하를 황궁에 모시고 보살피면서, 이리나 밀락테이트 대마법사와 황제 폐하께서 퍽 가까이 지내신다는 소문 말이에요."

"처음 들어요."

그 오랜 세월 서로에게 손가락 하나 뻗지 않은 채, 죄 없는 알렉시스 에슈마르크만 희생시키던 관계가 아니었던가. 뜻밖의 말을 들은 기분이었다. 얼떨떨한 태도로 내 입장을 밝히자, 부채를 살랑살랑 흔들며 아멜리아 레스킷이 팔짱을 꼈다. 그녀가 특유의 나긋나긋한 목소리로 설명을 이었다.

"단지 계기가 필요했던 것뿐이지요."

"'계기'……."

괜히 그녀의 말을 곱씹는데, 아멜리아 레스킷은 내가 생각에 잠길 틈을 주지 않고 덧붙였다.

"요령 없는 사람들이죠. 이루어지든, 이루어질 수 없든, 오랜 세월 그렇게 가슴만 앓으며 세월을 보내기보다는 차라리 한마디 소리 내서 말했다면 그것으로 족했을 텐데."

"어떤 한마디요?"

"뻔한 일 아닌가요?"

어깨에 부채를 기울인 그녀가 붉게 칠한 입술을 동그랗게 말아 올렸다.

"사랑한다고."

붉은 양산 아래로 새빨간 휘장을 드리운 채, 아멜리아 레스킷은 특유의 화려한 차림새와 화장, 강렬한 향수를 휘감고 퍽 애상에 젖은 듯한 목소리로 속삭였다. 시를 읊조리는 듯한 말투였다.

"혹은 사랑했다고 말이에요."

나는 그녀의 말을 듣고 무의미한 감상에 사로잡혔다. 그 말이 꼭, 이리나 밀락테이트와 황제에게 건넨 말이 아니라, 나와 레일리 크라하를 두고 건넨 말처럼 여겨진 탓이었다.

물론 아멜리아 레스킷이 레일리와 나 사이의 구구절절한 사연까지 알지는 못할 테지만, 괜히 나 혼자 그 말을 나 자신의 일로 치환해 들은 것이다. 그렇다. 이루어지든, 이루어질 수 없든, 가슴만 앓으며 세월을 보내거나 서로를 속이며 마음 아파하기보다는, 이룰 수 없는 것을 논하며 막막함을 느끼기보다는, 그저 그렇게 말했어도 좋았으리라.

가능하든, 불가능하든. 그저 그 말만 해도 좋았을지도 모르겠다. 나는 그때에야 그 생각을 했다.

우리의 대화가 잠깐 끊어졌다. 짧은 침묵이었지만, 그것만으로도 주변에서 있던 사람들에게 기회를 제공하기에는 충분했던 모양이다. 다들 넋을 놓고 아멜리아 레스킷을 지켜보다가, 우리의 이야기가 잠깐 끊어지자마자 그녀에게 말을 걸 만한 순간을 노리기 시작했다. 주변의 따가운 시선을 느끼며 흘긋 눈치를 살폈다가, 슬그머니 몸을 돌려 그들에게 등을 보이고 섰다.

내 행동거지를 물끄러미 지켜보던 아멜리아 레스킷이 입가에 부채를 두어 번 두드리다가 은근한 태도로 가까이 다가왔다. 그녀가 목소리를 낮춰 질문했다.

"줄을 서 계셨던가요?"

"아, 네⋯⋯."

"하기야 백작님께서 기억을 잃으신 후로는 이런 사안을 처리하는 일에 난항을 겪으셨겠군요. 괜찮다면 저와 함께 들어가시겠어요?"

선뜻 동행을 제안한 아멜리아 레스킷이 사뿐히 손을 내밀었다. 마치 나를 에스코트해 주기라도 하겠다는 듯한 태도였다. 눈을 동그랗게 떴다가, 잠깐 고민하고, 아무튼 아멜리아 레스킷의 손을 붙잡았다.

사실 나로서는 사양할 이유가 없는 제안이었다. 마이어 후작과 달리, 아멜리아 레스킷과는 큰 문제를 겪은 적도 없지 않던가. 오히려 지금 그녀와 나는 퍽 우호적인 관계에 있다고 봐야 했다. 동맹의 동맹, 아군의 아군이다.

"그런데⋯⋯. 이야기 나누셔야 할 문제가 많지 않을까요? 제가 괜히 시간을 뺏을 것 같아요."

"후후, 대부분의 문제는 피차 상의 없이 해결할 수 있는 선에 있으니, 단둘이 논해야 할 문제라고 해 봤자 별로 없답니다. 그래도 그와 나는 퍽 오랜 기간 아군으로 지내 왔으니까요. 그저 그간의 정을 떠올려 인사를 하고 갈 생각이라 찾아뵌 것이어요. 잠깐만 개인적으로 이야기할 동안 기다려 주시면, 나머지 시간은 전부 백작님께서 쓰셔도 괜찮을 거예요."

산뜻한 태도로 대답한 아멜리아 레스킷은 내 손을 제대로 고쳐 쥐어 자신의 팔에 팔짱을 끼게 하더니, 내 얼굴과 머리칼을 가리고 있던 모자와 숄을 강제로 내려 버렸다. 기겁하며 다시 머리칼과 얼굴을 감추려 했지만, 곱게 접은 부채 끝으로 내 손끝을 꾹 눌러 내린 그녀가 태연히 말했다.

"가리지 마셔요, 백작님. 자신이 누군지를 당당히 보이고 들어가셔야지요."

언제나 그랬듯 사근사근하고 간드러지는 목소리였지만, 어딘지 단호한 면이 있었다.

"당신과 나만이 이 나라에서 온전한 알렉시스 에슈마르크의 사람이 아닌가요."

그러고 나서, 아멜리아 레스킷은 꼿꼿이 허리를 세우고 다시 걸음을 옮기기 시작했다. 함께 대기하고 있던 시종들과 붉은 양산도 곧장 이동을 시작했다.

그녀의 팔에 친한 친구처럼 팔짱을 낀 나도 자연스럽게 그녀를 따라 걷게 됐다. 빼곡하게 줄을 서 있는 사람들을 지나쳐서, 명실상부한 알렉시스 에슈마르크의 사람들만이 당장에 그를 만나기 위해 빠르게 걷고 있었다.

발아래로 길게 펼쳐진 새하얀 성곽을 흘긋 돌아보았다가, 나는 아멜리아 레스킷의 팔에 조금 더 제대로 팔짱을 꼈다. 그녀의 말대로였다.

이 나라에서, 그녀와 나만이 온전한 알렉시스 에슈마르크의 사람이었다.

* * *

아멜리아 레스킷은 미리 내게 얘기한 대로, 거리낌 없이 나를 데리고 알렉시스 에슈마르크의 방까지 들어갔다. 알렉시스 에슈마르크 역시 아멜리아 레스킷과 내가 함께 왔다는데도 개의치 않고 우리를 맞이했다.

"여어, 백작."

여느 때와 같은 평온하고 태연한 얼굴로, 그가 일상적인 인사를 건넸다.

"그간 잘 지냈나."

그를 꽤나 걱정했었지만 그 걱정이 무색할 정도로 멀쩡해 보이는 얼굴이었다. 나는 눈을 가늘게 떴다가, 자연스럽게 아멜리아 레스킷에게서 서류부터 받고 있는 알렉시스 에슈마르크를 유심히 살핀 뒤 고개를 절레절레 저었다. 그들은 정말로 대화라곤 한마디 없이 필요한 자료들만 빠르게 주고받는 중이었다. 결국 내가 대신 대화의 물꼬를 텄다.

"저는 잘 지냈어요. 당신이 깨어나길 기다리고 있었거든요."

"그래? 나를 보는 사람마다 다 그 소리를 했는데, 아마 그대에게서 들은 그 말이 가장 진심 어린 안부 같군."

그는 쓰린 말을 여상스럽게 꺼내더니, 그때에야 아멜리아 레스킷에게서 받은 서류들을 빠르게 살펴본 뒤 그녀를 향해 고개를 들어 올렸다.

"예기치 못한 일이었겠지. 그대도 수고 많았어, 아멜리아."

"별말씀을요, 각하."

아멜리아 레스킷이 부드럽게 미소 지으며 치맛자락을 살짝 올렸다 내려 예를 표한 뒤 한 걸음 물러섰다. 우선은 그들의 이야기부터 마무리를 지어야 했다. 우리의 이야기는 레스킷 양 없이 둘이서만 주고받아야 하는 내용을 포함하고 있으므로, 쌍방이 동의해 내가 들어도 상관없다고 판명한 그들의 이야기가 마무리된 뒤 아멜리아 레스킷이 먼저 방을 나서게 될 것이다.

나는 잠자코 한 걸음을 물려, 그들의 이야기가 끝나기를 기다리기로 했다. 아멜리아 레스킷은 내가 알렉시스 에슈마르크에게 양해를 구하고 의자에 앉자, 그때에야 자신의 말을 꺼냈다.

"그저 저는 이만 떠나고 싶답니다. 아마도 제 역할은 이것으로 끝난 것 같아서요."

"어머니의 문제 말인가."

"예. 본래 필요했던 것을 찾았으니, 대용품에는 의미가 없어졌지요. 제가 누구를 위해 일하고 있는지 명명백백히 알려지는 바람에 각하께 불이익이 생기지는 않을지 걱정했지만……. 다행히 태자 전하께서 각하의 손을 놓지 않으시려는 것 같더군요."

"아아. 애셔와는 이미 이야기를 나누었지."

"하지만 제가 먼저 떠난 이후 각하께서 이 나라에 얼마나 머무르실지, 사실 소녀, 잘 짐작이 가지는 않는답니다."

사근사근하게 튀어나온 말에 알렉시스 에슈마르크가 잠잠히 웃었다. 나도 그들의 대화에 귀를 기울였다.

애셔 아마르트 뷔올과 아멜리아 레스킷, 그리고 나까지 포함해 알렉시스 에슈마르크가 실제로 어떤 인물인지를 아는 자들은 입을 모아 그렇게 이야기하고 있다. 알렉시스 에슈마르크 역시 더는 뷔올에 머무를 생각이 없을 것이며, 당장이라도 떠나려 하리라고 말이다. 애초에 내 경우에는 이미 그의 그런 인생 계획을 상세히 들은 적도 있지 않은가.

물론 그때의 제안과는 달리 알렉시스 에슈마르크의 방랑에 내가 함께할 수는 없을 것이다. 알렉시스 에슈마르크가 그 방랑의 목적으로 삼으려 했던 내 귀환 방법 역시 이미 엘류이센 라이케가 일러 주었으니 그마저도 이유가 될 수 없다. 알렉시스 에슈마르크가 엘류이센 라이케와 나 사이에 오간 대화를 듣지는 못했지만, 그 역시도 내가 어느 정도 진실과 해답을 알고 돌아왔으리라는 사실만은 짐작하고 있을 터였다.

아니나 다를까, 그저 웃기만 하던 알렉시스 에슈마르크는 서류를 전부 살펴본 뒤 협탁 위에 정리해 올려놓고 나서야 차분히 대답했다.

"떠나야지. 홀로."

"그렇군요."

시종과 하인들을 전부 물린 상태에서 대화가 시작된 탓도 있었고, 이 자리에서 가장 신분이 낮은 탓도 있었다. 자연스러운 태도로 차를 끓이기 시작한 아멜리아 레스킷이 담담히 답했다.

"그러실 거라고 생각했어요."

"일평생 찾던 것이 이토록 무의미했음을 알았고, 그 과정에서 내가 원치 않게 누군가를 공격할 수도 있다는 사실 또한 알게 되었으니, 그저 하릴없이 떠나고 말아야지. 누군가의 것을 뺏어 봤자 내가 만족하거나 행복해지지는 못할 테니 말일세. 물론 그러고 나면 대공도 뭣도 아니게 될 테니, 그 전에 그대에게는 감사의 표시를 해야겠지만 말이야."

"글쎄요. 감사의 표시라면 이미 제게 넘겨주신 것이 아닌지요."

"식민 무역 말인가?"

"그뿐인가요? 개인적으로 소유한 사기업의 전권까지 제게 넘기지 않으셨나요."

"고작 그 정도로?"

고작의 기준이 대체 어떻게 되어 먹은 건지 알 수 없는 발언이었지만, 나는 잠자코 두 손을 모은 채 입을 다물고 있었다. 물론 내가 끼어들 이야기도 아니었지만, 알렉시스 에슈마르크가 그녀에게는 넉넉한 보상을 챙겨 줘야 한다고 생각하는 것도 이해했고, 사실 나 역시 그에게 동의했다.

하지만 아멜리아 레스킷은 본래부터 외부 요인에 크게 흔들리지 않는 인간이었다. 외부의 요인을 강렬히 열망하지도 않는다. 그녀는 좋게 말하면 욕심과 집착이 없었고, 공격적으로 표현하면 소망이 없는 사람이었다. 그녀가 그저 차분히 대답했다.

"세상 어떤 것도 제 감정을 의미 있게 할퀴고 지나치지는 못하기에, 아시다시피 재물과 부, 권력에 큰 욕심은 없답니다. 그 정도면 제 노후를 풍족하게 보장해 주기에는 충분하다 못해 차고 넘칠 듯하니 그 이상의 것을 바라지는 않겠어요. 저는 이제부터 상단이든 사업이든 잡히는 대로 새 삶을 시작해 볼 생각이라서요. 벌이는 차근차근 스스로 만들 예정이니, 처음부터 과한 짐을 들고 가면 너무 무거워질 것 같고……. 제가 너무 많이 들고 가 버리면, 이후에 각하께서 떠나실 때 빈손이 되실까 염려되기도 하고요."

"이런. 약간 더 챙겨 준다 해서 대공저의 기둥이 뽑히지는 않는데 말이야. 그렇게 능력이 없지는 않네."

"물론 그러셨지요. 하지만 세상이 바뀌었고, 당신은 세상을 따라잡는 일에 가장 큰 난항을 겪으실 분이 아닌가요."

그녀가 노래하듯 경쾌한 태도로 대답했다.

"이 아멜리아, 제멋대로 살고 있지만 그래도 은혜를 모르는 인간은 아닙니다."

장난스럽게 눈썹을 찡긋거린 아멜리아 레스킷이 우선 알렉시스 에슈마르크에게 찻잔을 내밀고, 나에게도 다가와서 차를 한 잔 쥐여 줬다. "고마워요." 조용히 인사하자 그녀가 그저 눈을 반달 모양으로 접어 보이며 인사를 받아 줬다.

"어쨌든 맡겨 주신 업무는 회복하실 때까지는 책임지고 해결해 두겠어요, 각하. 그리고 제가 스스로 괜찮다고 여기는 순간, 제게 필요하다고 판단되는 것만을 들고 어느 날 인사도 없이 떠날 거여요. 그저 제게도 염치는 있기에 그렇게 떠나 버리기에 앞서 미리 인사는 드려 두고자 오늘 찾아뵌 것이랍니다."

자신의 찻잔에 담긴 음료에 몇 방울 자극적인 향신료를 추가하고 자리에 앉지도 않은 채 몇 모금을 마신 그녀가 기복 없는 목소리로 덧붙였다.

"다음에 뵐 때는 존칭조차 없을 예정이니 그리 알아 주셔요."

"하하, 그것도 괜찮겠군."

알렉시스 에슈마르크가 그녀의 말에 퍽 너그럽게 대응하고, 더 할 말은 없냐며 다정한 낯을 해 보였다. 알렉시스 에슈마르크의 시선을 받고 가만히 눈을 깔았던 아멜리아 레스킷이 희미하게 미소를 지어 보이더니, 부드럽게 첨언했다.

"떠도시다 지치시면 언제든 제게 찾아오셔요. 도움이 필요하시면 그때마다 연락을 주셔도 괜찮겠지요. 세상을 등지고 여유롭고 평온한 삶만을 찾아 헤매는 미련한 사내 한 명 머무르게 할 정도의 능력은 갖추고 있으니, 언제든 저어하실 이유가 없답니다."

그건 듣고 있던 나도 예상하지 못한 발언이었지만, 아마 알렉시스 에슈마르크도 짐작하지 못한 말이었을 것이다. 알렉시스 에슈마르크가 보랏빛 눈동자를 동그랗게 치뜨든 말든, 아멜리아 레스킷은 언제나 그랬듯 사근사근한 목소리로 태연히 덧붙였다.

"저는 당신과 함께 머무를 만한 사람이 될 수는 없지만, 세상 모든 이가 반드시 누군가의 곁에서만 안정을 얻는 것은 아닙니다. 혼자서도 어디에든 머무를 수 있다고 판단하신다면, 그때 비로소 돌아가실 곳은 제가 마련해 두겠다는 이야기지요."

그녀는 알렉시스 에슈마르크는 물론 누구의 곁에서도 감정적으로 함께해 줄 수는 없는 사람이고, 알렉시스 에슈마르크는 일평생 감정적으로 소통하며 함께 지낼 수 있는 사람을 찾아 떠돌았지만.

생각해 보면 정말이지 아멜리아 레스킷이야말로 알렉시스 에슈마르크가 자신의 손으로 직접 만들어 낸 돌아갈 장소인지도 모른다. 그가 직접 발굴하고, 거두고, 키우고, 보호하고, 세상에 떠밀어 보내는 인재가 아닌가.

맞는 얘기다. 꼭 누군가가 있는 곳으로 돌아갈 필요는 없다. 알렉시스 에슈마르크는 내게 있어 아마 오래도록 고통이 가시지 않을 아픈 손가락이었고, 결과적으로 아멜리아 레스킷의 그 말은 내게도 퍽 기꺼운 발언이 됐다. 나는 여전히 그가 행복해지기를 바라고 있다. 누군가가 기다려 주는 곳으로 구태여 돌아가지 않더라도, 그가 스스로 돌아가는 곳에 누군가가 기다려 줄 수도 있는 법이었다.

반드시 사랑이 아니어도, 세상에 유일한 관계가 아니어도 마찬가지였다. 인간적인 온정이 그 자리에 있을 것이다.

"그저 그렇다는 이야기예요."

그렇게 말을 맺은 그녀는 더없이 침착한 태도로 부채를 접어 협탁에 잠시 내려놓고, 그대로 바닥에 무릎을 꿇었다. 꽃잎 같은 드레스가 나풀나풀 흔들리다가 풍성하게 가라앉고 나서, 아멜리아 레스킷이 사뿐히 고개를 숙였다.

짧은 인사가 끝났을 때, 고개를 다시 들어 올린 아멜리아 레스킷이 특유의 화려하고 자신만만한 미소를 지어 보였다.

"말씀드렸다시피 이 아멜리아, 제멋대로 살고 있지만 그래도 은혜를 모르는 인간은 아니니까요. 그간 감사했답니다."

"나도 고마웠네."

알렉시스 에슈마르크가 희미하게 웃는 낯을 하고 아멜리아 레스킷을 내려다보며 말했다. 그리고 그 말로 끝이었다. 아멜리아 레스킷은 미련조차 없는 사람처럼 곧장 몸을 세웠고, 매무새를 단정하게 정리한 뒤, 다시 부채를 챙겼다. 화려한 손가방을 들어 올린 그녀가 자신의 차를 마저 마신 뒤 작은 함을 꺼내 입술에 꽃물을 고쳐 발랐다.

그러고는 언제나 그랬듯 나풀나풀 화려하게 흔들리는 차림새를 한 채, 곱게 상체를 기울여 인사를 건넨 뒤 돌아섰다. 문 근처에 앉아 있던 나는 자연스럽게 그녀와 시선이 마주치게 됐다.

아멜리아 레스킷이 내게도 눈짓으로 인사를 했다. 나는 그녀의 눈인사를 받고 나서, 어딘지 충동적으로 입을 열었다.

"레스킷 양."

나는 조금 조급하게, 하지만 누그러트린 목소리로 말을 꺼냈다.

"헤어지기 직전에 미안하지만, 당신의 대답이 궁금해졌어요. 계속 그 답을 찾지 못해 헤매던 의문이라서요."

좋은 타이밍 같지는 않았지만, 나는 그저 그녀에게 묻고 싶어졌다. 나와는 지극히 다른 인생을 사는 인물이기 때문에 그녀의 사고방식이 궁금해졌기 때문일 수도 있고, 어쩌면 아멜리아 레스킷이 최후에 닿은 이 순간, 알렉시스 에슈마르크가 마지막까지 찾아 헤맸지만 손에 넣지 못한 것을 자신이라도 괜찮다면 제공하겠다고 조심스럽게 의사를 표명한 탓일 수도 있을 것이다.

다행히 이 자리에 있는 사람들은 내 갑작스러운 행동에는 퍽 이골이 난 사람들뿐이었다. 알렉시스 에슈마르크도 어쩔 수 없다는 듯이 어깨를 으쓱해 보였고, 아멜리아 레스킷도 흔쾌히 내 질문을 받아 주었다.

"어머, 그런 의문을 품고 계셨군요. 저라도 도움이 된다면 얼마든지 답변을 드리지요. 말씀하셔요."

"당신도 언젠가 당신의 이야기가 지극히 완전한 형태로 끝을 맺으리라고 믿고, 또 그것을 바라고 있나요?"

분명 뜬금없는 질문이었을 것이다. 하지만 녹색 눈을 동그랗게 떴다가 부채로 입가를 툭툭 두드리며 웃은 아멜리아 레스킷이 산뜻하게 대꾸했다.

"재미없는 이야기를 하시네요, 백작님."

주저하는 기색조차 없었다. 그녀가 망설임 없이 단박에 답을 돌려주었다.

"삶의 완성이란 내 삶이 고난과 역경과 슬픔과 괴로움을 행복과 기쁨의 순간만큼이나 포함하여, 그럼에도 불구하고 처음부터 온전히 나의 것으로서 완전했다는 사실을 깨닫는 순간에 이루어지는 법이지요."

부채로 입술 끝을 톡 두드리며, 그녀가 야살스러운 태도로 눈웃음을 지어 보였다.

"제 삶은 처음부터 끝까지, 언제나 지극히 저의 것으로서 완전했답니다."

그리고 그건 정말이지 내가 나 자신의 혼란스러운 일들을 맞이한 채로는 스스로 떠올린 적도 없을뿐더러, 그럴 수도 없었을 법한 답변이었다. 눈을 댕그랗게 뜨고 그녀를 바라보다가 희미한 감탄사를 뱉었다.

"고마워요. 좋은 참고가 됐어요."

나는 빠르게 대답했다.

"그럼 이만 떠날게요. 백작님께서도 건강히 지내셔요."

내 대답을 듣고 잠깐 웃던 그녀가 살뜰한 태도로 작별의 인사를 건넸다. 나도 반사적으로 그녀에게 인사했다.

"당신도요, 레스킷 양."

하지만 그렇게 인사했다가, 내 곁을 지나쳐 문을 나서려던 그녀를 재빨리 말로 붙잡았다. 아마도 이후로는 그녀를 만날 일이 없을 테니, 별안간 그녀에게 다른 인사를 건네고 싶어진 탓이었다.

"당신의 마음에도 달콤하고 아름다운, 당신을 흔들지는 못해도 약간의 온기는 남길 수 있는……. 그런 잔잔한 파문이 찾아오기를 바라요."

'레스킷 양'이라는 호칭 대신 그녀의 이름을 입에 담고, 나는 다급히 덧붙였다.

"건강하게 지내요, 아멜리아. 어딜 가든 행복하고요."

내 인사를 들은 아멜리아 레스킷은 샐쭉 웃는 낯으로 초승달 같은 눈을 접고는, 바람처럼 작별을 고하며 문을 밀어냈다.

그렇게 아멜리아 레스킷이 방을 나가고 나서, 우리는 한동안 차를 마시기만 할 뿐 제대로 된 대화를 나누지는 않았다. 하지만 한 잔의 차가 사라지는 짧은 시간 동안 굳이 대화를 해야 할 필요를 느낀 것도 아니었다. 알렉시스 에슈마르크는 여유로운 태도로 초콜릿을 권했고, 나는 흔쾌히 그 초콜릿을 받아들였다.

가장 먼저 등장한 화제는 그와 나 사이에 있었던 일도, 엘류이센 라이케가 벌였던 수많은 일도 아니었다. 레일리 크라하에 대한 문제는 더더욱 아니었다. 알렉시스 에슈마르크는, 다른 모든 주제에 앞서 지금 당장 일어난 일들부터 입에 담았다.

"무게조차 남기지 않고 사라졌더군."

주어는 없었지만 무엇을 두고 한 이야기인지는 명백했다. 나는 잠자코 대답했다.

"없어졌죠."

알렉시스 에슈마르크는 그 말만을 한 뒤 한동안 자신만의 사색에 잠겨 있었다. 나는 그가 건넨 초콜릿들만을 야금야금 먹어 치우면서 그에게 충분한 시간을 주기로 결정했다. 깨어난 지 얼마 되지도 않았는데 손님들이 이리도 몰려들었으니, 자기 자신의 일을 돌아볼 시간도 충분하지 않았을 것이다. 혼자 저택에 칩거하며 회복기를 가진 나와는 애초부터 사정이 달랐던 셈이다.

이 제국에서, 나아가 이 대륙에서 누구보다도 마법으로 성공한 인물이 아니던가. 손짓 하나로 므라우를 지도에서 없애 버리고, 명성 높은 악당들을 수십 수백 명씩 학살했으며, 마력을 이용한 온갖 장치로 무소불위의 권력을 손에 넣었다. 이제 이 세계에는 마력도 마법도 없으니, 그가 발휘할 수 있는 영향력 또한 극단적으로 축소되었을 것이다.

게다가 일평생 그의 머무를 곳을 박탈하고 있던 아버지인지 형인지 모를 황제는 그가 혼수상태에 빠진 틈을 노려 알렉시스 에슈마르크를 이용해 정치판에 불을 붙였다. 이리나 경과 황제는 본인들의 입맛에 맞는 기회가 찾아오자마자 알렉시스 에슈마르크의 입장은 전혀 고려하지 않은 채 관계를 회복하기도 했다. 동생인지 조카인지는 몰라도, 알렉시스 에슈마르크의 인생에서 유일하게 정을 준 상대였던 애셔와는 찝찝한 상태로 얼굴을 마주해야 했을 것이다.

므라우와 협업을 하면 세계 전반에는 좋은 일이지만 알렉시스 에슈마르크에게는 득 될 것이 하나도 없었다. 그는 과거 므라우를 대패시킨 장본인이며, 그들의 수장급 되는 자들을 모조리 몰살시킨 사건에서 주된 활약을 했다.

과거의 사건에서 살아남은 상층부 인사는 오직 두 사람, 레일리 크라하와 가라한 아브리함뿐이었다. 개중에서도 레일리 크라하는 그와 크나큰 문제를 겪고 분개한 채 사라졌다. 가라한 아브리함은 퍽 온건한 입장이었지만 그라고 해서 억하심정을 품지 않았다고는 말할 수 없다. 그 휘하의 숱한 반인들은 더더욱 분노하고 있을 것이다.

마법이 없는 이상, 알렉시스 에슈마르크는 그저 돈이 많고 총명한 황가의 사생아에 불과해졌다. 정치적인 문제가 얽혔으니 그보다 못한 입장이라고도 할 수 있으리라. 암살 시도라도 있었다가는 과거와는 달리 꼼짝없이 당하는 수밖에는 없다.

하지만 알렉시스 에슈마르크의 표정은 뜻밖에도 평온했다. 그가 생각보다도 담담한 목소리로 운을 뗐다.

"오랜 세월 나를 괴롭히고 슬프게 했지만, 동시에 내 유일한 밑받침이 되어 준 힘이었지."

"엘류이센 라이케와 함께 겪은 세계였죠."

"맞아."

그의 반응이 퍽 괜찮았기 때문에, 나도 더는 망설이지 않고 이야기를 시작하기로 했다. 나는 우선 엘류이센 라이케와 지하 실험실의 깊은 곳에서 나눈 대화를 전했다. 알렉시스 에슈마르크가 잠들어 있는 사이 뷔올 제국이 얼마나 변했는지도 조금씩 전달했다.

엘류이센 라이케가 애정을 논할 때 최후의 순간까지도 사용하던 그 회의적이고 차가운 논조를 떠올리고, 나는 조금 찝찝해졌다. 그녀가 알렉시스 에슈마르크에게는 나름의 애정을 갖고 있지 않았을까 마음대로 추측한 내 탓도 있고 해서, 굳이 그에게는 그 이야기를 전하지 않는 편이 낫겠다는 나름의 결론을 품은 채 그를 만나러 왔다.

그리고 알렉시스 에슈마르크와 직접 얼굴을 대면하고 나서, 역시나 나는 그 이야기만은 언제가 되어도 전할 생각이 들지 않을 거라고 재차 확신했다. 사실, 굳이 그래야 할 이유도 없는 이야기였다. 그저 엘류이센 라이케가 어떤 인물이었는지를 파악하게 해 준 신변잡기식 대화에 불과하지 않았던가. 자세히 떠들 필요는 없을 것이다.

그런데 내 이야기를 들은 뒤 알렉시스 에슈마르크는 아주 뜻밖의 사실을 전해 주었다.

"그녀가 나를 살려 보냈네."

"누가요?"

반사적으로 되물었다가 황급히 말을 수정했다. 사실 누구를 이야기하는지는 뻔한 일이었다.

"엘류이센 라이케가, 당신을?"

알렉시스 에슈마르크는 제대로 된 대답을 주는 대신 잠자코 고개를 끄덕였다. 그가 아무렇지도 않은 듯한 태도로 차근차근 설명을 이어 붙였다.

"마지막 순간에 다다랐을 때, 우리는 피차 마찬가지의 진실을 깨달았지. 우리가 지금까지 내내 증명받고 싶었던 사실이었어. 세계에는 순서가 없다는 것 말일세."

"세레나에게 들었어요. 기계 장치 아래에, 진짜 '구조'가 깔려 있었다는 이야기 말이죠?"

"아하, 윌리엄스도 봤다고 했었지, 참. 잠깐뿐이었지만 아래에 깔린 꽃더미를 희미하게 봤다던가."

알렉시스 에슈마르크가 몹시 태연한 얼굴로 대답했다. 나는 고개를 끄덕여 주다가 이상함을 느끼고 고개를 갸우뚱 기울였다. 세레나는 지금껏 내 수발을 드느라 이 줄에는 합류하지도 못했고, 남들보다 빨리 알렉시스 에슈마르크를 만날 수 있을 정도의 신분도 아니었다. 실제로도 세레나는 대신 안부라도 전해 달라는 부탁을 하지 않았던가.

"세레나는 당신이 깨어난 뒤로 만난 적이 없지 않아요?"

"편지를 보냈더군."

"요즘 당신이랑 연락 좀 해 보려는 사람들이 이렇게 많은데, 편지를 보낸다고 해서 그렇게 빨리 도착합니까?"

"애셔가 들고 왔지."

들다 보니 더욱더 이상했다. 애셔에게 편지를 맡겨 남몰래 미리 전달하는 그야말로 황실 놈들 같고 음험한 방법을 떠올릴 수 있을 법한 아이가 아니지 않은가. 세레나란 이 세계에서 거의 유일하게 남은 마음의 온기, 힐링을 주는 선인, 마음과 의지가 튼튼한 정의롭고 공정한 인물이었다. 감히 내 소설 속의 마지막 양심이라고 해도 과언이 아니었다.

그렇다면 무슨 경로로 세레나의 편지가 애셔의 손에 들어갔겠는가? 미친 놈, 뻔한 일이 아니겠는가? 공공연히 스캔들을 일으켜 놓고 대체 왜 본인은 가만히 있나 했더니, 그동안 내내 티 나지 않는 선에서 물밑 작업을 하고 있었음이 분명했다!

"애셔, 이 여우 같은 놈이……."

이제야 진상을 파악한 나는 급기야 격분을 참지 못한 채 제국의 황태자를 두고 막말을 지껄이고 말았다. 이 앙큼한 놈이, 내가 그렇게 직접적으로 묻기까지 했는데 나한테까지 숨긴 채로 비밀리에 그런 짓을 진행했다 이 말이냐? 애초에 세레나의 편지를 손에 넣었다는 건 백작저의 편지도 감시하고 있었다는 뜻이 아니겠는가?

사실 백작저를 감시하다 보니 세레나의 편지도 손에 넣게 됐을 것이다. 이 염병할 자식이 정말. 내가 눈썹을 역팔자로 꺾으며 못마땅한 티를 내자, 알렉시스 에슈마르크가 재빨리 끼어들었다.

"흠……. 원래 사내란 좀 여우 같고 앙큼한 면이 있어야 하는 법이야."

"지금 가족이라고 편듭니까?"

"꼭 내 얘기 같아 찔려서 괜히 성을 낸 것 정도로 해 두세."

알렉시스 에슈마르크가 점잖게 대답을 회피한 뒤, 재빨리 다른 이야기로 연결하기 위해 애를 썼다.

"그 애도 참 철두철미하지. 혹시 윌리엄스에게 이미 연인이 있지는 않은지, 가정은 어떤 문제를 겪고 있는지, 도울 만한 틈은 없을지 조사를 하는 과정에서 발견했다며, 중간에서 빼돌려 먼저 보여 주더군. 물론 애초에 그대를 지켜보고 있었을 테니 그 덕도 봤을 테지만 말일세. 당연한 얘기지만, 이건 비밀이야."

"세레나한테 말할 건데요. 걔도 그 정도는 알고 선택을 해야 할 것 아닙니까."

"그럼 최소한 내가 전했다는 건 비밀일세."

"그건 받아들여 드리죠."

짐짓 너그러운 태도로 알렉시스 에슈마르크의 마지막 합의점을 수용한 뒤, 뺨을 만지작거리며 인상을 썼다. 그리고 아주 잠깐 생각에 사로잡혀 있었다.

나는 세레나가 본 '기계 장치'가 세상에 실재하던 마력이라는 것을 확인해 준 일이 있다. 깨어난 지 얼마 되지 않았을 때의 일이었다. 그리고 그 후 시간이 지나, 알렉시스 에슈마르크가 깨어난 뒤에야 세레나는 그에게 편지를 전할 수 있었을 것이다. 요컨대, 세레나는 과거 자신보다 앞서 기존의 세계를 본 사람들이 있다는 사실을 인식한 뒤에야 알렉시스 에슈마르크에게 그때 본 풍경을 상의했다.

세레나는 막 깨어난 나를 눈앞에 두고 굳이 그런 주제를 논하려 들지는 않았다. 아무래도 알렉시스 에슈마르크는 그녀의 입장에서 스승에 가깝기 때문에, 나보다는 그런 논의를 하기 편한 대상으로 여겨졌을 것이다. 나는 말없이 생각에 빠져 있다가, 천천히 질문을 꺼냈다.

"세레나는 뭐라고 했어요?"

"무엇에 대해?"

"기존의 마력과, 그 후 다시 알게 된 마력의 정체를 눈앞에 두고서 말이에요."

"그게 정말 놀라운 일이었지. 나는 생각도 못 했네."

알렉시스 에슈마르크가 부드럽게 대답했다. 하지만 그 뒤에 이어진 말은 또 그와는 상관이 없는 이야기였다. 그는 대뜸 나에게 질문했다.

"그 세계를 그대도 보았나."

"아뇨. 그럴 리가 있나요. 금세 사라졌다면서요."

"사라지다니?"

입가를 가리고 잠깐 웃던 그가 까딱까딱 손짓을 해 보였다. 그의 손짓에 따라 조금 더 가까이 다가가서 앉자, 알렉시스 에슈마르크가 길게 뻗은 손끝을 내 이마 위에 살포시 얹었다.

"깨닫지 못하면 보지 못하는 법이니까 말일세. 그러고 보면 그대는 '그 세계'도 이 세상에 들어서자마자 제때에 보지는 못했었지."

"예?"

"세계는 변한 것이 없네. 변하는 것은 보는 자의 시각뿐이야."

그 말을 사뿐히 건네고, 그가 손끝으로 내 이마를 톡 밀쳤다. 그 순간 정체를 규명하기 어려운 상쾌한 바람이 귓가를 스치고 머리칼을 한차례 쓸고 지나갔다. 자연스러운 바람의 흐름은 아니었다. 그리고 그 흐름이 '부자연스럽다'고 인식한 순간, 불현듯 눈앞에 화사한 꽃향기가 났다. 달콤 하면서도 산뜻한 향이었다.

천장에 하나, 둘, 고개를 내민 꽃봉오리가 금세 그 망울을 터트렸다. 동 심원이 퍼지는 듯했다. 발아래에서 시작된 작은 꽃의 원이 펑, 펑 경쾌한 소리를 내며 비눗방울처럼 터져 나갔다. 가까운 곳에서부터 먼 땅으로, 바람에 휩쓸리듯이.

꽃이 폈다. 하얗게 번진 빛의 선을 뿌리처럼 딛고.

세레나의 표현 그대로였다. 거미줄처럼 퍼진 빛을 타고 세상의 생명력이 뿌리 깊숙한 곳으로 흐르고 있었다. 그윽한 향이 생명력을 갖고 피어났다. 이 세계의 마법이란 그 자체로 생명력을 지니고 있었으며, 아! 나는 그 풍 경을 단숨에 시야에 담고, 알렉시스 에슈마르크가 의식을 잃기 전 마지막으 로 중얼거렸던 그 발언을 똑같이 입에 담아야 했다.

"이 세계가 이토록 아름다웠군요."

입술을 달싹이며 잠자코 속삭이자, 알렉시스 에슈마르크가 두어 번 잘게 웃었다.

"내가 보기에는 기계가 부서진 파편에서 피어난 것 같았어."

그가 희미하게 말했다.

"하지만 윌리엄스는 기계가 부서지고 나서, 그 아래에 짓눌려 있던 새싹들이 비로소 고개를 들고 피어나는 것처럼 보였다는군."

현실적인 색감의 꽃이 있는가 하면 비현실적인 색감의 꽃도 있었다. 다홍색, 주황색, 노란색, 붉은색, 분홍색, 녹색, 푸른색, 물빛, 보라색, 흰색, 검은색, 회색, 갈색, 청록색, 금색, 은색……. 온갖 빛깔의 꽃이 크고 작게 피어나서 화려한 색조로 시야를 메우기 시작했다. 나풀나풀 흔들리는 꽃잎은 이전의 마력처럼 시야를 온통 가리지는 않았다. 그 사이로 한들한들 공기가 흔들렸다.

투명한 공기 너머에서, 또렷하게 그 얼굴을 내게 보이며, 알렉시스 에슈마르크가 잠자코 차를 마셨다. 빛의 뿌리가 번진 줄기에는 희미하게 반짝임이 남아 있었다. 세계에 다정한 빛깔의 조명이 한차례 드리워져서, 마치 그 자체로 은은하게 빛이 나는 것만 같았다. 좋은 필터를 써서 사진을 찍은 것 같기도 했다.

세상 모든 풍경이 그린 듯한 아름다움을 품고, 그 자체로 온전히 나부끼고 있었다.

"꽃으로 피어난 세계가 있네. 나는 세계가 이토록 아름다운 줄을 처음으로 알게 됐지. 그러니 이제 와서 세상의 순서에 무슨 의미가 있겠나."

거대한 침실을 가득 채운 꽃밭을 망연히 바라보기만 하던 내게, 그가 퍽 다정스러운 태도로 속삭였다.

"엘류이센 라이케도 그리 말하더군. 삶이란 그저 그 자체로 이리도 아름다웠으니, 되었다고."

조금은 시를 읊는 듯한 태도였다. 자기 자신의 감정을 한없이 절제한 것 같은 말투이기도 했다. 그가 담담히 덧붙였다. 엘류이센 라이케의 마지막 말이었다.

"마지막엔 온전히 나를 위해 무언가를 바쳐 보는 것도 괜찮겠다고 말일세."

아, 나는 그 말을 아주 오래도록 곱씹어야 했다. 다른 누구도 아닌 엘류이센 라이케가 남긴 그런 말로부터 전해지는 설명할 길 없는 여운 따위가 있었다. 정말이지 어떻게도 표현할 방법이 없었지만.

나는 꽤 긴 시간 동안 그 말을 몇 번인가 복기하다가, 안도와, 약간의 불안과, 여러 복잡한 감정이 뒤섞인 야트막한 한숨을 내뱉었다.

"그럼 아직 마법을 쓸 수 있는 거군요. 만에 하나라도 힘이 없어서 위험에 처하지는 않겠어요. 당신이 워낙 원한을 쌓아 뒀어야죠."

"부정할 수는 없는 말이군. 사실, 마법을 쓸 수 있다고 하더라도 이전에 사용하던 방식과는 전혀 다르겠지만 말이야."

알렉시스 에슈마르크가 퍽 장난스러운 태도로 경쾌하게 대답한 뒤, 조금 쓰게 웃었다.

"그리고 어지간해서는 쓸 일이 없기를 바라고 있네. 그냥 이 자체로 두는 것이 가장 아름다울 듯해."

"이해해요."

깊은 공감을 표하며 고개를 끄덕끄덕 흔들자, 알렉시스 에슈마르크가 부드럽게 덧붙였다.

"마법이 사라진 세계가 찾아올 줄은 몰랐어."

"저도요."

"그대에게도 예상 밖의 일인가?"

"음……. 정말로 제가 '쓸 법'한 세계가 아니었을까 생각은 해 봤는데, 그래도 막상 보기 전까지는 생각 못 했어요."

"그렇군."

그는 거기까지 말하고 잠깐 말을 끊었다가, 어쩐지 조금 생각에 빠진 듯한 얼굴을 했다. 내가 그에게 별다른 질문을 내밀거나 주제를 던져 준 것도 아니었는데, 갑작스럽게도 무언가, 생각해 볼 만한 문제를 떠올린 모양이었다.

"왜 그래요?"

"별건 아니고, 윌리엄스 말일세."

"네."

"말했다시피, 이 새로운 마법 체계를 내가 본 방식과 그녀가 본 방식에는 퍽 차이가 있었어."

"당신은 마력 장치가 부서져서 씨앗처럼 지각에 퍼진 탓에 그곳에서 꽃이 폈다고 생각했지만, 세레나는 마력 장치에 짓눌려 있던 새싹들이 그 붕괴에 이어 비로소 꽃을 피웠다고 말했다던 거요?"

점검 삼아 앞선 대화를 곱씹어 보다가 묻자, 알렉시스 에슈마르크가 퍽 감회 깊은 표정으로 고개를 끄덕였다.

"어쩌면 둘 다였을지도 모르지."

"그게 왜요?"

"순서 말일세."

알렉시스 에슈마르크는 마치 친절하고 상세한 설명이라도 해 주는 사람처럼 너그럽고 자애로운 태도를 취했지만, 물론 나는 그의 간단한 대답만을 듣고 그가 무슨 얘기를 하고 싶은지를 명쾌하게 파악하지는 못했다. 멀뚱히 알렉시스 에슈마르크를 바라보다가 나도 모르는 사이 천천히 표정이 일그러지기 시작하자, 내 반응을 살피던 그가 먼저 한숨을 내쉬고 좀 더 길쭉한 설명을 붙여 주었다.

"보는 사람마다 순서가 달랐던 점을 얘기하는 걸세. 어쩌면 둘 다였을 수도 있다. 글로써 만들어진 체계가 먼저였는지, 그 아래에 깔려 있던 생명력이 먼저였는지 말이야. 물론 단지 내가 그 문제에 집착하고 있던 사람이라, 괜한 요소에까지 의미를 부여하는 것일 수도 있을 테지. 하지만 나는 그렇게 생각해 보았네. 깨어난 날부터 줄곧 그 생각에 사로잡혀 있었어."

나는 그 말을 듣고 나서야 그가 무슨 이야기를 하려 했는지 이해했다. 적지 않게 감상적인 태도였지만, 알렉시스 에슈마르크는 어느 때보다도 평온해 보이는 얼굴로 부드럽게 덧붙였다.

"실존하는 세계들은 그저 그 자체로 완전할 뿐, 서로 간에 순서 따위는 무의미한 관계였다고, 오직 그 사실만을 증명하기 위해 달려온 부정하고 비열한 자들에게, 이 세계가 마지막으로 증명해 주려 한 것일까?"

그가 희미하게 중얼거렸다.

"그렇게 생각하면, 조금 슬프고도 기꺼워지더군."

나는 그의 감상적인 소감에 어떤 첨언도 하지 않았지만, 조금은 동의했다. 어쨌든 엘류이센 라이케가, 아마도 나는 이해하지 못할 그들 사이의 묘한 유대에 의해 알렉시스 에슈마르크를 살리기로 했다. 무슨 수를 썼는지는 잘 모르겠지만 알렉시스 에슈마르크를 살릴 수 있었다면 자신도 살아서 돌아올 수 있었을 것이다. 하지만 그녀는 이번에도, 이 세계에서도 스스로 죽음을 선택했다. 어쩌면 그래야만 구시대의 흔적이 전부 사라질 수 있다고 판단했을지도 모른다.

엘류이센 라이케 역시 새로운 세계를 봤고, 그 세계에 감격했으므로.

"어떻게 우리 모두 살아남을 수 있었을까요?"

그가 어느 정도 생각을 마친 듯해 슬그머니 묻자 알렉시스 에슈마르크도 여상한 태도로 답을 돌려주었다. 그의 말에 따르면, 마력의 돌풍에 휩쓸려 세계의 마력이 부서지기 시작했을 때, 그 강력한 충격으로 인해 마력 장치 안에서도 나비효과가 일어나기 시작했다고 한다.

그로 인해, 알렉시스 에슈마르크와 내가 발생시킨 첫 번째 충격에 의해 바로 닿지 않은 먼 지역의 마력까지 크게 요동치기 시작했다. 그 사실을 알자마자 알렉시스 에슈마르크는 퍼뜩, 이리나 밀락테이트에게 구체적인 조언을 전해 놓길 잘했다 생각했다고 한다. 본래는 안에서 두 갈래의 마력이 충돌해 폭발이 일어날까 봐 폭발력을 숲 안에 한정 짓기 위해 부탁한 결계였지만, 상황이 달라진 것이다.

균등한 두 힘이 샘을 중앙에 두고 한 점에서 맞부딪치며, 그 사이에서 서로를 밀어낼 듯한 진동이 생겨났다. 그 진동을 거스르지 않는 방향으로

'벽'이나 '막'의 형태로 결계가 있으면 그 막에 포함된 마력 장치들까지 주변의 덩어리진 움직임에 따라 함께 떠밀리며 진동을 전달하게 된다.

결계가 굳이 강제적인 힘에 의해 파괴되지 않아도 된다. 마법은 세상 사람들의 생각만큼 일체화된 하나의 고형 덩어리로서 구현되는 것이 아니라 헐겁게 연결된 기계 장치의 덩어리로 듬성듬성 구성되어 있으니, 그 틈새를 좁히고 벌리는 식으로, 진동은 자연스럽게 삐걱삐걱 반응해 연기를 뿜어내며 점점 더 넓은 곳으로 퍼져 나가게 된다.

그 정도의, 범위는 넓지만 강도 자체는 치명적이지 않은 마력 맥동이라고 생각하면 알렉시스 에슈마르크도 비교적 마음이 놓였다. 적어도 푸른 숲 외곽에 있던 사람들이 직접적이고 폭력적인 충돌 여파에 휘말리지는 않으리라는 확신을 가질 수 있었으리라. 기껏해야 돌풍일 터였다. 당연히 마력 폭발보다는 낫다.

그리고 그 먼, 대륙 끝에서 대륙 끝을 관통하는 희미하고도 거대한 '진동'과, 그 계기가 된 무수한 '충돌'. 그것이 예기치 못한 기회를 불러들였다.

알렉시스 에슈마르크도 그 조짐을 눈치채기는 했지만 그뿐이었다. 그는 그때 너무 바빴다. 달리 집중해야 할 일이 그를 짓누르고 있었다. 솔직히 말하자면 그의 관심사가 다른 이들의 안전에 쏠려 있었던 탓이기도 했으리라.

하지만, 좀 더 샘에 가까운 곳에 서서 거시적으로 상황을 지켜보던 엘류이센 라이케는 아마도 다른 가능성을 떠올린 모양이었다.

그녀는 요컨대, 가설을 세우고, 추론했으며, 선택을 했다.

부서진 세계의 파편에서 새로운 세계가 만들어지는 과정을 눈에 담고, 그녀는 어쩌면 이 세계가 외부 세계로부터 자유롭게 살아남을 수 있는 힘을 지녔을지도 모른다고 생각하게 됐다. 시선이 마주친 순간 알렉시스 에슈마르크도 같은 생각을 하고 있었다. 그리고 두 사람은 비슷한 결론에 도달했다. 이미 그 붕괴가 시작된 이상, 일이 어떻게 끝나든 입구만 틀어 막으면 그들의 목표는 성립될 것이라고.

본래대로라면 입구를 틀어막기 위해 엘류이센 라이케의 몸을 사용할 예정이었다. 그녀는 그 자체로 마력의 근원이고 흐름이었으니까. 하지만 새롭게 알게 된 사실을 따르면, 그녀는 사실상 근원은 아니었다. 외부로 부터 유입된 '형체'를 고정시키는 역할에 불과했지, 세계에 본래부터 존재 하던 생명력 넘치는 마력의 시초라고 보기는 어려웠다.

만일 그렇다면 엘류이센 라이케의 몸을 사용할 이유도 더는 없었다. 어떤 식으로든 마력의 힘을 지닌 찌꺼기로 샘을 틀어막으면 그만이었다. 엘류이센 라이케가 그 일을 했다. 아마도 내 피를 이용해서 마력 장치 들을 조종했을 것이다.

그냥 두면 알아서 온건한 방향으로 해결될 일이었다. 그녀도 모르지 않았으리라. 하지만 그럼에도 불구하고 굳이 그 길을 선택했다. 그녀가 스스로 알렉시스 에슈마르크에게 밝혔듯이, 그에 대한 인간적 온정 탓이 었을지도 모르는 일이다.

"아무튼 살아남았군요."

"그렇게 된 걸세."

"당신도 떠날 생각인가요?"

"더는 이곳에 머무를 수 없게 되지 않았나. 그대와는 푸른 숲에서도 이미 나눈 이야기지만, 내가 잠든 사이 많이도 일을 벌여 두셨더군."

그가 태연한 얼굴로 대답했다. 나도 그의 말에 동의하는 바가 있었다.

황제는 정작 본인은 이리나 경과는 잘되었으면서 애셔와 알렉시스 에슈마르크를 이용해 간보기를 시전했고, 애셔는 이에 대한 대응으로 아버지에게 대놓고 반발하고 나섰다. 이리나 경과 황제가 관계를 회복했다는 이야기는 지금에야 들어서 지금까지는 미처 생각해 보지 못했지만, 그 사실이 상류층에 알려진 이상 알렉시스 에슈마르크의 태생을 두고도 말이 나오고 있을 것이다.

어느 쪽이든 알렉시스 에슈마르크는 혼란스러운 정국에 황제가 던져 놓은 노림수였다. 굳이 정말로 선위를 해 주지 않더라도 이로써 충분히 이리나 밀락테이트의 마음을 달래고 그녀와의 약속을 지킬 수 있게 되었으며, 최근 들어 묘한 태도를 보이며 미꾸라지처럼 빠져나가던 애셔를 옭아매고 압박할 수단을 만들기도 했다.

뿐만 아니라 '마법'에 대해서는 누구보다도 전문가인 알렉시스 에슈마르크를 전면에 세워 전권을 위임하려는 듯한 모습을 보임으로써 이번 사태에 대한 황실의 책임을 일정 부분 감소시켰으며, 혼란을 맞이한 세상에서 사람들의 날카로운 시선을 돌릴 만한 뜨거운 이야깃거리를 풀어놓은 셈이기도 했다. 지각 있는 자들이라면 이 심상치 않은 정세에 촉각을 기울일 테고, 자연히 푸른 숲과 관련된 문제로 입방아를 찧는 인간은 줄어들기 마련이었다.

"저……. 태자 전하와는 이야기 나누셨어요?"

세레나의 편지를 전해 줬다는 이야기만 봐도 그나마 자주 왕래하는 듯해 걱정은 덜었지만, 혹시나 싶어 조심스럽게 묻자 알렉시스 에슈마르크가 다정한 태도로 미소를 지어 보였다.

"처음으로 서로가 알고 있고, 또 짐작했던 일들을 두고 이야기를 했지. 나는 영영 그 아이와는 그 주제로 이야기를 나누고 싶지 않았는데, 막상 대화를 나눠 보니, 생각보다는 괜찮더군. 오히려 더 일찍 제대로 이야기를 나누었다면 모든 문제가 보다 깔끔해지지 않았을까 생각하게 되었네."

"그렇군요."

"그 애와 나는 일평생 숙부와 조카 이상의 호칭을 서로에게 사용하지 않겠지만 말일세. 애초에 내가 누구의 사생아인지도 확실하지 않고, 나는 굳이 그 혈통을 갖는 것보다는 지금의 혈통으로 남는 편이 좀 더 행복하게 살 수 있을 테니까 말이야."

퍽 담담하게까지 들리는 어조였다. 나는 그의 말을 곱씹다가, 눈을 동그랗게 떴다. 어쩐지 근심과 걱정이 사라졌다. 그가 앞으로는 정말로 잘살 수 있을 것 같다는 확신을, 그 문장의 별것 아닌 표현과 단어에서 얻게 됐다. 내 표정을 지켜보던 알렉시스 에슈마르크도 재미있는 장면을 보았다는 듯이 빙그레 웃었다.

"맞아요. 행복해져야죠."

잠자코 대답하자, 그도 사뿐히 웃으며 응답했다.

"그래. 행복하게 살아야지. 다른 사람도 아니고 무자비한 엘류이센 라이케까지 그렇게 말하며 내 등을 떠밀었으니 응당 그래야겠어. 그나저나 벌써 초콜릿 한 상자를 다 비웠군. 더 먹을 텐가?"

"단걸 좋아하지도 않으면서 뭘 그리 쌓아 놓고 먹고 있습니까? 묻지 말고 내놔요."

"손님으로 왔으면서 너무 뻔뻔하군."

장난스럽게 힐난조로 말한 그가 초콜릿 한 상자를 새로 꺼내 주며 차분히 덧붙였다.

"요즘은 시도해 보고 있네."

"초콜릿을요?"

"그래. 즐기지도 않던 달콤한 맛에 길들여지면 어떻게 될까 싶어졌거든."

그가 들으란 듯이 대답했다.

"……."

"아니, 이미 길들여졌다고 해야 할까?"

그야말로 먹던 초콜릿에 체할 것 같은 발언이었다.

우걱우걱 초콜릿을 씹으며 시선을 피했다가 다시 알렉시스 에슈마르크를 바라보자, 농이라도 건네는 듯한 태도로 말을 던졌던 그가 늘 그랬듯 말끔한 얼굴로 다시 말했다.

"근원을 접했던 자들만이 아직 능력을 지니고 있는 모양이야. 마법 말일세. '사용'되기 위해 조금 변질된 형태로 존재하는 마법이 아닌 마법 그 자체로 존재하는 형태는 아마 우리밖에 인지하지 못하는 것 같아. 마법은 그냥 이런 식으로……. 자연스럽게 사라졌다고 두는 편이 나을 것 같네."

별안간 갑작스러운 주제 환기였지만, 나는 모르는 척하며 바뀐 주제에 말을 맞췄다.

"세레나는요?"

"워낙에 보는 눈이 뛰어나니까. 아마 크게 요동치는 마력에 영향을 받아 잠깐 동안 본 것이겠지. 물론 이미 한 번 그 존재를 알았으니 언제든 의식만 한다면 눈을 뜰 수 있겠지만……."

거기까지 말했다가, 알렉시스 에슈마르크가 턱을 문질렀다. 곰곰이 무언 가를 회상하는 듯해 보이기도 했고, 별안간 생뚱맞은 생각에 잠긴 것 같기 도 했다. 그 행동거지가 너무 갑작스럽고 의아했기 때문에 반사적으로 눈을 동그랗게 떴지만, 사실 묻는다고 해서 내가 이해할 수 있는 대답이 돌아올 것 같지는 않았다. 차라리 그가 스스로 생각을 정리한 뒤에 묻는 편이 나을 터였다.

논리적인 생각의 결과로, 나는 일단 그의 다음 말을 기다리며 초콜릿이 나 두어 개 입 속에 던져 넣기만 했다. 그러고 나서야 그가 천천히 말을 이었다.

"무언가에 의해 돌아가는 장치가 아니라, 피어나는 생명으로써 남은 세 계가 아닌가. 가장 신에 근접했던 인간, 엘류이센 라이케가 우리에게 남긴 유산인 셈이지."

"그렇다고 할 수 있겠죠."

"나는 윌리엄스가, 아쉬워하지는 않을까 생각했네. 이제 이 세계에서 그대와 나, 오직 둘만이 사용할 수 있는 힘이 되지 않았나. 윌리엄스가 만일 그 마법을 여전히 느끼고 사용할 수 있었다면, 세상에 있는 모든 권력과 부를 모조리 손에 넣을 수도 있었을 텐데 말이야. 그대도 그리 물었다더군."

나와 비슷한 생각에 도달한 모양이었다. 나는 어쩔 수 없이 웃으며 대답했다.

"네. 그렇게 물어봤었어요. 세레나는 자기 자신에게 주어진 삶이 이미 그 자체로 너무나 소설 같기 때문에, 있다면 좋았겠지만 없어도 그만이라고 하더군요. 대단하고 멋진 삶이란 그런 기준만으로 규명되지 않는다고요."

"그 말이 적혀 있었네, 편지에도. 그래서 나도 퍼뜩 궁금해졌어. 어쩔 수 없이 애셔를 통해 슬그머니 한 번 쪽지를 보내 보았지. 편지는 티가 날 테니, 짧은 문장만 적어서 보낸 거였지만 말일세."

"그런 얘기 못 들었는데?"

"국가 기밀이라고 했으니까."

"아니, 뭘 또 그렇게까지 구라를 치고 그랬냐……. 어쨌든 뭐라고 보내셨는데요?"

"아직도 빛의 꽃이 만발한 그 세계는 온전히 남아 있고, 앞으로도 지속될 거라고. 원한다면 다시 볼 수 있게 도와주겠다고 말일세. 그러자 얼마 지나지 않아 답장이 도착했어. 그러지 않아도 된다더군."

그리고 그는 세레나의 편지에 적혀 있던 그녀의 마지막 감상을 전했다. 가장 솔직한 감상이기도 했을 것이다. 그녀가 지닐 수 있었지만 놓아 버리게 된 가능성을 두고, 세레나는 정갈하고 담담한 어조로 이렇게 말했다고 한다.

무언가가 무너지는 모습을 보았어요. 장엄하고 숭고하기까지 한 붕괴였어요. 그것이 무너지고 나서, 아름답고 생명력 있는 것이 태어났다면 안심이 돼요.

유리 님은 구체적으로 말씀하시진 않았지만, 아마 그날, 그 안에서 각하와 유리 님도 그 풍경을 보셨겠지요. 지금까지도 두 분 사이에 두 분만이 볼 수 있는 기계 세계를 기반으로 한 신뢰와 유대, 믿음이 있었으리라는 사실을 이제는 저도 알겠어요. 그간 심려가 깊으셨을 것을 알아 마음이 아픕니다.

그러니 새롭게 싹을 틔우고 꽃망울을 터트린 그 세계는, 이후로도 유리 님과 각하께서 두 분이서만 공유하실 수 있는 영원한 풍경이 되기를 바라요. 언제까지고 아름답고 향기로운 땅. 제가 존경하는 당신들만의 낙원으로서.

유리 님께 직접 말씀드리진 못했지만, 기회가 된다면 두 분께서 만나 뵈셨을 때 전해 주세요.

두 분 모두 영영 행복하세요. 마지막까지 제 입장을 살펴 주셔서 감사합니다.

"기계 세계의 종말만을 본 윌리엄스가, 그렇게 말하더군. 정말로 놀랄 일이었어."

"가끔 그 애가 정말 존경스럽기까지 해요."

세레나가 보냈다는 마지막 편지 내용을 곰곰이 곱씹으며 중얼거리자, 동의한다는 듯이 고개를 끄덕이던 알렉시스 에슈마르크가 희미하게 미소를 지었다.

그가 한동안 말과 표현을 곱씹다가 천천히 말했다.

"우리는 어째서 결코 자기 자신으로서는 완성되지 못했을까. 세레나 윌리엄스처럼, 누구보다도 강인하고 또렷한 대를 지니고 자신의 삶을 살아도 됐을 텐데 말이야."

그리고 그 모든 이야기가 끝났을 때, 아주 잠깐은 고민했지만, 결국에는 조금 늦게라도 안부를 묻기로 했다.

"당신은 괜찮아요?"

"괜찮지 않을 이유가 있나. 그대는 종종 내가 무슨 짓까지 한 인간인지를 잊는 것 같아."

부드럽게 대답한 알렉시스 에슈마르크는 늘 그랬듯 더없이 온화한 얼굴을 하고, 줄줄이 자기 자신이 벌였던 일들을 자백하기 시작했다. 일종의 자기 고해였다. 개중에는 내가 아는 일도 있었고 내가 모르던 일도 있었다. 아무튼 그는 선량하게 산 사람은 아니었다.

알렉시스 에슈마르크는 일생 내내 누군가를 상처 입히고, 착취하고, 피해를 주며 살았다. 사실 식민 사업과 불공정 무역, 기술의 독점으로 발전한 국가이니 뷔올 제국에서 평온하게 산 사람이라면 누구나 타인의 착취 위에서 부와 문명을 누렸겠지만, 개중에서도 알렉시스 에슈마르크는 누구보다도 적극적으로, 또 열성적으로 비인간적인 행위에 가담했다.

반인 노예들을 붙잡아 잔혹하게 살해하고, 반인륜적인 인체 실험을 벌였으며, 무자비한 식민 무역을 진행하는 과정에서 온갖 수탈을 일삼았다. 세금을 횡령해 국가 공매를 대체할 노예 경매를 열기도 하지 않았던가.

나는 결국 나름대로 알렉시스 에슈마르크라는 개인에게 정을 줬지만, 그래도 사실은 사실이었다. 이야기가 나온 김에 다시 곱씹어 보니 정말 쓰레기도 이런 쓰레기가 있을 수 없었다.

표정을 심각하게 굳힌 채 진지하게 이야기를 듣다가, 한숨을 푹 내쉬었다. 알렉시스 에슈마르크는 나에 비해 퍽 담담한 태도였다. 그가 차분히 말했다.

"나는 그저 내 삶의 해결되지 않는 문제로 인해 괴로웠고, 그 괴로움을 풀 창구를 찾고 있었지. 누구든 좋으니 이 고통으로부터 나를 건지고 이해해 주기를 바랐지만, 그 과정에서 타인의 고통에는 마음도 쓰지 않았어. 나는 정말로 나밖에 몰랐던 인간이고, 여전히 그런 인간일세. 그렇게 살아 놓고 이제 와서 내 문제가 해결됐다고 해서 속죄라니, 개 같은 소리지."

그가 처음으로 난폭한 표현을 빌려 말을 했다.

"하지만 나는 살기로 했고, 살아야겠으니 뭐라도 내가 할 수 있는 일을 해야겠지."

"무슨 일을요?"

"그대와 이전에 나눴던 대화 말이야. 그쪽 세계의 교육 제도가 퍽 괜찮아 보였어. 더 많은 이들에게 기회를 주고, 모든 일에 능력과 공정함을 기준으로 삼는 방식 말일세. 뷔올을 떠나기 전에 그 체재를 정돈하고 발의한 뒤, 애셔에게 후처리를 부탁할 생각이네."

그가 흥미롭게 그 이야기를 들을 때부터 어느 정도는 짐작한 행보였다. 나는 묵묵히 고개를 끄덕였다.

"그럴 것 같았어요."

그리고 조금 주저하다가, 슬며시 말을 던졌다.

"어디로 떠날 생각이에요?"

"그건 왜 묻지?"

알렉시스 에슈마르크는 웃는 얼굴로 반문했다. 슬쩍 시선을 깔고 있던 나는 조금 고민하고, 조금 더 곱씹다가, 슬그머니, 조심스럽게 걸러 낸 말을 던졌다.

"나는 떠날 생각이에요. 레일리도 찾아야 하고, 결국 내 세계로 돌아갈 생각이니까요. 그러니까⋯⋯. 내가 하려는 말은⋯⋯."

"아니."

알렉시스 에슈마르크는 미미하게 미소만을 띄운 채 내 말을 듣고 있다가, 차분히 말을 자르고 질문보다 앞서 대답을 했다.

"그 뒷말은 잇지 않는 편이 낫겠어."

나는 다시 입을 닫았고, 그는 더없이 다정스러운 얼굴을 한 채 나를 바라보다가 퍽 달콤한 표정을 지었다.

"나는 혼자 떠날 생각일세. 여생을 홀로 보내야지. 그저 그 길에 갑자기 마법이 사라져 곤혹을 겪는 자들이 있다면, 내가 살짝 도움을 줄 수는 있을 거야."

"여생을 홀로 보낼 생각이라고요? 어째서요? 당신은⋯⋯. 레스킷 양도 당신에게 언제든 돌아갈 곳을 제공하겠다고 말했고, 이제야 황제 폐하와 이리나 경의 그림자에서 자유로워져서 당신 자신으로 살아가게 됐잖아요."

그가 모든 것을 포기한 사람처럼 말하기에 다급히 붙였는데, 내 말을 들은 알렉시스 에슈마르크는 그런 뜻이 아니었다며 손사래를 쳤다.

"하하, 물론 아멜리아가 내게 여지를 줬으니 떠돌다 지치면 그녀에게로 가서 몸을 의탁할 수도 있겠지만 말일세."

허심탄회한 얼굴로 웃은 그가 미련 없이 덧붙였다.

"늘 누군가가 나를 구원해 주기만을 기다리다가 숱한 일을 벌였고, 지금에 이르러 그 모든 일을 돌이킬 수도 없는 법이니까."

거기까지 말한 뒤 잠깐 고민에 잠긴 듯했다. 말없이 입을 닫은 채 시선을 깔고 있던 알렉시스 에슈마르크가 나를 향해 물끄러미 시선을 올리고, 보랏빛 눈동자를 조금 누그러뜨렸다.

"그 수많은 짓을 하고도, 나는 이제야 등 떠밀려 살고 싶군."

그가 곰곰이 곱씹듯이, 홀로 중얼거렸다.

"누구의 도움 없이도, 그저 나 자신으로 온전할 수 있는 삶을 살아야겠어. 윌리엄스가 알려 준 대로 삶에 귀천은 없고, 애셔가 말하는 대로 사람에게 귀천은 없을 테니까. 어딘가에 머무르고 누군가와 함께한다면, 그건 내가 스스로 나 자신의 삶에 결론을 얻은 뒤의 일이겠지."

"그래서 홀로 가겠다는 거군요."

나도 그의 말을 곱씹듯이 대꾸하자, 그가 보란 듯이 고개를 끄덕였다. 조금은 애석한 표정이었지만, 알렉시스 에슈마르크가 더없이 평온하고, 정돈된 태도로 짧게 질문을 꺼냈다.

"그 숱한 짓을 하고도 살고 싶다고 생각하고 있네. 나만은 행복해지고 싶은 거야. 이기적이고 몰지각하며 비양심적인 사고방식일 걸세. 언젠가는 엘류이센 라이케처럼 나 자신을 어떤 곳에 스스로 묻게 될지도 모르지. 하지만 지금 당장은 살아서, 엘류이센이 내 등을 떠민 대로 내가 할 수 있는 형태로 무슨 일이든 하며, 개인으로서의 삶에 의미를 찾고 싶어. 그렇게 행복해질 테지. 이런 나를 이기적이고 부정하다고 생각하나?"

한풀 꺾인 듯한 목소리였다. 나는 그저 말없이 표정을 굳힌 채 그를 바라보고만 있었다. 그가 마치 토로하듯 덧붙였다. 자기 자신이야말로 견딜 수 없을 만큼 그렇게 생각하는 사람처럼.

"그대 내 부정함을 경멸하나."

하지만 그래도, 그럼에도 불구하고 행복해지고 싶은 것이다.

나는 그저 한동안 입을 닫고, 알렉시스 에슈마르크의 보랏빛 눈동자를 빤히 응시하기만 했다.

내 표정을 살피다가, 결과적으로 알렉시스 에슈마르크는 그 이상의 내 대답을 듣지 않기로 결정한 모양이었다. 솔직히 말하자면 나도 그에게 해 줄 만한 적합한 말을 찾지 못한 상태였다.

덮어 놓고 당신에게 잘못이 없다고 하기에는 너무 저지른 일이 많고, 사실 알렉시스 에슈마르크도 그런 입 발린 소리를 바라는 것은 아닐 터였다. 하지만 그렇다고 해서 당신이 아주 쓰레기라는 사실을 누군들 몰랐겠느냐고 솔직하게 대답하란 말인가? 염병, 역시 대답할 만한 말이 없었다.

알렉시스 에슈마르크가 태연한 얼굴로 화제를 전환해 버리자, 더 이상 그 주제로 이야기를 할 이유는 사라졌다. 나는 그냥 잠자코 그의 다른 주제에 집중하기로 했다.

"어쨌든, 그대가 떠나기 전에, 초월자에 대해서도 내 의견을 전해 줘야 할 것 같군."

"갑자기 그게 무슨 소리예요?"

"이제 초월자라 할 만한 자가 사라진 시대가 아닌가? 요컨대, 진정 '초월한 능력'에서 초월자라고 불리는 자들을 두고 이야기를 해 보자는 말일세. 그대나 나나, 여전히 마법의 세계에 한 발 정도는 걸치고 있게 되었지만, 진짜 의미에서 '초월한 능력'을 지녔다고 할 수는 없을 거야. 새로운 마법은 되도록 쓰지 않는 방향으로, 그대나 나나 생각하고 있으니까."

"그렇기는 한데……."

"그렇다면 이 세계에서 정신적인 것, 지적인 것, 사상적인 것을 제외한 요소에 의해 온전히 '초월한 능력'을 지니고 진정한 의미에서 '초월자'로

분류되어 마땅한 인물은 이제 레일리 크라하밖에 남지 않았다는 이야기가 되네."

마음을 복잡하게 만드는 이름이 툭 튀어나온 탓에 나는 반사적으로 입을 닫았다.

갑자기 어쩌다가 그 얘기로 흘러가게 된 것인지도 모르겠고, 애초에 레일리를 직접 만나기 전까지 나는 그에 대해서만은 제대로 생각하기 어려웠다. 레일리의 반응이나 생각을 상상하기 어렵다는 문제도 있고, 그 문제를 자세히 생각해 보려 하면 지나치게 스트레스를 받는 통에 사실 개인적으로도 그러고 싶은 마음이 없었다.

"단지 생각해 봐야 하는 문제를 두고 말하는 걸세. 그의 힘은 요컨대, 이 세계의 가장 근본적인 것에서 시작되었어. 이 마력 구조가 외부 세계에까지 공통적으로 적용되지는 않는다고 가정을 하면, 그의 힘 역시 이 세계에 한정되어 있다고 생각해야겠지. 그리고 만일 그렇다면, 그를 데리고 나가기 전에 이 문제에 대해서도 생각해 봐야 해."

그가 물 흐르듯 꺼내는 말을 듣다가 고개를 갸우뚱거리자, 알렉시스 에슈마르크는 알아서 상세한 설명을 붙여 주었다.

"알다시피 므라우 출신의 주민들이란 일반적인 삶에 적응하기까지 오랜 시간을 소요한다. 전투 능력을 단숨에 잃어버리면, 본래 쓸 생각이 없었다고 하더라도 그 박탈감과 상실감은 이루 말할 수 없을 거야. 글쎄, 사실 레일리 크라하 정도면 번개를 쓸 수 없어도 충분히 위협적인 실력을 지니고 있다고 봐야겠지만 말일세. 그 자체로 인간 병기 같은 인물이니까."

"아……."

"물론 기존의 호문쿨루스와는 그 해석을 달리해야 하네. 레일리 크라하는 자신의 생명을 유지하는 일에 다른 생명을 희생시키지 않아도 되고, 신체의 생리 작용도 지극히 평범한 인간에 가까우니까. 그저 남들보다 조금 뛰어난 인간이라고 해야겠군. 애초에 듣자 하니, 엘류이센 라이케는 본래 무언가의 '죽음'에서만 호문쿨루스를 만들 수 있었지만 우연찮게 이 세계의 자연 활동에서 에너지를 받는 바람에 '살아 있는 것'을 기반으로 호문쿨루스 제작에 성공한 게 아닌가. 레일리 크라하는 그 결과물이니 말이야. 해석 불가능한 경지에 있다고 봐야 할 거야."

"그래서요?"

"요컨대 그대에게는 몇 가지 과제가 주어지는 셈이지."

자신의 찻잔에 차를 조금 더 채우려 하는 알렉시스 에슈마르크를 발견하고, 나는 그 대신 재빨리 주전자를 집어 그의 잔에 차를 채워 주었다. 병상에 누운 사람이 더듬더듬 몸을 세우려 하는 꼴을 보니 그냥 내가 수발을 들어 주는 편이 백 번 나았다. 잠깐 손을 들어 가벼운 고마움을 표한 그가 찻잔을 무릎 위에 내려놓았다.

"첫째, 레일리 크라하는 그대의 세계로 과연 무사히 나갈 수 있는가?"

"네. 그게 고민이긴 해요."

"둘째, 그 순간까지 그대가 레일리 크라하의 곁을 지킬 수 있을까?"

"그게 무슨 소리예요?"

당연히 레일리를 데리고 나간다는 가정하에서라면, 그가 무사히 내 세계로 갈 수 있는지를 나 역시 직접 확인해 봐야 했다. 그럴 수 없다면 그도 확실한 보장 없이 일생을 떠돌아야 하고, 나도 확실한 보장 없이 다짜고짜 레일리를 기다려야 하니까. 하지만 알렉시스 에슈마르크의 생각은 다른 듯했다.

"일전의 큰 폭풍으로 많은 양의 기계 장치가 북부로 쓸려 나갔지만, 아직도 남아 있는 마력은 분명 존재하지. 그대 육신이 진짜 근원의 순환을 담당하지 않았다고 하더라도, 여전히 그 초기 순환에 기반을 둔 몸이라는 사실은 변하지 않아. 지금은 외부 세계에서의 유입이 끊겼네. 그 몸이 버틸 수 있는 기한은 정해져 있어."

"아직 큰 문제는 없었어요. 몇 년 정도는 버틸 수 있지 않을까요?"

"중요한 건 그게 아니네. 이 세상에 남은 기계 장치가 빠른 속도로, 또 육중하게 쓸려 나가는 북부 근처에서 그 몸이 버틸 수 있느냐의 문제지. 최악의 경우, 일전에 우리가 시행하려 했던 일이 그곳에서 생길 수도 있어."

"몸이 주변의 마력을 삼키고 폭발할 수도 있다는 얘기네요."

"그러면 그때 곁에 함께 있을 레일리 크라하의 안위를 보장할 수도 없지. 말하자면, 그대는 그저 방법을 전하고 홀로 세계를 벗어나는 수밖에 없어. 레일리 크라하가 실제로 그 일을 실현할 수 있는지 아닌지는 그에게 전담시키고 말일세."

"만일, 희망을 갖고 그렇게 헤어진 후 시도해 봤지만, 결국 넘어갈 수 없다면요?"

"내 말이 그 말일세."

"쓰바……."

알렉시스 에슈마르크는 찻잔의 금장 테를 문지르다가, 그때에야 한 모금을 마셨다. 그가 다시 말했다.

"셋째, 만일 나간다 하더라도, 그대의 세계에서 레일리 크라하가 적응할 수 있을까?"

"……. 그러게요."

"넷째, 그는 기존의 호문쿨루스, 갈리아나 엘류이센 라이케와는 아주 다른, '완성된' 생명체로서의 생리를 지니고 있지만, 완벽하게 인간과 동일한 것도 아닐 수 있어. 그대는 그 신체가 인간과 다르다는 점을 명백히 알고, 또 그 차이를 파악해 둬야 해. 할 수 있겠나?"

"그건 노력해 봐야죠."

힘없이 대답하는 나를 보더니 별안간 알렉시스 에슈마르크가 짧게 웃었다. 다시 찻잔을 입가에 가져다 대며, 그가 부드럽게 말했다.

"그래도 퍽 긍정적으로 생각하고 있군."

"어차피 할 건데 부정적으로 생각하면 뭐가 달라집니까?"

"좋은 마음가짐이야."

"애초에……. 레일리가 여전히 예전과 똑같이 생각하고 있을 거라고는 장담할 수도 없고요. 막상 만났는데 여전히 화가 난 상태면, 뭐, 최악의 경우엔 유리 옐레체니카는 걔 손에 죽고 난 그냥 내 몸으로 돌아가는 거고."

"정말이지 신뢰가 없군."

알렉시스 에슈마르크가 다정한 목소리로 대답했다.

"사랑에는 신뢰가 필요하다는 사실도 알아 두면 좋겠어. 차차 스스로 깨닫게 되겠지만 말이야."

"어울리지 않게 인생 선배의 조언 같은 말은 하지 마요."

"인생 선배의 조언이 맞네."

"댁 인생이 내 인생의 선배가 될 수 있긴 하나?"

"물론 나는 그대의 삶에 비하면 지나치게 뛰어난 삶을 살았지만 말이야."

"그렇다고 해서 그렇게까지 팩트만 대답할 필요는 없잖아요."

나도 일단 내 찻잔에 다시 차를 채우며 불퉁하게 대꾸하는데, 내 반응을 보고 또 즐거운 사람처럼 희미한 미소를 머금었던 알렉시스 에슈마르크가 텅 빈 찻잔을 내밀었다. 나는 그에게도 한 번 더 차를 따라 주었다.

"옐류이센 라이케는 누군가 초월한 자가 이 세계의 균형을 잡아야 한다는 생각에서 탄생했고, 또 그런 사고에서 모든 일을 설계했지. 하지만 '초월한' 능력을 지닌 이 세상의 '신' 같은 것은 처음부터 필요 없었는지도 몰라. 그리고 또한 그저 없었는지도 모르지."

"옐류이센 라이케……."

그의 말을 곱씹다가, 나는 조금 허심탄회하게, 지금까지 느꼈고 겪어야 했던 일들을 살짝 내려놓고 차분히 대답해 보았다.

"하지만 어쩌면 그녀는, 혹은 저는, 정말로 한순간이나마 이 세계의 신 같은 존재였는지도 몰라요. 지금은 그렇게 말할 수 없겠지만요."

"글쎄……."

알렉시스 에슈마르크가 잠잠히 웃었다.

"여러 생각을 해 보았네. 세계와 삶에 대해 말이야. 사실, 누워서 꼼짝도 못 하는 신세가 됐으니 생각 외엔 할 만한 게 없었지. 어지간한 서적은 이미 일찌감치 내용까지 외워 둔 상태라, 별로 이럴 때까지 책을 읽고 싶진 않았거든."

정말이지 공감 가지 않는 발언이었지만, 나는 그가 떠올렸다는 생각에는 흥미가 있었다. 일평생 자기 자신의 존재와 세상의 관계를 두고 철학적 사유를 해 온 인간의 직관은 내 직관과는 그 기반부터가 달랐고, 내가 떠올릴 수 없었던 말들을 그는 떠올릴 수 있었을 것이다.

"어떤 생각을 했는데요?"

"그대는 이야기를 만들었지. 나는 그것도 부정할 수 없는 진실이라고 생각하네."

"음……."

"그저 이야기는 태어난 순간부터 스스로 흐르고 멈춤 없이 완성되게 되어 있어. 모든 것이 그대의 뜻대로 굴러가지도 않지. 그리고 완성되는 순간에야말로 생명으로 가득 차서, 온전하게 수많은 이야기를 품어 내게 되는 거야. 이야기를 휘두르는 건 외부의 무언가가 아니라, 이야기 내부의 구성원과, 그들이 만들고 쌓아 올린 것들이라고 할 수 있지 않을까."

그가 평온한 표정으로 뺨을 기울이며, 햇살과 꽃 더미에 파묻힌 채 잠자코 말했다.

"그렇게 하나의 세계가 차곡차곡 돌아가며 완성되는 걸세. 삶이란 결국 그런 것일지도 몰라. 나 혼자만의 힘으로 완성할 수도 없지만, 결국에는 내가 영향을 미치게 되는 걸 보면 말이야."

"철학적인 말이네요."

"그대는 여전히 약간의 선입견과 자신의 생각에 사로잡혀 있는 것 같아.

이 세계가 그대의 소설 속이고, 여전히 세계의 순서를 알지 못하는 상태고, 하지만 레일리 크라흐를 사랑하게 되었기 때문에 맞이하는 혼란이 남아 있겠지. 회피하기 좋아하는 성품을 생각해 보면, 분명 그 문제에 대해서는 더 자세히 생각하고 싶지도 않을 테고. 그렇지 않나."

"글쎄요."

솔직히 구구절절 옳은 말이었지만 괜히 미적지근하게 대답하자, 알렉시스 에슈마르크가 다시 차를 마시며 부드럽게 덧붙였다.

"그렇다면 그렇게 생각해 보게. 그대 또한 누군가의 소설 속에서 등장하는 인물이라고."

그가 보랏빛 눈동자를 우아하게 깔고, 어쩐지 이전과는 조금 다른, 밝고 따뜻한 색감으로 정돈된 미소를 지어 보였다. 나는 그때에야, 알렉시스 에슈마르크가 지금까지 그의 삶을 구속하던 모든 부조리로부터 진정한 의미에서 자유로워진 상태라는 사실을 제대로 지각했다.

"그리고 만일 그대 역시 누군가의 소설 속에 등장하는 인물이었다고 해서, 그대 삶이 무가치하고, 그대가 겪은 시련과 고난이 무의미했으며, 그대가 느낀 모든 기쁨과 애정이 퇴색되어 괴로움으로 돌변한다고 생각하나?"

그가 빙그레 웃어 보였다.

"그렇지는 않을 거야."

나는 별다른 대답을 하지 않았지만, 어쩐지 생경한 기분이 되어 그의 평화롭고도 온유한 미소를 바라보다가, 말없이 고개를 끄덕였다.

알렉시스 에슈마르크가 다정다감한 태도로 말을 이었다.

"그대가 만든 무수한 장치가 셀 수 없이 많은 톱니바퀴들의 움직임을 한데 모아 기적 같은 일을 이뤘듯이 말일세. 엘류이센 라이케가 신과 같은 존재가 되려 한 순간, 그녀의 세계는 생명력을 잃은 이야기가 되었을 뿐이었어."

그러고는 잠시 웃으며, 그가 살뜰한 태도로 덧붙였다.

"이런 얘긴 이 정도로 해 둘까. 열심히 수작을 걸었는데, 그만 내가 일평생 사로잡혀 지낼 인물이 따로 있었음을 피차 뼈저리게 알게 되었으니, 민망한 일인걸."

그 말을 듣고야 나도 다시 웃으며 장난조로 대꾸했다.

"딱히 알렉시스와 관련되어 한 번도 들어 본 적이 없는 낯선 얘기는 아니군요. 처음 뷔올의 사교 파티에 참석했을 때부터 대공 각하께서는 '진짜배기'라는 소문을 수도 없이 들었는걸요."

"이런, 그런 식으로 소문이 돈단 말인가. 너무한 일이군."

그도 장난스럽게 눈가를 찡긋거리며 답해 주었다. 그러고 나서 한동안은 대화가 오가지 않았다. 나는 알렉시스 에슈마르크가 건넨 말의 온기를 곱씹고 있었고, 알렉시스 에슈마르크는 굳이 내게 말을 걸지 않은 채 잠자코 차만을 마시고 있었다.

그리고 한참이 지났을 때, 나는 조금 머릿속을 정돈했다.

"알렉시스."

"왜 그러나."

"당신의 부정함을 경멸하는지 물었죠."

한 번 지나친 질문이었지만 꿋꿋이 다시 꺼내기로 했다. 알렉시스 에슈마르크에게도 뜻밖의 일이었는지, 그가 가만히 고개를 들어 나를 응시했다. 조금 긴장한 것처럼 보이기도 했다. 나는 미미하게 웃으며 시선을 깔고, 목소리를 누그러뜨렸다.

"당신도 이해해 주리라 여기는 이유에서 나는 그 질문에 함부로 대답할 수는 없을 것 같지만, 그래도 개인적인 감정을 말하라면, 당신을 그저 아끼고 있어요. 당신에 대한 애정이 부정할 수도 없이 존재하고 있다는 거죠. 긴 설명은 하지 않을게요."

화사하게 핀 꽃더미가 푸른 은빛을 머금은 채 바람도 없이 살랑살랑 흔들렸다. 독하지 않은 꽃향기가 물에 젖은 듯 유유히 흐르다가. 산들바람에 휘말려 또 먼 곳으로 떠날 것이다. 지각 아래에 퍼진, 세계의 빛나는 뿌리를 따라서.

이 세계는 앞으로도 괜찮을 것이다.

알렉시스 에슈마르크도, 분명 앞으로는 괜찮으리라고. 문득 나는 그렇게 생각했다.

"당신의 삶이 스스로 원하던 방향으로 완성되고, 어딘가에 존재할 당신만의 머무를 곳에 도달하기를 바라요. 분명히 그렇게 될 테고요."

"무슨 근거로?"

알렉시스 에슈마르크가 부드럽게 질문했다.

"나는 언제나 당신들의 삶이 완성되기를 고대하고 있었으니까."

이전에도 했던 말이지만, 나는 이전과는 퍽 다른 기분으로 산뜻하게 대답을 돌려줄 수 있게 됐다.

"첫 순간은 예기치 못한 찰나에 시작되지만, 최후의 순간만은 누구에게나 지극히 완벽하기를 바라요."

탄생이 인생을 엮는 하나의 단추라면 죽음은 또 하나의 단추였다. 그들이 자기 자신의 서사를 완성하는 최후의 순간.

그러니, 내가 만드는 이야기에서, 인물들의 삶이란 인간적 온정에서 시작되어 인간적 온정에서 머무를 곳을 찾는 향기로운 여행이 되기를 바란다. 그들이 스스로 선택하고 쌓아 올린 삶과 선택에 의해서, 소설처럼 멋진 결말을 각자가 맞이할 수 있도록.

"당신의 삶도, 당신이 선택하는 곳에서 원하는 방향으로, 스스로 고른 미래를 향해 흘러가며 완성될 테니까요. 스스로 이 세계의 신이라고 생각했던 사람의 마지막 오만방자한 말 정도로 들어 줘요."

그 말을 하고 씨익 웃어 보이자, 물끄러미 나를 바라보던 알렉시스 에슈마르크도 달큼한 낯으로 미소를 지어 보였다.

"나는 행복해질 생각이네."

그가 부드럽게 말했다.

"그대도 행복해. 어디든 그대가 행복하게 살 수 있는 곳에서."

"네."

짧게 대답한 뒤, 나는 머쓱하게 뺨을 긁적이다가, 찬찬히 자리에서 일어 섰다. 그러면서 한 번쯤 가볍게 알렉시스 에슈마르크의 어깨를 끌어안았고, 그도 다정한 태도로 내 등을 쓸어 주었다.

"이만 돌아갈게요. 몸조리 잘하시고 쾌유하세요."

"그래."

짐이랄 것도 별로 없었지만 일단 들고 온 것들만은 제대로 점검해서 챙겼다. 이제 먼 길을 떠날 예정인데, 조금이라도 재산을 낭비할 이유는 없을 터였다. 사실 조금, 시간을 끌면서. 그렇게 짐을 챙겼다.

부러 느긋하고 우아하게 치맛자락을 정돈하다가 정말로 깜박하는 바람에 다급히 숄과 모자를 챙기는 나를 보고, 알렉시스 에슈마르크는 슬쩍 초콜릿 한 상자를 쥐여 주기까지 했다.

"아, 나가기 전에 그 옆의 선반에 있는 책이랑 물 좀 주겠나."

내가 짐을 거의 다 챙겼을 때, 알렉시스 에슈마르크가 장난스럽게 말을 걸었다. 갑작스러운 말이었지만 일단 그가 부탁한 대로 책과 물을 챙겨서 건네주자, 그가 비밀이라도 알려 주는 듯한 태도로 경쾌하게 덧붙였다.

"약을 제때에 안 먹으면 어머니한테 혼이 나서 말이지."

그리고 그는 특유의 우미한 낯을 찡그리듯 웃으며 평소와 같이 윙크를 해 보였다. 나도 그만 잠깐 눈을 동그랗게 떴다가 바람 새듯 웃고 말았다.

이리나 밀락테이트가 처음으로 알렉시스 에슈마르크를 걱정하고, 그는 처음으로 부모에게 자식답게 혼이 나 보고. 내내 누군가의 구원을 바라던 이가 처음으로 자기 자신을 구원하기 위해 여행을 떠나기로 했다. 그가 남긴 몇 안 되는 선행이, 이제는 그에게 머무를 자리를 주겠다며 활로를 열어 주기까지 했다.

아멜리아 레스킷은 자신을 붙잡을 만한 자극을 찾아 다시 바람처럼 떠돌겠다고 한다. 애셔는 세레나의 심기를 거스르지 않는 선에서라면 수단 방법 가리지 않고 그녀의 사랑을 얻어 내려는 모양이고, 세레나는 그가 무슨 짓을 하든 자기 삶의 중심을 유지할 수 있는 인물이니, 어떻게든 그들은 오래도록 행복하게 살게 될 것이다.

 모든 멋진 소설의 결말이 그렇듯이.

 이 소설 속의 사람들은 저마다 자신의 삶을 완성하는 방향으로 나아가려 하고 있다. 지금은 나도 소설 속의 사람이다. 대리석으로 조각한 황궁을 빠져나와 그린 듯한 푸른 하늘과, 길을 알려 주는 듯 동심원처럼 펴져 하얗게 빛나는 마법의 꽃밭을 거닐며.

 그러니, 나 역시 내 결말을 찾아서 떠날 때가 되었다.

SIDE OUT: 세레나의 티타임 (0)

세레나 윌리엄스는 자신이 속았다는 사실을 뒤늦게 눈치챘다. 알렉시스 에슈마르크가 파악하고 예측한 '최후의 결전이 일어날 장소'에 도달했을 때, 그곳은 이상하리만치 고요했다. 주변을 아무리 탐색해 봐도 지나치게 평화로웠다. 이럴 리 없다고 생각하며 몇 번인가에 걸쳐 상황을 재점검하고 파악한 뒤에야 그녀도 비로소 상황을 인지했다. 일이 어떻게 흘러갔는지도 그때가 되어서야 알았다.

하지만 그래서는 안 되는 일이었다. 세레나의 죽음과 달리 알렉시스 에슈마르크의 죽음은 이 세상에 너무나 큰 영향을 미칠 것 같았다. 알렉시스 에슈마르크는 반대로 생각했지만, 세레나 윌리엄스는 그의 생각까지는 알지 못했다.

그의 사정을 어렴풋이 알게 된 뒤에도, 세레나 윌리엄스는 그렇다고 해서 알렉시스 에슈마르크까지 불행해져야 할 이유는 없다고 생각했다. 당신도 스스로 자신의 삶을 구원할 수 있다고 다독였다. 덕분에 그들은 오랜 시간이 지나지 않아 나이와 세대, 경험과 삶, 터전과 사상을 뛰어넘어 서로에게 가장 큰 이해자가 됐다.

세레나 윌리엄스는 그가 지금 죽어서는 안 된다고, 종래에는 행복해져야 하는 사람이라고 생각했지만, 그녀가 모르는 진실이 있었다.

세레나가 건넨 말로, 이미 알렉시스 에슈마르크는 구원받은 것인지도 모른다. 그는 자신이 죽어도 좋다고 생각했다.

아니, 죽음과 이별, 상실 앞에서 슬퍼할 사람은 분명 세레나의 장례식에 더 많으리라고, 알렉시스 에슈마르크는 그렇게 판단했다. 지극히 논리적이고 수학적인 결정이었다. 똑똑하고 능력 있는 인간이야 시간이 지나면 어디에서든 나타나겠지만, 그들이 사랑한 세레나 윌리엄스는 오직 세레나 한 명뿐인 것이다.

알렉시스 에슈마르크의 장례식에서 진심 어린 눈물을 한 방울이라도 흘려 줄 사람이 과연 몇 명이나 될까. 그런 고려에 따라, 결정은 지극히 간단히 이루어졌다.

누군가가 반드시 제 몸을 세계의 부조리와 함께 지워야 한다면, 그는 자신이 죽기로 했다.

다급히 황궁으로 순간이동을 한 세레나는 언제 어느 때에든 자신에게 도움을 주던 믿음직한 아군, 애셔 아마르트 뷔올에게 다짜고짜 찾아갔다. 그녀는 가장 최근 시전된 이동 마법의 목적지를 물었다. 뷔올 근처의 마력 유동을 기록하는 기록관에게서 자료를 받아 든 애셔가 즉석에서 그 경로를 계산해 주었다.

세레나 윌리엄스는 그동안 내내 대륙 전역의 마력 변동을 탐지하고 있었다. 이윽고 세레나보다 먼저 애셔가 좌표를 계산해 냈을 때, 그들은 손을 맞잡았다.

이미 모든 것이 끝난 땅에서, 세계가 무너지고 있었다. 세계가 조각조각 부서져서 무너지는 날이었다. 매캐한 매연과 독한 연기, 삐걱삐걱 돌아가는 펌프와 증기 장치, 태엽과 호스, 나사와 철판에 의한 거대한 장치가 모조리 분해되어 별처럼 쏟아져 내렸다.

억겁이 지나도 무너지지 않을 것만 같았던 기계 세계의 중앙에 어두운 구름과 회오리가 몰아쳤다. 그 중앙에서 살아남을 수 있는 인간은 없을 것만 같았다. 애셔는 이미 늦었다며 만류했지만, 세레나는 다급히 그 안으로 뛰어들었다.

주변을 옥죄는 힘으로부터 가장 최적의 경로를 찾는 일에는 자신이 있었다. 세레나 윌리엄스는 언제나 그 밀도를 누구보다도 민감하게 느끼는 사람이었고, 선천적으로 재능이 있었다. 세레나의 갑작스러운 순간이동으로 마력의 폭풍이 아주 잠깐 지체되었다. 다시 금세 휩쓸려 빨라질 테지만, 그사이에 알렉시스 에슈마르크가 몸을 피했다면 충분히 구할 수 있을 것이다.

만일 아직 늦지 않았다면, 자신의 마력을 조금 덜어내 보태는 정도의 조치만으로도 알렉시스 에슈마르크를 살릴 수 있을지도 모른다. 그녀는 희망을 버리는 법을 모르는 인간이었다.

알렉시스. 알렉시스. 이제는 이름으로 부르게 된 그를 목 놓아 부르짖으며, 세레나가 울며 괴로워하며 헤매며 그 폭풍 안으로 뛰어들었다.

알렉시스 에슈마르크는 그녀를 기다리고 있었다. 폭풍의 중앙이었다. 무너지고 바스러져 가는 몸을 한 채, 거대한 마력의 검에 꽂혀 땅에 선 듯이 숨을 거둔 레일리 크라하의 잔해 앞에 주저앉아서. 새하얗게 번득이는 검이 시야를 잡아먹을 듯이 타오르고 있었다.

그가 허망한 낯으로 고개를 들어 레일리 크라하의 얼굴을 물끄러미 들여다보다가, 뒤늦게 세레나를 맞이했다.

주변을 보게, 세레나.
이 세계가 이토록 아름다웠다는 사실을, 나는 이제껏 몰랐어.

그의 말대로였다. 세레나 윌리엄스는 일평생 상상해 보지도 못한 풍경을 보았다. 잔해에서 피어나는 꽃, 잔해에 눌려 있다가 비로소 싹을 틔우는 생명. 레일리 크라하가 죽은 자리에서부터 빛의 실선이 거미줄처럼 번졌다. 마지막까지 그것을 막아 두던 최후의 둑이라도 터진 듯이, 그야말로 걷잡을 수 없이 쏟아져 나온 빛에 의해.

온 세상이 요란하고도 놀라운 형태로 번득이고 있었다. 세레나 윌리엄스는 그만 울음을 터트릴 것 같아졌다. 이 세계의 가장 낮은 곳에 무엇이 도사리고 있었는지를 이제야 비로소 확인했다.

생명력을 갖고 움트는 새로운 삶과 희망의 가능성을 보았다. 알렉시스 에슈마르크와 똑같은 풍경을 보고 있었다. 어쩌면 레일리 크라하도 마지막 순간에 같은 풍경을 보았을 것이다. 그리고 그들 모두가, 어쩌면 다르면서도 비슷한 감정을 느꼈으리라.

하지만 그, 벅차오르고, 어딘지 아득하고, 감당할 수 없을 만큼 서러운 감정을 그저 가슴에 억누른 채.

세레나는 우선 자신이 할 수 있는 일을 해야만 했다.

그를 살리기에는 이미 늦었다는 사실을 알면서도, 세레나는 다급히 알렉시스 에슈마르크에게 달라붙어 무엇이든 조치를 취하려 했다. 하지만 알렉시스 에슈마르크는 잠잠히 고개를 저었다.

레일리 크라하의 가는 길이 외롭지는 말아야지.

일평생 누구와도 함께하지 못했는데, 마지막에 서로 그 곁을 지켜 주는 자가 내내 충돌하던 원수이며, 내가 직접 그 삶을 진창으로 밀어 넣은 장본인이고, 나로 하여금 이렇게 행동하도록 등을 떠민 주범이라니. 정말로 아이러니한 일이야.

하지만 어쩌면 일생 내내 유일하게 서로를 이해한 사이일지도 모르지. 가장 치열한 삶의 선봉에 서서 말일세.

글쎄……. 덧없는 이야기일까.

그저 그 한마디만을 전하고 싶었던 사람처럼, 알렉시스 에슈마르크가 지그시 눈을 감고 조용히 속삭였다. 살며시 곱씹는 듯한 말투였다.
알렉시스 에슈마르크의 마지막 유언이 됐다.

아아, 이 세계가 이토록 아름다웠나…….

* * *

알렉시스 에슈마르크의 육신과 레일리 크라하의 육신은 폭발의 여파에 휘말려 조금씩 부서지다가, 얼마 지나지 않아 알아서 흩어졌다. 남은 마력의 잔해들은 속절없이 흐름에 휘말려 폭풍 너머로 휩쓸려 갔다. 애써 아마르트 뷔올은 보지 못하는 풍경을, 오직 세레나만이 처음부터 끝까지 지켜보고 있었다.
같은 풍경을 보지 못하니, 무슨 일이 일어나고 있는지는 몰랐을 것이다. 애셔는 그저 어딘지 벅찬 일을 맞이하고 형언할 수 없는 서러움에 사로잡힌 사람처럼 주저앉아 울고 있는 세레나를 물끄러미 보았다가, 말없이 그 곁에 다가가 세레나의 손을 잡아 주었다. 어떤 말도, 표현도 달리 필요치 않았다.
손을 맞잡고, 모든 마력의 잔해가 거의 사라졌을 때, 온통 만개한 마력의 꽃밭에 주저앉아 그 향을 맡으며.
세레나 윌리엄스가 희미하게 입을 열었다. 지금까지 있었던 일들을 모조리 이야기했다. 엘류이센 라이케에게서 시작되어 결국 그들이 전달받아 완성한, 이 세계와 그들 자신의 이야기였다. 완벽하게 공감해 줄 수는 없는 사람이어도, 그에게 그 이야기를 해 줘야 한다고 생각했다.

그는 알렉시스 에슈마르크를 사랑했고, 그를 존중하고 싶었으며, 장례식에서는 대외적으로 눈물 한 방울 보이지 않더라도, 사실 누구보다도 유년의 원죄에 괴로워하며 슬퍼해 줄 그의 가족이었으니까.

세레나는 알렉시스 에슈마르크의 모든 내면적 괴로움도 알고 있었지만, 애셔 아마르트 뷔올의 내면적 괴로움을 공유하는 유일한 사람이기도 했다. 그녀가 마지막에 토로했다. 전하.

이 일에 대한 이야기를 많이 해요. 몇 번이고 나눠요.

손을 맞잡고서, 언제나 자신의 모든 문제를 홀로 해결하던 세레나 윌리엄스가 처음이자 마지막으로 황태자에게 '부탁'을 했다.

전하께서 좋아하시는, 유리 님이 좋아하셨던, 세상에서 가장 아름다운, 그래서 늘 저를 마법 같은 세계에 등 떠밀곤 했던 우아한 티 테이블에서도 좋아요. 자리를 가리지 않고 오늘의 일을 떠들기로 해요.

가장 평화롭고 행복한 시간에, 풍요와 번영을 누리는 시간에 이 일을 이야기해요. 그래야 우리는 잊지 않을 수 있고.

그래야 우리는 반복하지 않을 수 있답니다.

그리고 그 말에 애셔 아마르트 뷔올이 어떻게 대답했던가. 그는 늘 그랬듯 현명했다.

나는 평생 당신과 같은 풍경을 볼 수는 없을 거예요, 세레나.

하지만 그게 그렇게 중요한 일인지는 모르겠어요. 당신과 나는 살아온 배경도, 삶도, 소중히 여기던 가치도, 선택을 내리던 방식도 이미 이렇게나 다른 사람이 아닌가요.

그저 내가 이해해야 할 당신의 특징이 한 가지 더 늘어났군요.

그러니 새롭게 싹을 틔우고 꽃망울을 터트린 그 세계는, 이후로도 세계의 무게를 온전히 짊어지고 책임졌던 그분들과 당신만이 공유할 수 있는 영원한 풍경이 되기를 바라요.

언제까지고 아름답고 향기로운 땅. 제가 존경하는 당신들만의 낙원으로서.

단지 세레나, 당신이 걷는 길에서 내가 그 곁에 있다면, 당신이 설명해 주는 언어를 통해 그 풍경을 상상할 수는 있겠군요. 그 꽃이 피지 않은 들판이 얼마나 푸르고 넓은지도, 당신에게 말해 줄게요. 당신이 그래도 괜찮다면요.

당신이 그래도 괜찮다면 그렇게, 함께 모든 것을 기억할까요. 언제나 그랬듯 겉으로는 동요 한 점 내비치지 않은 채 세레나의 손만을 힘주어 잡은 애셔가 말했고.

네, 가장 아름답고 평화로운 순간에, 잊어서는 안 될 진실에 대한 이야기를 해요.

울며 웃으며, 그의 손을 잡고, 세레나가 대답했다.

그리고 그들은 함께 돌아가기 시작했다. 서로 다른 풍경을 보지만, 각자가 본 풍경을 설명해 주는 상대의 언어와 목소리에 성심성의껏 귀를 기울이며.

소통하고, 사랑하고, 울고, 웃으며.

다른 길을 걸어도 괜찮으니, 같은 곳으로 가기로 했다.

푸른 숲
The Pale Wood

전설 속의 그 숲은 언제나 기이와 신비에 감싸여 있는 곳이었다. 산천 초목이 마력에 젖어 비현실적인 푸른빛을 띤다는 점부터 세간 사람들의 궁금증 어린 공포심을 자극하기에는 충분했다. 숲 안에서 무슨 일이 일어나고 있는지 바깥에 사는 사람들이 알 길은 없었고, 묘한 절벽과 독초가 즐비한 새파란 계곡 안으로 함부로 발을 디딜 만한 용기를 지닌 사람은 몇 명 등장하지도 않았다. 실제로도 그런 용기를 낸 자들에게 용기의 대가로 돌아온 것은 영원한 실종뿐이었다. 새 한 마리조차 이 기묘한 숲에 들어간 뒤 귀환하는 일이 없었다.

'그 숲은 늘 죽은 것 같았으나 살아 있었고, 생명을 가지고 살아 움직이듯 꿈틀대는 것처럼 보였으나 죽음처럼 고요했다.'

그 숲에는 언제나 어딘지 음습하고 서늘한 자연의 정기가 기괴하게 소용돌이치는 듯했다. 마법적 재능을 지닌 사람이라면 누구나 눈치챌 법한 기이한 마력이 숲을 중심으로 해 별처럼 맥동했다.

마력이 뿜어져 나오는 땅으로부터 받은 신비감은 결국 그 미지의 땅에 대한 공포심과 연결됐다. 사람들은 다른 어떤 지역에서도 볼 수 없는 '비현실적인' 푸른빛의 식물들과 마력 섞인 바람, 형광의 빛을 발하는 듯한 물, 꺼림 칙하게 흔들리며 부딪치는 나무의 소리와 새파랗게 물든 암석 절벽 따위에 결국 전설의 이름을 붙였다. 그것은 사실 살아 있는 숲이라기보다 죽은 채 자리를 보전하고 있는 경계의 숲 같았고, 마치 핏기를 잃어 창백해진, 생명력 없는 숲처럼 보였다.

그래서 그 후 사람들은 이 숲을 그렇게 부르게 됐다. 푸른 숲.

삶과 죽음, 실재와 허구의 경계. 생명을 잃고 창백하게 질린 숲이라고.

몬타뉴 밀락테이트

푸른 숲에 들어갔다가 살아 돌아온 최초의 귀환자는 2400년 전의 대 마법사, 최초의 대마도사 겸 발명가라고 불리는, 밀락테이트 지방의 몬타 뉴였다.

그는 세 차례에 걸쳐 무시무시한 숲을 드나들었다. 하지만 그 역시 숲 안에 무엇이 있었고 무엇을 봤는지, 또 그 안에서 무슨 일이 일어나는지를 입에 담은 적은 없었다. 심지어는 그조차도 네 번째 여행을 떠난 뒤로는 푸른 숲 밖으로 돌아오지 못했다.

몬타뉴 밀락테이트가 얼마나 위대한 존재였는지를 이야기하려면 그의 일생부터 알아보아야 한다.

그가 태어날 무렵, 그 근방 밀락테이트 지방은 본래 작은 산업 마을이었다. 소규모 공방들이 다닥다닥 모여 서로의 부품을 사고팔기도 하고, 완성품을 서로 교환하기도 하는 공방 마을이었다. 아직 도시라 할 만한 발전은 이루지 못한 사회였다. 이런저런 사람들이 그럭저럭 모여 살았다.

푸른 숲 근처의 환경에는 마력이 풍부했기 때문에, 다른 지역에서는 손에 넣기 힘들 만한 귀한 약초들도 많았다. 약초꾼, 연금술사, 약사, 그리고 발명가들이 푸른 숲 근처에 옹기종기 모여 간간이 드나드는 외부 보부상들에게 발명품을 떠넘겨 값을 받고, 그 값으로 식료품의 비용을 치르는 식으로 마을이 굴러갔다. 그 수많은 마을 중 한 곳에서 몬타뉴 밀락테이트가 태어났다.

몬타뉴 밀락테이트는, 말하자면 천재 소년이었다. 그는 기계의 전체적인 구조를 파악하는 일에 천재적인 재능을 보였다. 마치 몇십 배, 몇백 배, 어쩌면 몇천 배는 더 거대한 기계를 매일 다뤄 보기라도 한 사람처럼, 당연하다는 듯이 기계의 어떤 부품을 어떻게 건드리면 기계 전체에 어떤 영향을 미칠지를 '직관적으로' 눈치채곤 했다. 그런 그의 재능은 금세 꽃을 피웠다. 몬타뉴 밀락테이트는 어떤 부품과 어떤 부품을 어떻게 연결하면 '무엇'을 할 수 있는지를 누구보다도 먼저 눈치챌 수 있는 사람이었고, 그의 손에서 문명의 초기에 발생한 다양한 발명품들이 탄생했다.

그는 태어날 때부터 마법을 다룰 수 있는 선천적인 마법사였다. 동시에 뛰어난 연금술사였고, 솜씨 좋은 약사이기도 했다. 작은 마을에서 이웃과 가족의 병을 고쳐 주고 발명품을 만들어 팔며 시간을 보내던 소년 시절을 마무리하며, 그는 십 대 중반의 나이로 여행길에 올랐다.

그는 세계 각지를 떠돌았다. 그 시절 사람이 두 발로 닿을 수 있는 곳보다 더 먼 곳까지 떠돌았다가, 몇 번에 걸쳐 고향으로 귀환해 그 여정의 이야기를 풀어 주었다. 그가 어떻게 그토록 빠르게 세상을 돌아다닐 수 있었는지는 오래도록 마을 사람들의 의문으로 남았지만, 후대의 학자들은 아마도 몬타뉴 밀락테이트가 본능적으로 '비행'이나 '순간이동'을 할 수 있는 마법사였기 때문이리라고 추측하고 있다.

몬타뉴 밀락테이트는 사람이 도달할 수 없는 수많은 지역을 여행했다. 사막을 거닐고 황야를 떠돌았으며, 바다 위에 서 있었다가 눈 폭풍이 몰아치는 북부 설산 아래에서 그 압도적인 '회오리'를 지켜보며 며칠을 보내기도 했다. 처음으로 푸른 숲에 들어갔다가 살아 돌아온 시기도 그맘때였다. 지나치게 뛰어났던 몬타뉴 밀락테이트는 말수 적고 음울한, 과묵한 청년으로 성장했다.

그 정처 없는 여행이 마무리된 것은 그가 고향으로 돌아와 옛 소꿉친구와 가정을 꾸리면서였다. 아이를 낳은 뒤 그는 모험을 그만두고 마을에 정착해 살기로 했다. 사실 이미 그의 인생에 모험은 충분했을 터였고, 그는 세상 무엇에도 더 이상 흥미를 느끼지 못하는 듯한 염세적인 사람이었다. 그리고 아내가 먼저 세상을 떠나고 자신의 아이가 자라 다시 아이를 낳을 무렵, 즉, 몬타뉴 밀락테이트가 책임져야만 할 가정이 새로운 가정으로 진화해 갈 무렵, 몬타뉴 밀락테이트는 다시 떠나도 좋겠다는 확신을 얻었다.

전설이 입에서 입으로 전해지던 시절. 그 무렵 사람들의 혼인은 이른 편이었고, 몬타뉴 밀락테이트가 비교적 늦게 혼인을 치렀다고 해도 그 아들은 십 대에 이미 아이의 아버지가 되어 있었다. 몬타뉴는 아직 젊었다. 그는 남은 한 곳, 한 번 더 모험을 떠나 볼 엄두를 내지 못했던 유일한 곳으로 향하기로 했다.

몬타뉴 밀락테이트는 푸른 숲으로 들어갔다가 얼마 지나지 않아 돌아왔다. 그는 '불사약'을 개발했음을 알리고, 몇몇 이들에게 원한다면 불사약을 마실 수 있도록 해 주었다. 아들이 세상 무엇보다도 사랑했던, 십여 년을 집에서 키웠던 동물에게도 약을 먹였다. 사실, 약을 '먹인' 사실보다는 그들을 불사자로 만들었다는 점이 중요했다.

그 후 그는 푸른 숲 안쪽으로 세 번째 여행을 떠났다. 이번 여행은 길었다. 모두가 몬타뉴 밀락테이트조차 푸른 숲 안에서 목숨을 잃은 것은 아닌지 두려워할 무렵, 비로소 그가 다시 귀환했다. 그는 이제 성인이 된 아들을 품에 안아 주고, 왜인지 작별 인사처럼 해후를 나누었다. 손자의 뺨에 얼굴을 묻고, 위대한 마법사는 다시 한번 푸른 숲으로 떠났다.

그리고 그는 영영 돌아오지 않았다. 숲 밖으로는.

몬타뉴 밀락테이트가 사라진 뒤 400년이 흘러, 푸른 숲에서 생환한 두 번째 인간이 등장했다. 망국 에레스타의 왕녀이며 도망자 신세였던 실비아 에레스타가 도망을 위해 앞뒤 가리지 않고 숲에 뛰어들었다가 1년 만에 무사히 돌아 나오게 된 것이다.

추격이 어느 정도 끊겼을 무렵이었던 터라, 실비아 에레스타는 비교적 그 전보다 안전하게 대륙을 돌아다닐 수 있게 되었다. 그리고 그렇게 되었을 때 그녀가 가장 먼저 시작한 작업은, 푸른 숲 안에서 받아 나온 신비한 물건으로 구 에레스타 왕국의 땅에서 악명을 떨치고 다니는 악당들을 처단하는 일이었다. 그 업무는 왕족으로 태어난 그녀의 의무였으며 책임이었다. 계승자로서의 교육을 받고 자랐던 실비아 에레스타는 자신의 국가가 몰락했다 해서 국민들에 대한 자신의 책임이 무뎌지지는 않는다고 생각했다.

그 의행이 실비아 에레스타의 이름을 드높였다. 이름이 드높아지니, 에레스타 왕국의 재건을 돕고 싶다는 인재들이 하나둘 실비아 에레스타의 곁에 모여들기 시작했다. 실비아 에레스타의 마음속에 순진한 책임과 의무가 아닌 야망, 국가 회복에의 간절한 꿈, 조국의 복수와 새로운 영광에 대한 갈망이 피어나기 시작한 것은 그 무렵의 일이었다. 실비아 에레스타는, 고민 끝에 '푸른 숲 안에서 받은' 기이한 무기를 쓰기 시작했다.

그 기이한, 부메랑처럼 휘어졌지만 끝에서 무시무시한 살상력을 지닌 납덩이를 쏘아 내는 무구를 주며, 푸른 숲 공방의 신이나 요정, 혹은 어떤 전능자처럼 보였던 소녀가 입술 앞에 살며시 손가락을 대고, 이렇게 말했었다.

'실비아.'

실비아 에레스타는 자신이 푸른 숲 안에서 무엇을 보고 정확히 어떤 일을 겪고 나왔는지를 누구에게도 설명하지 않았다. 여신의 이름을 지닌 아름다운 소녀가 그녀의 부상을 신비한 힘으로 치료해 주더니, 상상을 뛰어넘는 몇몇 중요한 물품들을 쥐어 줬다. 수상쩍은 말과 함께였다.

'당신에게 당신이 무찔러야 할 악과 적이 필요해진다면, 그때부터는 이 무기를 쓰세요. 예를 들어, 당신의 정당성 같은 것을 증명할 필요가 생긴다면.'

그리고 그 순간이 왔고, 실비아 에레스타는 선택을 내렸다.

'이건 내가 내 아버지의 조국……. 에레스타에 주는 선물이니까.'

그 방아쇠를 당길 때마다 엘류이센 라이케가 총탄에 담아 둔 '인자'가 땅 곳곳에 뿌려졌다. 어떤 특별한 '반응'을 일으키는 돌연변이는 자연스럽게 대륙 곳곳에 스며들었고, 어느 순간부터, 기이한 인간들이 등장하기 시작했다. 인간의 죽음에서 태어나는, 인간은 아니지만 인간과 닮은 꺼림칙한 '것'.

인간보다 훨씬 강력한 그들도 엘류이센 라이케의 무기 앞에서는 추풍낙엽처럼 스러져 갔다. 실비아 에레스타는 사람들을 두려움에 떨게 하는 그 '반인'들을 무찌르며 기어코 대륙의 영웅이 됐다. 적에 대한 처치도, 원수에 대한 복수도 모두 이룩했을 때, 그녀는 비로소 옛 에레스타의 도읍지가 있던 땅에 섰다. 마도제국 뷔올의 탄생이었다.

엘류이센 라이케가 쥐여 준 위대한 마도 무기를 손에 들고, 뷔올의 황좌 위에 서서 군림하다가, 실비아 에레스타는 말년에 다시 어딘가로 사라졌다.

실비아 에레스타도 사실은 알고 있었다. 이것이 반칙에 가까운, 균형에서 어긋난 힘이었음을. 그녀는 낡은 몸을 비틀비틀 이끌어 푸른 숲으로 들어가, 길을 찾지 못한 채 쓰러진 자신의 눈앞에 나타난 '옛 모습 그대로인' 소녀 앞에서 회환과 죄책감의 눈물을 쏟아내듯 흘리며 총을 돌려주었다.

'씨앗을 뿌렸으니, 수확의 날을 기다리면 되겠지요.'

마치 전능한 여신의 앞에서 고해라도 하듯이, 늙지도 병들지도 죽지도 않는 아름다운 소녀 앞에서, 실비아 에레스타가 웅크린 채 오열하며 죽어 가고 있었다. 엘류이센 라이케는 처음으로 정말이지 '감사'를 느꼈다. 그녀가 할 수 없는 일을 대신 해 준 이 인간에게 감사하지 않을 이유는 없어 보였다.

'수고했어요, 실비아. 마음이 괴로웠을 텐데.'

푸른 숲 안에서 마력에 휩싸여 빠르게 생명력을 잃어 가는 노쇠한 등 위에 가지런히 손을 얹고, 엘류이센 라이케가 상냥히 속삭였다. 조금의 위로라도 되기를 바란다는 듯이.

'당신은 잘해 주었답니다. 세상을 자유롭게 할 첫걸음을 나 대신 걸어 줘서 고마워요……'

그리고 그때부터, 수많은 인간이 푸른 숲에 도전하기 시작했다. 실비아 에레스타 같은 천운을 얻어 위대한 힘을 손에 넣을 수 있지 않을까 하는 얄팍한 기대도 있었고, 마도구들이 발전하면서 푸른 숲 정도는 얼마든지 인간이 정복할 수 있지 않을까 하는 꿈을 꾼 탓도 있었다. 하지만 푸른 숲은 여전히 인간들의 문명 따위에 호락호락 정복당하지 않는 숲이었다.

그러나 어느 순간이 되었을 때, 별안간 주기적으로 '귀환자'가 등장하기 시작했다. 기이한 발명품을 손에 들고.

엘류이센 라이케가 준비한 '씨앗'을 뿌리기 위해, 그들이 세상으로 돌아나왔다.

푸른 숲 공방과 유리 엘레베나카

세상의 발전 속도를 몇백 년씩 앞질러 가는 어마어마한 기술력을 보유한 공방이 푸른 숲 안에 있다는 소문이 알음알음 퍼지기 시작했다. 실제로도 어느 정도는 사실이었다. 그 공방이 오직 한 사람에 의해 굴러가고 있다는 점을 제외하면 대체로 맞는 얘기였다.

푸른 숲에 대한 이야기는 전설이기도 했고, 동화이기도 했고, 괴담이기도 했고, 환상과 현실, 죽음과 삶의 경계 위에 어렴풋이 걸쳐 있는 모호한 갈림길 같아 보이기도 했다.

그리고 실비아 에레스타의 시대가 끝난 뒤 이천 년이 지나, 고도의 발전을 이룬 뷔올 제국에 열네 살짜리 어린 소녀가 등장했다. 연합국과 뷔올 곳곳을 쏘다녔지만 그녀가 '본격적인 작업'에 앞서 자리를 잡을 지역은 이미 일찌감치 정해져 있었다. 실비아 에레스타의 국가. '유리 엘레체니카'는 자신에게 처음으로 '감사함'을 알려 주었던, 일평생 죄책감과 책임감에 괴로워하며 설움에 잠겨 살아야 했던 뷔올의 초대 황제를 곱씹으며 뷔올의 황성 앞에 섰다.

"그러니 폐하, 제가 일찌감치 당신 곁을 떠나게 되더라도 노여워 마소서."

열여섯의 나이로 명예 백작 작위를 받은 천재 소녀가, 자기 자신을 푸른 숲 공방의 이번 대 주인이라고 말했다. 그 말을 증명하고도 남을 천재적인 발명품들을 줄줄이 쏟아내며.

"푸른 숲은 세계의 근원과 맞닿아 있는 치열한 마력의 터전이니, 응당 제가 그것을 통제하고 말을 삼가며 섭리와 표준, 중심과 원리에 대한 비밀을 지켜야 함을 이해해 주셔야 합니다."

앳된 얼굴에도 불구하고 그녀는 늘 스스로 밝힌 나이보다 훨씬 어른스러워 보였다. 사실 어른스럽다기보다 '고풍'스러웠다. 세상 누구보다도 우아한 그 소녀는 전설에서 튀어나온 듯한 비현실적이고 기이한 존재였고, 더할 것 없이 '완전해 보이는' 불가해한 인간으로서 뷔올 한구석에 자리를 잡았다. 유리 엘레체니카는 그 존재 자체로 마치 푸른 숲처럼 보였다. 수상하고, 위대하며, 신비롭고, 또 그만큼 두렵기까지 한 — 괴이한 미지의 것.

"그러니 폐하, 제가 진리를 엿보고자 하는 당신의 질문에 무엇 하나 온전히 답변 드릴 수 없음으로 인하여 또한 노여워 마소서."

사람을 아득히 초월한, 그야말로 은자 같은, 기계 세계에서의 진정한 전능자가. 뷔올의 새하얀 성 위에 서서, 황제에게 자신을 그리 소개했다.

"모든 것은 오랜 세월을 바쳐 체계적으로 이루어지고 있는 하나의 섭리. 이것은 돌이켜지지도 번복되지도 않을, 시작이며 끝이랍니다."

17. 그리고 사랑은 꽃처럼 저물었다

쉽고 빠르게 요약을 하자.

나는 본래 캐릭터의 인생을 멋지게 박살 내 주는 일에 기쁨을 느끼던 장르소설 작가다. 내가 만든 캐릭터들의 인생에서는 심지어 고난과 죽음마저 삶을 완성하기 위한 요소였으며, 각각의 인물들은 소설을 완성하기 위한 우아하고 아름다운 장치로써 기능했다. 그런데 예기치 않게도 아직 설정도 완성하지 않은 나 자신의 캐릭터에 빙의하여 2년. 애석한 일이지만 나는 내가 만든 캐릭터 레일리 크라하와 쌍방으로 에로스적 호감을 느꼈고, 분위기에 떠밀려 이것저것 저질러 버리고 말았다.

그 과정에서 진실을 밝히기를 꺼리기만 하다가, 내가 예상한 것보다 더한 진실이 세계 곳곳에 팽배해 있다는 사실을 알며 몸도 마음도 차근차근 박살이 나게 되었다. 심지어 내가 내 소설 속에 끌려온 것이, 처음부터 끝까지 나 자신의 캐릭터들이 부린 수작질로써 설계된 일이었다는 진실을 알게 되었을 때 원작자의 혼란과 절망감이란? (5점) 이쯤 되면 누구나 내 인생 경로를 묻는 시험에서 5점 정도는 획득할 수 있을 것이다.

더군다나 유감스럽게도 레일리 크라하와 관련된 수도 없는 어둠의 진실이 밝혀지는 바람에 레일리 크라하에게서 인격적인 비난을 들은 뒤 인생의 대 핀치에 놓였다. 뒤에서는 방금 전까지 잘돼 가던 썸남이 내 인성을 비난하고 있고, 앞에서는 내 몸의 원래 주인(a.k.a 진짜 흑막)이 내 반성을 촉구하며 자멸을 요구하는 상황이었다. 어쩐지 내 소설 속이 너무 로맨틱하다 했다. 놀랄 만큼 쾌활했던 순간은 순식간에 지나가고, 남은 것은 파국뿐이었다.

결과적으로 레일리 크라하의 도움으로 살아남기는 했지만, 막상 나랑 운명적 로맨스를 찍으며 잘돼 가던 레일리 크라하는 갑자기 사라져 버린 상태. 사실 그놈의 입장에서도 사라지지 않고는 배기기 어려웠을 것이다.

댁 얼굴은 꼴도 보기 싫으니 알아서 꺼져 주겠다는 심보인지, 그냥 자신이 알게 된 진실에 충격을 받아 마음의 정리가 필요했던 것인지, 아니면 그 모든 사실을 숨긴 나에 대한 배신감인지. 어쩌면 셋 다일지도 모른다.

사실 마음만은 이해하고 있다. 끝까지 '레일리 크라하'는 내 캐릭터이니 작가의 설계대로 움직여야 하고, 따라서 그를 인간적으로 신뢰할 수는 없 다고 판단해 진실을 숨기기만 하던 내가 감히 이해하니 어쩌고 할 일인지 는 모르겠지만 말이다.

아무튼 레일리 크라하는 인사도 없이 사라졌다. 염병, 로맨스판타지의 남성 캐릭터쯤 되면, 사라질 땐 사라지더라도 인사 한마디 정도는 하고 사 라지는 기본적 개념은 지니고 있어야 할 일이 아니냐? 애초에 할리퀸 로 맨스에서 오해를 하거나 상처를 받아 떠난 여자주인공을 쫓아가는 남자주 인공은 본 적이 있어도, 내가 내 썸남을 쫓아서 대륙 일주를 하게 되리라 고는 생각해 본 적이 없다.

아니, 시발, 내가 잘했다는 게 아니고, 솔직히 좀 양심이 아프긴 한데, 아무리 내가 잘못했어도 자기 할 말만 따따따 쏟아붓고, 내 설명도 듣지 않은 채 그 해괴하고 정신없는, 삶과 죽음이 오가는 세계 붕괴의 대위기

상황에서 날 내팽개쳐 두고 혼자 쌩하니 사라져야 했던 거냐? 진짜로? 진심이냐, 레일리 크라하?

하지만 어쩌겠는가? 지은 죄가 있고 해결해야 할 문제가 있고, 레일리 크라하와 제대로 된 대화를 나누지 않은 채 내 세계로 돌아갔다간 일평생 이 일이 찜찜하게 남아 나를 괴롭히게 생겼는데. 그리하여 내가 권력도 작위도 훌훌 털고, 복잡한 뷔올의 정세를 뒤로한 채 떠나온 지 어언 2년이 되었다.

xxxx. 이 개자식이 2년 동안이나 내 눈앞에 나타나지 않았다, 이 말이다.

이 좀팽이 새끼.

결론부터 말했을 때, 나는 아직 소설 속에 있다. 유리 옐레체니카의 이야기를 아직 마무리하지 못했기 때문이다. 엘류이센 라이케가 아닌, 나의 것으로서 완성되는 유리 옐레체니카의 이야기 말이다.

사실 레일리 크라하를 추격하는 과정에서, 나도 나름대로 머리를 굴려서 경로를 짜기는 했다. 가라한 아브리함을 비롯한 므라우의 반인들이 갑자기 그렇게 빠르게 외부의 소식을 파악하고 수완 좋게 뷔올 상층부와 접촉하기까지, 레일리의 영향이 티끌만큼도 없었을까? 나는 분명 그 과정에서 레일리의 수작질이 있었으리라 판단했고, 몸을 회복한 뒤 곧장 므라우에 찾아갔다. 가라한 아브리함의 멱살을 잡고 자세한 사정을 물어보려는 생각이었다. 레일리 크라하가 어디로 갔는지 정보라도 들으면 일석이조라고 판단했다.

가라한 아브리함은 내 손에 멱살이 잡히고도 태연한 얼굴이었다. 그도 그럴 것이, 그놈과 내가 제대로 붙으면 당연히 내 신체 능력이 훨씬 떨어질 테니 긴장감도 없었을 것이다. 마법이 완전히 사라졌다고 생각하므로, 나를 경계할 이유도 없었을 테고 말이다. 물론 나는 여전히 마법을 쓸 수 있는 대륙에 단둘뿐인 마법사였지만, 굳이 그 마법에 손을 대면서까지 가라한 아브리함과 사생결단을 낼 생각은 내게도 없었다.

'그를 찾으러 갈 생각입니까?'

내게 멱살이 잡힌 채 빙글빙글 웃으며, 가라한 아브리함이 날 선 태도로 물었다. 나는 단박에 그럴 예정이라고 대답했다.

'한창 혼란스러울 때 이런 지역에 들어오면 무슨 사달이 나도 어쩔 수 없다는 사실은 알고 계시지요, 백작님.'

'반인이 평화롭게 뷔올에 자리를 잡기 위해서라도 협상에 흠결이 될 만한 사건은 안 벌일 생각이라는 거 알아. 괜한 소리 말고 질문에나 대답해. 레일리 크라하는 어느 쪽으로 갔지?'

'글쎄요.'

멱살이 잡혀 탈탈 털리며, 가라한 아브리함이 여유롭게 대답했다.

'그를 찾으면, 그가 원하는 것을 줄 수 있나요?'

사실, 나는 그 질문에 대답하지 못했다. 가라한 아브리함은 우리가 브라우에 머무르던 동안 빚었던 갈등까지밖에 모르고 있을 터였고, 우리의 정확한 사정을 알지는 못할 것이다. 레일리 크라하가 본인의 연애사를 옛 동료에게 미주알고주알 털어놓는 스타일도 아니었다. 단지 레일리 크라하가 내 곁을 떠나 브라우에 머물렀다가 어딘가로 훌훌 달아나 버렸으니 가라한 아브리함도 알아서 우리의 속사정을 짐작해 보았을 것이다.

이제 중요한 쟁점은 과거 그가 바라던 것을 내가 줄 수 있는지, 아닌지 따위가 아니었다. 우리는 각자가 바라는 것을 어떻게 타협하면 좋을지까지 이미 이야기를 마친 뒤였다. 그저 문제는 내가 그를 어떤 식으로든 기만했고, 레일리 크라하가 그 사실에 크게 분개했다는 점이다.

내가 주고 싶어도 레일리 크라하는 더 이상 받고 싶지 않을 수도 있다. 그가 받겠다고 해도, 사실은 줄 수 없는 것일지도 모른다.

'몰라.'

나는 그저 대답을 주저하다가, 힘겹게 대답했다.

'하지만 만나기 전에는 무엇도 끝을 낼 수 없을 거야.'

내 대답을 들은 가라한 아브리함은 묘한 표정을 지었다. 그리고 그는, 레일리 크라하가 설산지대를 살펴보기 위해 북부로 갔다는 대답을 돌려줬다.

　내가 생각하기에도 레일리 크라하가 만일 북부의 설산지대로 향했다면, 그 이유는 충분히 짐작이 갔다. 논리적이고 그럴싸한 경로였다. 나는 가라한 아브리함에게 감사를 표하고, 그길로 남부의 므라우를 떠나 북향했다. 그 후로는 북부 곳곳을 쥐 잡듯이 들쑤시며, 설산에서 내려오는 이가 있으면 내게 소식이 닿을 수 있도록 설산 입구가 되는 각 마을에 조치를 취해 뒀다.

　설마 이 자식이 나랑 합의도 없이 설산의 통로에 손을 대 버렸다면 어떡하지? 짧게 그런 생각을 했지만, 금세 다른 생각도 떠올랐다. 레일리 크라하는 어쩌면 내가 자신을 찾아오길 기다리고 있을지도 모른다는, 어떤 낭만적인 생각이었다. 그는 단지 내가 자신에게 찾아오는지, 아닌지를 가늠하고 있을지도 모른다고 말이다. 하지만 그 낭만적인 바람이 현실이든 아니든 간에, 어느 쪽이든 레일리 크라하라면 내가 받아 주리라는 확신도 없는데 혼자서 훌훌 그 세계로 넘어가지는 않았을 것 같았다.

　아니, 사실……. 조금 불안하긴 했다. 언제는 그 자식이 내 허락을 받고 움직였던가? 이번에도 다짜고짜 내 원래 몸을 찾아서 감정의 머리채를 잡고 끌어내리려고 생각했을지도 모르는 일이었다.

　여러 생각으로 복잡했지만, 그저 내가 직접 설산에 오를 수는 없었다. 그런 한계로 인해, 나는 레일리 크라하가 나와 합의조차 하지 않은 채 홀로 돌아가 버리는 불상사를 일으키지만 않았기를 간절히 바라며 기다렸다.

　알렉시스 에슈마르크도 내게 충고하지 않았던가. 이 몸은 진짜 근원은 아니지만 초기 근원을 담당하고 있었기 때문에, 마력에 민감했다. 내 몸으로는 이제 설산 근처의 강대한 마력 폭풍을 견딜 수 없다. 인근의 입구 마을에도 직접 들어가지는 못했고, 사람들에게 돈을 쥐여 주고 눈을 심어 뒀을 뿐이었다.

외부 세계에서 유입되는 활자 형태의 힘은, 실제로는 이 세계를 떠받치는 근원이 아니었다. 때문에 내가 만드는 이야기가 사라졌다고 해서 세계가 무너지지도 않았고, 내 몸이 생명 활동을 멈추지도 않았다. 하지만 외부에서 유입된 활자 형태의 흐름을 이 세계의 마력에 씌우는 과정에서 내 몸이 한차례 외부 세계의 정보를 거르는 순환 장치였다는 사실은 변하지 않는다. 엘류이센 라이케의 몸은, 세계의 근원에 끼어들지는 못했지만 외부 세계에서 유입된 마력 형태와 이 세계의 기존 마력을 연결하는 훌륭한 연결 고리가 되었다.

육신의 기본적인 체계를 담당하는 물의 속성에 오래 노출되면 마력이 폭주하듯이, 거칠게 휘도는 설산의 마력 잔재들에 혹시라도 휩쓸리면 언제 터져 버릴지 모르는 것이다. 외부 세계의 활자 체계를 받아들이지 않게 되었으므로, 이 몸이 순환시킬 수 있는 에너지도 얼마 지나지 않아 바닥이 날 것이다.

육신의 수명이 얼마 남았는지 알지도 못하는 상태로, 마냥 레일리 크라하를 기다렸다. 물론 주저앉아 기다리기만 한 것은 아니었다. 나는 내가 도달할 수 있는 범위 안에서 최대한 북부까지 방문해 가며, 혹시라도 레일리 크라하를 본 사람은 없는지 일일이 조사하고 다녔다. 워낙에 눈에 띄는 생김새다 보니 간간이 목격 증언도 들을 수 있었다. 그런데 레일리 크라하가 설산으로 향한 시기가 워낙에 옛날이었던 탓에, 제대로 된 증언은 듣지 못했고, '설산에 오른다더라' 정도의 카더라 소식밖에 못 들었다.

내가 들은 제대로 된 소식은, 오히려 내가 쫓는 레일리 크라하에 대한 것이 아닌, 내가 떠나온 뷔올에 대한 것이었다. 유리 옐레체니카 백작이 재은거를 했다는, 누구보다도 내가 가장 잘 아는 소식도 물론 들었고, 짐작했다시피 알렉시스 에슈마르크가 재기해 온갖 정책들을 한 보따리 내려놓고 그대로 방랑길에 올라 버렸다는 소식도 들었다.

사실, 알렉시스 에슈마르크와는 여정에서 한차례 만난 적도 있었다. 세레나의 고향 마을 근처에서, 그녀를 만나러 가던 나와, 그녀를 만나고 돌아나오던 그가 우연찮게도 맞닥뜨렸다. 방향은 달랐지만, 우리는 같은 곳에서 걸음을 멈추고 하루 내내 그동안의 일들을 떠들었다. 서로 안부를 묻고, 이전보다 많이 밝아진 그의 얼굴을 보며 기뻐하고, 그도 내게 건투를 빌어 줬다.

뜻밖에도 알렉시스 에슈마르크의 곁에는 몇몇 일행이 있기까지 했다. 푸른 숲에서의 역사적인 그날 이후로 시한부로나마 새로운 삶의 기회를 얻게 된 갈리아는 물론이었고, 그뿐만이 아니었다.

그에게서 은혜를 입은 자들, 마찬가지로 갈 곳도, 목적도 없이 떠도는 자들, 마법을 잃어버려 삶의 모든 것을 잃게 된 어린 마법사. 단 한 가지 명료한 것은, 그가 이제 누군가를 책임지고 그들과 함께 미래를 볼 수 있는 사람이 되었다는 점이었다.

알렉시스 에슈마르크는 마법이 갑자기 사라지면서 일자리를 잃은 구마법사들, 그리고 마법적 혜택이 사라져 생활에 곤란을 겪게 된 사람들을 도우며 정처 없이 떠돌고 있다. 그야말로 이 세상에 이제 둘밖에 남지 않은 마법사로서 할 수 있는 최선의 선행이자 속죄였고, 그의 인생에서 가장 의미 있는 일일 것이다.

'그를 실험실에서 강제로 내보낼 때, 나는 내가 추론하고 있던 사실들을 약간이라도 그에게 일러 주었어. 짧은 시간 동안 전할 수 있는 수준의 정보뿐이었지만, 그러지 않으면 납득하고 푸른 숲 바깥으로 나가 살아남아 줄 것 같지가 않았거든.'

헤어지기에 앞서, 알렉시스 에슈마르크가 이전보다 산뜻한 태도로 말했다.

'그도 계속해서 생각하고 있을 걸세. 그대만큼, 어쩌면 그대보다 더 열렬히 말일세.'

큰 의미는 없더라도 조금쯤은 마음에 위안이 되는 고마운 말이었다.

별달리 대답을 돌려주지는 않았지만, 나는 진심을 담아 가벼운 포옹에 이어 다정한 인사를 나누고 나서 그와 헤어졌다.

그 후, 나는 예정대로 세레나를 만났다. 앞서 스스로 예고한 대로 고향에 돌아간 세레나는 부모님의 농장을 제대로 물려받아 최고경영자가 되었다. 마티어스 에이미의 도움을 얻은 육종학적 지식을 기반으로, 그녀는 마법 없이도 훌륭한 과일을 길러 내기 위해 밤낮없이 열심히 일하고 있다.

'아하, 오랜만입니다.'

물론 별로 만나고 싶지 않았던 새끼도 만났다. 보랏빛 눈동자를 찡긋거리며 인사를 건넨 애셔는, 왜인지 윌리엄스 집안의 막내아들이라도 된 것처럼 자연스럽게 그 집안 식탁에 앉아 복숭아를 깎다가 반갑게 나를 맞이해 줬다.

신분을 숨기고 있는 건지, 태자라는 사실을 밝혔는지도 알기 어려웠다. 애석한 얼굴로 그를 바라보다가 슬며시 물었다.

'댁이 왜 여기에 있어요?'

'왜냐니요? 저는 세레나 양의 구혼자랍니다.'

복숭아를 깎아 접시에 놓아주며, 애셔가 언제나 그랬듯 사람 좋게 웃어 보였다.

'뷔올에선 하는 일 없이 책상 앞에만 앉아 있던 기사단의 말단 문관이지만, 세레나 양에게 한눈에 반해 그녀를 쫓아온 뒤, 수완이 좋아 벌써 농가의 다양한 일을 도맡게 된 데다, 살가운 성품 덕에 이제는 어머님과 아버님께 가장 큰 사랑을 받는 일등 신랑 후보기도 하지요.'

물론 그는 기사단의 말단 문관에, 매일 책상 앞에 앉아서 결재만 하는 인물이고, 세레나를 쫓아 시골까지 내려간 사람이 맞을 테지만, 뭔가 중요한 정보가 많이 빠진 자기소개였다.

'"어머님', '아버님' 같은 소리 태연히 잘도 하시네요.'

'뻔뻔함은 본디 제 유일한 무기가 아니겠습니까?'

'저러신다니까요. 이러다 정말 결혼하게 생겼어요. 데려가 주세요.'

세레나가 나를 붙잡고 호소했지만, 나라고 해서 해 줄 수 있는 일이 있을 리 만무했다. 나는 그저 매우 안타까운 눈으로 세레나를 지켜보다가, 그녀가 그래 놓고도 애서와 알콩달콩 서로 먹여 주고 등짝을 때리며 사이좋게 지내는 꼴을 보고 천생연분이라며 돌아 나왔다.

그런데 막 농가를 떠나려던 나를 좇아와서, 세레나가 과일 한 아름을 안겨 주며 레일리 크라하의 이야기를 했다.

'마지막에는 꼭 무언가 진실 엇비슷한 것을 스스로 깨달은 듯한 얼굴이었어요. 하지만 그다지 알고 싶지는 않았던 사실을 알게 되었는지도 몰라요. 조금 슬퍼 보였거든요.'

그 말을 듣고, 나는 조금 애상에 젖고 말았다. 세레나의 고향 마을을 떠나 한적한 농촌이 한눈에 보이는 언덕 위에 앉아서, 그녀가 싸 준 과일을 한 입씩 먹으며, 처음으로 마음에 여유를 가지고 그간 있었던 일들을 돌아보게 됐다. 그리고 별안간 벼락같은 깨달음을 얻었다.

가라한 아브리함이 내게 엿을 먹인 거라면?

레일리 크라하가 설산에 들른 것은 나를 떠나간 직후였고, 그 후 다른 곳으로 향했는데 가라한 아브리함 개자식이 뒷부분은 생략하고 이미 레일리가 없을 장소만 내게 슬쩍 찔러 준 거라면? 이 모든 게 가라한 아브리함의 빅 픽처였다면?

내가 가라한 아브리함의 손아귀에 2년이나 놀아난 거라면?

"사람이 생존도 할 수 없는 설산에 들어갔다는 놈이 반년 이상 식량 한 번 구하러 나오지 않으면 아닌 줄을 아셔야지, 설마 장장 2년 동안이나 믿을 거라고는 정말로 생각을 못 했거든요."

가라한 아브리함이 이따위 뻔뻔한 소리나 지껄이고 있다면?

그리하여 결국 지금, 나는 다시 남하하여 므라우에 도달해, 가라한 아브리함의 멱살을 털게 된 것이다.

"야, 네가 뭔데 중간에서 정보를 왜곡하고 조작해? 이게 어디서 밑장 빼기야?"

"반년 정도 속죄나 하라는 생각이었는데, 역시 2년 동안이나 그러고 있었다니 믿기지가 않는데요. 잘 생각해 보십시오, 백작님. 식량을 구하러 나오는 사람도 없는데, 어떻게 사람이 반년 이상 설산에서 홀로 생활하고 있겠습니까? 그 정도는 빠르게 알아채고 이미 다른 곳을 찾고 계실 줄 알았지요."

"아 씨발, 네가 하필 헷갈리게 사정 많은 지역으로 떠들어 대서 그런 거 아니야! 레일리 크라하는 어디에 있는데? 너 때문에 귀한 2년을 허송세월로 보냈잖아! 어떻게 책임질 거냐, 손가락이라도 자를 테냐?"

"뷔올의 귀족에게서 들을 거라고는 생각도 못 한 표현을 쓰시는군요. 사랑에 빠졌으면 사랑에 빠진 사람답게 조신한 말을……."

"내가 좋아하는 게 레일리지, 네 손가락인 줄 알아? 어? 조신하게 뒈져 볼래? 어?"

결국 몹시 빡치고 만 내가 가라한 아브리함의 멱살을 탈탈 터는 사이, 주변에서 이러지도 저러지도 못한 채 나를 경계하던 므라우 주민들이 하나둘 무기를 꺼내 들기 시작했다. 가라한이 재빨리 손짓을 해서 그들을 만류했다. 그도 자기가 잘못한 것을 알긴 아는 모양이었다.

얼마 지나지 않아 내 손아귀에서 풀려난 가라한 아브리함이, 연합국 방식의 말끔한 정장을 입은 목덜미를 만지작거리며 한숨을 내쉬었다.

"저도 생각보다 오래 시간을 허비하셔서 죄송스럽기는 하지만……. 옛 동료를 기만하고 그 자기밖에 모르는 놈이 정신적 충격을 받아 홀로 방랑하게 만들 정도의 짓을 하셨으면, 제가 그 정도 골탕은 먹여도 된다고 생각했고……. 하지만 2년이라니, 정말……."

"그래! 멍청해서 미안하다, 새꺄!"

빽 소리를 지르자 그가 진정하라는 듯이 애써 손짓을 했다.

"어쨌든 한시가 급하실 테니 빠르게 알려 드리겠습니다. 가장 최근에 연락이 온 것은 세 달 전의 일로, 발신지는 연합국의 에포닐 공령이었어요. 다만 대체로 연합국 외곽에서 시간을 보내고 있기 때문에, 그곳에서 기다리면 길어도 반년 안에 만나실 수 있을 겁니다."

"반년?"

내 몸이 그 정도의 기간을 더 버틸 수 있을까? 가라한 아브리함의 오지랖과 나의 멍청함으로 인해 2년이나 되는 긴 세월을 허비한 터라 갑작스럽게도 그런 불안감이 찾아왔다.

내가 손톱을 물어뜯으며 초조하게 주변을 맴맴 돌기 시작하자, 뭔지는 몰라도 마음 급할 이유가 있음을 눈치챘는지 가라한 아브리함이 몇몇 반인들을 내게 붙여 줬다.

"정 급하시면, 어차피 레일리가 주로 머무르는 곳은 외곽의 항구 도시니, 그곳까지 향하는 길에 당신과 안면이 있는 연합국의 고위 계급에게 부탁이라도 해 보시는 건 어떠십니까. 수배령이라도 내리면 제아무리 레일리 크라하라지만 그 좁은 연합국 땅덩이 안에서 발각되지 않고 배기겠습니까? 더욱이 찾는 사람이 당신이라는 것을 눈치챈다면 알아서 기어 나오든 말든 하겠지요. 사죄의 의미로 호위도 붙여 드릴 테니 마음껏 쓰십시오."

"나 이제 작위도 없어서 그런 거 부탁하기가 좀 그런데……."

"므라우의 이름으로 도움을 드릴 테니 걱정 마시죠."

여전히 괘씸하기는 했지만, 일단 가라한 아브리함의 도움이 필요한 것은 사실이었다. 어쩔 수 없이 나는 가라한 아브리함의 등짝에 타격도 없을 주먹질과 발길질 몇 번을 하는 것으로 화를 풀고, 그대로 연합국으로 남하하는 길에 오르기로 했다.

"이곳에서 나고 자란 이들이 애타게 바라던 것이 무엇인지 아십니까?"

내 여행이 좀 더 빠르고 원활해질 수 있도록 간단한 조치를 취해 주며, 우선 식사를 준비한 가라한이 그렇게 말을 꺼냈다.

나는 일단 밥부터 먹던 중 가라한의 질문을 듣고 눈을 동그랗게 뜬 채 고개를 갸웃거렸다가, 뒤늦게 반문했다.

"뭔데?"

"레일리 크라하 역시, 아마 그럴 겁니다."

"뭐 말인데?"

"저는 므라우에서 태어나지는 않았지만, 이런 곳에서 살다 보면 비슷한 열망을 갖게 되지요."

"그래서 뭐가?"

"당신이 그에게 줄 수 있으면 좋겠군요. 심술을 부렸던 것은 다시 한번 사과드리고 싶습니다."

"사과야 받겠는데, 도대체 뭐?"

네 번이나 물었지만, 결국 나는 그게 무엇에 대한 이야기였는지는 제대로 설명을 듣지 못했다. 불만은 많았지만 하루라도 빨리 레일리를 만나서 담판을 지어야 마음이 편할 것 같으니, 별수 없이 길을 떠나기로 했다. 어쨌든 가라한이 주장하길 '므라우의 인간들이 일생 내내 바라던 것'이라고 칭할 만한 문제라면 높은 확률로 감정적 위안에 대한 이야기일 테고, 이야기가 잘만 끝나면 그게 뭔지는 몰라도 내가 해결해 줄 수 있으리라고 봤다.

연합국으로 남하하며, 연합국의 공주 중 한 명과 마이어 후작이 평온한 정략혼을 마쳤다는 소식도 듣게 됐다. 정략혼이기는 하지만, 아무튼 잘살 것이다. 지극히 긍정적이고 이상적인 정략결혼이 되어, 언젠가는 서로 배려하고, 사랑하며, 평온하게 노후를 살아가게 될 수도 있다. 그는 그런 남자였다.

마법 따위와는 예전부터 인연이 없었던 연합국 특유의 마차에 타서, 나는 물끄러미 창밖을 내다보며 처음으로 여행다운 기분을 느껴 보았다. 아멜리아 레스킷이 새롭게 세운 대상단은 2년 동안 빠르게 자리를 잡아

유통 경로를 확보했고, 이제는 이름만 말하면 누구나 알 법한 거대한 상단이 됐다. 내가 아는 사람들은 저마다 정말로 행복한 결말을 맞이하고 있었다.

나 역시, 이제 정말로 레일리를 만나는 일이 코앞까지 다가왔다. 그를 만나면 무슨 말부터 하면 좋을지, 사실 지난 2년 내내 고민하고 곱씹기를 반복해 왔다. 하지만 나는 여전히 어떤 말로 재회를 시작하면 좋을지를 알지 못한다.

사실, 2년도 채 되지 않는 짧은 감정이, 그 후 2년이 지난 지금 과연 원래의 형태대로 남아 있을지도 확신할 수 없었다. 나는 그저 미련을 붙잡고, 일을 제대로 마무리하고 싶다는 욕망에 휩싸여 레일리를 찾고 있는 것인지도 모른다.

이미 그때 끝난 일이고, 끝난 감정일지도 모른다. 눈앞에 나타난 명확한 형체가 없어서 그것이 끝났다는 사실을 제대로 받아들이지 못하고 있을 뿐.

"오랜만에 보는군."

연합국의 새로운 총통으로 선출된 오델 에포닐이 퍽 기꺼운 태도로 나를 맞아 줬다.

마법을 기반으로 한 발명품에 자자한 명성을 지니고 있던 유리 옐레체나카인 만큼, 마법이 사라진 지금은 그녀에게 대단한 보답을 줄 수 없는 상태였다. 하지만 그저 그때 푸른 숲에 함께 있었던 사람끼리 갖게 된 유대감에 의리를 느꼈다며, 그녀는 흔쾌히 내 면담 요청을 받아 줬다. 자신의 일정을 조금 미루고, 일정과 일정 사이에 약간 틈을 벌려서까지 시간을 내준 것이었다.

"오랜만에 뵙습니다, 각하."

어쨌든 지금은 총통이니, 깍듯한 태도로 인사를 건넸다. 오델 에포닐이 금색 눈썹을 찡긋거리더니 쾌활하게 말을 걸었다.

"그러지 말고 서로 편히 대하지. 이제 서로 격식을 지킬 필요는 없을 듯하니, 오히려 예전보다 격의 없이 지내도 될 것 같소."

"아, 그럼 이름으로 불러 주셔도 괜찮습니다."

"그대도 그리해."

그녀가 깔끔하게 이름으로 부르는 일을 허가한 뒤 먼저 자리에 앉았다. 나는 재빨리 다가가서 그녀의 앞에 자리를 잡은 뒤, 내 용건을 꺼냈다.

푸른 숲에서 대략적인 상황은 보았고, 자세한 사정은 몰라도 그날을 기점으로 레일리 크라하가 떠나 버렸다는 사실은 그녀 역시 알고 있었다. 레일리 크라하에게 마법적 구속구가 있었든 없었든, 마법이 사라진 이상 그가 떠나 버린 일의 책임을 내게 물을 수는 없게 됐다. 모두가 레일리와 나 사이에 무슨 일이 있었는지를 궁금해했지만 어디에서도 자세한 설명을 들을 수는 없었을 것이다.

이제야 내게서 유리 옐레체니카의 부정과, 그로 인해 레일리 크라하가 분개하게 된 사정을 전해 들은 에포닐 공작이 퍽 흥미로운 듯한 표정을 지었다. 턱을 만지작거리던 그녀가 담담히 말했다.

"결국 사랑싸움과 감정 문제로 귀결되는 일이었다는 얘긴가. 내가 여러 가설을 세우고 고민해 보았는데, 그 모든 고민이 무색해지는 순간이오."

"하하……."

머쓱하게 웃으며 머리를 긁적이자, 그녀가 어깨를 으쓱해 보인 뒤 차분히 덧붙였다. 뷔올에서 주로 홍차를 대접하는 것과 달리 연합국에서는 주로 손님에게 과일 음료수를 대접하는데, 마침 준비되어 나온 달콤한 과일 음료수를 내게 내밀면서 튀어나온 첨언이었다.

"안 그래도 아마르트 뷔올이 내게 부탁을 하더군. 벌써 2년 전의 일이지만 말이야."

"태자 전하께서요?"

"그대가 그 문제로 도움을 청하러 오면, 길게 묻지 말고 도와주면 좋겠다고 했소."

뜻밖의 도움이었다. 그러고 보니, 애셔가 내게 최선을 다해 도움을 줄 테니, '잃어버린 것'을 온전히 되찾을 수 있도록 나 역시 노력하라고 말해 주지 않았던가. 그렇게 말하더니 정말로, 오델 에포닐을 비롯하여 자신이 알고 지내는 각국 수뇌부에 레일리 크라하를 발견하면 포획하거나 사살하지는 말고 나와 만날 수 있게 해 달라고 부탁을 전해 둔 모양이었다.

세레나는 레일리가 우리를 살렸다며 그를 '마지막 남은 초월자'라고 표현했지만, 다른 사람들은 레일리에게 아직 능력이 남았다는 사실을 확신하지는 못하는 상태였다. 애셔 정도라면 짐작했을지도 모르지만, 그가 상정하는 미래에는 레일리 크라하가 딱히 필요하지도 않다.

결국 각국 수뇌부의 사람들은 불확실한 데다가 길들이기도 어려운 레일리 크라하의 인적 자원을 탐내기보다는, 보다 확실한 애셔 아마르트 뷔올과의 관계를 구축하는 일에 매진하기로 결정한 모양이었다. 사실 레일리 크라하가 여전히 지닌 힘의 정체를 명확히 아는 나로서는, 각국이 아무리 나서 봤자 그를 마음대로 포획하거나 사살할 수는 없으리라는 확신을 갖고 있었지만 말이다.

나는 뒤늦게나마 애셔에게 약간의 감사함을 느꼈다. 이미 헤어지고 떠나왔으니, 제대로 전달할 길은 없겠지만 말이다.

인간적 온정. 엘류이센 라이케의 표현을 빌리면, 그런 감정을 느꼈다고 해야 할 것이다.

어쨌든 상황을 파악한 나는 우선 레일리를 찾을 수 있도록 수배령이나, 혹은 그에 상응하는 방식으로 사람을 찾아 주길 에포닐 공작에게 부탁했다. 오델 에포닐은 흔쾌히 알겠다고 대답했지만, 영 못 미더운 태도로 턱을 만지작거리며 회의적인 말을 뱉기는 했다.

"그런 방법을 쓴다고 레일리 크라하를 찾을 수 있을 것 같지는 않은데."

"그렇긴 해요. 하지만 대충 상황을 보면 내가 자길 찾는다는 것 정도는 알겠죠."

"그럼 그가 그대를 찾아갈 거라고 자신할 수 있다는 이야기인가?"

그녀가 흥미롭다는 듯이 질문했다. 나는 머쓱하게 웃었다가, 어렴풋이 대답했다.

"그게 그의 선택이겠죠."

"흠."

그녀는 말없이 뺨에 손가락을 두드리다가, 씨익 웃어 보였다.

"그대는 이미 선택을 보이는 셈이고?"

"네."

"이해했소."

그때, 에포닐 공작의 부름을 받은 마티어스 에이미도 방 안에 들어섰다. 아마도 같은 직종에 종사하던 사람이니 이야기를 나누기 편하자고 불러 준 것 같았지만, 사실 나는 마티어스 에이미와는 달리 나눌 만한 대화가 없었다. 어색한 표정으로 그를 맞이하는데, 마티어스 에이미도 나 이상으로 불편해하는 얼굴을 한 채 슬그머니 고개를 들이밀었다.

따지자면 그는 뷔올에 소속된 학자로서 연합국과 교류를 하기 위해 온, 연합국 출신의 학자인 셈이었다. 에포닐 공작을 상대하기가 부담스러운 듯, 못마땅한 낯으로 미적미적 들어오던 그는 나를 발견하자마자 화색이 됐다.

"이게 누구야. 오랜만이우."

"그러게요. 오랜만이네요, 마티어스. 잘 지냈다는 건 한 다리 건너서 들었어요. 출세했다면서요?"

"그렇게 됐지, 뭐……. 당신도 잘 지냈나? 그때, 그리고 난 뒤로는 더 이상 이야기를 나눌 기회가 없어서 내 꽤나 걱정을 했소만……."

"아."

그러고 보니 마티어스 에이미가 번개인에 대한 조사 자료를 준 뒤 심각하게 무언가를 토론하다가 푸른 숲에 들어갔고, 다시는 제 꼴로 돌아오지 못한 셈이 아니었던가? 그 후 나랑 연애 비슷한 걸 하던 '논문의 주제' 레일리 크라하가 갑자기 떠나고 세계는 뒤집어졌으며 알렉시스 에슈마르크는 혼수상태에, 내 상태도 안 좋아져 요양에 들어갔으니 그도 걱정이 이만저만이 아니었을 것이다.

"괜찮아요. 당신이 조사해 온 자료를, 제가 레일리에게 제때에 알려 주지 않아서 그렇게 된 거거든요. 당신한텐 잘못이 없어요."

"대충 그런 문제였구먼."

마티어스 에이미가 까칠하게 자란 수염을 만지작거리며 침음을 흘렸다. 나는 그와 에포닐 공작에게, 레일리를 찾고 있으며, 혹시라도 들은 바가 없는지를 물었다. 마티어스 에이미가 들어오기 전에 에포닐 공작에게 수배령과 관련된 협조 요청은 마쳐 둔 상태였기 때문에, 그들은 가감 없이 자신들도 들은 바가 없다는 대답을 돌려주었다.

심지어 마티어스 에이미는 의사들의 커뮤니티에서도 여전히 레일리 크라하와 관련된 소식은 듣지 못했다는 답을 전해 줬다.

"아잇, 제길. 방법이 없네요. 일단 그럼 도와주신다고 하셨으니, 저는 떡밥을 물고 반응이 오는지나 기다려 보겠습니다."

"그가 만일 반응을 한다면, 어디에서 만날지는 정해 두었고?"

"그런 건 없지만……."

나는 머쓱한 태도로 어깨를 으쓱해 보였다.

"같이 머물렀던 지역이 있어서요."

내 말을 듣고 그들은 나름대로 납득을 한 모양이었다. 그렇게 오델 에포닐과 헤어진 뒤, 나는 므라우의 도움을 빌려 내 종적을 감췄다. 곳곳에 남는 경로의 흔적을 지우고, 아무도 모르게 예전에 들렀던 항구 마을로 향했다. 가라한이 말해 준 장소가, 바로 그 항구 마을이었다.

따지고 보면 왜 레일리가 갈 만한 장소로 처음부터 이곳을 떠올리지 못했는지가 의아할 지경이었다. 레일리 크라하의 모친이 살던 지역이라고 알려져 있던 곳이 아닌가. 사실 그녀는 레일리 크라하를 생물학적으로 출산한 것이 아니었으니, 따지자면 그녀의 육신이야말로 레일리 크라하를 탄생시킨 모체였다고 해야 할 것이다. 요컨대, 그 유전자의 기원이었고, 레일리 크라하라는 새로운 생명이 발생되기에 앞서 가장 먼저 원류를 부여한 자의 고향이기도 했다.

모든 이야기는 푸른 숲에서 시작되고 그곳에서 끝이 났지만, 따지고 보면 본래 이 세계의 '이야기'를 좌지우지하던 인물들 개개인의 서사는 모두 이 마을에서 시작되었다고 봐야 할 것이다.

레일리 크라하는 특수하게 발생한 호문쿨루스이며 신생명이었으니, 온전히 그 상황에 새롭게 탄생한 개체였다고 봐야 한다. 요컨대 사실 그 모체와 동일인물이라거나, 그녀에게서 특정한 영향을 받았다고는 볼 수 없을 것이다. 굳이 영향을 받았다고 한다면, 번개인이었던 그녀가 죽어 가면서 번개를 불러들였기 때문에 엘류이센 라이케의 실험에 오류가 생긴 정도라고 생각해야 할 테고.

레일리 역시 그 정도 사실은 알 터였다. 하지만 예전에도 이곳에서 자신의 부모가 남긴 궤적을 좇고 그 발자취를 따라 사색에 잠기곤 했던 레일리의 성향을 생각했을 때, 분명 자기 자신의 기원을 곱씹는 과정에서 이 지역에 가치를 부여했을 것이다.

그는 그때도 그 생각에 답을 찾고자, 이 지역에서 나를 두고 홀로 어머니의 흔적을 찾아보다가 왔다. 사색에 잠겨 있다가 결국에는 다시 나에게로 돌아왔다. 그는 그런 감정적 가치와 사색의 의미를 배우지 못한 인간이어서, 그런 것을 알려 주는 나에게서 다시 답을 찾으려 했다.

자신은 그것이 사랑이 아니라고 판단했지만, 내가 원한다면 사랑이라고 생각해도 상관없다고. 그것이 그가 맞이했던 가장 의미 있고 가치 있었던 일보다도 중요하다고 여겨졌다고.

자신은 내 곁에서 그렇게 살고 싶다고 했다.

레일리 크라하는 므라우에서 태어나고 자라 그렇게 살아오지 못했지만, 결국에는 사유하는 일을 좋아하는 사람이었다.

그는 행동과 현상에서 의미를 찾는 일을 즐겼다. 의미 있는 일을 하고자 했다. 어떤 식으로든 자기 자신의 삶을 두고 고찰해야만 직성이 풀리는 자였다. 그것이 바로 레일리 크라하가 스스로 깨우치지도, 인식하지도 못했으며, 사실 그럴 생각도 없었을 그의 본질이었다. 엘류이센 라이케가 사랑하지 않을 수 없었다는 알렉시스 에슈마르크와 마찬가지로, 그 역시 지극히 철학적인 사유를 하는 결핍자였던 셈이다.

엘류이센 라이케가 진행한 실험에 남은 유일한 오류이며, 그래서 너무나 온전한 인간이 됐고, 결국 재생산할 수 없는 걸작으로 남았다고 해야 한다.

나는 우선 일전에 이 마을에 왔을 때 만났던 사람들을 한 명씩 만나 인사를 하고 다녔다. 공교롭게도 마을에 도착하고 나니, 엘류이센 라이케가 푸른 숲과 함께 세상에서 사라진 날을 딱 하루 앞둔 저녁이었다. 우선은 마을 사람들과 이전처럼 저녁을 먹고 술을 마시며 레일리가 이곳에서 머물렀는지를 확인하기 위해 탐문 조사를 했다.

하지만 레일리 자체가 워낙에 사교적이지 못한 인사인 탓인지, 아니면 애를 써서 자신의 정체를 숨기고 다니기까지 했는지, 그의 흔적은 좀처럼 찾아보기 어려웠다. 가라한이 이번엔 제대로 전해 주었으니 믿을 수 있는 정보일 텐데, 사람들은 '그런 사람을 본 것 같기도 하고, 아닌 것 같기도 하고…….' 정도의 애매한 대답만을 돌려주었다.

눈에 띄는 얼굴과 체형인지라 기억에 남았을 거라고 생각했는데, 생각해 보면 망토와 모자 등으로 조금만 가려도 쉽게 가려지는 인상이었다. 나는 결국 사람들에게 묻는 일을 포기했다.

대신 이전에도 인사를 나눈 적이 있는 화가 선생의 집에 잠깐 들렀다. 그 집에서 하루 묵기로 양해를 구하고, 저녁과 밤, 새벽 내내 엘류이센 라이케가 혼자서 쪼그리고 앉아 시간을 보냈다는, 그림 가득한 골방에 머물렀다.

이제 나는 엘류이센 라이케가 어떤 인물인지를 예전보다 명확히 알고 있다. 다채로운 주제를 다룬, 조금은 추상적이고, 조금은 어설픈 '아름다움'을 보며, 인간으로서 결핍된 채 태어나 그렇게 일평생을 살았던 그녀가 무슨 생각을 했을지를 괜히 짐작해 보려 했다.

나는 엘류이센 라이케가 아니므로, 앞으로 얼마나 오랜 세월이 흐르든 그녀의 생각을 온전히 좇아갈 수는 없을 것이다. 그저 내가 이해한 부분, 단편적인 요소들을 언어로 표현해 그녀를 묘사할 수는 있겠지.

이 세계에서 나가면 글을 쓸지도 모르겠다. 《세레나의 티타임》일 수도 있겠지만, 그렇지 않을 수도 있다. 내가 아는 이야기는 이미 《세레나의 티타임》과는 너무나 달라졌고, 이들이 다른 삶을 살아가는 모습을 쉽게 상상하기는 어려워지고 말았다.

엘류이센 라이케는 자신이 갖지 못했다고 스스로 판단한 인간적 온정을 조금쯤 동경했을까? 자신이 표현하지 못할 미적 가치를 조금쯤은 아름답다고 생각했을까?

세계와 삶이 이토록 아름다웠다고 표현한 최후의 순간, 그때껏 이해해 본 적조차 없던 아름다움과 애정과 가치를 온전히 제 심장에 품고서.

그녀는 자신의 삶이 비로소 완성되었다고 생각했을까?

길게 풀어헤친 머리칼이 바닷바람에 파랗게 휘말렸다. 다시 해가 뜨고, 이제는 엘류이센 라이케가 푸른 숲과 함께 별처럼 무너진 날이 되었다.

소금기 어린 파도가 뺨을 휩쓸고, 강한 바람에 떠밀려 옷자락이 풀럭풀럭 넓게 흔들렸다. 장례식에 백합을 쓰는 마을이었다. 가끔씩 물기 어린 백합 향기가 바람에 실려 코끝을 건드렸다. 나는 예전에 거닐었던 부둣가의 길을 따라 괜히 마을 곳곳을 쏘다니다가, 불현듯 바다를 살펴보았다.

새파랗게 흔들리는 물과 하늘의 경계가 어딘가에서 지워진 듯했다. 바다에는 구름이 비쳐 바다 거품처럼 하얗게 말려들고 있었다. 크게 연결된 하늘과 바다가 동그랗게 원을 그리고, 나를 집어삼킬 듯했다. 유리 옐레체니카의 물빛 머리칼이 묶어 두는 장신구조차 없이 마구잡이로 바람에 뒤섞였다.

땅이고 물이고, 필 곳을 가리지 않고 피어난 꽃들이 새하얗게 번져 지평을 메웠다. 조금은 울고 싶은, 그저 이토록 아름다운 것으로 가득한 풍경.

이것은 온전히 유리 옐레체니카의 세계였다.

2년 전 이날, 세상의 과오와 함께 자신의 존재를 지워 버린 엘류이센 라이케의 세계이기도 했다.

바닷가로 가장 멀리 돌출된 바위를 따라 걸어갔다가, 그 끝에 서서 이유도 없이 상념에 잠겼다. 그렇게 한동안 이유도 없이 그 자리에 못 박힌 듯 서 있었다. 거짓말 같은 풍경을 지켜보며, 곧 이 세계를 떠나야 한다며 스스로 마음의 준비를 했다.

충분히 그 바다를 지켜보았다고 생각한 뒤 돌아섰을 때, 항구 끝자락에서 펄럭이는 검은 그림자를 문득 발견했다.

검은 옷자락을 펄럭이는 까마귀 같은 장신의 남자가 물끄러미 나를 지켜보다가, 시선이 마주치자 어쩔 수 없다는 듯 뺨을 떨구었다. 그가 조금 숨을 토해 내듯 고개를 기울이더니 한숨처럼 웃었다. 오직 견딜 수 없는 것을 맛본 사람처럼 희미하게 인상을 찌푸리듯이 회의적인 웃음을 뱉었다가.

그가 다시 고개를 들어 올렸을 때는 예전과 똑같이, 성격 나쁜 태도로 생긋 말려 올라간 입꼬리와 함께였다. 자신의 감정을 감추듯이 포장한 우아한 가면 말이다.

"그간 격조하셨습니까."

철썩이는 소리가 시끄럽게 귓가를 에는데도, 애석하게도 나는 여전히 초월자였고, 그도 분명 그럴 것이었다. 덕분에 나는 똑똑히 그의 목소리를 듣게 됐다.

요란한 파도 소리에 휘말려 그가 이번에도 과장된 태도로 가슴에 손을 대며 허리를 숙여 인사했다.

"마스터."

18. "가장 아름답고 평화로운 순간에, 잊어서는 안 될 진실에 대한 이야기를 해요."

한동안 시간이 멈춘 것만 같았다. 세상의 소음이 사라진 것 같기도 했다. 푸르고 요란한 빛깔로 아름다운 색을 뽐내는 마법의 꽃밭 사이에서, 그 남자만이 자비 없이 무채색을 입고 서 있었다.

검은 옷과 새하얀 셔츠, 빛깔 없이 반짝이는 은빛 머리칼 아래로 새하얀 뺨이 이어졌다. 그에게서 유일하게 색을 지니고 번득이는 것은 요사스러운 빛깔의 보랏빛 눈동자밖에 없었다.

무늬나 장식조차 없는 검은 옷이 거센 바람에 휘말려 까마귀의 날개처럼 크게 부풀었다가, 다시 온몸을 휘감으며 보란 듯이 말려들었다.

2년이 조금 안 되는 시간 동안 함께 지냈다. 그중에서도 감정적인 교류를 제대로 주고받은 시간은 지극히 짧았다. 그나마도 나는 언제나 회피하기에 바빴기 때문에, 제대로 소통한 시간은 더더욱 적다고 해야 할 것이다. 결국 내가 그를 더는 밀어내지 못하게 되고, 어떤 식으로든 각자의 감정에 만족스러운 답을 얻고 나서는 몇 시간 함께하지도 못했다.

나는 그깟 감정 따위는 사실, 그 후로 2년의 세월이 흐르며 알아서 퇴색되었으리라고 생각했다. 나는 그저 미처 해소하지 못한 관계에 지닌 미련으로 인해 레일리 크라하를 쫓고 있으며, 레일리 크라하는 그때 느낀 무력함과 배신감을 받아들일 수 없어 이유도 없이 나를 피하고 있는 것이라고.

다시 만나면 우리가 해야 할 대화는 그저 서로에게 진실을 알려 주고, 각자에게 쌓인 응어리진 감정을 토로하는 것뿐이라고.

그가 내게 분개했으니, 나는 그 책임을 지면 된다고. 그러면 제대로 끝나지 못한 어설픈 감정도 알아서 사라지리라고 말이다.

나는 정말로 레일리 크라하를 사랑했을까? 어쩌면 그럴지도 모르겠다. 오랜만에 레일리 크라하를 마주하고 서서야, 나는 가까스로 그런 생각에 닿았다.

살면서 연애를 해 본 적이 없느냐 묻는다면 그것은 아니었다. 오히려 적지 않게 해 봤다고 말할 수 있을 것이다. 하지만 알렉시스 에슈마르크가 일침을 가한 대로, 나는 제대로 사랑을 해 본 적은 없다. 그래서 그것을 사랑이라고 해야 할지는 잘 모르겠다고, 불현듯 생각했다.

만일 내가 레일리 크라하를 사랑했고, 그게 2년의 공백에도 불구하고 쉽게 사라지지 않을 강렬한 감정이었다면, 그 이유가 대체 뭐였단 말인가?

잘생겨서? 솔직히 그 이유도 배제할 수 없다. 몸이 좋아서? 당연히 그 요인도 있을 것이다. 개 같지만 키스도 잘하고 밤일을 잘해서? 인정하고 싶지는 않아도, 일단 그것도 감안해 둬야 할 것 같다.

하지만 만일 그깟 이유가 전부라면, 그걸 과연 애틋하고 진실한 사랑이라고 해도 좋단 말인가? 진심을 다해 열렬히 모든 것을 희생할 정도로, 그게 과연 가치 있는 사랑일까?

나는 제대로 된 사랑을 해 본 적이 없어서, 나도 모르는 사이 진실한 사랑에 환상을 품게 된 것일까? 나는 그저 그것이 사랑일지도 모른다는 사실 자체에 회의적이었다.

물론 다른 각도로 살펴서 이유를 논증해 볼 수도 있을 것이다. 레일리 크라하가 언제나 제멋대로 구는 인간이었음에도 내게는 대체로 다정했기 때문일 수도 있다. 살뜰하게 입장을 챙겨 주고, 나를 위해 사소한 점까지 마음을 썼기 때문일 수도 있다고 생각한다. 함께 시간을 보내는 일이 빈번했고 그와 보내는 시간은 대체로 즐겁고 요란했기 때문에, 그렇게 오랜 시간을 함께해도 좋을지도 모르겠다는 생각을 한 적도 있다.

배려 따위는 안중에도 없는 인간이면서, 내가 요구하자 나름대로 나를 존중하고자 노력을 했다. 자신을 싫어해도 좋으니, 오직 내게 필요한 것은 챙길 수 있게 해 달라고 말한 적도 있다.

기회만 된다면 함께 살아가도 좋다고 생각했다. 만일 레일리 크라하가 내 곁에 머무른다면 그 순간 나는 이전보다 조금 더 행복해질 것 같아서, 오히려 함께 살아갈 수 있으면 좋겠다고 생각해 보기도 했다.

그저 오랜 시간을 함께했기 때문에, 익숙해지고, 정이 들고, 친근해져서 사랑에 빠졌다고 생각해야 할까? 하지만 역시 똑같은 의문이 떠올랐다.

그게 과연 가치 있고 영속적인 사랑일까?

하지만 2년 만에 레일리 크라하를 다시 마주하고, 나는 그 모든 논증을 그만 포기하고 말았다.

온통 화려한 세계에서 그 남자만이 유난히 눈에 박히는 무채색의 그림자를 흔들었다. 요란하게 울리는 파도 소리를 찢고, 레일리 크라하의 목소리가 멀찍이에서도 전해져 똑똑히 귓가를 파고들었다. 그러니 이제 와서 그깟 논증에 무슨 의미가 있단 말인가?

그 숱한 이유 중 어떤 한 가지가 결정적인 계기를 제공했을지도 모른다. 그 모든 이유가 변명거리에 불과하고, 사실은 다른 이유가 있을지도 모른다. 어쩌면 그 다양한 이유가 각각 각자의 작용을 해, 그 결합물로서 내가 레일리 크라하를 사랑하게 되었을지도 모르는 일이다.

이미 앞서 스스로 인정한 바 있지만, 이제는 나를 위해서라도 레일리 크라하가 필요하다고 판단하지 않았던가. 시간이 지나면 퇴색될지도 모른다고 믿고 싶었지만, 정말로 그 말 그대로였다.

나는 곁에 누군가를 둬야만 행복해질 수 있다고 생각하는 사람도 아니고, 사랑과 애정적 결합에 대해서도 지극히 회의적인 인간이며, 사람을 통해 사람이 변화하고 행복을 얻을 수 있다는 전제에 비판적인 편이지만. 그저 불현듯 그 생각을 하고 만 것이다.

레일리 크라하가 곁에 있는 내 삶은, 그가 없는 내 삶과는 분명 다를 것이다. 그와 함께하는 일들은 분명 혼자 하는 일보다 즐거울 테고, 어쩌면 조금 더 행복할지도 모른다.

나의 행복을 위해 타인이 필요해진다는 것은 그런 이야기라는 사실을, 그때에야 비로소 인지했다. 나는 그 감정으로부터든, 어쩌면 나를 거절할지도 모르는 레일리로부터든 조금 도망치고 싶어졌다.

"안녕."

하지만 도망치지 않기로 했다. 사실 이미 충분히 도망치고, 헤매고, 달아나며 시간을 보내지 않았던가. 2년 전, 결국 내가 주도적으로 나서서 레일리 크라하를 뒤쫓기로 결정한 날, 더는 도망치기만 할 수는 없다고 스스로 결단을 내린 뒤였다.

나는 잠자코 인사를 했다.

"달아나지 마."

"달아나지 않습니다."

"도망쳤었잖아."

"그랬지요."

천천히 내게로 다가오다가, 바닷가로 불룩 튀어나간 바위에는 올라서지 않고 해안선 안쪽에 서서, 여전히 조금은 거리를 벌려 둔 채 레일리가 대답했다.

"어쩌면 공포였을지도 모르겠습니다."

그가 회의적인 태도로 말했다. 퍽 정돈된 태도였다. 나는 레일리 크라하가 다른 감정도 아니고 '공포'를 입에 담으리라고는 생각도 해 보지 못했고, 그 말이 나올 만한 마땅한 인과를 추론하지도 못했다. 그저 그 이상으로는 내게 다가오지 않은 채 제자리에 선 레일리 크라하와 나 사이의 거리를 가늠하다가, 가까스로 운을 뗐다.

"얘기 좀 하자."

"그러기 위해 왔습니다."

레일리 크라하가 망설임도 없이 대답했다.

"저를 찾고 계셨더군요. 최근의 흐름이 기이해 상황을 파악하고자 가라한에게 찾아갔다가 알게 되었습니다. 2년 동안 멍청한 짓을 하며 허송세월을 보내기는 했어도, 그래도 내내 제 발자취를 좇고 계셨다고 들었습니다."

"맞아. 네가 내 말은 들어 볼 생각도 않고, 인사도 없이 그냥 가 버리니까……."

"제가 들어 볼 가치는 있는 말입니까?"

내 말을 자르고, 레일리 크라하가 비수처럼 물었다. 나는 이어 가려던 말을 멎고 한동안 그를 빤히 바라보다가 꾹 입을 다문 뒤 머리칼을 쓸어넘겼다. 바닷바람에 엉망으로 이지러지던 머리칼을 가까스로 목 뒤에 모으고 대충이나마 비비 꼬아 한쪽 어깨로 늘어뜨린 뒤, 시선을 조금 사선으로 내렸다.

나는 여전히 자신이 없었고, 사실 조금 무서웠다. 도망치고 싶은 건 레일리 크라하가 아니라 나였고, 도망치면 안 된다는 말도 나 자신에게 건넨 말이었다.

"그건 네가 판단할 문제지."

"당신이 판단해도 좋을 겁니다."

"내 입장을 말하자면, 나는……. 말해야 한다고 생각했어."

잠자코 대답하자, 레일리도 입을 닫았다. 그도 한동안 침묵했다. 아주 오랜 시간을 필요로 하지는 않는 침묵이었다. 얼마 지나지 않아, 레일리가 지극히 차분한 태도로 턱짓을 했다. 아무튼 하려던 말을 해 보라는 듯한 태도였다.

나는 그래서 그가 반드시 알아야만 했고, 알 권리를 지닌 사실들을 이야기하기 시작했다.

가장 먼저, 나는 내가 누구인지를 말했다. 레일리가 가능성만 떠올리던 것들에 대해서도 제대로 설명을 해 줘야 한다고 생각했다. 내가 사실은 누구인지, 그 실체가 무엇인지.

레일리 크라하가 내 말을 온전히 받아들일 수 있는지, 믿을 수 있는지와는 무관하게, 그가 그 말을 어떻게 받아들일지와는 무관하게. 일전에 레일리가 내게 비난을 뱉었던 말 그대로, 어찌 되었든 나는 그에게 그 이야기를 해 주었어야 했다.

그와 내가 서로 감정적 소통을 하고 애정을 느꼈을 때, 더 나아가 함께하기로 결정했을 때에는 적어도 그 이야기를 해 주었어야 했다. 한참 늦었지만, 어쨌든 나는 그에게 진실을 알려 주었다.

나는 스물세 살의 '바깥 세계' 사람이며, 본래는 소설을 쓰고, 새로운 글을 쓰기 위해 설정을 구상하던 도중 별안간 그 세계 속으로 빨려들었다는 이야기였다. 엘류이센 라이케, 당시의 이름으로는 '유리 옐레체니카'가 의도적으로 나를 끌어들였다는 사실과 그녀의 진의까지도 자연스럽게 이야기가 이어졌다.

어떻게 말하자면 레일리가 실험실에서 이미 알아낸 사실들에 대한 이야기였다. 유리 옐레체니카의 진실, 엘류이센 라이케의 정체와 그녀의 삶, 그리고 레일리 크라하에 대한 진실이 뒤따랐다.

이렇게 속사포처럼 토해 낸다고 해서 쉽게 받아들일 수 있는 말은 아니었을 것이다. 하지만 알렉시스 에슈마르크가 일찌감치 조언했듯이, 그 역시 내내 그 생각을 하며 떠돌았던 모양이다. 그는 어렵지 않게 내 말을 받아들이는 듯했다. 적어도 말을 끊고, 이해하지 못한 부분을 묻거나 격정을 드러내며 나를 비난하는 일은 없었다.

어쩌면 그저 내 말에 반응을 맞춰 주고 있는 것인지도 모른다.

"그리고 그때 네가 한 말에 대해 생각해 봤다."

이윽고, 나는 그 주제에 닿았다.

"네 말대로, 나는 너한테 정직하거나 성실하지 못했어."

자기 자신의 가장 비열하고 저급했던 부분. 가장 못나고 부족했던 생각. 가장 크게 틀어진 생각과 판단을 언급하는 일이었다. 곱씹을 때마다 슬픔과 괴로움이 됐지만, 레일리 크라하의 앞에 제대로 서서 그 사실을 입에 담는 순간에는, 놀랍도록 매끄럽게 진심을 토로했다. 스스로 놀라고 말 지경이었다.

"너는 그저 내가 만든 소설 속 인물에 불과하다고 생각했고, 네 모든 사고방식은 내 손아귀에 있다고 판단했어. 내가 생각하기에는 네가 받아들일 수 없을 것 같았기 때문에 분명 네가 그럴 거라고 단정 짓고 너한테는 숨기기로 결정했지."

레일리는 말없이 내 말을 듣고 있었다. 나는 다시 한 걸음을 뒤로 물러나 도망치고 싶었지만, 발끝으로 땅을 꾹 짚으며 가까스로 그 욕망을 참았다.

나는 절벽 끝에 서 있고, 한 걸음 뒤로 물러서서 도망치면 손쉽게 바다에 빠져 유리 옐레체니카의 삶은 끝날 것이다. 하지만 이곳에서 레일리에게 설명을 하다 말고, 나 홀로 도망치고 싶은 욕망에 사로잡혀서 한 걸음을 뒤로 물리고 만다면?

그럴 수는 없다. 나에게는 최소한의 양심과 책임이 남아 있었다. 선택은 레일리 크라하의 몫이었다.

"나는 조금 무서웠어. 사실 뭐가 무서웠는지도 모르겠는데, 아무튼 두렵다고 생각했어. 내가 왜 하필 너한테 그렇게 휘둘려야 하는지도 모른다고 생각했고, 그럴 수도 없고, 그래서도 안 되고, 스스로 이해할 수도 없는 일이라고. 사실 그렇잖아. 내가 만일 너한테 흔들렸다고 해서, 그게 진실이라는 보장을 내가 어떻게 얻고? 아무리 지금 내 눈앞에서 움직이고 있어도, 그래서 정말 사람처럼 생각돼도, 결국에는 그 본질을 내가 만들었으리라는 사실이 변하지는 않는데."

"……."

"나는 나 자신이 느끼는 감정을 곧이곧대로 받아들일 수 없었어. 몇 번을 꼬아서 해석하고, 비틀린 시각으로 보고, 회의적으로 판단하고, 부정하기에 바빴지. 그럴 수밖에 없었다고 생각해. 어쨌든 이 세계는 내 소설 속이니까."

레일리의 표정은 일견 사납게 보이기까지 했다. 나는 시선을 회피했다가, 다시 레일리를 제대로 응시하고 제대로 덧붙였다.

"하지만 다시 말하건대, 나는 너한테 정직하지도, 성실하지도 못했다. 네가 화를 낼 이유가 마땅했다고 생각해."

레일리는 대답하지 않았다. 나도 그의 반응을 그러려니 하며 넘기기로 했다. 알려 줄 것은 알려 주고, 말해야 할 것은 말해야 했다. 엘류이센 라이케와 마지막에 나누었던 대화를 간단하게 정리해서 전달했다. 레일리 크라하가 알아야 하는 이야기들을 중심으로 한 요약이었다.

엘류이센 라이케가 이 세계를 준비하는 과정에서 다른 세계, 즉 《세레나의 티타임》의 레일리 크라하가 떠올린 생각. 그리고 그의 생각에 따라 준비하게 된 것. 이윽고 이 세상에 끌려온 나의 진짜 역할. 유리 옐레체니카의 육신을 이용해 세계의 균형을 되돌리려던 그들의 거대한 그림. 본래대로라면 그녀의 설계대로 흘러갔어야 하는 일들.

일이 틀어지게 된 경위, 자꾸만 연달아 이어진 예기치 못한 사건들, 엘류이센 라이케의 마지막 선택.

그리고, 이 세계가 어떤 끝을 맞이하게 되었는지.

"너도 나와 같은 세상을 보고 있는지는 모르겠다."

"저도 당신이 무슨 세상을 보고 있는지는 짐작이 가지 않습니다만."

레일리가 처음으로 대답을 했다. 그가 잠잠히 가라앉은 태도로 말했다.

"그게 그렇게 중요한 일인지는 모르겠군요."

그리고 오래도록 침묵이 이어졌다. 그의 말대로, 사실 우리가 같은 세상을 볼 수 있는지, 아닌지 같은 건 썩 중요한 문제가 아닐 것이다. 지금껏 나는 레일리와 다른 형태의 세계를 보고 있었고, 그는 나와는 다른 세상을 살아왔을뿐더러 전혀 다른 사고방식을 지닌 사람이었지만, 결국 그렇게 되지 않았던가. 그는 내게 애정을 토로하고 나는 그에게 애정을 느끼게 되지 않았던가.

2년 만에 다시 보고도 이토록 화미한 세계에서 오직 그의 궤적만을 눈으로 좇을 만큼, 감당하기 어려운 인간적 온정에 사로잡히지 않았던가.

한참이 지났을 때 레일리가 입을 열었다. 나는 잔뜩 긴장하고 있었지만, 그가 뱉어 낸 것은 내가 예상한 어떤 비난의 말도, 공격의 말도 아니었다. 그렇다고 해서 긍정적인 이야기도 물론 아니었다.

그는 그저 되풀이해 말했다.

"저를 찾고 계셨더군요."

이미 피차 상황을 파악하고 난 뒤에 굳이 꺼낼 만한 말은 아닌 듯했다. 나는 의아함을 감추지 않고 눈을 동그랗게 뜬 채 그를 바라보았고, 레일리 크라하는 슬쩍 시선을 아래로 내려 내 눈길을 피했다가 다시 나를 바라보았다.

"처음으로 당신이 나를 좇지 않았습니까. 저는 그 점을 곱씹게 되는군요."

그가 높낮이조차 느껴지지 않는 건조한 말투로, 그러나 한 자 한 자, 마치 씹어뱉듯이 곱씹어 토해 냈다.

"늘 당신을 찾겠다고 하고, 찾으려 해서, 결국 그 뒤를 좇아가야 했던 건 내 쪽이었는데."

이번에도 비수 같은 말이었다. 나는 레일리 크라하에게 이 세계의 정체와 나의 신분, 그리고 엘류이센 라이케가 벌이고 내가 감추었던 일들을 설명해야 하는 책임을 지니고 있었고, 레일리 크라하는 나에게서 설명을 들을 권리를 갖고 있다.

인도적 의무에 가까운 그런 이유가 없었다면, 나는 과연 도망치지 않고 여기까지 오려 했을까? 그저 사랑만으로도 여기까지 와서, 이렇게 복잡한 문제를 굳이 내 삶까지 지고 가겠다고 선언하려 했을까? 그 질문을 두고 나 자신도 몇 차례 고민해 보았지만, 사실 답을 내리기는 어려웠다.

나는 이미 레일리 크라하를 좇아 이곳까지 왔고, 그 사실은 변하지 않는다는 것만을 안다.

내가 대답하지 않은 채 조용히 서 있기만 하자, 내 반응을 어떻게 해석했는지 레일리가 차갑게 웃었다. 조금 고개를 숙이며, 체념하는 듯한 태도였다.

그러나 그 태도를 보고, 나는 차가운 얼음을 단숨에 삼킨 듯한 기분을 느꼈다.

"하시고 싶은 이야기는 무엇이지요? 왜 굳이 저를 찾아내셨습니까?"

"너를 만나야만 했어."

나는 더 이상 생각할 겨를도 없이, 나 자신도 깨닫지 못한 사이에 다짜고짜 대답을 했다. 정말로, 스스로 예상해 보지도 못한 일이었다. 하지만 나는 그 말을 막을 수 없게 되고 말았다.

막을 수가 없었다.

나는 엘류이센 라이케와 나눈 가장 마지막 순간의 대화를 그때에야 입에 담았다. 사실 본래대로라면 나는 그가 묻기도 전에 내 세계로 돌아가는 방법에 대한 이야기를 꺼낼 생각이 없었다. 레일리 크라하가 여전히 내게 애정을 갖고 있고, 일전의 결심이 전혀 변하지 않았다는 것을 확인했을 때에나 그 이야기를 할 수 있으리라고 생각했다.

사실이 그랬다. 매순간 그를 기만하기만 하던 내가 이제 와서 갑자기 그를 찾아와, 내 세계로 떠날 수 있는 선택지를 보여 주며 그 방법을 알려 줘

봤자 무슨 소용이 있단 말인가? 나에 대한 애정을 잃고, 배신감에 치를 떨다가, 체념하고 후회하고 마음을 접은 레일리 크라하에게 그런 이야기를 해봤자, 무슨 소용이 있겠는가? 그저 앞서 스스로 한 말에 책임이나 지라는 강요가 될 뿐, 어떤 의미도 지니지 못할 게 아니겠는가?

그런 식으로 레일리 크라하의 등을 떠밀어 봤자, 그도 나도 행복해질 수 없을 것이 자명한 일이 아니었겠는가?

하지만 막상 레일리 크라하가 체념하는 듯 차게 웃는 모습을 보고 나니, 결국 그렇게라도 호소하고 싶어진 것인지도 모른다. 네가 나한테 앞장서 그러겠다고 말했으니, 책임을 지고 나한테 찾아오라고 주장하고 싶은 것인지도 몰랐다. 무슨 수를 써서든, 희생을 감수하고서라도, 잘못될지도 모르는 일에 몸을 던져 달라고.

단지 내가 그것을 바라기 때문에. 스스로 생각하기에도 아주 기가 막히는 행동이었다. 나는 자기 자신의 그런 행동을 용납할 수 있는 인간은 아니었다.

그래도 다행히 아주 넋을 놓고 떠든 것은 아니었다. 엘류이센 라이케와 마지막에 나누었던 대화를 주절주절 떠드는 사이 가까스로 이성을 붙잡았다. 덕분에 제대로 본론이 나올 무렵에는 레일리에게 내 세계로 올 것을 강요하거나 제안하는 뉘앙스를 지닌 말을 최대한 걸러 낼 수 있었다.

나는 그저 나 자신에 국한해서 이야기를 했다.

"유리…… . 엘류이센 라이케는 내가 내 이야기를 끝내야지만 본래의 세계로 돌아가게 될 거라고 말했어."

"'이야기가 끝'난다면?"

레일리가 처음으로 제때에 질문을 했다. 지금까지는 아무런 반응이 없어서, 그가 무슨 생각을 하고, 어떻게 판단하고 있는지도 전혀 짐작할 수 없었다. 나는 조심스럽게 그의 표정을 살폈다가, 차분히 말을 이었다. 되도록 침착해 보이기 위해 애를 썼다.

"내가 쓰는 소설에서 유리 옐레체니카의 결말은 정해져 있었어. 그것만이 거의 유일하게 완성된 설정이었지. 유리 옐레체니카의 죽음으로 세레나의 이야기가 비로소 제대로 시작되고, 유리 옐레체니카의 삶이 마무리돼."

예기치 못한 말이었는지 레일리가 싸늘한 얼굴로 입을 닫았다. 나는 주섬 주섬 말을 이어 뱉었다.

"모든 사건을 설계한 '유리 옐레체니카'의 몸이 제대로 사라지지 않는 이 상 이 세계는 영영 초월한 자의 손아귀에 잡혀 지낼 테고, 결코 이야기는 시작 앞에서 끝나지 않을 테지. 그건 작가로서의 내 판단이야. 나 자신이 돌아가기 위해서도 같은 일을 해야 하고. 애초에 어느 정도는 거부할 수도 없는 숙명 같아."

아무렇게나 말하다가, 나는 두 눈을 꾹 감고, 잠깐 심호흡을 한 뒤 말을 이었다.

"결국 내가 선택할 수 있는 행동은 정해져 있어. 사실 이미 외부의 유입 이 멈춘 세계이기 때문에, 이 몸은 오랜 시간을 버티지도 못할 거야. 사실 수명이 얼마나 남았는지도 몰라. 앞으로 네가 어딜 가든, 나는 마음대로 따라갈 수도 없어. 마력이 강하게 흔들리는 곳에 가면 영향을 받아서 언제 몸이 터질지 모르는 상태가 되거든. 그래서 급한 마음에 연합국 사람들의 힘을 빌린 거고."

레일리 크라하의 보랏빛 눈동자가 냉엄한 태도로 나를 향해 돌아왔다. 그 표정을 마주한 나는 입을 꾹 다물었다가, 가까스로 혀를 움직였다.

"늦든 빠르든, 나는."

지금껏 내내 당연하고 자연스러운 일로 생각하고 있었는데, 어쩐지 혀 위에 제대로 그 말을 얹으려니 입술이 파르르 경련했다. 눈앞에 다른 누구도 아닌 레일리 크라하가 있어서인지도 모를 일이었다.

"유리 옐레체니카는 죽어야 해."

레일리 크라하가 나와 재회한 뒤 처음으로 인상을 썼다. 목울대가 잠깐 움직였다가, 그가 시선을 돌렸다가, 다시 나를 바라봤다. 냉랭한 빛을 띤 보랏빛 눈동자가 선명하게 나를 응시했다.

선명한 점이 박힌 입술 아래의 근육이 조금 경직됐다가, 그가 다시 입을 여는 순간이었다. 나는 더는 견디지 못했다.

"그래서 너를 찾아왔어."

그것이 사랑이든 아니든, 사랑이라면 가치 있고 영속적인 사랑이든 아니든, 내가 오직 사랑만으로 인해 여기까지 왔든지, 아니든지.

그깟 것을 배제한 채, 단지 떠오른 말을 속사포처럼 쏟아 냈다.

"'내' 이야기를 끝내기 위해서는 너를 만나야만 했어."

바닷바람에 소리가 먹먹히 파묻혔다. 하지만 그래도 그는 들었을 것이다. 나도 먼발치에서 결국 그의 말을 듣고야 말았던 것처럼.

"'내' 이야기가 시작되기 위해서는 너를 만나야만 했으니까."

나는 그만 말해 버리고 말았다.

그 말을 뱉기에 앞서, 다시 그 감정으로부터 도망치고 싶어졌다. 결국에는 치를 떨었다.

"씨바, 이미 좋아하게 됐는데 이유고 영속적인 가치고 하는 게 뭔 상관이야?"

거기까지 말한 뒤 고개를 돌렸다. 바닷물이 하늘과의 경계를 잃어버린 채 새파랗게 빛나며 파도를 밀어내고 있었다.

지금 당장이라도 한 걸음을 물러서면 유리 옐레체니카의 이야기를 끝낼 수 있을 것이다. 바다에 빠지면 물에 녹아, 이 몸은 있어야 할 곳으로 돌아갈 것이고, 남아 있던 마력의 잔재는 스스로 폭발해 세계에 환원될 것이다.

결국 나는 그것을 위해 레일리 크라흐를 찾아온 것이다. 사실, 유리 옐레체니카의 이야기를 끝내기 위한 조건이 '죽음'이 아닌, 그 '서사'의 완성일지도 모른다고 생각했기 때문이다. 제대로 끝을 맺기 위해서는, 어떤 식으로든 이 세계에서 살았던 짧은 나의 순간을 제대로 마무리해야만 했다.

단 한 가지 목적을 위해 2년을 떠돈 셈이었다. 계속 스스로 혼란스럽기만 했지만, 이제는 나 자신도 인정하고 규명할 수 있게 됐다.

"이 세계에서 나한테 의미 있었던 서사는, 전부 너랑 시작해서 너랑 끝을 냈잖아."

단지 바다를 물끄러미 내려다보며, 나는 꼭꼭 감추어 뒀던 진실을 비로소 꺼내 보이듯이, 희미하게 말했다.

"떠나기 전에 그냥 너를 만나고 싶었어."

그러고 나서야 나는 레일리 크라하를 돌아봤다. 물빛 머리칼이 바닷바람에 흩어졌다. 그리고 그 너머로, 나는 어쩐지 레일리 크라하의 표정을 제대로 확인하기가 어려웠다. 그러고 싶지 않은 것인지도 모른다.

"한 가지 묻고 싶었던 게 있습니다. 실험실에서 엘류이센 라이케와 단둘이 있다가 구출된 당신의 상태를 살피고, 떠나는 순간부터, 줄곧."

그가 운을 뗐을 때, 레일리 크라하와 비로소 눈이 마주쳤다. 새파랗게 빛나는 세계에서 그만이 오직 검정을 뒤집어쓰고.

낯선 표정이었다. 조금 서러운 듯이 표정을 일그러트린 채, 므라우의 까마귀가 물었다. 조금은 조급해 보이기까지 했다. 고스란히, 어느 사이엔가 존대가 사라진 말투에 실려, 이번에도 그의 목소리는 소음을 찢고 똑똑히 나에게로 파고들었다.

"당신의 이야기는 내 이야기와는 언제까지고 다른 곳에 있을까?"

"레일리."

"나의 이야기가."

그가 내 넋 나간 부름을 자르고 사나운 태도로 물었다.

"'나에 대한 이야기'가 당신의 삶에 닿을 길은 없겠습니까?"

바다와 바람이 자아내는 요란한 소음. 그러나 2년 만에 처음으로 눈이 마주쳤을 때와 마찬가지였다. 시간이 멈춘 것만 같았다. 세상의 모든 소음이 사라진 것 같기도 했다.

그가 그런 말을 하리라고는 추호도 상상해 본 적이 없다. 다른 사람도 아닌 레일리 크라하가 그런 표정을 지으리라고 기대해 본 적도 없었다. 일전에 푸른 숲에서 내게 화를 내던 순간처럼 분노와 격정, 몰아치는 감정에 휘말려 울 것처럼 표정을 일그러트린 것도 아니었다. 그는 그저 조금 서러운 듯했다.

단지 그가 슬퍼 보인다고 생각했다. 끝끝내 함부로 입에 담지 못하던 주제를 기어코 그가 먼저 질문했다. 나는 조금 울고 싶어지고 말았다.

사랑 따위만으로는 삶이 완성될 수 없다고 생각한다. 오직 사랑만을 위해 기존에 지녔던 인생의 가치와 준거를 포기하고, 바꿀 수도 없다. 그럴 바에야 사랑 따위는 인생에 추호도 필요 없는 가치였다. 적어도 내 삶에서는 여지조차 없이 그랬다. 애정이 모든 문제를 해결해 주리라고 믿어 본 적이 없다. 나는 처음부터 그런 인간이었고, 지금도 마찬가지였다.

그래서 소설을 쓸 때는 더더욱, 사랑이 무언가를 해결하게 해 주고 싶었다. 내가 생각하는 모든 이상적인 요소가, 소설 속에서는 현실이 될 수 있다는 것을 알고 있으니까. 내가 원한다면 그렇게 할 수 있다는 사실을 알고 있으니까. 그들 사이에 사랑만 있다면 해피엔딩을 약속할 수 있다고 스스로 규칙을 만들어 둘 수 있으니까.

나는 사랑을 믿지 않지만, 사실 누구보다도 이상적인 사랑을 믿고 싶은 것인지도 모른다. 하지만 이상과 현실이 다르다는 것을 여전히 알고 있다. 결국 내 기준을 휘두르고, 내가 생각하는 완성된 인생과는 전혀 다른 삶을 바라게 하는 사랑 따위라면 그저 도망쳐 버리고 싶었다.

나는 방금 전까지도 도망치고 싶었다.

"나는."

하지만 부지불식간에 뱉었다.

"너는."

파도 소리에 흩어질 정도로 조그맣게 중얼거렸다. 그가 들을 수 있으리라고 생각하면서도 내심 듣지 못하기를 바랐다. 그럴 수도 있다고 생각했다.

나는 내내 도망치고 싶었다. 내 기존의 삶과, 내가 기존에 그리던 가치와, 스스로 생각하던 '완성된 삶'으로부터 점점이 멀어지게 되는, 불확실하고 신뢰할 수 없는 사랑 따위에 내 인생과 감정을 허비하고 싶지도 않았고, 그게 진짜배기라고 여기지도 않았다. 사랑에 그만한 가치가 있다고 생각하지도 않는다.

하지만 아멜리아 레스킷은 내게, 삶이란 자기 자신으로서 온전하다면 언제나 나 자신의 것으로 완성되어 있는 것이라고 말했으며, 세레나는 삶의 종류에 높낮이와 귀천은 없고, 어떤 과일에든 저마다의 특별한 향과 달콤한 맛이 있다고 말해 주지 않았던가?

이 세계에서 만난 모든 순간과 인물들이 나에게 그런 말을 속삭이지 않았던가?

나는 언제나 충동적인 인간이었고, 회피하기 좋아하는 회의적인 인간이었으며.

사랑에 냉소적이었지만.

입술을 달싹이다가, 조금 더 망설였다가, 희미하게 말했다.

"가능성이 없어도, 일평생을 낭비하게 되더라도, 불확실한 것에 매달려 나를 쫓아올 수 있다면 그렇게 할 생각이야?"

레일리는 한동안 대답하지 않았다. 조금 말을 걸러 내는 듯했다. 나는 그가 무슨 대답을 할지를 기다리며, 제대로 그를 향해 돌아섰다.

사실 언제든 나는 돌아갈 수 있다. 한 발자국만 내디디면 이깟 일 따위는 없던 셈 치고 본래 살던 방식대로 살아갈 수 있다. 허망한 믿음에 매달려 감정적 소요를 겪을 필요도 없을 것이다.

하지만 나는 바로 그, 딱 한 걸음을 뒤로 물리지 않은 채, 레일리 크라하의 대답을 기다렸다.

한참이 지났을 때, 레일리 크라하가 담담히 대답했다.

"제 삶에는 단 한 가지도 확실했던 것이 없습니다."

첫마디부터 나는 그의 의사를 짐작했다. 하지만 레일리 크라하의 대답은 첫마디에서 끝나지 않았다. 그는 때때로 내게 그렇게 행동했듯, 더없이 달콤하고 부드러운 목소리로 말을 잇고 있었다.

"인생에 기대를 가져 본 적이 없어, 성공의 가능성을 계산하며 살아 본 적도 없습니다."

레일리 크라하가 마치 달콤하고 과즙이 많은 과일을 한 입 크게 베어 문 사람처럼, 처음 보는 얼굴로 희미하게 웃었다. 언제나 그랬듯 조금 교만하고 사나워 보이기까지 하는 태도였지만, 거만한 미소에 얹혀 보랏빛 눈동자가 사랑에 빠진 듯이 접혔다.

"그저, 적어도 지금까지 낭비해 온 일생보다는 목적성이 있고 달콤한 방황이 아닐까요."

사실 나는 그의 그런 표정을 익히 알고 있다. 가끔씩 나를 내려다보며, 티가 날 듯 나지 않을 듯 희미하게 눈을 접고 어렴풋한 미소를 엷게 머금을 때면 언제나 그런 표정을 짓곤 했다.

'사랑에 빠진 듯이'? 아니, 아니었다.

나는 이제 그것이 사랑이라고 확신해도 될 것 같다.

"당신의 삶을 갖고 싶습니다."

그가 나를 꾀어내고 싶은 사람처럼 속삭였다.

"당신의 삶을 제게 주십시오."

그 말까지 듣고 났을 때는, 더는 어쩔 수도 없는 일이었다. 나는 엘류이센 라이케가 내게 알려 주었던 사실들을 고스란히 입에 담아 그에게 전해 주었다. 내가 이 세상에서 마무리해야 했던 모든 이야기를 끝내기에 앞서, 비로소 마지막 이야기를 시작했다. 이 세계와 나의 세계 사이에 어떤 가능성의 출구가 열려 있는지, 그리고 그걸 어떻게 이용하면 되는지.

그러나, 나는 북부까지는 따라갈 수 없는 처지이니 우리는 각자 기약 없고 희망 없는 약속에 떠밀려 살게 될지도 모른다고.

그리고 그 이야기를 전부 들었을 때, 레일리가 언제나 그랬듯 시건방진 태도로 목을 꺾으며 한숨을 뱉었다. 늘 그랬던 것처럼 내 멍청함을 한탄하는 듯한 태도였다.

"일전에도 말씀드린 적이 있지 않습니까? 당신은 제가 쫓아갈 때까지 다른 자를 곁에 두셔도 괜찮습니다. 당신을 옭아매는 일 따위는 이제 제게는 지극히 간단한 일입니다."

그가 거만한 태도로 말했다.

"마스터는 기다림에 세월을 낭비할 필요가 없다고, 제가 일찍이 말씀드리지 않았습니까. 제가 선택했으니 제가 책임지면 그만입니다. 곁에 어떤 한심한 인간을 두든지, 아무튼 제게는 당신을 다시 손에 넣을 자신이 있습니다."

레일리는 일전에도 그렇게 말한 일이 있다. 푸른 숲에 막 들어가기 직전에, 우리가 그렇게 틀어지기 직전에 들은 말이었다. 나는 문득 그날의 일을 곱씹다가, 평온하고 오만한 얼굴로 이어지는 레일리 크라하의 말을 들었다.

그가 당연하다는 듯이 규정했다.

"저를 사랑하시지 않습니까."

조금의 거리낌조차 없이, 단정적인 말이 이어졌다.

"뿐만 아니라, 결국에는 언제든 감당할 수 없을 만큼 저를 사랑하시게 될 것이 아닙니까."

그 기가 막힐 정도로 뻔뻔하고 당당한 말에, 나도 모르게 헛웃음을 흘렸다가, 2년 만에 다시 보고 놀랄 만큼 시선을 빼앗겼던 나 자신을 재차 떠올렸다. 머쓱하게 뺨과 이마를 문지르고 고개를 숙이며 머리칼을 쓸어넘겼다.

목과 어깨를 조금 만지다가, 나는 뒤늦게 천천히 운을 뗐다.

"내가 이야기를 끝내고 시작하기 위해 너를 찾아냈듯, 너는 이제부터 내 이야기의 '시작'을 찾아와 줘, 레일리. 이게 내가 찾은 유일한 해답이야. 가능성이 없더라도."

이야기가 마무리된 것을 알았는지, 레일리 크라하도 표정을 굳혔다. 이야기가 마무리되면 무엇을 해야 할지는 그도 나도 알고 있었다. 내가 무엇을 하기 위해 여기까지 왔는지도 뻔히 아는 상태였다.

레일리 크라하를 만나고 마지막 이야기를 나눔으로써 나의 이야기는 온전히 끝이 났다.

그리고 우리는 피차, '유리 옐레체니카의 이야기'가 끝났을 때 유리 옐레체니카가 맞이해야 할 끝을 알고 있었다.

"네 이야기의 '끝'을 나에게로 이어 놓을 테니까."

나는 잠자코 레일리 크라하에게 눈짓을 했다. 원한다면 나를 보고 있지 않아도 된다는 의사의 표현이었다. 하지만 레일리는 고개를 돌리지도 않았고, 시선을 피하지도 않았다. 그는 내내 변함없는 태도로, 꼿꼿이 그 자리에 서 있었다.

어쩔 수 없이 나는 천천히 한 발을 뒤로 내밀었다. 어느 쪽으로든 이야기는 끝났다. 유리 옐레체니카로서의 삶도 끝난 셈이었다.

나는 마지막 선택을 했다. 레일리 크라하도 최후의 선택을 했고.

"나는 그 '가능성'을 만들어 둘 테니까."

그리고 허공을 짓밟고, 무게추가 기울듯 몸이 뒤로 쏠렸다. 허공을 가르는 새하얀 바람, 푸른 파도, 흔들리는 꽃, 투명하게 빛나는 세상의 뿌리와.

이윽고 어둠, 소리, 빛, 물, 차갑고 적막한.

물거품 같은.

꿈.

* * *

덜걱, 작업을 하며 마시기 위해 얼음을 가득 담아 뒀던 커피잔에서 얼음이 녹아 무너지는 소리가 났다. 나는 꿈에서 깨어났다. 책상 앞이었다.

새벽의 텁텁하고도 청량한 공기가 폐부를 어렴풋이 할퀴었다. 벌레가 울고 있었다. 요란히 경련하던 현실감이 찬찬히 가라앉아, 적막한 공기 위에 내려앉았다. 기억과 사고는 차근차근 제자리를 찾아 조금씩 시간을 맞추기 시작했다. 아이스커피가 들어 있던 유리잔 곁에는 송골송골 물방울이 맺혀, 책상 위에는 이미 동그랗게 물 자국이 나 있었다. 손끝으로 차가운 물기를 쓸었다가, 그 싸늘한 촉감에 소스라치게 놀라 손가락을 접었다.

나는 느리게 상체를 세워 책상 위로 시선을 옮겼다. 선풍기가 윙윙 소리를 내며 돌아가고, 노트북의 엔진 소리가 우우웅 사납게 진동을 했다. 낯익으면서도 낯선 소음이 진저리치도록 귓가를 때리다가 이성을 강제로 잡아 세웠다.

쓰다 만 《세레나의 티타임》의 시놉시스와 초기 원고가 화면 너머로 깜박이는 가운데, 째깍째깍 시간이 흘러가고 있었다. 그 내부의 모든 부속물들이 톱니바퀴처럼 맞물리며 쌓아 올린 모든 것이, 사뭇 단순해 보이고 일면적인 것 같아 보이지만, 사실 그저 그 자체로 온전히 완성되고 빼곡한 세계를 만들어 내며.

새하얀 페이지 위에서 시간이 변한다. 흘러간다. 검은 커서가 규정되지 않은 것들을 대변하듯 하얗게 반짝이고 있었다. 그, 규정되지 않은 백지를 본다.

머나먼 세계에서 나는 돌아왔다. 글을 시작하기 위해.

그들의 이야기가 끝났다.

북부 설산
Throne of Void

폭풍우가 멎지 않는 땅

폭풍우가 멎지 않는 땅이 있다. 뷔올 제국의 북쪽 끝단, 사람이 살 수 없는 황야와 바위 산으로 둘러싸인 불모지 중에서도 어떤 생명체도 살아갈 수 없을 법한 압도적인 불가침의 땅이 있었다. 사시사철 눈 폭풍에 휩싸인 채 회오리가 휘돌고, 무시무시한 마력이 그 폭풍에 휘말려 닿는 것을 전부 파괴해 버리는 열악한 땅.

누구에게나 그 땅은 환상과 도전의 영역이었지만, 동시에 함부로 덤벼들 수 없는 무시무시하고 압도적인 자연의 힘을 상징하는 지역이기도 했다. 북부 설산의 어귀에 듬성듬성 자리를 잡은 자급자족 형식의 농촌들도 있기는 했지만, 사실 사람이 살기 좋은 지역은 아니었다.

그 무시무시한 눈 폭풍으로부터 조금은 남쪽으로 치우친 곳이어야 제대로 식물이 자랐기 때문에, 온화한 기후가 필요한 농촌 도시는 대부분 아주 설산에 붙어서 생겨나지는 못했다. 설산에 붙어 생겨난 도시는 대개가 이 무시무시한 산을 구경하고 싶어 하는 취향 독특한 애호가들을 대접하기 위한 관광 마을의 성격을 지니고 있었다.

이 땅은 아주 오래도록 불모지였다. 그 옛날 몬타뉴 밀락테이트가 설산

어귀를 맴돈 적은 있었다고 하지만, 그마저도 가장 높은 봉우리, 가장 깊은 골짜기까지는 가 보지 않은 듯했다. 사실 그때 가장 높았던 봉우리와 가장 깊었던 골짜기는 무서운 눈 폭풍에 깎이고 쌓여서 이제 완전히 다른 곳에 파묻혔을 가능성이 높다고, 북부 사람들은 내심 생각할 정도였다.

어째서 사람들은 간혹 세상 무엇보다도 압도적이고 두려워 보이는 것에 아름다움과 낭만의 이름을 붙이는 걸까?

푸른 숲이 그랬듯, 북부 설산도 그랬다. 많은 탐험가들이 이 오지에 뛰어들어서 다시는 돌아오지 못했고, 매일같이 몰아치는 눈 폭풍 사이에 별장을 지으려다가 별장과 함께 눈에 파묻혀 영원히 그 아름다운 설국에 묻히는 귀족들도 더러 생겨났다. 은빛으로 번득이는 이 공허한 왕좌를 차지해, 제대로 별장을 세우고 그것을 유지할 수 있었던 사람은 역사상 단 한 명뿐이었다.

단 한 사람의 별장

몬타뉴 밀락테이트의 직계 후손이자 대마도사 에슈올의 손자이며 마법 사단의 붉은 마법사 이리나 밀락테이트의 아들이기도 한, 천재적인 마법사가 있다.

게으르게 보낸 소년기를 반성하듯 어느 순간부터가 괄목할 만한 성과를 보이기 시작하고, 므라우 토벌에서 급기야 압도적인 실력을 뽐낸 알렉시스 에슈마르크는 세상 모두가 인정하는 최고의 마법사였다. 그의 악명에 가까운 명성을 돋보이게 한 또 다른 위업 중 하나는, 그가 북부 설산에 제대로 별장을 유지할 수 있는 단 한 명뿐인 설산의 주인이라는 점이었다.

마력 섞인 눈 폭풍 따위는 처음부터 그에게는 문제가 아니었다는 듯이, 에슈마르크 대공은 태연히 설산 깊은 곳까지 직접 자재를 옮겨 가 마법으로 건축을 시작했다. 마법 처리가 된 재료에 마법진을 깔아 건물을 지으니 당연히 그 별장은 어지간한 마력 폭풍에도 무사했다. 언제나 불가침의 땅을 넘보던 야심만만한 이들이 에슈마르크 대공에게 의뢰를 넣어 다른 별장도 지어 주기를 부탁했고, 에슈마르크 대공은 흔쾌히 그런 청을 들어 주었다.

결과적으로 북부 설산에서 버틸 수 있는 별장은 전부 에슈마르크 대공이 지어 주거나 그가 지내는 별장이 됐다. 그가 지어 준 별장조차도 유지에 고도의 마법이 꾸준히 필요했던 터라, 어쩔 길 없이 점점 방치되다가 파괴되는 경우가 많았다.

그러나 그것도 한때의 이야기였다. 어느 날, 전조도 없이 '붕괴의 날'이 찾아왔다. 먹구름이 끼어 있던 엘제바와 므라우에 햇살이 들고, 오물 섞인 비구름이 먼 대양으로 쫓겨 나가고, 세상 모든 곳의 매연이 일순간에 폭풍우처럼 밀려 떠났다. 세상에서 마법이 사라졌지만 북부의 눈 폭풍은 그칠 줄을 몰랐고, 오히려 한동안 더 흉포하게 휘몰아치기까지 했다.

에슈마르크 대공의 별장은 너무 깊은 곳에 있었으므로 아무도 그 안위를 확인하러 들어가 보지 못했지만, 다들 그 별장 역시 마법이 사라져 버틸 힘을 잃었으니 무너지고 말았으리라고 이야기하곤 했다. 어느 날엔가, 북부의 농경 가능선 지역의 끝단에서 살고 있는 세레나 윌리엄스에게서 그런 걱정스러운 질문을 들었을 때, 알렉시스 에슈마르크는 아주 재미있는 이야기를 들었다는 듯이 유쾌하게 웃었다.

"그곳으로 사라져 간 것이 많긴 하지. 하지만 아마 저택은 무사할 거야. 자네도 알겠지, 세레나."

세상 누구도 닿을 수 없는 텅 빈 왕좌를 손에 쥐고 무소불위의 권력 위에 군림하던 때보다 오히려 한결 더 자유로워 보이는 듯한 표정으로, 그가 산뜻하게 대답했다.

"아무도 마법을 쓸 수 없게 되었지만, 그 모든 게 사라진 것은 아니라는 사실을 말일세."

그러니 아마 별장은 그 자리에 있을 것이다. 찾아가는 사람도 머무르는 사람도 없이. 알렉시스 에슈마르크는 어쩌면 그 별장에 '그'가 잠시간 머무를 수도 있으리라고 중얼거렸고, 또 어쩌면, 세상의 위대한 마법사와 영웅들이 모두 그러했듯이, 알렉시스 에슈마르크 역시 말년이 되면 세상에서 모습을 감추고 자신만의 텅 빈 왕좌에 앉으러 떠날지도 모르는 일이었다.

그는 그저 가능성에 대한 언급만을 하고, 아주 상쾌한 사람처럼 빙그레 미소를 지어 보였다. 사실 그의 말대로였다. 세레나 윌리엄스도 애서 아마르트 뷔올도 알렉시스 에슈마르크도 이미 일찍이 알고 있었다.

모든 길은 선택하는 순간에 열리는 법이었고, 모든 선택은 자신이 바라보는 방향을 향해 시작된다는 사실을. 따라서 그곳으로 사라져 간 수많은 것들과 마찬가지로, 그곳으로 사라지지 않을 수많은 것들도 공존하게 될 것이다. 언제나 그래 왔듯이, 또 앞으로도.

그곳으로 사라져 간 것들

그럼에도 불구하고 그곳으로 사라져 간 것들이 있다. 그곳으로 사라져 가기를 스스로 선택한 것들이었다. 수많은 여행자, 탐험가, 북극성 너머에 무엇이 있는지를 알려 한 시인과 문학가들.

자신의 발명품에 자신을 갖고 있던 몇몇 발명가, 더불어 세상을 뒤덮고 있던 마법과.

어떻게 생각하면 이 세상.

마지막으로, 므라우의 까마귀가.

허공의 성으로 사라져 가는 길을 선택해, 그 너머의 아득한 여정에 올랐다.

0. 그러니 그들의 이야기를
시작하기에 앞서

이야기에는 힘이 있다. 이야기가 만들어지는 순간 그것은 어딘가에 존재할지도 모르는 하나의 세계가 된다. 어떤 세계가 시간을 따라 돌아가기 시작하면 그것은 누군가에게서 이야기가 된다. 그래서 사람들은 이야기를 읽음으로써 경험해 본 적 없는 일들을 지켜보고, 가 본 적 없는 곳에 발을 딛는다.

그래서 이야기는 그 자체로 누군가의 세계였다.

그러니 내 이름이나 필명 따위가 과연 정말로 중요한 문제일까? 사실 누구에게든 이야기를 만드는 일은 세계를 만드는 일이었고, 세계를 만든 자는 누구나 그 세계를 지켜보고 다양한 사람과 삶과 사랑을 경험하기 때문에.

따라서 이것은 누구의 이야기도 아니지만 누구의 이야기이기도 할 것이다.

* * *

아이스커피에서 덜걱거리는 소리를 내며 얼음이 무너졌다. 그 소리를 듣고야 화들짝 정신을 차렸다. 요란하게 입력하던 활자가 화면 너머에서 어렴풋이 반짝였다. 자릿세 겸 구매해서 옆에 두었던 아이스커피는 이미 거의 녹아서, 상 위에는 물이 흥건했다. 컵에 송골송골 맺혀 있던 물방울부터 해결하고, 상을 닦을 휴지를 조금 더 챙겨 오기 위해 자리에서 일어섰다. 휴대 전화가 부르르 진동했다.

휴지를 몇 장 뽑으며 휴대 전화 액정을 확인해 보니, 같은 동네에 사는 친구였다. 자리로 돌아가서 상부터 문지르며 일단 전화를 받았다.

"여어."

—여어.

"왜?"

—뭐 하냐?

"마감 중."

—아, 그래? 힘내라.

건성으로 대답하며 물 먹은 휴지들을 다시 갖다 버리고, 자리로 돌아와 앉았다. 전작에서 쓴 표현과 겹치지는 않을지 옆에 가져다 쌓아 놓은 책들 위에 여분의 휴지를 남겨 둔 채 전화 너머에 다시 물었다.

"그래서 왜?"

—아니, 그냥……. 안 바쁘면 밥이나 먹을까 해서 전화했지.

"잉. 오늘은 어렵고, 마감 다 끝나면 연락할게. 그때 날짜 맞춰 보지, 뭐."

—그래, 그래.

너그럽게 대꾸한 친구는 한동안 신변잡기 식의 이야기를 이어 가다가, 내가 다시 타자를 치기 시작하자 그때에야 넌지시 물어봤다.

—그나저나 마감 중이라고? 뭔데, 신작?

"예, 그렇습니다. 신작입니다."

—그거 정말 오랜만이네.

그녀가 부드럽게 말했다. 나는 전작들의 후기에 내가 무슨 말을 썼는지, 그때의 방향성은 어땠는지를 확인하기 위해 책들을 열어 보다가 손끝을 멈추었다. 《작가에게 반성을 촉구한다》. 제목이 적힌 책등을 향해 조금 시선을 옮겼다가, 뒤늦게 잠자코 대답했다.

"맞아."

4년 전, 나는 나 자신의 소설 속에 빙의했다가 돌아왔다. 처음에는 빙의라고 생각했지만, 시간이 지날수록 그 형태가 흐릿해져서, 이제는 그게 꿈이었을지도 모른다고 생각한다.

본래 나는 우주 어딘가에서 계시라도 받듯이 시놉시스를 짜는 스타일의 작가여서, 농담조로 말하길, '우주의 아카이브'를 이용하는 셈이라고 하기도 했다. 내가 정말로 내 소설 속의 이세계에 빙의했다가 돌아왔다는 증거는 어디에도 없다. 나는 그저 평소와 마찬가지로, '소설'을 쓰기 위해 그 설정을 구상한 것인지도 모른다.

실제로도, 나는 본래 쓰려던 소설 《세레나의 티타임》이 아닌, 내가 직접 겪은 일들을 기반으로 약간의 픽션과 판타지성을 가미해 《작가에게 반성을 촉구한다》를 썼다. 내가 본 그 세계의 이야기는 더 이상 《세레나의 티타임》일 수 없었고, 내가 함께한 그 인물들의 운명은 더는 《세레나의 티타임》과 같을 수 없었으니까.

그렇게 그 글을 마무리하고 나니, 나는 어쩐지 이전처럼 글을 쓸 수는 없게 되어 버렸다. 내가 쓰는 소설이 어딘가에 실존할지도 모른다. 마찬가지로, 어딘가에 실존하는 세계의 이야기를, 내가 우연찮게 전달받아 글로 옮기고 있는지도 모를 일이다.

나는 꿈을 꾼 것인지도 모른다.

그런 생각을 하면, 이유도 없이 손이 멈추는 것이다. 그게 정말로 빙의였다고 생각하며 2년, 아니, 역시 글을 쓰기 위해 떠올린 새로운 설정에 불과했다고 생각하며 2년. 그렇게 4년이 지났다.

"오랜만이지."

—글은 더 안 쓰려는 줄 알았어.

걱정 어린 친구의 말에, 나는 퍽 태연함을 가장해 대답하기로 했다.

"놀고먹으며 살다가, 이제 다시 써야 할 때가 온 것 같아서."

—생활이 팍팍해졌니?

"대충 그런 거지. 그런 의미에서 이번에 만나면 내가 밥 쏜다. 싼 거로."

아무렇게나 말하며 다시 손을 움직이기 시작했다. 머릿속에 떠오른 이야기는 이미 완성되어 있다. 내가 글을 쓰지 않는 동안에도 설정은 자꾸만 차올라서, 그 이야기들끼리 각각 부유하는 우주를 만들어 냈다.

다시 글을 쓰게 된 계기는 별건 아니었다. 그냥, 생각해 보니, 내가 염병 왜 이래야 하는지를 고찰하게 된 것이다.

그렇다. 나는 이렇게 어영부영 괴로워하고 있을 이유가 없는 사람이다. 아멜리아 레스킷의 말대로, 어떻게 되든 내 삶은 나의 것이고, 그저 그 사실 자체로 완전할 것이다.

하다못해 레일리 크라하도 나에게, 나는 나 자신의 삶을 되는 대로 살고 있으면 나머진 본인이 알아서 책임지고, 심지어 자신을 다시 사랑하게 만들겠다는 대단한 개소리를 하지 않았던가. 내가 무엇 하러 그 자식을 기다리거나, 소설 속의 세계로 인해 나 자신의 삶을 깎아먹거나 하며 괴로워해야 한단 말인가?

엘류이센 라이케와 알렉시스 에슈마르크가 말했듯이, 내가 소설을 쓰든 말든, 어차피 세계에 순서는 없고, 그들의 이야기는 그들이 생각한 방향으로 각자의 선택을 따라 흘러갈 것이다.

나는 내가 할 수 있는 선에서, 최대한 그의 선택과 의사를 존중할 수 있을 만큼의 가능성을 열어 뒀지만, 그 가능성도 지극히 소설의 일부로써 기능하는 서사적 장치에 불과할지도 모른다.

그저, 그게 정말로 꿈일지도 모른다고, 여느 때와 마찬가지로 소설을 쓰기 위해 꾸었던 꿈이었다고.

그렇게 생각하게 됐다.

콰르륵, 다 마신 아이스커피 잔에서 요란한 소리가 났다. 바닥에 깔린, 얼마 남지 않은 얼음 사이로 거무죽죽한 커피가 어렴풋이 맺혀 있었지만, 더는 빨대를 빨아 봤자 커피를 마시기 어려울 것이다.

새로 음료를 사 와야 할 꼴이었다. 어떤 행동에나 연료와 제물이 필요한 법이었다. 내 연료는 카페인이다.

그 세계에서 맛본 상류층의 홍차만큼 맛있는 차를, 이 세계로 돌아와서 다시 맛본 적은 없지만……. 커피를 마시다 보면 그때의 생각이 나곤 했다. 커피도 원래는 좀처럼 좋아하지 않았지만.

달콤한 것을 싫어하던 사람이 내 앞에서 굳이 달콤한 음료를 시켜 맛보며 감상에 젖었던 것처럼, 나도 예전엔 아주 가끔씩 급할 때만 마시던 커피를 괜히 입에 달고 살게 됐다. 나는 씁쓸한 인생을 살아 본 적이 없지만, 가끔은 그 맛을 곱씹고 싶어졌다.

새 음료를 사 오기에 앞서, 우선 작성하던 부분은 마무리를 해야 할 것 같았다. 중간에 끊어지면 흐름도 끊겨서, 점검할 때 괜히 낭패를 보게 된다.

"야, 나 그럼 마저 마감하게, 일단 끊어. 쓰바, 마시던 커피도 다 마셔서 후딱 마무리하고 더 사 와야 하거든. 급한 일 끝나면 내가 먼저 연락할게."

—그래, 파이팅. 카페인 잘 먹지도 못하면서 적당히 마시고.

"네이."

전화 너머로 간단한 작별을 주고받은 뒤 휴대 전화를 내려놓았다. 그리고 나는 다시 글을 쓰기 시작했다.

인칭에 따라서도, 소재에 따라서도 문체는 달라진다. 문체라는 게 고정되어 있었던 적이 없어서, 이전 같은 분위기를 내기 위해서는 이전 작품을 계속 읽어 줘야 한다. 글을 쓰면서도 여전히 전작의 첫 페이지, 마지막 페이지를 오가며 옛 문체를 기억 속에 되살려 보는 중이었다.

그러다 보니 다시 생각이 과거로 흘러갔다. 의미 없는 일이라는 사실 정도는 알고 있었다.

나는 본래 사랑에 휘둘릴 생각이 없는 인간이었다. 사랑이 인생에 특별한 가치를 휘두른다고 생각하지도 않았다. 사랑 따위야 있어도 그만, 없어도 그만이니, 내 인생에 유의미한 즐거움 한 조각이라도 남긴다면 그것으로 족하다고 봤다. 사랑만으로는 무엇도 해결할 수 없고, 따라서 내 인생에 사랑이란 더없이 무가치했다. 중요도는 낮았으며, 우선순위에서는 한참이나 밀려난 감정이었다.

그런 인간이 어느 날 갑자기 꿈을 꿨고, 그 꿈속에서 만난 상대와 정말로 소설 같은 사랑에 빠졌다고, 어떻게 말할 수 있을까? 나는 그게 사랑이었을지도 모른다고 여전히 인정하지만, 그것을 실재하는 감정으로 받아들일 생각은 없다.

타자 치는 소리에 이어, 소설 속의 인물이 사랑을 말한다. 나는 너희가 행복해지기를 바라고 있다. 어떤 식으로든, 스스로 바라는 방향으로.

그 마지막만은 지극히 온전하기를 바라며.

"글을 쓰고 있었군요."

툭, 일회용 잔을 내려놓는 둔탁한 소음과 함께, 누군가가 텅 빈 잔을 대신 치우듯이 들어 올렸다. 빈 커피 잔 대신 자리를 잡은 것은, 달콤한 휘핑크림이 듬뿍 올라간 아이스초코였다. 정말이지 지극히 내 취향에 맞춘 음료수였다.

나는 멀뚱히 노트북 화면에서 시선을 옮겨, 그 잔을 바라보았다. 그 이상으로 고개를 돌릴 엄두는 미처 내지도 못한 채.

"언제 끝납니까?"

퍽 달콤하기까지 한 목소리가 부드럽게 물었다. 나는 미처 고개를 들어 올리지 못하고 물끄러미 아이스초코만을 바라보다가, 재빨리 음료수를 채서 가져왔다.

"금방 끝나."

나는 희미하게 대답했다.

"끝부분만 조금 마무리하면 되니까."

"그렇군요."

남자가 불성실한 태도로 대답하더니, 내 앞자리 의자를 끌어당겨 그 자리에 털썩 주저앉았다. 아마도 노트북 너머에서 턱을 괴고 있는 듯했다.

조금만 더 하면 끝난다고 했으면서, 나는 그 '조금 더'를 한동안 실행에 옮기지 못하고 얌전히 손을 세우고 있다가, 뒤늦게 자판 위에 얹었다. 무릎 위에 펼쳐 둔 책이 팔랑팔랑 흔들리다가, 마지막 장으로 넘어갔다. 문득 시선이 그 페이지에 꽂혔다.

기가 찬 일이었다. 그 가능성이 너무 애매하지 않았을까? 나는 제대로 행동한 게 맞을까? 괜히 착한 척하다가 낭패를 보는 것은 아닐까? 그렇게 스스로 논증하며 4년을 보냈지만.

그래도 그게 내가 취할 수 있는 최선의 선택이었다는 마음에는 단 한 점도 변함이 없었다. 그때 나는 그 소설을 그렇게 마무리했다. 어떤 식으로 마음이 바뀌어도, 그가 바라는 결말을 맞이할 수 있기를 바라며.

탄생이 인생을 엮는 하나의 단추라면 죽음은 또 하나의 단추였으며, 이야기를 끝맺는 마지막 단추에 앞서 우리는 몇 번째인가의 단추를 성심성의껏 꿰고 있다.

그러니 사랑이란 사실은 그저 있어도 좋고 없어도 좋은 것이지만, 분명 우리에게 소설처럼 멋진 순간과 기쁨에 벅찬 추억을 줄 것이다. 소설은 사람의 삶에서 시작되므로, 사실 삶이야말로 소설 같은 것이니까.

누구나에게 그래 왔듯이, 사랑은 분명 무엇이든 해 줄 것이다.

"빨리도 왔다."

결국 나는 한탄하듯 웃으며 그렇게 말했고, 남자가 웃었다. 그 짧은 말이 사랑스러워 견딜 수 없다는 듯이.

그렇게 그 이야기는 마무리된다.

──주인을 잃고 귀애하던 모든 가치를 잃은 므라우의 까마귀. 더는 므라우의 것도 무엇도 아니게 된 남자는 모든 사건이 마무리되고 모두가 자신의 길을 찾아 떠나던 시기, 홀연히 자취를 감춰 다시는 나타나지 않았다. 아무도 그가 어디로 떠났는지 알지 못했고, 어디에서도 그의 종적을 발견할 수 없었다. 꼭 어딘가 다른 세계로 떠나 버린 사람처럼. 레일리 크라하는 흔적조차 없이 그들의 세계에서 사라졌다.

비극이 끝난 땅이었으나 사람들은 언제고 지난날의 비극을 이야기했고, 그것을 잊지 않고 반성하며 행복해지기로 결정했다. 누구나 역경을 이겨 내고 다시 평화롭고 행복한 세계에서 살아가게 되리라고 믿어 의심치 않았다. 스스로 행복을 논하고 끊임없이 희망을 추구하며 살아가는 이야기 에는 언제나 마법적이고도 우아한 힘이 있기 때문에.

그렇게 세레나의 이야기는 티타임에서나 떠들 법한 소소한 얘깃거리로 남았다. 달콤한 향홍차, 부드러운 다과에 곁들일 법한 온화한 말로써.

이야기에는 힘이 있고, 이야기는 그 자체로 누군가의 세계였다.

그리하여 각자의 세상을 만들고 자기 자신의 이야기를 스스로 이끌었던 그들, 세레나의 티타임에 함께해 준 그들 모두는 티타임이 끝나고도 자신의 삶에 대한 다정한 이야기를 멈추지 않았고.

영원토록, 끊임없이, 언제고 사랑하며.

오래도록 행복하게 살아가고 있다.

《작가에게 반성을 촉구한다》 完

샘: The Fountain
~시간선~

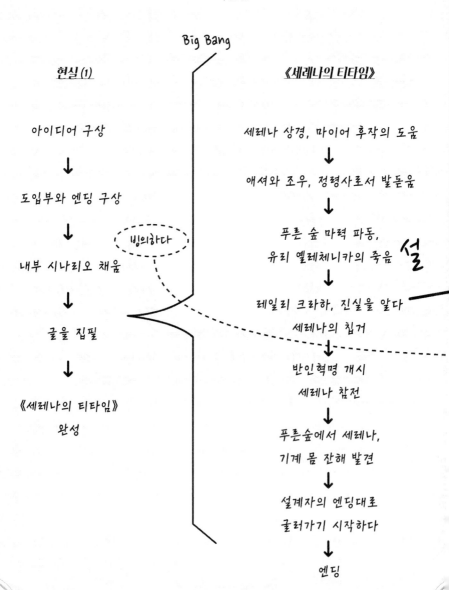

Big Bang

현실 (1)

아이디어 구상

↓

도입부와 엔딩 구상

↓

내부 시나리오 채움

↓

글을 집필

↓

《세레나의 티타임》
완성

《세레나의 티타임》

세레나 상경, 마이어 후작의 도움

↓

애셔와 조우, 정령사로서 발돋움

↓

푸른 숲 마력 파동,
유리 옐레체니카의 죽음   설

↓

레일리 크라하, 진실을 알다

세레나의 칩거

반인혁명 개시

세레나 참전

↓

푸른숲에서 세레나,
기계 몸 잔해 발견

↓

설계자의 엔딩대로
굴러가기 시작하다

↓

엔딩

빙의하다

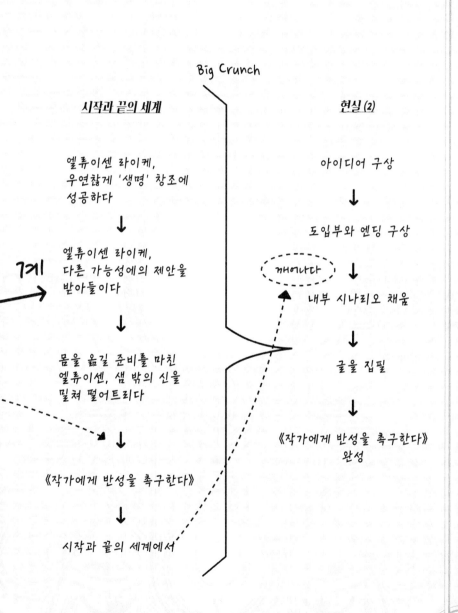

Big Crunch

시작과 끝의 세계

엘류이센 라이케,
우연찮게 '생명' 창조에
성공하다

↓

엘류이센 라이케,
다른 가능성에의 제안을
받아들이다

↓

몸을 옮길 준비를 마친
엘류이센, 샘 밖의 신을
밀쳐 떨어트리다

↓

《작가에게 반성을 촉구한다》

↓

시작과 끝의 세계에서

현실 (2)

아이디어 구상

↓

도입부와 엔딩 구상

깨어나다

↓

내부 시나리오 채움

↓

글을 집필

↓

《작가에게 반성을 촉구한다》
완성

7계

외전 1. 집사에게 반성을 촉구한다!

　레일리 크라하는 대한민국의 고등 교육 과정을 용납할 수 없다고 생각했다. 그의 마스터가 재회한 바로 다음 날, 오랜만의 회포를 풀기는커녕 등교해야 한다며 냉큼 대학으로 사라져 버렸기 때문이다.

　레일리 크라하는 감히 대학 따위에게 그녀와 함께 보낼 시간을 뺏기게 되었다. 아무리 생각해 봐도 용인할 수 없었다. 레일리 크라하는 물론 잠자코 있지 않았다.

　"제가 중요합니까, 대학이 중요합니까?"

　"미친 새끼 아냐, 이거."

　그러나 싸늘한 대답만이 돌아왔다. 역시 뭔가가 많이 잘못됐다.

　심지어 그뿐만이 아니었다. 그 주 주말, 어쨌든 이 사회의 전반적인 문화 특성상 주말에까지 학교에 가지는 않을 테니 만반의 준비를 갖추고 데이트를 예상했다. 그런데 레일리 크라하는 이번에도 그녀에게 퇴짜를 맞고 말았다.

아마도 줄임말 같은데, 뭐인지 모르겠는 '팀플'이라는 것 때문이었다. 대충 들으면 남자 이름 같기도 했다.

"……."

아니, 생각해 보니 정말로 남자인가?

"저는 용납 못 하겠군요. 팀플이 중요합니까, 제가 중요합니까?"

"예, 선생님. 제일 용납 못 할 건 네놈의 인성입니다."

이번 대답은 가운뎃손가락이었다.

* * *

마스터는 이번 학기나, 늦어도 다음 학기에만큼은 정말로 졸업을 해야 한다고 했다. 미안하지만 이번 학기를 제대로 다니지 못하면 정말 곤란해지므로 재회하자마자 이러니 난감하겠지만 양해해 달라는, 마스터답지 않은 말까지 했다.

그녀가 일평생 양해 따위를 구해 본 적이 있던가? 하늘이 다 놀랄 일이었다.

물론 이 말을 입 밖으로 내자 마스터가 바락바락 신경질을 냈지만, 그녀의 그런 반응 정도는 레일리 크라하가 마음 써 줘야 할 문제가 아니었다. 레일리 크라하는 그저 상황에 집중했다.

듣자 하니 보통 4년 내외로 졸업하는 학교를, 대충 8년째 다니고 있는 모양이었다. 중간에 몇 년 정도는 학교를 쉬었기 때문에 실제로 학교에 다닌 햇수만으로는 사실 그렇게까지 심각하게 오래 다닌 것은 아니었다. 레일리 크라하가 생각하기에는 그랬다.

하지만 같은 시기에 입학한 동기들은 이미 전부 졸업을 했고, 개중 일부는 직장에 다니고 있다. 그러다 보니 자연스럽게 개인적인 부담감이 생긴 모양이었다.

"일평생 학생이셔도 상관없는데요. 어차피 제가……."

"꺼져."

마스터, 본래의 이름으로는 '김아진'이 시큰둥한 얼굴로 콜라를 빨며 대답했다. 그녀는 레일리 크라하가 그런 말을 꺼내려 들기만 해도 차갑게 말을 자르곤 했다. 당신 인생을 내가 책임지겠다든가, 전적으로 레일리 크라하에게 의존해서 살라든가 하는 발언들 말이다.

어차피 매일 뒹굴면서 시간을 보내는데도, 레일리 크라하에게 인생을 저당잡히고 싶지는 않다고 생각하는 인간.

레일리 크라하는 그녀를 소유하고 싶다. 하지만 원래 그런 인간이지 않았던가? 레일리 크라하도 알고 있었다. 그렇기 때문에 이렇게 안달복달하며 그만이 애를 태우게 되었는지도 모를 일이었다.

그의 속을 추호도 알 리 없는 마스터가 뚱한 얼굴로 턱을 괴고 말했다.

"대학에는 말이지, 재학 연한이라는 게 있단다."

"그게 뭡니까?"

"너무 오래 죽치고 있으면 일방적으로 잘린다는 얘기지."

"아하."

그가 뒤늦게 감탄사를 뱉었다.

"이해했습니다. 그러면, 졸업하시면 달리 시간을 쏟을 만한 일은 없으신 겁니까?"

"글쎄?"

그녀가 조금 불안한 표정을 지으며 눈썹을 찡그렸다.

"앞날이 깜깜한데."

"'앞날이 깜깜하다'?"

아직 한국어의 관용적 표현까지는 익히지 못한 그가 그 말을 다시 곱씹었다. 마스터가 손사래를 쳤다.

"난 전업으로 글을 쓸 생각이니, 어쨌든 글 쓰는 걸 제외하면 시간 뺏길 일은 딱히 없지 않을까?"

그렇다면 그건 만족스러운 일이었다. 레일리 크라하는 홀로 흡족하게 시선을 깔았다. 이유야 어찌 되었든, 아무튼 지금은 그도 그녀에게 협조해 줘야 할 것 같았다. 당연한 일이다. 그녀가 빨리 대학을 벗어나야 그가 김아진의 삶을 온전히 손에 쥘 수 있지 않겠는가?

사실 대학 따위는 지금 당장 그만둬도 괜찮겠지만, 그 말을 마스터 앞에서 했다간 괜한 노여움을 살 가능성이 높아 얌전히 입을 다물었다.

그는 마스터와 재회하기에 앞서, 어느 정도는 이 세상을 파악하고 왔다. 그녀가 대충 어떤 사고방식을 갖고 살아가는 인간인지, 이 세상, 현대의 인간들이 어떻게 살아가는지도 대강은 파악했다.

줄임말 같은 것은 여전히 잘 모르지만, 일상 회화 정도라면 여러 언어에 걸쳐 일찍이 통달했을 정도였다. 그야 마스터가 어느 나라 사람인지를 모르니, 미리 공부를 한 덕이었다.

이 세상에 도착했을 때 그가 할 일은 정해져 있었다. 가장 먼저, 마스터를 찾아내야 했다. 그는 일전에 그녀와 대거리를 하다가 살펴보게 됐던 본래의 얼굴을 상기하며 거주 지역의 후보지를 세워 보았고, 그중에서 마스터가 살 만한 지역을 선별했다. 보통 기후와 문화, 유전적 특성 등에 따라 거주지가 구분되기 마련이었다.

이 세상에는 이전의 세상과 달리 다민족 국가가 많은 편이라 까다롭기는 했다. 이전에는 연합국과 므라우만이 다민족 국가에 가까웠기 때문에, 레일리 크라하에게도 각지를 떠도는 일은 퍽 새로운 경험이 됐다.

그러던 어느 날 갑자기, 혹시나 싶어서 포털 사이트에 자기 이름을 검색해 볼 생각이 들었다. 그의 마스터는 '소설'을 쓴다고 했으므로, 어쩌면 그의 이름도 소설 어딘가에 실려 있을지도 모른다는 생각에 다다른 것이다.

해외 검색에서 잡히지 않을 정도로 정보가 없는 소설이면 난감할 뻔했지만, 다행히도 약간의 검색 결과는 나왔다. 여러 언어로 자신의 이름

'레일리 크라하'를 검색했기 때문에, 어느 정도는 언어권도 특정했다.

언어권을 특정하니 국가를 규정하기도 쉬웠다. 마스터가 사는 국가는 운 좋게도 독특한 언어 체계를 영위하는 민족이 주를 이루어 사는 곳이었다. 그는 어렵지 않게 마스터를 추적해 냈다. 굳이 언급하지 않아도 뻔하지만, 약간의 불법적인 루트와 함께.

어느 사회에서건 안정적으로 살기 위해선 충분한 수입이 있어야 하므로, 남들이 쉽게 상상하지도 못할 법한 수입을 만들었다. 이건 본신의 능력으로 이룬 일이지만, 신분을 만들면서는 역시 불법적인 짓을 했다.

김아진은 그가 이 세계에 정착한 방법을 자세히 묻지 않았지만 대충 합법적인 루트만을 쓰지는 않았으리라는 사실을 짐작하고 있는 듯했다. 조금 꺼림칙해하는지도 모른다. 레일리 크라하도 구태여 그 문제를 언급하지는 않았다.

"아효, 씨바, 뭐 해 먹고 살지."

레일리 크라하가 김아진의 인생을 홀랑 손에 넣을 생각을 하며 과거의 일을 곱씹는 사이, 자신만의 생각에 빠져 있던 그녀가 상에 엎어졌다.

"어차피 제가 거둬 먹여……."

"닥쳐."

역시 이쪽 방향으로 접근해 봤자 역정만 살 것 같았다. 레일리 크라하가 곧장 표현을 우회했다.

"글을 쓰시지 않습니까?"

"그건 그렇지만……."

"연속적인 수입인데 뭐가 문젭니까?"

"아, 냅둬! 원래 졸업 학년이라는 건 이런 거야!"

"그것도 이번 학기에 졸업을 하셨을 때의 얘기지요."

"뒈진다."

김아진이 살벌하게 말했다. 레일리 크라하는 오븐의 알람이 울리는 소리를 듣고 자리에서 일어났다. 지도 교수가 건성으로 잡아 준 졸업 논문용 주제를 메모장에 수차례 반복해 적던 김아진이 세상이 떠나가라 한숨을 내쉬었다.

"난 안 먹을래."

유리 옐레체니카의 몸을 입고 있을 때도 성격은 변하지 않았기 때문에, 그때나 지금이나 마스터는 입이 짧고 변덕이 죽 끓듯 했다. 그녀는 틈만 나면 식사를 시작하자마자 금세 수저를 내려놓기 일쑤였고, 입맛이 까다롭고, 편식이 심하며, 귀찮으면 식사를 걸렀다.

심지어 몸이 바뀌고 나서는 식사하는 양까지 줄었다. 이 나라의 주식인 '밥' 같은 경우에는 반 공기를 꾸역꾸역 먹고 나면 더는 아무것도 못 먹겠다며 드러눕기 십상이었다. 하기야 체격이 작아졌으니 덜 먹는 것은 자연스러운 일인지도 모른다. 레일리 크라하가 상 위에 엎어진 김아진의 뒷모습을 쭉 훑었다.

키는 유리 옐레체니카보다 한 뼘 가까이 작고, 좀처럼 먹지 않으니 자연히 뼈대 위에는 가죽밖에 없다. 강제로 붙잡고 키스라도 하다가는 뼈를 부러트릴까 싶어서 키스를 할 수 없다니, 역시 용납할 수 없다. 그가 오븐에서 완성된 타르트 타탱을 꺼냈다.

"한 조각만 드십시오."

그렇게까지 말하자 거절하기가 뭐했는지, 김아진이 끙끙거리는 소리를 내며 고민하기 시작했다. 상황을 보아하니 먹을 것 같았다.

한 조각을 예쁘게 잘라 화사한 접시에 담은 레일리 크라하가 바닐라 아이스크림을 한 스쿱 퍼서 그 곁에 곁들였다. 타임과 민트, 바질 약간을 뜯어서 그 위에 우아하게 얹었다. 로즈마리 가지 하나를 잘라 가장자리에 꽂으며, 그가 수작질을 부려 보았다.

"작게 잘랐습니다."

"알겠어……."

물론 작게 자르지 않았다.

그에게는 그녀를 살찌울 의무가 있다. 언젠가는 잡아먹을 것이기 때문이다.

레일리 크라하는 이 세계의 기준에서도 퍽 체격 조건이 좋은 편이었다. 그야 키가 190㎝에 달하는 데다, 자주 신는 정장 구두에는 굽까지 달려 있다. 본래 폭력으로 연명하던 족속인지라 체격도 좋았다. 몸무게로 말할 것 같으면 거의 김아진의 두 배였다.

사실 두 배나 되는 체격 차이가 아니었어도, 그는 지극히 난폭한 인생을 살아온 인물이었다. 애초에 일반인의 범주에서 벗어난 능력을 지니고 있다는 이야기다. 어느 쪽이든 김아진을 함부로 다뤄도 될 만한 신체 조건은 아니었다.

요컨대, 키스 따위를 하다가 붙잡은 손목뼈를 부러트리기라도 하면 돌이킬 수 없어진다는 이야기다. 그러다가 김아진이 도망이라도 가면 아주 화가 날 것이다. 물론 만에 하나 그런 상황에 치닫더라도 순순히 김아진을 도망치게 둘 생각은 없지만, 그래도 화는 날 테니 마찬가지였다.

키스보다 깊은 관계로 가려고 생각하면 더더욱 문제가 많았다. 그깟 짓을 하다가 마스터를 죽일 수는 없었다.

아무튼 김아진은 너무 안 먹었다. 더 먹여야 했다. 저렇게 비쩍 말라서는 정말이지 키스도 함부로 할 수 없다. 레일리 크라하는 그렇게 생각했다.

아기 돼지를 살찌워 잡아먹기 전에, 일단은 아기 돼지로 진화시켜야 했다. 낯선 세상에 난데없이 도달해, 온갖 불법적인 수단을 통해 자신의 자리를 차지한 레일리 크라하가 현대 사회에서 가장 크게 직면한 문제는 바로 그것이다.

그는 김아진의 인생을 손에 넣고 싶었다. 온전히, 뿌리째, 달아날 길 없는 감옥 따위에 가둬 두고 그만이 그것을 갖고 싶었다.

그러나 그녀에게는 확고한 그녀의 인생이 있다. 레일리 크라하의 곁에 남지 않겠다고 주장하면서까지 놓지 않던, 그녀만의 인생이다. 김아진은 대학도 다니고, 친구들도 만나고, 술자리에도 나가고, 신입생과 밥 약속도 잡으며 자신의 인생을 살고 있다.

그녀의 세상에 따라와 대등한 자리에 서고 나면 어떤 식으로든 그 삶을 완전히 손에 넣고 통제할 수 있을 것 같았는데, 생각대로 되지 않았다.

레일리 크라하는 그녀의 인생을 좀처럼 손에 넣을 수가 없다.

김아진이 레일리 크라하를 뒤로한 채 대학 따위에 뺏기는 시간도 마음에 안 들고, 그녀의 교우 관계도 하등에 쓸모없다고 생각했다. 김아진은 오직 레일리 크라하만 보고 그만을 생각하면 된다. 그녀의 인생에 다른 것은 필요 없다.

전부 없애 버릴까? 하나씩 차근차근, 티 나지 않게 치워 버리는 일 정도는 어렵지도 않을 것이다……. 아니, 아주 간단하다고 해야 한다…….

"아, 맞다. 야."

생각을 자르고, 김아진이 퍼뜩 말했다.

"돌아오는 수요일에 교수님한테 진척 상태 보고할 건데, 그러고 나서 데이트할까?"

김아진이 퍽 신경질적일 정도의 얼굴을 펴며 헤벌쭉 웃었다. 레일리 크라하는 그녀의 앞자리에 돌아가 앉다가 눈썹을 휙 꺾었다.

"캠퍼스에서 하는 데이트겠지만 말이야. 내가 바빠서 너 찾아온 뒤로 길게 얘기도 못 했잖냐."

그는 그 헤벌쭉 웃는 얼굴을 아주 잘 안다. 잠시간 물끄러미 그녀의 실 없는 얼굴을 바라보았다.

짐작건대 고양이님의 기분이 좋아진 모양이었다. 레일리 크라하와 마주 앉아서? 그건 분명 아닐 것이다.

역시 달콤한 게 들어가서일까? 레일리 크라하의 솜씨는 마스터를 홀리는 일에 아주 오래전부터 최적화되어 있었다. 역시 욕망과 쾌락과 유혹에 약한 인사답게, 맛있는 것을 먹으니 기분이 좋아진 것이 틀림없다.

하지만 아무튼 레일리 크라하의 앞에서, 그가 만든 음식을 먹으며 기분이 좋아졌다는 이야기가 된다. 타르트 타탱을 깨작거리며 다시 고개를 숙인 그녀의 정수리를 물끄러미 바라보다가, 레일리 크라하가 가만히 턱을 괴었다.

혹시라도 '그런' 짓을 했다가 조금이라도 들키는 날에는 이렇게 웃어 주지 않으시겠지. 그는 그 사실도 알고 있다.

"괜한 생각을 했군요."

"엉? 뭐가?"

사과 한 조각을 입 안에 문 채 김아진이 웅얼거렸다.

"케이크를 구워 갈까 생각했는데, 역시 괜한 생각 같아서 말입니다."

"오, 케이크. 난 좋은데."

"생각한 건 3단 케이크입니다만."

"그건 정말 괜한 생각이다."

김아진이 재빨리 의견을 번복했다. 그녀를 향해 어깨만을 으쓱해 보였던 레일리 크라하가 잠자코 질문했다.

"'캠퍼스'에서 먹기 좋은 음식에는 뭐가 있습니까?"

레일리 크라하가 갑자기 화제를 바꿔 묻자, 김아진이 잠깐 고민하다가 툭 대답했다.

"역시 칰?"

"줄여서 말씀하시면 알아듣지 못합니다."

"치킨 말이야. 튀긴 닭이라고 해야 하나?"

치킨? 레일리 크라하가 머릿속으로 그 음식을 떠올렸다.

"무슨 요린지 압니다."

더불어 그의 기준에선 지극히 어렵지 않은 음식이기도 했다. 그가 태연히 대답했다.

"알겠습니다. 튀겨 가죠."

"아니, 누가 그걸 튀겨 오래? 시켜 먹자고. 아무리 나여도 그렇게 널 시켜 먹을 정도로 양심이 없진 않다."

"제가 해 간다는데 마스터가 무슨 상관이십니까?"

레일리 크라하가 싸늘한 태도로 턱을 추켜올렸다.

"저에게는 당신으로 하여금 인스턴트 음식, 레토르트 음식, 기타 영양소의 불균형을 일으킬 법한 온갖 불량한 음식을 먹게 하지 않고 곱게 살찌울 책임과 의무가 있습니다."

"누가 그딴 책임과 의무를 너한테 줬는데?"

"마스터의 형편없는 몸 상태죠."

"뭐 이 새까?"

김아진이 싸늘하게 되물었지만 레일리 크라하는 아랑곳하지 않고 거만한 태도로 말을 이었다.

"어차피 대학을 졸업하시려면 충분한 영양 보충도 하셔야 할 게 아닙니까? 마스터가 혼자서 제대로 챙겨 드실 수나 있겠습니까?"

"정말 부정할 수 없는 발언이긴 한데, 남들 다 하는 졸업에 그렇게까지 유난 떨 필요 없어. 애초에 굳이 그러지 않아도 대학은 졸업한다고. 대학이 무슨 던전이냐?"

"그 쉬운 졸업을 못 하셔서 이렇게 된 게 아닙니까?"

"김레일리 크라하 가만 안 둬."

타르트 타탱을 공략하던 포크가 레일리 크라하를 향해 날을 세웠다. 그녀의 눈썹이 역팔자로 휙휙 꺾였다.

분개 섞인 포크질은, 말하자면 김아진이 시도할 수 있는 최선의 위협적이고도 위험천만한 공격이었다. 물론 레일리 크라하에게는 이 역시 고양이의 솜방망이질에 불과했다.

태연한 얼굴로 포크 목을 덥석 붙잡아 강제로 옆으로 꺾어 버리며, 레일리 크라하가 태연히 말했다.

"말하자면 완벽한 '내조'라고 해 둘까요."

그 말을 듣고, 김아진이 포크를 멈췄다. 사실 멈추고 싶지 않아도 멈출 수밖에 없는 상황이기는 했다. 금속 재질의 포크가 엿가락처럼 휘었기 때문이다.

하지만 레일리 크라하는 원래 강철도 손으로 부수던 놈이므로, 김아진은 상식 밖의 상황을 너그럽게 눈감아 주고, 대신 다른 문제에 집중했다. 레일리 크라하의 입에서 튀어나오면 안 될 단어를 듣고 말았다.

'내조'?

그녀가 그 단어를 두어 번 곱씹었다. 사전적 의미를 몇 번이고 다시 떠올려 보았다. 하지만 그런다고 해서 단어의 뜻이 달라지는 것은 아니었다.

"뭔 개소리야?"

결국 김아진이 싸늘히 반문했다.

"세상 누가 '완벽한 내조'를 상대 의사를 무시한 채 진행해? 애초에 네가 내조를 하다니, 가당키나 한 말이냐? 레일리 크라하의 내조를 받는다는 생각을 하는 것만으로도 완전 불쾌한데."

"그럼 이건 내조가 아니고 뭡니까?"

레일리 크라하가 타르트 타탱을 향해 검지를 쭉 내려 보였다. 김아진의 시선이 아래로 향했다가, 손에 쥐고 있던 포크로 향했다.

"……."

김아진이 오래도록 침묵했다. 학업에 지친 김아진을 살뜰하게 보살펴서 데려온 뒤, 양지 바른 곳에 앉혀 맛있는 것을 먹이고 있다. 김아진의 입맛에 맞춰 수제작한 디저트들이 대부분이었고, 김아진의 성향에 맞춰 대부분은 작은 조각 케이크의 크기거나 거의 핑거푸드 수준의 음식들이었다. 수험생의 학부모도 자녀를 이렇게 챙기지는 않을 것이다.

내조……. 하지만 '완벽한 내조'라는 단어를 순순히 인정하기에는 레일리 크라하의 방식에는 양심도 없고 배려도 없었다. 무엇보다도 김아진의 동의가 없다.

지금도 마찬가지였다. 단숨에 김아진의 포크를 꺾어 버린 레일리 크라하는 그녀의 손에서 우아한 태도로 포크를 뺏어 들더니, 몹시 아무렇지 않은 태도로 포크의 목을 다시 펼쳐 주었다.

그러더니 원래의 형태를 되찾은 포크로 타르트 타탱의 빵과 사과를 한 입 크기로 잘라, 김아진의 입 앞에 정중히 내밀었다.

"이런 완벽한 집사를 뒀다는 사실에 일평생 감사하셔야 할 겁니다."

"예, 감사."

일단 빤히 노려보던 타르트 타탱부터 받아먹고, 김아진이 차게 쏘아붙였다.

"일단 먹여 주니 먹긴 하겠는데, 디저트를 먹여 주며 맨손으로 포크를 접었다가 펴는 완벽한 집사의 완벽한 내조라니, 그런 건 정말이지 듣도 보도 못 했다는 사실이나 알아 두십쇼. 애초에 잘 거둬 먹이기만 하면 내조냐? 네가 지금 내 인생에 베푸는 게 음식 말고 뭐가 있는데? 너는 그냥 너 하고 싶은 대로 하고 있는 거잖아?"

"어차피 당신의 인생에는 맛있는 음식이면 충분하지 않습니까? 단순하고 멍청하시니까요."

"이 자식이 감히 그런 인격 모독적인 말을?"

싸늘히 대꾸했지만, 레일리 크라하는 지극히 태연하고 뻔뻔했다. 그가 당당하게 대답했다.

"언제나 첫 번째의 특출한 것에는 선례가 없는 법이지요. 범인의 상식으로 저를 재단하려 들지 마십시오."

"예, 선생님. 없는 것은 선생님의 상식과 양심인 것 같습니다."

득달같이 달려드는 김아진의 반박을 퍽 유쾌하게 들으며, 레일리 크라하가 부드럽게 웃었다. 어떻게 보면 더없이 달콤해 보이기까지 하는 얼굴이었다. 이 세계에 온 뒤로 그는 가끔 그런 식으로 웃었다. 그 세계에서도 가끔 그런 식으로 웃었듯이.

눈앞에 있는 것이 더없이 사랑스럽다는 듯이 굴며.

김아진은 말없이 타르트 타탱을 씹으며 생경한 낯을 했다. 아니, 사실 생경하지 않다.

아니, 아니다. 사실…….

"정말이지 한마디도 지지 않으시는군요."

레일리 크라하가 산뜻하게 말했다. 이번에도 감상에 사로잡힐 틈 없이, 김아진이 도무지 받아들일 수 없는 말이 튀어나왔다. 생각을 멈춘 그녀가 사납게 대응했다.

"내가 왜 너한테 져? 네가 뭔데 내가 너한테 말싸움에서 지는 걸 기본값으로 삼아? 발상 정말 웃긴다."

"하? 재밌자고 드린 말씀이 아니었는데요."

갑자기 분위기가 싸늘해졌다. 김아진은 너그럽고 자애로운 표정으로 레일리 크라하를 바라보다가 부드럽게 설명을 붙였다.

"방금 제가 말한 '웃긴다'는 조롱조로 말한 '웃긴다'였습니다, 선생님. 이 경우의 '웃긴다'는 대충 '개소리한다', 혹은 '개소리하지 마라', '발상 참 개같이 한다' 정도의 함의를 가지고 있답니다. 한국어의 신비지요. 아시겠나?"

"이해했습니다. 요컨대 '정말이지 한마디도 지지 않는다'는 표현이 마음에 안 드시는 겁니까?"

"당연히 마음에 안 들지!"

"하기야 그렇군요. 늘 제가 져 드리는 관계지 않습니까?"

김아진의 눈이 동그래졌다.

"집사야, 너 오늘 정말 개소리 많이 한다."

"개소리라니, 방종한 말씀을 하십니다. 제가 많이 져 드리고 있다는 사실은 알아 두시는 게 좋을 겁니다."

"네가 나한테 뭘 양보하고 있는데?"

김아진이 따져 묻자, 거만한 태도로 턱을 추켜든 레일리 크라하가 팔짱을 끼고 식탁 앞의 의자 등받이에 등을 기댔다. 그가 보랏빛 눈동자를 오만방자하게 내리깔았고, 선명한 점이 입매와 함께 조금 움직였다.

"대학이고 팀플이고 하는 불유쾌한 것을 저보다 우선시하고, 그 때문에 저를 배제한 채 이곳저곳 돌아다니시며 놀아도 여태 감금된 적이 없지 않으십니까? 주변인에게 손댄 적도 없는 것으로 기억합니다만."

"얘, 집사야. 너 역시 태어날 때 어딘가에 인성을 양보하고 태어난 것 아니니? 그 양보라면 인정한다. 개 씨바. 내가 연락할 때까지 연락하지 마."

그리고 당연한 수순으로, 이번에 돌아온 대답 역시 가운뎃손가락이었다.

* * *

다행이라면 다행으로, 냉전은 오래가지 않았다. 불과 이틀 만에 김아진이 고래고래 화를 내며 전화를 걸어서 분개를 터트렸고, 레일리 크라하도 그녀에게 아무튼 알겠다고 그럭저럭 수긍하며 그 역정을 받아들였다.

레일리 크라하도 나름대로 많이 반성했다. 생각을 입 밖으로 내면 연락이 끊어지므로, 앞으로는 입 밖에 내지 않고 혼자 생각하기로 했다.

그도 어쨌든 반성을 하면 행동이 개선되기는 했다. 김아진이 나름대로 그 쓰레기를 고쳐 쓰겠다고 선언할 정도로는 고쳐 쓸 수 있는 쓰레기였다. 아무리 고쳐 봤자 레일리 크라하는 레일리 크라하였지만, 어쨌든 레일리 크라하는 김아진의 곁에 있기 위해서 그 정도는 접을 수 있는 인사였다. 애초에 그는 자신의 세계까지 포기하고 그녀를 따라왔다.

김아진은 그에게 있어 유일한 가치였다. 가치 따위를 학습할 수 없는 인생이었기 때문에, 오직 그녀만이 그의 세계에서 가치가 됐다.

하지만 역시 김아진은 이토록 완벽한 집사를 뒀다는 사실에 일평생 절망할 것이다. 그녀는 과 사무실에 도착한 채 자신을 기다리던 꽃다발을 주워 들면서 싸늘한 표정을 감추지 못했다. 복도에서 떠들던 후배들도 원치 않게 그 물건을 목격하고 저희끼리 수군거리기 시작했다.

"선배. 졸업하기 전에 결혼부터 해요?"

"아냐, 씨바."

이 새끼가 대체 무슨 생각으로 이런 짓을 했을까? 애초에 레일리 크라하가 꽃다발을 보내다니 가당키나 한 말인가? 한창 관계가 좋았던 시절에도 이런 일은 없었다.

김아진이 다급히 휴대 전화를 열어 레일리 크라하의 번호를 찍었다.

"이거 대체 뭐야."

─'이거'가 뭡니까.

"꽃다발!"

─야외 피크닉에는 당연히 꽃을 곁들여야 할 일이 아닙니까? 챙겨 나오십시오.

"뭔 소리야? 야외 피크닉에 왜 꽃을 곁들여?"

기가 차서 되물었다가 문득 뷔올에서 어떤 식으로 외출을 했었는지를 떠올렸다.

"이런 개 염병."

그렇다. 그 세계의 귀족들은 야외 피크닉을 할 때도 더없이 우아하게 했다. 가끔은 사용인들을 시켜 테이블까지 옮기게 했고, 그게 아니더라도 화사한 돗자리와 각각의 접시가 올라갈 작은 손수건, 화려한 양산, 꽃을 꽂아 둘 만한 작은 화병은 일상적으로 동반했다.

김아진이 미간을 꽉 짚었다. 그녀가 이를 악물고 속삭였다.

"여긴……. 그 동네가……. 아니야……."

─제가 꽃다발을 안고 가서 마스터를 만나 뵙는 것보다는 그 편이 낫지 않으신지요?

"물론 그런 상황보다야 이 편이 나은데."

ㅡ그럼 됐군요. 운전할 거니 끊겠습니다. 교수님과 상담이 끝나시면 연락 주십시오.

그러더니 대답도 듣지 않고 통화가 끊어졌다. 김아진은 한 아름 안고 있던 거대한 꽃다발을 와그작 움켜쥐었다가 후배들의 눈치를 살피고 겨우 손을 폈다. 이상한 표정으로 김아진을 지켜보던 행정 조교ㅡ한때의 동기는 택배 수령증을 작성시키더니 어서 나가라고 했다.

김아진은 결국 꽃다발을 품에 안은 채, 그 민망하고도 부담스러운 꼴로 복도에 내쫓겨야 했다.

죽을까? 아니, 죽이자. 물론 레일리 크라하를 죽일 것이다.

"김아진, 너 과사 통해서 프러포즈 선물 받았다며? 지지리도 졸업 안 한다 싶더니, 졸업하며 바로 결혼하려고 여태 결혼 준비해서 그런 거였어?"

"아니니까 닥쳐."

석사 과정을 끝내 가는 동기가 복도에서 대뜸 말을 걸어서 꽃다발 위로 가운뎃손가락을 들어 주고, 그녀는 거대한 꽃다발 위로 가까스로 눈동자 만을 내놓은 채 뒤뚱뒤뚱 걸어 겨우 안전한 곳에 도달했다.

"야, 한수야."

신입생 때부터 꽤 죽이 잘 맞았던 대학원의 친구를 찾아간 것이다. 석 박사 통합과정을 밟고 있는 그는 마침 교수의 일정을 쫓아가기 위해 잘 차려입고 넥타이를 고쳐 매던 중이었다.

"조교 사무실 문 마음대로 벌컥벌컥 열지 말고, 최소한 노크는 하라고 몇 번을 말하냐?"

"옛다, 노크."

발끝으로 대충 문을 걸어찬 그녀가 슬쩍 들어가서 동기 정한수의 책상 위에 슬그머니 꽃다발을 내려놓았다. 문을 걸어차서 노크를 하는 그 태도 에 정한수가 "인성 봐." 하며 감탄을 했다. 정한수의 이해 못 할 시선이 오묘하게 김아진의 정수리로 따라붙었다.

"너 어차피 오늘 곧 나가지? 이것 좀 네 자리에 잠깐 맡겨 놨다가 조금 있다가 가져갈게."

"이게 뭔데? 웬 꽃다발이야? 아니, 애초에 남의 책상을 왜 네 창고로 쓰는데?"

"선물 받았는데 지금 졸업 논문 상담 받으러 가야 해서."

물론 남의 책상을 창고로 써도 되는 이유는 당연히 아니었지만, 정한수는 다른 문제에 집중했다.

"선물 받았다고? 이런 무시무시한 꽃다발을? 네가? 인간 김아진이? 설마. 너라면 그랬다간 연 끊을 텐데."

정한수가 농담 말라는 듯이 물었다. 물론 농담이었다면 김아진도 좋았을 것이다. 하지만 애석하게도 농담이 아니었다.

자연히 서먹해진 김아진의 표정을 본 정한수가 허, 참, 하고 혀를 찼다.

"너 새 애인 생겼어? 왜, 다신 연애 안 하겠다더니."

"어. 일주일 전에."

"완전 신상이네."

"신상 같은 소리 한다. 옛날에 사귀었던…… 사인데."

거기까지 말하며 김아진은 찝찝하게 인상을 찡그렸다. 뷔올 제국에서……. 아무튼 사귀었던 게 맞는 거겠지? 잠도 자고, 동거도 하고, 키스도 하고, 서로 네가 나를 좋아해, 내가 너를 좋아해, 너 지금 질투하냐? 등의 온갖 짓을 하지 않았던가.

괜한 흑역사를 떠올려 버린 그녀가 가까스로 말을 맺었다.

"재회해서 다시 사귀기로 했음."

"와, 이런 꽃다발을 보내는 사람이랑 잘도 사귄다? 성격 많이 죽었네."

"애절한 고백의 꽃다발, 뭐, 그런 거 아니고. 자기가 들고 오기 좀 그러니까 받아 뒀다가 자기 만날 때 가져오라던데."

"그게 뭐야?"

"피크닉 가자고 했더니, 피크닉에는 꽃이 있어야지 않겠느냐며."

그 말을 듣고 정한수가 희미하게 감탄사를 뱉었다.

"그거 정말 이상한 사람인데 로맨틱하다."

"네 기준의 로맨틱이 그 꼴이니까 네가 대학원생이나 하고 있는 거야. 이상한 사람이라는 평가만 받는다."

"애인이라며?"

"세상엔 그런 애인도 있는 거야. 좋은 놈, 나쁜 놈, 이상한 놈. 그리고 이번 내 애인은 이상하고 나쁜 놈이다."

"뭔 소리를 하는 거야."

"아무튼 교수님 뵈러 감."

정한수의 말을 싹 무시한 뒤 자신의 용건만 간단히 해결한 김아진이 그대로 조교 사무실 문을 열고 나갔다. 그러나 금세 다시 문을 열고 안으로 들어갔다.

"너 몇 시에 나가? 문 잠기면 나 어떡하냐?"

"삼십 분 뒤. 그런데 문은 안 잠가 놓을 거야. 옆자리 분도 있고, 저녁에 돌아와서 정리할 거 있어서."

"오, 그래. 그 정도면 어차피 너 나가기 전에 내가 오겠다. 어쩌면 같이 나갈지도 모르겠네. 아무튼 그 꽃다발 잘 좀 부탁해."

"그래라."

정한수의 성의 없는 대답을 듣고 돌아온 김아진은 지도 교수와 이삼십 분가량의 상담을 가졌다. 그리고 메신저로 레일리 크라하의 위치를 파악하며 정한수의 연구실로 돌아갔다. 레일리 크라하는 학교 주차장에 주차를 한 뒤, 혹시라도 길이 엇갈릴지 모르니 괜히 이곳저곳 다니지 않고 정문 근처에서 기다리고 있겠다고 했다.

[김레일리 크라하, 얌전히 정문 근처 눈에 띄지 않는 곳에 숨어 있도록 해. 아니, 애초에 역시 그냥 지하에 처박혀 있으면 안 되냐?]

문자를 넣자 곧장 답장이 왔다.

[인생에 단 한 번도 눈에 띄지 않는 존재였던 적이 없습니다만. 그리고 이미 지상입니다.]
[씨바, 헬멧이라도 쓰고 있든가.]
[그게 더 눈에 띄지 않을까요?]
[네 얼굴보다는 눈에 안 띔.]

그 후로 갑자기 답장이 끊어졌다. 왜 갑자기 답장이 오지 않는지도 짐작할 수 없었다.

"염병, 뭐야."

정체 모를 불길함을 느끼며 조교 사무실 문을 열어 보니, 마침 정한수도 나갈 준비를 하고 있었다. 그는 생각보다 준비가 늦어져서 택시를 타야 할 것 같다고 말했고, 어차피 나갈 거면 정문 근처까지는 같이 나가기로 했다. 김아진은 부랴부랴 레일리 크라하를 찾으러 갈 채비를 했다.

"한수 선배, 지금 바빠요? 지금 나가나?"

그들이 막 사회과학대 건물을 나서려던 차에, 김아진과 같은 수업을 듣는 두 학번 아래의 후배가 정한수를 불렀다. 지도교수의 일정과 관련해서 문의하고 싶은 모양이었다.

"아, 아진이 언니랑 같이 나가려는 중이었구나. 그런데 언니 손의 그 거대한 꽃다발은 뭐야."

"남자 친구 트롤링."

"그런 트롤링이면 나도 받아 봤으면 좋겠네."

"막상 닥치면 개 같아질걸."

"그건 그래요."

결국 그들은 셋이서 한 덩어리가 돼서 정문을 향해 걷기 시작했다.

거의 후배가 질문하고, 정한수가 대답을 했다. 김아진은 주변을 두리번거리며 혹시나 싶어 레일리 크라하를 찾고 있었다. 그런데 갑자기 정한수가 아차 했다.

"아, 미쳐."

"왜?"

"강 교수님 세미나 갈 때 꼭 손수건이랑 생수 챙겨 드려야 하는데 빠트렸어."

"왜 그런 짓을 했니."

"근처에서 못 사요? 손수건은 사기 어려운가. 학내 기념품 상점이라도 가요."

후배도 걱정스러운 표정을 지었다. 김아진만 거대한 꽃다발을 안고 있다가 시큰둥히 물었다.

"내 손수건 빌려주면 돌려받을 수 있는 거냐? 괜히 그런 거 기념품 상점에서 사려면 비싸기만 하고 아까우니까, 내가 나중에 돌려받을 수 있는 거면 그냥 내 거 빌려줄게. 생수도 안 깐 거 하나 가방 안에 있는데, 늦었다며. 일단 그거라도 갖고 가."

"너 손수건도 들고 다니냐? 완전 의원데."

"뒈질래? 나 오늘 피크닉 한다니까. 현실적인 문제로 학교에서 할 거지만."

"학교에서 하는 거였냐? 그게 어떻게 피크닉이야. 아무튼 빨아서 돌려줄 테니 일단 내놔 봐."

"손 없으니까 내 가방 뒤져."

김아진이 정한수에게 등을 보이고 섰다. 정한수는 몇 번이고 고맙다고 하며 김아진의 가방을 열었다.

"으아악, 김아진! 가방에 여성용품 있잖아!"

"뭐, 시발. 아니꼽냐? 여성용품이 뭐 어때서? 선생님, 일개 여성용품을 보고 이상한 생각을 하신다면 그건 선생님이 잘못된 게 아닐까요?"

"아무리 그래도 그렇지, 미친 인간아!"

그런데 그 틈에 먼저 택시를 잡아 놓겠다며 협조적으로 정문에 달려 갔던 후배가, 그때 갑자기 멍한 얼굴로 돌아왔다.

"너 왜 그냥 와?"

"정문으로 못 나가요."

"뭔 소리야?"

"뭐 촬영 중인 것 같은데. 아, 씁, 침 흘러."

"어떤 개념 없는 방송사가 학교 정문을 통행도 못 하게 틀어막고 촬 영을 해?"

"통행을 못 하게 틀어막은 건 아닌데……. 내가 지나가면 완전 방해일 것 같은 기분?"

정말로 침이라도 흘렸는지 입가를 손등으로 문질러 닦은 후배가 알다가도 모를 이야기를 했다.

"한수 선배는 바쁘니까 후문으로 가고, 아진 언니는 그래도 나랑 정문 가는 게 어때요?"

"내가 왜? 나 바빠."

레일리에게 정문 말고 다른 곳에 가라고 문자를 넣기 위해 꽃다발 너 머로 겨우 휴대 전화를 꺼내 드는데, 후배가 손을 붕붕 흔들며 역정을 냈다.

"아, 바쁜 게 중요한 게 아니라니까요. 인생 살며 한 번 볼까 말까 한 초미남이 정문에 자세 잡고 서 있다니까? 화보인가? 카메라는 못 봤지만 역시 화보 같아. 분위기도 완전 장난 아니야."

"아, 그래……."

"외국인인 데다가 처음 보는 게 신인 같은데, 멀찍이에서 봐도 태부터 완전 비민간인이고, 그 근처에 내가 들어가면 공기 망칠 것 같을 정도의 미남이라니까요. 하긴, 그래도 다들 둘러싸고 있긴 하더라. 나도 다시 구경하러 갈 거고……. 언니도 죽기 전에 그런 얼굴 한 번쯤은 봐야죠. 우리, 미남 덕질로 맺은 피의 동맹 아닙니까."

"……?"

듣다 보니 이상했다.

"혹시 그 미남, 은발이니?"

"네, 완전 은발. 그런 은발이 실존할 수 있는 건지 모르겠는데 너무 잘 어울려서 놀랐네. 천연인가?"

"……."

김아진은 갑자기 정문으로 가고 싶지 않아졌다. 하지만 듣자하니 레일리 크라하가 인파에 둘러싸인 모양이고, 그래서 메신저도 확인하지 못하는 것 같은데, 김아진이 가서 끄집어내 주지 않으면 영영 그러고 있어야 할 것이다. 자칫하다간 인간 사회의 규범 따위 아랑곳하지 않는 미친놈이 정말로 미친 짓을 할지도 모르는 일이었다.

레일리 크라하를 그녀나 고쳐 쓰겠다며 예뻐하지, 모두가 예뻐하지는 않을 것이 아닌가? 레일리 크라하의 망해 버린 인품은 인형처럼 우아하고 아름다운 그의 얼굴로도 결코 커버할 수 없다. 애초에 재앙 같은 인성과 능력을 지닌 놈이었다.

지구와 인류를 위해서라도, 정말 싫은 일이지만 가야 했다. 김아진이 죽는 소리를 냈다.

"그 새끼 내 남친 같은데……."

정말 인정하고 싶지 않지만 인정하고 말았다. 으! 벌써부터 아는 척하기 싫어. 김아진이 대놓고 싫은 얼굴을 했다. 하지만 주변의 반응은 냉담했다.

"에이, 언니. 아무리 콩깍지가 꼈어도 그렇지, 어떻게 미남 얘기만 들으면 다 자기 남친이래? 언니가 미남 스타 볼 때마다 '내 남자'라고 하는 사람인 거 내가 다 알아요."

"아니, 이번엔 진짜라고."

진실되게 주장해 보았지만, 이미 양치기 소년이 된 모양이었다. 김아진이 황급히 말을 이었다. 정한수가 김아진을 붙잡고 정문에서 멀어지려 한 탓이었다.

"진짜로 정문 가야 돼. 나 걔 데려와야 한다고. 야, 한미주. 그 미남 생김새 내가 읊어 본다. 은발, 보라색 눈, 키도 완전 크고, 머리부터 발끝까지 맞춤처럼 정장을 빼입었을 테고, 맞지? 그거 촬영 아냐."

"맞긴 한데……. 진짜로? 연예인 아니고?"

"아마도……."

애매하게 대답한 그녀가 몹시 싫어하는 티를 내며 미적미적 걷기 시작했다. 정한수는 이해 못 한 얼굴을 한 채 어정어정 따라왔고, 후배는 긴가민가한 표정으로 갸우뚱거리다가 어쩔 수 없이 김아진의 뒤를 따랐다.

과연 정문에 서 있던 것은 쓸데없이 눈에 띄는 김레일리 크라하 본인이 맞았다. 당연히 촬영일 리 없었다. 그냥 '레일리 크라하가 서 있었다.' 그뿐이었다.

애초에 제대로 자세를 잡은 것도 아니었다. 하지만 갑작스럽게도 새하얗게 번득이는 금속성의 은발과 새파란 보랏빛 눈동자를 지닌 190㎝ 장신의 미남자가 정문에 불량한 자세로 기대서 있으니, 주변에는 사람들이 와글와글했다.

그 모습을 멀찍이에서 발견한 후배, 한미주가 그들에게 속삭였다.

"저기 봐요. 완전 소설 찢고 나온 것 같은 미남이라니까?"

물론 레일리 크라하는 정말로 소설을 찢고 나온 인물이었다. 김아진이 애석히 대답했다.

"내 남친이 맞네."

"혹시 저 남친분이, 그 트롤링의 주인인 그 남친분인가요?"

"어."

"저 얼굴이면 트롤링해도 돼."

"아니, 안 돼."

"언니 너무 단호하다."

"난 김레일리 크라하한테 단호해도 돼."

김아진이 당당하게 말했다. 한미주는 조금 깬다며 어깨를 움츠리더니, 다시 질문했다.

"설마 진짜로 이름이 '김레일리'예요?"

"아니, 그냥 레일리 크라하인데."

"근데 왜 '김'을 붙여?"

"내가 두목이고 쟤가 내 똘마니니까."

"세상에, 인성 봐. 정말 모르겠네. 왜 하고 많은 사람들을 두고 아진 언니 같은 인간이랑 사귀시지?"

"뭐. 뭐."

한미주에게 뻔뻔하고 강인하게 쏘아붙이며, 김아진은 다시 한 번 레일리 크라하의 현 상태를 살펴보았다.

누가 봐도 민간인이 아니므로, 사람들은 다들 자연스럽게 그가 배우거나 모델이리라고 생각하는 모양이었다. 물론 레일리 크라하는 다른 의미에서 민간인이 아니다.

다들 눈치채지 못하는 걸까? 레일리 크라하의 한 손에는 새까만 정장을 전신에 두른 그의 패션과 추호도 어울리지 않는 도시락 가방 따위가 들려 있었다. 김아진이 도시락 쌀 때 쓰라며 건네준 것이어서, 알록달록한 캐릭터 토끼 무늬가 가득했다. 저래 봬도 인기 애니메이션의 한정판 콜라보 아이템이었다.

김아진은 처음으로 자신의 지난 소비 생활을 후회했다.

"아……. 역시 김레일리를 죽이기 전에 내가 먼저 죽어야지."

그녀가 인생에 환멸을 느꼈다.

귀신같은 청력으로 김아진의 목소리를 들었는지, 정문에 기대서서 짜증스럽게 주변을 둘러싼 인파만을 지켜보던 레일리 크라하가 번쩍 고개를 들었다. 사방에서 들이밀어졌던 휴대폰 카메라를 언제 부숴 버릴지 고민하던 그의 험악하고 냉엄한 얼굴이 곧장 다른 표정으로 덧씌워졌다.

퍽 정중하고도 예의 바른 표정이었다. 늘 김아진의 앞에서 보기 좋게 그린 듯이 웃는 얼굴 그대로, 그가 조금 표정을 풀었다가, 금세 다시 험악해졌다.

이 두 번째 '험악해졌다'는 물론, 김아진만이 알아보는 험악한 표정이었다. 더없이 빛나는 얼굴로 생글생글 웃는 표정 말이다.

"뭐야?"

저 새끼, 왜 또 갑자기 빡이 쳤지?

잠깐 멈칫거렸던 김아진이 이리로 오라며 손짓을 하려던 순간, 레일리 크라하가 알아서 척척 다가오기 시작했다.

"언니, 실화예요?"

"예, 실홥니다, 선생님."

"김아진 너, 뭔 짓을 한 거야? 사기 쳤냐? 사기 연애?"

"정한수 진짜 돼진다."

싸늘하게 일갈하는데, 긴 다리로 금세 다가온 레일리 크라하가 살벌하게 질문했다. 물론 이 '살벌하게'란 김아진만이 느낀 그의 감정으로, 정한수와 한미주는 그저 그 목소리와 태도가 더없이 살뜰하고 나긋나긋하다고 생각했다.

물론 김아진의 기준에서는 이만큼 위기감 느껴지는 태도가 없었다.

"옆의 분들은 누굽니까?"

이 남자가 예의 '팀플'인가? 레일리가 생각했다.

"험악하게 묻지 마라. 짜증 내며 다가온 이유가 그것 때문이니?"

"김아진 미친 거 아냐? 이렇게 달콤하게 말씀하시는데 왜 험악하다고 뭐라고 해?"

결국 정한수가 생각을 입 밖으로 뱉고 말았다. 김아진의 차가운 시선을 받은 그가 주둥이를 탁탁 치며 시선을 피했다가 멋쩍게 인사를 건넸다.

"아, 안녕하세요. 아진이 동기인 정한수입니다. 저는 교수님 세미나를 보필하러 가 봐야 해서 같이 나왔어요."

"아하……."

레일리가 못마땅히 눈썹을 꺾었다. 이름이 '정한수'라고 했다. 그러면 '팀플'은 뭐지? 이 여자인가? 옛날부터 연하의 여자에게 인기가 많지 않았던가? 세레나 윌리엄스를 떠올린 레일리 크라하의 더없이 달콤해 보이는, 하지만 사실은 당장이라도 목을 딸 듯 험악한 눈빛이 자연스럽게 한미주에게로 돌아갔다.

"아, 저는 후배인 한미주예요. 세상에, 정말로 아진이 언니랑……?"

'한미주'면 이쪽도 '팀플'은 아니었다. 레일리가 못마땅한 얼굴로 다시 시선을 거뒀다.

입 밖으로 내지 않은 것이 천만다행인 생각을 하며, 그가 우선 김아진에게서 거대한 꽃다발부터 받아 들었다. 김아진의 품 안 가득 들어찼던 꽃다발을 자연스럽게 한 손으로 휙 들어서 어깨에 기대 세운 그가 이번엔 다른 손으로 김아진의 책가방을 벗겼다. 대신 조그만 도시락 가방만이 잠시 김아진의 손에 올라갔다.

"반갑습니다."

레일리 크라하가 어쩔 수 없다는 듯이 고개를 까딱해 그들에게 인사를 했다. 그 인사를 듣고야 제대로 확신했는지, 한미주가 입을 가린 채 아연실색했다.

"뻥이 아니라 진짜였잖아?"

"다 들린다, 미주야."

"가방 주십시오, 마스터. 가볍게 들고 다니시라고 제가 말씀드리지 않았습니까."

레일리가 가방을 가져가겠다며 끈을 잡아당겼음에도 여태 가방을 제대로 벗지 않았던 김아진이 그때에야 가방을 레일리 크라하에게 넘겼다. 레일리 크라하는 김아진의 투박한 검은 가방을 한쪽 어깨에 건성으로 짊어진 뒤, 도시락 가방까지 다시 가져갔다.

김아진은 태연히 그 행동을 했지만, 옆에서 지켜보던 한미주는 자기도 모르게 방금 들은 호칭을 곱씹었다.

"'마스터'?"

이런 개 염병. 김아진이 표정을 폭삭 일그러트리며 황급히 다시 말했다.

"얘가 한국어를 사극으로 배워서."

최대한 빨리 이 자리를 벗어나야 할 것 같았다. 황급히 레일리 크라하의 팔을 붙잡고 돌려세운 김아진이 다급히 친구들에게 인사를 건넸다.

"난 이만 간다. 한수 너는 세미나 힘내고. 미주도 잘 가."

"아, 맞아. 데이트하신댔지. 네, 그럼 더는 방해 안 할게요."

한미주가 그 마음 다 안다는 듯이 고개를 주억거렸다. 커플을 보는 지인 특유의 흐뭇한 표정과 시선을 보니, 무슨 생각을 하는지도 알 만했다. 물론 한미주는 김아진의 마음을 추호도 이해하지 못할 것이다.

다급히 레일리 크라하를 끌고 그 자리를 벗어나며, 김아진이 빠르게 말을 길었다. 안 그래도 눈에 띄는 레일리 크라하인데, 거대한 장미 꽃다발을 품에 안은 채 걸으니 더더욱 시선이 쏟아졌다.

"야, 지하에 숨어 있으라니까."

"어차피 위로 올라와야 하는 것 아니었습니까."

"그렇기는 한데……."

난감하게 미간을 문지르던 김아진은 그보다도 앞서 시급한 문제부터 해결해야 한다는 사실을 깨달았다. 처음 재회한 장소는 카페였고, 그 후로는 김아진이 바빠서 자동차나 레일리 크라하의 무지막지한 집에서나 간간이 시간을 보내며 데이트를 해 왔다. 그 탓에 의식하지 못한 채, 문제를 방치하고 있었던 것이다.

"야, 호칭을 바꾸자."

"호칭을요? 무슨 호칭 말씀이신지요."

"'마스터' 말이야."

"왜 바꿔야 합니까?"

"현대 한국 사회에서 누가 다른 사람을 '마스터'라고 부르겠니?"

"그럼 내가 당신을 마스터가 아니면 뭐라 부릅니까?"

　레일리 크라하가 당연하다는 듯한 태도로 반문했다. 죽어도 존칭 없이는 그녀를 부르지 않으려는 듯했다. 사실 레일리 크라하가 다짜고짜 말을 놓고 '아진아' 따위로 친근하게 부르면 김아진도 소름이 돋기는 할 것이다.

"뭔가……. 대안 같은 게 없을까?"

　그나마 건물 뒤쪽으로 돌아가자 사람들의 이목이 눈에 띄게 줄어들었다. 여전히 지나가는 사람들의 눈길은 꽤나 오래 머물렀다가 떠나는 편이었지만, 그래도 큰길을 다닐 때보다는 한결 상황이 나아졌다. 그때에야 한시름 놓고 작은 벤치에 걸터앉으며, 김아진이 뒤늦게 대답했다.

　우선 장미 꽃다발을 풀어서 플라스틱 꽃병에 담던 레일리 크라하가 태연히 대답했다.

"그럼 '아진 님' 정도는 어떠십니까. 그 이상은 양보할 수 없습니다."

　그는 장미가 가득 담긴 꽃병을 김아진의 무릎 바로 앞에 내려놓았다. 그녀의 시야는 순식간에 꽃으로 가득 찼다. 간소하게 준비한 꽃 장식이었지만, 테이블을 가득 채운 화려한 화병 부럽지 않은 연출이 됐다.

낯익으면서도 낯선 풍경이다. 김아진이 다른 말을 붙이지 않고 물끄러미 그 화병만을 내려다보는 사이, 레일리 크라하는 도시락 가방을 열기 시작했다.

식사가 곧 시작되리라는 사실을 눈치챈 김아진이 퍼뜩 정신을 차렸다. 그녀가 못마땅히 쏘아붙였다.

"내가 왜 너랑 존칭 같은 걸 얘기하면서 '양보'를 받아야 하는데?"

"분명 제가 양보해 드리는 겁니다."

거만한 태도로 대꾸한 레일리 크라하가 도시락통의 뚜껑을 열었다. 김아진의 시선도 자연히 도시락을 향했다.

첫 번째 칸에는 익히 잘 아는 치킨이 들어 있었다. 그런데 치킨 칸을 옆으로 치워 보니, 아래 칸에는 뭔가 다른 것이 기다리고 있었다.

"유자 소스를 써서 일본풍으로 요리해 봤습니다. 아무리 치킨을 좋아하셔도 같은 음식만 먹으면 질릴 것 같기에."

"그 아래는 뭔데?"

"중국 요리 느낌이 나도록 만든 볶음 요리입니다. 느끼한 음식은 많이 못 드시니, 조금 자극적인 맛으로 만들었습니다. 물릴 때마다 드십시오."

"……."

김아진이 입을 꾹 다물었다.

장미 꽃다발부터 시작해, 온 세상 사람의 시선을 끌 것처럼 정문에 서 있던 일에 이어, 친구들을 향해 험악한 태도를 보이고, 심지어는 마스터라는 해괴망측한 호칭까지 썼다. 자연히 온갖 욕설과 비난이 목구멍까지 올라온 상태였다.

하지만 이렇게 나오는데 어떻게 면전에 대고 비난을 하란 말인가? 애초에 레일리 크라하가 준비해 온 도시락은 모조리 김아진의 취향에 완벽히 부합하는 음식들만으로 이루어져 있었다.

"너 내가 화낼 거 알아서 선수 치는 거지?"

"설마요."

레일리 크라하가 단조롭게 부정하더니, 자연스럽게 메뉴 소개로 화제를 되돌렸다.

"디저트는 과일 케이크와 와인 젤리로 준비했습니다. 전부 한 입 크기니, 이것저것 드셔 보시기 좋을 겁니다."

결국 김아진은 이번에도 민완 집사의 화려한 음식 솜씨 앞에서 지고 말았다. 그녀가 한탄을 하듯이 이마를 쳤다.

"제길, 뭐라고 해야 하는데 왜 맛있어 보이고 지랄이지?"

"모양새뿐만이 아니라 실제로도 맛있을 겁니다."

"빌어먹을, 역시 집사가 최고야."

그리고 찝찝한 얼굴로 한 입을 먹자마자 김아진은 빠르게 행복해졌다. 별수 없이 그녀는 금세 백기를 들었고, 다른 비난의 말을 입에 담지 않은 채 얌전히 식사에 집중하기 시작했다.

입 짧은 김아진에게는 이런 식으로 온갖 음식을 질리지 않을 만큼 조금씩만 맛볼 수 있도록 준비해 주는 누군가가 필요했다. 성의 있는 대접이 필요한 인간이라는 이야기도 된다. 그리고 그 지점이야말로 김아진의 맹점이라고, 레일리 크라하는 생각했다.

그녀는 늘 원초적인 본능과 욕망, 유혹, 쾌락, 안정감에 약하고 어려운 일로부터 회피하기 좋아하는 인간이었다. 입도 짧고 가리는 것도 많은 인간이다. 그런 그녀가 이렇게까지 잘 먹으면서 이런 삶에 익숙해지고 나면, 자연히 다른 삶은 꿈도 꾸지 못하게 될 것이다.

요컨대, 모든 것이 레일리 크라하의 계략대로 흘러가고 있었다. 그는 목적을 위해서는 무슨 계략이든 쓸 수 있는 종류의 인간이었다.

역시 먹이로 길들이는 수밖에는 없다. 결과적으로 어떤 식으로든 그 없이는 못 살아남게 만들 것이다. 의문의 계략남 레일리 크라하가 확신을 품었다.

나름대로 야외 식사랍시고 평소보다 잘 드시는 모습을 보아하니, 다음에도 한 번쯤은 도시락에 갈비 약간과 한입 크기의 디저트 세트와 수제 절임을 종류별로 챙겨서 찾아와 먹여야 할 것 같았다. 김아진이 잘 먹는 모습을 옆에서 지켜보며, 그는 다음번에 챙겨 올 메뉴를 구상하기 시작했다.

　그의 음험하고 체계적이지만 하찮은 수작질이 깊이를 더해 가는 가을이었다.

외전 2. 각하에게 반성을 촉구한다!

뷔올 남부의 작은 마을 아네드라 출신의 14세 소녀 리타 몬드레이는 실직자다.

일을 잃었으니 자연히 먹고살기도 팍팍해졌다. 일찌감치 집의 원조를 바랄 수는 없는 형편이었다. 오히려 리타가 지금껏 가족을 부양해 왔기 때문에, 가족들도 리타의 실직으로 갑작스레 힘들어졌다.

하루아침에 길바닥에 나앉고 나니 예전에는 편히 살았다는 생각을 하게 됐다. 요즘은 하루 벌어 하루 먹고사는 식이었다. 겨우 입에 풀칠해 가며 살고 있다. 실직하기 전에 익혀 뒀던 기술로 어떻게든 일을 얻을 수는 있었지만, 대개 단기 의뢰였다.

물론 리타 몬드레이라고 해서 늘 이렇게 살아야 했던 것은 아니다. 그녀에게도 부유하던 시절이 있었다.

불과 얼마 전, 요컨대 실직하기 전까지만 해도 그녀는 퍽 영화롭게 살았다. 네 살에 처음으로 직업 교육을 받고, 일곱 살에 처음으로 개인적인 의뢰까지 완료했다. 앞으로도 자신의 인생에는 빛나는 넓은 길만이 펼쳐져 있으리라 믿어 의심치 않았다. 가족을 먹여 살리는 일은 그녀의 몫이었으며, 마을 사람들 모두가 리타 몬드레이의 삶이 앞으로는 더더욱 영화로워지리라고 생각했다. 고향으로 돌아간 지는 오래되었지만, 그 마을에서 가장 성공한 사람을 고르라면 누구나 리타 몬드레이를 거론했을 것이다.

이제 막 열네 살이 되었으면서 무슨 소리인가 싶을 것이다. 그러나 리타 몬드레이는 아주 특수한 경우에 해당하는 사람이었다.

그녀는 한때 마법사였다.

지금은 실직자가 됐다.

대륙에 사는 모든 마법사들은 리타 몬드레이와 비슷한 형편일 것이다. '붕괴의 날' 이후로 세상에서는 마법이 사라졌다. 세상이 뒤집혔다.

그때까지 마법에 의존하고 있던 사람들은 처음엔 당황했지만 금세 새 세상에 적응했다. 그들에게는 기술과 문명이 있으니, 사실 어떤 세상에든 적응하고자 노력할 가치가 있다고 생각했다. 하지만 마법이야말로 '자금줄'이던 사람들의 사정은 달랐다. 리타 몬드레이 같은 사람들 말이다.

그들은 하루아침에 밥줄을 잃어버렸다. 일평생 마법, 마법적 지식만을 갈고닦으며 살아왔던 사람들인지라, 다른 기술을 익힌 것도 아니었다. 이제 와서 갑자기 시작할 만한 사업이 마땅치 않은 경우가 대부분이다. 리타 역시 그런 사람들 중 한 명이었다.

그나마 리타는 사정이 나았다. 아직 어렸으니까.

소속되어 있던 잔뼈 굵은 용병단 '흰 늑대 라모스'의 사람들이 리타의 사정을 딱하게 여겨서, 용병단에서 어린아이를 한 명 키우는 셈 치고 리타를 데리고 있기로 했다. 뿐만이 아니다. 리타는 언제든 새로운 기술을 배우려고 다시 노력할 수 있다. 그녀에겐 남는 게 시간이었다.

작은 마을의 가난한 집 출신이다 보니, 리타 몬드레이는 제대로 된 마법 스승을 모시지 못했었다. 이제는 그 일마저 천운이 됐다.

스승의 마법적 재능이 리타에 미치지 못할 만큼 부족했기 때문에 이론적인 공부만을 내리 했었는데, 덕분에 요즘은 학문적인 의뢰를 해결해 줌으로써 입에 풀칠을 할 수 있게 된 것이다.

아무튼 리타는 그나마 사정이 나은 편이었다. 앞서 말한 여러 이유에서 그녀는 지금도 그럭저럭 자신의 생활을 이어 나갈 수 있는 상태였고, 앞으로는 더더욱 괜찮은 형편이 되리라는, 미래에 대한 무궁무진한 희망을 가질 수 있는 어린 나이였다.

정말로 심각한 경우는, 일평생을 마법에 바쳤는데 일확천금을 이루지도 못한 채 근근이 살다가 갑자기 길바닥에 나앉은 사람들이다. 모아 둔 돈이 조금이라도 있었다면 사업이라도 할 텐데, 그마저 모으지 못한 경우에는 정말이지 눈앞이 깜깜해졌으리라.

'마법'의 특수성이 더더욱 그런 상황을 심각하게 만들었다. 마법적 재능이 뛰어난 사람은 사실 이론 공부를 열심히 할 필요가 없다. 이론 공부를 해서 부족한 재능을 채우는 형식이었다.

그래서, '붕괴의 날' 이후 세상이 단숨에 뒤집어졌을 때, 마법사들 사이의 체계도 함께 뒤집혔다. 오히려 마법적 재능이 부족했던 사람들이 더 날개를 펼치기 시작한 것이다. 이론 공부도 하지 않았던 재능 있는 마법사들은 갈 길을 잃었다.

용병단 '흰 늑대 라모스'는 리타를 여덟 살 때부터 돌봐 왔다. 그들은 거의 가족 같은 관계였다. 때문에 용병단 사람들은 그런 실직 마법사들의 사정을 보면 남 일 같지가 않았다. 결국 그들은 실직 마법사들을 돕기 위한 여행을 시작했다. 각지의, '실직 마법사만이 해 줄 수 있는 일'을 필요로 하는 의뢰인들을 찾아서 그 조건에 알맞은 실직 마법사를 연결해 주기 시작한 것이다. 일종의 브로커였다.

요컨대, 마법의 힘을 잃은 마법 장비를 어떻게 처리하면 좋을지, 마력석을 어떻게 제거하면 안전할지 따위에 자문을 구하는 사람들을 위한 서비스였다.

이런 일에는 이론적인 수식만 늘어놓는 마법사보다는 실무에 있었던 마법사들이 당연히 더 적합했기 때문에, 직업을 잃고 갈 길을 잃어 절망한 마법사들에게 퍽 도움이 됐다.

처음에는 사례금이라고 억지로 쥐여 주는 돈을 한 푼 두 푼 받으면서 시작된 일이지만, 시간이 지나며 '흰 늑대 라모스' 사람들은 선의에서 시작한 자원봉사인 줄 알았던 이 일이 진정한 노다지였다는 사실을 알게 됐다. 그들은 아예 이 일을 자신들의 주력 업무로 삼게 되었다.

하지만 그 일을 주 업무로 삼게 되었어도, '자원봉사'의 초기 목적은 사라지지 않았다. 좋은 일을 하면서 돈까지 거두어들이게 된 것은 어디까지나 요행으로 인해 시작된 일이었다. 본질은 여전히 자원봉사의 취지를 잃지 않은 상태였다.

정말이지 그들은 실직 마법사들의 고난이 남 일 같지 않았다. 언제나 진심으로 그들의 희망찬 미래를 기원하고 있었다. 특히 리타가 그 일에 가장 열정적이었다. 어쩌면 자신도 그렇게 됐으리라는 생각에, 쉽게 온정을 베푸는 편이었다.

그들은 어딜 가나 평판이 좋았다. 진심으로 좋은 뜻을 가지고 선의로 일한다는 사실을 아니, 재정적인 여유가 있는 사람들은 일부러 큰 액수의 추가 보수를 얹어 주기도 했다.

그리고 그렇게 일 년 반의 시간이 흘러, 리타가 열다섯 살이 되었을 때.

여느 때와 같은 하루였다. 그들은 실직 마법사로 추정되는 젊은 남자가 산적들에게 핍박을 받고 있는 모습을 발견했다.

"귀족 같지 않아?"

'흰 늑대 라모스'의 단장 라모스가 조심스럽게 질문했다. 다른 용병들도 대체로 동의했다.

산적들에게 단신으로 둘러싸인 남자는 퍽 우아해 보이는 수가 놓인 옷을 입고 있었다. 호리호리한 체형을 보면, 거칠고 투박한 일은 해 본 적이 없는 듯했다. 얼핏 봤을 때는 소박해 보이는 차림새였지만 원단은 고급이었고, 눌러쓴 모자는 누가 봐도 귀족 취향의 물건이었다.

뿐만이 아니었다. 모자 아래로 흘러내린 더없이 눈부신 백금발도 쉽게 볼 수 있는 빛깔은 아니었다. 뷔올 북동방계 사람들이 주로 보이는 밝은 빛깔이었다.

뷔올 북동방계는, 말하자면 뷔올에서 제일가는 '부촌'이었다. 수도의 황실 귀족이 주로 기거하는 지역이다 보니, 귀족 신분을 인정받지 못했어도 그쪽 혈통이 섞인 사람이 많았다. 용병들의 추론은 어느 정도 타당했다.

하지만 리타만은 다른 생각을 했다.

"가슴팍의 배지를 봐. 저 사람은 단지 마법사야."

"저 배지가 뭔데?"

"뷔올 황실 마법사의 인장."

"황실 마법사? 그럼 귀족인 거 아냐? 우리가 굳이 구해 줄 필요가 있을까?"

용병단의 다른 사람들이 의아한 신음을 뱉었지만, 리타가 고개를 절레절레 저었다.

"최소한의 시사나 전투 상식은 갖춰 둬야 한다고 내가 누누이 말하지 않았어? 아저씨들은 정말 바보야."

"이 꼬맹이가 뭐라는 거야?"

"지지난달, 황제의 막냇동생이자 마법사단의 실질적인 수장인 대마법사 에슈마르크 대공이 대공위를 반납하고 황실에서 물러났어. 마법을 잃었지만 에슈마르크 대공의 비호 아래에서 겨우 생명줄을 잡고 후처리 연구와 정책에 전념하던 마법사단의 마법사들도 더는 버티지 못한 채 정리해고를 당하기에 이르렀지."

나이는 불과 열네 살이지만, 이 용병단에서 누구보다도 시사 상식에 빠삭한 '지식인 계층'의 리타 몬드레이가 동료들에게 자신만만하게 설명했다.

"귀족 출신인 마법사들은 가문으로 돌아가면 그만이었겠지만, 만일 그렇다면 가문으로 돌아가는 길에 대동하는 사람 한 명 없이, 저렇게 혈혈단신으로 떠돌지는 않을 거야. 저 사람은 정리해고당한 황실 마법사단의 평민 출신 마법사인 게 틀림없어."

리타가 팔짱을 끼고 확신조로 말했다.

"보아하니 돈은 좀 모아 둔 모양이지만, 그마저도 여기에서 산적들에게 털리면 전부 사라지겠지. 저 사람을 돕는 일은 지금까지의 일만큼 어렵지는 않을지도 모르겠어. 일자리를 찾아 주지 않아도, 산적에게서 구해 주기만 해도 자기 삶을 살 수 있을 거라는 얘기야."

리타는 '흰 늑대 라모스' 용병단 사람들이 얼마나 마음 약하고 정에 쉽게 휩쓸리는지를 일찌감치 파악해 두었다. 애초에 그런 사람들이 아니었다면 열네 살 여자아이가 갑자기 자신을 보호할 모든 수단을 잃어버렸을 때 일찌감치 무뢰배로 돌변했을 것이다.

리타가 퍽 설득조로 말했다.

"그런데도 불구하고, 단지 고급 옷감을 입었다는 이유만으로 아저씨들은 저 사람을 돕지 않을 생각이야?"

"누가 언제 돕지 않겠대?"

용병단장 라모스가 뚱한 얼굴로 대꾸했다.

"혹시라도 귀족 출신이면 좋은 일 하고도 괜히 도왔다며 욕을 할까 봐 조금 망설인 거지……. 어쨌든 리타의 말을 듣고 보니 타당한 추론 같군. 끼어들자고."

그리고 용병들이 저마다 무기를 잡아 올렸다. 리타는 한 걸음 물러섰다. 이제 전투 능력을 잃어버린 이상, 리타 몬드레이는 전투 현장에서 조금 빠져 있는 편이 모두에게 도움이 됐다.

그런데 리타가 한 걸음을 물러나고, 용병들이 우와아 고함을 내지르며 산적들을 막기 위해 뛰어 내려가는 순간, 모자를 쓰고 있던 예의 '실직

'마법사'가 흘긋 고개를 들어 리타 쪽을 바라보았다. 아마도 고함을 지르며 달려드는 용병들을 발견했기 때문이리라.

아니, 용병단을 보고 있는 게 아닌가?

리타가 반사적으로 뒤를 돌아보았다가, 그 자리에는 자신밖에 없다는 사실을 재차 확인하고 흘긋 그 남자를 향해 시선을 내렸다.

눈이 마주친 게 맞나? 달려드는 용병들을 무시하고, 그 뒤에 서 있던, 멀찍이 있는 리타와 굳이 시선을 마주칠 리가 있나? 그럴 수 있는 걸까?

설마 그럴 리는 없다……. 리타가 멀뚱히 상식적인 생각을 하는 순간, 보랏빛 눈동자가 퍽 살뜰하게 접혔다. 마치 적잖이 유쾌한 일이라도 맞이한 사람 같은 표정이었다.

남자가 모자의 챙을 손끝으로 슬쩍 붙잡았고, 잘 만든 조각처럼 몹시도 잘생긴 얼굴을 모자 챙 아래로 다시 슬그머니 가렸다. 웃던 입꼬리도 리타의 시야에서 금세 사라졌다.

그리고 멀뚱히 서 있다가 용병들에 의해 뒤로 물러나고, 산적들이 무사히 제압되거나 도망치고, 리타가 용병들과 다시 합류했을 때.

몹시도 잘생긴 남자가 이렇게 자신을 소개했다. 보랏빛 눈동자를 찡긋 거리며, 조금쯤은 유쾌해 보이는, 그리고 퍽 장난스러운 표정으로.

"알렉시스 라이케라고 합니다."

그리고 그가 자기소개를 위해 꺼낸 이름은 요즘 시사 소식마다 첫 번째를 장식하는 유명인의 이름이었으며, 성씨는 이 대륙에서 가장 유명한 가명이었다.

* * *

누가 봐도 가명인 '알렉시스 라이케'를 자기 이름으로 댄 그 남자는 다음 마을까지 '흰 늑대 라모스'와 동행하기로 했다. 처음에는 분명 그랬다.

그런데 그렇게 다음 마을로 이동하는 과정에서, 그 남자는 용병단장 라모스와 왜인지 갑작스럽게 친해졌다.

빠르게 친해진 그들은 주거니 받거니 술을 들이붓더니, 어느 사이엔가 서로를 의형제라고 부르기 시작했다. 라모스의 주량을 감당할 수 있는 사람은 손에 꼽힐 정도로 드물었다. 호리호리한 체형의 알렉시스 라이케가 그렇게나 술을 잘 마시리라고는 누구도 짐작해 본 적이 없었다.

그 친분의 결과, 알렉시스 라이케는 어째서인지 갑자기 용병단의 일원이 됐다. 각지를 떠돌며 실직 마법사들을 구제한다는 라모스의 뜻에 감명을 받았다고 했다. 짧은 시간 함께한 사이지만, 리타는 그 말이 아주 수상쩍었다. 과연 알렉시스 라이케는 정말로 그런 대의 따위에 자기 인생을 걸 정도로 감명을 받는 종류의 인간일까?

다른 용병 아저씨들이야 신의와 의리에 죽고 못 사는 멍청한 사람들이라 알렉시스 라이케의 말에 크게 감명을 받은 모양이었지만, 리타는 오히려 그 남자가 더없이 수상쩍어졌다. 생각해 보면 처음에 그를 산적들로부터 구해 줄 때도, 어느 정도는 용병단의 존재를 미리 눈치챘던 것이 아닐까? 그도 그럴 것이, 리타는 그 남자와 부자연스럽게 눈이 마주친 적이 있다…….

아무튼 리타는 알렉시스 라이케가 마음에 들지 않았다. 이유는 모르겠지만 용병단에 잠입하기 위해 처음부터 끝까지 판을 짠 것일지도 모른다고 생각했다.

"아저씨는 자기가 엄청 수상해 보인다는 사실을 스스로 알아?"

알렉시스 라이케가 용병단에 합류하기로 한 날 리타가 불만스럽게 질문했을 때, 알렉시스 라이케는 특유의 능청스러운 미소를 만면에 머금고 이렇게 대답했다.

"그런 말 자주 듣지."

"그 이름도 진짜가 아니지? 가명이지?"

"꼬마 아가씨, '라이케' 성씨를 쓰는 사람에게 본명을 묻는 건 예의가 아니라는 말을 들어 본 적 없나?"

특유의 귀족적이고도 우아한 낯을 누그러트리며, 맛이라곤 없는 야나콩 차를 한 모금 마신 알렉시스 라이케가 부드럽게 대꾸했다.

"살다 보면 누구에게나 과거의 자신과는 무관한, 제2의 인생을 시작하고 싶어지는 순간이 찾아오기 마련이란다."

물론 리타는 그 말을 이해하지 못했다. 사실 이해하고 싶은 마음도 없었다. 그래 봤자 결국, 자신의 과거를 청산하고 신분 세탁을 시작할 장소로 라모스의 용병단을 골랐다는 이야기밖에 더 되겠는가? 실직 마법사의 실태 개선 따위에는 관심도 없을 것이 자명했다.

그런데 뜻밖의 일이었다. 실직 마법사들의 생활을 위해 애쓰는 라모스 용병단의 다음 활동에, 알렉시스 라이케는 누구보다도 적극적으로 참여했다. 그는 재기가 넘쳤고 융통성이 좋았으며, 아주 똑똑했다. 지금까지는 리타가 용병단의 두뇌 역할을 해 왔지만, 알렉시스 라이케가 합류한 후로는 그가 두뇌 역할을 했다. 그는 시사 소식에도, 정치 상식에도 영민했다. 조금 잘 배운 편인 평민 소녀 리타 몬드레이에 비할 바가 아니었다.

하기야 황실 마법사 출신이라면 똑똑하기는 할 것이다. 애초에 그 정도의 고등 교육을 받은 고위 마법사라면, 리타의 수준과는 비교할 수도 없는 존재였다……. 신분 세탁을 위해 잠깐 들른 사람치고는 지나치게 열정적이어서 도리어 수상쩍기는 했지만, 리타 역시 그의 실력을 인정했다. 라모스도 비슷하게 생각하는 듯했다.

"리타는 나를 수상쩍어하나?"

알렉시스 라이케가 어느 날 그런 질문을 했다. 리타는 그 질문을 듣고 눈을 세모꼴로 떴다.

"아저씨는 본인이 수상쩍지 않다고 생각해?"

"암, 수상쩍긴 하지."

알렉시스 라이케가 순순히 인정하며 일자리들을 정리해 둔 자료를 살펴보았다. 예전에는 실직 마법사들 각각에게 적합한 일자리를 선별해 주는 일을 오직 리타 혼자서 도맡아야 했지만, 알렉시스 라이케가 들어온 뒤로는 부담이 줄어들었다. 그는 아무튼 머리를 쓰는 직종에 있던 사람이었고, 막대한 양의 서류를 빠르게 처리하는 일에 재능이 있는 듯했다.

　그는 이번에도 여러 마법과 관련된 일자리의 자료를 빠르게 훑어보며, 태연한 얼굴로 대답했다.

　"내 어디가 가장 수상쩍은데?"

　이번에 그들이 도우려는 사람들은 양쪽 다 마법사였던 커플, 두 사람이었다. 하지만 그들은 한 개의 일자리만 찾을 작정이었다. 함께 일자리를 잃은 뒤, 남성 쪽이 병에 걸린 탓이었다. 그들은 약간이나마 돈도 모아 둔 상태였지만, 치료비와 약값으로 그 돈마저 금세 바닥이 났다.

　남성 쪽은 자신의 잘못도 아닌데 죄책감을 느끼고 있다. 여성 쪽은 약혼자를 제대로 의사에게 보일 수도 없는 자신의 재정 능력에 환멸을 느끼고 있다. 신체 건강한 쪽이 여성이다 보니 막노동도 쉽게 구할 수 없었다. 할 수 있는 일은 교육, 학문, 연구와 관련된 일뿐이었는데, 용병단이 작정하고 떠돌기 이전에 리타가 그랬듯, 그런 일에는 한계가 있었다. 거의 단기 의뢰에 불과해서 큰돈을 벌 수는 없는 일들이었다.

　우연찮게 새로운 마을에서 그들과 마주친 라모스 용병단은 고민 없이 그들을 돕기로 했다. 알렉시스 라이케도 크게 찬성했다.

　"아저씨는 생긴 것부터 수상쩍어."

　일자리를 특정 짓기가 어려워서 안 그래도 머리가 아팠다. 약혼자를 돌봐야 해서 입주 업무는 할 수 없고, 일을 시작하기에 앞서 어느 정도의 돈을 가불받아야만 할 정도로 궁핍한 형편이다. 그리고 안정된 치료와 그들의 밝은 미래를 위해서는 장기적인 업무여야 했다. 그 조건을 충족시키면서도 사정을 봐줄 수 있을 만한 큰 의뢰가 마땅치 않았다.

인상을 쓴 채, 리타가 건성으로 대답했다.

"얼굴부터야, 얼굴부터."

그런데 그 말을 듣더니 알렉시스 라이케가 갑자기 마구 웃기 시작했다. 그가 그렇게 웃음을 터트리는 모습은 한 번도 본 적이 없었다. 알렉시스 라이케는 늘 우아한 태도로 미소를 짓는 사람이었고, 덕분에 리타는 라모스를 괜히 설득했나, 역시 이 남자는 귀족인 걸까 생각하기도 했다.

깜짝 놀라서 알렉시스 라이케를 살펴봤던 리타가 날 선 태도로 물었다.

"뭐야. 내가 무슨 웃긴 얘기 했어?"

"아니, 그런 말도 들어 본 적이 있어서. 물론 아주 드물게 들었지."

알렉시스 라이케가 애써 웃음기를 지우려고 노력하며 입가를 가리고 쿡쿡거렸다. 눈을 가늘게 뜬 리타가 기분 상한 표정을 지었다.

"흥, 아저씨도 자기 잘생긴 건 알 테니, 내 말이 그렇게까지 우스웠나 봐? 흥이야, 흥."

"설마요, 꼬마 아가씨."

남자가 능청스럽게 대꾸했다.

"그저, 그런 소리를 하던 사람이 조금 그리워져서. 내가 두고 떠난 것도 아닌데 예기치 못한 일이야."

조금은 애틋한 듯이, 그리고 조금은 유쾌한 듯이 알렉시스 라이케가 중얼거렸다. 리타에게 들으라고 하는 말은 아니었고, 홀로 곱씹는 듯한 태도였다. 그리고 뜻밖에도 그 말만은 퍽 진심 같았다.

진심으로 자신의 감정을 표현하는 일이 드물어서 더 수상쩍은 사람이었기 때문에, 리타는 조금 의외라는 듯이 눈을 동그랗게 떴다. 잘 뻗치는 당근 같은 붉은 갈색 머리칼에 연한 청록색 푸른 눈을 지닌 리타가 '흠' 소리를 내며 턱을 만지작거렸다.

"아저씨."

"왜 부르나?"

"아저씨는 정말로 뭘 하던 사람이야?"

"네가 잘 추론해서 나를 구한 거라고 들었는데?"

알렉시스 라이케가 매끄럽게 웃으며 입가를 문질렀다.

"네 추론 그대로, 일생 내내 황실의 마법사였지. '붕괴의 날' 이후로는 이 세계에서 마법이 사라졌으니, 당연히 과거형이지만 말이야."

"그거 말고. 어떤 삶을 살았기에 라모스 용병단에서 신분 세탁을 하고 싶어진 건데?"

"삶을 어떻게 하나의 단어, 하나의 문장으로 표현할까?"

리타가 아침에 땋아 준 백금발을 우아하게 어깨 위로 늘어트리고, 알렉시스 라이케가 퍽 경쾌한 듯이 보랏빛 눈동자를 찡긋거렸다. 무언가 다른 생각에 빠진 듯한 태도였지만 대답만은 성실하게 돌아왔다.

"이곳에서 신분 세탁을 하고 싶은 건 아니야. 이제 보니 우리 꼬마 아가씨가 그렇게 생각해서 나한테 불친절했군."

"저번에 그렇게 말했잖아."

리타가 볼멘소리를 하자 알렉시스 라이케가 평온히 대답했다.

"단지 그런 욕망을 갖고 떠나온 거지. 하지만 굳이 이 용병단에 머무르지 않아도 나는 얼마든지 이전과 다른 삶을 살 수 있었을 거야. 이미 과거의 나를 버리고 왔거든."

"그게 그렇게 쉽게 버려져? 그럴 수 있는 사람이었어?"

슬쩍 유도신문을 시도해 봤지만, 알렉시스 라이케는 물 흐르듯 웃더니 다른 답을 돌려주었다.

"돈만 있다면 뭔들 못 할까."

그 말을 듣고 리타가 상체를 젖히며 미간을 좁혔다.

"입고 있는 옷 재질에 비해 수중에 돈이 적다 했더니, 돈으로 새 신분을 산 직후였던 거구나?"

"이거 재밌는걸. 내 수중의 재산은 언제 파악했지?"

"수상함을 느꼈으니, 다 미리 파악해 둬야지. 이 리타 몬드레이 님은 이 용병단의 두뇌를 담당하고 있거든. 내가 아니면 용병단 사람들은 다 이미 굶어 죽었을걸."

"그래, 그래."

리타가 퍽 당당한 태도로 어깨를 젖히며 선언하자, 그가 마치 어린아이의 응석을 받아 주는 듯한 태도로 수긍했다. 리타는 알렉시스 라이케의 그런 태도도 싫어했다. 리타가 단숨에 인상을 쓰자, 알렉시스 라이케가 다시 웃었다.

"열다섯 살짜리와 비슷한 반응을 보였다니, 다시 생각해도 유쾌한 일이야."

"누구 말이야?"

"내 얼굴부터 수상쩍어서 별로라고 했던 또 다른 사람."

과거의 연인일까? 리타는 그의 묘한 태도를 근거 삼아 '그 사람'의 정체를 홀로 추론한 뒤, 그 문제에 대해서는 상세히 묻지 않고 넘어가기로 했다. 라모스 용병단에 물 흐르듯 끼어든 알렉시스 라이케의 의도와 정체가 수상하고 의심스러운 거지, 그의 사생활이 궁금한 것은 아니었다. 리타는 대신 자신의 불쾌한 기분이나 숨기지 않고 표현했다.

"열다섯 살이라고 무시하지 마. 늙은 게 자랑도 아니고……."

"무시하는 게 아니야. 나이와도 관계가 없다."

알렉시스 라이케가 부드럽게 말했다.

"단지 내가 갖지 못했던 무구한 세월이 부러운 거지."

하지만 아마도 자신을 옹호하기 위해 꺼냈을 법한 그 말을 듣고, 리타는 도리어 더더욱 인상을 썼다.

"그걸 바로 무시라고 하는 거야. 아저씨는 지금 내 인생을 무시하고 있는 거지. 남의 인생이 자기 자신의 인생에 비해 무구했다고 단정 짓지 마."

일단 해야 할 일에나 집중하기 위해 고개를 숙이며, 리타가 태연히 대답했다.

리타는 그런 식의 말을 많이 들으며 살아왔다. 잊을 때쯤이면 그런 얘기를 들었다. 리타는 언제나 어렸고, 굴곡 많은 삶이었지만 아직 그녀가 경험해 본 삶이란 지극히 짧은 인생에 불과했다.

물론 사실이다. 리타는 아직 어렸다. 그 사실 자체를 부정할 생각은 없다. 하지만 사람들은 무턱대고 리타가 어리기 때문에 순진무구할 것이라고, 어리기 때문에 인생 경험이 부족하리라고 생각했다. 어리기 때문에 생각이 짧고, 어리기 때문에 걱정이 없을 거라고. 고민거리가 있더라도 그것은 별것 아닌 고민에 불과할 것이라고 단정 짓곤 했다.

리타는 한 명의 인간 리타 몬드레이로서, 이미 충분히 자기 자신의 삶에 충실했다. 리타의 삶에는 이미 충분한 우환거리가 끊임없이 존재해 왔으며, 그 우환거리를 해결하기 위해 어느 순간에나 최선을 다했다. 누군가에게 무구하다는 이야기를 들을 만한 삶은 아니었다. 리타에 대한 이해를 추호도 지니지 못한 작자의 입에서 들을 만한 소리는 더더욱 아니었다.

그 말은 그 자체로 리타의 인생에 대한 부정이고 무시였다. 리타의 삶이 지니고 있던 역경과 굴곡을 한순간에 없는 것으로 치부하는 태도이기도 했다.

"어른들은 뭐, 누구나 대단히 완성된 삶을 사는 거야? 누구나 완전하고 현명하고 지혜로워? 누구나 모든 역경을 이겨 내고 비로소 영원한 깨달음의 경지에 올랐어? 아니잖아. 어린 사람의 삶을 함부로 무시하지 마."

그 이야기를 하면서 리타는 상대의 반응을 크게 기대하지 않았다. 늘 그래 왔기 때문에, 이 문제에 대해서만은 리타 역시 어느 정도 체념했다. 체념했다고 해서 스스로 생각을 접은 것은 아니지만, 상대를 설득하는 일에 기력을 소모할 생각을 접었다는 이야기다.

그러나 잠시 생각하던 알렉시스 라이케는, 놀랄 만큼 순순히 자신의 말이 지니고 있던 오만을 시인했다.

"맞아. 내 표현이 무례했군. 너를 무시하기 위해 꺼낸 말은 아니었지만, 결국에는 무시였어."

"아저씨는 자기 잘못을 쉽게 인정하네."

"사실이니까."

알렉시스 라이케가 깔끔하게 대답했다.

"세상에는 너처럼 경험 많고 현명한 어린 사람도 있지만, 나처럼 덜 자란, 철딱서니 없는 어른도 있는 법이거든."

"자기 자신을 그렇게 생각해? 그래도 아저씨는 그 또래의 성인 남자치고 꽤 어른스럽게 구는 편이라고 생각하는데."

틈만 나면 절제를 모르고 사고를 치거나, 기물을 파손하고, 술을 퍼 마시다가 주정뱅이가 돼서 리타를 안고 수염을 비비다가 용돈을 주곤 하는 비슷한 또래의 용병들을 떠올렸다. 리타가 고개를 절레절레 저었다.

알렉시스 라이케는 수상쩍고 의심스러운 인간이지만, 그 사실만은 인정해야 했다. 그는 '흰 늑대 라모스' 용병단의 사람들보다 몇십 배는 품격이 있는 인간이었다.

그런데 알렉시스 라이케는 또 재미있는 말을 들었다는 듯이 웃으며, 지극히 당연하다는 듯한 태도로 리타의 생각을 한 번 더 부정했다.

"자기 자신을 다른 것에 의탁해야만 하는 사람은 개인으로서 완성되지 못한 거야."

"아저씨가 자기 자신을 그렇게 생각하나 보지?"

"말하자면 그런 거지."

그가 태연히 대답했다. 그 말을 끝으로, 잠깐 동안 대화가 끊어졌다. 리타는 실직 마법사 커플을 도울 방안을 찾기 위해 자료에 집중했다. 알렉시스 라이케도 마찬가지였다. 그는 굳이 그 주제에 대해서 구구절절 더 이상의 말을 붙일 생각이 없는 듯했다.

"그의 병을 고칠 방법은 없을까? 내 생각엔, 역시 그래야지만 어느 정도 일이 원활히 풀릴 것 같아. 우리가 단기적인 소득을 마련해 준다고 해서 해결될 문제는 아닌 것 같거든. 아저씨는 나보다 배운 게 많은 사람이잖아. 한 번 생각해 줘 봐."

리타가 그 말로 화제를 전환했다.

"글쎄……."

가장 먼저 애매한 태도로 말을 끌던 알렉시스 라이케가, 한동안의 고민을 가진 뒤 뒤늦게 대답했다.

"나도 의학을 깊이 있게 아는 건 아니지만, 그 상태면 방법이 없다고 보는 편이 나을걸. 악화를 막는 게 고작이야. 최신 화학 요법이 필요해. 뷔올은 오랜 세월 화학을 등한시해 왔어. 화학 물질의 힘은 마법으로 대체할 수 있었으니까. 므라우에서나 중요시하며 살폈던 특수 화학 요법도 필요할 테고, 당연히 대가는 비싸겠지."

"정말 많은 돈이 필요하겠네. 마법도 사라진 이상 회복은 어려울 테니까 말이야."

"그래, 마법이 사라진 이상 회복은 어렵겠지……."

알렉시스 라이케가 혼잣말처럼 중얼거렸다. 마치 중요한 문제와 선택의 기로를 앞에 둔 듯한 심각한 표정이었다. 리타가 인상을 찡그리고 그를 흘긋 살폈다. 아무튼 그는 사사건건 '나는 숨기고 있는 비밀이 있답니다' 하며 티를 내는 듯한 사람이었다.

수상쩍긴 해. 하지만 사기꾼은 못 해 먹겠군. 인생을 살며 온갖 사기꾼을 만나 본 리타 몬드레이는 또 한 번 경계의 눈길로 그를 살폈다가, 알렉시스 라이케가 다시 고개를 들 때쯤에 자연스럽게 시선을 내렸다.

그는 정말로 귀족이 아닌 걸까? 평민들이 살아가며 쉽게 접할 법한 그런 타락은 추호도 접하지 못한 사람처럼 보이는데? 적어도 풍족한 환경에서 나고 자란 평민 정도는 되지 않을까? 그가 정말 돌아갈 곳도, 가고 싶은 곳도 없이 떠돌다가 라모스 용병단에 의탁한 평범한 실직자가 맞는 걸까?

리타 몬드레이는 다시 그 생각에 사로잡혔다.

알렉시스 라이케가 세탁하고 싶었던 과거의 신분은 대체 무엇일까? 리타는 나름대로 머리를 굴려 보았다. 그녀는 스승에게도 인정받기를, 꽤나 똑똑한 편이었다…….

그런데 그때, 리타의 생각을 끊고 알렉시스 라이케가 갑작스럽게 질문했다.

"리타, 혹시 내가 그 약혼자를 한번 만나 볼 수 있을까?"

"갑자기 왜?"

"이래 봬도 황실에서 일하던 사람이니까, 비슷한 증상을 본 적이 있으면 조금이라도 도움을 줄 수 있지 않을까 싶어서. 서류로만 보는 것보다는 그 편이 나을 것 같다는 생각이 드는군."

"한번 물어볼게."

리타가 흔쾌히 그의 제안을 받아들였다.

보통 실직 마법사들을 설득해, 라모스 용병단의 도움을 통해 새 직업을 가질 수 있도록 협력하게 만드는 일은 리타가 도맡았다. 나이가 어리기 때문에 상대의 경계가 덜하기도 했고, 같은 실직자로서의 처지로 공감대를 형성해 서로의 필요를 확실히 파악할 수 있는 유일한 인물이기도 한 탓이었다. 지금은 알렉시스 라이케 역시 마법사 출신의 단원이 되었지만, 그는 자신보다는 리타가 그 일에 적임이니 리타는 지금까지 해 온 그대로 계속해서 자신의 역할을 하면 될 것 같다고 주장했다.

이번 일에서도 마찬가지였다. 리타는 의뢰인인 말리나 허브와 그녀의 약혼자인 호번 밀튼을 직접적으로 상대해 본 몇 안 되는 사람들 중 하나였다. 그들을 대면해 본 나머지 사람들은 대개 용병단의 실질적인 지도자들, 예컨대 용병단장 라모스 같은 사람들이었으므로, 알렉시스 라이케는 그들을 직접 만나 본 일이 없었다. 호번 밀튼의 상태가 사람을 상대하기 힘들 만큼 퍽 심각한 것도 그 이유 중 하나였다.

많이 쇠약해진 그는 다양한 사람을 만나는 일을 부담스러워했다. 리타와 라모스는 그들을 최대한 배려해 주기 위해 그들과 접촉하는 용병단원들을 최소화했다. 하지만 알렉시스 라이케의 말은 그럴싸했고, 분명히 타당했다.

"전염성도 없다고 들었으니까. 사람을 많이 만나면 금세 피곤해지는 모양이지만……. 양해를 구할 수는 있을 거야. 선의에서 나온 제안이니까. 하지만 아저씨, 정말로 처음 보는 질병에 대한 마법사 출신 특유의 고약한 호기심 같은 건 아니겠지? 그 사람들에게 상처를 주면 안 돼."

"물론 아니야."

알렉시스 라이케가 희미하게 웃으며 대답했다.

"지극히 선의와 책임에서 나온 요청이니까."

'선의와 책임'? 리타 몬드레이는 잠깐 그 말을 곱씹었다. 선의는 그렇다 치더라도, 책임은 대체 무슨 이야기란 말인가?

아무튼 리타는 알겠다고 했다. 단장인 라모스와, 당사자인 그들 커플이 허락만 한다면 문제는 없다고 생각했다. 실제로 그날, 대략적으로 그나마 도움이 될 법한 일자리를 추린 뒤 라모스를 동반한 채 그들을 만나러 가서 의견을 묻자 그들 역시 흔쾌히 만남을 받아들였다. 정작 이해할 수 없는 일, 요컨대 '쉽게 용납할 수 없는 일'은 그들과 알렉시스 라이케를 만나게 했을 때 일어났다.

알렉시스 라이케는 병에 걸려 몸져누운 호번 밀튼의 머리맡에 앉아, 신변잡기적인 이야기를 시작했다. 큰 효용이 있는 대화는 아니었다. 고향은 어디인지, 마법사로서는 어디에서 일했는지, 가장 자신 있었던 마법은 무엇인지, 그 밖에 할 수 있는 일은 무엇이 있는지 따위의 이야기였다. 그들 커플이 어디에서 처음 만났는지, 어떻게 약혼을 하게 되었는지, 어쩌다 병에 걸렸는지……. 그런 사소하고 사적인 이야기도 자연스럽게 뒤따랐다.

사람 사는 얘기를 했다. 리타가 끼어들 만한 화제는 아닌 것 같았다.

말리나는 소일거리를 하는 중이라 자리를 비운 상태였으므로 리타는 창가에 앉아서, 그들의 대화를 한 귀로 듣고 한 귀로 흘리고 있었다.

그런데 어느 순간, 어렴풋이 꽃향기가 났다. 창 밖에서 꽃향기가 나는 줄 알고 저도 모르게 고개를 빼꼼 내밀었다가, 머리칼이 사뿐히 흔들리는 것을 느꼈다. 바람인지도 모른다. 달콤하고 향긋한 냄새를 풍기는 바람이 리타를 등 뒤에서부터 가볍게 떠미는 듯했다. 어딘지 자유롭고, 마음을 속박하던 것을 풀어낸 듯한 기분이 들었다. 별안간 오래된 일들이 떠올랐다.

리타는 어렸고, 짧은 인생을 살았지만, 그 짧은 인생에서 적지 않은 일들을 겪었다. 리타 몬드레이의 삶은 언제나 리타 몬드레이의 것으로 치열했다. 여전히 치열하다. 리타는 언제나 괴로웠다. 괴롭다고 생각한 적이 없지만, 이제 와서 생각하면 괴로웠던 것 같다……. 그 꽃향기가 문득 그런 생각을 떠올리게 했다.

물밀듯이, 묻어 뒀던 기억이 수면 위로 떠올랐다. 집에 돈이 없어서 고아원에 보내야 했던 두 명의 동생, 돈 많은 노인의 일곱 번째 후처로 팔리듯이 시집을 간 언니, 돈을 벌기 위해 위험한 마법 실험실의 피실험자로 지원했다가 시체가 되어 돌아온 오빠.

마법적인 재능이 존재한다는 사실을 알자마자 영주에게 거액의 돈을 받고 그녀를 보낸 부모님, 자신보다 마법적 재능이 뛰어난 제자를 받았다는 사실을 깨닫자마자 마법을 가르쳐 주지 않기 시작한 스승님…….

그 시절, 아직 열 살도 채 되지 못한, 어렸던 리타 몬드레이는 신체적으로 학대를 받아 가며 겨우 마법을 익혔다. 체벌과 매질은 일상다반사였고, 조금만 스승님의 심기가 상해도 밥을 굶기 일쑤였다. 그렇게 악착같이 마법을 배웠다. 마법을 배우면 인생이 한순간에 뒤바뀌게 되리라는 사실을 알고 있었기 때문에.

그러나 한순간에 리타에게 주어진 모든 능력이 사라졌다.

마법을 잃고 나서, 리타는 돌아갈 곳을 잃어버렸다. 가족들은 그들을 부양하던 리타 몬드레이가 가족 중 제일가는 골칫덩이 애물단지가 되었다는 사실을 알자, 리타에게 더는 집에 돌아올 필요가 없다고 편지를 보냈다. 다시 생각해 보면, 역시 리타 몬드레이의 인생은 고작 십사, 십오 년에 불과했지만 너무 많은 굴곡을 겪었다.

리타가 저도 모르게 손아귀에서 힘을 빼는 바람에 나풀나풀 떨어트린 그 편지를 뺏어 읽고, 라모스는 불같이 화를 냈다. 그렇게 리타는 용병단 사람들이 십시일반해 돌보는 아이가 됐다.

하지만 그 편지를 받았을 때, 정작 리타가 딱히 막대한 분노를 느낀 것은 아니었다. 사실 매년 소득의 대부분을 가족에게 보내면서도 일찍이 알고 있었다. 부모님이 영주에게서 돈을 받고 네 살짜리 자식을 보냈을 때 이미 리타 몬드레이는 버려진 아이였다.

처음부터 체념하고 있었다. 천천히, 그 사실을 천천히 받아들이며 성장했다. 그래서 마법이 갑자기 사라졌을 무렵에는, 언제든 그런 소리를 들어도 자연스럽게 받아들일 수 있는 상태가 되어 있었다.

그래, 리타는 버려진 아이였다. 일찌감치 그랬을 것이다.

버려진 아이. 그래서 여덟 살이 된 어느 날엔가, 부모님과 가족에게 피해가 갈 수 있다는 사실을 알면서도 영주의 성을 도망쳐 나왔던 것이다.

영주의 성에 머무르며 작은 마법적 의뢰를 처음으로 해결해 준 뒤, 그 힘으로 먹고살 수 있다는 확신을 가진 덕에 그런 대담한 결정을 할 수 있었다. 리타 몬드레이는 손님의 마차 의자 안쪽에 숨어들어 웅크리고 있다가, 이웃의 조금 큰 마을로 가서 슬그머니 내렸다. 그렇게 아무 용병단에나 가입 절차를 밟았다. 나이는 어려도 마법사였기 때문에 어딜 가나 환영받는 인재였다. 그 인생이 훨씬 좋았다.

앞으로는 창창한 인생만이 펼쳐지리라고 믿었다. 리타가 처음 마법에 재능을 보였을 때 가족들이 그녀의 삶에 기대한 형태 그대로, 리타도 자신의 삶이 나아지리라고 믿어 의심치 않았다.

리타는 자신만 행복하고 영화롭게 살면 될 것이라고 생각했다.

스승님은 리타의 재능이 부족하고 그 배움이 일천해 마법사로서는 무용지물이었으니, 괜히 돈을 들일 필요 없이 도망쳐 준 게 차라리 다행이라며 음해를 했다고 한다. 나중에 전해 들은 일이었다. 그 덕에 가족에게 큰 피해가 가지는 않았다는 모양이다. 그 사실도 그 후에 가족과 다시 연락이 닿으면서야 알게 되었다. 그 무렵부터, 리타는 죄책감을 느꼈다.

자신만 자유로워질 수 있다면 그들이 처벌을 받아도 상관없다고 생각했던 자신의 과거를 지우고 싶었다. 그래서 돈을 보냈다. 돈을 쓸 일도 별로 없으니 아끼지 않고 소득의 대부분을 가족에게 보냈다. 최소한의 생활을 영위할 수 있는 만큼만 남기고, 속죄의 의미로 희생하려 했다.

알렉시스 라이케의 말대로다. 살다 보면 과거의 자신과는 무관한 삶을 살고 싶어질 때가 있다…….

그러나 별안간 이루어진 일이었다. 리타 몬드레이도 하지만 어느 날엔가는 행복해질 수 있을 것 같았다. 갑자기 그런 생명력 넘치고 아름다운 생각이 머릿속을 가득 채웠다. 그 감정을 아마도 희망이라고 할 것이다.

거기까지 생각했을 때, 리타 몬드레이는 별안간 기이함을 깨달았다.

등 뒤에서 바람이 불어온다고? 창을 향해 서 있는데?

리타가 휙 돌아섰다. 등 뒤에는 병자가 누운 침대와 알렉시스 라이케밖에 없다는 사실을 알고 있으면서도, 꼭 뒤에 무언가가 있을 것만 같은 느낌을 받았기 때문이다.

알렉시스 라이케는 분명 괜찮아질 거라고 호번 밀튼을 다독이며, 그의 손등 위에 손을 얹고 부드럽게 토닥이고 있었다. 그리고 정말이지 기이한 일이었다. 그럴 때마다 다정하고 따뜻한 바람이 무언가의 싹을 틔우려는 듯이 아련하게 불어오는 것이었다. 살랑살랑, 머리칼이 흔들렸다.

마법인가?

리타 몬드레이는 반사적으로 그런 생각을 했다.

아냐, 하지만 마법일 수 없다.

그러나 아무리 생각해도 마법 같았다. 아니, 다시 생각해 보면 리타가 아는 마법과는 조금 다른 것 같기도 했다.

"아저씨."

리타가 갑자기 그에게 말을 걸었다. 호번의 손등을 두드려 주던 알렉시스 라이케가 지극히 태연한 얼굴로, 자연스럽게 고개를 들어 올렸다.

"왜?"

그가 여상히 갸웃거렸다. 리타는 조금 혼란스러워졌다. 꽃향기는 간데없이 사라진 것 같았다. 착각이었나? 리타가 자신 없이 손끝을 서로 맞대고 문질렀다. 이해할 수 없는 일을 맞닥트렸다.

"아저씨, 혹시 마법사야?"

결국 리타의 입에서 튀어나온 질문은 맥락 없는 말이었다. 호번도 눈을 동그랗게 떴고, 알렉시스 라이케도 이해 못 할 말을 들은 듯한 표정을 지었다. 그러나 금세 그가 다시 웃었다. 그가 장난스럽게 대답했다.

"한때 그랬었지. 여기 밀튼 씨도 그렇고, 너도 마찬가지지 않나?"

"그야 그렇지만……."

혹시 아직도 마법을 쓸 수 있느냐고 물으려다가, 리타는 그 질문을 꿀꺽 삼켰다.

리타 몬드레이는 예전부터 마법에 민감했다. 하지만 이제는 그 재능을 신뢰할 수 없게 됐다. 마력의 변동과 움직임, 그 성질을 분류하는 일에 리타만큼 민감한 사람을 본 적이 없다고, 아직 스승님이 리타를 시기하게 되기 전에 칭찬을 들은 일이 있다. 전부 과거의 일이었다.

리타는 머뭇거리다가 다시 고개를 돌렸다.

"아냐, 갑자기 생각나서."

"그래……?"

알렉시스 라이케가 고개를 갸웃거리다가, 호번에게 의견을 구하듯이 시선을 돌렸다. 하지만 호번도 종잡을 수 없는 아이라는 듯 어색하게 웃어 보일 뿐, 달리 그 이유를 파악하지 못한 것 같았다. 그들은 다시 이야기를 시작했다.

리타는 다시 꽃향기를 맡았다.

아주 달콤하고, 마음이 행복으로 가득 차는 듯한 꽃향기였다…….

* * *

"나는 아저씨가 정말로 수상한 인간이라고 생각해."

얼마 지나지 않아 말리나 허브에게 일자리를 찾아 주고 그 지역을 떠났고, 그 후로도 그들의 여행은 순탄하게 이어졌다. 리타 몬드레이는 그 후로도 몇 번 더, 인간의 힘으로는 해결할 수 없는 딱한 사연을 마주할 때마다 그 꽃향기를 느껴야 했다.

아, 그리고 정말이지 알 수 없는 일이었다. 리타 몬드레이는 어떤 역경이 있어도 함부로 우는 일이 없이 열다섯 살이 됐다. 어린 시절부터 습득하고 체득해 온 삶의 방식이었다. 그런데 그 꽃향기를 맡을 때면, 이상하게도 울고 싶어졌다.

자신은 내내 슬프고 괴로웠는지도 모른다고, 간간이 그런 생각을 떠올리게 됐다.

그렇게 몇 번인가의 경험이 겹치고, 기적적인 인생의 반전을 겪게 된 몇몇 사람들이 용병단을 잊지 못하고 찾아오며 일행이 두세 배로 늘어났을 때, 리타 몬드레이는 조금쯤 확신을 얻었다.

이윽고 방랑하던 중 우연찮게 말리나 허브와 호번 밀튼을 다시 만나 호번이 기적적으로 회복하기 시작했다는 소식을 전해 듣고 다른 목적지를 향해 떠나던 날이었다. 리타 몬드레이가 별안간 그런 말을 했다.

"아무리 생각해도 아저씨는 수상쩍어."

"또 그 얘기니?"

처음 만났을 때의 격식 있는 말투를 생각하면 이제는 퍽 유순한 하대를 쓰게 된 알렉시스 라이케가 웃으며 물었다. 체력이 가장 부족한 편이라 용병단의 꽁무니에 붙어 천천히 산을 오르며, 리타가 발끝을 향해 시선을 내렸다.

"아저씨는 마법사야?"

리타가 다시 물었다.

"왜 또 그 질문이야?"

"여전히 마법사냐고 묻는 거야."

리타가 질문을 조금 더 구체화시켰을 때, 알렉시스 라이케는 조금 이상한 표정을 지었다. 눈썹을 찡그리며 인상을 쓴 듯했다가, 뺨을 문지르며 고개를 기울였다. 그는 대답을 고르는 듯한 태도를 보였다. 조금은 혼란스러운 것 같았다. 고민하는 사람 같기도 했다. 약간은 의아함을 느끼는 것처럼 보이기도 했다.

그러나 그의 대답은 생각보다 금세 돌아왔다.

"아니."

알렉시스 라이케는 퍽 산뜻한 태도로 부연했다.

"이 세상에는 더 이상 마법이 필요 없다고 생각해. 마법을 잃은 사람들이라면 누구나 세계 한구석을 빼앗긴 기분이고, 실제로 생활에 어려움을 겪게 된 사람도 있으니 함부로 말할 수는 없겠지만."

"'마법은 더 이상 없다'가 아니라 '마법은 더 이상 필요 없다'라고?"

리타가 이상하다고 생각한 지점을 붙잡고 늘어졌다. 그런데 그 질문을 하자, 알렉시스 라이케가 갑자기 난처한 표정을 지었다. 역시 거짓말은 못하는 사람이었다. 리타가 눈을 가늘게 떴다.

청록색 눈동자를 애써 피하며, 알렉시스 라이케가 한숨을 뱉었다. 결국 리타가 먼저 다른 질문을 재차 던졌다.

"그럼 어떤 의미에서 마법이 필요 없다고 생각하는데?"

"마법이 있던 시절에 잃어버렸던 가치를 찾을 수 있는 시대가 왔다고 생각하거든."

리타가 단 한 번도 생각해 본 적 없는 주제였기 때문에, 리타는 그의 말을 쉽게 이해하거나 받아들일 수 없었다. 땅만을 보고 걷던 리타가 보란 듯이 인상을 쓰고 고개를 들어 올리자, 알렉시스 라이케는 그렇게 무서운 표정을 짓지 말라는 듯이 만류의 손짓을 해 보였다. 그가 다급히 말을 이었다.

"내 이야기를 조금 해 볼까."

"신분 세탁을 하기 전의 이야기?"

"말하자면 그런 거지. 너한테만 하는 얘기니까 소문을 내면 안 돼."

"내가 어린애라서 만만하게 보이니까 하는 얘기지?"

"조금쯤은 그래."

알렉시스 라이케가 시원스레 의혹을 긍정했다.

"그리고 그냥, 내가 누군가에게 그런 이야기를 허심탄회하게 털어놓을 필요가 있을지도 모른다는 사실을, 얼마 전까지 아주 좋아하던 사람 덕분에 하게 됐어."

"즉, 아저씨의 하소연 상대가 되어 달란 얘기인 거잖아?"

"그 얘기도 맞지."

리타는 그를 못마땅히 바라보다가 불퉁하게 대답했다.

"그래, 좋아. 말해 봐."

"갑자기 꼬마 아가씨가 너그러워졌군."

"그냥 나는 혼란스러워. 그런 기분은 처음 느껴 봤어."

"'그런 기분'?"

'행복감' 말이야.

속으로 대답을 떠올렸던 리타가 다시 말을 삼켰다. 누구나 그런 공기에 휩싸인 채 살아간다면, 세상은 조금 더 평화롭고 아름답고 이상적인 곳이 될지도 모른다고, 단지 짧게 생각했다.

리타가 대답하지 않자, 그녀가 자신을 수상쩍게 여기기 때문에 대답하기 싫어한다고 간단하게 생각했는지 알렉시스 라이케가 금세 화제를 돌렸다. 그가 직접 제시한 '과거 이야기'를 꺼낸 것이었다.

"나는 태어날 때부터 대단했지. 배우지 않은 마법도 척척 썼거든."

"지금 갑자기 자기 자랑하는 시간 됐어?"

리타가 빈정거렸지만 알렉시스 라이케는 아랑곳하지 않았다. 그는 지극히 일상적인 태도로 자신의 이야기를 떠들기 시작했다.

"우리 어머니는 할아버지의 후처였어."

"그게 무슨 얘기야?"

"아버지의 애인이었지만, 할아버지와 결혼했다는 얘기지. 그런데 결혼 직후에 할아버지가 돌아가셨고, 내가 태어났다……. 사실 아버지가 내 아버지인지 형인지, 그 진실은 누구도 몰라."

"갑자기 그런 얘기를 들으려던 건 아니었어."

리타가 모난 태도로 말을 잘랐다. 괜히 미안해져서 그렇게 대답하는 티가 역력했다. 알렉시스 라이케는 짧게 웃었다.

"어쨌든 내 아버지인지 형님인지 모를 그 사람……. 편의상 '아버지'라고 하자면, 내 아버지는 나를 별로 좋아하지 않았거든. 당연한 일이지. 그 사람은 그저 내 마법적 재능을 아주 높게 쳤어. 나는 금세 중요한 일을 맡게 됐지. 내 능력도 뛰어났지만 아버지의 신분이 높았거든……. 여러 전략적인 도구로 쓰였어. 네 의심대로, 귀족 출신이 아니라고는 할 수 없는 셈일까."

"하지만 사생아였다는 얘기구나."

"공식적으로는 할아버지의 자식이야. 하지만 누구나 내 출생을 수상쩍어했지."

"이해했어."

리타가 잠자코 대답했다. 역시 괜한 이야기를 꺼내게 만든 것 같다고 생각하며, 리타가 바닥의 돌멩이를 괜히 툭 차 버렸다. 돌이 데굴데굴 굴러갔다.

"내 인생은 어디에도 머무를 수 없다는 사실을 누구보다도 잘 알고 있었다. 내 가치는 마법적인 능력과 그 밖의 지식 정도라고 생각했고. 실제로도 그랬지. 하지만 아버지를 얕봤던 거야. 그 사람은 정당한 자기 자식을 완전히 뒤로 제쳐 두고, 마법적 재능이 뛰어난 나를, 그리고 자기가 사랑하던 여자의 아들인 나를 자기 후계자로 세울 셈이었거든."

"아저씨를 사랑해서?"

"그건 아냐."

알렉시스 라이케가 조금은 차갑게 들릴 만큼 단호히 대답했다.

"내 평판이 너무 좋은 탓도 있었겠지. 동생은 마법적인 재능이 전혀 없었고, 뷔올은 마법이 지배하는 나라였으니까. 그리고 나는 젊은 나이에 너무 많은 걸 이뤘거든. 지금 생각해 보면, 그 시절의 나는 그저 나 자신으로서의 존재를 인정받고 싶었던 모양이지만…… 어차피 할아버지에게서 물려받은 거니까, 아버지의 입장에서는 자기가 자기 아들의 권리를 뺏기만 하면 끝나는 일이었겠지."

"그래서 신분 세탁을 하게 된 거야? 동생이 지녀야 할 것들을 뺏고 싶지 않아서?"

"어느 정도는. 그리고 나 역시, 나를 옭아매는 내 과거를 버리고 새 삶을 살고 싶어졌거든."

"동생을 좋아해?"

리타가 물었을 때, 왜인지 알렉시스 라이케는 바로 대답하지 않고 한참을 웃었다. 그가 더없이 태연하고, 너무나 자연스러워서 위화감을 느낄 수조차 없는 목소리로 산뜻하게 대답했다.

"그 애를 동생이라고 불러 본 적이 없어. 앞으로도 그 애가 나를 형이라고 부를 일이 생기지 않기를 바라지. 싫어하지 않지만 애틋하게 사랑해 본 적도 없다고 해 둘까. 하지만 나한테는 사랑할 대상이 필요했던 거겠지. 그 집안에서 내가 그나마 그렇게 생각할 수 있었던 대상이 동생뿐이었던 거야. 나는 늘 무언가에 나를 의탁하며 살아야 했다."

리타는 대답하지 않았다. 그저 알렉시스 라이케가 말했다.

"그저 그뿐이다. 아무튼 그곳에 내가 가질 만한 건 없었어. 마법이 없어져서 다행이지. 이제는 내가 떠나도 되는 때가 온 거야. 비로소 책임도, 의무도, 전부 내려놓을 수 있었지. 나를 받아 줄 수 없는 땅을 떠나와서 홀가분해졌어. 나는 새로운 삶을 찾을 거야. 그저 나 자신으로 완성되는 삶 말이지……."

"어머니의 부속품도 아니고, 아버지의 대리자도 아니고, 동생의 대체품도 아닌 삶 말이지? 어떤 기분인지 알아."

"안다니 다행이야. 나는 마법이 사라져서 다행이라고 생각해. 그리고 그런 내 생각에 책임을 느낀다. 마법이 사라져서 불행해진 사람들이 많으니까. 사실……. 나는 실제로도 책임을 느껴야 해. 어느 정도는 실질적으로도."

마지막 말만큼은 이해할 수 없는 표현이었지만, 아무튼 그 앞에 나온 말만은 리타도 명확히 이해했다. 리타 몬드레이 역시 마법이 사라지며 불행해진 사람 중 하나지 않던가. 아니, 사실, 리타의 경우 마법이 사라지기 전부터 불행했을지도 모를 일이다. 리타는 또 갑자기 그런 생각을 했다.

"귀족 출신인 티를 내고 싶지 않다면, 말투부터 통일해. 요즘은 많이 나아졌지만 가끔은 나오잖아. 뭐뭐 했다, 뭐뭐 했나? 뭐뭐 한가. 그런 말투 말이야."

"30년 넘게 입에 붙어 온 말투라 바로 바꾸기는 어렵군……."

"'뭐뭐 했군'도 있다. 그걸 잊었네."

"하하."

알렉시스 라이케가 짧게 웃었다. 리타는 가만히 생각에 잠겼다가 천천히 질문했다.

"좋아했던 사람은 어떻게 됐어? 그 사람도 남겨 두고 떠나온 거야? 슬프지 않았어?"

"그녀는 나보다 먼저 떠났어. 그리고 애석하게도 슬프지 않았지."

리타 몬드레이로서는 이해할 수 없는 일이었다. 아주 좋아하는 사람이었다면서, 그는 미련 한 톨 묻어나지 않는 말끔한 태도로 대답하고 있었다.

"그녀는 내가 갖고 싶었던 것의 상징이야. 손에서 놓아 버린 것의 상징이기도 했고. 내가 낭비한 시간과 망가트린 세월의 상징이기도 했지. 내가 의탁하던 모든 자아의 잘못된 근원이며 결과물이었다……."

"어려운 소리는 하지 마. 아저씨는 가끔 그런 식으로 '현학적'으로 말해."

"꼬마 아가씨는 '현학적'이라는 단어도 아나?"

"아저씨는 정말 상습적으로 사람을 무시하는구나. 말투나 제대로 유지해."

리타가 다시 싸늘하게 말하자 그가 미안하다는 듯이 손짓을 했다. 그리고 이번에는 신경 써서 평어로 말투를 고쳐서, 다시 말하기 시작했다.

"그녀와 함께 내린 모든 선택에 책임을 느끼지만, 그 모든 선택을 후회하지는 않아. 이기적인 인간이라서 말이야……."

알렉시스 라이케가 희미한 미소를 가리려는 사람처럼 잠자코 입가를 문질렀다.

"그녀는 그 존재 자체로 내 과거의 삶을 상징하는 인물이야. '그녀'가 떠난 덕분에 나도 떠날 수 있었어. 그녀가 미련 없이 떠날 수 있는 사람이었던 덕분이지."

"어릴 때부터 알고 지냈나 봐."

"그래. 네 나이 때부터."

"아저씨의 인생에서 내 나이 무렵은 '인생이 시작되던 시기'구나. 아저씨의 삶을 규정지을 수 있는 시작점 말이야. 왜 자꾸 나를 얕보는지도 이해가 되네."

"내 인생에는 그랬지만, 네 인생도 그럴 거라고 단언할 수는 없지. 네가 몇 번 말했듯이, 너는 내가 무시해서는 안 될 리타 몬드레이만의 삶을 살았으니까."

그가 부드럽고 인자한 태도로 대답했다. 그 태도가 퍽 너그러웠기 때문에, 리타는 잠시 대답을 하지 않고 곰곰이 생각에 잠겼다. 그녀는 알렉시스 라이케가 수상한 꽃향기를 풍길 때마다 조금 더 좋은 방향으로 삶을 바꿔 나가게 된 몇몇 사람들을 별안간 떠올렸다.

리타 몬드레이는 그 꽃향기를 처음으로 맡았을 때, 난생처음으로 '행복감'을 알았다. 이곳에 머물러도 좋을 것 같다는 안정감을 느껴 봤다. 한 번 느끼고 나니 그것이 너무 달콤하고 다정해서, 미래도 꿈도 없이 자신과 같은 처지의 실직자들을 돕는 일만을 인생의 과업으로 규정하던 리타도 미래에 대한 꿈을 꾸게 됐다.

머무를 곳을 갖고 싶다. 어딘가에 정착해서 살 것이다. 행복해지고 싶다. 어쩌면 좋아하는 사람들을 곁에 둘지도 모른다. 따지고 보면 리타의 부모다운 역할을 해 준 사람은, 가족이나 영주나 스승님 따위가 아니라 라모스일 것이다. 그리고 만일 그렇다면, 라모스만 괜찮다면 나중에는 라모스와 함께 사는 것도 좋을 것 같다고 생각했다. 가족처럼, 부모자식처럼 말이다.

라모스가 용병 일을 할 수 없을 만큼 쇠약해지면 내가 부양해 줘야지. 그리고 그곳에서 안락하고 평온한, 그런 꽃향기 같은 행복감을 느낄 수 있는 '머무를 곳'을 만들자. 생명력 있게 살자. 희망을 가지고. 나도 행복해질 수 있을 거야. 무언가가 내 등을 떠밀어 주고 있으니까…… 말하자면 그런 생각을 하게 된 것이다.

"아저씨를 꽤 좋아하게 된 것 같아. 하지만 그게 온전히 아저씨의 인품 덕은 아니야."

"그래?"

"인생에 큰 영향을 미치는 어른을 만나는 시기가 있잖아. 아저씨가 내 나이 또래일 때 아주 좋아하던, 아저씨의 삶을 통째로 상징하게 된 사람을 만났듯이."

리타가 당근 빛깔의 주황색 머리칼을 손끝으로 배배 꼬며 고개를 기울였다. 조금 심드렁한 태도를 보이고 싶었던 모양이지만, 아마도 멋쩍은 모양이라고 알렉시스 라이케가 마음대로 판단했다.

"아저씨는 내게 일종의 계기가 됐어."

"어떤 의미에서?"

"나한테는 돌아갈 곳이 없어. 하지만 그렇다고 해서 가고 싶은 곳이 없는 건 아니야. 목표나 지향점이라고 하면 좋을 것 같아."

선두에 서 있던 라모스가 걸음을 멈추고 야숙 장소를 잡았을 때, 리타가 머리칼을 엉망으로 쥐고 아래로 쭉 잡아당기며 시선을 아래로 내렸다. 그리고 사람들이 모닥불을 완성해 갈 때쯤에야 천천히 설명했다.

"어딘가에 머무르고 싶어. 그리고 '머무를 곳' 정도라면, 언제든 노력하면 만들 수 있을 거라고 생각해. 좋아하는 사람들과 함께 있으면 행복할 것 같아. 나는 라모스가 영감이 돼도 부양해 줄 거야. '희망'을 얻었다고 말할 수 있겠지."

"하하, 그것 참."

리타부터 모닥불 앞에 앉힌 알렉시스 라이케가 맞은편에 앉으며 두 손을 모아 그 위에 얼굴을 기울이고, 표정을 가릴 듯이 고개를 숙였다.

"처음에 너한테 무구하다고 했던 걸 반성해야 해. 삶과 나이는 무관할지도 모르는구나. 과거에 그녀에게 했던 말도 반성해야겠어. 그런 점까지 귀엽게 여겼던 건 사실이지만……."

"갑자기 무슨 말이야?"

"지금 네 말도 조금은 내게 계기가 될 수 있다는 얘기지."

"그거 정말 고맙네."

리타가 차게 빈정거리며 뺨을 괴었다. 너그러운 눈으로 리타를 바라보던 알렉시스 라이케가 뒤늦게 얼굴에서 손을 떼어 냈다. 그는 평온한 얼굴로 시선을 깔고 볼을 만지다가, 무릎 위에 가지런히 손을 모았다. 몸을 쓰는 일에 능숙한 다른 일행들과 달리, 그들 둘을 비롯해, 알렉시스 라이케의 합류 이후 모여든 '기적적인 인생의 반전'을 맞본 사람들은 다들 모닥불 앞에 두엇씩 모여 앉아 있었다.

일행은 천천히 불어났고, 이제는 온전히 '용병단'이라고도 부를 수 없게 됐다. 그들이 저마다 한 번씩은 경험했던 알렉시스 라이케와의 위로 어린 대화에서, 마법사 출신이었던 사람들은 저마다 리타와 비슷한 감정을 맞보았는지도 모른다. 인생에 단 한 번도 느껴 보지 못한 평안과 충족감, 행복과 희망. 넘쳐흐르는 미래에 대한 생명력 따위를 말이다. 리타는 가만히 그들을 돌아보았다.

어쩌면, 알렉시스 라이케가 그들을 인력처럼 끌어 모았는지도 모른다. 지금은 그 역시 이 일행의 빠질 수 없는 중심축이 된 듯했다.

그들 모두가 길을 찾고 있는 걸까? 머무를 곳. 돌아갈 곳. 나아갈 곳을 향하는 길 말이다. 리타처럼, 그들 모두 헤매고 있다가 꽃향기 어린 훈풍을 감지하게 된 것일까? 리타는 의미 없이 그런 생각을 해 보았다.

그때, 알렉시스 라이케가 부드럽게 말을 걸었다. 어딘지 그 말투가 이전보다 가볍게 느껴졌다.

"우리는 이제 북부로 가지?"

"아저씨, 그거 정말 난데없는 질문이다."

리타가 쏘아붙이자 그가 멋쩍은 얼굴로 웃었다.

"확실히 해 두고 싶어서. 우리는 이제 북부로 가지?"

"맞아. 아무리 내가 일정 점검 담당이라지만, 아저씨도 최소한의 일정은 숙지해 두는 게 좋을 것 같은데. 어린애한테 맡겨 두고 뭘 하는 거야?"

리타가 들으라는 듯이 비난을 했다. 퍽 낯부끄러운 호의까지 표현했으니, 빠르게 화제를 전환하고 싶었다. 그런데 알렉시스 라이케는 리타의 티나는 비난에는 제대로 대답도 하지 않고, 정말이지 갑자기 이상한 소리를 했다.

"북부에 가면, 내가 들러 보고 싶은 마을에 잠깐 들러도 괜찮을까? 나 혼자서 가도 상관은 없다."

"라모스랑 얘기해."

"물론 라모스에게 허락을 받아야겠지. 하지만 그에 앞서 우선 일정 담당자님께, 우리에게 시간 여유가 충분할지 여쭤보고 인가부터 받는 거야."

"그런 건 상관없어. 어차피 최근에 발표된 황실의 공식 연구 문서에 따르면 북부에는 마법사 인구가 많은 듯해. 어떤 마을이든 기회가 된다면 들를 작정이고, 가능하면 그들 모두를 돕고 싶어. 모두의 의견과 여건이 맞아야겠지만, 적어도 나는 그렇게 생각해."

능청스러운 질문에 똑 부러지게 대답해 준 리타가 말을 잇기에 앞서 조금 머뭇거리다가, 퍽 단호한 태도로 부연했다.

"니는 불행하게 살았어. 아마 지금도 불행하게 사는 마법사들이 있을 거야. 우리는 모두 한순간에 너무 큰 삶의 요소를 잃어버렸잖아. 아저씨도 그랬는지는, 뭐, 잘 모르겠지만 말이야."

"또 그런 소리를 하는군……."

"흥이다."

새침한 표정을 짓고 샐쭉하게 대답한 리타가 손끝으로 뺨을 문질렀다.

"아무튼 내가 모두를 도울 수는 없겠지만, 내 눈앞에 있는 사람들이라도 찾아서 돕다 보면 기분이 나아질 것 같아."

"그건 사실 내가 해야 할 말일 텐데 말이야. 내게는 책임이 있으니까."

알렉시스 라이케가 난감하다는 듯이 고개를 저었다. 여전히 이해할 수 없는 소리를 했지만, 아저씨도 나름대로 좋아하게 되었다는 말을 한 직후이므로 리타도 그에게 조금쯤은 너그럽게 행동하기로 결정했다. 리타는 이번엔 그를 비난하지 않고 넘어가 주기로 했다.

"어쨌든 그 모든 게 아저씨의 인품 덕은 아니야."

"그래……."

"그런데 북부의 마을은 왜? 고향이 그쪽이야?"

"아니……."

이번엔 알렉시스 라이케도 잠깐 망설였다. 그가 난처한 듯이 말을 회피하려다가, 한참 늦게 말했다. 놀랍게도 말을 피하거나 주제를 환기하지 않고, 그는 꽤나 성실하게 대답을 돌려줬다.

"그곳에 이복동생이 있어."

"역시 고향인 거야?"

"아니. 좋아하는 아가씨에게 구애하기 위해 그녀의 고향까지 쫓아간 거지."

"동생이 완전 로맨티스트네. 멋져."

"맞아."

리타의 드문 칭찬을 듣고 알렉시스 라이케가 기꺼운 낯을 했다.

그 표정을 보고 리타가 눈을 동그랗게 떴다. 단지 사랑할 가족으로서의 대상이 필요했기 때문에 동생을 그 대상으로 여겼던 모양이라고 말한 사람이 짓기엔 꽤나 진심 어린 기쁨이 묻어났다. 리타는 자신을 언급할 때 가족이 그런 표정을 짓는 모습을 본 적이 없다. 아마도 알렉시스 라이케는 정말로 이복동생을 좋아하는 모양이다.

어떻게 생각하면 알렉시스 라이케가 동생의 모든 것을 뺏은 것이 아니라, 동생이 그의 모든 것을 빼앗은 것인지도 모르는데. 역시 리타는 알다가도 모를 일이라고 생각했다.

"아저씨, 혹시 이복동생을 만나려고?"

"그래."

"갑자기? 그러면 아저씨의 과거도 우리에게 다 밝혀질 텐데?"

"아마 동생도 자기 과거를 숨기고 개인으로서 상대의 가족에게 사윗감으로 인정받고 싶을 테니, 열심히 거짓말 중일 거야. 아무런 문제도 없어."

"형제가 모두 자기 신분을 위조하고 있다는 점이 문제라고 생각해, 아저씨."

알렉시스 라이케가 또 유쾌한 표정을 지었다. 그는 리타가 그렇게 차게 굴 때마다 아주 흥미진진하고 유쾌한 사람처럼 웃곤 했다. 리타의 시비에도 반응하지 않고 웃기만 한 그가, 천천히, 그리고 조금은 살뜰한 태도로 설명을 부연했다.

"그 애와 대화를 나누면 좋을 것 같아서."

리타가 인상을 찡그렸다.

"어떤 얘기를 하게?"

"우선은 우리가 서로를 부르는 호칭을 정하자고 할 생각이지. 어쩌면 동생의 앞날을 축복하고 행복하길 빌어 줄지도 몰라. 아무튼 구애하는 상대를 찾아간 게 아니겠니. 그리고 이건 우선 만나 봐야 확실해지겠지만, 우리가 하는 일이 어떤 일인지를 그에게도 알려 주고 기회가 되면 도와달라고 뻔뻔하게 요구할 수도 있겠지. 나는……. 네가 말한 것처럼, 내 눈앞에 보이는 사람들부터 하나하나 구하고 싶지만, 동생이 도와준다면 정말로 온전히 책임을 질 수 있게 될지도 모르거든."

"아하, 아버지의 신분이 높았다면, 그 후계자가 될 동생도 미래에는 대단한 사람이 되겠네."

"사실 이미 대단한 사람 같지만 말이지……."

알렉시스 라이케가 조금 이상한 표정을 지었다. 우스꽝스러워 보이기까지 할 만큼 애매모호한 표정이었다.

"이번엔 동생 자랑을 하는 시간이야?"

"그런 건 아니지만, 일단 그런 거로 해 둘까……."

그가 서먹하고도 애석한 태도로 중얼거렸다. 리타는 어깨를 으쓱해 보였다.

"어쨌든 요컨대 '정리'를 하고 싶다는 거지? 지금의 아저씨는, 정리라곤 하나도 하지 못한 채 도망쳐 온 거니까 말이야."

"리타 몬드레이는 분명 나이 어린 꼬마지만, 내가 만난 사람 중에서는 손에 꼽힐 만큼 똑똑하고 현명한 꼬마야."

알렉시스 라이케가 조금 씁쓸한 미소를 지으며 말했다.

"그렇게 되기까지 많은 일이 있었겠지. 나는 그런 삶을 추호도 배려하지 않으며 살았어."

"상관없어. 나도 귀족들이 무슨 고민을 하는지 같은 건 알지도 못한 채 살았고, 사실 여전히 관심 없으니까."

리타가 시큰둥한 얼굴로 뚱하니 말했다.

"단지 나는 아저씨의 생각에 나 역시 공감한다는 말을 하고 싶었던 거야. 나도 언젠가는 고향 마을에 돌아가서 가족들을 만나야 할 것 같아."

"그럼 꼬마 아가씨는 가족을 만나서 무엇을 '정리'하고 싶은 걸까?"

"아저씨는 가족이 있다는 사실을 긍정함으로써 정리를 하고 싶은 거지? 나는 반대야."

눈에 보일 정도로 태도를 누그러트린 리타가 부드럽게 대꾸했다.

"우리의 인연은 끝났다는 사실을 서로 확인하고 정리하고 싶어. 내가 머무를 곳은 언제가 되든 그 사람들 곁은 아닐 거거든."

알렉시스 라이케는 이번에도 퍽 씁쓸해 보이는 표정을 지었다. 꽤나 슬퍼 보이기까지 했다.

"그래."

"아저씨는 이 일을 마무리하고, 아저씨가 말하는 뭔지도 모를 '책임'을 끝내면 어디로 가서 뭘 할 거야? 영영 떠돌 수는 없잖아."

"영영 떠도는 것도 좋겠지."

알렉시스 라이케가 담담히 대답했다.

"만나고 싶은 사람이 있어. 가능하다면, 그때의 얘기겠지만."

"누구?"

"내가 아주 좋아했던 사람."

"'그녀'? 만나서 무슨 얘기를 하게? 다시 잘해 볼 거야?"

"아니. 그녀에게는 달리 상대가 있어. 그는 겁을 먹고 숨어 버렸거든. 진실을 알고 화가 나서, 그리고 그녀가 자신을 사랑하지 않을까 봐 두려워서 말이야. 말하자면 그녀는 자기 사랑을 쟁취하기 위해 모험을 떠난 백마 탄 용사인 거지. 이미 둘이 만나서 잘 해결했고, 그래서 더는 내가 찾을 수 없는 곳에서 행복해졌을지도 모를 일이지만, 만일 그러지 못해서 아직 그녀가 헤매고 있다면 해 주고 싶은 말이 있거든."

"무슨 말을 해 주고 싶은데?"

알렉시스 라이케가 가만히 표정을 풀었다. 그는 일렁이는 모닥불을 바라보다가, 한동안 말을 골라냈다.

그리고 한참이 지났을 때, 그가 천천히 대답했다.

"나는 나로 인해 괴로웠던 사람들을 위해 살아가는 시간에 보람을 느끼고, 조금은 짐을 내려놓았다고."

그리고 어쩐지, 리타는 다시 꽃향기를 느낀 듯했다. 퍼뜩 놀라서 주변을 둘러봤지만 별다른 것은 발견하지 못했다. 손끝을 홀로 꼼지락거리며 시선을 모닥불과 땅 어딘가에 내리꽂고 있던 알렉시스 라이케만이 차근차근 말을 이어 나가고 있었다.

"나는 아직 행복해지지 않았지만, 이 세계는 머지않아 비로소 '해피엔딩'을 맞이할 것이고 나도 언젠가는 결국 그렇게 될 테니……."

그 손끝에 꽃이 핀 걸까? 알렉시스 라이케의 행동거지를 살피다가, 꼭 그가 꽃잎을 살살 건드려 보듯이 손끝을 까딱거리고 있다는 사실을 눈치 챈 리타가 저도 모르게 그곳에 시선을 던졌다.

"그대도 그대의 세계를 꾸리고 행복해지라고 말해 줘야겠지. 그리고 그런 미래를 위해, 희망을 가지라고. 편견과 기준과 두려움을 내려놓고 부딪치라고."

그리고 어느 순간, 어렴풋이, 착시인지도 모른다. 리타는 정말로 꽃을 본 듯했다. 아주 송이가 크고, 생전 처음 보는 꽃이었다. 두껍고 거대한 꽃잎은 아주 폭신해 보였고, 모닥불이 흔들릴 때마다 그 바람에 떠밀리기라도 한 것처럼 낭창낭창하게 몸을 흔들었다. 알렉시스 라이케는 그럴 때마다 그 꽃잎의 대를 손끝으로 슬쩍슬쩍 밀며 중심을 잡아 주고 있었다.

그의 손끝에서 퍼진 동심원처럼, 서서히 리타의 발치에도 꽃잎의 잔상이 번졌다. 나무 너머에도, 다른 모닥불 위에도, 산 위에도, 그리고 먼 지평에도.

알렉시스 라이케의 달콤한 목소리가 아른아른 떨어지는 자리에, 빛나는 씨앗이 점점이 떨어져 자리를 잡는 듯했다.

"모두가 영원히 행복해지는 '결말'이면 족하다고 할 거야."

그리고 그 순간, 환상이 끊어졌다. 리타는 화들짝 놀라며 잠에서 깨어나듯 정신을 차렸다가, 알렉시스 라이케의 의아한 듯한 시선을 받고 어색하게 표정을 풀었다.

몇 초에 불과했지만 꽃을 보았다고 할까? 하지만 어차피 환상일 것이다. 리타가 가만히 시선을 깔았다.

리타는 사실 그가 어쩌면, 마법 능력을 아직 잃지 않았을지도 모른다고 생각해 왔다. 최근에는 거의 확신했다. 그저 이야기를 나누다가, 문득 다시 그 의문을 떠올렸다.

그는 정말로 아직 마법사일지도 모른다. 한때 마법사였고, 마법이 사라져서 다행이라고 했지만.

아직도 혼자서 '마법'이 있는 세계를 보고 있는 것일지도 모른다고.

그리고 만일 그렇다면, 자신만이 잃어버리지 않고 쥐고 있는 것에 그는 모종의 책임을 느끼고 있는지도 모른다. 머무를 곳 없이 떠도는 사람들에게 머무를 곳을 마련해 주고, 마법을 잃어 갈 길을 놓친 사람들에게 갈 길을 알려 준다.

정작 그는 무엇을 잃고, 그토록 풍족한 삶을 떠나왔을까? 분명 예전에 비하면 이런 자원봉사 따위는 아주 보잘것없는 삶일 텐데. 멀뚱히 알렉시스를 지켜보며 리타는 잠깐이나마 생각에 빠졌다. 만일 그가 정말로 이 세상에 하나 남은 '마법사'라면, 그건 정말 동화 같고 소설 같은 이야기일 것이다.

갑작스러운 불행에 사로잡힌 불쌍한 사람들을 돕는, 마법의 요정 같은 존재 말이다. 리타 몬드레이는 단 한 번도 그런 동화책에 흥미를 느낀 적이 없다. 그럴 수 없는 삶을 살아왔기 때문이다.

"그럼 나도, 모두의 행복한 결말을 위해 아저씨가 마법사라는 비밀은 지켜 줄게."

그래서 일부러 그런 말을 꺼냈다. 알렉시스 라이케가 눈썹을 꺾으며 묘한 표정을 짓든 말든, 그가 어떻게 대응하든 말든 개의치 않기로 하고서.

알렉시스 라이케가 마법사든 아니든, 아무튼 이 세상에서 마법은 이미 사라졌다. 마법을 쓸 수 있든지 아니든지, 그는 마법사로서 살 수 없게 되었고, 그렇게 살지 않으려 한다.

어쨌든 그는 알렉시스 라이케고, 더없이 수상쩍으며, 몹시 유약한 실직 마법사라는 사실에는 틀림이 없는 것이다.

그리고 그가 지닌 것을 놓치고 갈 곳을 잃어서, 머무를 곳 없이 떠도는 사람이라면, 리타 몬드레이는 그에게 친절할 것이다.

"아저씨의 행복한 결말을 기리면서 지키는 비밀이야."

그 말을 듣고, 알렉시스 라이케는, 역시 이 꼬마는 못 당하겠다며 상체를 젖히고 웃어 버렸다.

리타 몬드레이가 알렉시스 라이케의 이복동생 '애셔 라이케'가 직접 깎아 준 복숭아를 날름날름 집어 먹고 북부의 시골 마을을 떠난 바로 다음 날, 알렉시스 라이케와 반갑게 인사를 나누는 물빛 머리칼의 미인을 보고 자신이 먹은 복숭아가 황태자의 은혜를 입은 대단한 과일이었을지도 모른 다는 사실을 알아차리는 것은 머지않은 미래의 일이다.

* * *

"이야기가 끝나고 그들은 행복해졌을까?"

콜라를 빨대로 빨아 마시며, 그녀, 본래의 이름으로 '김아진'이 물었다. 표정 없이 무심한 얼굴로 얌전히 앉아 머랭을 치던 남자가 고개도 들지 않고 대답했다.

"당신이 마지막으로 만난 알렉시스 에슈마르크가 뭐라고 대답했기에 계속 그렇게 신경을 쓰십니까?"

"그 사람은 별말 안 했어. 오히려 아주 좋은 얘기만 해 줬지."

그녀는 노트북 자판을 두어 번 툭툭 두드리다가, 결국 한글 파일을 저장하고 아래로 내린 뒤 노트북을 덮어 버렸다. 일을 할 마음이 들지 않는 모양이었다. 아마도 마음이 착잡한 탓이리라.

남자, 레일리 크라하가 보랏빛 눈을 가늘게 뜨고 못마땅한 표정을 지었다. 손으로는 계속해서 머랭을 치며, 그가 고개를 들고 싸늘하게 말했다.

"또 그 작자에게 신경이나 할애하고 계시군요."

"사람이 감상적인 상념에 사로잡혀서 과거의 지인들을 걱정하는 순간에는 그런 근본 없는 인성질을 하지 말아 줄래?"

"애초에 그가 스스로 좋은 말만 했는데, 왜 당신이 그를 걱정해야 합니까? 당신과 그의 세상이 달라지고도, 아직까지 말입니다."

"아무리 생각해도 알렉시스의 구체적인 행복한 '끝'이 떠오르지 않아."

그녀가 불안한 표정을 한 채 찝찝한 태도로 말했다.

"'오래오래 행복했습니다.' 정도의 말은 붙일 수 있을 것 같은데, 그 구체적인 형태는 도무지 상상이 안 가거든."

"그거면 되지 않습니까?"

레일리 크라하가 시큰둥한 얼굴로 성의 없이 대답했다.

"무엇을 하며 어떻게 살았든지, 상관없이 어디에서건 행복한 것이면 됐지요. 당신이 타인의 삶을 온전히 구체적으로 이해할 수 있을 거라고 생각하지 마십시오."

"……. 그건 맞는 얘기네. 그는 '타인'이지."

내 소설의 등장인물이 아니라. 김아진이 잠자코 중얼거렸다.

그는 알아서 행복해졌을 것이다. 그 세계는 더할 것도 뺄 것도 없이 온전히 그의 세계였고, 어쩌면 그가 그 생명력 넘치는 빛을 곳곳에 심으면서 천천히 완성시켜 가고 있을 테니까. 스스로 지닌 힘으로, 보다 나은 방향을 향해서 말이다.

김아진의 표정을 잠시 면밀히 살폈던 레일리 크라하가 가만히 눈을 감았다가, 천천히 뜨며 단조롭게 덧붙였다.

"그리고 마스터가 그 남자를 '그토록' 아끼시는데 그 이상의 '결말'을 떠올릴 수 없다면, 역시 그 결말이 최선이라는 얘기 아닙니까? 그 남자의 '오래도록 행복한 결말'은 궁극적으로 사랑도 정착도 아닌 것이겠지요."

"말에 좀 가시가 있다, 야."

"좀 찔리셔도 괜찮을 겁니다. 어쨌든 그러니 당신은 더는 그 남자 때문에 고민할 필요도 없고, 제가 머랭을 완성하고 나면 그런 사소한 것 때문에 고민할 수도 없는 상태가 되실 겁니다. 그러니 빨리 결론을 내리시죠."

뻔뻔하고 당당한 독촉에 순간적으로 눈썹이 휙 치솟았다가, 홀로 생각에 사로잡혔다가, 금세 그의 말에 긍정을 표했다.

"하지만 맞아. 하긴 그 결말이 최선이기는 하지. 모든 소설 같은 이야기는 그렇게 끝나는 법이니까."

김아진이 다시 한번 콜라를 쭉 빨아들이며 차분히 말했다.

"좋아, 좋아. 역시 그거로 할래. 더없이 소설 같은 이야기지만 그들에게는 그곳이야말로 세계였으니까."

"'그들 모두가 그 후로 영원히 행복했습니다'입니까?"

"응."

김아진이 고양이처럼 입매를 늘어트리고, 헤벌쭉 웃어 보였다.

"우리를 포함해서."

그 말을 듣고 레일리 크라하가 희미하게 미소를 띤 채 다시 머랭으로 시선을 깔았다.

"아무튼 머랭을 다 만들고 나면 가만두지 않을 겁니다."

"뭐……. 뭘?"

"뭐겠습니까?"

"……."

"소설의 서사적 여백과 상상의 여지를 남겨 두도록 하죠."

"아니, 너무 상상의 여지가 펼쳐져 버렸거든."

김아진이 빽 소리를 내지르든 말든, 레일리 크라하는 맛있는 머랭을 치기로 했다. 그렇게 사소하고 좋은 기억들을 쌓는 단순한 시간들이야말로 김아진의 말을 실현시켜 주리라는 사실을 알고 있기 때문이다. 예전에는 몰랐지만 알게 되었다. 무엇이 보기 좋은 것인지, 무엇이 맛있는 것인지, 무엇이 행복인지.

그리고 어떻게 그들 모두가 행복해질 수 있을지를.

김아진은 이야기를 만드는 사람이기 때문에 그는 그녀의 이야기를 구성하기로 했다. 누군가가 만들고 누군가로 구성되어 있으니, 결국에는 어떤 이야기든지 그렇게 삐걱삐걱 흘러가게 된다.

이야기에는 힘이 있고, 이야기는 그 자체로 누군가의 세계이므로.

오래도록 모두가 행복해지는 이야기를 향해서 멋진 기계처럼 작동하기 시작할 것이다.

남자 주인공이 없어도 괜찮아

롹끼 지음

세간에서 연애나 결혼, 뭐 그런 걸
당연하게 여긴다는 것은 알고 있다.
그러나 지금 내겐 더 중요한 일이 있다.

세계 평화.

마수를 무찌르고 생명을 구하여 우리의
아름다운 제국과 이 세계에 평온을 가져다주는 것.
대의를 위해 힘쓰느라 바쁜 내게
사랑 놀음에 낭비할 시간 따위는 없다.

"나랑 같이 돌아가자, 첼시."

그런데 왜, 전 약혼자이신 7황자께서는
이미 파혼한 내 근처를 자꾸만 알짱거리는가?

제로노블(Zero Novel)은 판타지를 사랑하는 여성들을 위한 신감각 로맨틱 판타지 시리즈입니다.

악녀 카루나가 작아졌어요
문이경 지음

마카레나 백작가의 영애 클레이엔을
황태자의 약혼녀로 만들고자 악행을 저지르며
클레이엔인 척 살아왔던 카루나.

마침내 황태자의 약혼녀가 된 날,
카루나의 배엔 백작이 보낸 날카로운 단도가 박힌다.

하지만, 이날을 위해 내가 준비했지.
인생을 회귀할 수 있다는 명약!

그런데 왜 과거로 돌아가지 않고,
나만 어린애로 돌아간 건데?
그리고 그쪽은 저한테 왜 이러시는 건데요.

서로 사이좋게 암살자를 보내고
독약을 먹이려 애썼던 바이켈드 공작 각하?

"드디어 찾았다, 나의 반려."

제로노블(Zero Novel)은 판타지를 사랑하는 여성들을 위한 신감각 로맨틱 판타지 시리즈입니다.

영원한 너의 거짓말
전후치 지음

열일곱의 나이에 남편을 죽인 죄목으로 수감된 로젠 워커.
두 번의 탈옥으로 제국 군대의 자존심을 뭉개 버린 그녀는
1년 만에 다시 붙잡혀 종신형을 선고받는다.

최악의 죄수들만 모여 있다는 몬테섬으로 가는 배에 탄 그녀는
또 한 번의 탈옥 계획을 세우지만…….

"죄목은?"
"……난 무죄야."
"죄를 지었다고 솔직히 인정하는 죄수는 드물지."

무뚝뚝하고 고지식한 원칙주의자이자
그녀의 수송 책임을 맡은 이안 커너는 조금의 틈도 보이지 않는데.

"쓸데없는 말 하지 말고, 묻는 말에만 대답해."

제국 최고의 탈옥수 로젠과
온 제국의 사랑을 받고 있는 젊은 전쟁 영웅, 이안 커너.
지상 최악의 감옥으로 향하는 배 위에서 펼쳐지는 그들의 이야기!

자, 이제 당신이 판단해 봐. 로젠 워커는 거짓말쟁이일까? 아닐까?

제로노블(Zero Novel)은 판타지를 사랑하는 여성들을 위한 신감각 로맨틱 판타지 시리즈입니다.